HEYNE

Das Buch

Die nicht allzu ferne Zukunft: Auf der Erde werden von Außerirdischen installierte Tore entdeckt, die Teil eines gigantischen Teleportationsnetzes sind. Mittels dieser Tore kann man in wenigen Sekunden zu zahllosen, weit in der Galaxis verstreuten Planeten reisen. Einige Menschen sind bereits durch die Tore gegangen, und nicht wenige von ihnen auf fremden Welten gestrandet. Für diese Gestrandeten ist Martin Dugin zuständig, eine Art interstellarer Privatdetektiv, der auf den bizarrsten Planeten nach Verschollenen sucht. Sein neuester Auftrag jedoch führt ihn nicht nur weit ins All, sondern auch ins Herz des Geheimnisses, das sich hinter dem Teleportationssystem verbirgt – ein Geheimnis, das das Schicksal der Menschheit entscheidet ...

Mit »Spektrum« legt Bestseller-Autor Sergej Lukianenko ein preisgekröntes Zukunftsabenteuer vor, das seinen faszinierenden »Wächter«-Romanen in nichts nachsteht.

»Düster und kraftvoll – der Russe Sergej Lukianenko ist der neue Star der phantastischen Literatur!« FRANKFURTER RUNDSCHAU

Der Autor

Sergej Lukianenko, 1968 in Kasachstan geboren, studierte in Alma-Ata Medizin, war als Psychiater tätig und lebt nun als freier Schriftsteller in Moskau. Mit seiner »Wächter«-Serie – »Wächter der Nacht«, »Wächter des Tages«, »Wächter des Zwielichts« und »Wächter der Ewigkeit« – wurde er zum erfolgreichsten russischen Fantasy- und Science-Fiction-Autor der Gegenwart. Als Drehbuchautor war er außerdem an den Verfilmungen von »Wächter der Nacht« und »Wächter des Tages« beteiligt.

Mehr zu Sergej Lukianenko unter: www.lukianenko.ru

Sergej Lukianenko

SPEKTRUM

Roman

Aus dem Russischen
von Christiane Pöhlmann

Deutsche Erstausgabe

WILHELM HEYNE VERLAG
MÜNCHEN

Titel der russischen Originalausgabe:

СПЕКТР

Deutsche Übersetzung von Christiane Pöhlmann

Christiane Pöhlmann dichtete die Auszüge aus dem Lied »Sonne« von Oleg Medwedew (S. 516 f.) nach, Erik Simon die Verse aus dem »Kleinen Lied über den Fornit« von Oleg Medwedew (S. 514 f.) und den Vierzeiler über die pädophilen Aliens (S. 556).

Der Auszug auf Seite 527 f. ist zitiert nach: Frank Herbert: *Der Wüstenplanet*. Aus dem amerikanischen Englisch von Ronald M. Hahn, München 2001.

FSC
Mix
Produktgruppe aus vorbildlich
bewirtschafteten Wäldern und
anderen kontrollierten Herkünften
Zert.-Nr. SGS-COC-1940
www.fsc.org
© 1996 Forest Stewardship Council

Verlagsgruppe Random House
FSC-DEU-0100
Das für dieses Buch verwendete
FSC-zertifizierte Papier *München Super*
liefert Mochenwangen.

Redaktion: Erik Simon
Lektorat: Sascha Mamczak

2. Auflage
Deutsche Erstausgabe 3/07
Copyright © 2002 by S. W. Lukianenko
Copyright © 2007 der deutschen Ausgabe und der Übersetzung
by Wilhelm Heyne Verlag, München,
in der Verlagsgruppe Random House GmbH
http://www.heyne.de
Printed in Germany 2007
Umschlagillustration: Dirk Schulz
Umschlaggestaltung: Animagic, Bielefeld
Satz: C. Schaber Datentechnik, Wels
Druck und Bindung: GGP Media GmbH, Pößneck

ISBN: 978-3-453-52233-6

Erster Teil
Rot

Prolog

Jeder empfindet seit den Tagen Alexander Sergejewitsch Puschkins den Besuch bei seinen alten Verwandten nicht nur als eine unerlässliche Pflicht, sondern sieht darin auch ein Gebot für einen wohlerzogenen Menschen, und Martin hegte nicht die Absicht, selbiges zu ignorieren. Indes bewegte ihn nicht allein Höflichkeit, nein, er freute sich aufrichtig darauf, seinen Onkel wiederzusehen, mit ihm in der Küche bei einer Tasse Kaffee zusammenzusitzen und über ein belangloses, unwichtiges Thema zu plaudern oder – ganz im Gegenteil – mit ihm jene philosophischen Probleme zu erörtern, deren Lösung die Menschheit bislang noch nicht zu finden vermocht hatte. Zudem bestachen diese regelmäßigen Besuche durch eine weitere kleine menschliche Freude: Inzwischen sprach man Martin bei manch geselligem Beisammensein mit dem Vatersnamen an, was ihm gründlich zuwider war. Wie sollte sich ein Russe aber auch für eine dermaßen unglückliche Kombination wie Martin Igorjewitsch erwärmen können? Sein Onkel hingegen nannte ihn nie beim Vatersnamen und beabsichtigte dies gewiss auch in Zukunft nicht zu tun. In gehobener Stimmung nannte er Martin liebevoll Mart, in schlechter – die bei ihm freilich nur selten anzutreffen war – griff er gallig zu Eden. Vor gut dreißig Jahren musste es zwischen dem Onkel und dem Vater Martins einen erbitterten Familienzwist um den Vornamen gegeben haben. Der Onkel selbst, obzwar ein eingefleischter Junggeselle, der auf alle Fragen nach Kindern barsch »Da versteh ich nichts von« antwortete, hielt es für geboten, allumfassend am Leben seines Lieblingsneffen teilzuhaben. Auf diesem Schlachtfeld hatte er letzten Endes nur einen Kampf verloren, nämlich den um den Namen. In allen übrigen Fragen vermochte er sich durchzusetzen. Mitunter fühlte Martin sich ihm deswegen von ganzem Herzen zu Dank verpflichtet, zum Beispiel, wenn er daran dachte, wie der Onkel sämtliche Pläne durchkreuzt hatte, ihn von klein auf Klavierstunden nehmen zu lassen, oder wie er für ihn eine Lanze gebrochen hatte, damit seine Eltern einem mehrtägigen Ausflug oder einem Trip per Anhalter mit Freunden nach Petersburg zustimmten. Alle Versuche seitens seiner Eltern, einen Disput vom Zaun zu brechen, hatte der Onkel mit einem finstern Blick und der Frage quittiert: »Wollt ihr einen Mann oder einen Schlagersänger aus ihm machen?« Schlager verachtete sein Onkel abgrundtief, von allen Sängern ließ er einzig Kobson und Leontjew gelten, und auch die nur mit dem entschuldigenden Zusatz: »Wegen der Stimme und des Charakters.«

Bei aller Strenge des Charakters ließ der Onkel jedoch auch kleine menschliche Schwächen erkennen, welche insbesondere in den letzten zehn Jahren, da auf der gesamten Erde das Leben Kapriolen schlug, ins Auge sprangen. In ihm erwachten bislang schlummernde kulinarische Neigungen, und während er zuvor eine ganze Woche von Rührei und billigem Bier leben konnte, brachte er nunmehr halbe Tage am Herd zu, und abends lud er sich Freunde ein oder ging selbst zu Freunden. Martin genoss diese Schwäche, aufgrund derer sich die Besuche noch angenehmer gestalteten. Für den heutigen Abend suchte Martin, nachdem er seinen Onkel angerufen und in Erfahrung gebracht hatte, dass dieser zum Abendessen eine Ente Vajdahunyad auftische, ein Geschäft nahe der Metro auf, um dort kritisch den Wein auszuwählen. Selbstverständlich musste zu diesem Mahl ungarischer Rebensaft kredenzt werden. Mochten Ästheten und Patrioten spöttisch lächeln, sobald sie etwas von »ungarischem Wein« hörten, mochten die einen auf den süßlichen Sauternes und den herben Wein aus Tavel schwören, die anderen darüber streiten, wie viele Puttonyos aus Tokaj im Wein aus Massandra oder im ungarischen Tokajer verarbeitet waren. Martin hingegen vertrat seit geraumer Zeit die Überzeugung, jedes Essen verlange nach einem speziellen, der Geographie und Geschichte geschuldetem Akkompagnement. Zu Kartoffeln und leicht gesalzenen Heringen kann man sich nichts Besseres als russischen Wodka einfallen lassen, zu Basturma, diesen pikanten Fleischspießen, passt vollmundiger armenischer Kognak (obgleich die großherzige kaukasische Seele auch Wodka dazu gestattet), zarte Austern komplementiert leichter, gekühlter Weißwein aus Frankreich, zu fettigen und schwer im Magen liegenden Würstchen gehört tschechisches oder bayerisches Bier.

Insofern schwankte Martin bei der Wahl des Weins nicht. Er stellte sich in der kleinen Schlange an – vor ihm palaverten nur zwei nörgelige Rentnerinnen, die umständlich ein Stückchen spanischen Jamóns auswählten, »möglichst kräftigen«, und es geschnitten haben wollten, und zwar recht dünn – und wandte sich dann an die junge, müde Verkäuferin. Er kaufte je eine Flasche Weißwein vom Balaton und Rotwein aus Eger und plauderte, da hinter ihm niemand drängte, ein Weilchen mit der Frau. Sie machte einen netten und klugen Eindruck, studierte und jobbte abends in diesem Geschäft, damit sie im Sommer eine Reise durch Europa machen konnte. Binnen einer Minute erfasste Martin mit untrüglichem Instinkt, dass die junge Frau sich zwar angeregt mit ihm unterhielt, auch an einer Fortsetzung des Gesprächs Gefallen fände, an einer weiteren Bekanntschaft jedoch nicht interessiert war, da sie bereits einen trefflichen und treuen Freund hatte. Somit blieb ihm nichts anderes übrig, als ihr einen Gruß zu entbieten und zu gehen, leise mit den Flaschen klirrend, die in Wellpappe eingeschlagen waren und in einer soliden Plastiktüte steckten.

Draußen war es angenehm. Über Moskau hatte sich der Abend gelegt, der erste richtige laue Sommerabend nach einem langen kühlen Winter. Dass es sich obendrein um einen Freitagabend handelte, steigerte sein Wohlbefinden zusätzlich. Der Strom der Autos, in denen die der Datscha entgegenfiebernden Stadtbewohner saßen, war verebbt. Stille senkte sich herab. Einige Jugendliche, übers Wochenende in der Stadt geblieben, sausten mit ihren Rollern über die Gehsteige, im Park an der Metro baute gerade eine kleine Jazzband ihre Instrumente auf, während die ersten Rentner bereits auf den Bänken Platz nahmen, um der Musik zu lauschen, einen kleinen Schwatz zu halten und zu tanzen. Das alte achtstöckige Haus, in dem Martins Onkel wohnte, lag in der Nähe, weshalb Martin nicht den Fußweg zu nehmen brauchte, sondern quer durch den alten verwilderten Garten schlendern konnte. Beinah hätte er dabei ein verliebtes Pärchen aufgeschreckt, das sich auf einer Bank umarmte. Zum Glück hörte er das heiße Flüstern jedoch noch rechtzeitig, um sodann mucksmäuschenstill an ihnen vorbeizuschleichen, die Tüte mit den Flaschen an sich gepresst, damit sie nicht schepperten.

Punktgenau zur vereinbarten Zeit traf Martin ein. Sein Onkel öffnete ihm die Tür mit wenigen brummigen Lauten, die als Begrüßung herhalten mussten, und stürzte wieder in die Küche, um die Ente aus dem Ofen zu nehmen. In treuer Gewohnheit schlüpfte Martin in die Gästepantoffeln in Einheitsgröße und ging ins Wohnzimmer. Sein Onkel lebte in aller Bescheidenheit in einer winzigen Zweizimmerwohnung, trug sich jedoch nicht mit Umzugsplänen, was er damit begründete, dass es mit seinen siebenundsechzig Jahren noch zu früh sei, um an den Friedhof zu denken, aber schon zu spät, um ein neues Heim zu suchen. Im Schlafzimmer, das auch als Arbeitszimmer diente, reihten sich entlang der Wände uralte Bücherregale, in denen sich nicht minder alte Bücher fanden, wohingegen das Wohnzimmer modern daherkam, stellenweise sogar mit einem modischen High-Tech-Stil aufwartete, mit zahlreichen Regalen aus vernickelten Röhren und Panzerglas, einer raffinierten Apparatur, die Bilder und Töne produzierte, sowie den effektheischenden französischen Waterfall-Standlautsprechern aus Glas, die Experten wegen des Fehlens von Nebengeräuschen im Gehäuse schätzten. Während Martin auf seinen Onkel wartete, stöberte er in den CDs, wählte Beethoven in der Interpretation von Emil Gilels, legte das Jackett ab und machte es sich am Tisch bequem.

Sein Onkel ließ nicht lange auf sich warten. Schon in der nächsten Minute erschien er mit einer prächtigen, auf einem metallenen Tablett thronenden Ente im Wohnzimmer, die zischelte, köstlich duftete und sich gegen Krautwickel im Miniaturformat schmiegte, die sich ihrerseits ein Bad im Entenfett gönnten. Beim Anblick der Ente raffte Martin sich auf, öffnete die Flasche, schalt sich dafür, nicht eher gekommen zu sein, empfahl es sich doch, Wein eine halbe Stunde atmen zu lassen, damit er sich vom Geruch des Korkens befreite und sein ganzes Bouquet entfaltete. Der Onkel zollte dem Wein indes auch so Beifall. Hernach überließen sie sich ganz den kulinarischen Genüssen, in selbige nur beiläufig Bemerkungen einflechtend, welche, wiewohl wenig fundiert, für einander nahestehende Menschen ein gewisses Interesse bargen. Über Martins Eltern, die nun bereits den zweiten Monat an den sonnigen Stränden Kubas zubrachten, über Martins jüngeren Bruder, diesen Hallodri, der – kaum ein Studium abgeschlossen – bereits das nächste aufgenommen hatte, mit der Begründung, der Beruf eines Juristen habe ihn enttäuscht, wohingegen er ihren eingeschworenen Feinden, den Journalisten, nunmehr eine mit Worten nicht zu fassende Sympathie entgegenbrächte. Auch über den Onkel sprachen die beiden, über seine kranke Leber, der das heutige Mahl ganz gewiss nicht behagen würde. Über die Mühsal mit der Neuberechnung der Rente, die den seit der onkelschen Kindheit gehegten Plan, einmal nach Madagaskar zu fahren, vorerst zunichte machte. Voller Genugtuung registrierte Martin im Laufe des Gesprächs, dass der Onkel seinen munteren Geist nicht eingebüßt hatte, auf sich achtete, ja, es sich sogar angelegen sein ließ, zum heutigen Abendessen eine Krawatte zu tragen, was bei einem Junggesellen einer Heldentat gleichkam. Schließlich pirschte sich Martins Onkel an seinen Neffen heran, um diesen zu dessen Arbeit zu befragen, sehr behutsam und taktvoll, in der Hoffnung, ihn zu überrumpeln und somit zum Sprechen zu bewegen. Martin zeigte sich indes auf der Hut, flüchtete sich in allgemeine Phrasen, antwortete weder mit ja noch mit nein, fiel nicht auf übermäßiges Lob oder Anspielungen herein, weshalb sein Onkel nach einer Weile zerknirscht aufgab und sich einzig auf die Ente konzentrierte.

In dem Moment ließ sich von draußen ein leises, die Pathétique dennoch überlagerndes Dröhnen vernehmen. Tief über den Häusern strich im Landeanflug eine fliegende Untertasse dahin. Begeistert jubelten Kinder. Bei einem Auto sprang die Alarmanlage an, worauf eine halbe Minute lang ein ohrenbetäubendes Trillern losheulte.

So banal dieser Vorfall auch sein mochte, zog er doch umgehend einen Wechsel des Gesprächsthemas nach sich. Das Tischgespräch kreiste nun um ernsthaftere, den Staat betreffende Dinge. Der Onkel erläuterte seinen Standpunkt zu Außerirdischen, den Martin, wiewohl er ihn seit Langem kannte, regelmäßig zu hören kriegte.

Zu behaupten, Martin scheue dieses Thema, träfe die Sache nicht. Er hatte einfach seine eigene Meinung dazu und nicht die Absicht, sich mit seinem Onkel zu streiten. Insofern igelte er sich den Rest des Abends ein, lauschte dem Monolog des Onkels und verspürte, als er sich endlich zum Aufbruch durchrang, sogar eine gewisse Erleichterung. Zupass kam ihm dabei der triftige Grund, den er vorweisen konnte: Morgen brach er zu einer ›Geschäftsreise‹ auf, von der er nicht einmal ahnte, wie lange sie dauern würde.

Eins

Der Regen erreichte Martin auf der Spitze des Hügels. So tief, wie die Wolken hingen, vermeinte er, er bräuchte lediglich hochzuspringen und könnte sich sodann mit der Hand etwas von der feuchten grauen Watte klauben. Die ersten Regentropfen klatschten, kleine Staubfontänen aufwirbelnd, auf den Pfad. Einen Moment lang verstummte alles – dann zog der Regen wie eine undurchdringliche Mauer heran.

Unverzüglich verwandelte sich der Pfad in eine jener Rinnen, wie man sie aus Aquaparks kennt. Schmutzig schäumten die Pfützen auf. Kaltes Wasser plätscherte über seine Füße, die Wolken brauten sich immer tiefer zusammen – und Martin fand sich endgültig im Regen wieder, im grauen Dunst, im Herzen eines tosenden Gewitters. Stockfinster wurde es. Die ersten Minuten hielt das wasserfeste Material seiner Jacke noch stand, dann drang die Nässe bis auf die Haut durch. Die Hosen klebten ihm an den Beinen, über die Zunge seiner Schuhe flutete Wasser in die Schuhe.

Er marschierte weiter, den Regen verfluchend, der an dreihundert Tagen im Jahr fiel, und auch das Dickicht pikender Gebüsche, die den Pfad zwangen, sich entgegen dem gesunden Menschenverstand über den Hügel zu schlängeln, seine Arbeit sowie sich selbst. Der Pfad weichte unter seinen Schritten auf, was es ihm zunehmend erschwerte, das Gleichgewicht zu halten. Schon ging Martin nicht mehr, sondern schlitterte, balancierte und drohte doch, jeden Moment hinzufallen. Der Karabiner verschmolz mit seinem Rücken, wurde merklich schwerer, bei jedem Schritt hafteten sich ein paar Pfund Dreck an seine Sohlen. Selbst in seinem Innern schien sich alles aufzulösen: Es schwabbelte in seiner Nase, gluckerte in seiner Kehle, die Muskeln erschlafften zu feuchter Watte, sogar seine Gedanken verwässerten, flossen ihm davon.

Über alles hätte sich Martin jetzt gefreut, über ein aus dem Gebüsch herausspringendes wildes Tier, über Blitzschlag und Donnergrollen, ja, selbst über ein unvermutetes Hindernis, das ihn zwang zu rennen, etwas zu erklimmen, zu springen oder zu kriechen. In dem grauen Regen gab es indes nichts außer blubberndem Morast, feuchten pikenden Zweigen und dichtem grauen Nebel. So blieb ihm nichts übrig als weiterzugehen, in monotonem Schritt und ohne innezuhalten, eins geworden mit dem anhaltenden Wolkenbruch.

Das zarte Licht über der Station sah er, kaum dass er die Kuppe des Hügels überwunden hatte. Vielleicht hatte sich ein Sonnenschimmer in den Regen gestohlen, vielleicht hingen die Wolken nicht mehr so tief, denn durch die schrägen grauen Regenstrahlen hindurch blinkte vor ihm nun der Leuchtturm. Ein roter Blitz, ein grüner Blitz, eine Pause, bei der es sich jedoch eigentlich um einen Lichtblitz im ultravioletten Bereich handelte. Hernach folgte grellweißes Licht, blendend und betörend wie ein Lichtbogen. Martin beschleunigte den Schritt. Trotz allem war er nicht vom Weg abgekommen.

Eine Stunde später erreichte er die Station. Das aus Steinblöcken errichtete zweigeschossige Haus nahm sich in dieser Gegend aus Hügeln und Sümpfen keinesfalls fremd aus. Die mit schweren purpurroten Gardinen verhangenen Fenster schienen lediglich bedachtsam gesetzte Farbflecken zu sein, die den grauen Hintergrund nur umso stärker hervortreten ließen. Das Leuchtfeuer an der Spitze des hohen Steinturms schickte sein Licht in großer Höhe aus. Er erinnerte an ein

Minarett oder an einen kleinen Leuchtturm für Schiffe irgendwo am Ende der Welt.

Auf der Veranda saß, den Blick fest auf den sich nähernden Martin gerichtet, in einem Schaukelstuhl aus Korb der Leuchtturmwärter und hiesige Muezzin in einer Person, ein mit glänzendem schwarzen Fell bewachsenes Wesen von anderthalb Metern Größe. Das Kopffell unterschied sich in keiner Weise von dem Fell, das seinen Körper bedeckte, sondern wuchs um die großen traurigen Augen und den dicklippigen Mund herum bloß spärlicher und kürzer. Bekleidet war das Wesen nur mit knielangen Shorts.

»Sei gegrüßt, Schließer«, meinte Martin, wobei er vor der zum Haus hinaufführenden Treppe, die aus drei flacheren Stufen bestand, stehen blieb.

»Sei gegrüßt, Wanderer«, entgegnete der Schließer, indem er die Pfeife aus dem Mund nahm. Er hatte eine angenehme tiefe Stimme, die, wiewohl männlich, einer gewissen weiblichen Weichheit und Zärtlichkeit nicht entbehrte. Zudem färbte sie ein leichter Akzent, der indes so flüchtig war, dass er schon nach wenigen Sekunden nicht mehr im Ohr schmerzte. »Tritt ein und ruh dich aus.«

Nun durfte Martin die Treppe hinaufsteigen. Als er die Sohlen an den Kanten der Stufen abrieb, fielen Klumpen schweren matschigen Drecks von den Schuhen. Sodann betrat er die Veranda. Neben dem Schließer stand ein weiterer Sessel, auf dem Tisch warteten eine Karaffe mit fahlgelbem Wein und zwei Gläser. Das durfte als indirekte Einladung verstanden werden, zumal die Schließer niemals auf ein sofortiges Gespräch drangen.

»Ich möchte nach Hause«, sagte Martin, während er im Sessel Platz nahm. »So schnell wie möglich.«

Der Schließer nahm einen Zug aus seiner Pfeife. Sogar der Geruch des Tabaks dünkte Martin heimelig, irdisch. Aus irgendeinem Grund hatten sich die Schließer zuallererst die menschlichen Laster angeeignet. Sie mochten Wein, und allein die Idee, Tabak zu rauchen, hatte sie verzückt.

»Einsam ist es hier und traurig«, bemerkte der Schließer. Die rituelle Floskel klang erstaunlich aufrichtig, vermochte man sich doch nur mit Mühe einen Ort vorzustellen, der einsamer und trauriger als dieser graue, kalte Sumpfplanet gewesen wäre. »Sprich mit mir, Wanderer.«

»Vor zwei Tagen bin ich auf diese Welt gekommen«, hob Martin an, als habe der Schließer ihre erste Begegnung bereits vergessen. Doch hatte ihn damals wirklich derselbe Schließer empfangen? »Ich kam nicht, weil mich nach neuen Eindrücken oder Abenteuern dürstete. Ein Mensch, der auf dem Planeten Erde lebt, hat ein schreckliches, ein sinnloses Verbrechen begangen. Im betrunkenen Zustand hat er sich alldem überlassen, was in seiner Seele schlecht ist. Ich weiß nicht, ob er schon lange auf seine Frau eifersüchtig war, und ich weiß nicht, ob er Grund dazu hatte ... Doch an jenem Abend mündete ihr Streit in eine Tragödie. Er hat seine Frau getötet. Von seiner eigenen Tat entsetzt, flüchtete er sich anschließend durch das Große Tor.«

In seinem Schaukelstuhl wippend nickte der Schließer.

»Die Verwandten der armen Frau haben beschlossen, den Mörder zu bestrafen«, fuhr Martin nach einer Pause fort. »Sie haben mich angeheuert und gebeten, ihn zu finden. Zu finden und zurückzubringen. Ich bin ihm gefolgt und dabei auf diese Welt gelangt ...«

»Im Universum gibt es sehr viele Welten«, bemerkte der Schließer, während er seine Pfeife ausklopfte. »Und auf vielen Welten können Menschen leben. Wie vermochtest du in Erfahrung zu bringen, welchen Weg er eingeschlagen hat?«

»Das war schwierig«, gestand Martin. »Ich musste mir ein genaues Bild von dem Menschen machen, mich in ihn hineinversetzen, seine Träume und Ängste durchleben, denken wie er. Menschen wählen ihren Weg häufig nicht bewusst. Bisweilen verlockt sie ein schöner Ortsname, eine ungewöhnliche Kombination von

Lauten, ein innerer Impuls ... Mitunter irre ich mich, doch in diesem Fall war mir das Glück bereits beim ersten Versuch hold.«

Mit einem Nicken nahm der Schließer die Erklärung zur Kenntnis.

»Ich habe den Flüchtling gefunden«, berichtete Martin weiter. »Da er jedoch mit der Verfolgung gerechnet hatte, konnte ich ihn nicht zur Umkehr zwingen. Manchmal hilft ein Gespräch, nach dem ein Mensch sich dazu durchringt, zurückzukehren und die Strafe auf sich zu nehmen, die in unserer Welt vorgesehen ist. Doch dieser Mann wollte nicht umkehren. Seine Reue war groß, größer indes war seine Furcht. Deshalb habe ich den Flüchtling umgebracht. Hier ist sein Jeton.«

Martin holte einen durchscheinenden Jeton aus seiner Tasche, der an einer feinen Kette baumelte. Im Plastikrund schimmerte ein winziger Mikrochip.

»Jetzt kehre ich nach Hause zurück, um den Verwandten der ermordeten Frau zu berichten, dass sie gerächt ist«, schloss Martin. »Die Behörden unserer Welt werde ich über den Vorfall nicht unterrichten. Das, was jenseits der Großen Tore geschehen ist, geht sie nichts an.«

Der Schließer machte sich daran, seine Pfeife zu stopfen. Seine haarlosen Fingerspitzen zeigten dieselbe schimmernde schwarze Haut, wie sie auch Affen eignet. Man musste genau hinsehen, um zu erkennen, dass es sich hier nicht um Haut, sondern um winzige Schuppen handelte.

»Einsam ist es hier und traurig«, brummte er. »Ich habe schon viele solche Geschichten gehört, Wanderer.«

Martin schwieg kurz, um dann einen weiteren Jeton aus seiner Tasche zu kramen. »Ich bin der Fährte des Flüchtlings gefolgt«, fuhr er fort. »Diese Welt hat mich mit Regen empfangen, doch kein Schauer vermag alle Spuren zu tilgen. Insofern wusste ich, dass ich auf dem richtigen Weg war, als ich die Spur der ersten Rast fand. Später entdeckte ich von einer Hügelspitze aus Menschen. Zwei Menschen, der eine war hinter dem anderen zurück, aber im Begriff, ihn einzuholen. Da, wie ich erkannte, ihre Begegnung kein gutes Ende nehmen würde, sputete ich mich. Dennoch kam ich zu spät. Schon bald stieß ich direkt am Weg auf die Leiche eines jungen Mannes, ja, fast noch eines Kindes, der vielleicht sechzehn oder siebzehn Jahre gewesen sein mochte. Der Flüchtling hatte ihn nahe genug an sich herankommen lassen – und ihn dann erschossen.«

»Weshalb das?«, wollte der Schließer wissen. »Hat er Gefallen am Töten gefunden?«

»Nein. Die Angst hat den Flüchtenden dazu gebracht, den Abzug zu drücken. Er hat mit einer Verfolgung gerechnet, hat befürchtet, ein Jäger habe seine Spur aufgenommen. Deswegen hat er gar nicht versucht herauszubekommen, was der andere wollte. Nicht einmal gefragt hat er sich, ob ein solcher Grünschnabel überhaupt schon ein Jäger sein könne. Rache ist unfruchtbar, Schließer, Rache lässt die Toten nicht aus dem Grab steigen und beschert der Welt nichts Gutes. Anfangs hegte ich bestimmt nicht die Absicht, den Flüchtling zu töten. Doch dann stand ich neben der Leiche dieses Jungen, der das Große Tor durchschritten und seinen Tod unter einem fremden Himmel in einem fremden Regen gefunden hatte. Was hatte er fern der Erde gesucht? Reichtum? Ruhm? Liebe? Oder schlicht Abenteuer? Ich weiß es nicht. Womit konnte er für den Durchlass bezahlt haben? Warum war er so naiv, warum hat er nicht begriffen, dass das Gefährlichste in jeder fremden Welt der Mensch ist? Ich weiß es nicht. Doch den Flüchtling, das ist mir damit klar geworden, durfte ich nicht entkommen lassen. Einst lebten auch in seiner Seele Liebe und Güte. Nun herrschte dort allein die Angst. Wenn es möglich gewesen wäre, die Angst zu töten, hätte er nie wieder die Hand gegen einen Menschen erhoben. Aber solange dieser Mensch lebte, hätte er nicht aufgehört, sich zu fürchten. Deshalb habe ich den Flüchtling getötet und ihm seinen Jeton abgenommen.«

In seinem Stuhl schaukelnd und Rauchwolken ausstoßend,

ließ sich der Schließer die Worte durch den Kopf gehen. Nach einer Weile nahm er die Pfeife aus dem Mund. »Du hast meine Einsamkeit und meine Trauer vertrieben, Wanderer. Tritt durch das Große Tor und setze deinen Weg fort.«

Nunmehr durfte Martin sich in den ersten Stock begeben, eines der für Menschen bestimmten Zimmer aufsuchen, ein heißes Bad nehmen und etwas essen. Freilich konnte er seinen Weg auch unverzüglich fortsetzen.

Martin nickte. Er schenkte sich ein Glas Wein ein. Die nächste Frage stellte er beiläufig, bemüht, sie möglichst wie eine rhetorische klingen zu lassen. »Was war am ersten Teil der Geschichte denn schlecht ...«

Selbstverständlich antwortete der Schließer darauf nicht. Selbstverständlich hatte Martin das auch gar nicht erwartet. Mit einem Schluck trank er seinen Wein aus und erhob sich. »Vielen Dank für die Lektion, Schließer. Leb wohl.«

»Bist du in der Stadt gewesen, Wanderer?«

»Nein. Aus der Ferne habe ich die Lichter zwar gesehen, wollte aber keine Zeit verlieren.«

»Es ist eine große Stadt«, erklärte der Schließer. »Die größte Stadt auf Schlund. Dort leben dreitausend Menschen und fast zehntausend Nichtmenschen. Die Stadt liegt am Ufer eines kleinen Meers, die Bewohner sammeln Algen. Ein aus ihnen gewonnener Sud wird auf vielen Welten geschätzt, denn er verlängert das Leben und schärft das Wahrnehmungsvermögen. In der Stadt trinken alle diesen Aufguss, vom Bürgermeister bis zum Ärmsten der Armen, doch in anderen Welten können ihn sich nur die Reichen und Mächtigen leisten. Das ist meine Geschichte, möge sie deine Trauer vertreiben.«

»Ich danke dir, Schließer«, sagte Martin und ging zur Tür. Bevor er ins Haus trat, wandte er sich, seiner Neugier unterliegend, noch einmal um. Nach wie vor wippte der Schließer in seinem Schaukelstuhl. Ein kurzer dreieckiger Schwanz lugte aus einem in die Lehne geschnittenen Loch heraus.

Letzten Endes gehörten die Schließer eben doch zu den Reptilien. Mochten sie auch mit Fell bewachsen, mochten sie einem Affen noch so ähnlich sein.

Die Gänge der Station hüllten ihn in Wärme und Stille. Auf dem steinernen Fußboden lagen dicke Bastmatten, gegossene Bronzeleuchter spendeten ein seltsames, ein beunruhigendes Licht, dessen Spektrum nicht nur auf Menschen zugeschnitten war. Martin stieg in den ersten Stock hinauf und betrat eines der »Menschenzimmer«, das, wiewohl mit allzu wuchtigen Möbeln und verdächtig niedrigen Stühlen ausgestattet, recht gemütlich wirkte. Das Bad überraschte mit Luxus, einer tiefen runden Wanne und – in einer kleinen Kabine untergebracht – einer Art türkischer Sauna. Selbstredend diente all das nicht dem Vergnügen der Menschen; für irgendeine von den humanoiden Rassen waren Prozeduren mit warmem Wasser schlicht lebensnotwendig.

Und die Schließer kamen ihren Pflichten stets tadellos nach.

Martin zog sich aus, ließ Wasser in die Wanne, duschte sich und betrat die Saunakabine. In der Steinwand knatterte der Heizer, hinter der transparenten Tür schäumte das heiße Wasser, das sich in die Wanne ergoss. Mit auf die Brust herabgesunkenem Kopf saß Martin da, schloss die Augen und ließ seinen ganzen Körper nach und nach die Wärme aufsaugen. Der vermaledeite Regen hatte ihn stärker mitgenommen, als Martin zunächst vermutet hatte.

Wie lange er hier wohl hätte frische Kräfte schöpfen dürfen, wenn der Schließer keinen Gefallen an seiner Geschichte gefunden hätte?

Einen Tag? Zwei?

Irgendwann würde ihn sein Glück im Stich lassen. Dann würde ihn der betreffende Schließer, in seinem Schaukelstuhl wippend oder sich auf einer Bastmatte rekelnd, ein ums andere Mal bescheiden: »Einsam ist es hier und traurig, Wanderer.« Was die Schließer leitete, was sie das Entgelt für die Benutzung der Großen Tore annehmen oder zurückweisen ließ, blieb nach wie vor ein Rätsel. Sicher wusste man einzig, dass sie Geschichten ablehnten, die schöngeistigen Büchern, Filmen oder allgemein zugänglichen historischen Dokumenten entstammten, wohingegen sie Geschichten, die dem Erzähler selbst widerfahren oder ihm mündlich zugetragen worden waren, gern akzeptierten. Keine Geschichte eignete sich indes, den Durchlass zweimal zu erkaufen, selbst an unterschiedlichen Toren nicht, tauschten die Schließer ihre Informationen doch unverzüglich oder zumindest nahezu unverzüglich aus. Man konnte auch keine Geschichte »auf Vorrat« erzählen, sondern lediglich dann, wenn man ein Tor passieren wollte. Erfolg versprachen zudem ausgedachte Geschichten, obgleich die Schließer in diesem Fall dazu neigten, in Fragen des Stils und des Inhalts besonders pingelig zu sein. Tragische oder romantische Geschichten gefielen ihnen ungleich besser als idyllische oder Naturschilderungen. Nicht schlecht fuhr man mit humoristischen Erzählungen oder Kriminalgeschichten, rätselhaften und mysteriösen Darbietungen. Fast immer griffen biographische Fragmente, wobei Menschen zumeist alles vortragen mussten, was sich – und sei es von noch so geringer Bedeutung – in ihrem eigenen Leben zugetragen hatte, damit der Schließer sich zufrieden zeigte. Eventuell tappte man damit aber auch in eine raffinierte Falle, die es jedem Menschen ermöglichte, eines der Großen Tore zu benutzen. Freilich nur ein einziges Mal.

Welchen Preis hatte der Junge für den Durchlass entrichten können, der jetzt in fremder Erde zwanzig Kilometern vom Tor entfernt ruhte?

Die Geschichte seiner ersten und letzten Liebe? Vermutlich.

Martin wechselte von der Saunakabine in die Wanne über, wobei ihm das warme Wasser nun angenehm kühl vorkam. Nach kurzem Zögern langte er nach seiner Kleidung, um einen Jeton und seine Uhr herauszuholen. Er band sich die Uhr um und betrachtete einen ausgedehnten Moment lang den Jeton.

Hernach drückte er einige Knöpfe an der Uhr und hielt sie gegen den Jeton.

Im Grunde verbot das russische Gesetz dergleichen. Nun ja, das stimmte nicht ganz: Für Privatpersonen war es verboten. Gleichwohl verkaufte man die Jetonscanner auf dem Schwarzmarkt, der Ordnung halber als Uhr oder Notebook getarnt.

Auf dem kleinen Schirm erschienen einige Zeilen. Eine Nummer, die Martin nichts sagte. Ein Name. Das Alter. Die Nummer des letzten durchquerten Tors.

Der Junge war Spanier und noch nicht einmal siebzehn Jahre alt gewesen.

Martin stopfte den Jeton in die Hosentasche zurück und streckte sich im warmen Wasser aus. Früher oder später würden die Behörden hinter den Trick mit den als Uhren getarnten Scannern kommen und die Codierung der Jetons ändern – oder auch nicht. Vielleicht gehörte die Zeit, in der man Schließern und ihrer Klientel misstraute, inzwischen der Vergangenheit an.

Martin kletterte aus der Wanne, ließ das Wasser ab und brauste die Wanne aus. Er rubbelte sich mit einem sauberen, geplätteten Handtuch ab, das er danach in einen Korb für Schmutzwäsche warf. Anschließend zog er sich an. Den Rucksack schulterte er noch nicht, sondern packte ihn an einem Riemen.

So ging er zum Tor.

Diese Station erfreute sich keiner sonderlichen Beliebtheit. Weder im Wohnblock noch an den drei automatischen Türen oder im Zentralbereich begegnete Martin jemandem. Ein kleiner runder Saal, das Herz der Station, wirkte ebenso asketisch wie der Rest. Der Computer auf einem hohen Pult schien das einzige Attribut moderner Technik zu sein. Letzten Endes handelte es sich dabei jedoch um das primitivste Detail des Systems, um nicht mehr als die Zündschnur an der Düse einer Rakete oder ein mechanisches Schloss an einer Computertastatur.

Die Menschheit hatte sich, dies nebenbei bemerkt, an derlei Zwitter längst gewöhnt.

Martin wartete, bis sich die Tür hinter ihm schloss und hermetisch dicht war. Das Display leuchtete auf. Martin zog die Tastatur zu sich heran, fuhr mit dem Cursor eine schier endlos lange Liste entlang. Die meisten Namen blinkten grün, was hieß, dass diese Orte dem Menschen offen standen. Gelbes Licht gab Planeten an, auf denen der Mensch unter Lebensgefahr existieren konnte, nämlich nur mit einer Sauerstoffmaske, oder aber auf denen er als unerwünschter Gast rangierte. Ein rotes Licht markierte jene Welten, in denen der Mensch überhaupt nicht – will heißen, nicht ohne solide Schutzmaßnahmen oder mit Hilfe der Bevölkerung vor Ort – überdauern konnte. Welten mit zu starker Gravitation oder zu dünner Atmosphäre, Welten, in denen man Chlor atmete, Welten, in denen die Luft elektrisch aufgeladen und mit Magnetfeldern von unglaublicher Stärke gesättigt war, Welten, in denen die Materie nach anderen physikalischen Gesetzen existierte. In diesem Zusammenhang beschäftigte Martin vor allem die Frage, wen die Schließer in jenen Welten in den Stationen einsetzten. Oder sollten sie etwa auf die dortigen Bewohner vertrauen? Oder auf Automaten?

Beantworten konnten diese Frage freilich nur Schließer. Und die zogen es vor, zu fragen statt zu antworten.

Aus der Liste wählte Martin die Erde. Daraufhin öffnete sich ein zweites Menü, das die vierzehn Tore enthielt, die der Menschheit zur Verfügung standen. Martin entschied sich für Moskau. Er klickte »Eingabe« an. Eine letzte Warnung erschien, doch Martin bestätigte sein Vorhaben.

Das Display verdunkelte sich und schaltete sich aus.

Ansonsten änderte sich nichts.

Nichts, bis auf den Planeten, auf dem er sich befand.

Martin nahm seinen Rucksack vom Boden auf und ging zur Tür. Hinter ihm versank das Computerpult langsam im Boden, um einer reichlich archaischen Konstruktion Platz zu machen, die aus Hunderten von bunten Hebeln an drei kleinen Trommeln aus schwarz lackiertem Ebenholz bestand. Folglich musste sich dem Tor ein Außerirdischer nähern. Und rein zufällig wusste Martin, was für einer.

Im Gang, hinter der zweiten automatischen Tür, stieß er denn auch auf einen Geddar, ein Wesen von hohem Wuchs und mit nach menschlichem Maßstab unförmiger Figur. Das Gesicht wirkte beinah wie das eines Menschen, nur die Augen standen zu weit auseinander und die Ohrmuscheln zeigten eine gleichmäßig geometrische Form, einen Halbkreis, wie man ihn aus den Zeichnungen kleiner Kinder kennt. Die Haut war grau, weshalb die mehr oder weniger gewöhnlichen, nämlich roten Lippen sich wie ein grausamer blutiger Strich abhoben. Der Geddar trug prunkvolle Kleidung von karminroter und azurblauer Farbe, über seiner Schulter ragte der Griff eines Ritualschwerts auf, ein gerifffeltes und fein gearbeitetes Stück, das nicht aus Metall, sondern aus bunten, zusammengeschmolzenen Steinfäden angefertigt war.

Kurz neigte der Geddar den Kopf.

Höflich erwiderte Martin den Gruß.

Dann gingen sie aneinander vorbei. Der Geddar steuerte das Große Tor an, seine Hebel und Wählscheiben. Martin schlenderte den breiten Gang hinunter und verließ die Station in der Gagarin-Gasse.

Einst war dies einer der angenehmsten und ruhigsten Orte in Moskau gewesen. Zu Zeiten des Sowjetimperiums drehte man hier Filme, die die Schönheit der Hauptstadt zeigen sollten. Die Oberschicht hatte sich hier ebenfalls gern niedergelassen. Möglicherweise gefiel auch den Schließern dieser Ort. Doch wer vermag schon etwas über die Motive von Schließern zu sagen? Wie dem auch sei, vor zehn Jahren war der Keim eines Großen Tors genau an diese Stelle heruntergekommen, um binnen drei Tagen die anheimelnden Häuser ohne viel

Federlesens beiseite zu schieben und sich zu einer Station auszuwachsen.

Seither wäre es niemandem mehr in den Sinn gekommen, diesen Ort ruhig zu nennen.

Die Moskauer Station war eine der größten auf der Erde. Zudem durfte sie, da die Schließer sich entweder nicht um architektonische Ansprüche geschert hatten oder auf diese Weise ihr Urteil zur hauptstädtischen Baumeisterschaft abgeben wollten, auch als die scheußlichste bezeichnet werden. Riesige Betonkuppeln erhoben sich da, Würfel türmten sich ohne erkennbares Prinzip auf, willkürlich angeordnete Fenster funkelten mit dunklem Spiegelglas, ein Turm schoss fast hundert Meter in die Höhe, bestand dabei jedoch nur aus grobem, unverputztem Beton, wobei die Spitze eine unsägliche Laube zierte, aus welcher das Leuchtfeuer herausblitzte. Auf dem Dach eines der Würfel erstreckte sich eine Landefläche für fliegende Untertassen, von denen, selbst wenn die Schließer sie nur selten benutzten, stets ein oder zwei Maschinen startklar waren. Um die Station herum schlängelte sich über den geborstenen Asphalt ein aus Tonplatten gelegter weißer Streifen, der die Grenze markierte. Dahinter erhoben sich ein niedriger Gitterzaun und die Häuschen der Miliz. Nur am Eingang fehlte dieser Zaun, und die Ordnungshüter, der Form halber postiert, verwehrten niemandem den Zugang zur Station.

Martin blieb stehen, um sich umzusehen. Ein feiner kalter Regen ging nieder, obwohl dem Kalender nach der Sommer seit einem Monat Einzug gehalten hatte. Um die Station lungerten Gaffer, Kinder und die stadtbekannten Verrückten. Dafür trieben sich infolge des schlechten Wetters kaum Journalisten herum. Regennasse Demonstranten verlangten »Schließer, zieht ab!«, ein Mann von solider Erscheinung hielt ein Plakat in den Händen, auf dem geschrieben stand: »Galotschka, komm zurück!« An den Mann erinnerte sich Martin noch gut, er marschierte jetzt schon den dritten Monat vor der Station auf und ab. Stets fand er sich kurz nach fünf Uhr ein, stellte sein Plakat auf, dass die gleichgültigen Wände es betrachten mochten, packte es mit penibler Genauigkeit um neun wieder ein und ging fort. Offensichtlich erkannte der Mann Martin ebenfalls wieder, er nickte ihm kaum merklich zu.

Dann ließ Martin den Blick weiterwandern. An jedem Ausgang staute sich eine Schlange, die kürzeste vor dem dritten, der in die Siwzew-Wrashek-Gasse führte. Selbige wählte er.

Der junge Grenzer prüfte die Dokumente eines Wesens, das Martin nie zuvor mit eigenen Augen gesehen hatte. Ein Humanoid mit ölig schimmernder grauer Haut und zwei Paar Armen, der einen braunen Pelz und eine Art fellenes Barett trug, barfuß ging und aus winzigen, mit einer transparenten Membran überzogenen Äuglein dreinblickte. Im Nachschlagewerk von Garnel und Tschistjakowa *Who is who im Universum* hatte Martin diese Rasse entdeckt, sie sich aber nicht sonderlich gut eingeprägt. Das sprach für sie, denn gefährliche Außerirdische kannte er auswendig.

»Da drüben ist die Wechselstelle«, erklärte der Grenzer dem Wesen. »Sie können sich einen individuellen Fremdenführer nehmen oder sich an eine Touristenagentur wenden. Sind Sie mit unseren Gesetzen vertraut?«

Der Außerirdische nickte.

»Dann unterschreiben Sie bitte hier und hier …«

Der Mann, der neben Martin und dem Außerirdischen stand, drehte sich um. Er lächelte Martin freundlich und ein wenig einschmeichelnd an. »Entschuldigen Sie, sind Sie von hier?«, fragte er.

»Ja.«

»Ich bin aus Kanada. Was würden Sie mir raten? In welchem Hotel soll ich mir ein Zimmer nehmen?«

Martin zuckte mit den Schultern. Er linste zu den Agenten hinüber, die sich in einigem Abstand drängten.

»Was ist Ihnen wichtiger? Der Preis, der Komfort oder die Lage des Hotels?«

Der Kanadier lächelte und breitete nachdenklich die Arme aus. Wie ein Millionär sah er nicht aus, eher wirkte er wie ein normaler Westler mittleren Alters und mit durchschnittlichem Einkommen.

»Verstehe. Nehmen Sie sich ein Taxi und fahren Sie ins Rossija. Der Komfort lässt ein wenig zu wünschen übrig, dafür liegt es im Zentrum und ist nicht teuer.«

»Vielen Dank!« Der Kanadier zeigte jene aufgeregte Fröhlichkeit, die sofort verrät, dass ein Mensch zum ersten Mal auf die Erde zurückkommt. »Ich habe meine Tochter besucht, die jetzt auf Eldorado wohnt. Auf dem Rückweg wollte ich einen Abstecher nach Russland machen, mir die Welt ansehen ...«

»Eine kluge Entscheidung«, pflichtete ihm Martin bei. »Manchmal kehre ich ebenfalls durch ein Tor im Ausland zurück.«

Im Blick des Kanadiers spiegelte sich Respekt wider. »Dann machen Sie diese Reise also nicht zum ersten Mal?«

Martin nickte.

»Verstehen in Moskau viele Touristisch?«

»Wie überall. Einer von tausend. Besser behelfen Sie sich mit Englisch, zumal jeder einen Touristen, der gerade durchs Tor kommt, ausnehmen will wie eine Weihnachtsgans.«

»Der Nächste«, rief der Grenzer. Der Außerirdische steuerte bereits die Wechselstelle an, wobei er gleichmütig die wuseligen Fremdenführer und Leute, die schwarz Geld tauschten, umging. Ein umsichtiger und gesetzestreuer Außerirdischer.

Der Kanadier setzte ein weiteres strahlendes Lächeln auf und wandte sich dem Grenzer zu.

»Guten Tag, Ihre Papiere bitte ...«

Der Grenzer bediente sich des Englischen. Flüchtig schoss Martin der Gedanke durch den Kopf, dass sich die Sprachkenntnisse der Grenzbeamten im Laufe des letzten Jahres enorm verbessert hatten. Fast alle beherrschten inzwischen Touristisch, womit sie mindestens einmal – genauer gesagt: zweimal –

durch das Große Tor gegangen sein mussten. Die gemeinsame Sprache gaben die Schließer all denen, die sich ihres Transportsystems bedienten. Und jene Rassen, deren Kommunikationssystem nicht auf gesprochener Sprache beruhte, bekamen die universelle Gestensprache vermittelt, die es ihnen erlaubte, sich leidlich auszudrücken.

»Der Nächste ...«

Unsicher lief der Kanadier die Straße hinunter. Beute witternd, stürzten prompt Fremdenführer und Taxifahrer auf ihn zu. Sie würden den Kanadier ausnehmen, keine Frage.

»Martin Dugin, Bürger Russlands.« Er hielt seine Papiere hin.

Der Grenzer blätterte nachdenklich den Ausweis durch. Visa, Visa, Visa ...

»Ich habe schon von Ihnen gehört«, bemerkte er. »Sie benutzen jeden Monat das Große Tor.«

Martin hüllte sich in Schweigen.

»Wie machen Sie das eigentlich?« Der Grenzer sah Martin unverwandt an. Als erwarte er eine unglaubliche Offenbarung oder ein überraschendes Eingeständnis.

»Ich gehe einfach durch. Erzähle dem Schließer irgendwas, danach ...«

Der Grenzer nickte, blieb indes ernst. »Das weiß ich. Ich bin selbst schon durch das Tor gegangen. Trotzdem möchte ich wissen, wie Sie das schaffen. Manchen gelingt das nicht ein einziges Mal.«

»Vielleicht ist meine Zunge gut geölt?«, schlug Martin vor. »Ich weiß es nicht, Offizier. Alle meine Geschichten habe ich auch den entsprechenden Organen erzählt. Irgendwie gefallen sie den Schließern.«

Der Grenzer stempelte das Einreisevisum in den Ausweis. »Herzlich willkommen in der Heimat, Martin Dugin. Wissen Sie eigentlich, dass Sie einen Spitznamen haben? Der Läufer.«

»Danke schön, aber den kenne ich schon.«

»Ihre Waffe ist entladen?«

»Ja, natürlich.« Martin klopfte gegen das Futteral. »Sie ist zerlegt und ungeladen. Ein normaler Karabiner. Ich gehe damit auf Wildschweinjagd.«

»Waidmanns Heil.« Der Grenzer sah Martin neugierig, aber ohne jeden Vorbehalt an. »Sie sollten sich klarmachen, wie Sie das schaffen, Bürger Dugin. Das käme allen zugute.«

»Ich werde mir Mühe geben«, versprach Martin, während er durch den grünen Bogen der Einreisestelle ging. Insgesamt war es mit den Grenzern in der letzten Zeit wirklich viel besser geworden. Sie traten irgendwie gelassener auf, ohne die Nervosität und das Misstrauen der ersten Jahre.

Nach etwa zehn Minuten war er dem Gewusel und der Menge entkommen. Er schlenderte an den Geschäften »Für den Jäger« und »Alles für unterwegs« vorbei sowie an einer heimlich entstandenen, inzwischen jedoch legalisierten Markthalle, in der Waren und Ausrüstung von fremden Planeten feilgeboten wurden, passierte einige kleine Gasthäuser »für alle Rassen« und anheimelnde Restaurants mit verlockenden fremdländischen Namen, die nie geschmeckte Speisen versprachen.

Erst dann nahm Martin sich ein Taxi. Der Privatfahrer hielt von sich aus an, öffnete die Tür, ohne vorher den Weg oder den Preis zu erörtern. »Sie sind von einer Reise zurück?«, fragte er.

Hier, in einer gewöhnlichen Moskauer Straße, nahm sich die Touristensprache bereits fremd aus. Die Laute waren zu schlicht und zu weich, die Sätze zu kurz.

»Ja. Gerade eben.«

»Hab ich mir doch gleich gedacht. Ich selbst habe die Reise schon dreimal unternommen. Da habe ich mir gedacht, komm schon, bring den Kollegen nach Hause … Waren Sie weit weg?«

Martin schloss die Augen und machte es sich bequemer. »Sehr weit. Zweihundert Lichtjahre.«

»Und wie ist es da?«

»Wie hier. Es regnet.«

»Hab ich's mir doch gedacht.« Der Fahrer brach in schallendes Gelächter aus. »Unterwegs ist es schön, aber zuhause ist es noch besser. Wo auch immer du hinfährst, etwas Besseres als die Erde findest du eh nicht. Ich reise einfach nur so, seitdem meine Freunde mich einmal mitgeschleppt haben. Damals waren wir alle betrunken, närrisch und haben darüber gestritten, ob wir es schaffen, einfach aufzubrechen und zurückzukommen. Ich bin wieder da, aber ...«

Martin sagte kein Wort. Die Hand in der Tasche, ließ er die beiden Jetons durch die Finger gleiten. Ohne Scanner waren sie nicht voneinander zu unterscheiden. Am Abend musste Martin noch einen Brief an die Angehörigen des toten Jungen schreiben und die bittere Neuigkeit zusammen mit dem Jeton an sie abschicken.

Danach, so beschloss Martin, stand es ihm zu, sich zu betrinken.

Zwei

Man sollte ein Geschäftstreffen niemals auf einen Montagmorgen legen.

Am Samstagabend erscheint dergleichen noch als vorzügliche Idee, erlaubt sie es einem doch, das Telefonat rasch zu beenden und zu seinen Gästen zurückzukehren. Man glaubt dann ehrlich daran, der Sonntag werde ruhig und beschaulich verstreichen, man erledige ohne jede Hast die häuslichen Pflichten und den nachlässigen Wohnungsputz eines Junggesellen, tapere gemächlich zum Geschäft an der Ecke, um Bier und Tiefkühlpizza zu kaufen – die bösartigste Verunglimpfung der italienischen Küche durch die Amerikaner. Man kann sich sogar einbilden, der Sonntagabend werde mit einem Nickerchen vorm Fernseher enden.

Nein, niemals sollte man versprechen, im neuen Jahr nicht mehr zu rauchen, nächsten Monat endlich Sport zu treiben oder am Montagmorgen frisch und munter zu sein.

»Sie heißen Martin?«, fragte ihn der Besucher.

Martin vollführte eine eigentümliche Kopfbewegung, die von »Ja« über »Nein« bis hin zu »Ich erinnere mich nicht mehr« oder »Mir platzt der Schädel, und Sie quälen mich mit dämlichen Fragen« alles Mögliche heißen konnte.

Die letzte Interpretation wäre übrigens zutreffend gewesen.

»Wollen Sie eine Kafetin?«, fragte der Besucher plötzlich, woraufhin Martin ihn mit aufkeimendem Interesse musterte.

Auf den ersten Blick hatte die Quelle seiner Pein den Eindruck eines typischen Geschäftsmannes gemacht, der vor einem Jahr zum ersten Mal eine Krawatte getragen hatte, diese aber immer noch nicht eigenhändig zu binden vermochte. Ein gedrungener Mann mit kurz geschnittenem Haar, der in einem Anzug von Valentino und einem Oberhemd von Etro steckte. Martin wusste nur allzu gut, mit welchen Bitten solche Gestalten zu ihm kamen, und verstand sich seit Langem auf die Kunst, sie abzulehnen.

Was Martin aus dem Konzept brachte, war die Uhr. Eine echte Patek. Die passte nicht ins Bild, was sich in vielerlei Hinsicht deuten ließ. Angefangen von hoffnungsloser Dummheit seines Besuchers bis hin zum Unangenehmsten: dass er nämlich gar nicht derjenige war, für den er sich ausgab.

»Ja, gern«, gab Martin zu. Daraufhin reichte sein Besucher ihm einen Streifen mit eingeschweißten Tabletten. Blister, fiel es Martin wieder ein, Blister hieß eine derartige Verpackung. Eine schöne Bezeichnung, beinah Science Fiction: Er zog seinen treuen Blister ...

»Gemütlich haben Sie es hier«, meinte sein Besucher, der gewartet hatte, bis Martin die Tablette zerkaut und mit einem Glas Mineralwasser heruntergespült hatte. Das Zimmer heimelte nicht wirklich an, es war schlicht ein Arbeitszimmer in einer Durchschnittswohnung. Ein Tisch mit Computer, zwei Sessel, Bücherschränke und in einer Ecke ein Waffenschrank. Insofern ging Martin nicht auf das Kompliment ein, das er einzig der Höflichkeit geschuldet sah. »Sie sind also Martin?«

»Vermutlich haben Sie schon Fotografien von mir gesehen?«, brummte Martin. »Ja, ich bin's.«

»Ein seltener Name in unseren Breiten«, bemerkte der Gast tiefsinnig.

Innerlich explodierte Martin. Der Name war das, was er seinen Eltern niemals verzeihen würde. In der frühen Kindheit hatte ihn alle Welt »Gänserich« genannt – der Zeichentrickfilm über den kleinen Nils, der auf dem Gänserich Martin über Skandinavien hinwegfliegt, lief in regelmäßigen Abständen im Fernsehen. Und daran, wie dieser Name in Verbindung mit seinem Vatersnamen Igorjewitsch klang, dachte er lieber gar nicht erst.

»In unseren Breiten- wie auch Längengraden«, bestätigte Martin. »Meine Eltern haben Jack Londons *Martin Eden* geliebt. Habe ich Ihre Neugier damit befriedigt?«

Der Besucher nickte. »Wie gut, dass ihnen nicht Alexander Grin gefiel«, meinte er. »Ein seltener Name ist doch wohl weitaus besser als ein ausgedachter, oder?«

Während Martin ihn ansah, lag ihm schon auf der Zunge zu sagen: »Was hast du schon über Grin zu urteilen?« Aber er urteilte!

»Und wie hätte ich in dem Fall heißen können?«, wollte Martin wissen.

»Oh«, der Besucher taute auf. »Da gäbe es unzählige interessante Varianten! Drud. Sandy. Grey. Steele. Colomb. Außerdem hätten sich Ihre Eltern noch für Politik begeistern können. Revolutionäre Romantik ... Fidel Olegowitsch, zum Beispiel. Glauben Sie mir, das ist noch schlimmer!«

»Ich gebe mich geschlagen ...« Martin breitete die Arme aus. »Ich bin ganz Ohr, mein geheimnisvoller Unbekannter.«

Der Gast genoss seinen Triumph indes nicht. Vielmehr zog er aus der Jacketttasche seinen Ausweis und reichte ihn Martin.

»Ernesto Semjonowitsch Poluschkin«, las Martin mit halblauter Stimme. Er hob den Blick, nickte und gab den Ausweis zurück. »Wie gut ich Sie verstehen kann ... Wollen wir zur Sache kommen?«

»Sie sind ein Privatdetektiv, der auch außerhalb der Erde arbeitet«, fing Ernesto Semjonowitsch an. »Das stimmt doch, oder?«

Martin schämte sich seiner Arbeit nicht und machte seiner

Familie gegenüber einzig wegen der altmodischen Einstellung seines Onkels und um seine Mutter nicht zu beunruhigen ein Geheimnis daraus. Er selbst bevorzugte den Ausdruck »Kurier«, doch im Grunde übte er tatsächlich den ebenso häufig besungenen wie bespöttelten Beruf eines Privatdetektivs aus. Gefahrvoll war diese Tätigkeit entgegen der landläufigen Meinung jedoch nicht aufgrund der Vielzahl der auf sein Herz gerichteten Kugeln, sondern aufgrund der Unmenge erhaltener Ohrfeigen und miterlebter hysterischer Ausbrüche.

»Lassen Sie mich Ihnen das erklären«, sagte Martin. »Wie sich herausgestellt hat, können manche Menschen die Schließer mit ihren Geschichten gewinnen, andere nicht. Und es hat sich herausgestellt, dass ich das ganz vorzüglich vermag. Deshalb gehe ich dieser Arbeit nach, die eher die eines Kuriers ist. Ihre geliebte Frau hat sich auf eine Reise durch andere Welten begeben? Dann finde ich sie und übergebe ihr einen Brief von Ihnen. Und falls sie sich keine Geschichte für die Heimkehr ausdenken kann, stelle ich ihr eine zur Verfügung. Ihr Geschäftspartner lebt in der anderen Welt? Dann arbeite ich als Bote. Sicher, durch die Großen Tore schafft man keine schweren Lasten, aber es handelt ja auch nicht jeder mit Alteisen und Holz. Aber zehn, zwanzig Kilogramm kann ich transportieren ... seltene außerirdische Medizin, Gewürze, Skizzen und Pläne von auf der Erde unbekannten Vorrichtungen. Drogen zu liefern sollten Sie mich allerdings nicht bitten. Erstens werden diejenigen, die durch ein Tor kommen, kontrolliert. Zweitens bin ich ein prinzipieller Gegner von psychotropen Mitteln. Dagegen können Sie mich gern bitten, einen geflohenen Schuldner oder einen betrügerischen Geschäftspartner zu finden, selbst wenn ich mir in dem Falle noch überlegen würde, ob ich den Auftrag annehme. Ich bin nämlich beileibe kein Superman. Außerdem bin ich kein Killer. Ich möchte mein Leben nur ungern aufs Spiel setzen, damit jemand anders Rache üben kann.«

»Und wenn man Ihnen ein solches Angebot machen würde?«, fragte Ernesto. Er hatte Martin sehr aufmerksam zugehört.

»Ist das bereits ein Angebot?«, hakte Martin nach.

»Es ist eine Frage.«

»Ich selbst habe es nicht gelernt, auf solche Fragen zu antworten«, erwiderte Martin mit enttäuschtem Unterton, während er sich erhob. »Aber ich habe eine Telefonnummer, die ich Ihnen geben könnte, von einem Menschen, der Ihnen an meiner Statt das Nötige sagt.«

Lächelnd blieb Ernesto Semjonowitsch sitzen. »Ich habe wirklich nicht die Absicht, Ihnen ein solches Angebot zu unterbreiten, Martin. Es war pure Neugier. Ich weiß, wer seine schützende Hand über Sie hält, wer Ihr Patron ist. Ich weiß sogar, warum man Ihnen diesen Dienst erweist. Ich könnte versuchen, diese Personen umzustimmen ... Aber darauf habe ich es wirklich nicht angelegt.«

»Dann kommen wir endlich zur Sache«, erwiderte Martin und nahm wieder Platz. Vielleicht lag es an dem manierierten Namen oder gewissen Nuancen im Auftreten – doch der morgendliche Klient gefiel ihm. Nur ungern hätte er von ihm den leicht bemäntelten Vorschlag vernommen, einen von der Erde geflohenen Schuldner ausfindig zu machen, um dessen Leben ein Ende zu setzen. Freilich ging Martin aufgrund seiner langjährigen Erfahrung ohnehin nicht von einem derart banalen Anliegen aus. Mit solchen Angeboten wandten sich schlichtere Gemüter an ihn.

Ernesto druckste herum. Verborgen hinter der gelassenen Ironie und dem augenfälligen, an Martins Adresse gerichteten Wohlwollen rekelte sich eine leichte Sorge und gewisse Unsicherheit. Als wolle er eine ebenso traurige wie peinliche Geschichte beichten: Von seiner untreuen Frau, die mit seinem besten Freund durchgebrannt war, von einem schlitzohrigen Betrüger, der ihm die Katze im Sack angedreht hatte, über die Leidenschaft, in der er überraschend für ein blutjunges, kreuzdämliches Fotomodell entbrannt war, oder über die Notwendigkeit, an ein teures und sehr seltenes Aphrodisiakum vom Planeten Kanaan zu gelangen.

Martin wartete mit zur Schau gestellter Höflichkeit, darauf bedacht, sein Gegenüber nicht zu drängen und die eigene Neugier zu verbergen. Seriöse Menschen lieben es gar nicht, um etwas zu bitten. Doch so, wie die Situation sich gestaltete, war es nun einmal an Ernesto Semjonowitsch, in die Rolle des Bittstellers zu schlüpfen. Im Übrigen musste er ein starker Mann sein, da ihm der Name Poluschkin, der gemeinhin an ein kleines Schnäpschen denken ließ, in seinen tagtäglichen Geschäften nicht zum Nachteil gereiche. Ein anderer hätte ihn vielleicht, kaum volljährig geworden, abgelegt, doch Ernesto trug ihn voller Stolz, als handle es sich um ein Banner, das über einer belagerten Festung weht.

»Die Geschichte ist fürchterlich banal«, sagte Ernesto. »Darf ich mir vielleicht erlauben ...?«

»Ja«, erwiderte Martin mit einem Blick auf Zigarrenetui, Feuerzeug und Guillotine, die sein Gast plötzlich in der Hand hielt. »Vielen Dank.«

Die Zigarre nahm er mit Vergnügen an, obgleich er im Allgemeinen nicht dem Gift namens Tabak huldigte. Es schien ihm jedoch klüger, bisweilen eine Zigarre zu rauchen, als sich alle halbe Stunde mit Zigarettenqualm zu vergiften.

»Eine echte Havanna«, bemerkte Ernesto beiläufig. »Kürzlich bin ich auf Kuba gewesen, da habe ich welche mitgebracht ... In Moskau sind eh bloß Imitate im Handel ...«

Derart banale Sätze, so ging es Martin durch den Kopf, gaben gewöhnlich Menschen von sich, die nichts von Zigarren verstanden, sie nicht aufzubewahren wussten und keine Ahnung hatten, wo sie sie kaufen sollten. Die Havanna stellte sich jedoch in der Tat als hervorragend heraus – weshalb Martin sich ausschwieg.

»Wie ich bereits sagte, ist es eine sehr banale Geschichte,

Martin. Ich habe eine Tochter. Sie ist siebzehn Jahre alt ... zweifellos ein idiotisches Alter. Das Mädchen hat sich einfallen lassen, eine kleine Expedition zu unternehmen ... Sie ist durchs Tor gegangen. Ich möchte Sie bitten, sie zu suchen und nach Hause zu bringen. Wie Sie sehen, eine höchst einfache Angelegenheit.«

»Eine außergewöhnlich einfache«, pflichtete Martin ihm bei. »Und sehr banal ... Siebzehn, sagten Sie?«

Ernesto nickte.

»Hat sie die Erde vor langer Zeit verlassen?«

»Vor drei Tagen.«

Martin nickte. Besser wäre es gewesen, Ernesto hätte ihn gleich mit der Suche beauftragt – aber zu machen sollte es sein. Freilich musste er Ernesto zugute halten, dass er ihn bereits am Samstag gesucht hatte, wenn auch nicht allzu hartnäckig.

»Ich müsste noch einiges von Ihnen wissen, bevor ich mich entscheide.«

Ernesto erhob keine Einwände.

»Wie war Ihr Verhältnis zu Ihrer Tochter?«, fragte Martin.

»Gut«, antwortete Ernesto ohne zu zögern. »Sicher, wir haben uns auch gestritten ... Wie Sie sich vorstellen können, brauche ich mich mit einer ganzen Reihe profaner Probleme nicht zu belasten. Wenn meine Tochter neue Kleidungsstücke möchte, bitte schön. Wenn sie die ganze Nacht Musik hören will, sage ich kein Wort ... Als wir unser Haus gebaut haben, habe ich von vornherein auf einer guten Schallisolierung bestanden. Urlaub, ihre Ausbildung ... das bereitet uns keine Sorgen.«

»Verstehe«, erklärte Martin. »Und das normale zwischenmenschliche Verhältnis? Haben Sie offen miteinander geredet, durfte sie in die Diskothek gehen, ihren Freund mit nach Hause bringen?«

»Glauben Sie mir, ich bin ein guter Vater«, behauptete Ernesto mit einem Anflug von Stolz. »Wir haben miteinander geredet, sie durfte gehen, sie durfte ihn mitbringen. Ich habe mich mit ihr gestritten, ihr manchen Rat gegeben, doch wenn sie nicht nachgeben wollte, habe ich mich damit abgefunden.«

»Erstaunlich«, bemerkte Martin mit verständlichem Unglauben. »Und ... wie stand sie zu Ihren Geschäften?«

»Meine Geschäfte sind absolut legal«, versicherte Ernesto, wobei auch diesmal Stolz mitschwang. »Gewinnbringende Geschäfte sind im Grunde nie ganz sauber. Aber es gibt nichts, wofür ich mich schämen müsste. Ich bin kein Ganove, der mit Drogen handelt und Spelunken unterhält. Und meine Tochter schämte sich auch nicht für mich, falls Sie das meinen.«

»Hat Sie mit Ihnen gesprochen, bevor sie sich auf ihre ... Reise begab?«

»Nein«, antwortete Ernesto.

»Kommt Ihnen das nicht komisch vor?«

»Durchaus nicht. Wir haben schon mehrfach über die Großen Tore gesprochen, und ich habe Irina erklärt, sie müsse vorsichtig sein, wenn sie die Dienste der Schließer in Anspruch nimmt, und solle besser erst Lebenserfahrung sammeln und sich ihrer eigenen Stärke bewusst werden. Irotschka war da anderer Meinung. Sie reist gern, und welche Reise könnte interessanter sein als eine durch das Tor? Ich bekenne es ganz offen, Martin, ich will gar nicht ausschließen, dass Irotschka in zwei, drei Tagen von selbst zurückkommt. Aber ich will kein Risiko eingehen.«

»Ich muss mir ihr Zimmer ansehen, ihre persönlichen Sachen«, informierte Martin ihn.

Ernesto runzelte die Stirn, nickte aber dennoch.

»Die Bezahlung?«

»Nennen Sie eine Summe«, ließ Ernesto leichthin fallen. »Ich kenne Ihre Preise, sie sind akzeptabel für mich.«

In was für eine Zwickmühle war er da geraten! So sehr Martin sich anstrengen mochte, einen vernünftigen Grund zu finden, den Auftrag abzulehnen, es glückte ihm nicht. Ein sympathischer Mann. Eine leichtsinnige Tochter. Gutes Geld. Eine

Sache, die keinen Haken hatte. Lehnte er ihn ab, müsste er ja glauben, bei ihm im Oberstübchen ticke es nicht mehr richtig. *Ein seriöser Mann, der für alles Verständnis hat ... Er ist in die Bredouille geraten, Martin, man sollte ihm helfen ...* Anders konnte man das doch nicht sehen.

Diese Gedanken schossen ihm durch den Kopf, um sodann einer Art Unglauben Platz zu machen. Warum missfiel ihm dieses Angebot eigentlich? Er hatte zugestimmt, den Buchhalter zu jagen, der zum Mörder geworden war, wobei er Gefahr gelaufen war, sich selbst eine Kugel einzufangen oder sich die eigenen Hände blutig zu machen. Und hier sollte er lediglich eine Tochter nach Hause zurückbringen.

»Irgendetwas an der Sache gefällt mir nicht«, gestand Martin. »Ehrlich gesagt.«

Ernesto breitete, seine Hilflosigkeit zum Ausdruck bringend, die Arme aus.

»Haben Sie mir auch alles gesagt?«, wollte Martin wissen. »Über Ihre Tochter und über sich?«

Wenn die Antwort erst nach einer Pause folgte, dann nach einer winzigen und unschuldigen. »Alles, was der Sache dienlich ist. Aber fragen Sie ruhig weiter, ich werde jede Ihrer Fragen beantworten.«

Martin strich die Segel. »Ich dusche mich jetzt und trinke Kaffee, einverstanden? Danach fahren wir zu Ihnen. Wenn Sie wollen, können Sie hier warten ...«

»Gern«, stimmte Ernesto kurzerhand zu. »Ich blättre derweil in einem Ihrer Bücher ...«

Auf dem Tisch lag das zerfledderte Werk von Garnel und Tschistjakowa, das bei dem Artikel zur Rasse Chri aufgeschlagen war, welche die beiden Autoren der Xenophobie und des Kannibalismus bezichtigten. Poluschkin betrachtete das Foto, das eine Art gigantischen Hummer an einem sumpfigen Ufer zeigte. Sein Gesicht zuckte nicht einmal.

Martin ging duschen.

»Einsam ist es hier und traurig«, sagte der Schließer. »Sprich mit mir, Wanderer.«

Vorab dachte Martin sich nie eine Geschichte aus. Teilweise war dies Aberglauben geschuldet, denn er befürchtete, eine ausgedachte Geschichte vermöchte sich auf irgendeine mystische Weise zu materialisieren, sodass andere Reisende sie in Erfahrung bringen konnten. Teilweise ging es auch auf seinen Eindruck zurück, Schließer wüssten Improvisation zu schätzen.

»Ich möchte von einem Menschen und seinem Traum erzählen«, fing Martin an. »Es handelt sich dabei um einen durchschnittlichen Menschen, der auf dem Planeten Erde lebte. Auch sein Traum war ein durchschnittlicher, ein schlichter, den ein anderer nicht einmal für einen Traum erachtet hätte ... Er wollte ein gemütliches Häuschen, ein kleines Auto, eine geliebte Frau und brave Kinder. Der Mensch vermochte indes nicht nur zu träumen, sondern auch zu arbeiten. Er baute sich ein Haus, das nicht einmal allzu klein ausfiel. Er traf eine junge Frau, in die er sich verliebte und die dieses Gefühl erwiderte. Der Mann kaufte sich ein Auto, damit er auf Reisen gehen und schneller von der Arbeit nach Hause kommen konnte. Er kaufte sogar ein weiteres Auto, für seine Frau, damit sie sich ohne ihn nicht allzu sehr langweilte. Sie bekamen Kinder, und zwar nicht eins und auch nicht zwei, sondern vier wohlgeratene, aufgeweckte Kinder, die ihre Eltern liebten.«

Der Schließer lauschte. Er saß auf einem kleinen Sofa in einem der kleinen Zimmer der Moskauer Station und hörte Martin aufmerksam zu.

»In dem Moment, da sich der Traum des Mannes erfüllt hatte«, fuhr Martin fort, »überkam ihn unversehens Einsamkeit. Seine Frau liebte ihn, seine Kinder vergötterten ihn, das Haus war gemütlich, und alle Wege der Welt standen ihm offen. Gleichwohl fehlte ihm etwas. Und dann, in einer dunklen Herbstnacht, als ein kalter Wind die letzten Blätter von den Bäumen riss, trat der Mann auf den Balkon seines Hauses und schickte seinen Blick auf Wanderschaft. Er suchte seinen Traum, ohne den es sich so schwer lebte. Denn der Traum von einem Haus hatte sich in Mauern aus Ziegelstein verwandelt und damit aufgehört, ein Traum zu sein. Alle Wege standen ihm offen, im Auto sah er nunmehr ein aus Teilen bunten Metalls zusammengeschweißtes Ding. Selbst die Frau, die in seinem Bett schlief, war eine gewöhnliche Frau, kein Traum von der Liebe. Ja, sogar die Kinder, die er liebte, waren durchschnittliche Kinder, nicht der Traum von Kindern. Und der Mann sann darüber nach, wie schön es wäre, aus seinem herrlichen Haus hinauszutreten, dem Kotflügel des Luxuswagens einen Tritt zu verpassen, der Frau zuzuwinken, die Kinder zu küssen und für immer fortzugehen ...«

Martin atmete durch. Schließer lieben Pausen, aber momentan ging es um etwas anderes: Martin wusste noch nicht, wie er seine Erzählung zu Ende führen sollte.

»Und ging er fort?«, fragte der Schließer und gab damit Martin den Hinweis, wie die Geschichte zu beenden sei.

»Nein. Er kehrte ins Schlafzimmer zurück, streckte sich neben seiner Frau aus und schlief ein. Nicht gleich, sondern erst nach einer Weile. Danach hat er es vermieden, das Haus zu verlassen, wenn der Herbstwind mit den niedersegelnden Blättern spielte. Der Mann hatte etwas erfasst, das manchen Menschen bereits in ihrer Kindheit aufgeht, viele jedoch bis ins hohe Alter nicht zu verstehen vermögen. Er hatte begriffen, dass er nicht von Dingen träumen durfte, die zu erreichen waren. Seit jenem Tag trachtete er danach, einen neuen, einen echten Traum für sich zu finden. Natürlich misslang das. Statt dessen lebte er dann jedoch den Traum vom echten Traum.«

»Dies ist eine sehr alte Geschichte«, meinte der Schließer nachdenklich. »Eine alte und traurige. Gleichwohl hast du meine Trauer vertrieben, Wanderer. Tritt durch das Große Tor und mache dich auf den Weg.«

Die Zeit für die Wahl wird durch nichts eingeschränkt, allenfalls durch Hunger und Durst. Einmal hatte Martin mehr als sechs Stunden vor dem Computer zugebracht.

Auch jetzt waren bereits vierzig Minuten vergangen, ohne dass er eine Entscheidung getroffen hätte.

Gestern Abend hatte er es geschafft, Irinas Zuhause kennenzulernen, zwei Freundinnen zu befragen und mit ihrem zu Tode erschreckten Freund zu sprechen, einem siebzehnjährigen Jungen, von dem er nicht das Geringste erfahren hatte und der sich die ganze Zeit bei Irinas Vater, ihrer Mutter und augenscheinlich gar bei dem Hund, einem kräftigen traurigen Malteser Schäferhund, einschmeichelte.

Dieser Hund beschäftigte Martin mehr als alles andere. Er gehörte Irina, schlief in ihrem Zimmer, tauchte auf allen Fotografien und in allen Videoaufzeichnungen auf, die Ernesto Semjonowitsch ihm freundlicherweise zeigte. Es war ein wachsamer Rassehund. Und er vermisste sein Frauchen.

Warum hatte Irina ihn nicht mitgenommen?

Eine junge Närrin, die von zuhause wegläuft, würde Mutter und Vater kein Wort sagen. Aber ihren geliebten Hund nehmen solche Mädchen immer mit, schon aus pragmatischen Gründen, glauben sie naiverweise doch, der Hund sei der beste Beschützer auf dieser Welt. Ferner spielt jene sentimentale Verbundenheit eine Rolle, in der ein Mädchen von siebzehn Jahren ein Tier auf eine Stufe mit einem Menschen stellt – wenn nicht gar höher.

Irotschka hatte ihren Hund nicht mitgenommen.

Auch die an der Zimmerwand hängende Armbrust hatte sie zurückgelassen, ein extravagantes spanisches Spielzeug aus Kohlefaser und Titan, ein Stück, das ihr unterwegs in der Tat hätte gute Dienste leisten können. Auch den Karabiner hatte sie nicht mitgenommen, mit dem sie umzugehen wusste und den sie offiziell bei der Miliz gemeldet hatte.

Damit drängte sich der Gedanke auf, die Abenteuerlust des Mädchens Ira halte sich in Grenzen und sie habe unter den

»grünen« Planeten einen gewählt, auf dem sie keine Waffen benötigen würde, beispielsweise die aufblühende amerikanisch-europäische Gemeinschaft auf Eldorado, einen städtischen Ferienort auf den Hellblauen Weiten, den Stadtplaneten der guten und hoch entwickelten Aranker oder eine der Naturschutzwelten unter dem Patronat der Dio-Daos, einer asketischen und strengen Rasse, die bis zum Wahnsinn pünktlich und gesetzestreu war. Kurzum, einen jener Planeten, über die Zeitschriften wie *Vogue* oder *Der eigene Herd* so gern berichteten, wobei sie nicht mit dem Platz für Farbfotografien geizen und begeistert das Gestammel der Touristen abdrucken.

Nur – und das war die Krux – wollte das nicht zum Charakter des Mädchens passen. Sie würde nicht vom Regen in die Traufe gehen und die mit dem Geld des Herrn Papa erbaute komfortable kleine Welt gegen eine andere gemütliche kleine Welt eintauschen. Martin beschlich sogar der Verdacht, die junge Frau habe sich überhaupt nicht zum Großen Tor aufgemacht, sondern sei auf die Bahamas oder nach Hawaii geflogen, und zwar mit ihrem eigentlichen Freund, von dem die Eltern selbstredend nichts ahnten.

Doch ihre Freundinnen, ebenso dumme und verwöhnte Mädchen wie Irotschka Poluschkina, die zwischen echter Begeisterung und gespielter Sorge um das Schicksal ihrer Freundin hin und her gerissen waren, hatten ihm überzeugend von der Moskauer Station und der in der Tür verschwindenden Irina erzählt. Nichts hätte Irina mitgenommen, eine Tasche mit Kleidung und ein paar Kleinigkeiten, gekauft im Geschäft »Alles für unterwegs«, hätten ihr völlig ausgereicht. Ehrlich besorgt hatten die Freundinnen jene zwei Stunden auf Irina gewartet, die die Schließer jedem Reisenden einräumen, um eine gelungene Geschichte zu erzählen. Ira kam indes nicht wieder heraus. In der fremden Welt hätte sie die Schließer noch bitten können, in den Ruheraum gelassen zu werden, doch auf der Erde kam sie mit diesem Trick nicht durch.

Martin hatte sämtliche Zeitschriften durchgeblättert, die er in Iras Zimmer gefunden hatte. Darüber hinaus hatte er sich sämtliche Videofilme angesehen, wobei er jenen besondere Aufmerksamkeit zuteil werden ließ, in denen es um die Großen Tore und Schließer ging. Er hatte das Passwort ihres Computers geknackt (was ihn nicht viel Zeit kostete) und sorgfältig alle E-Mails durchgesehen, sich die Logdateien, die naiven, ziemlich schlechten Gedichte und die Favoriten fürs Internet angeschaut. Dabei hatte er viel Interessantes erfahren, so auch etwas über das völlig altersgerechte Interesse der jungen Frau an Sex und die recht überraschende Leidenschaft für Fußball. An einer wenig originellen Stelle – unter der Matratze – hatte er ihr Tagebuch gefunden, das mit einem winzigen Schloss gesichert war, welches sich mit dem Taschenmesser aufbrechen ließ. Das Tagebuch strotzte vor Tratsch, Skizzen prachtvoller Kleider, Erinnerungen an Küsse und leidenschaftliche Schwärmereien, langen Reflexionen über das Thema, ob man *es* vor der Hochzeit machen sollte, in die Überlegungen zum Sinn des Lebens und Schicksal der Menschheit eingeflochten waren. Aufgrund dieser Auslassungen ließ sich einwandfrei sagen, welches Buch das Mädchen kurz zuvor gelesen, welchen Film es gesehen hatte. Insgesamt hatte sie auf Martin den Eindruck von einer anständigen, ja, fast prächtigen Siebzehnjährigen gemacht.

Dagegen hatte er keinen einzigen Hinweis darauf gefunden, warum das Mädchen durch das Große Tor gegangen sein und wohin sie sich begeben habe könnte.

Noch immer starrte Martin auf den Bildschirm – sah jedoch keinen Planeten.

Eine rotblonde junge Frau mit grünen Augen. Aus einer sehr gut situierten Familie. Geschlagen mit der Dummheit ihres Alters, doch von der Natur mit Verstand gesegnet. Wohin hatte es sie verschlagen?

Eldorado ... Dio-Dao ...

Nein.

In die »Grenzwelten«, in die Menschen und Nichtmenschen aus den von den Schließern erschlossenen Welten in Massen strömten? In die strengen und weitläufigen Welten, die sich besiedeln ließen und noch niemandem gehörten, in die Welten, in denen man nach Gold suchen, Weizen anbauen, im Wald ein Haus erbauen oder ein richtiger Sheriff werden konnte? In die Welten, in die es Jungen vom zwölften Lebensjahr an zog?

Nein.

Etwas gefährlich Exotisches auf den Mutterplaneten der Außerirdischen. Die von den Schließern aufgestellten Bedingungen schränkten die Bewegungsfreiheit in keiner Weise ein ... Gleichwohl gab es hinreichend Möglichkeiten, Fremde vom eigenen Planeten fernzuhalten. Hohe Preise für Unterkunft und Verpflegung, bürokratische Hürden bei der Ausstellung eines Visums, die übliche Kriminalität, bei der die Behören beide Augen zudrückten ...

Nein.

»Du bist nicht aufs Geratewohl losgezogen«, sagte Martin, während er auf den Bildschirm starrte. »Irgendetwas hat dich gepackt.«

Irgendetwas musste ihm entgangen sein. Ein zartes, kaum fassbares Detail im Charakter der jungen Frau, das sie gezwungen hatte, durch das Große Tor zu stürmen.

Sex? Religion? Konflikte mit dem Gesetz? Nein, all das führte in eine Sackgasse. Sex hatte sie nicht einmal ansatzweise gehabt, ihr Glaube an Gott erschöpfte sich in Aussagen wie: »Natürlich gibt es eine Höhere Intelligenz«, die Strafverfolgungsbehörden warfen Ira nichts vor.

Martin schloss die Augen, um in Gedanken noch einmal alle erhaltenen Informationen Revue passieren zu lassen. Das hier ist Irotschka am Strand mit einem Panamahut und einem Eimerchen, hier sitzt Irotschka am Pianino, hier absolviert sie das erste Jahr an einem renommierten College ...

Etwas ließ ihn innehalten. Das renommierte College. Die

Ausbildung kostete dreieinhalbtausend pro Jahr. Tanz, Rhetorik, Psychologie, Aikido ... Die Gabel halten wir in der linken Hand, in der Nase bohren wir mit der rechten ...

Spezialisierung auf Sprachen. Ira hatte erst Englisch und Französisch gelernt, später Latein und Griechisch, Deutsch und Spanisch ...

Die letzten beiden Jahre beschäftigte sich Irotschka mit dem denkbar idiotischsten Fach. Sie lernte Touristisch. Warum um alles in der Welt sollte man eine Sprache lernen, die einem bei der ersten Reise ins Bewusstsein eingespeist wird, als kleines und nützliches Geschenk der Schließer? Um der Etikette willen? Oder nur, weil jemand eine hervorragende Begabung für Fremdsprachen besitzt?

Heiß! Sehr heiß!

Lächelnd fuhr Martin mit dem Cursor nach oben. *Rondo ... Karassan ... Ioll ... Igelchen ... Veno ...* Planeten, auf denen viele Menschen lebten, Planeten, auf denen viele Außerirdische lebten ...

Bibliothek.

Eine Welt, die sich in den ersten beiden Jahren nach der Ankunft der Schließer großer Beliebtheit erfreute. Eine Welt, in die jede Rasse, die ein Großes Tor passieren durfte, begierig war zu gelangen. Eine Welt, die niemand brauchte. Eine Welt, auf der es praktischerweise nur ein Tor gab.

Noch während Martin »Eingabe« drückte, zweifelte er nicht mehr daran, ins Schwarze getroffen zu haben.

Drei

Die Station war nichts Besonderes, ein großes zweigeschossiges Gebäude aus Steinblöcken samt Leuchtturm. Dies durfte als untrügliches Zeichen dafür gelten, dass es auf diesem Planeten keine eigenständige Zivilisation gab und die Schließer sich folglich nicht um architektonische Raffinessen geschert hatten.

Doch während auf dem Planeten Schlund das Pendant zu dieser Station verlassen und nahezu aufgegeben gewirkt hatte, brodelte hier das Leben. In den Gängen stieß Martin mit einem außerirdischen Pärchen zusammen, pelzige Vierbeiner mit wachem verschlagenen Blick und Wolfsschnauzen. Aus dem ersten Stock drangen Gesprächsfetzen in verschiedenen Sprachen herüber; offensichtlich stritten sich erholende Wanderer im Gästeraum über etwas. Hinter Martin ließ sich die ganze Zeit über das zarte Trappeln von Pfoten vernehmen, die entweder mit etwas Weichem beschuht oder von Natur aus amorph waren. In einer Station würde es kein Wesen wagen – geschweige denn fertig bringen –, einem anderen Schaden zuzufügen, das wusste Martin.

Gleichwohl verdross ihn die offene Bespitzelung.

Er trat auf die aus Holz gezimmerte Veranda hinaus und entdeckte sogleich zwei Schließer. Der ältere hatte ein graubraunes Fell, schmauchte eine Pfeife, stützte sich auf das Geländer und delektierte sich an der Aussicht. Der zweite saß an einem Tisch, auf dem Teegeschirr stand, und lauschte aufmerksam einem Außerirdischen, einem hoch gewachsenen, breitschultrigen Humanoiden mit kleinem abgeflachten Kopf und kräftigen bekrallten Pranken. Der Außerirdische trug keine Kleidung, sondern hatte sich lediglich einen Schurz aus leuchtend blauem Stoff um die Lenden geschlungen. Die Stimme des Humanoiden glich eher einem Knurren. Als Martin auftauchte, bedachte der Humanoid ihn mit einem misstrauischen Blick, setzte seine Erzählung indes fort: »So schleppte ich mich über die Blumenfelder, riss ein Blümchen nach dem nächsten aus ... Doch die rosafarbene Wunschblume war nicht darunter ... Daraufhin beschloss ich, zu meiner Geliebten heimzukehren und folgte meinen Spuren zurück ... Doch da verflochten sich die Gräser und versperrten mir den Weg ... Die Sonne ging in die Antiphase, schwarzes Licht hüllte die Welt ein ... Als ich rief, erhielt ich nur Stille zur Antwort ...«

Martin rang sich ein Lächeln für die Schließer ab und steuerte auf die Treppe zu. Von dem Außerirdischen ging ein scharfer Geruch aus, der beunruhigend und unangenehm in die Nase stieg. Das Licht des Leuchtturms legte sich mit dem nervösen Flackern eines Stroboskops auf die steinerne Fläche vor der Station, es übertraf selbst das Strahlen der mittäglichen Sonne.

»Einsam ist es hier und traurig, Wanderer ...«, sagte der Schließer hinter ihm. »Ich habe solche Geschichten schon viele Male gehört ...«

»Du machst dich über mich lustig, Schließer!«, fiel ihm der Außerirdische ins Wort. »Ich habe dir das Geheimnis meiner Verbannung anvertraut!«

»Ich habe solche Geschichten schon viele Male gehört ...«, wiederholte der Schließer traurig. »Einsam ist es hier und ...«

Pfeifend zerriss etwas die Luft, was Martin veranlasste, sich zu ducken und zum Geländer, zu Füßen des Pfeife rauchenden Schließers zu springen. Es folgte ein schwerer Schlag, das Knirschen von Holz, das Klirren zerschlagenen Geschirrs ... Martin sah auf: Der Schließer reinigte seine Pfeife.

Martin drehte sich um.

Der Tisch klaffte in zwei Hälften, die Porzellantässchen lagen auf dem Fußboden. Traurig betrachtete der junge Schließer das Desaster.

Der aufbrausende Außerirdische war nicht mehr da.

»Keine Angst«, wandte sich der Raucher an Martin. »Auf dem Gelände der Station fügt niemand einem anderen Schaden zu.«

»Die Macht der Gewohnheit«, erklärte Martin, während er sich erhob. »Auf Wiedersehen.«

Der scharfe Geruch des Außerirdischen hing noch immer in der Luft. Mit angehaltenem Atem ging Martin an dem zerhackten Tisch vorbei. Unablässig sandte der Leuchtturm hoch oben Wellen bunten Lichts in den Raum.

Martin trat auf den Vorplatz hinaus.

Die Station erhob sich auf einem steinernen kreisförmigen Inselchen mit einem Durchmesser von einem halben Kilometer. Auf ihr wuchs kein Gras, der raue graue Stein gemahnte eher an Beton als an ein natürliches Material. Rund um die Steininsel gingen nach allen Seiten kleine Kanäle ab, die ein, zwei Meter breit waren. Sie waren durch Zuläufe verbunden, verzweigten sich und bildeten kleine Buchten, sie rasterten das ganze Land bis zum Horizont und weiter. Der gesamte Planet bestand einzig aus Stein und Wasser, eine tote Karikatur Venedigs. Die kleine Insel, auf der Martin sich befand, stellte das größte Stück Festland auf Bibliothek dar. Die kleinste Insel maß zwanzig mal zwanzig Zentimeter, meist lag ihre Größe zwischen fünf und zweihundert Quadratmetern. Auf jeder dieser Inseln standen Obelisken, kantige Steinsäulen, dick wie ein Arm und etwa anderthalb Meter hoch. Manchmal gab es nur eine Säule. Manchmal Hunderte. In jeden Obelisken war ein einziger Buchstabe eingeritzt. Insgesamt gab es zweiundsechzig Buchstaben, unter denen möglicherweise auch Satzzeichen und Ziffern waren.

Ein Weilchen blieb Martin stehen, um den endlosen Wald steinerner Phalli zu bestaunen. Nie zuvor war er auf Bibliothek gewesen, hatte aber schon etliche Artikel über diesen seltsamen Planeten gelesen. Auf den ersten Blick schien der Planet in jenen Zauber getaucht, den viele Menschen auf Friedhöfen und in Ruinen finden. Eine saubere, eine frische, gleichwohl eine tote Luft. Leise plätscherte das Wasser in den Kanälen. Auf einigen Inseln ließen sich Hinweise auf Leben ausmachen: Leichter Rauch stieg auf, zwischen den harmonisch angeordneten Säulen reihten sich Zelte und Hütten.

Martin zog die Schultern ein – nicht vor Kälte, denn es war warm, sondern vor der die Obelisken umwehenden Düsternis. Bisher war ihm der Zauber von Ruinen nie aufgegangen. Er öffnete das Futteral seines Karabiners, setzte die Waffe rasch zusammen, lud durch und ging zum Ufer hinunter, an die Stelle, wo eine steinerne Brücke über den Kanal führte. Mühe hatte man sich mit ihr keine allzu große gegeben, denn sie bestand schlicht aus drei umgestürzten Stelen.

Auf dem Weg kamen ihm drei Ureinwohner entgegen. Ein Mensch und zwei Außerirdische, bei denen es sich um einen Geddar und um ein Martin unbekanntes, robbenartiges Wesen handelte, das am Rand des Kanals dahinkroch, eine Flosse ins Wasser getaucht. Als Martin genauer hinsah, machte er einen weiteren Robbenartigen aus, der unter Wasser schwamm.

»Friede sei mit euch«, begrüßte Martin die ihm entgegenkommende Gruppe, ohne das Gewehr aus der Hand zu legen. Vor der Brücke blieb er stehen.

Der Geddar und der Mensch sahen sich an. Sie schienen hier das Sagen zu haben, was sich durchaus mit dem Schwert des Geddars und der Schrotbüchse des Menschen erklären lassen mochte. Der Geddar hatte die Hände vor der Brust gekreuzt – eine abwartende Haltung, die es ihm jederzeit erlaubte, das Schwert zu ziehen.

»Friede sei auch mit dir«, erwiderte der Mensch den Gruß.

Er war dünn, aber nicht ausgemergelt. Ein Europäer von vierzig Jahren oder älter. Seine Kleidung, wiewohl abgetragen, war weder zerrissen noch schmutzig. Offenbar achtete der Mensch auf sein Äußeres. »Wir repräsentieren die Verwaltung von Bibliothek.«

Martin nickte. Wie er wusste, gab es auf Bibliothek keine Regierung im eigentlichen Sinne, da diese Welt sich einer organisierten Gesellschaftsform nicht allzu zugeneigt zeigte. Freilich entstehen an jedem Ort, an dem mehr als zwei intelligente Lebewesen zusammenkommen, machtähnliche Strukturen.

»Wie lange beabsichtigen Sie, auf Bibliothek zu bleiben?«, wollte der Mensch wissen.

»So lange, wie es nötig ist.«

Der Mensch lächelte. Aus irgendeinem Grund vermochte Martin sich des Eindrucks nicht zu erwehren, dieser »Vertreter der Verwaltung« wisse stets, was er den Schließern erzählen könnte.

»Wir haben hier unsere Regeln«, fuhr der Mensch fort. »Sie sind simpel. Verzicht auf Gewalt. Keine sexuelle Nötigung. Diebstahl wird mit dem Tod bestraft. Wir würden Ihnen nahe legen, einen Teil der in Ihrem Besitz befindlichen Güter für den Gemeinschaftsfond zu spenden.«

»Gott hat uns befohlen zu teilen«, pflichtete ihm Martin bei. Er schob einen Träger des Rucksacks herunter, nahm den Karabiner in die freie Hand und setzte den Rucksack ab. Nachdem er eine Schnur aufgeknotet hatte, entnahm er ihm eine pralle Tüte. Diese warf er über den Kanal, dem Geddar vor die Füße.

Neugierig musterten ihn die Ortsansässigen.

»Lebensmittelkonzentrate, Stoff, Nähutensilien, Medizin, Trockenbrennstoffwürfel, Streichhölzer, Sonnenbatterien sowie die letzten drei Nummern des *Digest für Reisende*«, erläuterte Martin. »Das ist genau die Hälfte meiner Ausrüstung.«

Der Vertreter der Administration und der Geddar sahen sich an. Voller Genugtuung gewahrte Martin auf dem Gesicht des

Menschen ein Lächeln. Der Geddar ließ die Arme sinken. Der Robbenartige stieß einen leisen, girrenden Laut aus, drehte sich um und glitt geschmeidig in den Kanal.

»Es ist mir ein Vergnügen, einen erfahrenen Reisenden begrüßen zu dürfen«, bekundete der Mensch. Anschließend trat er auf die Brücke, die Hand Martin entgegengestreckt. »David.«

»Martin.«

Der Geddar nickte nur. Damit er seinen Namen nannte, hätte es noch einiges mehr an Vertrauen und Sympathie bedurft.

»Hat sich auf der Erde etwas außergewöhnlich Interessantes zugetragen?«, fragte David sofort.

Martin schüttelte den Kopf.

»Vielen Dank für den *Digest*«, sagte David. »Nur wenige denken daran, uns Zeitungen mitzubringen. Wer sind Sie, Martin?«

»Man könnte mich wohl als Sachwalter bezeichnen«, erklärte Martin lächelnd. »Oder als Postboten.«

»Oder als Detektiv«, ergänzte David nachdenklich. »Wissen Sie, ich habe schon von Ihnen gehört. Ja?«

»Da verwechseln Sie mich sicherlich«, widersprach Martin kopfschüttelnd.

»Wenn Sie meinen«, lenkte David grinsend ein. »Ich würde Ihnen jedoch raten, vorsichtig zu sein. Mein Freund ...« Er nickte in Richtung des Geddars, worauf Martin sich sofort anspannte. »... und ich sind aus freien Stücken hier. Wenn wir wollen, können wir zurückkehren. Viele müssen jedoch für immer hier bleiben ... Wenn sie erführen, dass der Läufer auf unserem Planeten weilt ...«

David legte eine viel sagende Pause ein. Martin reagierte jedoch in keiner Weise auf die Worte. Ehrlich gesagt, beschäftigte ihn jener Geddar, der es einem Menschen gestattete, ihn als Freund zu bezeichnen, weit mehr. Dieses Paar musste etwas sehr Gewichtiges miteinander verbinden.

»Kann ich Ihnen irgendwie behilflich sein, Martin?«, fragte David nach einer Weile.

»Ich suche eine junge Frau, die vor drei Tagen auf Bibliothek eingetroffen ist«, erklärte Martin. »Sie ist siebzehn, achtzehn Jahre alt. Ein hübsches, rotblondes Mädchen von ungefähr meiner Größe ...«

Ohne das Ende der Beschreibung abzuwarten, nickte David. »Ja, ich erinnere mich. Bei einem anderen hätte ich für diese Information eine Entlohnung verlangt ... Das Leben hier ist hart, unsere Ressourcen sind knapp. Doch Sie sind ein anständiger Mensch und gefallen mir. Das Mädchen ist nach Westen aufgebrochen.«

Er fuchtelte mit der Hand und zeigte die Richtung.

»Was gibt es denn dort?«, wollte Martin wissen.

»Eines der drei Dörfer, in denen Wissenschaftler leben.« David schnaubte. »Sie können sich darüber amüsieren, doch Bibliothek wird nach wie vor von Idioten bewohnt, die die Geheimnisse des Planeten lüften wollen. Das größte Dorf liegt gleich hier an der Station. Wir nennen es schlicht Hauptstadt. Seine Einwohner sind siebenhundertzweiunddreißig intelligente Lebewesen. Einhundertundvierzehn Menschen, zweiunddreißig Geddarn, der Rest Außerirdische.«

Abermals fiel Martin dieser bemerkenswerte Umstand auf: David betonte die Allianz zwischen Menschen und Geddarn.

»Das zweite Dorf nennen wir Zentrum. In ihm wohnen etwa zweihundert intelligente Lebewesen. Es liegt im Norden«, fuhr David fort. »Ein schöner Ort, wir sind mit den Bewohnern befreundet. Doch das Mädchen hat sich zum kleinsten Dorf aufgemacht, nach Enigma, das genau westlich von uns liegt. Die Bevölkerung Enigmas zählt nur etwas mehr als hundert Menschen.« Er legte eine Pause ein, um dann zu wiederholen: »Und zwar tatsächlich Menschen. Außerirdische sind dort nicht willkommen. Uns missfällt das, doch wir wollen keine Konflikte.«

Martin nickte. Über die Existenz dieser drei Dörfer auf Bibliothek wusste er Bescheid, die politische Situation war ihm indes nicht vertraut.

»Das übrige Gebiet des Planeten ist unbewohnt?«

»So würde ich das nicht ausdrücken.« David zuckte mit den Schultern. »Dort leben Eremiten, Verrückte, Einsiedler ... Sie siedeln sich in der Nähe an, treten mit uns jedoch kaum in Kontakt. Banden oder gefährliche Einzelgänger gibt es allerdings nicht ... Darauf zielte doch Ihre Frage, oder?«

»Ja«, bestätigte Martin.

»Im Großen und Ganzen ist es hier ungefährlich«, versicherte David. »Natürliche Lebensformen auf dem Planeten sind mit Fischen, Algen und Krebstieren in den Kanälen gegeben. Keine dieser Formen ist giftig oder aggressiv, alle können vom Menschen gegessen werden ... wobei wir über den Geschmack nicht streiten wollen. Einmal in zwei oder drei Monaten verschwindet jemand spurlos, was ich als Unfall einzustufen geneigt bin. Die Kanäle sind tief genug, um darin unterzugehen. Und die Krebse verputzen uns ebenso genüsslich wie wir sie.«

»Gibt es sonst noch etwas, das ich wissen müsste?«, fragte Martin.

Lächelnd schüttelte David den Kopf. »Unsere wissenschaftlichen Untersuchungen und Dispute dürften Sie wohl kaum interessieren, oder? Die diesen Planeten bewohnende Rasse war älter als die Schließer, doch sie hat uns nichts hinterlassen, sieht man einmal von den Kanälen, Inseln und Obelisken ab. Allwöchentlich verkündet jemand marktschreierisch, ihre Sprache entschlüsselt zu haben. Jedes Mal stellt sich das als Irrtum heraus. Freilich verlieren wir nicht die Hoffnung.«

»Sind Sie Linguist?«, hakte Martin nach.

»Das ist nur mein Hobby.« David schüttelte den Kopf. »Ich bin Biologe und hier hergekommen, um die einheimische Tierwelt zu studieren. Es gibt hier eine einzigartige Biozönose, neun Tierarten und drei Algenarten bilden ein außergewöhnlich stabiles System. Jede Eiweißrasse kann die hiesigen Tiere essen. Das Wasser in den Kanälen ist leicht salzig, löscht indes hervorragend den Durst. Mitunter regnet es, doch heftige Unwetter kennen wir hier nicht. Die Temperatur liegt zwischen 12° und 29° Celsius.«

»Ein künstliches System«, bemerkte Martin.

»Selbstverständlich.« David setzte ein strahlendes Lächeln auf. »Diejenigen, die diese Welt erschlossen haben, schufen Bedingungen, in denen jede humanoide Rasse überleben kann. Wo sie jetzt sind?« Er breitete die Arme aus. »Sollte es je gelingen, die Schriftzeichen auf den Obelisken zu entziffern, wird das einen wissenschaftlichen Durchbruch sondergleichen darstellen.«

Der Geddar, der bisher völlig reglos dagestanden hatte, bückte sich nun. Er hob die Tüte mit der Ausrüstung vom Boden auf.

»Noch zwei Fragen«, warf Martin schnell ein. »Wie weit ist es bis nach Enigma?«

»Dreiundzwanzig Kilometer. Ein erfahrener Mensch braucht zu Fuß fünf oder sechs Stunden. Sie dürften acht Stunden benötigen.«

Martin sah in den Himmel.

»Bis zum Sonnenuntergang bleiben Ihnen noch vier Stunden«, fügte David hinzu. »Die Dunkelheit senkt sich hier schlagartig herab, der Planet hat keine Satelliten, und die Luft ist sehr sauber. Ich würde Ihnen empfehlen, in unserem Dorf zu übernachten. Für ein Stückchen Schokolade oder ein paar Teebeutel bereitet Ihnen jede Familie ein Nachtlager und verköstigt sie mit gebackenem Fisch.«

»Und die zweite Frage«, sagte Martin, ohne auf den Vorschlag einzugehen. »Welchen Eindruck hatten Sie von der jungen Frau, die nach Enigma aufgebrochen ist?«

Seltsamerweise geriet David daraufhin in Verlegenheit. Er sah den Geddar an – der plötzlich ganz wie ein Mensch mit den Schultern zuckte.

»Sie war seltsam«, gab David zu. »Ein junges Ding, das uns erzählt hat, es sei das erste Mal durch ein Großes Tor gegangen.

Ich habe dem Mädchen geglaubt. Andererseits schien sie genau zu wissen, was sie tat, erkundigte sich sofort nach dem Weg nach Enigma ...« Er verstummte. Nach einer Weile fügte er hinzu: »Außerdem hatte sie schon vorab die Hälfte ihrer Ausrüstung aussortiert. Wie Sie, Martin. Außerdem hatte ich den Eindruck, sie würde ihre Fragen nur der Form halber stellen ... die Antwort jedoch schon kennen.«

»Vielen Dank«, meinte Martin nachdenklich. »Ich werde es wohl wagen, mich gleich auf den Weg zu machen.«

Martin ging über die kleine Brücke. Nachdem er den Karabiner geschultert hatte, drückte er David die Hand. Der Geddar nickte ihm höflich zu.

Dann machte sich Martin auf den Weg.

Hauptstadt wirkte in der Tat wie ein großes Dorf. Die Maße der Inseln erlaubten es jeweils nur wenigen Menschen, sich auf einer von ihnen niederzulassen. Insofern bildete der überwiegende Teil der Bevölkerung tatsächlich eine Art Familie. Martin versuchte, sich über die kleinen Inseln fortzubewegen und die großen mit den Zelten und Hütten zu meiden. Häufig sah er Brücken, erbaut aus Obelisken, die einen dauern konnten. Über einigen kleinen Inseln flatterten auf die Obelisken gepfropfte Wimpel, die die Rolle von Aushängeschildern spielten. Martin entdeckte eine medizinische Einrichtung, zwei Geschäfte, einen Friseur und noch einiges mehr. Besonders komisch und zugleich anrührend nahm sich eine Kirche aus, deren Wände aus Moskitonetzen bestanden.

Mücken gab es hier, soweit Martin wusste, keine.

An einigen Stellen erweiterten sich die Kanäle auf fünf, sechs Meter. An solchen Stellen waren Netze gespannt. Eine Insel mit langer Bucht diente als Strand und zum Schwimmen. Drei wohlgenährte, braun gebrannte Nudistinnen genossen dort die Sonne. Die Nacktheit störte niemanden. Ein nackter Dreikäsehoch schlenderte den Strand entlang, neben ihm schwamm im Kanal ein Robbenartiger einher, der hin und wieder ein paar Weichtiere ans Ufer warf. Der Knirps sammelte die Muscheln in einer Zellophantüte. Neugierig beäugten die Nudistinnen Martin, während sie leise etwas diskutierten. Der Junge starrte neidisch auf den Karabiner, bis der Robbenartige seine Aufmerksamkeit durch einen langen Pfiff auf sich lenkte.

Insgesamt machte der Planet einen durchaus positiven Eindruck. Die meisten Welten, die von verschiedenen Rassen gleichzeitig kolonialisiert worden waren, entwickelten sich zu einem mehr oder weniger demokratischen Gebilde. Verbrecherische oder despotische Welten entstanden nur auf sehr armen oder allzu reichen Planeten. Bibliothek repräsentierte eine minimalistische Welt: Hier war es nicht schwer, zu überleben, aber unmöglich, reich zu werden.

Zwanzig Minuten später ließ Martin das Dorf hinter sich. Niemand hatte ihn angesprochen oder aufgehalten. Möglicherweise ging das auf den geschulterten Karabiner zurück, vielleicht hielten David und der Geddar aber auch eine solide Rechtsordnung in Hauptstadt aufrecht. Nunmehr kam er einerseits leichter voran, denn er musste keinen bewohnten Inseln mehr ausweichen, andererseits wurde der Weg beschwerlicher, denn Brücken gab es nicht mehr. Über die schmalen Kanäle vermochte Martin hinwegzuspringen, zumal er auf dem rauen Inselgestein gut Anlauf nehmen konnte. Bei den breiteren musste er indes einen Umweg machen. David hatte sich in Bezug auf Martins Schnelligkeit nicht getäuscht. Eher hatte er ihn überschätzt. Doch das bekümmerte Martin nicht.

Schließlich gibt es nichts Angenehmeres, als auf einem fremden, unerforschten Planeten gemütlich dahinzuschlendern – sofern man nicht fürchten muss, von einem wilden Tier angefallen oder aus einem Hinterhalt beschossen zu werden. Als kundiger Pilger durch fremde Welten ließ Martin es nie an Wachsamkeit mangeln, spähte umher, witterte jedoch keine Gefahren, wo es keine gab. Die steinernen Obelisken waren zu schmal, als dass sich jemand hinter ihnen hätte verbergen können. Die Kanäle mochten Robbenartige und andere Formen intelligenter Lebewesen beherbergen, doch Wasserbewohner waren in der Regel eher friedliebend. Mit ungleich größerer Sorge sah Martin dem Ziel seiner Reise entgegen: einem Dorf chauvinistischer Menschen.

Wie seltsam es auch anmutete, doch um den internationalen Streitereien auf der Erde den Garaus zu machen, hatte es nicht mehr und nicht weniger als der Begegnung mit Außerirdischen bedurft. Hernach übertrugen die Erdenmenschen schlankweg jedes Misstrauen, jede Antipathie auf die mit Hauern bewehrten, geschuppten, bepelzten, glitschigen Fremdlinge. Eine Ausnahme stellten lediglich die Schließer dar, deren gelassener Stärke allgemein Respekt gezollt wurde. Aber welche Ängste mussten die Menschheit in den ersten Tagen des Kontakts gemartert haben, zumal nach dem Atomangriff der amerikanischen Luftwaffe auf das Mutterschiff! Die Schließer verloren indes kein Wort über den »ärgerlichen Zwischenfall«, hätten sie damit doch bloß dem US-Präsidenten die Möglichkeit an die Hand gegeben, sich in Entschuldigungen zu suhlen und die fix benannten Schützen zu bestrafen. Nein, vielmehr halfen die Schließer, das verseuchte Gebiet zu reinigen, und stellten Medikamente gegen Strahlenerkrankungen zur Verfügung. Mit demselben arroganten Gleichmut behandelten sie Terroristen, die über mehrere Jahre erfolglos versucht hatten, die Stationen zu zerstören. Zupass kam ihnen dabei selbstverständlich auch jene »Miete«, die die Schließer penibel allen Ländern zahlten, auf deren Territorien sie Große Tore errichteten. Sicher, man konnte sich endlos über das abgetrennte Stückchen Moskaus, den verhunzten Blick auf die Freiheitsstatue, die erheblich in ihrer Fläche beschnittenen Kensington Gardens, die verschobene tausend Jahre alte Pekinger Pagode empören ... Doch beim Bau der Stationen gab es kein einziges Opfer zu beklagen, sakrale Bauten tasteten die Schließer klugerweise nicht an, und die großzügig zur Verfügung gestellten

Technologien machten der Energiekrise, dem Hunger und einigen der schlimmsten Krankheiten ein Ende. Die Schließer mischten sich nie in juristische Auseinandersetzungen ein. Sie nahmen sich das, was sie brauchten, nämlich vierzehn Orte in den wichtigsten Städten der Erde. Und die Schließer zahlten für das, was sie sich nahmen. Sie verlangten, allen, die es begehrten, freien Zugang zu den Stationen zu gewähren. Von Touristen trieben sie eine Gebühr in Form interessanter Geschichten ein. Und damit basta! Vom notwendigen Minimum abgesehen, gab es keine offiziellen Kontakte. Keinen Handel, bis auf kleine Wareneinkäufe und Tabak. Über ihre Geschenke diskutierten die Schließer nie – sie gaben, was sie für nötig erachteten. Über sich erzählten sie nichts. Diese Politik verfolgten sie auf allen Welten, auf die ihre Raumschiffe gelangten.

Nein, auf die Schließer reagierte seit Langem niemand mehr. Mit ihnen hatte man sich abgefunden wie mit einer Naturerscheinung. Man hatte gelernt, die Unannehmlichkeiten zu ignorieren und die Vorteile zu genießen – zumal diese weit überwogen. Komplizierter verhielt es sich mit anderen Rassen. Man begegnete da Zivilisationen, die rückständiger, aber auch solchen, die fortschrittlicher als die irdische waren. Neugier und der Wunsch, fremde Welten kennenzulernen, eigneten freilich fast allen Außerirdischen. Und sie waren es denn auch, gegen die sich die Antipathie von Menschen gegenüber Fremdlingen entlud – bisweilen offen und gerechtfertigt, bisweilen auch verborgen und durch nichts motiviert.

Mittlerweile war Martin allerdings zu der Überzeugung gelangt, Chauvinisten zögen es vor, auf der Erde oder in einer der wenigen Erdenkolonien zu leben. Eine Gruppe von Chauvinisten, die sich inmitten von Außerirdischen angesiedelt hatte, stellte eine seltsame, eine unlogische Erscheinung dar. Noch dazu, wenn es sich bei ihnen um gebildete Menschen handelte, die nach wissenschaftlichen Erkenntnissen strebten und die Rätsel der Welt lösen wollten! Auf Bibliothek hatten Abenteurer und Profitmacher nichts verloren, denn dieser Planet verkörperte das Paradies für Selbstlose, für Liebhaber des reinen, akademischen Wissens. Und war dergleichen überhaupt vorstellbar? Gelehrte Chauvinisten?! Gelehrte Fanatiker?! Gelehrte Xenophoben?! Doch was gab es nicht noch alles? Zum Beispiel das faszinierende Geheimnis der Zivilisation der Schließer. Ferner zahllose kleinere Geheimnisse, von denen Bibliothek nur eins war. Warum sie nicht alle gemeinsam untersuchen?

Bei diesen Überlegungen leitete Martin wahrlich kein Idealismus, eine in seinem Beruf ohnehin seltene und unheilvolle Eigenschaft. Er hatte schon Faschisten mit wer weiß wie hoher Intelligenz kennenlernen dürfen, hatte einfache, ungebildete Menschen getroffen, die über unermessliche Geduld und Klarsicht geboten. Nein, dieses innerliche Gegrummel bot Martins Verstand vielmehr die Gelegenheit, sich zu entspannen, ließ seinen Geist Ruhe bewahren. Schließlich weiß man nicht erst seit gestern, dass jemand, der fremde Mängel scharf verurteilt, selbst anfällig dafür ist, während naive Verwunderung hilft, solche Laster zu meiden.

Nach ein paar weiteren Stunden beschloss Martin, einiges auszuziehen. Er nahm den Rucksack ab, steckte das T-Shirt hinein, knöpfte die Beine von den derben Wanderhosen und verwandelte sie somit in Shorts. Die Schuhe behielt er an, da die geriffelten Sohlen ihm bei den Sprüngen guten Halt boten. Wenn Martin etwas nicht beabsichtigte, dann war es auszurutschen, sich den Kopf am nächsten Obelisken einzuschlagen und auf diese Weise die Zahl der spurlos Verschwundenen zu vergrößern. Er nutzte die Pause, um trockenen finnischen Hartkeks aus Roggenmehl, dazu harten, süßlich-faden Schweizer Emmentaler zu essen und etwas Wasser aus dem Kanal zu trinken. Dieses, wiewohl in der Tat salzig, schmeckte angenehm, fast wie gutes Mineralwasser. Die Obelisken ringsum irritierten ihn nun nicht mehr, ließen ihn nicht länger an einen Friedhof denken, sondern fügten sich nunmehr in das Landschaftsbild ein. In der Nähe spritzte ein dicker gelbbäuchiger Fisch durch den Kanal, der wohl etwas frische Luft schnappen oder auch nur den Fremdling beäugen wollte. Martin fuhr mit dem Finger die Kanalwand entlang und gabelte ein paar grünliche Algen auf. Als er sie probierte, schmeckten sie ihm nicht, waren ihm zu modrig und salzig, selbst wenn sie keinen Ekel in ihm hervorriefen. Wie er wusste, destillierte man hier auf dem Planeten aus Algen eine Art Alkohol, doch aus welcher Art genau, vermochte er nicht zu sagen. Möglicherweise wählte man dafür die braunen Schlingen, die am Kanalboden wuchsen, vielleicht aber auch die kleinen pelzigen Blätter, die durchs Wasser drifteten. So oder so durfte er wohl kaum mit einer Gaumenfreude rechnen – denn in diesem Fall hätte man die lokalen Erzeugnisse gewiss schon zur Erde exportiert. Möglicherweise hatte jene unbekannte Rasse, die den Planeten in ein riesiges Denkmal verwandelt hatte, sogar das in ihre Pläne einbezogen.

Kurz grübelte Martin über die Frage nach, ob die Schließer wohl etwas über die Erbauer von Bibliothek wussten. Da er von ihnen darauf ohnehin keine Antwort erwarten durfte, ließ er von den sinnlosen Überlegungen bald ab. Eventuell hatten den Planeten die Schließer selbst geschaffen. Und sei es zum Spaß. Denn niemand wusste, was die Schließer eigentlich veranlasste, ihr Transportnetz in der Galaxis zu spannen. Ob dahinter ein bizarrer Humor stand? Der Wunsch, jene Wilden zu beobachten, die von Stern zu Stern irrten und die vergeblich versuchten, zu verstehen, was hier eigentlich vor sich ging? Auch diese Erklärung taugte nicht weniger als andere.

Martin sah sich indes als Mann der Praxis, der sich nicht in Gedankenspielereien verlor, bestimmte mit Hilfe des Kompasses die Richtung und marschierte weiter. Die Sonne ging schon unter, verschwand am Horizont. Sofort senkte sich Dunkelheit herab. Die Luft des Planeten enthielt kaum Staub, wie er für eine normale Dämmerung vonnöten gewesen wäre. Martin machte auf der ersten großen Insel Halt, baute sein kleines Zelt auf und zündete einen Spirituskocher an, über den er einen Kessel hängte. Ein Becher heißer Erbsensuppe aus der Tüte, veredelt mit zerkrümeltem Roggenzwieback. Danach eine Tasse starken Ceylontees, keine erste Qualität, dafür aber herb und aromatisch – das war alles, was ein Mensch brauchte, ehe er zu Bett ging.

Beim Einschlafen legte Martin sich vorsichtshalber den Karabiner unter den Arm, während er an die junge Frau namens Ira dachte, die auf einem fremden Planeten so selbstsicher aufgetreten war. Und bevor ihn der Schlaf dann übermannte, konnte er endlich jenen unangenehmen Gedanken formulieren, der seit gestern an ihm nagte.

In Iras Zimmer hatte er nichts entdecken können, was ihn in Erstaunen versetzt hätte. In ihrem Tagebuch und den Briefen las er nur Dinge, die im Tagebuch und den Briefen einer Siebzehnjährigen zu erwarten waren. Der Herr Papa, jener Geschäftsmann mit dem in russischen Breiten seltenen Namen Ernesto, hatte seine Tochter völlig zutreffend beschrieben.

Und das gab es nicht.

Niemals!

Zischend stieß Martin die Luft zwischen den zusammengepressten Zähnen aus, um seinen Ärger loszuwerden. Hatte man ihn also doch getäuscht. Noch wusste er nicht wie, aber jetzt würde er der Sache auf den Grund gehen.

Mit diesem gewichtigen Gedanken eines Menschen mit Selbstachtung schlief Martin dann ein.

Vier

Die Sonne lugte eben hinterm Horizont hervor, als Martin sich anzog. Seine Uhr, eine einfache und solide Casio Tourist, hatte er bereits in der Station auf Bibliothekszeit umgestellt. Noch vor der Dämmerung hatte sie ihn geweckt. Als der helllichte Tag heraufzog, marschierte Martin bereits weiter. Ein bedächtiger Schritt, Anlauf, ein Sprung über einen Kanal ... ein bedächtiger Schritt, Anlauf ... Martins Schatten zog sich vor ihm in die Länge, erschreckte einen Fisch im Kanal kurz vor dem Sprung und gewährte ihm eine schlichte, wiewohl zuverlässige Orientierung. Bald schon schrumpfte der Schatten jedoch, kroch unter seine Füße, weshalb Martin immer öfter den Kompass zu Rate ziehen musste. Seinem Gefühl nach sollte das Dorf irgendwo in der Nähe liegen.

Letztlich stieß er dann aber doch überraschend auf Enigma. Das Dorf war winzig klein, zählte nicht mehr als zwei Dutzend Zelte, die in kleinen Grüppchen auf wenigen Inselchen standen. Zwei Frauen in langen Kattungewändern hatten ein Feuer aus zu Briketts gepressten, getrockneten Algen angezündet, über dem in einem Kessel eine dicke Suppe brodelte. Den näher kommenden Martin musterten sie gelassen, eine der beiden spähte allerdings in ein großes orangefarbenes Zelt hinein, sagte etwas und machte sich sodann wieder an ihre Arbeit.

Mit langsamen Schritten hielt Martin auf die Frauen zu. Zwar eignete der menschlichen Bevölkerung auf Bibliothek ausnahmslos eine bronzene Bräune, doch diese beiden Köchinnen schien eher von Natur als von der Sonne braun zu sein. Nach Martins Dafürhalten floss in den Adern der beiden Frauen das Blut nordamerikanischer Indianer.

»Friede sei mit euch!«, rief Martin, wobei er die Hand grüßend erhob.

»Auch mit dir sei Friede«, erwiderte eine der beiden Frauen, die lächelnd in Richtung Zelt nickte. »Du solltest bei unserem Direktor reinschauen, Wanderer.«

»Vielleicht möchtest du nach der Reise etwas essen?«, fragte die zweite.

Martin schüttelte den Kopf und begab sich in des Direktors Heim. Im Zelt empfing ihn Kühle, eine angenehme Überraschung nach der Sonne, der er inzwischen überdrüssig war. Den Boden bedeckten getrocknete Algen, offenbar die gleichen, die auch das Feuer speisten. In einer Ecke hantierte ein dunkelhäutiger, schwarzhaariger Junge von etwa zwei Jahren mit bunten Plastikbauklötzen. Martin schien ihn freilich gleich einem funkelnagelneuen Spielzeug weit mehr zu interessieren, starrte der Knabe, den Finger im Mund, den Fremdling doch unverwandt an.

Der Direktor saß auf einem Klappstuhl aus Plastik vor einem dazugehörigen Campingtisch. Darauf stand ein Notebook, auf dem Boden lagen beschriebene und bedruckte Blätter. Der Direktor hatte die vierzig bereits hinter sich. Im Unterschied zu den Frauen trug er lediglich Shorts. Sein Körperbau ließ eher an einen Leichtathleten als an einen Gelehrten denken. Auf die winzigen Tasten des Notebooks hämmerte er jedoch eifrig und höchst geschickt ein.

Dem Beispiel des Jungen folgend, bedachte der Direktor Martin mit unverhohlener Neugier. Allein am Finger lutschte er nicht, vielmehr erstarrte er, sich auf dem wackeligen Stuhl gefährlich weit vorbeugend, in erwartungsvoller Haltung.

Schweigend lächelte Martin.

Schließlich streckte der Direktor, zu der Überzeugung gelangt, die Einleitung des Gesprächs obliege ihm, Martin die Hand entgegen. »Klim!«

»Martim!«, erwiderte Martin mit derselben energischen Entschlossenheit. »Quatsch. Martin!«

Der sekundenkurzen Verwirrung des Direktors folgte ein herzhaftes Lachen. Nachdem er Martin kräftig die Hand geschüttelt hatte, hieß er ihn mit einer Geste auf dem Boden Platz nehmen. Martin wusste das zu schätzen, denn im Zelt gab es nur einen Stuhl, der zudem eher als Machtsymbol denn als Möbel fungierte. Sie hockten sich vis-à-vis hin. Der Junge kroch mucksmäuschenstill um sie herum, um Martin von allen Seiten zu inspizieren.

»Du bist Russe, Martin?«, erkundigte sich Klim. »Hast du die alte Komödie Operation ›Y‹ gesehen?«

»Das habe ich«, erwiderte Martin.

»Als Schurik die junge Frau kennenlernt, sich aber aus Versehen nicht als Schurik, sondern als Petja vorstellt.« Klim brach in schallendes Gelächter aus. »Blanker Unsinn, aber urkomisch!«

Diplomatisch nickte Martin.

»Nun gut«, murmelte Klim. »Ich gebe zu, der Vergleich hinkt ein wenig, aber trotzdem ... Wann bist du angekommen?«

»Gestern Abend«, antwortete Martin.

»Und hast dich sofort zu uns begeben.« Klim nickte. »Aber ein Wissenschaftler bist du nicht.«

»Universitäten hab ich keine abgeschlossen«, stieß Martin ins selbe Horn. »Nur drei Klassen in der Schule der Kirchgemeinde.«

»Hör doch auf damit«, entrüstete sich Klim. »Die höhere Schulbildung steht dir auf der Stirn geschrieben. Humanistisch ...« Er versank in Gedanken. »Nein, kein Arzt ... kein Journalist und kein Philologie ... Etwas Dämliches. Psychologe? Nein ...«

»Literatur«, gestand Martin.

»Oho!«, staunte Klim. »Ein Schriftsteller auf der Suche nach einem Sujet? Der Epoche machende Roman *Die Geheimnisse von Bibliothek*?«

Daraufhin beschloss Martin, die Karten auf den Tisch zu legen. »Ich bin Privatdetektiv.«

»Hast du eine Lizenz?«, wollte Klim wissen.

»Ja. Soll ich sie vorzeigen?«

»Wozu?« Klim winkte ab. »Ich glaube dir auch so. Erzähl mir lieber, was du hier vorzufinden erwartet hast! Ein Faschistennest? Ein Nest chauvinistischer Menschen? Ein Kurhotel für durchgedrehte Wissenschaftler?«

»In Hauptstadt hat man mir gesagt, euer Dorf würde keine Außerirdischen aufnehmen«, antwortete Martin ausweichend. »Da hat sich mir natürlich die Vermutung aufgedrängt ...«

»Reden wir doch Klartext«, unterbrach ihn Klim, abrupt den Gesprächsstil wechselnd. »Wir sind weder verrückt noch machen wir viel Gewese um die Reinheit menschlichen Bluts. Wir respektieren Außerirdische. Aber Bibliothek ist der Schlüssel zu uraltem Wissen. Eine Rasse, die darüber verfügt, wäre sogar den Schließern überlegen. Allein deshalb haben wir uns von anderen Forschern abgespalten. Denn dieses Geheimnis soll der Menschheit gehören.«

Das ließ sich Martin durch den Kopf gehen. »Und wenn die Menschheit den Schließern erst einmal überlegen ist, wie verfahren Sie dann mit Außerirdischen?«, fragte er.

»Wozu sollen wir das Fell eines Bären teilen, der noch nicht einmal erlegt ist?«, erwiderte Klim stirnrunzelnd. »Es wird nicht an uns sein, diese Entscheidung zu treffen ... Aber ich bin mir sicher, dass die Menschheit andere Rassen weder unterdrücken noch vernichten wird. Eine friedliche Koexistenz, Handel, humanitäre Hilfe ... Für die Außerirdischen würde ich mich dagegen nicht verbürgen. Wären Sie etwa dazu bereit?«

Martin schüttelte den Kopf.

»Sehen Sie. Also«, zog Klim Bilanz, »wir sind keine Faschisten. Wir sind lediglich vorsichtig. Doch nun, nachdem ich sämtliche Vorbehalte abgelegt habe, sagen Sie mir doch, verehrter Detektiv, was Sie nach Bibliothek gebracht hat?«

»Eine junge Frau namens Irina«, sagte Martin.

Klim entglitten die Gesichtszüge, gleichsam als erinnere Martin ihn an etwas Unangenehmes oder Peinliches. Er blickte sogar weg, bemerkte den Jungen, der sich gerade an einen der Ausdrucke heranpirschte, schnappte ihn sich geschickt, setzte ihn auf die entgegengesetzte Krabbelspur und gab ihm einen Klaps. Nachdem er sich überzeugt hatte, dass der Junge die Lektion begriffen hatte und von den wertvollen wissenschaftlichen Dokumenten wegkroch, sah er Martin wieder an. »Hat irgendein untröstlicher Gatte Sie bezahlt, damit Sie sie suchen?«

»Das ist mein Berufsgeheimnis«, witzelte Martin. »Der Vater.«

Klim seufzte. »Der Mann muss hart im Nehmen sein. Ein Held von einem Vater. Hut ab!«

»Ist sie so schlimm?«, fragte Martin voller Mitgefühl.

»Das Mädchen ist vor drei Tagen zu uns gekommen«, berichtete Klim. »Ich habe die üblichen Probleme erwartet ... Sie ist jung und hübsch, und natürlich gibt es hier mehr Männer als Frauen ... Daraufhin habe ich mit ihr, aber auch mit unseren Leuten gesprochen ... Damit schien die Sache geklärt. Natürlich bräuchte sie nicht so mit dem Hintern zu wackeln, aber immerhin baggert sie niemanden an. Das Unglück lauerte an einer Stelle, wo ich es nie vermutet hätte. Das Mädchen hat sich mit allen Wissenschaftlern angelegt, wobei ihr Charme nicht die geringste Rolle spielte.«

»Doch nicht etwa auf wissenschaftlichem Feld?«, fragte Martin begeistert.

»Leider doch. Das Mädchen hat zwei von drei Theorien in Grund und Boden gestampft, die bei uns als besonders aussichtsreich gelten ... Falls es Sie interessiert: Es ist die Theorie der Vereinheitlichten Gleichung von Universum und Sonnenzyklus beim Lesen ...«

Verständnislos zog Martin die Brauen hoch.

Auf Klims Gesicht spiegelte sich der leidgeprüfte Ausdruck eines Physikprofessors wider, der seinem schulpflichtigen Sohn Newtons Gesetze erklärt.

»Die Sprache Bibliotheks ist eine Lautschrift«, holte Klim aus. »Die Schwierigkeiten bestehen keinesfalls darin, die Symbole auf den Obelisken dem einen oder anderen Laut zuzuordnen. Das Hauptproblem ist vielmehr darin zu sehen, wie diese Buchstaben sich zu einem Wort fügen und die Worte zu einem Satz. Der Theorie des Sonnenzyklus zufolge muss man die Lektüre an einem Obelisken im Osten aufnehmen, um anschließend, sobald sein Schatten klar und deutlich auf den nächsten Obelisken fällt, ein neues Zeichen hinzuzufügen, den Schatten dieses zweiten Obelisken zu beobachten ...«

»Und wenn die Sonne im Zenit steht, setzt man einen Punkt hinter den Satz«, soufflierte Martin höflich.

Nervös rutschte Klim hin und her. »Es ist zwar weitaus komplizierter«, brummte er, »aber den Grundgedanken haben Sie erfasst ... Die Theorie der Einheitsgleichung des Universums besagt nun, bei der Sprache Bibliotheks handle es sich im Grunde um mathematische Symbole, die in einer Einheitsgleichung alle Gesetze des Weltalls beschreiben. Sie wird auch die Gleichung Gottes genannt. Das Mädchen hat diese Theorien in der Luft zerrissen. Es teilt meine Auffassung, wonach die Sprache Bibliotheks mit dem Touristischen verwandt sei. Wissen Sie, wie viele Buchstaben es hat?«

Martin dachte nach. Komischerweise ging die Kenntnis des Touristischen nicht unbedingt mit dem Verständnis seiner Grammatik einher. Jeder, der durch ein Großes Tor trat, konnte danach Touristisch sprechen – und zwar frei und fließend.

»In dieser misslichen Lage befindet sich auch ein Kind, das zwar schon hervorragend sprechen, aber noch nicht lesen kann und nichts von Grammatik versteht«, tröstete ihn Klim. »Man kann intuitiv, ohne darüber nachzudenken, zählen lernen. Aber alle Laute einer Sprache zu benennen und zu systematisieren, sie den einzelnen Buchstaben zuzuordnen – das gehört bereits in den Bereich wissenschaftlicher Untersuchungen.«

Martin hob die Hände, legte sie mit rechtwinklig angespreizten Daumen aneinander und sagte in Gebärdensprache: *Wir können lesen und beherrschen die Grammatik. Die Gebärdensprache ist das Abc des Touristischen.*

Richtig, bestätigte Klim lautlos. *Das ist so natürlich für uns, dass wir nicht einmal darüber nachdenken. Aber wir haben auch das Alphabet gelernt. Das Touristische hat siebenundvierzig Buchstaben, dreizehn Satzzeichen und zwei Zahlen. Die Null und die Eins, ein Binärcode.*

Der Knirps, der die Erwachsenen misstrauisch beäugte, fing leise, gleichsam zur Warnung, an zu weinen.

»Er mag es nicht, wenn sich jemand in touristischer Gebärdensprache unterhält«, erklärte Klim nun wieder mit Worten. »Russisch und Englisch versteht er, Touristisch ebenfalls, aber Gebärdensprache noch nicht. Er ist hier geboren, nicht durch das Tor hergekommen.«

»Worin besteht denn nun das Problem?«, fragte Martin. »Selbst mir, der ich letztendlich völlig unbeleckt bin, ist klar, dass die Sprache Bibliotheks mit dem Touristischen zusammenhängt. Vermutlich hat auch jede Geste Ähnlichkeit mit einem der Zeichen auf den Obelisken?«

»Die Schwierigkeiten resultieren auch hier daraus, in welche Richtung man liest«, erläuterte der Direktor. »Wir haben versucht, die Obelisken hintereinander zu lesen, danach haben wir unterschiedliche Richtungen und Kombinationen ausprobiert ... All das hat zu nichts geführt. Man erhält nur das Gestammel eines Kindes, die Pseudosprache eines Geisteskranken. Irina hat erklärt, sie kenne eine Methode der Decodierung. Jetzt ist ein Großteil der Dorfbevölkerung mit ihr zu Punkt Zwölf unterwegs, einer großen Insel, die drei Kilometer nördlich liegt.«

»Und Sie sind hier geblieben?«, wunderte sich Martin. »Während eventuell eine ungeheuer bedeutsame Entdeckung ...«

»Die von Irina vorgeschlagene Methode, die Obelisken zu lesen, habe ich vor zwei Jahren ohne viel Aufhebens selbst ausprobiert«, gestand der Direktor. »Es handelt sich dabei um eine simple Korrelation zwischen der Fläche der Inseln und der Zahl der Zeichen auf ihnen ... Damit erzielt man keine Ergebnisse.«

»Davon haben Sie ihr aber nichts gesagt«, meinte Martin nachdenklich. »Hm ... Vermutlich war das ganz richtig. Ihr Übereifer sollte wohl geheilt werden.«

»Bringen Sie sie von hier weg«, sagte Klim. »Ich bitte Sie darum. Falls nötig, erzähle ich Ihnen sogar ein paar interessante Geschichten, mit denen Sie die Schließer bezahlen können.«

Martin sah dem Direktor in die Augen. »Wissenschaftlicher Neid?«

»Nein«, meinte Klim kopfschüttelnd. »Das Mädchen ist ohne Frage begabt. Ihre Widerlegung der Gleichung Gottes war von bestechender Eleganz. Doch sie muss lernen. Und zwar nicht hier, wo es von Fanatikern und Psychopathen wimmelt und die Obelisken den Blick auf sich ziehen ... Heute wird sich das Mädchen davon überzeugen, dass ihre Theorie Schwachsinn ist. Doch sie wird nicht daran zerbrechen, sondern neue Ansätze suchen ... und dabei in der Flut des Materials ertrinken, sich darin verzetteln, mit einem Maßband auf den Felsen herumzukriechen, sich in unfruchtbaren Auseinandersetzungen und Beschimpfungen verlieren. Bringen Sie sie fort, Martin! Sie wird reifer werden und zurückkommen, um dann das Geheimnis von Bibliothek zu enthüllen.«

Martin streckte dem Direktor die Hand hin. »Abgemacht. Es gibt nur ein Problem: Will sie überhaupt mit mir mitkommen? Selbst wenn wir sie fesseln und zur Station schleifen ... Sie wissen genauso gut wie ich, dass die Schließer nur diejenigen durchs Tor lassen, die das selbst wollen.«

»Wir werden bei der Entscheidung etwas nachhelfen«, meinte Klim grinsend. »Gleich wird unser ganzes Kollektiv mit Irina zurückkommen. Alle werden verärgert und voller Häme sein, für den Spott braucht Irina wahrlich nicht mehr zu sorgen. Und diejenigen, die sie vor den Kopf gestoßen hat, werden nun zu Hochform auflaufen. Falls das noch nicht ausreicht, steht es in meiner Macht zu befehlen, dass sie von hier verschwindet ... und ihr sagen, dass sie dumm sei. Das Mädchen ist stolz, sie wird gehen.«

Martin vermochte nicht zu sagen, was in Klims Worten überwog: aufrichtige Sorge um die begabte junge Frau, die sich eine ihre Kräfte übersteigende Last aufgebürdet hatte, oder der Neid des Wissenschaftlers, der eine starke Konkurrentin witterte. Aber Bibliothek war in der Tat kein Ort für eine überreizte Siebzehnjährige. In fünf Jahren, daran bestand für Martin kein Zweifel, würde sie als halbnackte schwangere Frau über die steinernen Inseln ziehen, an der Hand ein kleines Rudel Kinder. Geheimnisse alter Sprachen würden sie nicht mehr interessieren. Alles hatte seine Zeit. In der Jugend muss man lernen und sich austoben, gegen Ungerechtigkeit kämpfen und die Welt aus den Angeln heben ... Aber bei der Suche nach einem edlen Körnchen Wissen Berge tauben Gesteins durchzusieben – das ist ein Privileg des reifen Alters.

»Was ist? Wollen wir zu Mittag essen?«, fragte Klim. »Haben Sie schon die hiesige Fischsuppe probiert?«

Zum Essen versammelten sich alle Dorfbewohner, die sich nicht zusammen mit Irina aufgemacht hatten, die Geheimnisse des Universums zu ergründen. Klim und die beiden indianischen Köchinnen – Martin konnte sich des sicheren Gefühls nicht erwehren, sie seien beide die Frauen des Direktors –, ein Dutzend kleiner Kinder und zwei Alte, die offensichtlich in Abwesenheit der Eltern auf die Kleinen aufpassten.

»So leben wir«, meinte Klim munter. »Eine Art Kommune. Was bliebe uns auch sonst übrig? Der Mangel an Ressourcen führt immer zu primitiven Formen gesellschaftlicher Strukturen.«

An die Kinder verteilte Martin je ein Stück Schokolade, wobei die älteren unter ihnen sich unverzüglich über die Köstlichkeit hermachten, während die jüngeren die Näscherei zunächst ängstlich kosteten. Ein kleiner Junge fing sogar zu weinen an und spuckte bräunlichen Speichel aus.

»Es fehlt an Süßigkeiten«, gestand Klim seufzend, der als Erster den Löffel zum Mund führte. »Wir haben versucht, aus Seerosen Melasse zu kochen ... Doch ich würde mich schämen, Ihnen eine Kostprobe anzubieten. Süßigkeiten und Brot, das sind die Probleme, die uns beschäftigen ...«

Den Erwachsenen bot Martin Hartkeks an, von dem er nach kurzem Zögern auch jedem Kind einen halben gab. Die nächste Zeit nagten alle schweigend an der seltenen Delikatesse. Die Alten saugten konzentriert an dem Dauerbrot, das sie immer wieder behutsam in die Fischsuppe tunkten.

Die Suppe stellte sich in der Tat als köstlich heraus! Dickflüssig, mit Fettaugen, Fischstücken, Weichtieren und Algenstreifen, knackig wie Kohl. Martin aß zwei Schüsseln, dankte den Frauen und schenkte ihnen je ein Paket schwarzen und roten Pfeffers.

Klim konnte nur den Kopf schütteln. »Sagen Sie, Martin, wie oft pendeln Sie zwischen den Welten? Sie sind der dritte Mensch, an den ich mich erinnern kann, der auf die Idee kommt, uns Gewürze mitzubringen.«

»Sehr oft«, gab Martin zu. »Wenn mich jemand zur Station begleitet, überlasse ich Ihnen meine übrigen Vorräte. Natürlich erst, nachdem die Schließer meine Geschichte akzeptiert haben.«

»Wir begleiten Sie bestimmt«, versprach Klim lächelnd. »Würden Sie auch Briefe mitnehmen?«

»Gewiss«, meinte Martin nickend.

Die mit Spezereien beglückten Indianerinnen brachten eine Plastikflasche, die drei Liter fasste. Sie schenkten ein wenig, fünfzig Gramm nur, von einer milchigen, opaleszierenden

Flüssigkeit in Becher. Aufmerksam beobachtete Martin, wie Klim trank: auf ex, krächzend und ein Stück Fisch nachessend. Er schnupperte an dem Getränk, das nach Fisch und Alkohol, jedoch keineswegs fuselig roch. Als er einen Schluck nahm, verbrannte ihm der Algenschnaps den Gaumen, rumpelte ihm als kratziger heißer Klumpen die Speiseröhre hinunter, hinterließ indes einen überraschend angenehmen, frischen Nachgeschmack.

»Deutliche Nuancen von Minze und Anis«, stellte Martin erstaunt fest.

Klim lächelte stolz. »Das ist kein Kognak, aber man kann es trinken. Für Tabak haben wir leider noch keinen Ersatz gefunden ...«

Pflichtschuldig holte Martin ein Päckchen starker französischer Zigaretten aus der Tasche. Die erwachsenen Bürger auf Bibliothek machten sich unverzüglich über die Gitanes her. Mancher klaubte sich eine Zigarette heraus, mancher, entschuldigend lächelnd, zwei oder drei. Ein älteres Kind, das nach dem Päckchen langte, bekam eins auf die Finger.

Um der Höflichkeit willen rauchte Martin mit. Er hätte der Zigarre den Vorzug gegeben, die in seinem Rucksack für besondere Gelegenheiten ruhte, wollte die Menschen jedoch nicht verprellen.

»Wenn du das nächste Mal zur Station kommst, dann warte, bis der Schließer sich seine Pfeife anzündet«, empfahl einer der Alten mit schnarrender Stimme. »Dann fängst du ein Gespräch an ... Schwatz einfach drauf los, Hauptsache, du kriegst den Rauch zu schnuppern ... Unser Vorteil, dass Schließer geduldig sind und lange zuzuhören vermögen ... Wenn sie dir dann noch ein Weinchen anbieten ...«

»Aber Tabak bieten sie dir niemals an«, meinte der andere Alte traurig.

»Sie rauchen auch Marihuana«, bemerkte die jüngere der beiden Indianerinnen. Unverwandt sah sie Martin an.

Doch der rührte sich nicht.

Sie tranken noch zwei Gläschen à fünfzig Gramm. Danach ließ Martin seinen Becher lächelnd stehen. Niemand zwang ihn. Außerdem reichte es mittlerweile auch den Einheimischen. Die Kinder stoben auseinander, einige stürzten sich zum Planschen in die Kanäle, andere passten gewissenhaft auf die Kleineren auf. Bis auf Klim verstrickten sich die Erwachsenen in einem verworrenen Gespräch. Übereinander wussten sie seit Langem alles, jetzt interessierte sie nur ein einziger Zuhörer: Martin. Wie er erfuhr, hieß einer der Alten Louis, war Franzose, Physiker, der nach dem Tod seiner Frau nach Bibliothek gekommen war, um die Tage, die ihm noch blieben, ganz der Wissenschaft zu widmen. Bei dem zweiten Alten handelte es sich um einen Deutschen, einen Philologen, was auch für die beiden Indianerinnen zutraf. Die zwei waren übrigens Schwestern und in der Tat Klims Frauen. Nach einer Stunde vermeinte Martin, bereits mehrere Jahre auf Bibliothek verbracht zu haben. Die aufregendsten Geschichten – über nächtlichen Fischfang und verschütteten Selbstgebrannten, über einen Geddar, der bei einer Wette einen Obelisken mit seinem Schwert gespalten hatte, über einen Verrückten, den die Suche nach nicht existierenden »alten Technologien« nach Bibliothek verschlagen hatte – machten die Runde. Die Schwestern zettelten einen öden wissenschaftlichen Streit über ein Satzzeichen an, das signalisierte: Ich meine etwas ironisch, nimm meine Worte daher nicht allzu ernst.

»Da kommen unsere Leute«, sagte Klim irgendwann.

Martin erhob sich und spähte nach Norden.

Tatsächlich, da kamen sie. Etwa hundert Menschen, Männer wie Frauen, Alte wie Junge. Es entbehrte nicht der Komik, diese Prozession zu beobachten, die sich gleich einer aufgelösten Kolonne über hundert Meter dahinzog. Ständig schoss ein Kopf aus der Menge heraus. Dann sprang gerade jemand über einen Kanal. Wie verrückte Tänzer wirkten diese Menschen, die vor dem Auftritt ihrer Gruppe noch einmal probten. Oder wie müde Hindernisläufer.

»Wo ist denn unsere Irotschka?«, fragte Klim amüsierte, indem er sich neben Martin stellte. »Ah! Da ist sie ja. Gleich vorneweg. Allerdings trägt sie die Nase jetzt nicht mehr ganz so hoch.«

Martin hatte Irina ebenfalls entdeckt und betrachtete die näher kommende Frau mit verständlicher Neugier. Irina war größer, als er sie sich nach den Fotos und Videoaufzeichnungen vorgestellt hatte. Die rotblonden Haare, die auf der Erde über die Schulter reichten, trug sie jetzt kurz geschnitten. Ihre Kleidung war einfach und praktisch: Turnschuhe, Shorts in Tarnfarbe und ein dunkelgraues T-Shirt. Dabei hatte sie so raffinierte Kleider getragen ...

Am meisten fesselte Martin jedoch Irinas Gesicht. O ja, sie hatte eine Niederlage einstecken müssen, das ließ sich auf den ersten Blick erkennen. Das bezeugten sowohl die fest zusammengepressten Lippen wie auch der allzu konzentrierte, die Tränen zurückdrängende Gesichtsausdruck. Auch die merkliche Distanz zwischen Irotschka und den Übrigen wiesen sie als gestürztes Idol aus.

»Kalif für eine Stunde ...«, bestätigte Klim Martins Gedanken. »Oder wie heißen die Frauen des Kalifen? Na, sagen wir der Einfachheit halber Prinzessin für eine Stunde ...«

»Hauptsache, sie ist keine Prinzessin auf der Erbse«, bemerkte Martin. »Man hat sie doch wohl nicht geschlagen?«

»Wir mögen zwar ein wenig verwildert sein«, schnaubte Klim, »haben uns aber dennoch Überreste von Kultur bewahrt. Und Erbsen sind bei uns eine Köstlichkeit für Feiertage, insofern hat die Wendung ihren Sinn verloren.«

Sobald die Menschen das Dorf erreicht hatten, verliefen sie sich. Einige verschwanden in Zelten, andere blieben in einigem Abstand stehen. Ein Dutzend Menschen näherte sich mit schuldbewussten Gesichtern Klim. Getreue, die nach dem Verrat an ihrem Anführer kamen, ihre Sünde gutzumachen.

Irina hielt ebenfalls schnurstracks auf den Direktor zu. Erst als sie ihn fast berührte, blieb sie stehen. »Du!«, platzte sie heraus. »Du hast gewusst, dass ich mich irre!«

Das Temperament der jungen Frau gefiel Martin ebenso wie der Ton, in dem sie diese Anklage vorbrachte.

»Du hast mich nicht nach meiner Meinung gefragt, Irina«, antwortete Klim kalt. »Im Gegenteil, hast du nicht sogar behauptet, unsere Gehirne seien schon seit geraumer Zeit eingefroren? Und dass nur du allein die Wahrheit kennen würdest? Was willst du also? Ich habe dir keine Steine in den Weg gelegt. Hast du Erfolg gehabt?«

Einen ausgedehnten Moment lang stand Irina da, den empörten Blick unverwandt auf den Direktor gerichtet. Martin seufzte leise. Solche Duelle lagen Irina nicht, sie verfügte über keinerlei Erfahrung im Bereich des indirekten Kampfs, der Intrigen, der Verteidigung von Hausarbeiten und Promotionen, im Diskreditieren von Gegnern und Gewinnen von Verbündeten, kurzum, im Bereich all dessen, was den kräftigen Stamm des gelehrten Baums ausmachte, an dem allein die zarten Blättlein des Wissens zu sprießen vermögen.

»Sie haben mich vernichtet«, bemerkte Irotschka leise. In ihren Augen schimmerten Tränen.

Daraufhin trat Klim vor und packte die erschaudernde Irina fest bei den Schultern. »Ira, du bist klug«, sagte er mit einer Stimme, die wie ausgewechselt klang. »Du bist auf eine höchst interessante Gesetzmäßigkeit gestoßen. Wenn jemand das Geheimnis von Bibliothek zu lüften vermag, dann bist du das. Aber einen Fluss kann man nicht mit einem Sprung überwinden. Du musst schwimmen lernen.«

Innerlich spendete Martin ihm Beifall. Die verwirrte Irotschka ließ unversehens ihren Kampfgeist fahren und schaute den Direktor an wie ein kleines Kind. Der strich ihr vatergleich voller Zärtlichkeit über den Kopf und fuhr dann fort: »Ich werde einen Brief an den Leiter des Lehrstuhls für Fremdsprachen an der Lomonossow-Universität, Professor Paperny, schreiben, der ein guter und alter Freund von mir ist. Darin werde ich ihn bitten, dich ohne jede Prüfung zum Studium zuzulassen ... obgleich es dir keine Mühe bereiten würde, sie zu bestehen. Irina, mir ist sehr daran gelegen, dich in unserem Kreis willkommen zu heißen. In fünf Jahren werden wir dich hier erwarten, an dieser Stelle. Glaubst du mir?«

Irina nickte, ohne den Blick von Klim zu wenden.

»Du kannst dir nicht vorstellen«, fuhr er im milden Ton fort, »wie schnell fünf Jahre vergehen ... Und wie viel du erreichen kannst, wenn du deinem Gedächtnis all das Wissen schenkst, das die Menschheit erarbeitet hat ...«

Er zog Irina kurz an sich und küsste sie sanft auf die Stirn. Martin entging freilich nicht, wie Klims Hand auf dem Rücken der jungen Frau erzitterte und unwillkürlich, überhaupt nicht vaterhaft, abwärts wanderte, hinunter zu dem appetitlich straffen Hintern.

Doch schon im selben Moment gewann Klim die Kontrolle über sich zurück und trat von Irina zurück.

»Wir haben übrigens Besuch!«, sagte er lächelnd. »Das ist Martin, der gerade von der Erde gekommen ist ... und mit dir reden möchte.«

Automatisch trat die junge Frau einen Schritt auf Martin zu. O ja, Klim hatte seinen Teil der Arbeit wirklich bravourös erledigt ...

»Sei gegrüßt, Irina«, wandte sich Martin an sie. Er tat dies wohlwollend, aber ohne ein Lächeln oder zur Schau gestellte Sympathie. »Dein Vater hat mich gebeten, dich aufzusuchen.«

Schweigend runzelte Irina die Stirn. Ihre Augen glänzten noch feucht, doch Tränen lösten sich keine. Hinter Irina fuhr Klim die Abbitte leistenden Wissenschaftler an: »Seit gestern Abend hängen die Netze im Wasser. Was ist, sollen wir jetzt etwa verdorbenen Fisch essen? Kathrin, dein Kleiner hat Bauchschmerzen, er ist schon dreimal zum Toilettenkanal gerannt.

Alle, die einen Brief an jemanden auf der Erde schreiben wollen, können sich wegen Papier an mich wenden. Pro Person gibt es aber nur ein Blatt!«

Möglicherweise war Klim ja kein großer Wissenschaftler. Aber als Administrator verstand er sein Geschäft. Unverzüglich löste sich die Menge auf, und das Leben im Dorf nahm wieder seinen gewohnten Gang.

»Ich habe nicht vor, dich zur Rückkehr zu überreden«, versicherte Martin unterdessen. »Aber ich glaube, Klim hat dir einen guten Rat gegeben. Falls du ihn annehmen möchtest, würde ich dir behilflich sein, dir eine Geschichte für die Schließer zu überlegen ...«

Irina seufzte. Zaghaft lächelnd sah sie Martin an, mit einem Blick, in dem weit mehr Verständnis für die Situation lag, als man es bei einer Siebzehnjährigen erwarten durfte. »Ich ...«, setzte sie an.

In einem Kanal in der Nähe spritzte Wasser auf. Martin drehte sich gerade noch rechtzeitig um, um zu sehen, wie ein Robbenartiger zur Hälfte daraus auftauchte. Das schwarze Fell glänzte feucht in der Sonne, das Tier holte mit einer seiner kräftigen Flossen aus – und schon pfiff etwas Kleines durch die Luft.

Ira Poluschkina zuckte zusammen, reckte sich auf, als habe sie einen elektrischen Schlag erhalten, und verstummte. Aus dem offenen Mund sickerte ein gleichmäßiger, dünner Strom dunklen Bluts. Genauso kerzengerade, ohne sich zu krümmen, fiel das Mädchen zu Boden. Bestürzt machte Martin den blutverschmierten, grauen Dorn aus, der sich ihr ungefähr auf Höhe des siebten Wirbels in den Hals gebohrt hatte.

Platschend tauchte der Robbenartige ins Wasser ab.

Schon im nächsten Moment brach Chaos aus. Die Erwachsenen schrien, die Kinder weinten, in Klims Hand erschien von Gott weiß woher eine Pistole. Sofort rannte er den Kanal entlang, dabei Kugel um Kugel ins Wasser feuernd. Eine der beiden Indianerinnen beugte sich über Ira. Die andere sprang mit einem soliden Küchenmesser in der Hand über den Kanal und stürzte offenbar auf einen Punkt zu, an dem der Robbenartige unweigerlich vorbeischwimmen musste. Martin setzte ihr nach – was sich als richtige Entscheidung herausstellte.

Der Robbenartige jagte mit der zielsicheren Grazie eines echten Wasserbewohners davon. Rauchgleich bildete sich hinter ihm dunkler Schaum, denn eine von Klims Kugeln hatte ihr Ziel gefunden. Martin wartete einen Moment, bis sich die Hände an das Gewicht der Remington gewöhnt hatte, dann eröffnete er das Feuer.

Mit dem dritten Schuss traf er endlich die Flosse, auf die er gezielt hatte. Der Robbenartige drehte sich um sich selbst und krümmte sich, als wolle er die verletzte Stelle belecken. Die Indianerin warf mit einer einzigen Bewegung ihr Gewand ab, ging für einen Sprung in die Hocke, packte das Messer fester und sah Martin fragend an.

Der schüttelte jedoch den Kopf. Er wartete, bis der Robbenartige versuchte weiterzuschwimmen, dann durchlöcherte er ihm die zweite Flosse.

Ein paar Minuten später, als der sein Blut verlierende Fremdling mit vereinten Kräften auf das Gestein der Insel gezogen war, schulterte Martin das Gewehr, zog einen Dolch aus einer am Unterschenkel befestigten Scheide und beugte sich über den Verwundeten.

»Das ist deine einzige Chance zu überleben«, brüllte er. »Erzähl mir alles, und zwar sofort!«

»Was soll das, Martin? Hast du den Verstand verloren?«, fragte Klim finster. Er hielt dem Robbenartigen die Pistole an den zitternden Kopf und drückte den Abzug.

Martin wich zurück und wischte sich die Blutspritzer vom Gesicht. Plötzlich fielen ihm Irinas Worte wieder ein: »Sie haben mich vernichtet.«

»Er war der einzige Zeuge!«, schrie er, während er nach seinem Karabiner langte. »Du wolltest wohl nicht, dass er redet?«

Klim seufzte, hielt den Pistolenlauf ins Wasser und bewegte ihn hin und her, um das Blut abzuwaschen. Der Robbenartige mit dem verdrehten Kopf zitterte schwach am Ufer. Es roch nach Blut und Schießpulver.

»Er kann nicht sprechen. Er war ein Hund, Martin.«

»Was?«

»Weißt du nicht, was das für einer ist? Er ist ein Tier, ein Kchannan! Die Geddarn halten sie wie Hunde. Da sie jedoch etwas klüger als diese sind, können sie mit bestimmten Dingen umgehen. Die Schließer erlauben es, zahme Tiere zu halten, deshalb haben die Geddarn sie mit nach Bibliothek gebracht. Auf trockenen Welten können sie nicht überleben, aber hier geht es ihnen prächtig ... Sie helfen beim Fischfang, spielen mit den Kindern.«

Kaum hatte Martin die Gewalt über sich zurückerlangt, ließ er die Waffe sinken. »Entschuldige ...«, murmelte er. »Ich ...«

»Du hast geglaubt, dieser miese Dorfdirektor Klim habe das Mädchen durch fremde Hände ... Pfoten umbringen lassen.« Klim spuckte ins Wasser. »Gut, vergessen wir das. Wir hätten ihn nicht verhören können, Martin.«

Martin sah zu der kleinen Insel hinüber, auf der sich um die reglose Irotschka herum die Bewohner drängten. Schließlich lief er zu ihnen, ohne selbst zu wissen, warum.

Der Kreis öffnete sich vor ihm. Die junge Frau lebte noch, lag jedoch im Sterben. Die Steine unter ihr schwammen in Blut, die Augen blickten müde und leer drein. Sie atmete durch den Mund, aus dem nach wie vor Blut strömte. In ihrem Mund erblickte Martin voller Entsetzen das spitze Ende des Dorns, der ihr die Zunge durchbohrt hatte. Er kniete sich hin und berührte Irinas Stirn in dem ungeschickten Versuch, ihre Todesangst zu lindern.

Doch in ihren Augen stand keine Angst geschrieben, nur Ärger und aufsteigender Schlaf – jener letzte, jener tiefste Schlaf.

»Geht weg!«, schrie jemand in Martins Nähe, um die gaffenden Kinder zu vertreiben. Unterdessen versuchte Irina, ihm irgendetwas zu sagen ... Natürlich missglückte ihr das. In ihr schmerzentstelltes Gesicht schlich sich ein schrankenloser, grausamer Trotz. Martin spürte eine leichte Berührung ihrer Hand, worauf er auf die Finger der jungen Frau hinunterblickte. Langsam und entschlossen formte sie Buchstabe um Buchstabe.

Sie brachte sechs Buchstaben und eine Zahl zustande, bevor die Hände ihr den Gehorsam verweigerten und ihr Atem stockte.

Martin presste das Ohr an ihre Brust und versuchte, den Herzschlag zu erlauschen. Irinas Körper fühlte sich warm und elastisch an, ein junger, gesunder und schöner Körper – und das dünkte ihn so grausam und ungerecht, dass er zurückfuhr, als habe er sich verbrüht.

Irina Poluschkina, siebzehn Jahre, der künftige Stolz der irdischen Linguistik, war tot.

Nun trat Klim heran, blieb stehen und betrachtete Irina. »Der Kchannan hat mit dem zugespitzten Rückgrat eines Fischs nach ihr geworfen. Das ist ein sehr harter Knochen, wir benutzen ihn selbst als Werkzeug ...«

»Hätte er diesen Wurfspieß allein herstellen können?«, fragte Martin, der noch immer neben der toten Frau kniete.

»Ohne weiteres. Ein Kchannan besitzt äußerst geschickte Flossen, deren Ende in rudimentäre Finger auslaufen. Er wird den Fisch gefressen und die Gräte an einem Stein geschliffen haben. In Jahrtausenden wird es eine intelligente Rasse sein ... vermutlich.«

»Weshalb?« Martin sah Klim an. Dann bezog er die finstere schweigende Menge in seinen Blick ein. »Fallen diese Tiere Menschen an?«

»Dergleichen ist noch nie vorgekommen«, meinte Klim kopfschüttelnd. »Niemals. Aber einige Kchannan sind verschwunden, vermisst oder entflohen ... sie könnten verwildert sein ...«

»Und würden dann eine junge Frau angreifen, die inmitten

einer Menge steht?« Martin hätte laut losgelacht, wenn die Umstände nicht so tragisch gewesen wären. »Klim, er hat sich wie ein Killer aufgeführt ... oder wie ein Hund, den man auf sie gehetzt hat ... das spielt keine Rolle. Jemand hat ihn auf sie angesetzt!«

Klim breitete die Arme aus. »Soll man uns ruhig Faschisten schimpfen«, murmelte er, »aber von heute an werden wir jeden Kchannan töten, der sich dem Dorf nähert ...«

Martin erhob sich. Um das Mädchen tat es ihm unsagbar leid. Ein derart grauenvolles Fiasko hatte er bislang noch nicht hinnehmen müssen.

»Wir werden ihren Körper bestatten«, versicherte Klim. »Dafür haben wir einen speziellen Kanal ... anders geht es hier nicht, Martin ...«

Martin nickte.

»Normalerweise teilen wir die Kleidung und den Besitz eines Toten unter uns auf«, fuhr Klim nach kurzem Gedruckse fort. »Letzten Endes reichen die Rohstoffe eben doch nicht. Aber wenn du sie mitnehmen möchtest ...«

»Ich werde mir ihre Sachen ansehen«, sagte Martin. »Etwas werde ich für die Eltern mitnehmen, den Rest ...« Er schielte auf die nackten Füßen der unruhig neben ihm stehenden Indianerin. »Ich verstehe das«, meinte er. »Verfahrt so, wie es bei euch Brauch ist.«

Mitanzusehen, wie die Menschen, obgleich sie den Tod Irinas aufrichtig bedauerten, sie auszogen, widerstrebte Martin. Noch größeren Ekel flößte ihm indes der Gedanke ein, dass dieser prachtvolle Körper, der noch eine Viertelstunde zuvor unbestreitbar eindeutige Gefühle bei jedem Mann hervorgerufen hatte, schamlos nackt zur Schau gestellt werden sollte. Seine Wange erinnerte sich noch an den warmen jungfräulichen Busen, an jene schockierende Wärme eines toten Körpers.

Martin trat zur Seite, doch er hielt es nicht aus – er wandte sich ab.

Die Männer waren, Gott sei Dank, von Irina weggegangen. Nur die Frauen drängten sich jetzt in einem engen Kreis um sie. Sie machten nicht viel Federlesens. In den Händen einer Frau tauchten khakifarbene Shorts auf, weiße Unterhosen, eine andere Frau schlängelte sich mit dem blutgetränkten T-Shirt aus der Menge und machte sich umgehend daran, es im Kanalwasser auszuwaschen.

Der abgedroschene Gedanke, diesen Handlungen hafte etwas Kannibalisches an, loderte in seinem Hirn auf, doch Martin verstand nur allzu gut, wie schwer es war, auf einem fremden Planeten zu überleben und eine menschliche Haltung zu bewahren. Er wandte sich ab, hockte sich an einem Kanal hin und wusch sich tobend vor Wut Hände und Gesicht, wobei er mit einem Knäuel Algen nicht nur das Blut, sondern die Erinnerung an den lebenden wie den toten Körper abrieb.

»Martin.« Eine der Indianerinnen kam auf ihn zu. Bereits in Turnschuhen. Sie streckte ihm die feuchte Hand entgegen, auf dem der Jeton der Reisenden und eine Kette mit einem kleinen silbernen Kreuz lagen. »Das müssen Sie ihren Eltern zurückgeben.«

»Nein, damit muss sie beerdigt werden«, setzte Martin an, um dann zu verstummen. »Ja, gut. Vielen Dank.«

»Grollen sie uns nicht«, bat die Indianerin.

»Das tu ich nicht«, beruhigte Martin sie.

Hinter der Indianerin tauchte Klim auf. Er setzte sich neben Martin und sah ihn niedergeschlagen an.

»Hat sie noch irgendetwas gesagt?«, fragte er.

Martin legte den Rucksack ab und kramte in einer der Seitentaschen nach Seife. Er schüttelte den Kopf. »Nicht ein einziges Wort.«

Fünf

Hauptstadt erreichte Martin erst nach Einbruch der Dunkelheit. Der Leuchtturm half ihm, denn mochte das unablässige Blinken auch noch so ärgerlich sein, es bot ihm eine Orientierung. Vermutlich dürfte es nicht leicht sein, bei dem grellbunten Geflacker in einem Zelt einzuschlafen. Andererseits – woran gewöhnte man sich nicht alles. Darüber hinaus hielt der Leuchtturm einen weiteren Vorteil bereit, den Martin erst zu schätzen wusste, als er sich der Zeltstadt näherte: Er ersetzte Laternen. Hatte man sich erst einmal an das Licht gewöhnt, war es ein Kinderspiel, sich im Rhythmus des rot-grün-weißen Stroboskops fortzubewegen. Obschon Martin mit Batterien nicht zu geizen brauchte, löschte er nun seine Taschenlampe, um nicht aufzufallen.

Des Nachts wirkte das Dorf weit belebter als tagsüber. Zwischen den Zelten huschten die Schatten der Außerirdischen umher, die aufgrund ihrer Natur nachts aktiv wurden. Doch auch etliche Menschen schienen lieber während der heißen Tagesstunden zu schlafen. Auf einer kleinen Insel, von der alle Obelisken erbarmungslos fortgeschafft worden waren, machte Martin eine richtige Diskothek aus. Die Musikanlage dröhnte, die Jugend – sowohl die menschliche wie die nichtmenschliche – tanzte. Abgehackte Bewegungen, ein heißer Rhythmus und die Signale des Leuchtturms verschmolzen zu einer wilden, doch betörenden Szene.

Martin blieb stehen, um die Tanzenden zu beobachten. Nach einer Weile ging er weiter.

Er schlenderte am Strand entlang, an dem sich vor kurzem noch die Nudistinnen gesonnt hatten. Junge Frauen gab es hier selbstverständlich keine, sie schienen förmlich vom Erdboden verschluckt. Dafür saßen am Wasser zwei stramme Kerle, die lachten und über etwas palaverten. »Mit einer echten, Ljowa!«, schnappte Martin auf. »Mit einer echten!

In weiterer Ferne klimperte auf einer Insel, die vom Lärm weitgehend verschont geblieben war, eine Gitarre los, jemand sang dazu etwas auf Spanisch über Galeonen, Piraten und Stürme. Einen Moment lang blieb Martin stehen und lauschte.

O ja, hier brodelte das Leben.

Warum hatte Irotschka Poluschkina nicht einfach in diesem Dorf bleiben können?

Aber wäre sie damit ihrem Mörder entgangen? Wer vermochte das schon zu sagen?

Keine Sekunde zweifelte Martin daran, dass der Robbenartige ganz bewusst auf Irina losgegangen war – zumindest so bewusst, wie es einem Kchannan möglich war. Jemand hatte dieses halbintelligente Geschöpf auf die junge Frau gehetzt. Jemand hatte einen Befehl erteilt und sie damit zuverlässiger getötet, als wenn er selbst den Abzug gezogen hätte. Möglicherweise hatte der Kchannan sogar gewusst, wie verschwindend gering seine Chancen waren, sich danach selbst zu retten. Dennoch hatte er den Gehorsam nicht verweigert.

Wer? Weshalb? Er brauchte nur die Antwort auf eine der beiden Fragen zu finden – und hätte damit auch die auf die andere. Doch Martin sah keine Antwort. Der Einzige, der ein wenn auch zweifelhaftes Motiv besaß, war Klim. Ließ Martin allerdings die Möglichkeit zu, der Direktor habe den Befehl gegeben, dann musste er sich auch die Frage stellen, wie er wohl den Robbenartigen gezähmt hatte. Falls der Auftraggeber für den Mord einer der Geddarn war, die in Hauptstadt lebten, stellte sich wiederum die Frage nach dem Motiv. Fürchtete er, das Mädchen könne das Geheimnis von Bibliothek knacken? Das passte so gar nicht zu dem Verhalten, wie Martin es von Geddarn kannte. Nicht von ungefähr führte diese Rasse stets ein Schwert mit sich, benutzte aber nie, niemals, eine andere Waffe.

Auch in Irinas Sachen hatte er keinen Hinweis entdecken können. Ein paar Kleidungsstücke, zwei Schokoladenriegel, versteckt zwischen frisch gewaschenen Socken und Taschentüchern, fünf unbeschriebene Notizbücher und eine Schachtel Bleistifte.

Kurzum, jedes Spekulieren erwies sich als müßig – was Martin jedoch nicht hinderte, damit fortzufahren. Zwei Gefühle, nämlich das Mitleid mit der jungen Frau und verletzter Stolz, motivierten ihn stärker als jeder Vertrag. Martin wählte ein Zelt, aus dem schwaches Licht und Unterhaltung drangen, und trat an die heruntergelassene Eingangsplane heran. Auf sein Hüsteln reagierte niemand. Gegen den Stoff zu klopfen schien ihm albern, den Besitzer zu rufen unpassend. Schließlich bemerkte Martin neben dem Eingang ein kleines messingenes Glöckchen, mit dem er denn auch läutete.

Eine hochgewachsene magere Frau mit groben, männlich wirkenden Gesichtszügen schlug die Plane zurück. Hinter ihr erblickte Martin einen in einer Ecke stehenden Jungen. Allem Anschein nach hatte sein Kommen eine erzieherische Maßnahme unterbrochen.

»Ja?«, fragte die Frau schroff.

Der Knabe fing wie ein kleiner Hund zu winseln an.

»Hör auf zu heulen«, blaffte die Frau ihn an, ohne sich auch nur umzudrehen. »Sonst setzt's was! Was wollen Sie?«

Verlegenheit bemächtigte sich Martins. Es behagte ihm nicht, zum Zeugen innerfamiliärer Fehden zu werden, was vielleicht an seiner Arbeit als Privatdetektiv lag, die ihn in einem fort zwang, in der schmutzigen Wäsche anderer zu wühlen.

»Entschuldigen Sie die Störung, aber ich bin noch nicht lange hier«, fing Martin an. »Ich suche David, den Chef der Verwaltung auf Bibliothek ...«

»Ich habe ihn nicht gewählt«, verkündete die Frau grimmig.

Immerhin trat sie zum Zelt heraus und wies mit der Hand die Richtung. »Da drüben. Das ausgebleichte rote Zelt, neben dem an einem Pfeiler die blaue Flagge weht.«

»Verzeihen Sie, aber warum haben Sie ihn denn nicht gewählt?«, konnte Martin sich nicht verkneifen.

»Was geht Sie das an, mein Herr?«, grummelte die Frau, wobei sie Martin mit einem misstrauischen Blick maß.

Im Zelt stimmte der Junge erneut sein Gejammer an, worauf die Frau entschlossenen Schrittes kehrtmachte, sorgsam darauf bedacht, die Plane hinter sich herunterzulassen.

Der ohne Antwort gebliebene Martin marschierte in die angezeigte Richtung. Zwar konnte er es kaum abwarten, von Bibliothek fortzukommen, gleichwohl musste er zuvor David noch einen Besuch abstatten. Und sei es nur – wie die Etikette es einem jeden Reisenden vorschrieb –, um Briefe für die Erde mitzunehmen.

David schlief noch nicht. Er saß auf einer aus Obelisken errichteten kleinen Bank an einem Kanal und las im Schein einer kleinen Taschenlampe einen als Taschenbuch gebundenen Roman. Bekleidet war er lediglich mit weiten Trainingshosen und einem Jackett, das er über dem nackten Oberkörper trug. Bei Martins Auftauchen rutschte er schweigend zur Seite und klappte das Buch zu.

»Interessant?«, erkundigte sich Martin. Das sich in den Armen liegende Pärchen auf dem Cover legte stärker als jeder Klappentext den Gedanken an einen Liebesroman für Damen nahe.

»Nicht sehr.« David zuckte vage die Achseln. »Aber Internetversionen hängen mir zum Hals raus, und gedruckte Bücher gibt es bei uns nur sehr wenige. Ist etwas passiert?«

»Wie kommen Sie denn darauf?«

»Kommen Sie, Martin«, seufzte David. »Auf diese detektivischen Spitzfindigkeiten wollen wir doch verzichten ... Sie kehren allein zurück. Dabei machen Sie auf mich keinesfalls den Eindruck eines Menschen, der leicht aufgibt. Ist mit dem Mädchen etwas passiert?«

»Sie ist tot.«

David stieß einen leisen Fluch aus. »Das glaub ich nicht«, meinte er kopfschüttelnd. »Wir haben hier zwar Unfälle, aber ...«

»Sie wurde ermordet.«

Einen ausgedehnten Moment lang schauten Martin und David einander an. »Ich habe immer geahnt, dass früher oder später diese unnormalen ...«, bemerkte David dann.

»Irina ist vor meinen Augen ermordet worden. Und nicht von den Bewohnern Enigmas.«

Davids Kiefernmuskeln vollführten einen wilden Tanz. »Hören Sie auf, mich so anzustarren, Martin, und mir die Informationen bröckchenweise zu geben! Sie müssen hier keinen Schließer mit Ihrem Geschwätz weichkochen! Auf diesem Planeten repräsentiere ich die zivilisierte Macht ...«

»Ein Kchannan hat sie ermordet. Er hat einen Wurfspieß abgeschleudert, der aus einer Fischgräte angefertigt war. Er hat die Wirbelsäule getroffen und den Kehlkopf sowie die Zunge durchdrungen. Kein Wort konnte sie danach mehr sagen.«

Im Grunde interessierte Martin vor allem, wie David auf diese Bemerkung reagierte. Überraschung vorzutäuschen stellte niemals ein Problem dar. Weit schwieriger war es indes, Erleichterung zu verbergen.

Doch auf Davids Gesicht spiegelte sich nichts wider – ganz wie es einem Menschen ansteht, der über tausend intelligente Wesen von unterschiedlichen Planeten herrschte.

»Glauben Sie, man wollte verhindern, dass Sie mit Ihnen spricht?«, fragte David.

»Das wäre denkbar. Ich bin nicht darüber im Bilde, wie die Kchannan normalerweise Menschen umbringen.«

»Normalerweise bringen sie überhaupt keine Menschen um«, entgegnete David. »Kadrach!«

Aus dem Zelt trat der Geddar heraus, mit nacktem Oberkörper, weiten, plissierten orangefarbenen Hosen und dem auf den nackten Rücken geschnallten Schwert. Im Halbdunkel erinnerte er stark an einen Menschen, einzig das Fehlen von Bauchnabel und Brustwarzen verrieten das Wesen einer anderen biologischen Art in ihm.

»Ich habe alles gehört«, informierte der Geddar die beiden. »Die Kchannan töten keine Menschen.«

»Weil sie es nicht können oder weil sie es nicht dürfen?«

Kurz zögernd, überlegte der Geddar anscheinend, ob er diese Frage mit einem Fremdling diskutieren sollte. »Weil sie es nicht dürfen«, meinte er dann kopfschüttelnd. »Möglich ist alles, aber nicht alles ist erlaubt. Die Kchannan sind Gefährten, Freunde, Jäger.«

»Wachhunde?«, schlug Martin vor.

»Nein. Ein Kchannan stürzt sich in den Kampf, wenn seinem Freund Gefahr droht. Aber ein Kchannan, der ein intelligentes Wesen anfällt, sollte getötet werden.«

»Selbst wenn er keinen Geddar angreift? Sondern ein x-beliebiges intelligentes Wesen?«, fragte Martin zurück.

Auf Kadrachs Gesicht zeichnete sich etwas ab, das Verachtung sehr nahe kam. »Selbstverständlich. Ihrem Verstand gebricht es noch an Eigenständigkeit, aber sie sind wesentlich klüger als Ihre Hunde. Wenn man ihnen erlauben würde, intelligente Wesen umzubringen, würde dies unserer Rasse nur schaden. Kein Geddar würde es seinem Kchannan gestatten, Menschen anzugreifen.«

»Es gibt noch eine andere Möglichkeit«, wagte Martin sich behutsam vor. »Der Geddar hätte den Befehl in dem Wissen gegeben haben können, dass der Kchannan sterben würde.«

Mit seinem anhaltenden Schweigen ließ Kadrach Martin ausreichend Zeit, seine Worte zu bedauern. »Diese Variante wäre denkbar«, sagte Kadrach schließlich. »Ein Geddar könnte einen Befehl erteilen und dabei sicher sein, dass der Kchannan sterben wird. Es wäre ein Verbrechen, aber möglich.«

»Nur ein Geddar? Oder könnte auch ein Mensch oder ein Wesen einer anderen Rasse einen Kchannan zähmen?«

»Ja«, bestätigte der Geddar ohne zu zögern. Nunmehr schien sich auf seinem Gesicht Erleichterung abzuzeichnen. »Das ist schon vorgekommen. Viele wünschen sich einen Kchannan zum Freund, weshalb wir ja auch Junge herbringen.«

»Sie müssen denjenigen finden, der den Befehl gegeben hat«, sagte Martin. Er ordnete das nicht an, nein, er konstatierte lediglich eine Tatsache. »Ist das schwierig?«

»Ein Kchannan kann nur einen Herrn haben«, erklärte der Geddar. »Ein Herr wiederum kann nicht mehr als einen Kchannan halten. Sie sind fürchterlich eifersüchtig. Wenn jemand einen Kchannan vermisst, dann ist das der Schuldige ...« Der Geddar schüttelte den Kopf, um dann zu einem überraschenden Schluss zu gelangen: »Es wird sehr schwer werden, den Mörder zu finden.«

»Warum?«, wunderte sich Martin. »Man bräuchte doch nur die Kchannan durchzuzählen ...«

»In unserem Dorf gibt es einhundertunddreißig Kchannan«, erklärte der Geddar mit Bestimmtheit. »In Zentrum leben weitere achtzehn. Unsere kann ich innerhalb von einer Stunde zusammentreiben und zählen. Morgen wissen wir, ob die Kchannan in Zentrum vollzählig sind. Aber nur ein dummer Mörder würde seinen Kchannan in den Tod schicken.« Nach kurzem Schweigen erklärte er. »Ich glaube nicht, dass der Mörder so dumm ist. Ich glaube, es wird kein Kchannan fehlen.«

»Ist es schon einmal vorgekommen, dass ein Kchannan entlaufen ist?«, fragte Martin. »Vielleicht ein wilder ...«

»Bei Menschen oder anderen intelligenten Wesen mag es ein wildes Dorf geben«, erwiderte der Geddar. »Aber die haben keine Kchannan.«

»Sie können sich nicht fortpflanzen«, erklärte David Martin. »Den Planeten der Geddarn dürfen nur Individuen eines Geschlechts verlassen.«

Zu gern hätte Martin gewusst, ob diese Regel ausschließlich für die Robbenartigen galt oder ob sie sich auch auf die Geddarn selbst erstreckte. Die Vernunft gebot ihm indes, seine Neugier zu bezwingen. »Woher kommt dann dieser mordende Kchannan?«, fragte er schließlich.

»Möglich ist alles«, antwortete der Geddar philosophisch. »Aber man kann nicht alles wissen.«

Der Geddar trat in den Schatten und verschwand sofort zwischen den Obelisken.

»Was für eine Bescherung«, bemerkte Martin. »Ein friedlicher, guter Planet. Ein beschauliches Leben. Und dann taucht aus dem Nichts ein fremdplanetarisches Untier auf und tötet eine unschuldige junge Frau!«

»Haben Sie mit Unannehmlichkeiten zu rechnen?«, erkundigte sich David voller Anteilnahme.

»An dem, was geschehen ist, trifft mich keine Schuld«, fasste Martin seine Gedanken zusammen. »Sie hatte noch nicht einmal entschieden, ob sie mit mir mitkommen wollte. Offiziell stand sie folglich nicht unter meinem Schutz. Wenn die Eltern des Mädchens mich überprüfen wollen, werden sie einen anderen Detektiv hierherschicken. Um das Mädchen tut es mir leid. Und das Ganze ist höchst ... unschön. Was halten Sie denn von dem Vorfall, David?«

Mit leichter Ironie sah David ihn an. »Was soll ich schon davon halten? Wenn das Mädchen tatsächlich kurz davor stand, das Geheimnis von Bibliothek zu entdecken, dann wird es auch Neider gegeben haben. Glauben Sie etwa, wir führten hier ein harmonisches, ruhiges und akademisches Leben? Wir sind ein ganz gewöhnliches Tollhaus! Es gibt Streitigkeiten unter Betrunkenen – und das bei einer minimalen Produktion von Alkohol! Schlägereien im Zuge der Aufdeckung einer wissenschaftlichen Wahrheit, zudem mit Selbstverstümmelung und Körperverletzung. Sexuelle Gewalt und jede nur denkbare Perversion ... Schlichte Orgien versuche ich schon gar nicht mehr zu verbieten. Dazu kommt das Glücksspiel, wobei es in letzter Zeit Mode geworden ist, dem Verlierer bestimmte Taten abzuverlangen, die möglichst riskant und demütigend zu sein haben. Von Vandalismus ganz zu schweigen ...« Viel sagend klopfte David auf die steinerne Bank. »... oder von religiösem Fanatismus und Intrigen ...«

»Gestern haben Sie mir aber ein weit lieblicheres Bild ausgemalt«, warf Martin ein.

David hüllte sich in Schweigen.

»Vielleicht sollten sie der Erde mitteilen, dass Bibliothek keineswegs der gefahrlose und friedliche Ort ist, für den es so viele halten?«, meinte Martin. »Damit diese jungen Närrinnen nicht mehr auf die Idee kommen, Ihren Planeten zu besuchen.«

»Aber Sie, guter Mann, sind doch gar nicht mehr so jung. Oder so naiv«, entgegnete David ironisch. »Nach einem derartigen Schritt würden solche Leute uns erst recht bestürmen. Alles, was hier geschieht, ist Folge unserer unfruchtbaren Arbeit, Martin! Zu uns kommen kluge, arbeitswütige, ehrgeizige Personen. Jahrein, jahraus suchen sie nach einer Nadel im Heuhaufen – doch wo sie liegt, ist ihnen immer noch ein Rätsel. Ich brauche Ihnen doch nicht zu sagen, was weiter geschehen wird? Geben Sie mir den Schlüssel zu diesem Rätsel – und schon morgen werden sich alle unermüdlich damit befassen.«

»Ich bin kein Linguist«, wehrte Martin ab. »Wenn Irina den Schlüssel gefunden hat, dann hat sie ihn mit sich genommen. Doch nach allem, was ich gesehen habe, ist sie mit ihrer Theorie mit Pauken und Trompeten durchgefallen.«

»Hat sie etwa versucht, die Sprache Bibliotheks mit dem Touristischen in Verbindung zu bringen?«, wollte David wissen. »Und die Richtung des Leseprozesses von der Fläche der Inseln oder der Anzahl der Obelisken abzuleiten? Was hat Klim denn dazu gesagt? Dieser selbstzufriedene Wirtschaftsverwalter, der wegen Unterschlagung von der Universität gejagt wurde? Selbst er wird ihr diese Theorie doch nicht abgekauft haben?«

Jetzt war es an Martin, sich in Schweigen zu hüllen.

»Er wartet hier, bis seine Strafsache eingestellt wird«, fuhr David hitzig fort. »Er hat talentierte Wissenschaftler um sich geschart, hervorragende Lebensbedingungen für sie geschaffen und hofft nun auf Dividende. Typisch! Es ist eben viel einfacher, nur mit Menschen zu tun zu haben! Da muss er sich nicht mit den Familienstreitigkeiten von viergeschlechtigen Rassen befassen, in denen es darum geht, dass ein weiblich-primäres Individuum sich geweigert hat, zu einem männlich-sekundären Individuum B sexuelle Nähe herzustellen, mit der Begründung, auf Bibliothek fehle der Mond, der den normalen Hochzeitszyklus reguliere! Oder mit Nahrungsproblemen! Die Rasse der Oulua muss Unmengen von zweischaligen Weichtieren zu sich nehmen, die das für sie lebensnotwendige Mangan enthalten! Diese Weichtiere essen alle gern, sie sind das Schmackhafteste, was die lokale Fauna zu bieten hat! Im Umkreis von fünf Kilometern sind sie alle weggeputzt ... Und ich muss die Oulua jetzt entweder Schmerz und Siechtum preisgeben oder von siebenhundertfünfundzwanzig intelligenten Wesen verlangen, zugunsten von sieben etwas beschränkten Außerirdischen auf die Freuden des Lebens zu verzichten!«

»Jetzt wird mir einiges auf Ihrem Planeten klarer«, gestand Martin aufrichtig.

Zufrieden bleckte David die Zähne. Er ließ eine Hand in die Tasche seines Jacketts gleiten und zog ein Päckchen Zigaretten hervor, von denen er Martin eine anbot.

»Besser ich lade Sie ein«, widersprach Martin und holte seine Gitanes heraus.

»Werden Sie nach Hause zurückkehren?«, erkundigte sich David verständnisvoll.

»Ich warte auf Ihren Freund und gehe dann. Er wird wohl recht haben, es ist aussichtslos, den Mörder noch länger zu suchen ... Aber damit ich kein schlechtes Gewissen kriege, bleibe ich noch ein bisschen hier ...«

Den Blick auf das Geflacker des Leuchtturms gerichtet, rauchten sie. Eine Gruppe von zwanzig oder dreißig Menschen und Außerirdischen stürmte an ihnen vorbei. »Zur Kanalparty!«, kreischten sie. »Kommt alle zum Kanal!« Sie sprangen in den breiten Strom hinein, der die Insel mit Hauptstadt umspülte.

Schweigend beobachteten David und Martin die träge in der Strömung treibenden Körper. In den Händen der Schwimmer blitzten Flaschen und Fässchen auf.

»Wir kennen viele Arten, uns zu amüsieren ...«, bemerkte David. »Ich kenne viele Welten, Martin. Ich habe genug seltsame Dinge gesehen, als dass es mir rätselhaft vorkäme, wenn ein Kchannan ein Mädchen anfällt. Selbst wenn dieser Kchannan aus dem Nichts auftaucht.«

Aufmerksam musterte Martin sein Gegenüber.

»Ich erinnere mich sogar noch daran, wie der Satellit des Planeten Galel lebendig geworden ist«, fuhr David dort. »Er warf seine Steinkruste ab und erstrahlte in einer hellblauen Sonne wie eine Christbaumkugel an einem grünen Himmel. Auf der weißen Oberfläche bildeten sich rote und schwarze Schlieren, dann schimmerte ein Strahl auf ... ein Lichtstrom, der an Galel vorbeilief, doch von solcher Kraft, dass er selbst im leeren Raum zu sehen war, eine Säule weißen Lichts mit einem Durchmesser von eintausend Kilometern. Die Ureinwohner schrien. In ihren Legenden heißt es, der Mond sei das Ei eines Drachen, der eines Tages schlüpfen und die ganze Welt niederbrennen würde. Die Schließer kamen aus der Station gerannt und standen da, den Blick in den Himmel gerichtet. Aber der Satellit zog dahin, veränderte seine Umlaufbahn ... nur die Splitter der steinernen Kruste wogten am Himmel. Unter uns bebte der Boden, am Horizont erwachte ein alter Vulkan, der eine rote Feuersäule ausspie, die bis in den Himmel reiche. Ich übertreibe nicht ... bis in den Himmel. Direkt in den fliehenden Mond hinein! Die Schließer kehrten in die Station zurück. Ich blieb noch stehen und schaute in den Himmel ... Ich glaubte, nunmehr sei in der Tat das Ende der Welt gekommen. Dann begriff ich, dass der Satellit wendete und der Photonenstrahl den Planeten treffen würde. Hoch oben in der Stratosphäre brannte die leichte Luft ... ein Anblick, als ob der halbe Himmel mit Himbeersaft überflutet worden sei.« David lachte und gestand leicht verlegen ein: »Es war wunderschön, Martin, das können Sie mir glauben! Einfach wunderschön!«

»Das glaube ich gern.«

»Und dann war alles vorbei«, fuhr David fort. »Einen Moment, bevor das alte Photonenraumschiff den Spiegel auf den Planeten richten konnte. Der Satellit verschwand, der Vulkan verschwand, als sei er aus dem Bergmassiv herausgerissen worden. Der Boden bebte noch Stunden später, aber die Schließer schafften es, dem Kataklysmus Einhalt zu gebieten.«

»Ich habe gehört, sie hätten ein Baryzentrum an der Stelle des zerstörten Raumschiffs angelegt«, sagte Martin. »Sie haben ein winziges Schwarzes Loch in die Umlaufbahn des Satelliten gesandt.«

»Hat man je herausbekommen, was genau da geschehen ist?« Martin schüttelte den Kopf.

»Ich glaube nicht, dass das ein Raumschiff der Altvorderen war, dazu war die Technologie zu schlicht ... abgesehen davon, glaube ich ohnehin nicht an die Alten Rassen.« David schnippte seine Kippe ins Wasser, die im nächsten Moment von einem dicklippigen Fisch verschluckt wurde. »Die Schließer haben alle hinter sich gelassen ... Sie sind gewissermaßen die einzigen Altvorderen. Die Zivilisation auf Galel muss hoch entwickelt gewesen sein, als die Schließer den Planeten erreichten ... es gab ja sogar Basen auf dem Satelliten. Das haben die Schließer übersehen. Warum auch immer. Die Bewohner des Planeten verrohten und gewöhnten sich an die Wunder, die sie geschenkt bekamen. Irgendwann wird uns das gleiche Schicksal ereilen. Diejenigen, die auf dem Satelliten leben, kapitulierten nicht. Sie höhlten ihn von innen aus, schufen damit ein gigantisches Raumschiff mit Photonenantrieb ... und versuchten, zu fliehen und ihre Zivilisation auf einem anderen Stern wieder aufzubauen ...«

»Was hatte es denn mit dem Vulkan auf sich, der das Raumschiff beschossen hat?«

»Er gehörte zum Verteidigungssystem der Schließer.«

»Das entspricht nicht ihrem Stil«, widersprach Martin kopfschüttelnd. »Sie ziehen eine lautlose Vernichtung vor. Im Übrigen ist diese Version weder besser noch schlechter als jede andere.«

»Ja, sicher ...«, pflichtete ihm David bei. »Aber seitdem suche ich mir immer Planeten ohne Monde aus.«

Wie es sich für Menschen, die einander respektieren, nach einer solchen Geschichte gehört, quittierten sie diese Bemerkung mit einem Lachen.

»Ich werde jetzt doch gehen«, verkündete Martin und erhob sich. »Ich werde nicht auf Ihren Freund warten. Haben Sie noch Briefe für die Erde?«

»Ja.« David sprang auf, verschwand im Zelt und tauchte kurz darauf mit einem dicken Paket wieder auf. »Hier sind Briefe, Disketten ... Medaillons von Verstorbenen ... und einige Proben für die Universität ... Das ist doch nicht zu viel, oder? Alles zusammen wiegt weniger als drei Kilogramm ...«

In seine Stimme mischte sich ein leicht bitterer Unterton.

»Das ist schon in Ordnung«, beruhigte Martin ihn.

Nachdem sie sich die Hand gedrückt hatten, begab Martin sich zur Station. Obwohl die Veranda leer war, hielt er entschlossen und zügig auf sie zu, ganz wie ein Mensch, der zu einem Termin bestellt ist.

Dann tauchte der Schließer auf. Er trat zur Holztür hinaus, die er hinter sich anlehnte, setzte sich in einen Sessel und machte sich daran, seine Pfeife anzuzünden. Bekleidet war er mit einem dicken Bademantel aus Frottee, gleichsam als friere ihn oder als käme er geradenwegs aus dem Bett.

Vor den Stufen blieb Martin stehen.

Der Schließer schnaufte, saugte an seiner Pfeife, ließ das Feuerzeug wieder und wieder aufflammen. Als endlich gleichmäßiger Rauch aufstieg, lehnte sich der Schließer zufrieden im Sessel zurück. Mit einem Blick, in dem wohlwollende Ironie, möglicherweise jedoch auch leichte Verärgerung liegen mochte, betrachtete er Martin.

»Sei gegrüßt, Schließer«, begrüßte Martin ihn.

»Sei gegrüßt, Wanderer.« Der Schließer nickte. »Tritt ein und ruh dich aus.«

Martin stieg die Treppe hinauf und nahm dem Schließer gegenüber Platz. Nach kurzem Schweigen sagte er: »Ich möchte dir eine Geschichte erzählen.«

»Einsam ist es hier und traurig, Wanderer«, brachte der Schließer hervor. »Sprich mit mir, Wanderer.«

Martin schloss die Augen. Noch wusste er nicht, was er gleich vortragen würde. Die besten Geschichten waren stets die, deren Ende er selbst noch nicht kannte. Eins wusste Martin jedoch: Wenn er jetzt etwas erzählen würde, dann von …

»Wenn ein Mensch zur Welt kommt, trägt er bereits eine Welt in sich«, begann Martin. »Die ganze Welt, das ganze Universum. Er selbst ist ein Kosmos. Und alles, was sich um ihn herum befindet, sind nur die Ziegelsteine, aus denen das Sein erbaut ist. Die Muttermilch, die seinen Körper nährt, die Luft, die das Trommelfell vibrieren lässt, die undeutlichen Bilder, die der Netzhaut Photonen einmalen, der ins Blut vordringende, erquickende Sauerstoff – all das wird zur Realität, sobald es zum Teil des Menschen wird. Aber der Mensch kann sich nichts aneignen, ohne im Gegenzug etwas zu geben. Mit Fäkalien und Tränen, Kohlendioxyd und Schweiß, Geplärre und Rotz bezahlt er seine ersten Schritte in einem inexistenden Universum. Der lebendige, greinende Kosmos wabert durch die illusionäre Welt und macht sie zur wirklichen.«

Schweigend saugte der Schließer an seiner Pfeife. Martin holte Luft.

»Auf diese Weise schafft sich der Mensch sein Universum. Aus sich heraus lässt er etwas entstehen, denn nichts in der Welt ist realer als er. Der Mensch wächst heran und gibt mehr und mehr. Sein Universum entsteht aus gesagten Worten und gedrückten

Händen, aus zerschrammten Knien und funkelnden Augen, aus Lachen und Weinen, aus dem, was er aufbaut, und aus dem, was er zerstört. Der Mensch gibt seinen Samen und zeugt Kinder, der Mensch schafft Musik und zähmt Tiere. Allenthalben wird die Dekoration dichter und illustrer, gewinnt freilich noch keine Realität. Das wird erst geschehen, wenn der Mensch sein Universum vollendet – indem er die letzte Wärme seines Körpers und das letzte Blut seines Herzens hergibt. Denn die Welt muss geschaffen werden, doch der Mensch verfügt über nichts, womit er das vollbringen könnte. Über nichts, außer sich selbst.«

Der Schließer legte die Pfeife auf den Tisch.

Martin wartete.

»Du hast meine Trauer und meine Einsamkeit vertrieben, Wanderer. Tritt durch das Große Tor und setze deinen Weg fort.«

Martin nickte dem Schließer zu und erhob sich.

»Man könnte glauben, ein jeder sei ein Universum«, ließ der Schließer fallen, nachdem Martin sich abgewandt hatte. »Man könnte glauben, ein jeder sei lediglich ein Buchstabe in der kurzen Geschichte des Universums. Das würde nicht viel ändern, Martin. Ob wir nach unserem Tod zu einem Kosmos werden oder lediglich zu einem Buchstaben auf einem Obelisken – welchen Unterschied macht das für einen Toten schon?«

So schnell, wie er es nur konnte, wirbelte Martin herum.

Der Schließer saß bereits nicht mehr im Sessel, nur die vergessene Pfeife qualmte sanft vor sich hin.

Doch was hätte das geändert? Welche Rolle spielte es, ob ein Schließer im Sessel saß oder sich Tausende von Lichtjahren weit wegkatapultiert hatte, wenn sie ohnehin nie eine Frage beantworteten?

Dennoch sagte Martin: »Vielen Dank, Schließer.«

Zweiter Teil
Orange

Prolog

Jäger, welche auf die Genüsse des Lebens erpicht sind – Sybariten, um es gepflegt auszudrücken –, begegnen der Frage schmackhaften und gesunden Essens stets mit großem Ernst. Vergnügen finden sie an einem Restaurantbesuch, sofern es sich um eine klassische, leicht altmodische Lokalität handelt, die mit gestärkten weißen Tischtüchern, Porzellan und Kristall aufwartet, das Silberbesteck häufig wechselt und in dem dezente Kellner bedienen, auf gar keinen Fall Kellnerinnen, denn für die kapriziöse, flatterhafte weibliche Hand schickt es sich nicht, in das Sakrament der Zubereitung und des Servierens eines Mahls einzugreifen! Einige Freude bietet auch eine schlichtere Einrichtung mit fröhlich karierten Tischdecken und hinter der Küchentür zischenden Töpfen, in denen junge Leute einen nebst all den erfolgreichen Bankern, den ewig hastenden Juristen und den lauten, mit Videokameras verwachsenen Touristen mit ungewöhnlichen und nationalen Speisen verköstigen. Fastfood-Unternehmen sind dagegen entschieden abzulehnen, gleich unter welchem fremdländischen Namen sie auftreten und mit welch wohlschmeckendem Kunststoff sie den Einwegteller bestücken mögen. Nein, nein und noch mal nein! Brötchen samt Hackfleischeinlage sollte man keine Chance lassen, wenn man seine Gesundheit und die vergänglichen irdischen Freuden ernst nimmt.

Freilich bleibt das Maß aller kulinarischen Wonnen, das A

und O eines Sybariten, die häusliche Küche, das am eigenen Herd zubereitete Mahl. Allein hier gibt sich die Wahrheit zu erkennen, einzig hier zeigt sich, ob man eine erbärmliche Kreatur ist, die einen anspruchslosen Magen beherbergt, oder ob man zu Recht die Befehlsgewalt über diesen Magen innehat, ihn rechtens beaufsichtigt und verhätschelt, sich weder von Trägheit noch vom Appetit oder gar brodelnden Verdauungssäften den Löffel beim Kochen aus der Hand nehmen lässt!

Heute bewirtete Martin seinen Onkel bei sich zuhause. Dergleichen kam nicht allzu häufig vor. Und da der Onkel ein strenges, wiewohl gerechtes Urteil abzugeben pflegte, bemächtigte sich Martins eine leichte Nervosität. Erst heute Morgen zur Erde zurückgekehrt, lief ihm nun die Zeit davon, weshalb er sich aufs Improvisieren verlegen musste. Eine Kühlschrankinspektion trug ihm eine gewisse Tristesse ein und ließ ihn sogar mit dem Gedanken spielen, in einem Restaurant eine Pekingente zu erwerben und selbige als der eigenen Hände Arbeit auszugeben. Doch der Abscheu vor einem solch ruchlosen Schritt überwog die momentane Schwäche, worauf Martin beschloss, sich in einen ehrlichen Kampf zu stürzen.

Dem Tiefkühlfach entnahm er vor einiger Zeit hergestellte sibirische Pelmeni, schlichte Kost, die indes unter kundigen Händen ihre besten Seiten zu entfalten vermochte. Ach, wie erniedrigte und beleidigte man selbstgemachte Pelmeni doch mit all jenen schlaffen Teigklumpen samt ihrer Füllung aus Abfallprodukten, welche, angetan mit einem zellophanenen Leichengewand, im Regal der nämlichen Abteilung im Supermarkt ihr gekühltes Dasein fristeten. Man darf dem falschen Lächeln der stets hungrigen Reklamehelden keinen Glauben schenken, fänden diese sich doch ohne weiteres dazu bereit, rohe Brühwürfel zu zerkauen! Auch auf die Etikettierung »handgeformt« sollte man nicht hereinfallen, denn Maschinen hantierten unterdessen mit allerlei linken und rechten Händen. »Handgeformt«? Ja hat denn je einer diese Hände zu Gesicht bekommen?

Nein, nein und nochmals nein!

Echte Pelmeni kann man nur allein – allenfalls noch mit auserwählten, erprobten Freunden und Angehörigen des Haushalts – herstellen. Drei Sorten Fleisch sind zu empfehlen, jedoch nicht entscheidend. Weit wichtiger ist es, ausgewogen zu würzen, besonderes Maß sollte man beim Piment halten, großzügiger darf man Paprika einsetzen, obgleich wahre Kenner gänzlich auf dieses Gewürz verzichten. Die Kräuter, mit denen der schwere moldawische Boden Moskauer und Petersburger üppig beschenkt, leisten diesbezüglich gute Dienste. Jemand aus dem europäischen Teil Russlands sollte bereits im Frühjahr daran denken, Entsprechendes auf der Datscha zu säen. Sibirier haben es einfacher, sie brauchen nur in den Garten hinterm Haus zu gehen, bestenfalls ins nächste Wäldchen zu schlendern – und schon offenbart sich ihnen der ganze Reichtum der Taigakräuter. Noch bequemer ist es für all diejenigen, die als Kind nie an einer Schneeballschlacht teilgenommen haben, die in Asien oder auf der Krim leben, wo weithin alles, einfach alles, was nur sprießt, alles, was nicht giftig ist, zum Gewürz taugt. Unter keinen Umständen sollte man indes auf eine fertige Würzmischung zurückgreifen, schon gar nicht auf solche polnischer oder französischer Provenienz! Denn was, bitte schön, verstehen Polen und Franzosen schon von unseren, von russischen Pelmeni?!

Martin liebte Pelmeni, bereitete den Teig mit großem Vergnügen zu, mit Herz sozusagen, während nebenbei der Fernseher lief und die Nachrichten verbrummelte. Geformt wurden die Pelmeni anschließend bei guter klassischer Musik. Rock verlieh ihnen eine ungewollt kantige Form, Pop brachte Monster hervor, die an alle nahen Verwandten zugleich denken ließen, an die usbekischen Manti, die tatarischen Etschpotschmaki und die armseligen italienischen Ravioli.

Bekanntlich ist das entscheidende Merkmal guter Pelmeni der kräftige, schmackhafte Teig, der, dem Fleisch als Täschlein dienend, selbiges in einem Hauch der eigenen fetten Brühe wie in einem Dampfbad köcheln lässt. Ein Jammer ist es mit all jenen Pelmeni, die beim Kochen auseinanderfallen oder bei denen der Teig erbarmungslos um das Fleisch geklatscht wird, denn ihre wertvolle Brühe verströmt völlig ziellos im Topf.

Den Tisch deckte Martin schlicht ein, in der Küche. In zwei Schüsselchen füllte er dicke Smetana, echte russische Smetana, kein europäisches Imitat à la saure Sahne mit Verdickungsmitteln, Antioxidantien und dergleichen Giftzeug. Den Ketchup brachte er, wiewohl er eine leichte Schwäche für ihn hegte, in Sicherheit, da er die Anspielungen onkellicherseits fürchtete, die allesamt nur recht und billig wären. Als im Treppenhaus der alte Lift polterte, witterte Martin instinktiv die Ankunft seines Onkels, worauf er die Pelmeni in kochendes Wasser gab und dem Kühlschrank eine Flasche *Russischer Standard* entnahm, den einzigen Wodka, den die kranke Leber des Onkels ihm zu trinken gestattete. Die Flasche fasste keinen halben Liter, was unweigerlich nach einer zweiten verlangt hätte, auch keinen ganzen, wie er nur jungen und folglich leichtsinnigen Menschen zustand. Null Komma sieben fasste sie, wie es sich für kultivierte und maßvoll trinkende Russen geziemte, die weder bis weit in die Nacht zusammenzusitzen noch die Nachbarschaft mit ihrem Gesang zu erschrecken beabsichtigen.

Der Onkel wusste Pelmeni zu goutieren. Zwar aß er sie langsam und ohne jeden Kommentar, was Martin leicht irritierte, blickte jedoch viel sagend auf den Topf, kaum hatte er den ersten Teller verputzt. Folglich musste umgehend die zweite Portion aufgesetzt werden.

Das Gespräch plätscherte dahin, angenehm, wie es zu erwarten war, bisweilen auch lauter. Die beiden diskutierten über Fußball. Martin hielt sich zwar nicht für einen eifrigen Fan, freute sich jedoch über den überraschenden Sieg der russischen Nationalmannschaft. Sie stritten über die letzte Miete, die die Schließer gezahlt hatten, eine ausgeklügelte Technologie zur Synthese von Nahrungsmitteln aus Brennholz, mit der man den Hunger zwar in der Tat bezwingen konnte, die jedoch etliche neue Problem aufwarf. Der Onkel setzte Martin dabei auf höchst unangenehme Weise in Erstaunen, indem er hitzig und mit unziemlichen Ausdrücken für die Geburtenkontrolle in den Ländern Asiens und Afrikas plädierte. Phrasen wie »Das Brauchtum der Karnickel lässt ebenfalls keine Familienplanung zu« oder »Jetzt kommen sie ganz bestimmt von den Palmen 'runter, wo sie den Baum endlich essen können« nahm der Onkel zwar beschämt zurück, doch in der Sache blieb er bei diesen Aussagen.

Martin hatte es gerade mit einem raffinierten Zug geschafft, das Gespräch in ruhigere Bahnen zu lenken, als Shenka anrief und fragte, ob er, da in der Nähe, nicht auf einen Sprung vorbeischauen dürfe.

Über den Besuch seines kleinen Bruders freute sich Martin, auch der Onkel taute sogleich auf – selbst wenn Martin sein erklärter Liebling war –, setzte sich in strahlendes Licht und unterzog den frisch auf der Bildfläche erschienen Neffen einem leidenschaftlichen Verhör: Warum dieser so selten anrufe und ihn noch seltener besuche, welcher Teufel ihn geritten habe, zur Journalistik zu wechseln, und ob sich Shenka und Olga nun endlich ausgesöhnt hätten.

Auf alle Fragen gab der kleine Bruder geflissentlich Auskunft, sogar über Olga ließ er sich des Langen und Breiten aus und sprach vage von Aussöhnung – kurz gesagt, er log wie ein Anwalt. Da der Onkel heute jedoch friedlicher Stimmung war, zog er es vor, über die Lüge hinwegzusehen.

Martin stellte frische Pelmeni her und holte eine zweite Nullkommasiebenliterflasche aus dem Kühlschrank, denn er war nicht nur ein kultivierter und maßvoll trinkender, sondern auch ein vorausschauender russischer Mann. Die Pelmeni boten ein trauriges Bild, eine einzige mickrige Portion war übriggeblieben, die zu kochen absurd gewesen wäre. Doch sowohl der Onkel wie auch Shenka hatten genug, verlangten keinen

Nachschlag und zeigten sich mit dem Russischen Standard, leicht eingesalzenen Gurken und fein geschnittener Räucherwurst vollauf zufrieden. Martin selbst nahm kaum am Gespräch teil, hörte sich Shenkas Flunkereien und die onkelschen Repliken voller Genuss an, verblüfft von der List und dem besondern Sinn für Humor, den helle alte Menschen nach ihrer Pensionierung entwickeln.

Als es auf Mitternacht zuging, wurde der Onkel allmählich müde und wollte aufbrechen. Das Angebot, bei Martin zu übernachten, lehnte er entschieden ab, desgleichen den Vorschlag, ihn zu begleiten. Ein Taxi rief er prinzipiell nicht. Die fünfzig Meter bis zur nächsten Kreuzung würde er, wie er verkündete, zu Fuß gehen, dort ein Auto finden, das in seine Richtung fuhr, und somit trefflich Geld sparen. Martin hätte es auf einen Streit angelegt, wäre ihm nicht eingefallen, dass an der Kreuzung eine Milizeinheit Dienst schob, die, sobald sie den angeheiterten Rentner erblicken würde, diesen in ein Taxi verfrachten und den Fahrer ins Gebet nehmen würde, den Alten bis vor die Haustür zu bringen. Von daher beruhigte Martin sich, verabschiedete seinen Onkel und holte aus dem Kühlschrank eine kleine, eine Halbliterflasche Wodka, war er doch nicht nur ein kultivierter und vorausschauender Russe, sondern auch ein erklärter Faulpelz, weshalb er von Produkten vordringlichen Bedarfs Vorräte anlegte. Sein Bruder präsentierte ihm ein Kästchen erlesener Zigarren und gab zu bedenken, selbige verlangten wohl nach einer anderen Begleitung.

Zehn Minuten später, nachdem sie die schmutzigen Teller ins Spülbecken gestellt hatten, saßen die Brüder im Wohnzimmer, in schweren breiten Gläsern schwappte der Glenmorangie, fünfzehn Jahre alt und im Madeirafass gereift, und rauchten unter den Klängen der von beiden geschätzten Rockgruppe Piknik ihre Zigarren.

Piknik sang von jemandem, der mit Sicherheit noch von sich reden machen würde, handelte es sich bei ihm doch um einen herausragenden Experten für Lachgas. Obgleich Martin derart simple diagnostische Methoden eigentlich nicht billigen konnte, wippte sein Bein im sanften Takt der Musik, und bei den Worten »Dieses Glück widerfährt nur einem von hundert« fing er sogar an, leise mitzusingen.

»Woran arbeitest du gerade, Mart?«, fragte Shenka, der mit der Zigarre herumfuhrwerkte, als wolle er rauchige Buchstaben in die Luft schreiben.

»An allerlei Krimskrams«, gestand Martin. Sein Bruder war das einzige Familienmitglied, das seinen wahren Beruf kannte. Dennoch sprachen sie nur selten über Einzelheiten, abgesehen von komischen Geschichten, bei denen niemandem Gefahr drohte.

»Ermittelst du in einer wichtigen Sache?«, ließ Shenka nicht locker.

»Ich schließe gerade eine ab«, sagte Martin. »Genauer, ich habe sie fast abgeschlossen. Nichts Großes. Ein Mädel ist von zuhause weggelaufen und auf einem anderen Planeten auf tragische Weise ums Leben gekommen.«

»Und was ist daran noch unklar?«, hakte Shenka nach.

Nach kurzem Nachdenken beschloss Martin, es schade im Grunde nichts, offen über alles zu reden.

»Das Mädchen hat mir noch etwas mitgeteilt. Sprechen konnte sie da schon nicht mehr ... deshalb hat sie zu touristischer Gebärdensprache gegriffen. Vermutlich hat das gar nichts zu bedeuten, doch ich will der Sache auf den Grund gehen. Es würde mir nicht behagen, ihre Eltern zu informieren, solange noch Unklarheiten bestehen.«

»Jemand hat mich nach dir gefragt«, gestand Shenka. »Ein Mann ... es schien ein zufälliges Gespräch zu sein ... Aber ich weiß ein bisschen was über ihn ... Er arbeitet bei den Organen.«

»Bei der Polizei?«, fragte Martin, ohne sich allzu erschüttert zu zeigen. Ernesto Poluschkin könnten die Strafverfolgungsbehörden durchaus ins Auge gefasst haben.

»Staatssicherheit.«

»Was wollen die denn von mir?«, empörte sich Martin. »Ich zahl meinen Tribut, spioniere nicht, und wenn mir etwas Interessantes auffällt, melde ich es.«

Als Tribut bezeichnete Martin die fiktiven Geschichten, von denen er glaubte, sie könnten den Schließern gefallen. Die Regierung legte stillschweigend allen, die über die entsprechende Gabe verfügten, nahe, drei bis vier Geschichten pro Jahr für den staatlichen Bedarf zu verfassen. Dafür erhielten sie sogar ein bescheidenes Entgelt. Martin drückte sich um diese Aufgabe nicht, schummelte nicht, sondern setzte sich viermal im Jahr brav an den Schreibtisch und versuchte, sich etwas Brauchbares einfallen zu lasen. Da seine Geschichten dankbar und mit regem Interesse angenommen wurden, darüber hinaus niemand weitere Forderungen stellte, mussten einige von ihnen wohl tatsächlich etwas getaugt haben. Andere dürften die Schließer auch zurückgewiesen haben. Kurz gesagt, alles wie gehabt. Die Berichte schrieb Martin ebenfalls unregelmäßig, doch wenn die reale Situation auf einem Planeten in krassem Widerspruch zu den Angaben in Nachschlagewerken und Zeitungen stand, informierte er die Universität für galaktische Forschungen darüber, eine formal gemeinnützige Institution, die jedoch eigentlich der Regierung unterstand.

»Das weiß ich doch nicht«, sagte Shenka, während er an seinem Whisky nippte. »Aber ich glaube, dass sie dein aktueller Fall interessiert. Lass um Gottes willen die Finger von der Politik!«

Beinahe hätte Martin mit etwas Gemeinem und Oberlehrerhaftem wie »Bring dem Vater nicht das Kindermachen bei« gekontert, doch ihm fiel noch rechtzeitig ein, dass sein kleiner Bruder ihn in ebendieser Frage unterdessen weit hinter sich ließ und durchaus in der Lage wäre, ein paar einschlägige Seminare abzuhalten. Im Großen und Ganzen gab Shenka einen rechten Luftikus und Nichtsnutz ab, aber in seinen Beziehungen zum schwachen Geschlecht verstand er es, konzentriert, angemessen und erbarmungslos erfolgreich aufzutreten.

»Ich habe nicht vor, mich in irgendetwas einzumischen, Bruderherz«, meinte Martin deshalb bloß. »Und für dich wäre es längst an der Zeit, nicht mehr den ewigen Studenten zu mimen, sondern dir eine Arbeit zu suchen.«

Nach diesem heimtückischen Schlag verzichtete Shenka schmollend auf weitere Gardinenpredigten. Das machte eine zweite Runde Whisky erforderlich, damit der Frieden zwischen den Brüdern wieder hergestellt und das Gespräch erneut in Gang gebracht werden konnte.

Eins

Der Grund, warum Martin für einen Tag wieder auf die Erde zurückgekehrt war, lag nicht nur in dem seit Langem geplanten Besuch des Onkels, sondern auch in der Notwendigkeit, sich für die weitere Reise auszurüsten. Freilich, prinzipiell hätte Martin seinen Weg direkt von Bibliothek aus fortsetzen können. Da ihm jedoch eine ungewöhnliche Aufgabe bevorstand, zog er es vor, sich die Rückkehr eine Geschichte kosten zu lassen.

Martin entschied sich wieder für die Remington. Auf die Jagd wollte er nicht gehen, und zur Selbstverteidigung genügte der Karabiner vollauf. Aus dem kleinen Arsenal, das Martin im Arbeitszimmer aufbewahrte, fügte er nur noch einen Revolver hinzu, eine zuverlässige, kompakte Smith & Wesson, das Modell 60. Mit dem nur fünf Zentimeter langen Lauf, den fünf Patronen in der Trommel und dem kleinen Kaliber eignete sich die Waffe nur für kurze Schusswechsel auf geringe Distanz. Dergleichen passierte, wiewohl nicht häufig, und in solchen Situationen leistet ein Revolver weit bessere Dienste als ein Gewehr.

Auch seine Tauschwaren ergänzte Martin. Salz gab es auf fast allen Planeten, wohingegen Zucker und Süßwaren trefflich als Devisen taugten. Dazu noch Tabak, Pfeffer, Medikamente, einige Stapel Spielkarten, ein frischer *Digest*, eine Zusammenstellung, die sich in keiner Weise von den sonstigen unterschied. Bereits gegen Mittag war Martin aufbruchsbereit, obgleich er dem nächtlichen Beisammensein bis um drei Uhr in der Früh einen schweren Kopf verdankte.

Als Martin eben die Wohnung verlassen wollte, klingelte das Telefon. Er langte nach dem Hörer, bemerkte im letzten Moment jedoch Poluschkins Nummer auf dem Display, weshalb er das Gespräch lieber nicht entgegennahm. Hatte er von seiner Rückkehr erfahren oder rief er auf gut Glück an? In jedem Fall gedachte Martin momentan nicht daran, Rede und Antwort zu stehen.

Er schloss die Tür ab und ging die Treppe hinunter.

Mitunter glaubte Martin, es hänge auch vom Erzähler selbst ab, ob die Schließer eine Geschichte akzeptierten. Von seiner Stimmung ... seiner Überzeugungskraft ... seiner Hingabe an die fiktive Geschichte ... von gänzlich abwegigen Faktoren. Zum Beispiel erdichtete sich ein leerer Magen weitaus leichter den Zugang zum Tor als einer, dem gerade ein üppiges Mahl und ein Krug Bier zuteil geworden waren.

Momentan verspürte Martin in Maßen Hunger, plagten ihn Kopfschmerzen.

Beides machte sich bemerkbar.

»›Tatsächlich?‹, fragte die Frau. ›Und ich habe immer angenommen, Sie hätten alles schon am ersten Abend verstanden.‹« Gerade beendete Martin seine Erzählung, um dann schweigend des Verdikts zu harren.

»Einsam ist es hier und traurig«, verkündete der Schließer. »Ich habe schon viele solche Geschichten gehört, Wanderer.«

Das war nun schon die zweite Geschichte, die ein Schließer zurückwies. Besonders beschämte Martin bei der Sache, dass er selbst die Geschichten für gelungen erachtete, verfügten sie doch über eine Handlung, Charaktere und eine Moral. Kurzum, durch und durch taugliche Geschichten!

Der Schließer wartete ab, ein in der Tat einsames und trauriges Geschöpf, einer der vielen einsamen und traurigen Schließer der Moskauer Station. Seufzend durchwühlte Martin sein Gedächtnis. Er erinnerte sich an gelesene, gehörte, ihm selbst oder Bekannten widerfahrene Geschichten und verwarf sie.

Der Schließer wartete.

»Meine Geschichte handelt von Neugier«, bemerkte Martin nach einer Weile. »Eine seltsame Eigenschaft, nicht wahr?«

Selbstverständlich antwortete der Schließer darauf nicht. Selbstverständlich hatte Martin nur eine rhetorische Frage gestellt.

»Neugier treibt die Menschen zu merkwürdigen und gefährlichen Unternehmungen an. Pandora öffnete die ihr anvertraute Büchse, die Frau von Blaubart ist in das verbotene Zimmer gegangen, und Wissenschaftler spalteten das Atom. Wohin man auch blickt – immer entsteht das Leid aus dieser Neugier. In der Vergangenheit drohte nur den Neugierigen selbst Gefahr, seit den letzten hundert Jahren jedoch der ganzen Menschheit. Ein neugieriger Wissenschaftler kann gefährlicher werden als eine ganze Armee. Meiner Ansicht nach besinnt sich die Natur allmählich und legt den Rückwärtsgang ein ... Die Neugier der Menschen lässt nach. Sie interessieren sich nicht mehr für die Wissenschaft. Die Menschen haben das eher Alltägliche, das Gewöhnliche lieben gelernt. Wie Telenovelas, in denen man alles im Voraus weiß. Bücher, bei denen man mit den ersten Seiten bereits das Ende kennt. Essen, das weder durch seinen Geschmack noch seine Farbe oder seinen Duft besticht. Nachrichten, in denen keine Neuigkeiten geboten werden. Als habe jemand die Notbremse gezogen: Schluss jetzt mit der Neugier, Schluss mit der Suche, Schluss mit dem Denken! Hört auf – oder sterbt!«

Nachdenklich sah der Schließer Martin an.

»Wir leben mit vorhersagbaren Frauen, unsere Freunde erzählen uns Witze, die einen elend langen Bart haben, unser Gott wird von Dogmen gefesselt. Und das gefällt uns. Doch kürzlich, Schließer, habe ich eine junge Frau gesehen, die an Neugier gestorben ist ... und da habe ich mich gefragt ...« Martin blickte dem Schließer in die Augen. »... ob wir eigentlich alle verlernt haben, uns zu wundern? Vielleicht war ich es, der die Notbremse gezogen hat? Um mich selbst zu retten? Vielleicht war ich es, der stehen geblieben ist? Und jetzt rede ich mir ein, die ganze Welt sei stehen geblieben? Ihr habt es uns fast abgewöhnt, neugierig zu sein, ihr Schließer. Welchen Sinn soll es haben, etwas zu lernen, etwas zu entdecken, wenn ihr uns morgen etwas Fix und Fertiges schenkt? Welchen Sinn soll es haben, nach den Sternen zu greifen, wenn es dort nichts Neues gibt? Ich habe darüber nachgedacht, und die Antwort gefällt mir nicht. Daher heißt meine Devise nun: Hoch lebe die Neugier! Viel zu wissen ist großartig! Viel Kummer zu erfahren ein angemessener Preis!«

Der Schließer hüllte sich in Schweigen. Instinktiv spürte Martin, dass seine Geschichte nicht akzeptiert worden war. Deshalb beugte er sich über den Tisch, dicht zum Schließer vor.

»Und weißt du, was dabei das Wichtigste ist, Schließer?«, fuhr er fort. »Es gibt überhaupt keine Neugier! Intelligente Wesen kennen diese Eigenschaft und Qualität nicht. Wir nennen die Intuition Neugier, den Versuch, aus unzureichenden Informationen Schlussfolgerungen zu ziehen. Ständig wollen wir alles kategorisieren oder logisch erklären. Wenn wir keine Erklärungen finden, sprechen wir von *Neugier*, gleichsam als stellten wir uns damit einen Freibrief für unser seltsames, zielloses und gefährliches Verhalten aus. Die *Neugier* ist lediglich eine bequeme Erklärung. Mehr nicht!«

»Einsam ist es hier und traurig ...«, setzte der Schließer an.

»Meine Geschichte ist noch nicht zu Ende«, entkräftete Martin die Ablehnung. »Ich habe sie noch nicht einmal angefangen. Das war lediglich die Einleitung.«

Zum ersten Mal im Leben vermeinte Martin in den Augen eines Schließers Ärger auszumachen.

»Dann erzähle.«

»Es war einmal im Universum eine Rasse, die von allen übrigen intelligenten Wesen Schließer genannt wurde«, begann Martin. Unversehens hatte sich seiner Wut bemächtigt, eine Wut, die gar nicht dem Schließer, ja, nicht einmal sich selbst galt, der er mit einem Mal nicht mehr in der Lage sein sollte, den Wegzoll zu bezahlen. Nein, reine, gegen niemand Konkretes gerichtete Wut hielt ihn gefangen. »Diese Rasse pflegte das Hobby, sich in leistungsstarken schwarzen Raumschiffen durch die Galaxis zu bewegen und auf jedem Planeten, auf dem sie landeten, eine Station für Hyperraumverbindungen zu erbauen. Als Gegenleistung für die Benutzung dieser Stationen verlangten sie nur eine Geschichte, die ihre Neugier fesselte. Denn eine andere Möglichkeit, sich zu amüsieren, verfing bei den Schließern nicht. Und es war einmal ein Junge, der Martin Dugin hieß und der auf dem Planeten Erde lebte. Wie jeder aufgeweckte kleine Junge hatte er einen Traum, nämlich die Geheimnisse der Galaxis zu entdecken. Nicht mehr und nicht weniger, wie es bei den Menschen eben üblich ist. Irgendwann begegneten sich die weisen Schließer und der neugierige Junge. Die Schließer langweilten sich wie gewöhnlich. Der Junge hielt sich selbstredend für klüger als alle anderen im Universum. Und er fragte sich, ob wohl Neugier die Schließer umtrieb. Aber haben wir uns nicht darauf geeinigt, dass es keine Neugier gibt? Sollten die Schließer wirklich darauf hoffen, etwas Neues und Bedeutsames zu hören? Dann ginge es im Grunde nicht um die Geschichten. Nicht um die Geschichten ginge es, sondern um die Menschen, die sie erzählen! Offensichtlich gibt es in der Galaxis bestimmte Geheimnisse, wichtige und schreckliche Geheimnisse, die die Schließer nicht knacken können. Diejenigen aber, die die Schließer in eine andere Welt einlassen, sollen diese Geheimnisse lüften. Und diejenigen, die die Schließer nicht zurücklassen, scheinen der Aufdeckung des Geheimnisses zu nahe gekommen. Ihr verbleibendes Leben werden sie fortan dort zubringen, wo sie den Schließern von Nutzen sind!«

Der Schließer fing zu husten an. Da er ziemlich lange brauchte, sich auszuhusten, begriff Martin: Gelächter schüttelte das zottelige geschuppte Wesen, überwältigte es, machte jeden Versuch, es zu unterdrücken, zunichte.

»Du ... du hast ... meine Trauer und meine Einsamkeit vertrieben, Wanderer. Tritt durch das Große Tor und setze deinen Weg fort.«

»Hat es also funktioniert«, brummelte Martin, während er sich aus dem Sessel erhob. »Bemerkenswert ...«

Der Schließer hörte zu lachen auf. In seinen Augen lag nicht einmal mehr der Schatten von Ärger. »Dutzende von Rassen, Hunderte von Planeten und Tausende von Hypothesen. Man behauptet, wir würden Seelen rauben. Man behauptet, wir würden die Wanderer als Nahrung verwenden. Man behauptet, wir würden euch bloß verspotten. Aber deine Version kannte ich noch nicht, und dafür danke ich dir. Du hast meine Trauer vertrieben.«

»Ihr sagt uns nie, ob unsere Geschichten für euch einen Sinn ergeben oder nicht. Und ihr werdet uns das auch nie sagen«, knurrte Martin.

»Nagt an dir etwa Neugier?«, wollte der Schließer wissen. »Dabei gibt es überhaupt keine Neugier, das hast du doch mit solcher Sicherheit dargelegt.«

»Es gibt keine nichtige Neugier«, widersprach Martin. »Es gibt keine ziellose Neugier. Wenn uns eure Motive interessieren, heißt das lediglich, dass wir die Lüge wittern. Das Unausgesprochene. Die Gefahr. Den entgangenen Gewinn.«

Als der Schließer in Schweigen verfiel, wähnte Martin sich in dem Gefühl eines zarten Triumphs. Doch als Martin die Tür hinter sich schließen wollte, packte den Schließer ein neuerlicher Lachanfall, der Martin jeden Siegesgenuss nahm.

»Macht euch nur über uns lustig«, grummelte Martin, während er durch die Gänge lief. »Wettet am Totalisator auf uns, schaut euch an, wer sich in den fremden Welten am längsten hält. Übertragt das doch in eurem Fernsehen. Ich pfeife auf euch!«

Als er das nächstgelegene Tor erreichte – in der Moskauer Station gab es insgesamt sechs Große Tore –, hatte Martin sich bereits wieder beruhigt. Sicherlich stellten sich sein Verhalten und seine Hypothesen für einen Schließer, ein allmächtiges und nahezu unsterbliches Wesen, äußerst komisch dar.

Mehr als alles sonst fiel freilich eins ins Gewicht: Martin war sich keineswegs sicher, dass es reine Neugier nicht gab, dass dahinter immer nur Intuition, Gier oder Angst standen. Was sollte ein Kind denn bitte schön von einem zu Bruch gegangenen oder zerlegten Spielzeug haben? Es war interessant und damit basta. Möglicherweise galt das auch für die Schließer: Sie spielten mit lebendem Spielzeug und waren vielleicht ein wenig enttäuscht, wenn es zerbrach.

In Gedanken vermerkte Martin die ausbaufähige Version. Wenn die Schließer über die Motive ihres Verhaltens rätselten, dann könnte er ihnen erzählen, sie seien Kinder einer echten Superzivilisation, die in den Kosmos geschickt wurden, um sich auszutoben. Wie alle Kinder waren die Schließer neugierig, herzlos und hörten lieber zu, als dass sie Fragen beantworteten ...

Daraus ließe sich eine ordentliche Geschichte basteln.

Martin pfiff sogar etwas vor sich hin, und die kleine Schlange im Wartesaal vor dem Tor trübte seine Laune nicht im Geringsten. Er nickte einer ernsthaften Frau mittleren Alters zu, die mit einer riesigen karierten Tasche auf einem kleinen Sofa saß. Mein Gott, ob da auf ganz neuem Niveau der Schwarzhandel wieder aufblühte? Oder ob die Frau Verwandte besuchen wollte und in der Tasche Mitbringsel waren? Martin tauschte sogar einen höflichen Händedruck mit einem Mann, der in einer Ecke des Saals neben einem Aschenbecher von beachtlichem Fassungsvermögen rauchte. Der Mann war sehr nervös, verrauchte Zigarette um Zigarette. Auf den ersten Blick erfasste Martin, dass er einen Neuling vor sich hatte, der kein Gespräch suchte. Um ihm Gesellschaft zu leisten, zündete Martin sich ebenfalls eine Zigarette an, die er bis zur Hälfte rauchte.

In dem kleinen Gang, der zum Tor führte, klimperte etwas. Ein großes und niedergeschlagenes Wesen stapfte am Wartesaal vorbei zum Ausgang. Nervös blickte die Frau Martin an und steuerte aufs Große Tor zu. Keine Minute später klimperte es abermals, worauf der Mann seine angerauchte Zigarette ausdrückte und sich eine voluminöse Tasche schnappte. »Es wird ... doch nicht allzu unangenehm?«, fragte er Martin in scharfem Ton.

»Sie werden nichts spüren«, beruhigte ihn Martin.

Der Mann verharrte lange am Tor, offenbar vermochte er sich nicht zu entscheiden. Schließlich klimperte es wieder, und den Gang kam ein junger Mann mit dem glücklichen Gesicht eines Menschen, der sich große Sorgen gemacht hatte, hinunter. Martin trat durch die automatische Tür und gelangte in den runden Saal des Tors. In der Mitte blinkte freundlich ein Computerterminal.

Martin langte nach der Maus, um den Cursor über eine Liste zu ziehen.

Da war Bibliothek. Hier hatte er Ioll, dann Hirschfänger. Schließlich fand er sein Ziel.

Prärie 1 und Prärie 2.

Zwei Welten, die bis auf den dominanten Landschaftstyp im Umkreis der Großen Tore nichts gemein hatten. Prärie 1, schon seit Langem von Außerirdischen besiedelt, interessierte Martin kaum. Bis vor kurzem hatte auch die Menschenkolonie auf Prärie 2 sein Interesse nicht zu wecken vermocht, obwohl sie in der guten grünen Liste stand ...

Doch die Finger der sterbenden Irotschka hatten es noch fertiggebracht, ihm den Namen ebendieses Planeten mitzuteilen.

Was erachtete sie für so wichtig, wichtiger selbst als den eigenen Tod? Warum hatte sie Martin gebeten, sich nach Prärie 2 zu begeben? Denn ihre Worte konnten nichts anderes als eine Bitte bedeuten, diese Welt zu besuchen.

Vielleicht trieb Intuition Martin an, vielleicht auch die just bespöttelte Neugier. Er drückte auf »Eingabe«, drehte sich um und verließ den Saal – der schon nicht mehr auf der Erde lag.

Heiß war es und staubig.

Das war Martins erster Eindruck, sobald sich die Türen der Station hinter ihm schlossen.

Der Schließer saß auf der Veranda, die nackten Füße auf einen Holztisch gelegt. Vor ihm perlte in einer großen Kristallkaraffe an Eiswürfeln echte selbst gemachte Limonade hoch, auf einem Tablett standen geschliffene Gläser bereit.

»Sie gestatten?«, fragte Martin. Als der Schließer nickte, goss Martin sich ein Glas ein. Er nahm einen Schluck. Die Limonade schmeckte gut, leicht säuerlich und kalt. Die Schließer wussten schon, warum sie auf jede Chemie verzichteten. Mit dem Glas in der Hand trat Martin ans Geländer heran, stützte sich mit den Unterarmen auf und trank gemächlich seine Limonade.

Vor ihm lag Prärie 2.

Die Ebene erschien Martin zunächst völlig verbrannt. Dann gewahrte er, dass das hohe Gras, das der Steppe als dichter Bart wuchs, von Natur aus orangefarben war. Eine Herde schwarz-weiß gefleckter Kühe weidete in der Ferne und rupfte ungerührt das orange Gras aus.

Orangefarben prangte auch der Himmel. Zugegeben, nicht ganz orange, eher schmutzig gelb, weshalb die Sonnenscheibe nicht sogleich auszumachen war. Die Wolken waren übrigens ganz normal, will heißen, weiß.

»Ein orange Himmel, eine orange Flur ...«, brummte Martin. »Welcher Idiot hat diesem Planeten bloß den Namen Prärie gegeben? Orange müsste er heißen, schließlich ist er orangefarben.«

Schweigend wackelte der Schließer mit den Zehen und lächelte.

»Auf Wiedersehen«, verabschiedete sich Martin höflich.

Der Schließer nickte.

Nachdem Martin die Vortreppe hinuntergegangen war, setzte er den Karabiner zusammen, schulterte ihn und machte sich, der Kuhherde ausweichend, auf den Weg. Einen Cowboy vermochte er in ihrer Nähe zwar nicht zu entdecken, doch irgendwann erhob sich aus dem hohen Gras ein Hütejunge, der Martin aufmerksam musterte.

Ehe Martin auf den Jungen zuging, winkte er ihm zu. Der

Kuhhirte wirkte recht aufgeweckt, und Informationen konnten nie schaden.

»Seien Sie gegrüßt, Mister!«, sprach ihn der Junge von vielleicht dreizehn, vierzehn Jahren an. Er lief barfuß, trug Jeans und ein kariertes Hemd, sein Haar zeigte ein sattes Rotbraun – ganz wie die Prärie und der Himmel.

»Sei auch du gegrüßt«, erwiderte Martin. »Woher nimmst du den *Mister*?«

»Das ist bei uns so üblich«, erklärte der Junge. »Kommen Sie für immer nach Prärie?«

Diese Frage ließ Martin aufmerken. »Für immer«, das hörte man kaum. Üblicherweise erkundigten sich die Leute, ob jemand »für lange« komme.

»Kaum. Aber das wird sich finden.«

»Suchen Sie jemanden?«, ließ der neugierige Junge nicht locker.

»Jetzt nicht mehr.« Martin schüttelte den Kopf. »Hier, das ist für dich.«

Er warf dem Jungen eine Schokowaffel der Marke Rotkäppchen zu, die er sich vorab in die Tasche gesteckt hatte. Mit unverhohlener Begeisterung fing der Junge die Näscherei auf, von der er indes nur die Hälfte abbiss, während er den Rest behutsam wieder einwickelte und in seiner Tasche verschwinden ließ. »Also, schießen Sie los«, sagte der Junge, während er hingebungsvoll an dem irdischen Mitbringsel kaute.

»Ist es weit zur Stadt?« Martin musste zwar lachen, nahm sich jedoch vor, dem Jungen gegenüber auf der Hut sein.

»New Hope liegt fünf Meilen südlich von hier.« Der Junge wies mit der Hand in die entsprechende Richtung. Als Martin nichts auszumachen vermochte, erklärte der Junge: »Die Stadt liegt in einer Senke. Dort fließt der Orange. Hier braucht man sich gar nicht erst anzusiedeln, hier gibt's kein Wasser.«

»Ist die Herde absichtlich zur Station getrieben worden?«

Grinsend nickte der Junge.

»Leben viele Menschen in der Stadt?«

»Gut achtzehntausend«, verkündete der Junge stolz. »Und noch rund anderthalbtausend Nichtmenschen.«

»Was gibt es Interessantes in der Stadt?«

»Die Waffel schmeckt gut«, meinte der Junge gedankenversunken.

Obschon Martin ihm mit dem Finger drohte, gab er ihm eine weitere.

»Es gibt zwei Kirchen und ein Bethaus, ein Stadion, das Bürgermeisteramt, eine Einheit der Nationalgarde, zwei Schulen, eine Konfektionsfabrik, zwölf Schlächter, sechs Bäcker, ein Kino, ein Krankenhaus, vier Apotheken, einen Supermarkt, eine Zeitung, ein Varieté, eine Druckerei, einen Flugplatz, eine Autowerkstatt ...«, zählte der Junge auf.

»Ein Hotel?«, wollte Martin wissen.

»Es gibt das Hotel *Diligence*. Und die Herberge *Mustang*. Ihnen dürfte wohl das Hotel zusagen.«

Martin holte eine dritte Nascherei heraus, eine Nusspraline.

»Heute werde ich aber ganz schön zulegen«, witzelte der Junge glücklich. »Ich gehöre ganz Ihnen, Mister. Fragen Sie«

»Was kannst du über den Planeten sagen?«

»Hm ...« Der Junge krümmte sich, sprang auf einem Bein herum und kratzte sich mit der Ferse über das Knie. »Was gibt es da groß zu berichten? Der Planet Prärie bietet gute Lebensbedingungen, hat drei Kontinente, von denen einer bewohnt ist, zwei Städte und Dörfer, es sind Ölvorkommen und Buntmetalle entdeckt worden ... Das lernt man bereits in der ersten Klasse.«

»Lokale Lebensformen?«

»Auf Prärie leben grüne Indianer«, erklärte der Junge bierernst. »Sie jagen orange Bisons.«

»Ha, ha ...«, konnte Martin sich nicht verkneifen.

»In der Stadt werden Sie es ja selbst sehen«, schnaubte der Junge. »Sie sind dämlich, tun aber niemandem was. Deshalb erlauben wir ihnen, in die Stadt zu kommen.«

»Und sie sind grünhäutig?«, hakte Martin nach.

»Sie lieben alles, was grün ist«, erklärte er Martin. »Sie kaufen grünen Stoff, aus dem sie ihre Kleidung anfertigen. Ansonsten sind sie ganz normal gelb.«

»Wer hat in der Stadt das Sagen?«

»Der Bürgermeister«, antwortete der Junge mit konzentrierter Miene. »Dann gibt es noch den Sheriff und den Militärkommandanten. Also ballern Sie nicht einfach drauflos, denn dann nimmt man Sie fest und hängt Sie! Wir sind da sehr streng, für Duelle muss man vorher eine Genehmigung einholen.«

»Gute Güte, was für ein Kinderparadies ...«, murmelte Martin. »Wieso sind hier noch nicht alle Jungs von der Erde eingefallen?«

Voller Neugier nahm der Junge die Antwort auf, doch gleich den Schließern ging er mit keiner Silbe darauf ein.

»Die letzte Frage«, kündigte Martin an, während er dem Jungen noch eine Näscherei zuwarf. »Welche Währungen gelten?«

»Präriedollar.« Nach kurzem Zögern polkte der Junge eine Münze aus seiner Tasche und zeigte sie Martin. »Solche.«

»Darf ich mal sehen?« Martin nahm die Metallscheibe an sich, um sie aufmerksam zu mustern.

Oho! Eine Silbermünze mit Prägenummer, ganz wie sonst bei Banknoten üblich! Sein Nachschlagewerk, der gute alte Walters, hatte also nicht gelogen.

»Stimmt es, dass es nur auf der Erde und auf Prärie Geld gibt?«, fragte der Junge, wobei er seine Münze nicht aus den Augen ließ. So jung wie er war, konnte er nicht auf Prärie geboren sein, musste aber noch als kleiner Junge hergekommen sein.

»Das ist nicht richtig. Es gibt noch sechs weitere Planeten, auf denen die Menschen Geld in Umlauf setzen ...«, erklärte Martin, während er die Münze inspizierte. »Aber bei euch sieht es sehr gewichtig aus ...«

»In den Bergen gibt es eine Silbermine«, informierte ihn der Junge.

»Ist das hier viel?«, fragte Martin und drehte die Münze um.

»Hm.« Der Junge nickte. »Ein Getränk kostet zehn Cent. Eine Übernachtung im Hotel einen Dollar. Natürlich nur, wenn es ein gutes Zimmer ist.«

»Muss ich mich in der Stadt irgendwo melden oder jemanden über meinen Aufenthalt hier informieren?«, wollte Martin wissen.

»Sie raffen es schnell.« Der Junge bleckte seine weißen Zähne, in denen allerdings Lücken klafften. »Dem Sheriff sollten Sie sich vorstellen, der wird das zu schätzen wissen.«

»Vielen Dank, mein Sohn«, meine Martin nickend. »Dann werde ich mir euer New Hope mal ansehen ... und du genier dich nicht, sondern mach dich an die Arbeit.«

»Warum sollte ich mich denn genieren?« Sofort spannte der Junge sich an.

»Ruf den Sheriff an und erstatte ihm Bericht«, sagte Martin grinsend. »Ich werde in zwei Stunden bei ihm sein.«

Der Junge presste die Lippen zusammen und bedachte Martin mit einem beleidigten Blick. Und erst als Martin sich hundert Schritte entfernt hatte, legte sich der Junge wieder ins Gras und holte aus der Jeanstasche ein kleines Funktelefon heraus.

Prärie 2 genoss zu Recht den Ruf einer der erfolgreichsten irdischen Kolonien. Formal galt sie als von enthusiastischen Einsiedlern besiedelt. Freilich wussten alle, dass es sich bei Prärie 2 um ein streng geheimes Regierungsprojekt der USA handelte. Seit einem Jahr steuerte der Planet selbstgewiss die Unabhängigkeitserklärung an. Vielleicht war in den Plänen der Amerikaner etwas durcheinandergeraten. Vielleicht aber war die formale Unabhängigkeit auch gerade Bestandteil dieser Pläne.

So oder so interessierte sich Martin für die Situation. Touristische Planeten sind komisch, Planeten, in denen man etwas Exotisches und Wertvolles erhält, nützlich. Doch Planeten, auf denen die Menschen tatsächlich versuchen, eine Exklave der irdischen Zivilisation aufzubauen, sind eine Sache für sich.

Die Schließer mischten sich niemals in die Politik vor Ort ein. Sämtliche Forderungen ihrerseits beschränkten sich auf die ungehinderte Nutzung der Großen Tore. Auf Prärie ließ sich keine besondere Verderbnis feststellen. Die Kolonisten kränkten die hiesigen »Indianer« nicht, begegneten den Außerirdischen mit Vorbehalten, allerdings auch mit Geduld. Sollte die Menschheit wirklich Chancen haben, in einer anderen Welt heimisch zu werden, dann stellte Prärie den idealen Planeten dafür dar.

Die nummerierten Silbermünzen sprachen in diesem Zusammenhang darüber hinaus Bände! Schmunzelnd schritt Martin durch die Steppe. Warum griffen sie nicht auf Banknoten zurück? Sollte das metallische Geld die »Grenzwelt« symbolisieren, den Wilden Westen, wenn auch Hunderte von Parsec von der Erde entfernt?

Denkbar wäre es.

Mit leichter Wehmut fragte sich Martin, ob der russische Forscherdrang entweder seit den Zeiten des Geographen Lew Gumiljow vor sich hindümpelte oder prinzipiell keine galaktischen Expeditionen vorsah. Wo? Wo gab es den Planeten Nowy Muchosransk oder Kiteshgrad, mit denen man der Entdeckerfreude Reverenz erwies? Wo waren die dunkelblonden Recken, die Neu- und Brachland in fremden Welten beackerten? Anscheinend hielten sie nur noch Mahnwachen vor der Moskauer Station ab. Oder sie marschierten mit ausrasiertem Nacken über die von den Machthabern krampfhaft ignorierten Truppenübungsplätze. Was für ein Fluch hing da über dem Volk? Wenn die Geistlichkeit regierte, ging das zu Lasten des gesunden Menschenverstands, wenn die Freiheit herrschte, brachte das Pogrome und Brandstiftung, wenn der Glaube das Zepter führte, tat er es mit der Biestigkeit eines magenkranken Kastraten, und wenn Prasserei obwaltete, zog sie einen einwöchigen Katzenjammer nach sich. Sobald man darüber nachdachte, schien es kein Zufall mehr zu sein, dass die Schließer auf russischem Territorium insgesamt drei Stationen hingeklotzt hatten, nämlich in Moskau, Nowosibirsk und Krasnodar. Das damit auftauchende, von nichts und niemandem erarbeitete Geld hatte den Staat in der Tat verändert, den Faschisten den Boden unter den Füßen weggezogen und nahezu dem ganzen Land das Mäntelchen von europäischem Flair, Wohlstand und Sättigung übergeworfen. Selbst die Beamten brachten es nicht zustande, sich alles, was da vom Himmel gefallen war, unter den Nagel zu reißen, sondern mussten mit dem Volk teilen!

Wo jedoch verbarg sich jener Geist, der einen Krusenstern und einen Lisjanski, einen Bellingshausen und einen Lasarew, einen Przewalski und einen Wise, einen Kaiserlyngk und einen Inostranzew auf Forschungsreise geschickt hatte?

»Es fehlt an Inostranzews*«, sagte Martin missmutig zu sich selbst. Natürlich war ihm klar, dass er zu dick auftrug. Selbstredend lag es nicht an Besonderheiten im nationalen Charakter. Auch das russische Volk war erst unter den einwandernden Warägern erstarkt – ganz wie die Amerikaner. Etwas anderes schlug sich hier nieder. Etwas Mystisches, die manichäische dunkle Seite des Lebens, die leicht in Hass auf das Leben umschlagen konnte, in die Verehrung von Dürftigkeit und Dummbüttelei. Ob das Klima die Schuld daran trug? Wenn die Schließer Russland eine Wetterkontrolle gebracht hätten, dergleichen existierte ja vermutlich ...

Martin spuckte ins orangefarbene Gras. Das Klima spielte bei alldem nicht die geringste Rolle. Denn gerade im strengen Sibirien lebte der Forscherdrang fort. Ob die Sibirier derzeit nach etwas suchten? Martin hatte einmal gehört, eine große Gruppe von Menschen aus Krasnojarsk und Nowosibirsk habe sich zu einem kalten, rauen, wiewohl mit Perspektiven lockenden Planeten aufgemacht. Das müsste er mal überprüfen ... Gelegentlich.

---

* Die meisten von den bekannten russischen Entdeckern, die hier aufgezählt werden, haben nichtrussische Familiennamen, während ›Inostranzew‹ gut russisch klingt, aber mit dem russischen Wort für ›Ausländer‹ (inostranez) gebildet ist. – *Anm. d. Übers.*

Momentan stand er freilich an einem orangefarbenen Hang und betrachtete New Hope, die größte Stadt auf Prärie 2, dem Lieblingsplaneten der Amerikaner. Das Flussbecken des Orange dehnte sich fast zehn Kilometer in die Breite. Der Fluss erinnerte in keiner Weise an den Mississippi und beeindruckte nicht sonderlich, obgleich es ein breiter schiffbarer Fluss war und die kleine Stadt über eine Anlegestelle verfügte, vor der – nein, das konnte nicht sein, das konnte einfach nicht sein – ein hölzerner Raddampfer lag! Und dann das Städtchen selbst: Eine erstaunliche Mischung aus Bretterhütten und Blockhäusern, die aus einem Italo-Western gepurzelt schienen, ergänzt durch einige durchaus moderne Ziegelbauten, Masten von Funkantennen und die Glaskugeln der Hubschrauber auf dem kleinen Flugplatz. All das entzückte in seiner Gesamtheit, rührte und brachte das Blut zum Brodeln. Zu gern hätte man hier seinen treuen Colt gezogen, einen wilden Hengst gesattelt und wäre jauchzend über die staubige Dorfstraße galoppiert, dabei in die Luft schießend und aus einer Flasche Tequila trinkend.

»Verdammt!«, stieß Martin aus, wobei er selbst nicht wusste, was in seiner Stimme überwog: die Begeisterung oder der Widerwille. »Die spinnen, die Yankees!«

Ein Weilchen blieb er noch stehen, den Blick auf die kleine Stadt gerichtet, dann holte er aus einer Rucksacktasche einen Minifotoapparat und machte ein paar Aufnahmen. Einfach so, für sein privates Album. Die Leute im Labor müsste er natürlich warnen, dass das orangefarbene Licht des Himmels eine lokale Besonderheit sei, sonst würden sie nach der Entwicklung wahnsinnig werden.

Zwei

Das Versprechen, das Martin dem Hütejungen und Wachposten gegeben hatte, hielt er ein, indem er sich sofort ins Office des Sheriffs begab. Ein seltsames Gefühl bemächtigte sich seiner, als er die Straßen des Städtchens entlangging: Alles um ihn herum glich einer Gestalt gewordenen Phantasie, einem lebendigen Bühnenbild, dem Triumph des Blendwerks. Obgleich alles real war, angefangen von den Mamas, die in den Parks entlang der zentralen Straße ihre Kinder ausführten, bis hin zu den hölzernen Gehsteigen in den Gassen. Die Hauptstraße hatte bereits ein Asphaltgewand erhalten, und durch sie preschten tollkühn Reiter mit geschultertem Gewehr dahin. Seit mehr als hundert Jahren fabrizierte Hollywood seine Mythen, und nun fingen die Mythen an, Geschichte zu fabrizieren. Durch die Schaufenster eines Drugstores sah man Jungen mit zerwuscheltem Haar, die geduldig warteten, bis man ihnen Eis in ein Waffelhörnchen füllte. Der Dampfer an der Anlegestelle stieß Dampfwolken samt einem langgezogenen Heulen aus. Aus einer Bar namens *Liberty* torkelte ein stockbetrunkener Mann im Cowboylook, der gegen seine Halfter schlug, um zu prüfen, ob sein Revolver sich noch an Ort und Stelle befand, und kraxelte auf ein demütiges, melancholisches Pferd. Es fehlten bloß noch die Musik von Ennio Morricone und der Fremde ohne Namen, der eine Zigarre besabberte. Mit einem Mal begriff Martin indes, dass die ihn umgebende Welt selbst für Hollywood zu konstruiert wirkte. Andrej Mironow in der Rolle des cineastischen Missionars Fjost würde dagegen ohne weiteres hierher passen, wie er sich, bewaffnet mit einem Projektor und einem Korb voller Filme, der Cowboyseele annahm.

Zumindest deutete nichts auf Schießereien oder sonstige Widerwärtigkeiten hin. Hin und wieder grüßte jemand Martin, worauf er sich höflich verneigte, selbst wenn er begriff, dass sich die in seinem Gedächtnis eingebrannten Filmbilder allmählich rekelten und er ungewollt entweder Andrej Mironow oder Clint Eastwood kopierte.

Der Sheriff erwartete ihn auf der Vortreppe eines kleinen zweigeschossigen Hauses, womit er Martin unweigerlich an einen Schließer erinnerte. Der stämmige Mann stand mit an den Gürtel gelegten Händen da, den langläufigen verchromten Revolver weithin sichtbar, während auf der Brust der Sheriffstern funkelte. Martin blieb vor ihm stehen. Er bedauerte, keine Mundharmonika eingesteckt zu haben. Ihm blieb nur, unmelodiös eine Melodie von Morricone zu pfeifen.

Der Sheriff spuckte in den Staub. »Witzbold ...«, grummelte er. »Du bist von der Erde?«

Martin nickte.

Als hege er grundsätzliches Misstrauen an den guten Absichten aller Neuankömmlinge, schob der Sheriff den stirngerunzelten Kopf vor, um Martin zu beäugen.

»Journalist?«, fragte er. »Detektiv?«

»Detektiv«, gab Martin zu.

Gemächlich bequemte sich der Sheriff die Vortreppe hinab. Er verströmte einen durchdringenden Geruch nach gebratenen Zwiebeln und – kaum merklich – nach teurem Eau de Cologne.

»Prärie 2 ist ein souveränes Gebiet. Aber wenn du dich an die amerikanischen Gesetze hältst, liegst du nicht allzu falsch.«

Martin nickte.

»Dammich, wahrscheinlich denkst du jetzt«, fuhr der Sheriff fort, »du wärst in 'nem erstklassigen Western gelandet. Kannste aber gleich vergessen, dammich. Denn die Kugel, die du dir hier einfängst, ist verdammt echt, kein Filmprojektil.«

»Gefällt den Leutchen das denn?«, fragte Martin mit einer vagen Kopfbewegung.

»Was glaubst denn du?« Der Sheriff bleckte die Zähne. »Dass wir uns so aufgetakelt haben, weil du uns einen Besuch abstattest? Wen suchst du hier und wie heißt du, dammich?«

»Ich heiße Martin. Ich suche niemanden ... besser gesagt, ich weiß nicht, wen genau ich suche. Meine Klientin ist auf Bibliothek gestorben, hat mir aber noch den Namen Ihres Planeten mitteilen können. Ich hoffe, eine Spur von ihr zu finden ... aber was für eine, das weiß ich nicht.«

Neugier spiegelte sich in den Augen des Sheriffs wider. Denn Menschen, die in einem Hollywoodfilm lebten, fangen unweigerlich an, die Gesetze des Genres zu respektieren. Und nichts verfing da besser als eine mysteriöse Geschichte mit einer verstorbenen Klientin.

»Komm rein«, brummte der Sheriff.

Hinter den Balkenwänden verbarg sich ein rundum modernes Büro, das mit elektrischem Licht, einem Computer samt Drucker und Kopierer, einer anständigen Funkstation und einer beeindruckenden Kaffeemaschine aufwartete. Als Erstes drückte der Sheriff auf einen Knopf an der Kaffeemaschine, dann ließ er sich auf seinen Stuhl plumpsen und starrte Martin an.

»Möchten Sie eine?« Martin holte aus einer Rucksacktasche zwei Zigarren in Aluminiumhülsen heraus.

»Da sag ich nicht nein«, bekannte der Sheriff, der genüsslich die Zigarre aus ihrem Gehäuse befreite. »Wir bauen zwar Tabak an ... aber der Geschmack lässt noch zu wünschen übrig ... ja, das tut er ...«

Er zog die Zigarre unter der Nase entlang, inhalierte den Duft tief ein und grunzte. Anstalten, die Zigarre anzuzünden, machte er indes keine. Statt dessen legte er sie auf den Tisch und bedeckte sie mit der Hand, als lösche er das Geschenk auf diese Weise aus. »Wen suchst du denn jetzt?«, fragte er dann. »Und mit welchen Schwierigkeiten muss ich bei dir rechnen?«

»Ich weiß es nicht.« Martin zuckte die Achseln. »Eine junge Frau ist gestorben, sie konnte mir nichts mehr sagen ... Nur mit Gesten hat sie mir ›Prärie 2‹ mitgeteilt. Vermutlich war das ziemlich wichtig für sie.«

»Hat sie früher einmal unseren Planeten besucht?«

»So viel ich weiß, nicht.«

»Dann zeig mal ein Foto«, forderte der Sheriff ihn auf, »du ausgebuffter Detektiv.«

Martin holte ein in einer Plastikhülle steckendes Foto heraus, das er dem Sheriff hinhielt. Während dieser Irotschkas Porträt musterte, überzog sich sein Gesicht langsam mit Röte. »Willst du mich verarschen?«, fragte er schließlich.

»Kennen Sie sie?«

Der Sheriff schlug einen dicken, in Leder gebundenen Kalender auf. »Freitag, 12. Oktober, 14.30«, las er vor. »Irina Poluschkina, Russland. Sie hat hier gesessen, auf Ihrem Platz! Ein gut erzogenes Mädel, das unverzüglich zu mir gekommen ist, denn so gehört es sich.«

»Also ...« Martins Verwirrung war echt. »Das habe ich nicht gewusst.«

Mit einem Mal ging ihm auf, dass er es auf Bibliothek verabsäumt hatte, in Erfahrung zu bringen, wann Irina eigentlich angekommen war. Am Freitag? Oder erst am Samstag?

»Sie hat sich vorgestellt und mich über den Planeten ausgefragt ... ein höfliches, anständiges Mädel ...« Der Sheriff schien Martin zu glauben. »Dann hat sie uns also gleich wieder verlassen? Dabei hatte ich den Eindruck, das Mädel wollte länger bleiben.«

Martin breitete die Arme aus. »Was genau hat sie denn interessiert?«, fragte er.

»Die Indianer.« Der Sheriff schnaubte. »Die Ruinen.«

»Was für Ruinen?«, hakte Martin gleich nach.

»Vor drei Monaten haben Fährtensucher im Vorgebirge in der Nähe der Silbermine Ruinen entdeckt. Entweder stammen die von einer alten Indianerstadt oder ...« Der Sheriff ließ den Satz unbeendet, da es ihm offenbar widerstrebte, als Erklärung etwas derart Banales wie die Altvorderen aufzutischen. »Nichts von Interesse, glauben Sie mir. Wir haben der Erde Mitteilung gemacht, daraufhin sind drei Wissenschaftler zu uns gekommen. Die graben da jetzt noch, ziehen aber schon lange Gesichter. Das Zeug ist alt, kaputt ... Steinwände, ab und an mal eine Scherbe. Ich habe gedacht, das Mädel wollte da hin. Anscheinend ist sie aber doch wieder weg ...«

Der Sheriff versank in seine Gedanken.

»Hat sie sich mit jemanden unterhalten?«, fragte Martin.

»Wir sind kein Dorf, sondern eine große Stadt«, wies ihn der Sheriff scharf zurecht. »Zwanzigtausend Seelen, und jeden Tag gibt's ein Dutzend Neuankömmlinge.«

Zu Martins Genugtuung unterteilte der Sheriff die Bevölkerung nicht in Menschen und Außerirdische.

»Dann treiben sich hier noch einige Hundert Indianer rum«, fuhr der Sheriff fort, damit den guten Eindruck zunichte machend. »Die kann man ja wohl nicht alle kontrollieren?«

»Schon verstanden«, brummte Martin. »Das ist eine Sackgasse. Aber wenn Sie nichts dagegen haben, würde ich gern versuchen herauszubekommen, mit wem Irina hier Kontakt hatte.«

»Hab nichts dagegen«, grummelte der Sheriff. »Keine Ahnung, was Sie sich davon versprechen ... wo das Mädel doch tot ist ... aber viel Erfolg.«

Er erhob sich, streckte die Hand aus und gab damit unmissverständlich zu verstehen, dass das Gespräch beendet sei. Da Martin sich ohnehin irgendwo hinsetzen und in aller Ruhe über das Gehörte nachdenken wollte, erhob er keinen Widerspruch.

»Hey, Martin aus Russland ...«, rief ihm der Sheriff hinterher, als Martin schon an der Tür stand. »Ich bin Glenn.«

Martin nickte, lächelte und verließ das Office.

Nun, nachdem Irinas letzte Worte eine eindeutige Erklärung erhalten hatten, hielt Martin nichts mehr auf Prärie 2. Ohne Zweifel war die Poluschkina zunächst nach Prärie gekommen, um das Geheimnis der alten Ruinen zu enthüllen. Doch nachdem sie mit dem Sheriff gesprochen hatte, hielt sich die junge Frau in aller Nüchternheit ihre Chancen vor Augen und beschloss, statt alte Scherben auszugraben, das Geheimnis von Bibliothek zu entdecken, worauf sie sich zurück zur Station begab.

Klang das logisch?

Durch und durch.

Mithin könnte er jetzt ihrem Beispiel folgen. Er könnte aber auch im hiesigen Hotel übernachten und erst am nächsten Tag nach Hause zurückkehren. Denn wie weit er das Ganze auch hinauszögern mochte, er käme nicht umhin, Ernesto Poluschkin die traurige Nachricht zu überbringen.

Etwas hinderte Martin indes, den nahe liegenden Weg einzuschlagen.

So wandte sich Martin zunächst an die Erste Nationalbank auf Prärie 2. Unter dem aufmerksamen Blick von zwei Wachtposten sprach Martin einen Banker an, der ihm erklärte, irdisches Geld sei hier nicht in Umlauf und man akzeptiere ausschließlich Kreditbriefe der ständigen Vertretung von Prärie 2 in New York – ein erstaunlicher Euphemismus für eine Botschaft. Natürlich besaß Martin selbige nicht, weshalb er sich, dem Rat des Bankers folgend, zum städtischen Supermarkt begab. Dort stellte er sich in der Finanzabteilung in einer kleinen Schlange an. Finster dreinblickende Goldgräber schleppten ihre derben, schweren Lederbeutel an, eine kräftige selbstbewusste Frau brachte zwei Kisten mit irgendwelchen Früchten und getrocknete Kräuter an, ein intelligent aussehender junger Mann stellte sich als Viehzüchter heraus, der lange um den Preis für Rindfleisch feilschte. Als Martin an der Reihe war, breitete er auf dem Tisch einen Teil des Tabaks und der Gewürze, Süßigkeiten und Aspirin, Kondome und Glühbirnen für Taschenlampen, Spielkarten und die aktuelle Nummer des *Digest* aus. Der ihm dafür angebotene Preis stellte ihn vollauf zufrieden, ermöglichte er ihm doch, ein paar sorglose Wochen auf Prärie 2 zu verbringen. Vermutlich hätte er seine Vorräte mit größerem Gewinn verkaufen können, wenn er kleinere Verkaufsstände abgeklappert hätte, doch bestand dafür keinerlei Notwendigkeit.

Wenn jemand Martin in diesem Moment gefragt hätte, weshalb er sich auf einen längeren Aufenthalt auf Prärie 2 einrichtete, hätte er keine aufschlussreiche Antwort erhalten. Martin hätte seine Vorliebe für ein komfortables Leben vorgeschoben, das sich ohne das nötige Kleingeld nicht führen ließ, hätte vom Berufsethos eines Privatdetektivs gesprochen, das es verlangte, alle Kontakte Irina Poluschkinas in New Hope zu überprüfen, und sein Interesse am Leben in der größten menschlichen Kolonie eingeräumt, die man in ein, zwei Tagen einfach nicht kennenlernen könne.

Der wahre Grund klang freilich weitaus prosaischer.

Irina Poluschkina wollte Martin partout nicht aus dem Kopf gehen! Seit seiner Rückkehr von Bibliothek, in Gesellschaft seines Onkels, den er mit Pelmeni bewirtet hatte, und seines Bruders, mit dem er Whisky getrunken hatte, und hier, auf Prärie 2, dachte er in einem fort an sie. Das erste und letzte Mal war Martin dergleichen in seiner Jugend widerfahren, als er, ein – ganz wie es sich für einen Neunzehnjährigen geziemt – höchst abgeklärter und zutiefst vom Leben enttäuschter junger Mann, sich unversehens verliebte. Und zwar richtig verliebte. Sich mit allem, was dazu gehörte, verliebte: mit Pein, Tränen im Kopfkissen, nächtlichen Streifzügen um das Haus der selig schnarchenden jungen Dame, stundenlangen eintönigen Telefonaten und süßen Selbstmordträumen! Damals hatte er mit unbändigem Erstaunen und ebensolcher Verzweiflung verstanden, dass er ständig an das Objekt seiner Liebe dachte, in einem fort, während er sich in öden Vorlesungen den Hintern platt saß, mit Freunden Bier trank, mit der Metro fuhr oder zu Bett ging.

Doch irgendwann endet alles. Wie nicht anders zu erwarten, dachte Martin seltener und seltener an den Gegenstand seiner Qualen, spann neue, keine Verpflichtungen nach sich ziehende Affären an, legte sich einen noch skeptischeren und misstrauischeren Blick aufs Leben zu und ließ die Finger von der Liebe. Fortan versuchte er, allzu heftige Gefühle zu meiden, um Vamps jeden Alters machte er einen Bogen, blutjungen Mädchen, die bereit waren, sich stürmisch und selbstvergessen zu verlieben, ging er ängstlich aus dem Weg.

Freilich, Martin pflegte auch ernsthafte Beziehungen, von denen manche Jahre, manche nur Stunden dauerten. Erfahrene Frauen mittleren Alters zogen Martin an, die sowohl etwas vom Leben wie vom Sex verstanden, um deren häusliches Leben es gut bestellt war, die einen Geliebten indes als ebenso unverzichtbares Attribut einer Familie ansahen wie einen Ehemann, Kinder und eine gemütliche Küche mit Blumentöpfen auf der Fensterbank. Martin hegte gar nicht unbedingt die Absicht, in die Fußstapfen seines Onkels zu treten und Junggeselle zu bleiben, überstürzte es jedoch nicht, sich eine eigene Familie zuzulegen, und zog keine seiner Freundinnen für die Rolle der Ehefrau in die engere Wahl. Im Gegenteil: Eine seiner Flammen brauchte nur auf die Idee zu kommen, seine Wohnung hübsch lauschig zu gestalten, sich allzu häufig über den nichtsnutzigen Ehemann zu beklagen oder ihm anlässlich eines Feiertags eine edle Seidenkrawatte zu schenken (ohne Frage ein höchst intimes Accessoire), und Martin beendete die Beziehung rasch und taktvoll.

Schon gar nicht trug Martin sich mit der Absicht, dem Beispiel zahlloser Männer zu folgen, die sich eine sehr junge Frau suchen, um aus ihr die zukünftige Gattin zu formen. Solche Experimente gelangen nur arrivierten Schriftstellern und ruhmreichen Dirigenten, Geschäftsleuten großen Kalibers und populären Showstars. Einem vernünftig denkenden Mann musste ein Altersunterschied von fünfzehn Jahren völlig zu Recht Furcht einflößen und in ihm Zweifel an den eigenen Kräften wachrufen.

Doch Tatsache blieb Tatsache, selbst wenn Martin sie sich nicht eingestand. Unablässig dachte er an Irina. Er erinnerte sich ihrer mit einer Zähigkeit, die ihn allmählich beunruhigte. Und der klügste Weg, diese Erinnerungen zu verjagen, bestand in der Fortführung seiner Ermittlungen.

Martin machte sich zum Hotel *Diligence* auf, das ihm der junge Gehilfe des Sheriffs empfohlen hatte und das ihn durchaus zufrieden stellte. Die Zimmer waren klein, doch gemütlich, im Country-Stil eingerichtet, mit robusten Möbeln aus lokaler Herstellung, frischer Bettwäsche, einem Radiogerät, wohingegen das Fernsehen in New Hope glücklicherweise noch keinen Einzug gehalten hatte. Obwohl es bereits auf Mittag zuging, servierte man Martin das im Preis inbegriffene Frühstück, das aus schmackhaftem Omelett, frischem, luftig gebackenem Brot, weicher gelber Butter und einem bitteren Tee aus hiesigen Kräutern bestand. Das Getränk schmeckte Martin mehr als alles sonst, überraschte es doch mit einer vollmundigen, ungebändigten, freien Nuance. Martin beschloss, von diesen Kräutern so viel mit auf die Erde zu nehmen, wie sein Geld ihm gestattete.

Gestärkt brach Martin zu einer Erkundungstour auf. Das Wetter lud förmlich dazu ein, erinnerte an den Altweibersommer im Moskauer Umland, was vielleicht an der zärtlichen, mäßigen Wärme, vielleicht aber auch an dem Übermaß an Orange und Gelb um ihn herum lag. Hier und da hatte man natürlich stolz Bäume von der Erde gepflanzt, während vor den Cottages die unverzichtbaren Rasenflächen grünten. Die lokale Flora genierte sich in dieser Nachbarschaft keinesfalls und machte keine Anstalten, das Feld zu räumen.

Ohne jede Hast und scheinbar ziellos flanierte Martin durch den Ort. Auf diese Weise fühlte er sich in Irina Poluschkina ein. So wie er aus der Liste Bibliothek gewählt hatte, suchte Martin jetzt aus den städtischen Sehenswürdigkeiten diejenigen aus, die Irina interessiert haben könnten. Er spazierte zum Dampfer hinunter und studierte den Fahrplan, dem er die Abfahrt morgen früh entnahm. Da sich in seinem Innern jedoch nichts regte, kam Martin zu dem Schluss, eine Schiffreise habe Irina nicht reizen können.

Desgleichen wies er einige kleinere Geschäfte zurück, vom Varieté ganz zu schweigen. Letzteres weckte in Martin zudem den starken Verdacht, unter dem harmlosen Namen verberge sich ein durch und durch gewöhnliches öffentliches Haus.

Dagegen ließ die Bar *Vorletzte Ruhe* am Stadtrand Martin innehalten. Was ihn wohl dazu zwang? Der komische Name oder die für eine Bar überraschende Gestaltung des großen Schaufensters, in dem sich eine ganze Kollektion von Teddybären breitgemacht hatte? Statt weiter darüber nachzudenken, trat Martin ein.

Mit etwas gutem Willen konnte die Bar als Cowboysaloon durchgehen. Die hölzernen Möbel waren im Country-Stil gehalten, die Tische im Laufe der Zeit nachgedunkelt und die Stühle zweifelsohne solide. Über dem Tresen reihten sich nur wenige Flaschen, darunter allerdings recht vielversprechende. Ein Fernseher lief. Mit aufgerissenen Augen starrte Martin kurz auf den Bildschirm: Woher übertrug man hier ein Baseballspiel, wo befand sich dieses von Volk berstende Stadion? Gleich darauf wurde ihm jedoch klar, dass man eine Aufzeichnung ausstrahlte. Das hob die Stimmung und war in den Kolonien durchaus üblich ... In der Bar gab es nur wenige, dafür recht farbenprächtige Gestalten mit breitkrempigen Hüten und Revolvern am Gürtel, einen in die Jahre gekommenen Barmann, der angemessen finster und unrasiert dreinblickte. Martin hielt auf den Tresen zu.

»Guten Tag«, meinte er freundlich lächelnd.

»Er ist gut«, bestätigte der Barmann, der Martin ohne sonderliches Interesse begrüßte. »Der Friedhof liegt hundert Meter weiter, hinterm Dorfrand.«

»Seh ich so schlecht aus?«, verwunderte sich Martin.

»Sie sind neu in der Stadt«, seufzte der Barmann. »Jetzt bestellen Sie erst ein Bier, danach fragen Sie mich, warum die Bar so einen komischen Namen hat. Ich werde Ihnen erklären, dass sich etwas weiter unten an der Straße der städtische Friedhof befindet. Und hier ist die *Vorletzte Ruhe*.«

»Alles klar«, meinte Martin. »Hier gibt's Bier?«

Wortlos hielt der Barmann ein Glas von erstaunlichem Fassungsvermögen unter den Hahn. Als er Martin ansah, flackerte eine verschämte Sehnsucht in seinem Blick.

»Nur Lager. Wir fangen erst im nächsten Monat an, Dunkles zu brauen.«

»Ich liebe helles Bier«, gab sich Martin ohne weiteres zufrieden. »Und der exotische Geschmack stört mich nicht im mindesten.«

Mit der Neugier eines Naturforschers beobachtete der Barmann Martin, als er vorsichtig den ersten Schluck nahm.

»Lecker«, befand Martin nach einigen Sekunden.

Der Barmann zog die Braue hoch.

»Ist die Gerste von hier?«, fragte Martin. »Der Hopfen ist ja, glaube ich, von der Erde ...«

Das Gesicht des Barmanns hellte sich ein wenig auf. »Hopfen ernten wir erst in drei Monaten. Wir bauen ihn an, aber die Indianer ...« Er winkte ab.

»Fallen sie über die Felder her und brennen die Ernte ab?«, staunte Martin.

»Sie futtern sie weg«, bestätigte der Barmann finster. »Das sind Wilde, verstehen sie? Die kommen in einer großen Horde angeritten ... Die Stadt verschonen sie, da brauchen Sie sich keine Sorgen zu machen. Aber auf dem Land ... Es will ihnen einfach nicht in den Kopf, dass das, was wächst, jemandem gehören könnte. Sie verstehen nicht, was Landwirtschaft ist.«

Voller Mitgefühl nickte Martin. Das Bier schmeckte zwar nur mittelmäßig, dennoch bekam man dergleichen außerhalb der Erde höchst selten.

»Hier fressen sie was auf, da trampeln sie was nieder ...«, fuhr der Barmann mit seinem Lamento fort. »Von den Weizen- und Gerstenfeldern konnten wir sie vertreiben. Die Kartoffeln haben sie nicht entdeckt. Aber den Hopfen, den Mais und die Tomaten haben wir verloren. Jetzt ziehen wir Zäune.«

»Wie sehen die Eingeborenen denn aus?«, fragte Martin. Schweigend wies der Barmann mit einer Kopfbewegung auf jemanden. Martin drehte sich um.

In einer der hinteren Ecken der Bar saß ein Eingeborener. Äußerlich wirkte er fast wie ein Mensch. Gelbhäutig, schlitzäugig und mit langen Haaren, die er zu Zöpfen verflochten trug. Bekleidet war er mit einem leuchtend grünen Sarong und aus Lederriemen geflochtenen Sandalen. Martins Blick nahm der Eingeborene wie ein echter Indianer stoisch hin. Vor ihm standen ein fast leerer Bierkrug und ein paar einfache Knabbereien, die an Chips erinnerten.

»Das ist Jim«, erklärte der Barmann. »Er lebt schon seit Langem bei uns im Haus. Ein guter, ein zivilisierter Indianer. Er hilft in der Wirtschaft, dafür gebe ich ihm zu essen und zu trinken. Wenn etwas schnell irgendwo hingebracht werden muss, wenn etwas geholt oder geliefert werden muss, können wir ebenfalls auf ihn zählen. Von denen drückt sich ohnehin keiner um Arbeit.« Nach kurzem Zögern erklärte er: »Alkohol wirkt bei ihnen ganz normal. Sie stellen sogar selbst ... Kumys her. Glauben Sie also nicht, dass wir sie abfüllen.«

»Warum sollte ich das denken?«, verwunderte sich Martin.

»Sie sind kein Amerikaner«, seufzte der Barmann. »Also rattert es bei ihnen gleich los: Da kommen die Amerikaner auf einen fremden Planeten und sofort füllen sie die Indianer ab. Oder etwa nicht?«

»So was kommt schon vor«, lachte Martin. Der Barmann gefiel ihm, nur für die Traurigkeit in seinen Augen vermochte er keine Erklärung zu finden. »Verzeihen Sie, wenn ich so direkt bin, aber haben Sie ein Problem?«

Die Antwort bestand in einem lang gezogenen Seufzer. »Sind Sie denn ein Spezialist für das Lösen von Problemen?«

»Na ja ...« Martin ließ den Satz unausgesprochen.

»Also gut«, meinte der Barmann. »Sie scheinen mir ein Mann mit einiger Erfahrung zu sein. In der Nähe gibt es ein Whiskeylager, aber ich selbst kann da nicht hin. Im Lager hat sich die Bande vom Krummen John eingenistet. Bringen Sie mir eine Kiste Whiskey, und ich gebe Ihnen dafür ein sehr nützliches Artefakt.«

»Wie bitte?«, sagte Martin, der spürte, wie hier jemand den Verstand verlor.

»Sie haben mit Computerspielen wohl nichts am Hut«, stellte der Barmann fest. »Ich habe mir einen Scherz erlaubt, guter Mann. Nehmen Sie das bloß nicht für bare Münze. Hier gibt es kein Lager, keinen Whiskey und keinen Krummen John.«

»Aber trotzdem bedrückt Sie doch etwas?« Martin ließ nicht locker, obwohl er den Faden jetzt vollends verloren hatte.

»Ich liebe meine Gäste«, erklärte der Barmann. »Und ich liebe meine Arbeit. Glauben Sie mir das?«

Martin nickte.

»Und sehen Sie, was ich meinen Gästen anbieten muss?«, lamentierte der Barmann. »Das hiesige Bier! Gerstenwhiskey, der überhaupt nicht als Whiskey bezeichnet werden dürfte, sondern als selbstgebrannter Fusel! Ich habe zwei Kisten mit Getränken von der Erde, doch wer könnte es sich leisten, sie zu kaufen? Wer bittet mich denn, mal einen Cocktail zu mixen? Wer trinkt hier einen *Fluchtversuch* oder eine *Ausmusterung*?

Wer bestellt schon einen *Ring der Finsternis* oder eine *Wolfsnatur*? Selbst ein banaler Gin and Tonic oder das *Gläserne Meer* sind auf Prärie undenkbarer Luxus. Das ist grauenvoll, junger Mann! Letzte Woche hat so ein Dämlack *Tagträume* bestellt. Was habe ich mich gefreut, weißen Bussot, Grenadin und Grappa parat zu haben ... Und dann hat er sich das Ganze mit seinem Selbstgebrannten veredelt!«

»Sie sind kein Amerikaner«, stellte Martin fest. »Sie müssen aus Odessa sein.«

»Ich bin aus Cherson, junger Mann«, erwiderte der Barmann, sich bei diesen Worten stolz aufrichtend. »Das ist nicht mit Odessa zu vergleichen – das ist besser! Wo kommen Sie denn her?«

»Aus Moskau.«

»Wo man nicht überall Landsleute trifft«, bemerkte der Barmann philosophisch, während er Martin die Hand drückte. »Womit kann ich Ihnen dienen?«

Martin holte eine Fotografie hervor, die er dem Barmann zeigte.

»Die war hier«, verkündete der Barmann, kaum dass er einen Blick auf das Foto geworfen hatte. »Wann war das ... Himmel hilf, mein Gedächtnis ... Am Freitag? Oder am Samstag?«

»Am Freitag«, entschied Martin.

»Nein, ich glaube am Samstag ...«, grummelte der Barmann. »Oder sogar Sonntag? Wissen Sie was? Ich rate Ihnen, mit dem Väterchen da am Fenster zu sprechen! Das Mädel hat sich lange mit ihm unterhalten.«

Das »Väterchen« war ein kleinerer Mann von etwa vierzig Jahren. Eine Kappe, lässig in den Nacken geschoben, gab eine prächtige Glatze, die hohe Stirn des Denkers und einen großen Teil des Schädels preis. Mochte der Mann auch dünn sein, so wirkte er doch ausgesprochen drahtig. Er trug ausgewaschene Jeans und ein hellbraunes Wildlederhemd. Zeigte sich in den Augen des Barmanns Traurigkeit, so wirkte das Väterchen mit der Kappe schlicht wie das Zentrum universellen Grams. Keine Frage, die Zivilisation hatte sich ihm gegenüber ernstlich etwas zuschulden kommen lassen – worauf der Mann nunmehr nichts Gutes von seiner Umwelt erwartete. In seiner an den Gürtel geknüpften Halfter von beachtlicher Größe steckte ein riesiger vernickelter Colt, vor ihm auf dem Tisch stand eine zur Hälfte geleerte Flasche des berüchtigten Selbstgebrannten, von dem das Väterchen in ebendiesem Moment einen weiteren Schluck zu nehmen sich anschickte, wofür er lange die Stirn runzelte, misstrauisch ins Glas linste, sich abwandte und angewidert auf den Boden ausspuckte, nur um am Ende dann doch etwas zu trinken – ein Yogi, den man gewaltsam in ein Nagelbett gelegt hatte, dürfte seine Qual kaum stoischer hinnehmen.

»Wie heißt er?«, wollte Martin wissen.

»Das weiß niemand«, sagte der Barmann grinsend. »Sprechen Sie mit ihm, vielleicht stellt er sich Ihnen vor.«

Dankbar nickend, schnappte sich Martin sein Bier und schlenderte zu dem Cowboy hinüber, der nach wie vor über seiner Alkoholportion grübelte. »Sie gestatten?«, fragte Martin.

»Setzen Sie sich«, knurrte der Cowboy finster. Er füllte ein Glas bis zum Rand und schob es Martin hin.

Welche Opfer einem Privatdetektiv abverlangt werden!

Martin schnupperte gar nicht erst an dem Getränk. Selbstverständlich warb das Aussehen des geheimnisvollen Väterchens nicht gerade dafür, doch in der Bar würde wohl kaum reines Gift verkauft werden. Er trank auf ex und kippte unverzüglich Bier hinterher.

O nein, das konnte in der Tat nicht als Whiskey durchgehen, das war purer Selbstgebrannter. Freilich musste er einräumen, dass es ordentlicher Selbstgebrannter war, der dem russischen in nichts nachstand.

»Dann erzähl mal«, forderte der Mann ihn auf, der das Experiment anscheinend als geglückt betrachtete.

»Ich heiße Martin ...«

»Ich kann meinen Namen nicht nennen«, warf der Cowboy traurig ein.

»Warum nicht?«, wollte Martin wissen.

»Dann bringt man mich um. Auf der Stelle.«

In dem Blick des kahlen Cowboys lag eine solch felsenfeste Sicherheit, dass Martin nicht widersprach. »Gut, wenn Ihnen das lieber ist. Ich suche diese junge Frau ...«

»Zeig mal.« Der Cowboy streckte die Hand aus, nahm das Foto an sich und studierte das Bild einen ausgedehnten Moment lang. »Ach ja. Ein feines Mädel. Sehr gut, sehr nett. Wir haben uns unterhalten.«

»Die Eltern des Mädchens haben mich angeheuert, um sie zu finden«, erklärte Martin. »Könnten Sie mir nicht sagen, worüber Sie sich unterhalten haben?«

»Wäre das denn fair?«, fragte der Cowboy. »Wenn das Mädel von zuhause weg ist ...«

»Sie ist tot«, erklärte Martin. »Ich versuche lediglich, etwas über ihre letzten Tage in Erfahrung zu bringen. Väterchen ...«

»Warum ist dieser Barmann nur so überzeugt davon, dass ich Russe bin?«, fragte der Cowboy kopfschüttelnd.

»Vielleicht weil er selbst Russe ist?«, schlug Martin vor.

»Ha, bringen Sie meine Mokassins nicht zum Lachen!«, winkte der Cowboy ab. »Mit fünf Jahren bin ich aus der Ukraine emigriert – und da soll ich mich für einen Russen halten? Na ja, schon gut, nennen Sie mich, wie Sie wollen. Väterchen, Señor, Mister ...«

Er goss etwas Whiskey in das Glas, schob es Martin hin und trank selbst direkt aus der Flasche. »Auf das Mädel. Friede ihrer Asche.«

Es gab kein Entkommen: Martin trank erneut. Ihm schoss der traurige Gedanke durch den Kopf, dass er, wenn es in diesem Tempo weiterging, nichts herausbekommen, sondern vielmehr unterm Tisch liegen würde.

»Wie ist sie gestorben?«, wollte der Cowboy wissen, nachdem er sich den Ärmel unter die Nase gehalten und tief eingeatmet hatte.

»Ein Unfall«, gab Martin nach kurzem Zögern Auskunft. »Ein Tier hat sie angegriffen.«

»Kaum zu glauben ...« Der Cowboy schüttelte den Kopf. »Erst am Sonntag haben wir uns kennengelernt. Das Mädchen ist traurig, das seh ich gleich, sitzt da allein bei ihrem Bier, da sprech ich sie an ...«

Martin verzichtete lieber darauf, den Cowboy zu korrigieren.

»Ein nettes Mädel«, fuhr sein Gegenüber versonnen fort. »Ich hätte ihr gern geholfen, aber was bin ich schon für eine Hilfe ... Ich ziehe nur Unglück an ... Sie wollte die Ruinen untersuchen, die bei der Silbermine. Ich habe alles versucht, sie davon abzubringen, denn ich habe die Ruinen schon gesehen. Da gibt's nichts Interessantes. Aber sie hatte da so eine verstiegene Idee. So was in der Art, dass diese Ruinen eigentlich was ganz anderes sind.«

»Ach ja?«, wunderte sich Martin.

»Ich bin daraus nicht schlau geworden«, gab der Cowboy achselzuckend zu. »Das Mädel hat die ganze Zeit gelacht und erklärt, sie habe es geschafft, die Schließer auszutricksen. Vermutlich ist sie mit einer reichlich krausen Geschichte durchs Tor gekommen ... Dann hat sie behauptet, wir alle seien blind. Wir alle seien quasi Götter. Und dass die Welt sich bald verändern würde, und zwar gewaltig.«

»Wie viel haben Sie denn getrunken ...«, brummte Martin. Der Bericht des Cowboys erstaunte ihn in keiner Weise, denn mit siebzehn Jahren steht es allen Jungen und Mädchen zu, davon zu träumen, die Welt von Grund auf zu verändern. Freilich hatte er Ira für ein weitaus vernünftigeres Wesen gehalten.

»Sie einen Krug Bier«, räumte der Cowboy vage ein. »Mit mir kann man sich wirklich gut unterhalten. Frauen und Kinder vertrauen mir.«

»Hat sie sonst noch etwas gesagt?«, fragte Martin.

»Haben sie etwa auch vor, die Welt zu verändern?« Der Cowboy grinste. »Noch allerlei wirres Zeug. Anscheinend hätte sie noch mehr gesagt, aber sie hat sich zusammengerissen. Hat nur warme Luft geblasen ...« Er sah zum Fenster hinaus. »Oh! Sieh da!«

An der Bar fuhr langsam ein Minibus vorbei. Als Martin die Kindergesichter an den Fensterscheiben sah, fragte er sich, ob es in dieser kleinen Stadt wirklich nötig war, einen Schulbus einzusetzen.

»Da kommen die Farmerkinder von der Schule ...«, zerstreute der Cowboy seine Zweifel. »Ira hat sie auch gesehen, gelacht und gesagt: ›Das ist doch ganz bestimmt der Autobus der Munizipalität?‹ Ich habe ihr erklärt, dass es in gewisser Weise schon so sei, dass es hier wenig Technik gebe und es mit dem Öl auch nicht gut aussehe ... es ist von schlechter Qualität ... Daraufhin bringt das Mädel ein ›Eben!‹ heraus, als habe sie Gott weiß was für eine Entdeckung gemacht.«

Martin folgte dem Bus mit dem Blick. »Vielen Dank«, sagte er schulterzuckend. »Sie haben Irina also nur einmal gesehen? Am Samstag?«

»Am Sonntag«, versicherte der Cowboy überzeugt. »Ich bin aus der Kirche gekommen.« Das klang, als verlasse er die Trinkstube ausschließlich zur sonntäglichen Predigt. »Da ist sie vorbeigekommen. Vorgestern habe ich sie auch gesehen, aber nur flüchtig. Wir haben uns zugewinkt, aber nicht mal miteinander gesprochen.«

Ungläubig sah Martin den Cowboy an. »Sie müssen sich irren. Vorgestern ist Irina gestorben.«

»Dann habe ich sie vermutlich davor gesehen«, entgegnete der Cowboy ungerührt. »Sie wollte zu den Ruinen, davon hatte ich sie einfach nicht abbringen können. Frag mal den Indianer ... Er hat sie gebracht.«

Nach längerem Schweigen erhob Martin sich. Amüsiert blickte ihm der Cowboy nach, gleichsam als spüre er das unausgesprochene Misstrauen.

Martin trat an den Indianer heran. »Friede sei mit dir, Jim«, begrüßte er ihn.

»Friede sei auch mit dir«, erwiderte der Indianer. Obwohl er ein recht ordentliches Touristisch sprach, konnte kein Zweifel daran bestehen, dass er sich es selbst beigebracht hatte.

»Hast du diese Frau schon einmal gesehen, Jim?«, fragte Martin und holte die Fotografie heraus. Es gab Rassen, die konnten ein Abbild nicht mit dem Original in Verbindung bringen. Die Eingeborenen von Prärie hielten es in dieser Beziehung offenbar eher mit den Menschen.

Der Blick des Indianers huschte über die Aufnahme.

»Ja«, bestätigte er mit einem bedächtigen Nicken.

»Wann?«, fuhr Martin mit seiner Befragung fort.

»Vorgestern habe ich sie zur alten Stadt gebracht«, erklärte der Indianer. »Mittags haben wir uns getrennt.«

Drei

Häufig kam Martin nicht in die Verlegenheit zu reiten. Doch beherrschen heutzutage überhaupt noch viele Menschen diese vornehme Kunst? Auf Prärie hingegen stellten Pferde das übliche Fortbewegungsmittel dar. Hinzu kamen einige Hubschrauber und zwei Sesnas auf der Startbahn, der ganze Stolz der Kolonisten, die gleichwohl nie auf die Idee gekommen wären, sie im Alltag einzusetzen. Autos sah man ein wenig häufiger, hauptsächlich Diesel, doch mehrheitlich bewegten sich die Menschen auf Pferden vorwärts. Offenbar gewann man aus dem hiesigen Öl zu wenig leichte Fraktionen, um bei den kapriziösen Motoren die Verbrennung zu gewährleisten. Martin vermochte sich ohnehin kaum vorzustellen, wie die Kolonisten die ungeheure Menge an technischem Kram durch das Große Tor gebracht hatten. Ob sie alles zerlegt und so in ihren Rucksäcken transportiert hatten, um es vor Ort zusammenzusetzen? Vermutlich. Wie viele Geschichten galt es da zu erzählen, wie viele Gänge zu absolvieren, nur damit in der Kolonie die ersten Flugzeuge auftauchten oder der erste Bohrturm? Aber was hieß Bohrturm – allein damit eine schnöde Bäckerei eingerichtet werden konnte?! Unweigerlich gedachte Martin des Gejammers seines Onkels, dieses Liebhabers schöner Literatur, über die kreative Krise, die russische wie ausländische Schriftsteller in den letzten zehn Jahren lähme. Der Grund dafür lag offen auf der Hand: Alle leidlich begabten Autoren schufen Geschichten für die Schließer und standen in Lohn und Brot bei mehr oder weniger seriösen Einrichtungen. Dem einen diente das Geld als Argument, dem anderen die patriotischen Appelle seitens der Regierung ... Bücher schrieben einzig die Autoren von endlosen Fantasy-Zyklen und Liebesromanen. Und die Geschichten, die sich auszudenken ihnen zu Gebote stand, genügten den Ansprüchen der Schließer ohnehin nicht.

Doch wie hoch der durch einen starken Dollar angeheizte patriotische Enthusiasmus amerikanischer Schriftsteller auch gekocht sein mochte, einen Mietwagen hatte er Martin nicht bereitstellen können. Der einzige Mietstall in der Stadt hielt vier friedfertige Stuten zur Auswahl bereit, denen Martin allerdings kein Vertrauen entgegenbrachte. Seiner seltenen Reitversuche eingedenk schüttelte er den Kopf und verzichtete auf einen gemieteten Gaul.

Zu den Ruinen brach Martin zu Fuß auf. Dem Indianer Jim, der neuerlich auf diese Weise Arbeit als Führer erhielt, sollte das nur recht sein. Soweit Martin wusste, ritten die Ureinwohner auf Prärie kaum auf den ihnen zur Verfügung stehenden Tieren, sondern beluden sie lieber mit ihren Habseligkeiten. Auch das hatte einen höchst banalen Grund: Die Tiere, die sie wie Ochsen verwendeten, hatten ein grauenvoll spitzes Rückgrat, zweifelhafte Manieren und interpretierten jeden Versuch, auf ihnen zu reiten, als Aggression.

Fußmärsche ermüdeten Martin niemals, erst recht nicht auf einem derart gastfreundlichen Planeten. Schließlich bedeutete es das pure Vergnügen, im orangefarbenen Gras einherzuschreiten, ein warmes Lüftchen auf der Haut zu spüren, die ungewohnten aromatischen Düfte zu inhalieren und mit allen Sinnen zu begreifen, dass man undenkbar weit weg von Erde und Sonne ist, auf einem Planeten, wo die gesamte menschliche Bevölkerung gut zwanzigtausend Seelen zählt und man selbst einer von den wenigen ist, die regelmäßig die Grenze zwischen Alltag und Abenteuer überschreiten!

»Bist du sicher, dass du diese Frau zu den Ruinen geführt hast, Jim?«, fragte Martin, als sie über eine hölzerne Brücke einen Fluss überquerten, um dann das rechte, etwas sanftere Flussufer zu erklimmen. Selbst hier gab es noch Häuser, denn die Stadt wollte ohne Frage in diese Richtung wachsen; gleichwohl spürten die beiden, wie sie die Grenzen der Zivilisation allmählich hinter sich ließen.

»Sie sieht ihr ähnlich«, antwortete der Indianer vorsichtig.

»Wie hat sie sich vorgestellt?«

»Als Irina Poluschkina«, brachte der Indianer ausgesprochen klar und korrekt hervor. Die Einwohner mussten eine exzellente Sprachbegabung haben.

Seufzend beendete Martin das Thema. Irgendjemand musste sich geirrt haben. Entweder er, als er die auf Bibliothek gestorbene Frau für Irina hielt – andererseits lag bei Martin zuhause ihr Jeton. Und woher sollte sonst diese Ähnlichkeit rühren? Oder der namenlose Cowboy und der Indianer mussten sich getäuscht haben. Oder lügen.

Selbstredend ließe sich auch eine ausgefallenere Version entwickeln. Zum Beispiel könnte Martin Irina eine Zwillingsschwester zugesellen, von der der Herr Poluschkin nichts wusste oder die zu erwähnen er nicht für nötig erachtet hatte. Die Mädchen hatten sich zusammen auf die Reise begeben, dabei jedoch zwei unterschiedliche Planeten gewählt – und sich obendrein mit dem gleichen Namen vorgestellt ...

Schweren Herzens verwarf Martin diese großartige Variante, die an mexikanische Telenovelas und romantische Schmöker für Damen mittleren Alters erinnerte. Nein, zu spekulieren brachte nichts. Jim hatte beteuert, Irina zu den Wissenschaftlern geführt zu haben, die die Ruinen untersuchten. Bis dorthin waren es vier, fünf Stunden Weg, dreißig Kilometer, die nicht wie auf Bibliothek nach ständigem Gehüpfe von Stein zu Stein verlangten, die bloß einen gewöhnlichen Spaziergang durch die Steppe bedeuteten ...

»Magst du Menschen, Jim?«, fragte er.

»Keine Ahnung, ich habe sie noch nicht gekostet«, antwortete der Indianer lakonisch.

Erstaunt blickte Martin ihn an. Der Indianer lächelte.

»Teufel auch, ich hätte nicht erwartet, ausgerechnet hier einen Witz mit einem derart langen Bart zu hören!«, rief Martin aus.

»Ich mag Witze«, erklärte Jim würdevoll. »Die Menschen verstehen es, lustig zu sein. Ja, ich mag Menschen. Ich bin ein schlechter Läufer. Es fällt mir schwer, mit dem Volk mitzuziehen. Es ist leichter für mich, an einem Ort zu leben.«

Martin, der einige Mühe hatte, mit dem vorgelegten Tempo Schritt zu halten, schüttelte nur den Kopf.

»Inmitten der Menschen zu leben bekommt mir besser«, schloss Jim. »Menschen haben gutes Essen. Und sehr leckeres Bier.« Sekundenkurz zögerte er, dann fügte er in verschwörerischem Flüsterton hinzu: »Und manche Frauen finden es ausgesprochen interessant, mit einem Indianer Liebe zu machen.«

Die neuerliche Überraschung ließ Martin grunzen. Obgleich – weshalb wunderte er sich eigentlich? Physiologisch standen die Ureinwohner Präries den Menschen sehr nahe. Eine gemeinsame Nachkommenschaft konnten sie nicht zeugen, immerhin hatten sie unterschiedliche Genotypen, aber Sex ... Das Äußere des Indianers ließ sich keinesfalls als abstoßend bezeichnen. Martin beispielsweise hätte gegen Sex mit einer Chinesin oder Japanerin ebenfalls nichts einzuwenden gehabt, ein derartiger Gedanke erregte ihn eher, als dass er ihn anwiderte. Weshalb sollten die Bewohnerinnen von Prärie, die den größten Teil ihres Lebens in einer liberalen Gesellschaft verbracht hatten, sich also nicht mit den Eingeborenen einlassen?

»Schön, dass Sie so gut mit den Menschen zurechtkommen«, bemerkte er. »Und wie steht's mit den Außerirdischen?«

»Einige sind schrecklich«, erklärte Jim. »Einige ...« Er verzog das Gesicht. »... riechen sehr schlecht. Schlimmer als das Eau de Cologne des Sheriffs. Aber alles in allem hab ich nichts gegen sie.«

»Und gegen die Schließer?«

Darauf antwortete Jim nicht. Er beschleunigte lediglich den Schritt, bis der Sarong, die schlanken, muskulösen Beine umspielend, knisterte.

»Magst du die Schließer nicht, Jim?«, hakte Martin nach.

»Sie ...« Jim zögerte, als wäge er seine Worte ab. »Sie sind anders. Nicht so wie alle.«

»Hast du Angst vor ihnen?«, erkundigte sich Martin. »Sie würden doch niemals ...«

»Jim fürchtet die Schließer nicht. Niemand aus meinem Volk fürchtet sie«, widersprach der Indianer in scharfem Ton.

»Warum willst du dann nicht über sie reden?«

Diese Frage schmeckte dem Eingeborenen ganz offenkundig nicht. Statt stehen zu bleiben, beschleunigte er abermals den Schritt. Dann brachte er etwas hervor, das Martin erstaunte: »Sprichst du gern über hässliche Dinge? Darüber, was für Bauchschmerzen dich plagen, wie schlecht das Wetter ist oder über einen miesen Scherz?«

»Warum sind die Schließer denn schlecht? Sie sind in unterschiedliche Welten gelangt und haben die Großen Tore erbaut, ohne dass jemand sie darum gebeten hätten. Jetzt können wir sehr weite Reisen unternehmen ...«

»Ich weiß, was ein Planet ist«, erklärte Jim stolz. »Ich weiß sogar, dass das Licht meiner Sonne in zweihundertundachteinhalb Jahren zu deiner Sonne fliegt.«

Es hätte nicht viel gefehlt, und Martin hätte Jim korrigiert, gleichsam aus einem Reflex heraus, den Regeln ihres Streitgesprächs folgend, doch dann fiel ihm ein, dass ein Jahr auf Prärie 2 vierhundertdreizehn Tagen auf der Erde entsprach. Insofern lag Jim absolut richtig.

»Aber die Menschen gefallen dir doch«, sagte Martin deshalb bloß. »Und nur dank den Schließern können wir zu euch kommen.«

»All das sollte anders sein«, wandte Jim scharf ein. Danach hüllte er sich in Schweigen, obschon Martin noch weitere Versuche unternahm, die Unterhaltung fortzusetzen.

Die Gründe dieser Antipathie wurzelten natürlich im Aberglauben der Eingeborenen auf Prärie 2, über den Martin bereits etwas gelesen hatte. In ihrer Kosmogonie gab es das Motiv der von den Sternen herabgestiegenen Götter, das im Übrigen fast alle primitiven Kulturen des Universums kannten. Wollte man den Eingeborenen glauben, brachten diese Neuankömmlinge ihnen bei, Feuer zu entfachen und Vieh zu domestizieren, zeigten den Nomaden Routen auf und hoben Brunnen aus, besiegten böse Geister, die in den Tiefen der Erde lauerten – kurz gesagt, die ganze Kavaliersgarnitur an Gottesgaben. Anschließend ergossen die Fremdlinge – sei es, um sich die geleisteten Dienste bezahlen zu lassen, sei es, um die Liste der Wohltaten um eine weitere zu ergänzen – ihren Samen in die einheimischen Frauen und kehrten zu den Sternen zurück, wobei sie wiederzukommen versprachen, sobald die Eingeborenen ihrer würdig wären. Es galt die Annahme, zusammen mit den Fremdlingen würden fortan auch die Eingeborenen ein sattes und freies Leben inmitten der Sterne führen.

Selbstverständlich hatten die Ureinwohner die Ankunft der Schließer auf Prärie 2 zunächst voller Enthusiasmus begrüßt. Selbstverständlich zeigten sich die Eingeborenen tief enttäuscht, als die Schließer es ablehnten, in die Rolle der alten Götter zu schlüpfen.

Fremden Glauben, mochte dieser auch noch so primitiv sein, respektierte Martin. Insofern sah er davon ab, Jim mit weiteren Fragen über die Schließer zu quälen, sondern ging wortlos weiter und bewunderte die Umgegend. Vor ihm zeichneten sich diffus relativ niedrige Hügel ab, durch die allem Anschein nach auch die Silberader verlief. Und wenn Martin genau hinsah, konnte er hinter sich den über der Station funkelnden Leuchtturm ausmachen.

Das Camp der Archäologen erreichten sie gegen Abend.

Die sechs runden, orangefarbenen Zelte verschmolzen nahezu mit der Umgebung. Auf der Erde wäre eine solche Farbe der Zelte eine sichere Orientierung gewesen, während sie hier eine vorzügliche Tarnung darstellte. Die Zelte bildeten einen Kreis um ein Lagerfeuer, über dem das Essen zubereitet wurde. Etwas abseits erblickte Martin kleinere Unterstände aus gegerbtem Fell, die ebenfalls eine orange-braune Farbe zeigten. Der sorgsam mit Segeltuch abgedeckte Jeep unterstrich einmal mehr die Seriosität der hier arbeitenden Menschen.

Die Ausgrabungen vermochten indes nicht sonderlich zu beeindrucken. Es gab lediglich eine anderthalb Meter tiefe Grube, hier und da ragten zudem kaum freigelegte, verfallene Steinmauern aus der Erde.

Fünfzig halbnackte Eingeborene, von denen jeder mindestens einen Fetzen grünen Stoffs am Körper trug, hoben konzentriert Erde aus. Schaufeln, Hacken und Tragebretter waren alles, was sie hatten, wohingegen jede Mechanik fehlte. Die Eingeborenen wirkten indes weder ausgemergelt noch entkräftet. Sobald sie Martin und Jim erblickten, hielten sie in ihrer Arbeit inne, um sich einige amüsierte Bemerkungen zuzuwerfen.

Die Archäologen zählten nicht drei, sondern sieben Personen. Als der Sheriff von drei Wissenschaftlern sprach, hatte er offenbar nur die eigens von der Erde angereisten im Sinn. Insgesamt bestand die Gruppe aus zwei jungen Frauen, einer Dame mittleren Alters mit männlichen Gesichtszügen und grobschlächtigen Bewegungen, zu der das Wort »Frau« nur schlecht passte, und vier noch nicht sehr alten Männern. Martins Auftauchen weckte ohne Frage ihr Interesse. Sie hörten auf, in der Erde zu wühlen, und gingen ihm entgegen.

»Friede sei mit euch!«, begrüßte Martin die Wissenschaftler fröhlich.

Irina Poluschkina konnte er selbstverständlich unter den Archäologen nicht entdecken. Und auch das freute ihn, denn es fiel ihm weitaus leichter, an allgemeine Konspiration oder umgreifenden Schwachsinn zu glauben, als der Doppelgängerin einer Person zu begegnen, deren Tod er mit eigenen Augen angesehen hatte.

»Friede!«, entgegnete die Frau. Ihre Stimme erwies sich ebenfalls als hart, männlich. Gleichwohl lag in ihrem Auftreten etwas, das bezauberte. »Wer? Woher? Wie lange?«

»Martin Dugin, Russland, Erde, nicht für lange«, parierte Martin im selben Stil. »Erfolge?«

»Tourist?«, fragte die Frau erstaunt, die sich übrigens keineswegs verärgert zeigte. »Herzlich willkommen. Für heute haben wir die Arbeiten leider schon beendet, andernfalls hätte ich Ihnen prompt Pinsel und Pinzette in die Hand gedrückt.«

Die scherzhafte Drohung begleitete ein kräftiger Handschlag.

»Anna«, stellte sich die Frau vor. »Und diese Leute gehören alle zu meinem Team: Pjotr, Siegmund, Roy, Gabriel, Regina und Chow.«

Während Martin die Begrüßung, das Handgedrücke und Gelächle über sich ergehen ließ, umarmte Anna Jim, und zwar durchaus innig, was Martin unversehens die Aussage seines Scouts über gewisse Frauen in Erinnerung rief. Jim machte zumindest einen hochzufriedenen Eindruck und schien von der Abwesenheit Irinas nicht im Geringsten bekümmert.

»Wo ist denn Irotschka?«, fragte Martin.

Aus irgendeinem Grund beschworen diese Worte heftiges Gelächter herauf.

»Sind Sie es, der hinter ihr her ist?«, erkundigte sich Anna. »Stimmt es also doch! Sie hat uns erzählt, jemand würde sie suchen. Sind Sie etwa Privatdetektiv?«

Irritiert nickte Martin.

»Ira hat es nicht bei uns gehalten, sie ist in die Stadt zurück«, informierte Anna ihn in wieder ernsterem Ton. »Heute Morgen. Sie müssen sie knapp verfehlt haben.«

»Also in die Stadt«, meinte Martin nickend. »Alles klar.«

Mit einem Mal brachten die lächelnden Gesichter ihn auf. Das, was hier vor sich ging, musste ein schlechter Scherz sein. Doch wer erlaubte ihn sich? Und weshalb?

»Wissen Sie was, Sie haben Glück«, mischte sich Gabriel mit einem Mal ins Gespräch. »Ich fahre jetzt nämlich in die Stadt, unsere Vorräte gehen zur Neige. Ich wollte auch Irina überreden, bis zum Abend zu warten, aber bei ihr ...«

Er winkte ab und löste damit neues Gelächter aus. Anscheinend hatte Irina es fertig gebracht, von sich den Eindruck einer sehr sturen Person zu hinterlassen.

»Wenn Sie sich also wirklich nicht für unsere Grabungen interessieren, dann nehme ich Sie mit«, bot Gabriel freundlich an.

»Na ja, interessieren würden sie mich natürlich schon, aber ...«, setzte Martin halbherzig an.

»Vermutlich hat man Ihnen in der Stadt erzählt, wir würden hier nur sinnlos unsere Zeit verplempern?«, riss Anna das Ruder wieder an sich. »Gehen wir!«

Martin, kräftig beim Arm gepackt, musste ihr nolens volens zu den Ausgrabungen folgen.

»Sehen Sie das?« Anna fuchtelte mit der Hand. »Der zentrale Ring. Das war ein Tempel oder ein anderes Bauwerk, das sehr bedeutsam für die Stadt war. Die Struktur ist in fast identischer Form bei allen bekannten Grabungen freigelegt worden.«

»Ich habe immer gedacht, dies sei die erste Stadt, die auf Prärie ausgegraben wird«, bemerkte Martin.

»Auf Prärie 2 schon.« Anna lächelte triumphierend. »Doch die zerstörten Städte, die bereits auf achtzehn anderen Planeten entdeckt wurden, zeigen eine vergleichbare Architektur.«

Einen ausgedehnten Moment lang ließ sich Martin diese

Worte durch den Kopf gehen. »Dann gibt es die Altvorderen also doch?«, fragte er schließlich.

Annas Enthusiasmus erkaltete ein wenig. »Ich weiß es nicht. Unsere Funde erschöpfen sich leider in völlig gewöhnlichen Tonscherben, völlig gewöhnlichen Mauern und – in seltenen Ausnahmen – in Artefakten aus Bronze oder Eisen ... Darunter ist aber nichts, das mit Hochtechnologie hergestellt worden wäre. Diese Mauern sind etwa sechstausend Jahre alt ... Nur wenige Dinge überdauern eine so lange Zeit. Hier herrschen einmalige Bedingungen: eine geringe seismische Aktivität, trockenes Klima ... trotzdem sind diese Mauern fast vollständig zerstört.«

Zwangsläufig blickte Martin voller Respekt zu den Ruinen hinüber. »Und warum weiß niemand etwas von Ihrem Fund?«, fragte er. »Achtzehn einzelne uralte Städte auf unterschiedlichen Planeten, das ist doch eine Sensation, oder?«

»Glauben Sie?«, entgegnete Anna skeptisch. »Solche Ruinen locken keine Touristen an. Das Militär interessiert sich ebenfalls nicht dafür. Denn bekannt ist die Entdeckung schon lange. Sie bräuchten bloß mal einen Blick in den *Archäologischen Boten* zu werfen. Es kann halt niemand etwas mit ihr anfangen, und damit basta.«

»Aber das ist der Beweis für eine Verbindung zwischen den Welten!«, platzte Martin heraus. »Folglich müssen alle Rassen der Galaxis gemeinsame Wurzeln haben ...«

Dafür hatte Anna nur ein verächtliches Schnauben übrig. »Wurzeln ... Wer will denn schon etwas von irgendwelchen Wurzeln hören? Wenn wir einen Blaster oder ein Raumschiff ausgegraben hätten, dann hätte sich die Boulevardpresse natürlich mit lautem Geschrei darauf gestürzt ... Außerdem existiert bereits eine Theorie, derzufolge die Entwicklung humanoider Zivilisationen stets ähnlichen Wegen folgt. Deshalb gleichen sich diese Städte auch, in der Mitte gibt es einen runden Tempel, darum winden sich in konzentrischen Kreisen Straßen ...«

Den Blick auf die aus der Erde herausragenden Mauern gerichtet, hörte Martin Anna eine Weile zu. Natürlich beeindruckte ihn das Alter der Mauern – aber mehr auch nicht. Weitaus interessanter dünkte ihn herauszufinden, was diese seriösen und im Grunde ganz anständigen Leute dazu brachte, ihn anzulügen.

»Wie sieht's aus? Konnte ich Sie überreden, eine Woche bei uns zu bleiben?«, wollte Anna wissen.

Entschuldigend lächelte Martin sie an – und schüttelte den Kopf.

»Dann essen Sie noch mit uns, danach fährt Gabriel Sie in die Stadt«, schlug Anna vor. »Schließlich wollen Sie doch wohl nicht allein durch die Steppe marschieren? Jim bleibt nämlich über Nacht bei uns, er hat hier viele Freunde.«

»Kann ich mir vorstellen«, antwortete Martin, indem er vorgab, zu den Ureinwohnern hinüberzuäugen, die gerade ihre Spaten zusammenstellten.

»Übrigens …« Anna fing an, die unzähligen Taschen ihrer überdimensionalen Weste zu durchkramen. »… wenn Sie Ira treffen, geben Sie ihr das, sie hat es vergessen.«

Martin stieß ein Seufzen aus, als sie den Jeton der Reisenden auf seinen Handteller legte.

»Es bringt Unglück, den Jeton abzunehmen«, befand Anna sehr ernst. »Da drüben ist unser Duschzelt. Ira hat den Jeton auf einem Regal liegen lassen. Sagen Sie ihr, sie muss das Ding ständig tragen, sonst …«

Ohne ein Hehl daraus zu machen, hielt Martin den Jeton an die Uhr und stellte den Scanner ein.

Die Identifikationsnummer. Das Alter. Der Name. Die Nummer des letzten durchschrittenen Großen Tors.

Mit Ausnahme der letzten Angabe stimmte alles mit dem Jeton überein, der auf der Erde, der in Martins Schreibtisch verblieben war.

Der Landrover jagte durch die Steppe wie über eine glatte Straße, nur einmal blieb er stecken. »Das Rad ist in einen Tierbau geraten«, erklärte Gabriel. Martin sah in der Steppe zwar kein einziges Tier, vermutete aber, dass nach allen Gesetzen der Logik in einem entwickelten Ökosystem eine Art Zieselmaus existieren musste.

»Das Mädchen ist in Ordnung«, bemerkte Gabriel. »Nur extrem ungeduldig. Sie ist mit einer interessanten Idee zu uns gekommen ... Wollen Sie was darüber hören?«

»Ja, sicher«, antwortete Martin, während er Irinas Jeton zwischen den Fingern drehte.

»Also, Ira glaubt, die Lage der Stationen und der uralten Städte stehen zueinander in Korrelation. Der Gedanke an sich ist nicht neu, bereits Becker hat diesen Gesetzmäßigkeiten nachgespürt, doch ihm standen nicht genügend Daten zur Verfügung. Ira war nun auf den interessanten Ansatz gekommen, der Abstand zwischen den Ruinen und der Station hinge vom Durchmesser eines Planeten ab. Wir haben das nachgerechnet: Es gibt eine Abhängigkeit, selbst wenn sie längst nicht unstrittig ist. Das Problem erfordert noch etliche und langwierige Untersuchungen. Möglicherweise muss man auch noch einen weiteren Faktor berücksichtigen, die Fläche des Geländes, auf dem die Station erbaut ist. Eventuell sollte man auch die Anzahl der Stationen auf einem Planeten einbeziehen, ihre Lage zueinander ... Außerdem muss man auf weiteren Planeten, ja, sogar auf der Erde nach Ruinen suchen! Wenn es gelänge, einige neue Städte zu entdecken ... Na, das können Sie sich bestimmt vorstellen. Insgesamt ein interessantes Thema, es war wirklich anregend, mit Irotschka darüber zu reden, und irgendwie hat es ihr bei uns auch gefallen ...«

Gabriel zuckte mit den Schultern.

»Und dann ist sie einfach auf und davon?«, hakte Martin nach.

»Ja. Sie hat gesagt, sie wolle ihre Jugend nicht mit Berechnungen und auf Grabungen verbringen. Sie freue sich aber, wenn sie uns auf eine gute Idee gebracht habe ... Ich glaube jedoch, eigentlich war Irina einfach enttäuscht, weil sie sich mit dem Altar ... oder mit dem Leuchtturm, wie sie es nannte ... getäuscht hat.«

»Mit was für einem Leuchtturm?«

»Also ...«, setzte Gabriel schulterzuckend an. »Im zentralen Tempel gibt es normalerweise eine leere Fläche. Man glaubt, dort habe der Altar gestanden, der aus Holz oder einem anderen vergänglichen Material gewesen sein muss. Irina vertrat in diesem Zusammenhang die Hypothese, an dieser Stelle müsse es eigentlich ein hochtechnologisches Aggregat gegeben haben, eine Art stellaren Leuchtturm, an dem sich die Schließer bei ihrer Landung auf einem Planeten orientiert hätten.«

»Aber bislang hat noch niemand solche Aggregate gefunden, oder?«

»Dazu hatte Irina zwei Hypothesen entwickelt«, erwiderte Gabriel. »Die erste zielte darauf, dass der Leuchtturm, nachdem er seine Funktion erfüllt hatte, sich zerstört hätte, ohne dass dabei Spuren zurückblieben. Der zweiten zufolge haben die Schließer ihn heimlich konfisziert. Da es in der Tat eine bestimmte Verbindung zwischen der Lage der Ruinen und den Stationen gibt, war diese Version nicht von vornherein von der Hand zu weisen, selbst wenn sie ausgesprochen phantastisch anmutet. Irina war sich aber sicher, dass das Licht des Leuchtturms Spuren hinterlassen haben müsste, sei es eine induzierte Strahlung, sei es eine Veränderung der Bodenstruktur ... irgendetwas halt. Wir haben die Ruinen untersucht, aber keinen Unterschied feststellen können.«

»Das muss doch aber nicht heißen, dass Ira Unrecht hatte«, gab Martin zu bedenken. »Wer weiß, auf welcher technischen Grundlage der Leuchtturm funktioniert haben mag!«

»Natürlich nicht«, stimmte Gabriel ihm ohne weiteres zu. »Aber das Mädchen war am Boden zerstört. Sie hat gesagt, sie brauche unanfechtbare Beweise, und da wir ihr die nicht liefern konnten, bestünde für sie kein Sinn in den Ausgrabungen ...«

»Was für Beweise? Und für wen?«

»Das müssen Sie Irina fragen«, antwortete Gabriel achselzuckend. »Sie hat es immer bei Andeutungen belassen, verstehen Sie?«

Über einen ausgefahrenen Feldweg gelangte der Jeep zum Fluss.

Gabriel fuhr auf einen von Stacheldraht gesäumten Parkplatz und stellte den Wagen neben einem riesigen LKW ab. Der Wächter in seinem kleinen Häuschen blickte gelangweilt zu ihnen herüber.

»Morgen früh fahre ich zurück«, sagte Gabriel. »Wenn Sie sich uns doch noch anschließen wollen ...«

Auf seinem Gesicht zeichnete sich ein Lächeln ab – das Lächeln eines passionierten Menschen, der von seinen Mitmenschen keinesfalls erwartete, sie müssten seine Leidenschaft teilen.

Was Martin als Nächstes bevorstand, war ebenso dumm wie sinnlos: Er sollte eine Tote unter Lebenden suchen.

In seiner Tasche ruhte der Jeton Irina Poluschkinas. Menschen, die anscheinend vertrauenswürdig waren, behaupteten, sie lebe noch. Darüber hinaus hatte Martin im Laufe seiner Arbeit schon manches erleben müssen. Es gab Menschen, die ihren eigenen Tod inszenierten. Auch das Gegenteil war ihm bekannt: Ein Mensch war seit Langem tot, doch seine Verwandten wollten das nicht glauben und verlangten, die Suche nach ihm nicht einzustellen, wofür sie absurde, aber höchst überzeugende Argumente vorbrachten. Mithin streifte Martin durch die Straßen New Hopes, spähte in Bars und kleine Restaurants, entdeckte zufällig eine Telefonzelle, von der aus er – entzückt vom Fortschritt – im *Diligence* und im *Mustang* anrief. Dort war Irina indes nicht aufgetaucht.

Als die Sonne unterging, als entlang der Hauptstraße freundliche, auf altmodisch getrimmte Laternen aufleuchteten, erreichte Martin die *Vorletzte Ruhe*. Zu diesem Zeitpunkt schien seine Kehle rechtschaffen ausgedörrt zu sein, es verlangte ihn nach einem Bier – sei es auch ein hiesiges –, es verlangte ihn nach einem saftigen Steak, das auf dem Grill nur leicht angebraten worden war, es verlangte ihn danach, auf einem soliden Holzstuhl zu sitzen und die müden Beine auszustrecken.

Martin stieß gegen die Tür und betrat den Saloon.

Der Barmann mit den chersonischen Wurzeln stand wie gehabt hinterm Tresen, nur dass er sich jetzt nicht langweilte, sondern Bier zapfte, eine junge Kellnerin anherrschte, die zwischen Küche und Gästen hin und her flitzte – kurz gesagt, er gab sich ganz der Prosa des barmännischen Lebens hin. Zahlreiche Besucher hatten sich eingefunden – Menschen, etliche Außerirdische und ein paar Indianer. Martin hielt nach einem freien Platz Ausschau, den er auch sogleich am Tisch des kleinen kahlen Cowboys fand, der seinen Namen nicht preiszugeben gedachte.

Dem Cowboy gegenüber saß an diesem Tisch zudem Irotschka Poluschkina. Sie trug graue Jeans und ein graues T-Shirt, das ihre Brust straff umspannte, hatte das Haar zum Pferdeschwanz gebunden und auf dem Kopf ein lustiges, ganz jugendliches Käppchen. Gesund und munter saß sie da, sogar einen Bierkrug hielt sie in der Hand.

Vier

So unglaublich es auch klingen mochte, doch das Erste, was Martin empfand, war Erleichterung. Die Frau lebte. Er hatte bei seiner Arbeit keinen Schiffbruch erlebt. Er brauchte sich nicht mit gesenktem Blick eine unglückliche Verkettung von Umständen und seine komplette Hilflosigkeit einzugestehen.

Als Nächstes kochte Wut in Martin hoch. Was auch immer tatsächlich passiert war, Irina spann hier eine raffinierte Intrige, und seine Aufgabe verlangte ihm inzwischen weit mehr als bloßes »Suchen und Zurückbringen« ab.

»Guten Abend, Irina«, begrüßte Martin sie, während er sich an den Tisch setzte. Neugierig, aber ohne übermäßige Anspannung betrachtete die junge Frau ihn.

»Hallo. Sind wir uns schon einmal begegnet?«

»Vor ein paar Tagen«, informierte Martin Irina und musterte sie. Ohne jeden Falsch runzelte Irina die Stirn, blickte zur Decke – kurzum, sie versuchte, sich zu erinnern.

»Sehen Sie, Martin, sie ist wohlauf«, sagte der kahle Cowboy mit unverhohlener Genugtuung. »Gesund und munter.«

»Entschuldigen Sie, ich kann mich nicht erinnern«, gestand Ira. »Wo haben wir uns denn getroffen, Martin?«

»Auf einem *anderen* Planeten.« Martin versuchte, in diese Worte so viel Sarkasmus als möglich zu legen. »Und mir ist durchaus klar, warum *Sie* sich nicht daran erinnern können.«

Irina biss sich auf die Lippe. Ihre Augen huschten zu dem Cowboy hinüber. »Verstehe«, seufzte sie. »Bei den Arankern?«

»Was soll das heißen, bei den Arankern?«, stutzte Martin. »Äh ... Nein, wir sind uns auf Bibliothek begegnet.«

Die Situation gestaltete sich immer interessanter. Die bemerkenswerte Version der Zwillingsschwester stürzte wie ein Kartenhaus in sich zusammen. Obgleich – es gab ja auch Drillinge ...

»Auf Bibliothek ...« Irina nickte verstehend. »Natürlich. Hat es mit der Decodierung denn geklappt?«

»Nicht besser als hier«, teilte Martin ihr süffisant mit. »Es gibt einen guten Ansatz, der jedoch noch nach viel Arbeit verlangt, man muss lernen, experimentieren ...«

Je länger Martin Irina ansah, desto stärker verschmolzen die beiden Bilder ineinander, das der Irotschka auf Bibliothek und das der Irotschka auf Prärie 2. Derselbe Charakter, dieselbe Art zu sprechen, das Gesicht zu verziehen, den unbequemen Gesprächspartner hartnäckig anzustarren.

»Wer sind Sie denn nun?«, fragte Irina. »Warum verfolgen Sie mich?«

»Ich bin Privatdetektiv«, erklärte Martin würdevoll. »Ihre Eltern haben mich gebeten, Sie zu suchen und in Erfahrung zu bringen, ob mit Ihnen alles in Ordnung ist.«

»Nur zu suchen und das herauszukriegen?«, hakte Irina sofort alarmiert nach.

»Falls es mir gelingt, soll ich Sie überreden, mit mir zurückzukommen«, lächelte Martin. »Falls nötig, soll ich Ihnen helfen. Irina ... Ihre Eltern machen sich große Sorgen, was ja nur natürlich ist. Ich bin mehr als doppelt so alt wie Sie, aber glauben Sie mir, selbst ich sehe mich mit diesen Problemen konfrontiert.«

»Ich habe noch einiges zu erledigen«, erklärte Irina mit einem sanften Lächeln. »Deshalb habe ich nicht die Absicht, nach Hause zurückzukehren. Was jetzt? Wollen Sie mich mit Gewalt wegschleppen?«

»Nein«, sagte Martin kopfschüttelnd, »das habe ich nicht vor. Ira, wer war das auf Bibliothek?«

Die junge Frau lächelte. Triumphierend und verschmitzt, wie ein Kind, das endlich einmal einem Erwachsenen überlegen war.

»Ich.«

»Ihre Schwester?«, ließ Martin nicht locker.

»Nein, ich.«

»Irotschka«, beschwor Martin sie sanft, »das kann aus einem ganz einfachen Grund nicht sein. Jene Frau, die Ihnen wie ein Ei dem anderen gleicht und sich Irina Poluschkina nennt, ist in meinen Armen gestorben.«

Das Lächeln kroch ausgesprochen langsam und widerstrebend aus Irinas Gesicht. »Sie lügen.«

Martin schüttelte den Kopf. »Es hat einen tragischen Unfall gegeben. Ein Angriff von einem Tier.«

»Ein Angriff von einem Tier? Auf Bibliothek?«, rief Ira mit verständlichem Argwohn. »Sie lügen! Dort ...«

»Die Rasse der Geddarn hat ihre Haustiere mit nach Bibliothek gebracht. Eines ist verwildert und ...« Martin verstummte.

Ira erschauerte. Als fröre sie, schüttelte es sie in den Schultern. Sie linste zu dem kahlen Cowboy hinüber, der mit lebhaftem Interesse dem Gespräch lauschte.

»Wer ist dann da ermordet worden?«, fragte der Cowboy prompt.

»Eine junge Frau, die Irina wie ein Ei dem anderem gleicht«, wiederholte Martin. »Ich bestehe nicht darauf, dass Irina zur Erde zurückkehrt. Aber ich möchte gern wissen, was ich ihren Eltern sagen soll. Dass ihre Tochter gesund und munter ist und auf Prärie 2 Bier trinkt? Oder dass sie in den Kanälen von Bibliothek bestattet worden ist und ihr die dortigen Krebse gerade die letzten Knochen blanknagen?«

Ira zuckte zusammen, als habe sie eine Ohrfeige gekriegt, hüllte sich jedoch nach wie vor in Schweigen.

»So, so ...«, bemerkte dafür der kahle Cowboy in wehmütigem Ton. »Was es doch nicht alles gibt. Ach ja, was es nicht alles gibt im Universum.«

Martin holte den Jeton aus seiner Tasche und hielt ihn Ira hin. »Der gehört Ihnen. Sie haben ihn im Camp der Archäologen vergessen, im Duschzelt. Anna hat ihn mir mitgegeben.«

Irina streckte die Hand aus, um den Jeton wortlos an sich zu nehmen.

»Genau so einer liegt bei mir zuhause«, fügte Martin hinzu. »Ich habe ihn der Leiche jener sterbenden Irina abgenommen. Außerdem habe ich noch ihr silbernes Kreuz an mich genommen. Besitzen Sie auch so eins?«

Irina schwieg.

»Verstehen Sie«, nahm Martin sie weiter ins Gebet, »ich habe nicht die Absicht, Sie mit Gewalt irgendwo hinzubringen. Desgleichen lässt mich Ihr Geheimnis kalt. Aber ich habe Sie schon tot gesehen, und jetzt sitzen Sie lebendig vor mir. Außerdem haben Sie noch die Aranker erwähnt. Gibt es auf ihrem Planeten eine weitere Irina Poluschkina?«

»Ich kann Ihnen nicht vertrauen«, verkündete Irina unnachgiebig. »Entschuldigen Sie, aber all das geht Sie nichts an.«

»Teilweise schon. Ich habe versprochen, Sie zu finden, habe mein Versprechen aber inzwischen übererfüllt, indem ich Sie zweimal gefunden habe. Das irritiert mich, Irina.«

»Ich schreibe einen Brief an meine Eltern«, erklärte Irina. »Reicht das? Wenn Sie den meinem Vater geben, bekommen Sie doch Ihr Honorar, oder?«

»Ich fürchte, mit dieser Antwort speisen Sie mich nicht mehr ab«, gestand Martin. »Ira, Sie haben sich da auf ein gefährliches und seltsames Spiel eingelassen. Versuchen Sie, mir zu vertrauen.«

»Wie komme ich dazu?«, fragte die Frau scharf. »Ich habe keine Ahnung, wer Sie sind. Ich weiß nicht einmal, wer ... wer dieses Mädchen auf Bibliothek ermordet hat. Soll ich nun einen

Brief an meine Eltern schreiben? Etwas anderes werden Sie von mir nämlich nicht bekommen.«

Martin stieß einen tiefen Seufzer aus. Mit einem Mal verspürte er den brennenden Wunsch, Irina Poluschkina übers Knie zu legen und ihr ein paar Klapse zu geben. Oder sie mit ein paar Ohrfeigen zur Besinnung zu bringen. Martin wunderte sich selbst über seine Aggressivität ... Die junge Frau wollte ihr Geheimnis eben nicht lüften, gut. Wer war er denn, darauf zu bestehen?

»Einverstanden«, sagte Martin, um sämtliche groben und für einem Gentleman unangebrachten Wünsche zu verscheuchen. »Ganz wie Sie wollen, Ira. Schreiben Sie Ihren Brief, danach lasse ich Sie in Ruhe.«

»Hört sich vernünftig an, was er sagt«, befand der kahle Cowboy. »Du solltest auf ihn hören, Irotschka ... Irgendwas stimmt hier nämlich nicht.«

»Vielen Dank für den Rat«, brachte Ira mit eisiger Stimme hervor. Sie kramte in ihrer auf dem Tisch liegenden Tasche. Als Martin das bereits bekannte Notizbuch sah, seufzte er. Die junge Frau riss eine Seite heraus und machte sich daran, mit großzügigen Schriftzügen und ohne sich von Platz sparenden Erwägungen leiten zu lassen, eine kurze Nachricht abzufassen.

Martin und der Cowboy sahen einander an. In den Augen des Cowboys schimmerte etwas auf, das ebenso Sehnsucht wie Gottergebenheit sein konnte. »Frauen ...«, kommentierte er weise. »Willst du einen Whiskey, Martin?«

Kopfschüttelnd lehnte Martin ab. Er sah zum Fenster hinaus, auf die in kaltes elektrisches Licht getauchten Holzbohlen der Gehstege.

Das Gespräch mit Ira hatte keinen guten Verlauf genommen.

In der Tat: Frauen ... Und wenn sie dann noch dem Kindesalter gerade entwachsen waren, durften sie als Champions in Sachen Sturheit gelten.

Niemand in der Bar achtete auf das, was sich an ihrem Tisch abspielte. Ja, man tat sogar alles, um es nicht mitzubekommen. Amerikaner sind in diesem Punkt höchst sensibel. Doch auch in Europa respektiert man die »Privacy« anderer. Martin erinnerte sich noch, wie er einmal in der Nähe von Barcelona während der heißen und stickigen Siesta in einem durch eine Klimaanlage gekühlten Bahnhof an einem Cocktail nuckelte. Er wartete auf die Eisenbahn, die nicht minder komfortabel ebenfalls mit einer Klimaanlage, darüber hinaus aber auch mit sauberen Sitzen und klassischer Musik aus den Lautsprechern aufwartete. In diesem Moment betrat eine junge Frau den kleinen Wartesaal, ohne Zweifel eine Touristin, die an das spanische Klima nicht gewöhnt war. Sie machte einige Schritte und glitt, die Augen verdrehend, langsam auf den Boden.

Was hätte ein solches Verhalten in Russland für eine ungesunde Neugier bei den Menschen entfacht! Im zivilisierten Europa reagierten indes alle ausgesucht höflich, umrundeten die junge Frau, die den Durchgang versperrte, mit Akkuratesse, lächelten und hätten sich für die Unannehmlichkeiten beinah noch entschuldigt. Martin freilich, geschlagen mit einem russischen Charakter, wollte dem Mädchen das Recht, auf dem Betonboden zu liegen, einfach nicht zubilligen, fischte vielmehr Eiswürfel aus seinem Drink, rieb dem Mädchen damit Schläfen wie Nacken ein, bettete sie bequemer, indem er ihren Kopf auf seine Knie legte, und blaffte den Schalterbeamten an, der hinter seinem Fensterchen nichts von dem sah, was diesen Auflauf verursachte ... Die junge Frau hieß Edda und kam aus Deutschland. Ein paar Tage später gestand sie Martin, sie habe in dem Moment, da sie die Augen aufschlug, als Erstes die Polizei rufen wollen. Nun ja, dazu kam es dann doch nicht – nach dem Sonnenstich stand ihr ihre Stimme nicht gleich wieder zu Gebote.

Insofern sann Martin ein Weilchen über einen durchaus ungehörigen Schritt nach, nämlich Irina unbemerkt an einem winzigen Punkt zu piken und sie, sobald sie ohnmächtig wurde, zur Station zu schleifen. Doch selbst wenn alle um ihn herum, den kahlen Cowboy inbegriffen, kurzfristig das Augenlicht verlören, gewönne er auf diese Weise nichts. Die Schließer gewährten ausnahmslos Einzelpersonen Durchlass. Nur ganz kleine Kinder ließen sie zusammen mit ihren Eltern durch – und das kleine Mädchen, das noch nicht imstande war, eine Geschichte zu erzählen, kaufte Irina niemand ab. Darüber hinaus dürfte Martin sich wohl kaum für die Rolle des Herrn Papa eignen.

»Man hätte dir eine Tracht Prügel mehr verabreichen sollen«, konnte Martin sich nicht verkneifen zu sagen.

Ira sah ihn von unten herauf an. »Ach ja«, meinte sie lächelnd. »Nur dass mir niemand jemals eine Tracht Prügel verabreicht hat. Nimm's nicht so schwer, Schnüffler. Schnapp dir meinen Brief und sieh zu, dass du zur Erde zurückkommst. Mein Vater wird dich mit Geld überschütten.«

Sie faltete das Blatt sorgsam zusammen, begab sich dann auf die Suche nach einem Umschlag, denn offenbar wollte sie nicht, dass Martin das Dutzend Zeilen las, das sie aufs Papier geworfen hatte. Verärgert starrte Martin wieder zum Fenster hinaus.

Die Laternen leuchteten. Ganz wie auf der Erde umschwirrten sie irgendwelche kleine Fliegen. Über den hölzernen Gehsteg näherten sich einige Gäste dem Saloon ...

Martin spannte sich an.

Die verhießen nichts Gutes. So steuerte man nicht auf eine Bar zu, wenn man lediglich einen Whiskey trinken wollte.

Martin linste zu seinem Karabiner hinüber, der in der Nähe des Tischs an der Wand lehnte. Anschließend huschte sein Blick wieder zu den sich nähernden Männern.

Es waren ihrer vier.

Ein dicker, rotgesichtiger Mann mittleren Alters mit kurz geschnittenem Haar und einem borstigen Schnurrbart. Der zweite mit dunkler Haut und, wiewohl noch nicht sehr alt, mit deutlichen grauen Strähnen im dunklen Haar. Der dritte war glatt rasiert, seine langen Haare im Nacken zu einem Zopf zusammengebunden. Der vierte war der älteste, ein hoch gewachsener, leicht buckeliger Mann mit Bärtchen und Koteletten.

Eine befremdliche Gruppe.

Und Martin mochte so gar keinen Gefallen an der Waffe finden, die jeder Einzelne von ihnen in der Hand trug.

»Kommt es bei Ihnen in der Stadt mitunter zu Schießereien?«, fragte er den kahlen Cowboy.

Der schüttelte den Kopf.

»Sieht so aus, als würde es gleich eine geben«, sagte Martin und wies mit dem Kopf zum Fenster. Als sich sein Gegenüber daraufhin umdrehte, schien er förmlich zu erstarren.

Die vier rührten sich ebenfalls nicht mehr. Der Ergraute legte lässig den doppelläufigen Stutzen an und zielte über das Dach des Saloons. Wie gebannt folgte Martin dem Geschehen.

Ein Schuss knallte.

In den nächsten Sekunden schien nichts zu geschehen. In einer Ecke der Bar rauschte nach wie vor der Fernseher und brachte seine alten Baseballmatches dar, während die Bierkrüge klirrten und die Stimmen zu einem gleichmäßigen Gewirr verschmolzen. Mit einem Mal verebbten jedoch langsam und sanft alle Geräusche. Als Letzter verstummte der Fernseher, der dafür erst den Barmann brauchte, welcher nach der Fernbedienung langte und auf Pause drückte.

In dieser Stille gingen die Türen des Saloons auf. Der früh ergraute Mann trat jedoch nicht ein, sondern hielt lediglich die Flügel mit den Händen auf, um hineinzuspähen. »Mit den *best regards*, meine Herren! Ich bitte um Verzeihung, aber wir brauchen einen Mann, der sich hier drinnen versteckt hält. Er soll herauskommen, und alles ist in Ordnung.«

Niemand sagte ein Wort. Martin schielte zu seinem Karabiner hinüber. Ob er es schaffen würde, an ihn heranzukommen? Der Angreifer handhabe seine Waffe zwar geschickt, aber ohne jede Aufmerksamkeit, gleichsam als erwarte er keinen Widerstand ...

»Wer seid ihr überhaupt?«, rief der Barmann entrüstet.

»Das spielt keine Rolle«, meinte der junge Mann kopfschüttelnd. »Wir tun nur unsere Pflicht. Wir warten drei Minuten.« Er lächelte. »Dann kommen wir rein.«

Die Türen schlugen in den Angeln hin und her, nachdem der junge Mann sich zurückgezogen hatte. Durchs Fenster beobachtete Martin, wie sich die vier fünf, sechs Meter gegenüber dem Eingang aufbauten, als hegten sie keinerlei Zweifel daran, dass ihr Opfer herauskommen würde.

»Kennen Sie diese Leute, Irina?«, fragte Martin. Aus irgendeinem Grund glaubte er felsenfest, die vier lauerten ihr auf. Irotschka schüttelte bloß verängstigt den Kopf.

»Ganz ruhig, meine Herren, ganz ruhig, ich rufe jetzt den Sheriff!«, verkündete der Barmann, als seien die Gäste des Saloons bereits in Panik geraten, und langte nach dem Telefon. Die Besucher saßen jedoch ruhig da, blickten sich lediglich ein wenig ratlos an. Niemand schien die klassische Westernszene einer »Schießerei im Saloon« einleiten zu wollen. Schätzungsweise hielten sich zwanzig bewaffnete Männer im Saloon auf, dazu noch ein Dutzend Indianer und ein einsilbiger, strenger Geddar mit dem obligatorischen Schwert auf dem Rücken. Zur Waffe griff jedoch niemand.

»Es dürfte schwierig werden, uns hier drinnen auszuräuchern«, kommentierte Martin, während er seinen Karabiner überprüfte. Er könnte immerhin versuchen, einen von denen, die ihnen diese Visite abstatteten, direkt durchs Fenster wegzuputzen.

»Eine Schießerei wird es nicht geben«, stellte der kahle Cowboy klar. Er trank sein Glas auf ex aus und erhob sich schwankend. »Das geht euch nichts an ... absolut nichts ...«

Inzwischen hatte der Barmann das Telefon wieder beiseite gelegt. Anscheinend hatte er es noch nicht einmal geschafft, die Nummer des Sheriffs zu wählen, als ihn prompt jemand über etwas aufgeklärt hatte, ohne dass er selbst auch nur eine einzige Frage gestellt hätte. Der einstige Chersoner ließ einen irritierten Blick über seine Gäste schweifen. »Meine Herren ...«, wandte er sich an sie. »Das sind Kopfgeldjäger. Sie haben in der Tat einen Auftrag ... Wen suchen sie bloß?«

»Mich«, erklärte der kleine Cowboy und erhob sich. »Verzeihung, ich gehe ja schon.«

Martin konnte ihn, einem plötzlichen Impuls folgend, noch bei der Hand fassen. »Sind Sie sicher?«, fragte er. »Ich könnte ...«

Der Cowboy schüttelte den Kopf. »Nein. Das ist mein Problem. Aber vielen Dank für das Angebot ... Irotschka ...«

Feierlich küsste er der Frau die Hand, bevor er zum Tresen ging. »Mix mir schnell was«, bat er. »Aber was Starkes!«

Der Barmann schluckte und wollte offensichtlich widersprechen. Der Cowboy hielt sich in der Tat nur noch schlecht auf den Beinen. Am Ende sah der Barmann von jedem Widerspruch ab, vermutlich weil er den letzten Wunsch eines Verurteilten achten wollte. »Wie wär's mit einer *Waterline*?«, fragte er. Der Cowboy fuchtelte nur verärgert mit der Hand – »mach hin« –, worauf der Barmann in der Tat nicht lange fackelte. Er füllte ein Glas bis zur Hälfte mit dickflüssigem Kirschsaft, gab dann die gleiche Menge Wodka *Stolitschnaja* hinzu. Der Cowboy trank den Cocktail auf ex, holte seine Brieftasche heraus, warf achtlos etwas Geld auf den Tresen und marschierte auf die Tür zu.

»Wir können das doch nicht zulassen, Martin ...«, setzte Irotschka an und erhob sich.

»Entschuldige.« Martin packte sie beim Arm. »Ich bin für deine Sicherheit verantwortlich ... in gewisser Weise. Ich lasse dich da nicht raus.«

Unverwandt sah ihm die Frau in die Augen, um sich sodann kraftlos auf einen Stuhl sinken zu lassen.

»Wer ist er? Warum wird er gesucht?«, fragte Martin. »Du hast ihn doch besser gekannt.«

»Ich weiß es nicht ... Er ist ein guter Mann ...«, erwiderte Ira aufgelöst. »Er hat nur wenig von sich erzählt ...«

Nickend starrte Martin zum Fenster hinaus. Sie beide saßen weit genug vom Eingang entfernt, um keine verirrte Kugel fürchten zu müssen, gleichzeitig aber verfolgen zu können, was sich abspielte. Letzteres hielt Martin für seine Pflicht. Die Marshalls, die Kopfgeldjäger, die galaxisweit Verbrecher jagten, waren offiziell von den USA, einigen anderen Ländern und den meisten kolonialen Planeten anerkannt worden. Martin selbst hatte, um es frei heraus zu sagen, bereits das eine oder andere Mal eine ähnliche Aufgabe übernommen.

Was auch immer der kleine Cowboy vormals verbrochen haben mochte, jetzt konnte Martin nur noch den letzten Akt des Dramas verfolgen. Er hoffte inständig, die Regeln des Spiels würden gewahrt und dem Cowboy die Kapitulation angeboten werden. Falls nicht ... Martin legte sich den Karabiner etwas besser zurecht. Er mochte den Cowboy.

Unterdessen schritt das Opfer auf seine Häscher zu. Der kleine Cowboy blieb stehen, um das Quartett zu mustern. »Nur vier?«, fragte er mit überraschend nüchterner Stimme.

»Wir sind bloß als Erste eingetroffen«, schallte die Stimme des Dicken herüber. »Du kennst uns ... Gehen wir.«

Aufrichtigen Herzens hätte Martin dem Cowboy geraten, sich zu ergeben. Doch der antwortete: »Ich werde allein hier weggehen.«

»Du hast es so gew-wollt«, kommentierte der bärtige Jäger leicht stotternd.

Und es ging los!

Der Cowboy, der so entspannt und lässig dastand, hechtete mit einem Mal zur Seite, hinüber zu einem leeren Trog aus Eisen, der auf einem hohen Gestell neben dem Eingang stand und entweder tatsächlich für Pferdefutter gedacht war oder schlicht als Detail die Szenerie bereichern sollte. Noch im Sprung eröffnete er das Feuer. Martin hatte nicht einmal mitbekommen, wie plötzlich der Revolver in seine Hand gekommen war.

Der Langhaarige ging zu Boden, schaffte es indes noch, einige Schuss aus seiner Pistole abzugeben. Auch der bärtige Dicke fiel. Er trug eine Maschinenpistole, doch die daraus abgefeuerte Salve prallte am Trog ab, hinter den sich der kahle Cowboy hatte flüchten können. Nachdem der Frühergraute seine Schrotflinte geschickt nachgeladen hatte, feuerte er erneut, doch der Cowboy passte einen günstigen Moment ab, kam aus seiner Deckung und gab hintereinander weg ein paar Schuss ab. Martin hätte schwören wollen, dass den Kopfgeldjäger erst die dritte Kugel in den Kopf ummähte und er bis dahin aufrecht dastand, ja, sogar unablässig weiterschoss! Am längsten von allen hielt sich der Bärtige, der mit einem Repetiergewehr einhändig aus der Hüfte schoss, während er mit der anderen Hand eine Granate von seinem Gürtel löste, die er gut gezielt in Richtung Trog warf. Endlich überwand Martin seine Starre, packte Irina bei den Schultern, stukte sie nach unten, ging selbst ebenfalls in Deckung, registrierte dabei jedoch noch, wie die Granate zurückgeflogen kam, dem Bärtigen direkt vor die Füße.

Es krachte und dröhnte, bevor dann Stille eintrat.

Erst tauchte nur Martin wieder auf. Seltsam, aber nicht ein Fenster war zu Bruch gegangen.

Und auch der kleine Cowboy war wohlauf. Er saß auf dem Rand des Trogs, baumelte mit den Beinen und lud seinen Revolver nach. Nach Martins Schätzung hatte ihm eine einzige Trommelladung gereicht.

»Er ist stark«, bemerkte Martin lediglich. »Bist du in Ordnung, Ira?«

»Hm«, ließ sich die Frau vernehmen, während sie gerade unterm Tisch hervorkroch. Sie beschwerte sich nicht über die unaufgeforderte Rettung ihrer selbst – was wollte er mehr?

Martin ging zur Tür. »Ich bin's, Martin!«, rief er dem Cowboy zu, ehe er hinaustrat. »Schieß nicht!«

»Ich schieße sowieso nicht gern«, entgegnete der Cowboy.

Martin trat zum Saloon hinaus und besah sich einen ausgedehnten Moment lang das Schlachtfeld. Der Laternenpfahl war mit Splittern übersät, der Lampenschirm kaputt, was auf natürliche Weise das Geräusch zersplitternden Glases erklärte. Allem zum Trotz leuchtete die Glühbirne immer noch und tauchte die vier blutbeschmierten, reglosen Körper in weißes Licht.

»Stark«, bemerkte Martin bloß. »Du bist in Ordnung?«

»Fast«, erwiderte der Cowboy philosophisch. Anscheinend hatten die vier ihn doch getroffen – und nicht nur einmal –, denn sein ganzer Körper starrte von Blut. Dennoch hielt er sich sicher auf den Beinen, gleichsam als sei aller Fusel aus ihm heraus. Sich traurig umblickend, bemerkte der Cowboy: »Nur ändert das alles rein gar nichts ... Es werden andere kommen.«

Martin war sich unschlüssig, was er tun sollte. Bei dem Mann handelte es sich um einen Verbrecher, auch wenn Martin nicht wusste, wessen er sich schuldig gemacht hatte, und keinen Auftrag zu seiner Verhaftung besaß.

»Du musst den Planeten verlassen«, riet er ihm.

»Klare Sache«, pflichtete ihm der Cowboy bei, während er aus seinem wildledernen Hemd einen feinen Splitter zog. »Haben Sie mich also doch noch erwischt ...«

Hinter Martin tauchte Irina auf. Aufkreischend lief sie schnellen Schrittes auf den Cowboy zu.

»Wir müssen Sie verbinden ...«

»Bleib mir vom Hals, Mädchen ...«, ermahnte der Cowboy sie, doch Irina hatte aus ihrer Tasche bereits ein Verbandspäckchen herausgekramt. Eine vorausschauende junge Frau. Seufzend fragte sich Martin, ob sie nach diesem Vorfall ihre bisherige Meinung ändern würde. Wohl kaum. Vermutlich würde sie ihren Weg nun gemeinsam mit dem kleinen Cowboy fortsetzen. Mädchen in ihrem Alter liebten Romantik.

In ebendiesem Moment trat ein weiterer Mann aus der Dunkelheit heraus. Er war mittelgroß, nicht gerade ein Recke, wirkte eher intelligent, hielt jedoch ebenfalls einen Revolver in der Hand.

»Du wirst nirgendwo hingehen«, stellte er leise klar, während er auf den Cowboy zielte.

»Auch du?«, fragte der Cowboy irgendwie bestürzt. Offenbar kannten sie sich.

»Auch ich«, bestätigte der Intelligente und drückte den Abzug.

Nunmehr überschlugen sich die Ereignisse.

Der kahle Cowboy wand sich gekonnt los, zog den Revolver und schoss. Die Kugeln des Kopfgeldjägers rissen ihm bereits den Körper auf. Obgleich Martin sah, wie vom Rücken des Cowboys Blutflatschen wegspritzten, feuerte dieser weiter. Zwischen diese beiden Kontrahenten stürzte sich, die Arme ausgebreitet, Irina: »Nicht schießen!«, schrie sie.

Martin schaffte es nicht einmal mehr, von seinem Karabiner Gebrauch zu machen, so schnell und überraschend kam das alles. Als er endlich anlegte, gab es bereits kein Ziel mehr.

Der Cowboy und Irina lagen nebeneinander. Der intelligent wirkende Kopfgeldjäger fand sich etwas abseits, an der Grenze zwischen Licht und Dunkel.

»Mist, verfluchter ...«, knurrte Martin, während er zu Irina rannte.

Die Frau war tot, genauer gesagt, sie starb just in diesem Moment. Drei Kugeln waren in ihren Rücken eingedrungen, zwei in ihre Brust. Auf ihren Lippen perlte Blut, aus ihren Augen kroch langsam das Leben. Das Gefühl, ein Déjà-vu zu erleben, war derart übermächtig, dass Martin sogar davor zurückschreckte, Irina zu berühren. Deshalb beugte er sich über den Cowboy. Der lebte noch. Traurig und verhärmt blickte er Martin an, flüsterte ihm etwas zu. Martin bückte sich, hielt den Kopf des Sterbenden und vernahm dessen Frage: »Hab ich ... hab ich das Mädchen getroffen?«

»Nein«, log Martin, ohne mit der Wimper zu zucken. »Das war der Jäger.«

In den Augen des Cowboys schimmerte fraglos Erleichterung auf. »Trotzdem ...«, flüsterte er. »Sie hätte nicht ... Mit mir geht's zu Ende, Martin ...«

»Lieg still«, befahl Martin. »Es ruft schon jemand einen Arzt.«

»An meinem Grab ... soll stehen ... hier ruht ...« Er atmete mehrmals tief ein, erzitterte und erstarrte.

Martin erhob sich. Seine Hände waren voller Blut, in seiner Seele klaffte Leere.

Wie hatte das passieren können? Wie konnte es etwas dermaßen Tragisches geben? Ein flüchtiger Verbrecher, mit dem Irotschka sich angefreundet hatte, diese gnadenlosen Kopfgeldjäger, diese grauenvolle Schießerei ...

Und er, er war einfach eine tolle Marke! Entspannt hatte er sich, nicht mehr auf sein Mündel aufgepasst!

»Stehen geblieben, die Waffe weg, Hände über den Kopf!«, brüllte hinter ihm jemand. Martin erkannte die Stimme von Sheriff Glenn. Nun ja, die amerikanische Kavallerie trifft stets rechtzeitig ein ...

Servil hielt Martin die Hände hoch. Selbst den überflüssigen Schlag mit dem Kolben in die Rippen ertrug er mit der Genugtuung eines Märtyrers.

Fünf

Erst am nächsten Morgen ließ man ihn wieder frei. Mit den Schlüsseln klimpernd, öffnete Glenn die Gittertür der Zelle, in der sich Martin die Nacht um die Ohren geschlagen hatte.

»Gehen wir ...«, grummelte der Sheriff.

Dem Verhalten des Sheriffs und der Gelassenheit, mit dem er ihm den Rücken zukehrte, entnahm Martin, dass die Anklage gegen ihn fallen gelassen worden war.

Sie durchquerten einen kurzen Gang, den Gitter in vier Zellen unterteilten, in denen freilich niemand saß, gab es auf Prärie 2 doch keine hohe Verbrechensrate. In seinem Büro schnaufte Glenn geräuschvoll und nahm Martin die Handschellen ab.

»Hast du irgendwelche Beschwerden?«, fragte er.

»Wollen Sie eine ehrliche Antwort oder eine, die ich mit meinem Gewissen vereinbaren kann?«, fragte Martin zurück.

»Ihr Russen tickt doch alle nicht mehr richtig«, verwunderte sich Glenn aufrichtig. »Worin besteht denn der Unterschied?«

»Wenn ich ehrlich sein wollte, müsste ich mich beschweren«, erklärte Martin grinsend. »Wenn ich auf mein Gewissen höre, nicht. An Ihrer Stelle hätte ich mich genauso verhalten.«

Eine Weile mühte sich der Sheriff, das Gesagte zu verstehen, dann schüttelte er den Kopf. »Lassen wir das. Willst du noch was schriftlich verfassen?«

»Nein«, versicherte Martin kopfschüttelnd. »Wie ich schon

sagte, ich könnte es nicht mit meinem Gewissen vereinbaren, Beschwerde einzulegen.«

»Setzt dich ... Schnüffler«, forderte der Sheriff ihn abwinkend auf.

Abermals fanden sie sich am Tisch des Sheriffs wieder. Glenn drückte den Knopf der Kaffeemaschine, der jedoch knallend wieder heraussprang. Fluchend griff der Sheriff zum Telefon und verlangte Wasser. Daraufhin kam eine unansehnliche junge Frau herein, die aus einer Karaffe Wasser in die Maschine füllte.

Geduldig wartete Martin.

»Du hast nicht geschossen, meine Jungs haben deinen Lauf überprüft«, erläuterte ihm Glenn das, was Martin gestern vergebens darzulegen versucht hatte. »Anscheinend gibt es auch keine Verbindung zwischen dir und diesen Hohlköpfen ... Folglich hat das Volk von Prärie 2 auch gegen dich nichts vorzubringen.«

»Wer waren die denn?«, fragte Martin.

Glenn wollte zwar schon auf stur schalten, denn die halbe Nacht hatte er von Martin auf ebendiese Frage eine Antwort verlangt. »Professionelle Kopfgeldjäger«, gab er dann widerwillig zu. »Sie haben auf der Erde gelebt und meistens im Interesse der Kolonien gehandelt ... Eine ganz normale Sache. Erst sind sie zu mir gekommen, haben mir ihren Auftrag vorgelegt ... War alles hundertprozentig sauber ...«

»Hätten Sie sie nicht aufhalten müssen?«, wollte Martin wissen. »Fünf gut bewaffnete Profis ... schneien hier abends rein, in Ihrem Büro ist sonst niemand ...«

Röte schoss in Glenns Gesicht.

»Ich mache Ihnen ja keinen Vorwurf«, versicherte Martin in sanftem Ton. »Am Ende hatten Sie ja sogar recht, denn es ist so wenig Blut wie möglich vergossen worden.«

Nach diesen Worten taute der Sheriff sofort auf. Er goss Martin und sich Kaffee ein, holte die am Vorabend als Geschenk erhaltene Zigarre heraus und zündete sie sich an. »Wer kann schon sagen, was sonst noch passiert wäre ...«, sinnierte er. »Der Cowboy ... zum Teufel mit ihm, mit dem Cowboy. Ich will gar nicht wissen, was er verbrochen hat! Ein seltsamer Typ! Da lebt er zwei Jahre lang auf Prärie, wird aber mit niemandem richtig warm. Um das Mädel tut es mir leid. Und was soll bloß die Bevölkerung von all dem halten ... Gott verhüte, dass es bei uns jetzt mit dem ganzen Cowboy-Kram losgeht! Verfluchtes Hollywood!«

Martin nickte.

»Aber mit dem Mädel hast du dich getäuscht, was?«, hakte der Sheriff nach. »Du hast gesagt, sie ist auf Bibliothek gestorben ...«

In seiner Anspannung ließ Martin sich bei der Antwort von Gefühlen und Wut leiten. »Von wegen, ich habe mich getäuscht! Vor fünfzehn Jahren hat sich ihr Vater von seiner Frau scheiden lassen, die beiden Zwillingsschwestern haben sie unter sich aufgeteilt. Eine Tochter für den Herrn Papa, eine für die Frau Mama.«

»Dammich!«

»Sie haben den Mädchen noch nicht einmal gesagt, dass sie Zwillinge sind«, fuhr Martin inspiriert fort. »Was passiert dann? Die beiden erfahren voneinander, treffen sich, freunden sich an ... und beschließen, ihre Eltern zu bestrafen. Die Mädchen sind klug, ihre Pläne ambitioniert ... Alle Geheimnisse des Universums wollen sie enthüllen. Eine machte sich nach Bibliothek auf, um die Inschriften der Obelisken zu decodieren, die andere nach Prärie, um in den Ruinen zu graben. Eine Woche später wollten sie sich in einer dritten Welt wieder treffen.«

»Was für Optimistinnen ...«, bemerkte der Sheriff.

»Kann man wohl sagen«, meinte Martin nickend. »Ich habe den Eindruck, das Schicksal der Mädchen stand unter einem bösen Stern. Die eine hat ein wild gewordenes Tier ermordet, die andere eine fehlgeschlagene Kugel.«

»Es gibt Leute, die sollten die Erde nicht verlassen«, stimmte ihm der Sheriff zu. »Herrgott ... Ich beneide dich nicht, Kumpel.«

»Wenn ich mir vorstelle, *was* ich den Eltern erzählen muss, beneide ich mich auch nicht«, wehklagte Martin.

Die nächsten Minuten tranken sie schweigend Kaffee, dann beförderte der Sheriff eine Flasche zutage und goss ein paar Schluck Whiskey in kleine Silberbecher. »Eigene Herstellung ...«, stellte er nicht ohne Stolz klar.

Kurzum, sie trennten sich fast als Freunde. Martin vergaß die paar in der Nacht erhaltenen Ohrfeigen, Glenn erwähnte mit keiner Silbe die von Martin im Eifer des Gefechts abgegeben Drohungen. Martin erhielt seine Sachen zurück, der Sheriff erbot sich sogar, ihn ins Hotel zu begleiten, damit Martin ohne jedes Geplänkel das Geld für das im Voraus bezahlte Zimmer erstattet wurde. Martin winkte ab und verzichtete.

Als Martin bereits hinausgehen wollte, unterbreitete ihm der Sheriff quasi nebenbei das Angebot, ihn zur Station bringen zu lassen – sein Gehilfe würde nämlich rein zufällig in diese Richtung fahren. Dankbar ging Martin darauf ein. Die beiden drückten sich die Hände und nahmen Abschied, miteinander vollauf zufrieden.

Niemand bat Martin, Briefe mit zur Erde zu nehmen. Hier vertraute man nur auf das eigene Postsystem. Dafür verkaufte man ihm mit Vergnügen die Kräuter, aus denen man hier das Gegenstück zum Tee aufbrühte, und dachte nicht einmal daran, den Export zu besteuern. Die Handelsfreiheit galt ihnen eben als sakrosankt.

Selbstredend spekulierte Martin darüber, in welchen Würden der Sheriff eigentlich stand, welchem Amt er eigentlich diente, denn um das Recht, die amerikanischen Kolonien zu kontrollieren, fochten die CIA, NSA und das FBI. Es wäre indes kaum angeraten, eine solche Frage zu stellen, schon gar nicht, wenn der Fragesteller ein Privatdetektiv war, der bereits bei einer weit einfacheren Aufgabe eine Niederlage hatte hinnehmen müssen.

Sollten die Amerikaner, da sie nun einmal damit begonnen hatten, getrost weiterhin so tun, als ob die Kolonie auf Prärie 2 vollständige Unabhängigkeit genieße und auf eigene Faust handle. Schließlich gab es auch einige Kolonien, in denen die russische Bevölkerung überwog. Selbst wenn es für sie weiß Gott nicht so gut lief, dürfte sich auch dort ein ansehnlicher Teil der Bevölkerung das eine oder andere Sternchen an die Jacke heften.

Der tüchtige Landrover brachte Martin in einer halben Stunde zur Station. Nach wie vor weidete in der Nähe eine Herde, nur der Hütejunge, der den aufmerksamen Blick nicht von ihr ließ, war ein anderer. Ob sie alle inoffizielle Helfer oder so etwas wie ein Zirkel »Junge Freunde des Sheriffs« waren?

»Wenn die Eltern des Mädels das Grab besuchen wollen«, sagte der kräftige Mann, den der Sheriff als Fahrer Martins abgestellt hatte, »würden wir uns freuen, sie bei uns begrüßen zu können.«

Obschon das zynisch klag, nahm Martin keinen Anstoß daran. Dem Mann war der Tod der schönen jungen Frau ohne Frage nahe gegangen.

»Ich werd's ausrichten«, versicherte Martin.

»Normalerweise passiert hier selten was«, fuhr der Mann fort. »Ab und an verirrt sich so ein Idiot zu uns, der durch die Steppe reiten und wild um sich ballern will. Doch solche Typen bringen wir rasch zur Vernunft.«

»Das steht euch noch bevor, keine Sorge«, sagte Martin. »Sowohl Schießereien zu Pferd, ausgeraubte Postkutschen und Überfälle der Indianer. Wenn ihr erst mal mehr als hunderttausend Einwohner zählt, geht's los.«

Der Mann zeigte sich leicht beleidigt. »Die Indianer sind friedlich«, schnaubte er. »Wir kommen gut mit ihnen aus ...«

Martin schnappte sich seinen Rucksack und stieg aus. In seinem Kopf wirbelten die unterschiedlichsten Pläne durcheinander, wobei der von einem heißen Bad alle anderen ausstach.

»Geht's nach Hause?«, rief der Hilfssheriff Martin hinterher.

»Sicher«, log Martin munter.

Mit diesen Worten steuerte er auf die Vortreppe zu.

Dieser Schließer musste ein Abstinenzler sein. Oder es gab ein Alkoholverbot auf Prärie 2. Während er gestern Limonade getrunken hatte, griff er heute zu frisch gepresstem Orangensaft.

Das höflich angebotene Getränk lehnte Martin nicht ab. Er trank es, zündete sich eine Zigarette an und ordnete seine Gedanken. Mit wohlwollendem Blick beobachtete der sich in seinem Korbstuhl flegelnde Schließer Martin, anscheinend bereit, bis zum Abend auf seine Geschichte zu warten.

»Es ist sehr interessant, in fremde Fenster zu spähen«, fing Martin an.

Der Schließer zappelte ein wenig herum, bis er eine noch bequemere Stellung gefunden hatte. Er goss sich ein neues Glas Saft ein und gab einige Eiswürfel aus einem Kühler hinzu.

»Nicht nur flüchtig hineinzulugen«, fuhr Martin fort, »sondern regelrecht hineinzuspähen. Die Menschen gehen ja immer davon aus, ihr Zuhause sei ihre Festung. Die Menschen mögen keine aufdringlichen Gäste. Vielleicht erklärt das auch, warum wir euch nicht lieben, denn ihr seid ungebeten gekommen, habt nicht um Erlaubnis dazu gefragt, was wir nur zu gern erlaubt hätten ... Doch über jeder Festung weht eine Fahne. Selbst wenn diese Flaggen lediglich die Vorhänge in unseren Fenstern sind. Des ungeachtet bleiben es Fahnen. Sie sind gehisst für den Passanten auf der Straße, der den Blick hebt. Für die Leute im Haus gegenüber. Selbst für den Perversen, der am eigenen Fenster hockt und mit einem Feldstecher zwischen den Vorhängen herauslugt! Als Fahne kann alles Mögliche herhalten. Tüll mit Spitze und elegante Stores, Doppelglasfenster und eine Jalousie. Der Tannenbaum, der zu Neujahr mit Zahnpasta auf die Scheibe gemalt wird. Die Blumentöpfe oder ein Plüschtier auf dem Fensterbrett. Ein Aquarium mit Fischen oder eine Vase mit einer vertrockneten Rose. Selbst verdreckte Fenster, hinter denen zerfetzte Tapeten und eine nackte Glühbirne an der Strippe auszumachen sind, stellen eine Fahne dar. Und sei es die weiße Fahne, mit der man vor dem Leben kapituliert ... Mir gefallen Städte, in denen man die Fahnen ohne Furcht aufzieht. In der Regel sind das fremde Städte ... In Russland hat man uns zu lange eingebläut, auf eine eigene Fahne zu verzichten. Mir gefällt es, wenn die Menschen sich nicht scheuen, auf sich selbst stolz zu sein. Mir gefällt es, fremde Flaggen zu grüßen.«

Er hielt inne, um Atem zu schöpfen. Dann fuhr er, den Blick auf den Schließer gerichtet, fort: »Mich würde interessieren, ob die Menschen meine jeweilige Fahne erkennen. Manchmal stelle ich eine alte schöne Lampe mit einem matten Schirm aufs Fensterbrett, die ich die ganze Nacht eingeschaltet lasse. Einfach so. Damit jemand, der vorbeikommt, das Licht sieht und glaubt, hier lese jemand ein gutes Buch oder brüte über einem verzwickten Theorem, mache Liebe oder sitze am Bett eines kranken Kindes. Damit er irgendetwas denkt. Solange nur niemand dahinterkommt, dass ich kein eigenes Banner habe.«

Abermals verstummte Martin, goss sich Saft ein.

Der Schließer rutschte in seinem Sessel hin und her. »Du hast meine Einsamkeit und meine Trauer vertrieben, Wanderer«, murmelte er verschlafen. »Tritt durch das Große Tor und setze deinen Weg fort.«

Martin, der keinesfalls die Absicht gehabt hatte, die Geschichte so schnell zu beenden, verschluckte sich am Saft. Umgehend versuchte er, seine Verlegenheit zu verbergen. »Vielen Dank, Schließer«, meinte er nickend. »Ich glaube, vor mir liegt ein langer Weg. Denn ich bin mir nicht sicher, dass er auf dem Planeten der Aranker endet.«

»Fahnen ... Schlösser ... Burgmauern und tiefe Gräben ...«,

murmelte der Schließer. »Es ist nicht schlimm, wenn es keine Fahne gibt. Wichtiger ist, dass du sie suchst.«

Martin wartete kurz, doch der Schließer schwieg. Daraufhin nickte Martin noch einmal und wandte sich zur Tür.

»Wir wissen von einer einzigen Rasse in der Galaxis, die keine Banner braucht«, fuhr der Schließer überraschend fort. »Die Aranker, diese hochintelligenten und in jeder Hinsicht angenehmen Wesen. Doch sie vermögen sich unter dem Ausdruck ›Sinn des Lebens‹ nichts vorzustellen. Sie haben keine Religion, ja, nicht einmal einen Gottesbegriff. Ihnen eignen Selbsterhaltungsinstinkte, doch den Tod fürchten sie nicht. Sie verfügen über einen ausgezeichneten Sinn für Humor, sind human, neugierig und umgänglich. Aber kein einziger Vertreter dieser Rasse stellt die Frage, worin der Sinn des Leben besteht. Niemals. Die Vorstellung selbst halten sie für ein interessantes Phänomen, das anderen intelligenten Lebensformen eigen ist, sie selbst entwickeln aber keine Komplexe wegen dieses Mangels ... oder dieser Einmaligkeit.« Einen Moment lang verstummte der Schließer, bevor er fortfuhr: »Und in den Fenstern ihrer Häuser gibt es keine Vorhänge.«

Ein paar Minuten blieb Martin noch an der Tür stehen, doch der Schließer brachte kein einziges Wort mehr hervor.

Die Badewanne ist eine großartige Erfindung.

Fast eine Stunde lag Martin in dem steinernen Becken, ließ bisweilen heißes Wasser nachlaufen, stellte mal die Massage ein oder bespritzte sich aus einer Düse mit kaltem Wasser, das angenehm auf dem eingeweichten Körper kribbelte. Im Zimmer hatte er einige Bücher entdeckt, die eine gute Seele hier zurückgelassen hatte. Ein Band von Stevenson auf Französisch und die *Dunklen Alleen* auf Englisch. Sich über die seltsame Kombination wundernd, hatte Martin sich für den Bunin entschieden. Auf Englisch las sich Bunin nicht gut, doch die nach Buchstaben gierenden Augen freuten sich trotzdem.

Die Worte des Schließers beunruhigten Martin, ja, teilweise verwirrten sie ihn sogar. Bereits früher hatte er von der einzigartigen Psychologie der Aranker gehört, die geringe Erfahrung im Umgang mit dieser Rasse hatte ihn indes nie auf den Gedanken gebracht, sie könnte an einem Mangel leiden. Jedes intelligente Wesen stellte die Frage nach dem Sinn des Lebens. So wie jedem intelligenten Wesen ein mehr oder minder stark ausgeprägtes religiöses Gefühl eignete. Wie konnte man leben, ohne ein Ziel zu haben? Ohne im Leben einen globalen, universellen Sinn zu sehen?

Martin grübelte recht lange über dieses Thema nach. Er versuchte sogar, für sich den Sinn des Lebens zu finden, was ihm prompt eine Depression eintrug. Schließlich konnte der Sinn seines Lebens doch wohl kaum in kulinarischen Raffinessen liegen! Oder in den Reisen durch die Galaxis mit Hilfe der von Schließern freundlicherweise zur Verfügung gestellten Großen Tore! Vielleicht in der Liebe? Gegenwärtig war Martin freilich nicht verliebt – und das behagte ihm durchaus. Lag der Sinn des Lebens etwa in der Ruhmsucht, in dem Wunsch, noch in Jahrhunderten bekannt zu sein? Dafür musste man freilich entweder ein echtes Genie oder ein selbstverliebter Schwachkopf sein, der von seiner Genialität überzeugt war. Im ewigen Leben, wie es die Religion versprach? Doch Martin, obwohl er sich für einen gläubigen Menschen hielt, stand dieser Aussicht höchst skeptisch gegenüber. In Bezug auf seine eigene Frömmigkeit hegte er tiefe Zweifel, und auch was den Erhalt der eigenen Persönlichkeit im Jenseits anging, nährte er keine allzu großen Hoffnungen, versprachen doch alle Religionen – wenn man einmal von den süßlichen Entwürfen zum Paradies aus dem Mittelalter absah – nur die Auflösung im Absoluten, wie auch immer die sich vollziehen mochte.

Insofern konnte Martin den Sinn der eigenen Existenz nicht formulieren – im Gegenteil, er verspürte einen brennenden Neid auf die Aranker, die von vergleichbaren Qualen verschont blieben. Das hatten sie nicht schlecht eingerichtet! Ob sie vielleicht deshalb als die am höchsten entwickelte Rasse nach den Schließern galten?

Am Ende gab Martin das unfruchtbare Philosophieren auf, entstieg der Wanne, wickelte sich kurz in ein Handtuch und setzte sich dann unbekleidet an den Tisch, damit sein Körper sich erholte und weiter trocknete. Ein Blatt Papier, ein Füllfederhalter – was brauchte ein Mensch sonst, um eine Situation vernünftig auszuwerten?

Zunächst malte Martin zwei Kreise und schrieb »Irina 1« und »Irina 2« darunter. Dann strich er sie durch. Neben sie zeichnete er einen dritten Kreis, »Irina 3«, den er mit einem fetten Fragezeichen versah.

In diesem Stadium versank Martin in tiefe Grübeleien.

Bibliothek. Prärie. Arank.

Drei Planeten. Auf den beiden ersten fanden sich gewisse alte Artefakte, die Irina Poluschkina zu untersuchen gedacht hatte. Die Welt der Aranker war alt an sich, und natürlich hatten die Aranker die Geheimnisse ihres Planeten längst erforscht. Weshalb konnte sich Irina also dorthin begeben haben?

Die entscheidende Frage jedoch, wie sich das eine Exemplar Irina Poluschkina in die drei leichtsinnigen Frauen verwandelt hatte, beschloss Martin vorerst außer Acht zu lassen. Die Version mit den Zwillingsschwestern, die er dem Sheriff aufgetischt hatte, zog er selbstverständlich nicht ernstlich in Erwägung. Vielmehr dürften die Schließer dabei ihre Hände im Spiel haben. Ihnen wäre zuzutrauen, dass sie die junge Frau kopierten. Nur, wozu?

In höchstem Maße beunruhigten Martin zudem die beiden Todesfälle. Noch ließen sie sich als ärgerliche Zufälle werten, selbst wenn allmählich hinter den Ereignissen ein System aufschimmerte, ein unangenehmes, düsteres, dem menschlichen Verstand möglicherweise nicht zugängliches System.

Seufzend warf Martin ein Quadrat aufs Papier, mit dem er,

einer Laune folgend, sich selbst symbolisierte. Eine Wahl konnte das Quadrat kaum treffen. Entweder es kehrte zur Erde zurück – Martin zog am unteren Rand des Blatts eine dicke Linie – und rechtfertigte sich gegenüber Ernesto Poluschkin. Oder es stattete dem Planeten der Aranker einen Besuch ab, um dort nach der hypothetischen dritten Irina zu suchen, die er gegen alle denkbaren Gefahren zu schützen trachten würde ... die er zur Heimkehr überreden würde ... die er zwingen würde, ein Papier zu unterschreiben, in dem sie die Rückkehr ausdrücklich verweigerte.

Bei dem Gedanken an dieses Papier fiel Martin prompt Irinas Brief ein, den sie zehn Minuten vor ihrem Tod im Saloon geschrieben hatte. Der Sheriff hatte ihn aufs Penibelste untersucht, sich dann aber bereit gefunden, ihn Martin auszuhändigen, damit er ihn Irinas Eltern übergab. Jetzt holte Martin den Brief heraus und las ihn mit gerunzelter Stirn durch, dabei gegen den Eindruck ankämpfend, die Schreiberin mache sich offen über ihn lustig.

Liebe Mama und lieber Papa!, schrieb Irina. *Mir geht es gut, was ich auch euch wünsche. Dieser nette junge Mann* – was für eine Impertinenz seitens einer Siebzehnjährigen! – *hat mir eure Grüße überbracht und mich gefragt, ob ich nicht nach Hause kommen wollte. Nein, das habe ich noch nicht vor. Es läuft alles zu gut, als dass ich es jetzt unterbrechen wollte. Wie geht es Homer? Vermisst er mich? Gebt ihm einen Kuss von mir, bald kriegt er ein feines Knöchlein. Damit beende ich diesen Brief, eure geliebte Irina.*

Martin hielt sich in Sachen Familienangelegenheiten für keinen Experten, doch die Bitte, den Hund zu küssen, in Kombination mit dem spöttischen Ton des Briefes und der Unterschrift »eure geliebte Irina« irritierte ihn. Offenbar scherte sich das Mädchen einen Dreck um ihre Eltern, glaubte, sie ließen ihr alles durchgehen, und stellte sich als zutiefst kaltherziges Wesen heraus.

Nur passte das nicht zu dem Schrei »Nicht schießen!« und der Verzweiflung, mit der sie sich zwischen die Kontrahenten geworfen hatte, um eine Schießerei zu verhindern. Ob in diesem Brief Familienstreitigkeiten nachhallten? Falls Ernesto seine geliebte Tochter verprügelt oder sonstwie seine Macht demonstriert hatte, stellte das im Alter von siebzehn Jahren einen ernst zu nehmenden Grund dar, beleidigt zu sein ...

Ächzend steckte Martin den Brief in den Umschlag und verstaute ihn, zusammen mit Irinas Jeton, im Rucksack. Die Kette mit dem Kreuz hatte er ihr diesmal nicht abgenommen, da man ihm versprochen hatte, Irina nach christlicher Sitte zu bestatten.

»O nein, man hat dir in deiner Kindheit eine Tracht Prügel zu wenig verabreicht«, sagte Martin gedankenversunken. Dabei ertappte er sich dabei, wie er mit Irina nicht wie mit einer Toten sprach, sondern tief und fest davon überzeugt war, ihr abermals zu begegnen.

In diesem Fall sollte er freilich nicht trödeln.

Martin zog sich an, warf die schmutzigen Socken und die schmutzige Unterwäsche weg, die er nicht in der Hoffnung mitschleppen wollte, eine Wäscherei zu finden. Er fragte sich, ob er ein paar Stunden schlafen sollte, um die fehlende Nachtruhe zu kompensieren, doch anscheinend brodelte ausreichend Adrenalin in seinem Blut: schlafen wollte er überhaupt nicht.

So ging er denn zum Tor.

Dritter Teil
Gelb

Prolog

Erkundet ein Mensch sich selbst, wird er, ob es ihm schmeckt oder nicht, manch kleinen Fehler an sich entdecken, manch Schwäche und Ventil, durch das die Sorgen des Alltags entweichen. Ein gestrenger Politiker, der sich in Intrigen und Verrat verstrickt hat, züchtet Fische und weint, wenn sie an Flossenfäule erkranken. Ein ausgemachter Don Juan hütet das Foto einer Klassenkameradin, die ihn nie eines Blickes gewürdigt hat, wie seinen Augapfel. Ein grantiger Misanthrop kann an der Wiege mit einem Neugeborenen gar nicht mit seinem »Dutzi, dutzi« aufhören, und ein langweiliger unauffälliger Mensch entdeckt in sich unvermutet ein profundes Wissen zur uighurischen Kultur oder zum Kunsthandwerk in Indonesien.

Seine Neigung zu schmackhaftem Essen stufte Martin nur bedingt als Schwachpunkt ein. Gut zu speisen lieben alle. Selbst ein heiliger Mensch, der sein ganzes Leben wie ein Eremit zubringt und sein Fleisch mit einer Kost aus Brot und Wasser kasteit, vergießt im Angesicht des Todes Tränen und beichtet: Die Sünde der Völlerei habe er auf sich geladen, denn er habe Brot aus Roggen jenem aus Weizen und das Wasser aus der Quelle jenem aus dem Fluss vorgezogen ...

Für einen Heiligen hielt Martin sich nicht, sich zu kasteien war ihm nie in den Sinn gekommen, und sein geliebtes Hobby pflegte er mit Vergnügen. Von seinen Reisen brachte er nicht nur Eindrücke und Filmrollen mit – Digitalkameras bedeuteten letztendlich nichts anderes als eine Profanisierung der Kunst; um einen Moment zu konservieren, taugt nur Silber –, sondern auch einen Schatz an Rezepten.

Die asiatische Küche, selbst die viel gerühmte chinesische, schätzte Martin nicht sonderlich, kapitulierte lediglich bedingungslos bei Peking-Ente und Huhn mit Orangensoße. Unüberwindbare Zweifel rief die amerikanische Küche hervor, der viel gerühmte Truthahn in Schokoladensoße, die sprichwörtlich gewordenen Pancakes mit Ahornsirup und jener Cocktail aus Phenylalalin und Phosphorsäure, der sich mit der Bezeichnung Cola tarnte. Der mexikanischen Küche brachte Martin größeres Wohlwollen entgegen und kochte bisweilen Fleisch mit Mandeln oder Avocado.

Den kulinarischen Gipfel sah Martin indes in der europäischen Küche, zu der er großherzig die russische samt der sibirischen und der fernöstlichen hinzuzählte. Was konnte sich, um nur einmal dieses Beispiel zu nehmen, schon mit echtem ungarischem Gulasch messen? Und zwar nicht mit jenem traurigen Gemisch aus Kartoffeln und Fleisch, das man in einem russischen Restaurant als solches verkaufte, sondern mit der dicken scharfen Suppe, die, getränkt mit den Aromen von Paprika und Peperoni, den Mund verbrennt und den Körper wärmt?

Daher stutzte Martin, sobald er auf Arank aus Station 6 herauskam, schnupperte und schaute sich um. Das war nicht der Geruch einer fremden Welt, der seine Nase erstaunte, zumal er Arank bereits besucht hatte. Nein, in der Luft lag ohne Zweifel der Duft von Paprika!

Station 6 befand sich im Zentrum einer der größten Städte, ja, wenn man die Maßstäbe der Menschen anlegte, handelte es sich dabei im Grunde um die gesamtplanetare Hauptstadt. Die Station rahmten Hochhäuser mit den üblichen, mehr oder weniger irdischen Konturen. Durch die Luft glitten lautlos und gleichmäßig winzige Flugapparate. Die Gehsteige zogen unter den Füßen dahin und brachten die zahllosen Passanten an ihren jeweiligen Bestimmungsort. Kurzum, die Stadt der Aranker sah aus wie der Traum eines Futuristen von der Erde, rief die sowjetische Science Fiction der 1960er Jahre in Erinnerung und versenkte den Betrachter in Träume von Raumschiffen, dem Großen Ring und der Welt des Mittags.

Im Moment fesselte Martin jedoch keinesfalls die außerirdische Schönheit. Er drehte sich nicht einmal zur Station zurück, einem Bauwerk ganz in der arankischen Tradition, geschaffen aus Metall, Glas und Beton. Pflichtgemäß brachte Martin die schnelle und höfliche Grenzkontrolle hinter sich. Der arankische Polizist knallte ihm ein Visum in den Pass – den Arankern gefiel es ausnehmend gut, Grenzer zu spielen – und stopfte lächelnd jeweils einen Klumpen in den Lauf des Karabiners und die Mündung des Revolver, der frappant an einen gut durchgewalkten Kaugummi erinnerte. Nunmehr konnten sie einzig mit Hilfe eines speziellen Lösungsmittels entkorkt werden, bei einem Schuss aus den versiegelten Waffen würde der Lauf garantiert zerfetzt. Danach durfte Martin dann das umzäunte Gelände verlassen. Er scheuchte die hiesigen freundlichen Fremdenführer weg, die an der Station lauerten, und kämpfte sich aus der Menge heraus – die fast genauso lärmend und bunt war wie die in Moskau.

Voller Freude entdeckte er ein kleines Restaurant, das *Gusto der Erde*, welches bequemerweise der Station gegenüber lag. Von dort wogten die betörenden Wohlgerüche heran.

Dass die Aranker ein irdisches Restaurant auf ihrem Planeten zuließen, durfte nicht verwundern. Als Humanoide waren sie den Menschen äußerlich und, soweit Martin wusste, physiologisch sehr ähnlich. Fast ein Drittel aller im Kosmos bekannten Rassen zählte zu den humanoiden, wobei manche den Menschen weniger glichen – so beispielsweise die Geddarn –, andere auf den ersten Blick nicht von ihnen zu unterscheiden waren – wie die Eingeborenen von Prärie 2 oder die Aranker. Vermutlich fanden sie also selbst Gefallen an der irdischen Küche.

In der Tat saßen in dem Restaurant denn auch fast ausnahmslos Aranker, Männer in grellen Mänteln, Frauen in eng anliegenden Leggings und weiten Pullovern. Modeerscheinungen drückten sich bei den Arankern hauptsächlich in der Farbwahl der Kleidung aus, berührten die Details der eigentlichen Tracht indes nicht. Jackett und Hose, wie sie einige arankische Herren trugen, sowie die Kleider und Stöckelschuhe verschiedener Damen durften daher eher dem exotischen Ambiente des irdischen Restaurants geschuldet sein. Was letztlich eben auch eine Form der kulturellen Expansion darstellte ...

Martins Auftauchen erregte allgemeines Aufsehen. Derweil er den Raum auf der Suche nach einem freien Platz durchquerte, wurde er inspiziert, eingeschätzt, begrüßt – und sogleich wieder in Ruhe gelassen.

Ein Kellner trat an ihn heran, ein jugendlich aufgemachter Erdenbürger in der klassischen Kleidung seines Berufsstands. Er half Martin, einen Tisch zu finden, und händigte ihm umgehend eine Kundenkarte aus: »Gästen von der Erde gewähren wir einen Rabatt von 50 %.« Kaum hatte Martin einen Blick auf die Preise geworfen, erschauderte er und erkannte die Weisheit der Besitzer dieser Lokalität. Mithin galt es, sich schnellstens mit dem Kellner über die Frage des Tauschhandels ins Benehmen zu setzen.

Zwei Beutelchen mit je hundert Gramm Paprika riefen beim Kellner unübersehbares Entzücken hervor. Einige Minuten feilschten Martin und der Kellner leise um den Preis, bis Martin aufging, dass sein Gegenüber ihn für eine goldene Gans hielt, die er kräftig auszunehmen beabsichtigte. Folglich sah er sich gezwungen, seine Brieftasche zu durchstöbern und demonstrativ die Kreditkarte der Aranker zu zücken, eine silbrige Metallscheibe, die noch von seinem letzten Aufenthalt auf diesem Planeten stammte.

Der Kellner reagierte prompt, verdoppelte den Preis für die Gewürze annähernd, nahm die Bestellung entgegen und zog ab. Martin grinste: Das Guthaben auf der Karte war der Rede kaum wert, das Essen hätte er damit nicht bezahlen können – und dennoch hatte sie ihren Zweck erfüllt.

Die Küche bot eine gemischte Karte, für alle Geschmäcker etwas. Natürlich importierte niemand Fleisch und Gemüse von der Erde. Ein paar Kartoffeln und Paprika auf einen großen Topf Gulasch mussten genügen, einige Rüben zur Suppe aus hiesigem Kohl, in einer Extrarubrik gab es eine »besondere Offerte«, nämlich »echtes Hühnchen von der Erde«, dieses für einen Preis, bei dem man gleich einen Strauß servieren oder eine Dronte klonen konnte. Die Aranker mussten ein Verbot zur Hühnerhaltung erlassen haben. Oder die Tiere überlebten hier nicht ...

Letzten Endes zogen sich die Köche jedoch aus der Affäre, indem sie aus einheimischen Produkten etwas nach irdischen Rezepten und mit Gewürzen von der Erde zubereiteten. Daher dominierten auch die ungarische und die mexikanische Küche auf der Speisekarte, denn Paprika fungierte bei beiden als Aushängeschild der Erdküche.

Nachdem man Martin das Gulasch gebracht und er den ersten Löffel probiert hatte, nickte er billigend. Ein ungewöhnlicher, wiewohl angenehmer Geschmack. Auch das einheimische Bier – von der Erde importiertes zu bestellen fehlte es Martin an Rückgrat – stellte sich als ordentlich heraus. Er empfand es als angenehm, dass alle humanoiden Rassen Getränke mit geringem Alkoholgehalt ersonnen hatten. Sie basierten auf Milchbasis oder auf pflanzlicher Grundlage – aber völlig ohne Alkohol kam keine Zivilisation aus.

Auch das lokale Brot – »mit Erdhefe!«, wie man nicht verabsäumt hatte, in der Karte anzugeben – schmeckte gut. Genüsslich aß Martin ein wenig, um sich sodann, als er auf dem Tisch einen Aschenbecher entdeckte, eine Zigarre anzustecken.

Seine Suche auf Arank versprach nicht kompliziert zu werden. Die Zivilisation auf diesem Planeten erinnerte nicht nur durch die futuristischen Städte und die betonte Freundlichkeit der Bevölkerung an die lichte Welt des Kommunismus. Viele Dienstleistungen bot man kostenlos an, und zwar auch den »Gästen des Planeten«. Der Informationsdienst teilte einem unverzüglich den Aufenthaltsort jedes intelligenten Lebewesens auf dem Planeten mit, mochte es nun ein Einheimischer oder ein Gast sein. Martin zweifelte nicht daran, dass er, stünde ihm jetzt ein Informatorium zur Verfügung, Erkundigungen über sich einholen könnte – und die Auskunft erhielte: »Befindet sich im Restaurant *Gusto der Erde*, Koordinaten ...«

Insofern stellte sich einzig und allein die Frage, ob tatsächlich eine dritte Irina Poluschkina auf Arank weilte. Und wenn ja, ob sie noch lebte oder ebenfalls Opfer eines unglücklichen Zufalls geworden war.

Bei diesem Gedanken ertappte Martin sich dabei, dass er einfach Angst hatte, ein Informationsterminal aufzusuchen und seine Frage einzugeben. Denn er fürchtete, erneut zu spät zu kommen.

Schließlich aß er hastig sein Gulasch auf, bezahlte oder ließ sich genauer gesagt auf seine Karte in bestimmtem Umfang Geldeinheiten gutschreiben: für das Paprikapulver minus den Preis fürs Essen.

Danach machte er sich auf die Suche nach einem Informatorium.

Eins

Martin, selbst in einer Megapolis geboren und aufgewachsen, hielt sich für einen Technokraten und Urbanisten. Der Erde wünschte er aufrichtig, sie möge auch weiterhin auf dem Weg des Fortschritts wandeln.

Des ungeachtet riefen die arankischen Städte eine leichte Irritation in ihm hervor. Vielleicht weil er nicht daran gewöhnt war? Verloren fühlte sich Martin auf den dahingleitenden Trottoirs, selbst wenn er immer wieder eines jener architektonischen Wunder bestaunte, das alle Vorstellungen der Menschen von Festigkeitslehre und Architektur zunichte machte. Aber weshalb sollte man bitte schön einen fünfhundert Meter hohen Wolkenkratzer auf Säulenbeine pfropfen? Nun gut, wenn unter dem Wolkenkratzer eine wichtige Straße verlief ... Aber nein, dort erstreckte sich eine künstlich angelegte grüne Wiese, beleuchtet von Neonlampen und umzäunt, damit niemand sie zufällig betrat. In einem anderen zyklopischen Bau entdeckte Martin einen riesigen Durchlass, aus dem hin und wieder Flugapparate auftauchten. Die Aranker waren natürlich eine hoch entwickelte Rasse, aber für den Menschen ging ein solcher Glaube an die Technik zu weit.

Möglicherweise wurzelte hier auch der Grund, warum nur wenige Menschen es wagten, sich in dieser gastfreundlichen und komfortablen Welt anzusiedeln. Denn letzten Endes beeindruckte und erschreckte der nichtmenschliche Umgang der Aranker mit ihrer Lebenswelt sie gleichermaßen.

Schließlich erspähte Martin das öffentliche Informatorium. Am ehesten erinnerte es an eine großräumige, rollstuhlgerechte Telefonzelle europäischen Typs. Natürlich kannten die Aranker seit Hunderten von Jahren keine Behinderten mehr, und im Informatorium stand ein bequemer Sessel. Genüsslich nahm Martin in ihm Platz und schloss die Tür hinter sich, worauf das Glas der Einrichtung umgehend eindunkelte und ihn gegen die Welt abschirmte. Das Terminal war, wohl aufgrund der Nähe zur Station, zweisprachig und reagierte ohne Probleme auf Touristisch. Oder hatten die Aranker bereits alle Automaten zweisprachig eingerichtet?

»Ich würde gern wissen«, sagte Martin zu dem matten Bildschirm des Informatoriums, »ob sich auf Arank eine junge Frau von der Erde namens Irina Poluschkina befindet.«

»Angaben zu Irina Poluschkina, einem Menschen weiblichen Geschlechts vom Planeten Erde, liegen nicht vor«, antwortete die Maschine ohne jedes Zögern.

Da Martin über ausreichend Erfahrung mit Suchmaschinen im Internet verfügte, wusste er nur zu gut, welche Bedeutung der richtigen Formulierung der Frage zukam. Er holte Irinas Foto, das bereits ein wenig gelitten hatte, heraus und hielt es vor den Bildschirm.

»Hält sich das hier abgebildete intelligente Wesen auf Arank auf?«, fragte er.

»Die Daten reichen zur Analyse nicht aus. Wenn man variable Faktoren im Äußeren außer Acht lässt, kann man mit einer Wahrscheinlichkeit von mehr als zweiundneunzig Prozent festhalten, dass folgende intelligente Wesen dieses Äußere zeigen …«, teilte die Maschine ihm mit, während auf dem Bildschirm eine lange Namensliste erschien, begleitet von winzigen Fotografien.

Martin seufzte bloß. Die weiblichen Gesichter erinnerten in der Tat stark an Irina. Die Bevölkerung auf Arank zählte immerhin mehr als zehn Milliarden Individuen. Ließ man die »variablen Faktoren im Äußeren« wie Haar- und Augenfarbe, Figur und

Hauttönung außen vor, dann kam man auf einige Tausend Doppelgängerinnen von Irina.

»Eine neue Frage«, sagte Martin. »Wie viele Personen weiblichen Geschlechts und irdischen Ursprungs sind in den letzten sieben Tagen nach Erdenzeit auf Arank eingetroffen?«

Nach einer kurzen Pause erfolgte die sichere Antwort: »Vierundvierzig Personen.«

»Die Fotos von allen«, verlangte Martin.

Auf dem Bildschirm erschienen die winzigen Porträts der fraglichen Frauen. Martins Blick huschte über sie hinweg, bis er grinsend mit dem Finger auf eine Fotografie zeigte.

»Das bitte vergrößern.«

Daraufhin füllte das Porträt Irina Poluschkinas den ganzen Bildschirm. So Unrecht hatte die Maschine gar nicht, als sie von »variablen Faktoren« sprach. Irina hatte sich das Haar schwarz gefärbt.

»Wer ist das?«, fragte Martin bloß.

»An der Grenzstelle Station 3 hat sich die betreffende Person als Galina Groschewa vom Planeten Erde ausgegeben«, erklärte die Maschine. »Aufgrund indirekter Daten wurde ihr Alter auf zwischen sechzehn und zwanzig Jahre geschätzt. Der Zweck ihres Aufenthalts auf Arank ist ein touristischer.«

»Wo befindet sie sich momentan?«, fuhr Martin fort.

»Die Antwort auf diese Frage könnte ein Persönlichkeitsgeheimnis Galina Groschewas sein«, beschied ihm die Maschine streng. »Begründen Sie Ihre Frage. Ich weise Sie hiermit auf den eingeschalteten Lügendetektor hin.«

Einen Moment lang dachte Martin nach. »Die Eltern der fraglichen Frau haben mich gebeten, sie aufzusuchen und in Erfahrung zu bringen, ob mit ihr alles in Ordnung ist«, legte Martin dar. »Sie sorgen sich um die junge Person, die sie zur Welt gebracht haben und die damit ein untrennbarer Teil des Wesens von Menscheneltern geworden ist. Da ich die Bitte der Eltern erfüllen möchte, würde ich gern mit dem Mädchen zusammentreffen und es fragen, ob es möglicherweise Probleme mit der Rückkehr zur Erde hat. Ich habe nicht vor, das Mädchen zu beunruhigen oder negative Emotionen in ihm freizusetzen.«

»Sie sagen die Wahrheit«, bestätigte das Informatorium. »Ihre Bitte wird als begründet anerkannt. Die Information zum konkreten Aufenthaltsort der intelligenten Persönlichkeit ist jedoch kostenpflichtig.«

»In Ordnung«, erklärte Martin sich einverstanden.

»Galina Groschewa hat die letzten achtundvierzig Stunden im Zentrum für globale Forschungen in der Stadt Tirianth zugebracht. Eine Landkarte wird zur Verfügung gestellt.«

Raschelnd züngelte unter dem Bildschirm ein Blatt Fotopapier heraus.

»Vielen Dank«, sagte Martin.

»Macht acht Rechnungseinheiten«, rief ihm die Maschine in Erinnerung.

Martin schob seine Kreditkarte ins Lesegerät, worauf auf dem Bildschirm die Zahlen der durchgeführten Transaktion aufleuchteten.

»Es war mir eine Freude, Ihnen behilflich sein zu können«, erklärte die Maschine mit ihrer Automatenstimme.

Martin nahm seine Kreditkarte und die Landkarte an sich, öffnete die Tür und trat fröhlich pfeifend auf die Straße hinaus. Er studierte die Karte mit dem eingezeichneten Weg. Aus irgendeinem Grund benutzten die Aranker für geschriebene Texte kein Touristisch, weshalb die Erklärungen auf Arankisch abgefasst waren, das Martin natürlich nicht beherrschte. Die Piktogramme verstand er indes ohne Mühe. Über die Gleitstraßen musste er zum Bahnhof der Einschienenbahn, mit ihr zum Flughafen, von dort nach Tirianth, dann die Straße zum Zentrum für globale Forschungen ...

Er konnte sich auf den Weg machen.

Martin hatte sich noch keine zwanzig Meter vom Informatorium entfernt, da explodierte es.

Wobei »Explosion« wohl ein überzogener Ausdruck war. Das Informatorium zuckte, knickte ein, fiel im Handumdrehen auseinander und schmolz dahin wie ein Stück Butter in einer heißen Pfanne. Zwei, drei Sekunden später war ein kleiner Plastikhügel, aus dem die Sessellehne stak und das zu einer klumpigen Plastikmasse verschmolzene Display schräg herausragte, alles, was vom Informatorium noch übrig war. Als Martin sich selbst in diesem Sessel sitzend vorstellte, wurde ihm ganz flau.

Die Passanten reagierten auf den Zwischenfall in völlig adäquater Weise. Die meisten sahen zu, sich möglichst weit vom Ort des Geschehens zu entfernen, während einige Neugierige sich natürlich näherten. Martin schluckte den Kloß hinunter, der ihm im Hals steckte, und wich ebenfalls zurück.

»Verzeihen Sie, ich läge doch nicht falsch, wenn ich mich in Touristisch an Sie wende, oder?«, ließ sich hinter Martin eine Kinderstimme vernehmen. Ängstlich drehte er sich um – doch da stand wirklich ein Kind, ein Knirps von sieben oder acht Jahren. Mit seinem akkurat gekämmten Haar, der winzigen hellblauen Mütze auf dem Kopf und dem adretten kanariengelben Mantel, unter dem die Spitzen der langen roten Stiefel hervorlugten, sah er aus wie ein vorbildlich erzogenes Kind aus einer Zeitschrift für mustergültige Eltern. Kurz überlegte Martin, an wen dieses Kind stärker erinnerte, an den Knirpserich Nimmerklug oder an den Kleinen Muck, um sich dann für Muck zu entscheiden, wobei den Ausschlag die langen Wimpern, die mandelförmigen Augen und die dunkle Haut gaben – ganz zu schweigen von der Kleidung, der etwas Arabisches anhaftete.

»Ja, ich spreche Touristisch«, antwortete Martin.

Zufrieden nickte der Junge. »Das habe ich mir gedacht«, fuhr er fort. »Sie wirken wie ein Erdenbewohner, zumindest was die Kleidung und einige Details in Ihrem Auftreten angeht. Haben Sie im Informatorium eine Thermobombe hinterlassen?«

Martin schüttelte den Kopf.

»In dem Fall hat es einen Anschlag auf Sie gegeben. Gelt?«, behauptete der Junge. »Oder man wollte Sie einschüchtern. Haben Sie viele Feinde?«

Martin hielt es für angeraten, abermals den Kopf zu schütteln.

»Lassen Sie uns von hier weggehen«, schlug der Junge vor. »Die Polizei wird bald eintreffen und Ihnen Fragen stellen. Wollen Sie auf die etwa antworten?«

»Nein«, versicherte Martin unmissverständlich.

»Dann sollten wir gehen«, sagte der Junge und legte seine Hand in die Martins.

Von außen betrachtet, sah es so aus, als hielte Martin den Jungen bei der Hand. Eigentlich führte jedoch der Junge Martin. Flugs kreuzten sie die Gleitstraßen, schlüpften durch einen höchst dekorativen Triumphbogen hindurch, der zwischen den Häusern stand, kamen auf der Parallelstraße heraus und machten an einem Straßencafé Halt. Unter knallbunten Schirmen saßen ein paar Gäste an kleinen Tischen.

»Es ist mir in höchstem Maße peinlich«, sagte der Junge, »aber ich habe keine Kreditkarte. Ich kann Sie nicht einladen. Vielleicht sollten wir aber des ungeachtet hier einkehren?«

»Ich lade dich ein«, beschwichtigte ihn Martin, dem schon der Kopf schwirrte, und zwar sowohl aufgrund des zerschmolzenen Informatoriums wie auch ob des Auftauchens dieses über seine Jahre reifen Jungen.

»Nein, nein!« Der Junge schüttelte den Kopf. »Für Kinder ist das Essen kostenlos. Ist es bei Ihnen etwa nicht so?«

»Bei uns ist alles ganz anders«, gab Martin finster zu, während er sich an einen Tisch setzte, der in größtmöglicher Entfernung von den anderen Gästen stand. »Nur die Terroristen sind vielleicht genauso hinterrücks.«

Als der Junge einen Stuhl erkletterte, musste Martin mit Mühe den Wunsch unterdrücken, ihm zu helfen. Doch es ließ sich einfach nicht abschätzen, wie dieser kleine Kerl die Hilfe eines Erwachsenen aufnahm. Auf Martins Worte sprang er nämlich sofort an.

»O nein! Glauben Sie das ja nicht; das war ein beispielloser Zwischenfall! Deshalb habe ich ja auch beschlossen, Sie anzusprechen, da ich nun schon unfreiwilliger Zeuge des Ganzen war!«

Geräuschvoll atmete Martin aus. »Sind alle Kinder bei euch so klug, kleiner Mann?«, fragte er.

In den Augen des Jungen schien Trauer aufzuflackern. »Wo denken Sie hin ... Ich gehöre zu den dreihundert klügsten Kindern des Planeten. Sicher, ich rangiere am unteren Ende der Liste. Verzeihen Sie, ich habe vergessen, mich vorzustellen. Ich bin Hatti. Das ist eine Kurzform meines Namens, das mindert etwas die Peinlichkeit. Gelt?«

»Ich heiße Martin.«

Mit ernster Miene streckte Hatti Martin die Hand entgegen, worauf die beiden sich begrüßten.

»Ist das ein Menschenbrauch?«, hakte der Kleine nach. »Ich bringe das immer ein wenig durcheinander, in der Galaxis gibt es so viele intelligente Rassen ...«

Der Kellner trat an sie heran. Touristisch verstand er leider nicht, weshalb Hatti als Dolmetscher auftrat, um für sich ein Eis, für Martin einen Kaffee samt Kognak zu bestellen. Selbstredend stammte der Kaffee aus eigener Herstellung und hatte mit dem irdischen nichts gemein. Gleichwohl erinnerte der Geschmack an ihn. Zudem enthielt er zur Genüge von einem stimulierenden Alkaloid, vielleicht sogar Koffein. Den Kognak – genauer, seine lokale Variante – hatte Hatti Martin mit den Worten: »Sie sind jetzt erschrocken und stehen unter Schock, eine geringe Menge starken Alkohols würde Ihnen nicht schaden« empfohlen.

Martin nickte und verließ sich auf den natürlichen Lauf der Dinge. »Bist du eigentlich zufällig in meiner Nähe gewesen, Hatti?«, fragte er.

Abermals geriet der Junge in Verlegenheit, senkte den Blick.

»Nein, ich habe Sie schon länger beobachtet. Entschuldigen Sie bitte. Aber gleich als Sie aus der Station gekommen sind, habe ich damit angefangen.«

»Weshalb?«

»Ich habe eine Aufgabe zu erledigen«, erklärte der Knirps. Wenn er in diesem Moment erklärt hätte, er arbeite für eine arankische Sondereinheit, hätte Martin ihm geglaubt. Doch der Junge fuhr fort: »Morgen findet unser Seminar zu Xenopsychologie statt. Ich wollte ein Referat über das Verhalten von Humanoiden halten, die unseren Planeten zum ersten Mal besuchen.«

»Da hast du dich aber getäuscht, ich war nämlich schon mal auf Arank«, klärte Martin ihn auf. »Allerdings in einer anderen Stadt.«

»Das habe ich vermutet, denn Sie sind sehr sicher aufgetreten ...«, seufzte Hatti. Er schielte zu dem Futteral mit dem Karabiner hinüber. »Ist da eine Waffe drin?«, fragte er.

»Ja.«

»Eine Strahlenwaffe?«

»Nein, eine Schusswaffe. Sie ist versiegelt. Was ist denn nun eigentlich mit dem Informatorium passiert, mein Freund?«

»Ich nehme an«, begann der Junge, »dass unter einer Temperatureinwirkung von anderthalb- bis zweitausend Grad die Moleküle des Polymers ...«

»Nein, nein, du hast mich falsch verstanden. Woher kam diese hohe Temperatur? War das eine Bombe? Oder hat jemand geschossen?«

»Das ist eine verzwickte Frage«, seufzte der Junge. »Ich glaube, jemand hat auf Sie geschossen. Strahlenwerfer können einen Hitzestrahl von ausreichender Stärke abfeuern. Anfänglich habe ich an einen Schlag von einem Satelliten aus gedacht, doch das Informatorium steht unter dem Dachvorsprung eines Hauses, und der wurde nicht zerstört. Folglich muss der Schütze da drüben in dem Wolkenkratzer gesessen haben ...«

Martin drehte sich um, ließ den Blick über die Fassade aus

Glas und Metall gleiten. Es handelte sich hierbei um das Gebäude, in dessen Durchlass die Flugapparate verschwanden.

»Vielleicht hat man jedoch auch aus einem Gleiter geschossen ...«, spekulierte der Junge weiter. »Auf alle Fälle wirkt das Ganze eher wie der Versuch, Sie einzuschüchtern, als wie ein ernsthaftes Attentat. Haben Sie hier Feinde?«

»Ich habe ja schon gesagt, dass ich keine habe«, entgegnete Martin in aller Schärfe. »Nicht mehr als jeder Mensch. Und schon gar nicht auf eurem Planeten!«

Der Kellner brachte Hatti das Eis, eine Schale gefüllt mit einer bunten klumpigen Masse, während Martin eine ganz gewöhnliche Tasse Kaffee und ein Glas mit einer bernsteinfarbenen Flüssigkeit erhielt.

»Trotzdem macht jemand ernstlich Jagd auf Sie«, fuhr der Junge fort, kaum hatte sich der Kellner wieder entfernt. »Brauchen Sie Hilfe?«

»Könntest du mir denn helfen?« Martin wunderte sich über gar nichts mehr.

Der Junge lächelte verlegen. »Nein, wo denken Sie denn hin! Ich bin schließlich noch ein Kind! Ich könnte meine Eltern bitten, Ihnen zu helfen. Mein Papa ist ein angesehener Mann, er arbeitet in der Bürgermeisterei. Er könnte Ihnen sogar eine Leibwache stellen.«

»Und welches Interesse hast du an der Sache?«, fragte Martin so misstrauisch, als spreche er nicht mit einem unschuldigen Kind aus einer hochzivilisierten Welt, sondern mit einem alten, durchtriebenen Halunken von einem wilden Planeten.

»Erstens«, begann der Junge, ohne sich über die Fragen zu wundern, »pflegen unsere Völker freundschaftliche Beziehungen, und der Vorfall ist äußerst unangenehm, weshalb ich ihn nicht publik machen möchte. Zweitens halte ich Sie für einen guten Menschen, und ich besitze die Fähigkeit zur Empathie und irre mich höchst selten in der Einschätzung der inneren Eigenschaften ... Und es ist die Pflicht der guten intelligenten Lebewesen einander zu helfen. Gelt? Drittens könnte ich, obgleich dieses Motiv nicht ausschlaggebend ist, ein exzellentes Referat im Seminar zu Xenopsychologie halten, falls es mir gelingen sollte, Ihnen zu helfen, und Sie mir im Gegenzug von Ihren Abenteuern erzählen.«

»Hatti«, meinte Martin nach kurzem Schweigen, »könntest du dich nicht etwas einfacher ausdrücken? Wie ... wie ein Kind?«

»Aber Sie verstehen mich doch vorzüglich«, wunderte sich der Knirps. »O nein?! Bringe ich Sie in Verlegenheit?«

»Ein wenig«, bestätigte Martin. »Aber lassen wir das. Sprich, wie dir der Schnabel gewachsen ist. Ich bin bereit, deine Hilfe zu akzeptieren, kann aber nicht versprechen, viel zu erzählen.«

Der Junge lächelte erfreut. »Ausgezeichnet! Ich esse jetzt noch mein Eis auf, ich liebe Eis nämlich sehr. Dann gehen wir zu meinem Vater und berichten ihm von dem Vorfall.«

Martin nickte und stürzte seinen Kognak auf ex herunter.

Der Kognak schmeckte.

Nach Martins Dafürhalten entsprach das Amt des Herrn Lergassikan, Hattis Vater, dem der rechten Hand des Bürgermeisters oder eines Ministers in der Regierung der Megapolis. Das prachtvolle, geräumige Arbeitszimmer in den oberen Stockwerken eines der Hochhäuser mit eigenem Hangar – durch die halb transparente Mauer ließ sich ein Gleiter erkennen – beherbergte eine freundliche Sekretärin und einige seriöse junge Männer, bei denen es sich um Referenten, möglicherweise auch um Wachleute handelte. Verzweifelt versuchte Martin sich zu erinnern, was er über den gesellschaftlichen Aufbau Aranks wusste, förderte aber nur Belanglosigkeiten zutage. Neben der gesamtplanetaren Regierung verfügten anscheinend die Metropolen über umfangreiche Kompetenzen und herrschten nicht nur über die Städte, sondern auch über die angrenzenden Territorien. Hallte hier der Aufbau eines vormaligen Staats nach? In dem Fall würde es sich bei dem lächelnden Herrn im bescheidenen grauen Mantel fraglos um eine hochgestellte Persönlichkeit handeln.

»Eine überaus empörende Geschichte«, kommentierte der Mann, nachdem er die detailreiche und genaue, von seinem Sohn in der Art des Rapports eines tadellosen Beamten vorgetragene Geschichte angehört hatte. »Ich werde sofort in Erfahrung bringen, was die bisherigen Ermittlungen ergeben haben.«

Martin machte es sich im Sessel dem Beamten gegenüber gemütlich und wartete geduldig. Auf den Einsatz eines Computers verzichtete Herr Lergassi-kan. Statt dessen legte er sich den elastischen Bogen eines Wellenemitters in den Nacken und erstarrte mit glasigem Blick. Respektvoll nickte Martin. Der direkte Kontakt mit dem Intranet war selbst auf Arank nicht weit verbreitet, verlangte er doch höchste Gedankenkonzentration und Selbstdisziplin. Eine irdische Korporation hatte es einmal geschafft, den Arankern die Technologie abzukaufen, musste dann jedoch feststellen, dass ein gewöhnlicher Rechner samt Tastatur weitaus bequemer ist.

»Einfach beispiellos!«, bemerkte Lergassi-kan voller Mitgefühl, als er den Emitter abnahm. Seinen Sohn bedachte er mit einem strengen Blick, hatte dieser sich doch auf die Zehenspitzen gestellt, um interessiert die Papiere auf dem väterlichen Schreibtisch zu inspizieren. »Kerhatti-ken! Benimm dich gefälligst anständig!«

Ohne jede Verlegenheit trat der Junge vom Schreibtisch zurück. »Was ist eine Präventivehe?«, fragte er.

»Eine Unart, die wir nicht erlauben werden«, antwortete der Beamte knapp. Dann richtete er den Blick wieder auf Martin: »Als Vertreter der städtischen Obrigkeit möchte ich mich bei Ihnen in aller Form entschuldigen. Man hat tatsächlich versucht, einen Anschlag auf sie auszuüben. Man hat aus einem Gleiter auf sie geschossen, den jemand zehn Minuten vor dem Attentat gemietet hat. Der Bordcomputer des Gleiters ist zerstört worden, deshalb sind keine näheren Angaben zu dem Terroristen bekannt. Eine Geruchsprobe konnte man nicht aufnehmen, da im Innern des Informatoriums eine ganze Flasche Deodorant verschüttet wurde. Seine Waffe hat der Verbrecher am Tatort zurückgelassen, sie wird Ihnen umgehend ausgehändigt ...«

»Pardon?«, fragte Martin verständnislos.

Verwundert zog Lergassi-kan die Augenbrauen hoch.

»Er kommt doch von einem anderen Planeten ...«, rief der Junge seinem Vater tadelnd in Erinnerung.

»Ja, und?« Der Beamte runzelte die Stirn. »Ach ja ... Als Opfer einer Handlung von maximaler Feindseligkeit haben Sie das Recht auf das gesamte Eigentum des Verbrechers, seine Ehre und Würde, seine intellektuellen Fähigkeiten, seine Kinder und Sexualpartner.«

»Streng geht es bei Ihnen zu«, sagte Martin bloß.

»Selbstverständlich«, bestätigte Lergassi-kan. »Natürlich steht es Ihnen frei, den Teil der Kompensationen abzulehnen, den Sie nicht brauchen können. Was sollten Sie beispielsweise mit einem schlechten Ruf anfangen? Wenn der Verbrecher sich jedoch als Künstler oder Philanthrop hervorgetan hat, könnten sich Ihnen bemerkenswerte Perspektiven eröffnen. Ich erinnere mich an einen Präzedenzfall, als ein Erfinder ...«

»Papa«, warf Hatti leise ein.

»Ja, sicher, entschuldigen Sie.« Der Beamte nickte. »Gut, momentan können wir Ihnen nur die von dem Verbrecher zurückgelassene Waffe anbieten. Dies ist insofern ein sonderbarer Fall, als Sie als Person fremdplanetaren Ursprungs nicht befugt sind, eine High-Tech-Waffe zu besitzen. Aber die Rechte der Persönlichkeit stehen über den Gesetzen des Staates ... Ich werde Ihnen die Genehmigung unterschreiben.«

»Was soll ich jetzt tun, Herr Lergassi-kan?«, fragte Martin.

»Lassen wir doch diese Förmlichkeiten«, meinte der Beamte stirnrunzelnd. »Sie sind ein Freund meines Sohnes und damit auch mein Freund. Nennen Sie mich einfach Lergassi. Wo drückt Sie denn der Schuh, Martin?«

»Nach wie vor an derselben Stelle«, erklärte Martin. »Man hat versucht, mich umzubringen. Ich fürchte um mein Leben.«

»Das ist eine vernünftige Einstellung«, lobte Lergassi-kan. »Ich könnte Ihnen bewaffneten Schutz zur Verfügung stellen. Selbstverständlich nur innerhalb unserer Stadt und in den angrenzenden Gebieten, aber das sind ganz wundervolle Orte! Die herrlichen Lazwik-Seen, der Adano-Wasserfall, an dem bis heute eindrucksvolle uralte Zeremonien durchgeführt werden, die Kreidefelsen, das alte Atomtestgelände, der Meeresstrand mit den galaxisweit bekannten Kurorten ...«

»Ich muss aber in eine andere Stadt«, gestand Martin.

Der Beamte runzelte die Stirn. »In welche denn?«, wollte er wissen.

»Tirianth.«

»Eine selten unglückliche Wahl«, seufzte Herr Lergassi-kan. »In einer ganzen Reihe von Städten hätte ich Ihnen meine Unterstützung offerieren können, aber in Tirianth ...« Er verzog das Gesicht. »Sind Sie sicher, dass Sie diese Kloake besuchen wollen?«

»Ich bin von der Erde hier hergekommen, um eine junge Frau zu suchen, die sich ebendort aufhält«, erklärte Martin. »Deshalb muss ich nach Tirianth.«

Lergassi-kan sah seinen Sohn an und hob wie ein Oberlehrer den Finger. »Hatti!«, verlangte er nach Aufmerksamkeit. »Hier hast du ein Beispiel für vorbildliches Verhalten, das uns das Leben selbst gibt! Diese Liebe ignoriert jede Gefahr und erhebt sich über die niederen Selbsterhaltungsinstinkte! Ich erlaube mir kein Urteil darüber, ob die Entscheidung unseres Gasts gerechtfertigt ist, aber du solltest dir dieses Verhalten einprägen!«

»Ganz bestimmt, Papa«, versicherte der Junge.

»Was kann ich nun für Sie tun ...«, sinnierte Lergassi-kan laut. »Die Waffe ... ist nicht schlecht, ganz gewiss nicht ... Sie machen den Eindruck eines kühnen Menschen ... Mussten Sie schon einmal intelligente Lebewesen umbringen?«

Martin seufzte. »Ja«, antwortete er ehrlich.

»Fabelhaft! Selbstverständlich nicht die Tatsache als solche, aber Ihre Fähigkeit zur Selbstverteidigung. Wäre Ihnen mit einer finanziellen Kompensation von der Stadt gedient? Das würde Ihren moralischen Prinzipien doch nicht zuwiderlaufen?«

»Nein«, sagte Martin.

»Hatti!«, wandte sich der Beamte abermals an den Jungen. »Hier hast du ein weiteres Beispiel vorbildlichen Verhaltens! In kritischen Situationen muss ein intelligentes Wesen traditionelle moralische Normen überwinden und sich auf das eigene Überleben konzentrieren.«

»Ich werde es mir merken, Papa«, beteuerte der Junge auch diesmal.

»Was noch?«, brütete Lergassi. »Hier in der Stadt genießen Sie Schutz … Aber wenn man im Flugzeug ein weiteres Attentat auf Sie verübt … Gut. Wir werden Sie heimlich und völlig allein reisen lassen.«

»Ich möchte Martin begleiten«, mischte sich Hatti ein.

»Nein!« Der Beamte schüttelte den Kopf. »Mir ist klar, dass dich dieses höchst interessante und deine Entwicklung fördernde Abenteuer lockt, aber du würdest unserem Gast nur zur Last fallen.«

Flehend sah der Junge zu Martin hinüber, der sich anschicken musste, so zu tun, als verstünde er diesen Blick nicht.

»Das wäre es dann wohl …«, schloss Lergassi. »Es war mir eine Freude, Ihnen behilflich sein zu können, verehrter Gast!«

Damit endete die Audienz, und Martin erhob sich. Etwas brannte ihm freilich noch auf der Zunge. Deshalb sagte er: »Verzeihen Sie die Neugier, Herr Lergassi … Darf ich Ihnen eine persönliche Frage stellen?«

»Selbstverständlich«, meinte der Beamte lächelnd.

»Physiologisch sind unsere Rassen einander sehr ähnlich, aber psychologisch unterscheiden sie sich in vielen Aspekten …«

Zustimmend nickte Lergassi-kan.

»Sagen Sie«, fuhr Martin fort, »wären Sie wirklich bereit, Ihren kleinen Sohn mit einem unbekannten Fremdplanetarier, auf den ein mysteriöser Verbrecher Jagd macht, in eine andere Stadt reisen zu lassen?«

»Wollen Sie damit sagen, Sie möchten ihn mitnehmen?«, verwunderte sich Lergassi. »Also, wenn Sie mich fragen, ist das der Beginn einer wunderbaren Freundschaft ...«

»Nein, nein«, widersprach Martin rasch, sobald er gewahrte, wie Hatti Interesse zeigte. »Ich hielte das für unklug ... und ... äh ... nicht für ein Beispiel vorbildlichen Verhaltens! Denn die natürliche Angst um sein Leben und die Sicherheit ...«

»Ah ...«, nickte Lergassi-kan. »Selbstverständlich würde ich mir große Sorgen machen. Hatti ist mein einziger Sohn. Aber der seiner Entwicklung dienliche Aspekt eines solchen Abenteuers überwöge die mögliche Gefahr für sein Leben. Insofern kann hier einzig Ihre Bequemlichkeit den Ausschlag geben.«

»Nein!« Martin schüttelte den Kopf. »Ich habe mich schlecht ausgedrückt ... Auf der Erde würde jeder Vater, wenn er psychisch gesund ist, versuchen, seine Nachkommen gegen alle noch so geringen, ja, selbst gegen hypothetische Gefahren zu schützen ...«

»Das Leben ist voller Gefahren«, antwortete Lergassi philosophisch. »Wenn die Automatik eines Gleiters versagt, stürzen Sie aus großer Höhe ab. Sie gehen auf Jagd, und das Wild erweist sich als listiger als Sie. Die Ärzte erkennen einen mutierten Virenstamm nicht, sodass Sie sterben. Wie kann man sich um hypothetische Lebensgefahren Gedanken machen? Man muss die realen Probleme lösen!«

»Sagen Sie, Lergassi, hat Ihre Rasse wirklich keinen Begriff wie den vom Sinn des Lebens?«, tastete sich Martin behutsam vor.

Lergassi-kan brach in schallendes Gelächter aus. Die Sekretärin kicherte leise. Die Referenten verstanden offenbar kein Touristisch und sahen ihren Chef befremdet an. Selbst der finster dreinblickende Hatti, von Martins Ablehnung getroffen, lachte leise und herzhaft.

»Martin ...« Lergassi-kan legte ihm die Hand auf die Schulter.

»Sie machen den üblichen Fehler, der für viele Rassen charakteristisch ist ... Das Leben selbst ist der Sinn und der Kern unserer Existenz. Der Sinn des Lebens – was soll das sein?«

»Vielleicht der Sinn des Sinns?«, fuhr Martin fort. »Sie müssen entschuldigen, wenn ich Sie verletzt haben sollte ...«

Diese Worte riefen erst recht unbändiges Gelächter hervor. Die Sekretärin gab den Referenten den Dialog in singendem Tonfall wider, worauf auch die drei vierschrötigen Männer, die sittsam nebeneinander auf einem Sofa an der Wand saßen, vergeblich versuchten, ihr Lachen zurückzuhalten.

»Nein, Martin, Sie sind mir einer ...«, brachte Lergassi-kan hervor. »Sie haben mich nicht beleidigt. Sie haben vermutlich den Eindruck, unserer Rasse fehle etwas, oder? Dass es uns an etwas Existenziellem und Interessantem gebreche?«

Verschämt nickte Martin.

»Wir hingegen haben den Eindruck ...«, setzte Lergassi-kan an, wandte sich dann jedoch an seinen Sohn, dem er befahl: »Halt dir die Ohren zu und hör weg!«

Gehorsam hielt sich der Junge die Ohren zu.

»Wir hingegen haben den Eindruck«, fuhr Lergassi-kan fort, »dass Sie es sind, die entstellt sind. Denn Sie tragen etwas Überflüssiges mit sich herum, dessen man sich schämen sollte, eine Art Schwanz, der Ihnen aus der Stirn herauswächst.«

»Und es interessiert Sie wirklich nicht, wie es ist, mit diesem Ding an der Stirn zu leben?«, fragte Martin leicht erbost.

»Ich stelle es mir nicht sehr komfortabel vor«, antwortete Lergassi-kan mit einem Lächeln.

Zwei

Den ganzen Weg zum Flughafen dachte Martin über das Gespräch mit Lergassi-kan nach. Der Beamte hatte ihm einen Gleiter und einen Referenten als Piloten und Leibwächter in Personalunion zur Verfügung gestellt. Der junge Hatti, wiewohl seine Kränkung nicht verhehlend, hatte es sich nicht nehmen lassen, den Erdenbewohner ebenfalls zu begleiten. Ein Gespräch knüpfte er jedoch nicht an.

Lergassi-kans Worte speisten sich natürlich nicht ausschließlich aus der Psychologie seiner Rasse. Mochte man die Aranker auch für noch so seltsam halten, die unter dem Gleiter geschwind dahinhuschende Stadt war einfach fabelhaft. Eine der vielen Städte Aranks. Eine Stadt, in der es riesige Gebäude und wilde, bewusst vernachlässigte Parks gab. Eine Stadt, die einen Großteil der Bedürfnisse ihrer Einwohner kostenlos befriedigte. Eine Stadt, in der Verbrechen selten und die Bewohner friedliebend waren ... Selbst der Attentatsversuch schmälerte nicht den Respekt, den Martin dieser Rasse zollte.

Was bildeten sich die Erdlinge also ein, wenn sie auf diese ihre ruhigen, selbstsicheren und glücklichen intelligenten Brüder schauten? Waren sie stolz auf die Jahrtausende alten Überlegungen zum Sinn des Lebens? Wie viel Blut war wegen dieser Überlegungen vergossen worden, derweil die Aranker ihre Welt aufbauten ... Beriefen sich die Erdenmenschen etwa auf ihre Spiritualität, die es ihnen erlaubte, an Gott zu glauben und über Unergründliches zu grübeln? Allein, welche Ergebnisse zeitigte diese Spiritualität?

Es wäre einfacher gewesen, wenn die Aranker sich als emotionslos und hartherzig herausgestellt hätten. Es wäre einfacher gewesen, wenn sie keine Liebe und kein Mitgefühl gekannt hätten, weder zu Freundschaft noch zum Träumen imstande gewesen wären ... Doch all das vermochten sie – und zwar nicht schlechter als die Menschen! Technokraten fanden auf dem Planeten der Aranker ihre Realität gewordenen Träume, Naturphilosophen gerieten ob der endlosen Weiten wilder Natur und der patriarchalen Bräuche in den landwirtschaftlichen Gegenden in Verzückung, Wissenschaftler neideten ihnen die exzellenten Labors, Kommunisten bejubelten den Triumph des entwickelten Sozialismus auf Arank und Abenteurer lobten das Weltraumprogramm der Aranker über den grünen Klee, das entgegen dem gesunden Menschenverstand selbst nach der Ankunft der Schließer nicht eingestellt wurde. Selbst Isolationisten und Xenophobe jeglicher Couleur äußerten sich wohlwollend über die Vorsicht, welche die Aranker gegenüber den Geschenken der Schließer an den Tag legten!

Musste folglich die Geschichte aller anderen Zivilisationen in der Galaxis als Fehler gelten? Hatten nur die Aranker, die niemals nach dem Sinn des Lebens fragten, es geschafft, ihn zu finden? Darin hallte etwas von römischen Stoikern wider, von den griechischen Zynikern ... Die Aranker schienen freilich nach wie vor in jener glücklichen und wolkenlosen Kindheit zu verharren, in der ein Mensch noch nicht an den eigenen Tod glaubt, nicht nach der Zukunft fragt, sich nicht an die Vergangenheit erinnert und glücklich der Gegenwart lebt ...

»Hatti«, wandte sich Martin an den zwischen ihm und dem Piloten sitzenden Jungen, der ihn daraufhin fragend ansah. »Da du dich schon einmal für Xenopsychologie begeisterst, musst du doch etwas über die Existenz der Religion wissen.«

»Ja, natürlich.« Der Junge wurde munter. »Der Glaube an den

Schöpfer aller Dinge ist ein immens interessantes Phänomen. Alle Rassen bis auf die Schließer, von denen wir nichts wissen, und unsere Zivilisation, die in ihrer Art einzigartig ist, kennen es.«

»Und was denkst du darüber?«, fragte Martin.

»Dass es sehr interessant ist!«, kam Hatti in Fahrt. »Selbstverständlich ist der Glaube aufs Engste mit dem Verständnis vom Sinn des Leben verbunden, aus ebendiesem Grund hatte unsere Rasse auch niemals eine eigene Mythologie. Da wir diese Frage von einem wissenschaftlichen Standpunkt aus betrachten, sind wir gezwungen, den agnostischen Charakter des Problems anzuerkennen. Da diese Frage also nicht beantwortet werden kann, wäre es müßig, sich tiefgründig mit ihr zu befassen. Bei den meisten Rassen spielt der Glaube eine bedeutsame Rolle als psychotherapeutischer und pädagogischer Faktor, insofern handelt es sich bei ihm um eine positive Erscheinung.«

»Aber du selbst glaubst nicht an Gott, an ein Leben nach dem Tod ...«, tastete sich Martin bedachtsam vor.

»In dem Moment, da ich sterbe, mein Leben als Persönlichkeit jedoch fortsetze, klärt sich diese Frage für mich«, verkündete Hatti unerschüttert.

»Vielleicht wäre es dann ja ratsam zu glauben ...« Martin stockte, suchte nach passenden Worten. »... vorsichtshalber, sozusagen? Falls Gott existieren sollte, hättest du damit den Vorteil auf deiner Seite!«

»Richtig, diese Idee ist mir auch schon in den Sinn gekommen«, gab Hatti geduldig zu. »Das Problem dabei ist, dass es sehr viele Religionen gibt. Selbst auf eurem Planeten, oder etwa nicht? Das Christentum, der Islam, der Buddhismus, der Gat'tscher ...«

»Gat'tscher ist der Glaube der Geddarn«, korrigierte Martin ihn streng.

»Ach ja, habe ich das schon wieder vergessen ...«, sagte Hatti betrübt. »Wenn also derart viele Religionen existieren und jede für sich in Anspruch nimmt, die einzig wahrhafte zu sein, dann stellt sich die Frage nach den Kriterien, nach denen man sich für eine entscheidet. Sich zu täuschen wäre weit gefährlicher, als überhaupt nicht an Gott zu glauben. Gelt? Denn jede Religion ist ungleich aggressiver gegenüber Häretikern gesinnt als gegenüber Menschen, die überhaupt nicht glauben. Gelt?«

»Stimmt«, räumte Martin missmutig ein.

»Ebendeshalb beschäftige ich mich mit dieser Frage nicht eingehender«, schloss Hatti. »Es wäre doch höchst peinlich, an Allah zu glauben und alle entsprechenden Rituale zu befolgen, nur um sich nach dem Tod mit bloßen Füßen auf der Schwertspitze des ThaiGeddars wieder zu finden! Oder an das Christentum zu glauben ...«

»Schon gut, ich habe begriffen, worauf du hinauswillst«, unterbrach Martin ihn.

»Ich habe deine religiösen Gefühle verletzt?«, schwante es Hatti. »Ach, entschuldige.« Kurz dachte er über etwas nach, dann fragte er einschmeichelnd: »Könntest du mir nicht mehr über deinen Glauben erzählen, Martin? Ich versuche, das zu verstehen. Wirklich!«

»Nein.« Unwillkürlich musste Martin lachen. »Du bist ein kleiner Schlauberger, Hatti ... Aber ich nehme dich trotzdem nicht mit.«

Schmollend hüllte sich Hatti in lang anhaltendes Schweigen. Erst nachdem der Gleiter die riesige Stadt hinter sich gelassen hatte, meldete er sich wieder zu Wort: »Du bist trotzdem mein Freund. Soll ich dir zeigen, wie man mit der Thermowaffe umgeht?«

Der Referent schielte zu dem Jungen hinüber. »Entsicher sie aber nicht«, brummte er.

Martin packte das längliche Paket aus, das man ihm im Vorzimmer von Lergassi-kan in die Hand gedrückt hatte. Die Thermowaffe glich einer Pistole mit einem überlangen Lauf oder einem kurzen Stutzen mit abgesägtem Kolben. Absolut hermetisch, schien sie aus einem einzigen Stück gräulich-dunkelblauen

Metalls gegossen zu sein. Selbst die Mündung des Laufs versiegelte eine metallische Membran. Sie war mit einem breiten Abzugshebel, einem funkelnden rot-weißen Anzeiger und einem ovalen Knopf am Hinterschaft ausgestattet.

»Das hier ist die Sicherung«, erläuterte Hatti, ohne den Knopf mit dem Finger zu berühren. »Das ist der Abzug. Die Waffe erzeugt hochfrequente Schwingungen, die jede Materie über eine Entfernung von annähernd zwei Kilometern aufheizen. Das Ziel muss sich im Sichtfeld befinden, jedes Hindernis, selbst Glas oder Baumzweige, absorbiert die Energie und verbrennt zunächst selbst. Am Anzeiger erkennt man, wie lange die Waffe noch funktionsfähig ist. Jetzt reicht die Ladung ...« Er dachte nach. »Für zwei, drei Minuten.«

»Lässt sich die Stärke des Schusses regulieren?«, hakte Martin nach.

»Es gibt eine fünfstufige Regulierung, je nachdem, wie stark der Abzug gedrückt wird. Du spürst mit dem Finger, wenn der Hebel bei einer Stufe einrastet ...«

Während er dies darlegte, schob Hatti gelassen den Finger hinter den Bügel und zog ihn zurück. Entsetzt erstarrte Martin: Der Lauf war auf den Jungen selbst gerichtet.

»Genau so«, erklärte Hatti ruhig. »Haben Sie das leise Klicken gehört?«

»Du Idiot!«, schrie Martin. »Warum hast du den Abzug gezogen?!«

Der Pilot erschauderte und starrte ihn verwundert an. Hatti wirkte ebenfalls verwirrt. »Die Waffe ist doch gesichert!«, sagte der Junge. »Das sehe ich doch!«

»Einmal im Jahr gehen sogar ungeladene Waffen los!«, herrschte Martin ihn weiter an, während er die Waffe geschwind in einen Bogen weicher Verpackungsfolie wickelte.

»Wie denn das?«, verwunderte sich Hatti.

Martin sah zum Piloten hinüber. »Das sollten Sie ihm erklären! Er hätte Sie und sich versengen können!«

Der Referent wirkte verwirrt und verlegen. Sein Blick wanderte von Hatti zu Martin, ehe er unsicher lächelte. »Aber die Waffe ist doch gesichert, oder? Hatti ist ein kluger Junge und weiß, was ein Schuss aus einer Thermowaffe anrichten kann.«

»Vertrauen Sie Ihrer Technik wirklich blindlings?«, fragte Martin mit ausdrucksloser Stimme. »Schließlich ... der geringste Zufall ...«

»Aus einer gesicherten Waffe löst sich kein Schuss«, erklärte Hatti derart ruhig, als spreche er mit einem Kranken. »Sie ist mit einer höchst zuverlässigen, mehrstufigen Blockierung ausgestattet. Das habe ich vielleicht unzureichend erklärt. Gelt?«

»Gelt«, wiederholte Martin das Lieblingswort des Jungen. Es war leichter, ihm zuzustimmen, als zu erklären, welche Beziehung man auf der Erde zu Waffen hatte, die sich obendrein noch aus diesem unverständlichen Sinn des Lebens und anderem Schmus der Menschen herleiten dürfte. Verschwitzt, angespannt, teilweise sogar erschreckt brachte Martin bis zum Flughafen kein Wort mehr hervor. Seine Gefährten, von dem Vorfall bass erstaunt, ebenfalls nicht.

Zunächst geleiteten die beiden Martin durch den Abfertigungssaal, der insgesamt kaum einen Eindruck bei ihm hinterließ, eher an die größten Flughäfen in aller Welt erinnerte. Sie kauften ihm ein Ticket für einen gewöhnlichen Linienflug, nicht nach Tirianth, sondern in eine andere Stadt, kamen selbst durch die Kontrolle mit, denn auf Arank durften Begleitperson sogar ins Flugzeug.

Erst auf der Startbahn dirigierten Hatti und der Referent, ohne dass sie sich vorher abgesprochen hätten, Martin vom Zubringerbus weg. Sie rannten einen Kilometer über das Flughafenfeld, ohne die landenden Maschinen zu beachten. Martin musste sich immerzu in Erinnerung rufen, dass die Aranker durchaus über Selbsterhaltungsinstinkte verfügten. Mitten auf der Startbahn stand ein kleines kurzflügeliges Flugzeug mit offener Tür bereit.

»Das ist ein Dienstflugzeug der Bürgermeisterei«, erklärte der Referent. »Es bringt Sie nach Tirianth ... Viel Glück bei Ihrem Kampf um die Liebe!«

In der Stimme des Referenten schwangen sowohl Verständnis wie auch Mitleid und Begeisterung für den kühnen Verliebten mit. Martin verzichtete auf jede Klarstellung und drückte ihm kräftig die Hand.

»Könnte ich nicht vielleicht doch ...«, quengelte Hatti.

Lächelnd zerzauste Martin dem Jungen das Haar und verschwand im Flugzeug. Sofort schloss sich hinter ihm die Tür, aus dem winzigen, von den Passagieren nicht abgetrennten Cockpit tauchte ein älterer, ernster Aranker auf und sagte in gebrochenem, offenbar autodidaktisch erworbenem Touristisch: »Setzen Sie sich, wir starten!«

Die Maschine hatte sechs Plätze, große massive Sessel, die jeden Erste-Klasse-Passagier auf Erden vor Neid hätten erblassen lassen. Zwischen ihnen gab es einen kleinen runden Tisch. Martin verstaute seinen Rucksack und den in einem Futteral steckenden Karabiner in der Gepäckablage, setzte sich ans Fenster und winkte seinen beiden Begleitern zu. Traurig stand Hatti da, hielt den Referenten bei der Hand und schluchzte offenbar. Der Referent winkte Martin zu und fing an, gewissenhaft und beruhigend auf den Jungen einzureden.

Martin lehnte sich im Sessel zurück und schloss die Augen. Die eingewickelte Thermowaffe legte er auf den Nachbarplatz.

Das Flugzeug beschleunigte scharf. Im Unterschied zu einem Gleiter, den ein bestimmtes Feld in der Luft hielt und der damit nur über Städten fliegen konnte, funktionierte das Flugzeug auf traditionelle, wiewohl perfektionierte Weise. Ja, konnte man eigentlich überhaupt noch von einem Flugzeug sprechen bei dieser Hyperschallmaschine mit Staustrahltriebwerk?

»Wie können sie ohne den Sinn des Lebens auskommen?«, brummelte Martin. »Wie?«

Selbst wenn es IHN gab, der Antwort auf diese Frage zu geben vermochte, dann antwortete ER nicht bereitwilliger als die Schließer.

Ein leichter Ruck, als vollführe das Flugzeug einen Hüpfer, und die Maschine erhob sich in die Lüfte. Binnen einer halben Minute lag der Boden tief unter ihm, ein paar weitere Minuten später zeigte sich der Himmel unnatürlich gleichmäßig, als handle es sich um den Bildschirm eines guten Fernsehers, der auf einen freien Kanal eingeschaltet ist und ein dunkelblaues Bild ausstrahlt. In dieser Analogie, so ging es Martin durch den Kopf, steckte ein tieferer Sinn, denn der Himmel sandte den Bewohnern Aranks in der Tat keine Signale ... Dann löste ein Rabenschwarz das dunkle Blau ab, und Martin vermeinte, die Sterne zu sehen. Schon in der nächsten Minute durfte er sich davon überzeugen, dass er sich nicht getäuscht hatte. Im hinteren Ende des Flugzeugs heulte leise und beruhigend der Motor.

»Sie können aufstehen!«, erklärte der Pilot vergnügt, als er in den Raum für die Passagiere kam.

Martin spähte über seine Schulter: In der Tat, es gab nur einen Piloten, im Cockpit war niemand mehr. Das Steuer von bizarrer Form ruckelte leicht, während es diverse Manöver durchführte.

Hätte Martin dem Piloten seine Einstellung zu Fragen der Sicherheit erläutert, wäre dieser natürlich an seinen Platz zurückgekehrt – schlicht aus Mitleid mit dem fremdplanetaren Gast, der kein Vertrauen zur Technik gefasst hatte.

»Vielen Dank, das war ein sehr ruhiger Start«, sagte Martin höflich. »Wo ist denn die Toilette?«

Als er aus dem Raum am hinteren Ende zurückkehrte – dort gab es nicht nur eine Toilette, sondern auch eine kleine Dusche und ein winziges Zimmerchen mit einem verdächtig breiten und weichen Bett –, hatte der Pilot bereits das Essen serviert. Auf dem Tisch warteten verschiedene Speisen auf ihn, eine Flasche Wein lokaler Herstellung und sogar ein kleines gläsernes Öllämpchen, dessen drei Dochte mit roter, dunkelblauer und grüner Flamme brannten.

»Sehr liebenswürdig«, sagte Martin. »Vielen Dank.«

»Ist ein langer Flug«, erklärte der Pilot. »Drei Stunden. Tirianth ...« Er dachte nach. »... ist der entfernteste Punkt.«

»Auf der anderen Seite der Halbkugel?«, schlussfolgerte Martin. »Da habe ich mir ja wirklich einen interessanten Ort zur Ankunft ausgesucht ...«

Eine fremde Sprache zu beherrschen bedeutet enorme Macht. Kennt man eine Sprache, versteht man auch den Gedankengang eines Fremden. Einige Rassen vermeiden es gänzlich, Fremdlinge ihre Sprache zu lehren, obgleich sie selbst voller Bereitschaft andere Sprachen erlernen.

Die Aranker gehörten nicht zu jenen hypervorsichtigen oder Fremden gegenüber voreingenommenen Rassen. Auf der Erde wurden Lehrbücher ihrer Sprache verkauft und Kurse angeboten. Martin wusste, dass man beim Erwerb des Arankischen nicht mit gravierenden Problemen rechnen musste, ja, viele rühmten die Sprache sogar wegen der strengen Logik ihrer Struktur und der einfachen Grammatik.

Doch das Touristische, das allen beim Passieren eines Großen Tors eingespeist wurde, ließ keiner anderen Sprache die Chance, zu einem galaktischen Esperanto zu avancieren. Gewiss, Touristisch war kompliziert – aber man brauchte es ja auch nicht zu lernen ...

»Ich gehe durch das Tor«, erklärte der Pilot Martin, während er sorglos Wein trank. »Unbedingt. Danach lernt man, unterhält sich. Mit allen. Das ist gut.«

»Haben Sie denn keine Angst, für die Rückkehr keine zweite Geschichte zu finden?«, fragte Martin. Bei der ersten Geschichte schien die Situation für alle Rassen gleich einfach zu sein, schätzten die Schließer doch Autobiographien.

Der Pilot runzelte einen Moment die Stirn, dann schüttelte er den Kopf. »Nein, nein. Hab ich nicht. Man kann eine interessante Welt aussuchen. Sich umsehen, reden, denken. Denken und noch mal denken. Dann kommt die Geschichte.«

»Ja, das stimmt«, pflichtete Martin ihm bei. Die erste Reise über die Grenzen des eigenen Planeten hinaus bescherte einem in der Regel so viele Eindrücke, dass es keine Mühe bereitete, sie in eine Erzählung zu kleiden. Das Problem bestand freilich darin, einen interessanten Planeten auszuwählen, denn die interessanten Welten waren für gewöhnlich auch die gefährlichen.

Aber die Aranker fürchteten ja keine hypothetischen Gefahren ...

Der Flug dauerte mittlerweile schon mehr als zwei Stunden. Sie hatten einen Ozean überflogen, wobei Martin sich lange an dem Archipel aus winzigen Inselchen erfreut hatte, die Tausende von Kilometern fern des Festlands lagen. Der Pilot versuchte ihm klar zu machen, wodurch dieser Archipel berühmt war, doch dafür reichte sein Wortschatz nicht. Das Einzige, was Martin mitbekam, war, dass es hier vor Unzeiten einen Kontinent gegeben hatte, von dem jetzt nur noch die Bergspitzen aus dem Wasser ragten. Nun ja, jeder Planet, der etwas auf sich hielt, brauchte sein Atlantis.

Die auf ihn einstürmenden Eindrücke hatten das zerschmolzene Informatorium unterdes fast gänzlich aus seinem Gedächtnis verdrängt. Vielleicht hatte er sich an der philosophischen Einstellung der Aranker infiziert, auf alle Fälle wollte Martin sich nicht länger den Kopf über mysteriöse Gefahren zerbrechen. Letzten Endes hielt er jetzt eine wahrhaft tüchtige Waffe in der Hand. Zudem wollte er fortan weit vorsichtiger sein ... Wobei zu fragen blieb, was ihm alle Vorsicht nutzte, wenn der Tod ihn aus einem in einer Entfernung von zwei Kilometern dahinfliegenden Gleiter ereilen konnte. Er konnte nur hoffen, dass er seine Spur erfolgreich verwischt und der unbekannte Feind ihn verloren hatte.

Kurz darauf zog sich der Pilot mit einer Entschuldigung ins Cockpit zurück. Martin wusste nicht einmal, ob er das – eingedenk der von dem Aranker getrunkenen Menge Wein – begrüßen sollte oder nicht. Freilich schien auch die Landung automatisch zu erfolgen, während sich die Aufgabe des Piloten eigentlich in der Rolle des Stewards erschöpfte.

Dem Boden näherte sich das Flugzeug genauso rasant, wie es zuvor von ihm abgehoben war. Erst fünfzig Meter über der Oberfläche heulte der Motor gedehnt auf, und die Maschine legte sich wieder in die Horizontale. Der Betonstreifen schimmerte auf, über den ihnen eine startende Maschine entgegenkam, ein wuchtiges aufgedunsenes Monstrum ohne jedes Fenster, offenbar ein Frachtflugzeug. Unablässig starteten und landeten Flugzeuge, durch die Luft glitten – gleich einem Schwarm Fische im Aquarium – silbrige Zigarren.

Die Stadt Tirianth, von Lergassi-kan herablassend als Kloake tituliert, erfreute sich eines beneidenswert regen Luftverkehrs.

Erst als sie sich der Skyline der Stadt näherten – Martin saß in einem gewöhnlichen, zumindest so gewöhnlich, wie das auf Arank möglich war, Minibus –, offenbarte sich, warum Lergassi-kan sich derart abfällig über Tirianth geäußert hatte.

Die Stadt stellte sich als Industriezentrum heraus. Möglicherweise handelte es sich sogar um das größte Zentrum dieser Art auf dem Planeten. Seinen treuen Reiseführer *La Petit* hatte Martin nicht dabei, auch das obschon veraltete, so doch profunde Nachschlagewerk von Garnel und Tschistjakowa vermisste er jetzt. Natürlich sorgten sich die Aranker um die Umwelt. Natürlich zogen über den Fabrikgebäuden, die sich entlang der Straße reihten, keine Rauchwolken dahin. Und trotzdem lag etwas in der Luft, ein leicht säuerlicher Beigeschmack, der sich gerade noch mit den Sinnesorganen eines Menschen wahrnehmen ließ.

Sich in dem breiten, weichen Sitz lümmelnd, betrachtete Martin die vorbeihuschenden Fabriken und dachte an Irotschka Poluschkina.

Was suchte sie hier? Das Zentrum für globale Forschungen der Aranker? Was konnte ein siebzehnjähriges Mädchen dorthin verschlagen?

Allerlei.

Vor allem, wenn er sich vergegenwärtigte, dass diese junge Frau sich gleichzeitig auf drei Planeten aufhielt. Ferner galt es zu bedenken, dass zwei dieser Irinas bereits gestorben waren, sei es auch aufgrund tragischer und zufälliger Ereignisse. Und schließlich sollte er sich vor Augen halten, dass – Martin verzog das Gesicht – ihr Verschwinden von der Erde die Staatssicherheit interessierte.

Einen Moment lang verlangte es Martin wie wahnsinnig danach, die ganze Suche aufzugeben. Kurzerhand auf die Erde zurückzukehren, Ernesto die Jetons auszuhändigen, ihm alles zu berichten, den missglückten Anschlag auf sein Leben inbegriffen, und sich aufs Schärfste gegen eine Fortsetzung der Suche zu verwehren. Herr Poluschkin verheimlichte ihm etwas, daran zweifelte Martin keine Sekunde. Und ein Klient, der einem Detektiv eine wichtige Information vorenthält, hört automatisch auf, ein Klient zu sein.

Doch irgendetwas hielt Martin zurück. Vielleicht die Sorge um das Mädchen. Wie leichtsinnig und unverschämt sie auch sein mochte, siebzehnjährige Frauen verdienen einfach keine fehlgegangenen Kugeln bei einem Schusswechsel von Cowboys und keine beinernen Wurfspeere im Genick ...

Oder aber es trieb ihn jenes unruhige und grundlose Kribbeln, das nur die rückständigen Rassen kennen, die noch über den Sinn des Lebens grübeln. Irgendwo in Martins Umkreis wartete ein Geheimnis auf ihn. Ein echtes, ein richtiges Geheimnis, eines von jenen, auf die man nur einmal im Leben stößt – und auch das nur, wenn man ein ausgemachter Glückspilz ist.

Martin hielt sich nicht für einen Glückspilz. Und er hatte keineswegs vor, sich das größte Abenteuer seines Lebens entgehen zu lassen.

Drei

In Russland heißen solche Orte gemeinhin Akademgorodok. Eine sich weit zum Horizont erstreckende freundliche Hecke nahm jedermann die Chance, ohne Genehmigung hier einzudringen. Hinter dieser Hecke lagen dem Blick entzogen flachere, jeder Gigantomie bare Wohnhäuser, wissenschaftliche Institute, Grünanlagen, Wäldchen und etwas, das an einen Aquapark gemahnte – zumindest drängte sich Martin, der aus einem Glaspavillon am Eingang das Gelände betrachtete, dieser Vergleich ob der Wasserrutschbahnen und Schwimmbecken auf. Die Wissenschaftler auf Arank lebten nicht schlecht!

»Wir sehen keine Möglichkeit, Sie einzulassen!«, erklärte ihm der Wachtposten, nachdem er diverse Instruktionen konsultiert hatte. Das war bereits der dritte Aranker, der sich seines Problems annahm. Und der erste, der Touristisch beherrschte. Die beiden anderen hatten voller Selbstsicherheit versucht, sich Martin mit den Fingern verständlich zu machen.

»Aber ich suche mein geliebtes Mädchen!«, spann Martin die Legende fort, die von Lergassi-kan so begeistert aufgenommen worden war.

Die Aranker hier schienen jedoch weniger anfällig für Sentimentalität zu sein. Oder sie gestanden sich während der Arbeitszeiten keine Schwäche zu.

»Es ist unmöglich«, seufzte der Wachtposten. »Sie würden

den Ablauf der wissenschaftlichen Arbeiten stören. Kommen Sie am Abend wieder, dann wird Ihnen Zugang gewährt.«

Martins Organismus versicherte ihm freilich schon jetzt, es sei Abend. Möglicherweise sogar Nacht. Oder sehr, sehr früher Morgen. Aber was sollte er tun? Mit dem Wechsel von Zeitzonen war man auf der Erde wie auf Arank gleichermaßen konfrontiert.

Genauso wie mit den Bürokraten! Martin war noch keiner zivilisierten Rasse begegnet, in der sich diese erstaunliche Unterart intelligenter Lebewesen nicht herausgebildet hätte. Den Gipfelpunkt dieser Erscheinung sah er in der Bürokratie der Dio-Daos, doch das waren wenigstens keine Humanoiden, was Martin als mildernden Umstand gelten ließ.

»In Ordnung«, sagte Martin, der sich dabei ertappte, wie der Russe, mehr noch der Moskauer in ihm erwachte, mithin eine Person, die mit der Bürokratie in all ihren Formen, Erscheinungen und Auswüchsen vertraut war. »Ich habe es verstanden. Sie können mich vor dem Abend nicht einlassen.«

Daraufhin entspannte sich der Wachtposten sofort und lächelte. Der Kampf war entschieden – glaubte er.

»Völlig richtig.«

»In welchem Fall wäre es denn möglich, tagsüber Einlass zu finden?«, fragte Martin, der sich bereits zum Ausgang umzudrehen schien.

»In verschiedenen Notfällen und bei unaufschiebbaren Angelegenheiten, die die Lebensfähigkeit des Organismus aufrecht erhalten oder bei denen es sich um dringende Informationen handelt«, klärte ihn der Aranker auf.

Einen Moment lang kämpfte Martin gegen die Versuchung an zu behaupten, er leide an akuter Spermatoxikose, weshalb er Galina Groschewas als einziger verfügbarer Frau der Menschenrasse bedürfte, um dem Tod zu entgehen.

Da er bei dem Wachtposten allerdings damit rechnen musste, dass dieser die junge Frau bezüglich des Ziels von Martins

Besuch in Kenntnis setzte, wäre die Begegnung dann erheblich komplizierter.

Freilich könnte Martin auch behaupten, sein und Galinas Glaube verlange die unverzügliche Durchführung einer bestimmten religiösen Zeremonie. Zum Beispiel müssten sie jetzt unbedingt gemeinsam zu Johannes dem Schwimmer beten, jenem Heiligen, der dem Körper aller Gläubigen Schwimmfähigkeit verleiht, dem alten Schutzherrn aller, die sich über Wasser zu halten vermögen. Auf der Erde hatte dieser Trick bei spanischen Bürokraten schon einmal ganz vorzüglich geklappt.

Doch der Wachtposten brauchte längst nicht so gebildet zu sein wie der junge Hatti, und dann müsste Martin erst des Langen und Breiten erklären, was es mit Religion auf sich habe.

»Hervorragend!«, begeisterte er sich. »Dann vergessen Sie alles, was ich Ihnen eben gesagt habe!«

Der Wachtposten klimperte mit den Augen. »Wie sollte ich das denn vergessen können?«, fragte er verunsichert.

»Das ist nur eine Redewendung«, erklärte Martin lächelnd. »Es geht gar nicht um Galina Groschewa. Weit wichtiger ist nämlich, dass ich das Geheimnis der alten Ruinen gelüftet habe, die auf allen Planeten unserer Galaxis zu finden sind.«

Der Wachtposten sperrte den Mund auf, brachte indes kein Wort hervor.

»Und ich muss unverzüglich meine Kollegin Groschewa in dieser Frage zu Rate ziehen«, fuhr Martin, den Erfolg ausbauend, fort. »Könnten Sie sich also mit ihr in Verbindung setzen und ihr mitteilen, dass ein Herr, der vom Planeten Prärie 2 kommt, mit ihr die Frage der Korrelation zwischen der Lage der Stationen der Schließer und den alten Ruinen zu erörtern verlangt? Darüber hinaus könnten Sie auch die klaffende Leere an dem Ort, wo der sogenannte Altar stand, erwähnen. Eine wissenschaftliche Diskussion ist für mich jetzt unverzichtbar, sie allein vermag meine schöpferischen Gedanken zu beflügeln!«

Der Wachtposten holte sein Handy heraus. Das Gespräch

wurde zu Martins Erstaunen auf Arankisch geführt, obgleich nicht zu überhören war, dass der Aranker versuchte, die Sätze so einfach wie möglich zu konstruieren und das Gesagte hin und wieder zu wiederholen. Konnte das jemand anders als Irotschka sein?!

»Frau Groschewa erwartet Sie in ihrem Labor«, teilte ihm der Wachtposten mit, als er das Handy wegsteckte.

Martin zog die Augenbrauen hoch. In ihrem Labor! Das hörte sich doch schon ganz anders an, als über Kanäle hinweg von einem steinernen Inselchen zum nächsten zu springen! Alle Achtung, Irotschka!

»Nehmen Sie den Führer.«

Martin nahm eine kleine transparente Scheibe entgegen, in der sich unablässig wie in einem defekten Kompass eine Nadel drehte. Der Wachtposten beugte sich über einen Rechner und berührte verschiedene Felder auf einer Sensorfläche, worauf die Nadel im »Kompass« sich scharf drehte und eine Richtung fixierte. Der Neugier folgend, wandte sich Martin um hundertundachtzig Grad um, doch die Nadel ließ sich nicht manipulieren und kehrte in die richtige Position zurück.

»Lassen Sie sich unterwegs durch nichts ablenken«, warnte der Wachtposten. »Ihr Aufenthaltsort wird am Pult erkennbar sein. Sprechen Sie bitte mit niemandem, es sei denn, jemand wendet sich an Sie.«

»Wird gemacht«, willigte Martin fröhlich ein.

»Und die Waffe«, fuhr der Wachtposten mit einem Blick auf den Bildschirm fort, »lassen Sie hier. Mir ist schleierhaft, wie Sie die Erlaubnis für eine Thermowaffe bekommen haben, aber auf dem Gelände des Zentrums werden Sie sie ohnehin nicht benötigen.«

In dem wissenschaftlichen Zentrum gab es – entweder um die körperliche Fitness der zerstreuten Wissenschaftlicher zu wahren oder aus anderen, beispielsweise ästhetischen Gründen –

keine Gleitstraßen. Mehr noch, Straßen fehlten überhaupt, selbst die Pfade hörten auf, denn das elastische, sattgrüne Gras ließ sich von den Füßen nicht unterkriegen.

»Sehr widerspenstiges Gras«, bemerkte Martin begeistert. »Der Wind wird es nicht knicken können ...«

Er marschierte zehn Minuten, dabei immer wieder den Führer konsultierend. Der piepte leise, sobald Martin mehr als fünfzehn Grad vom Kurs abkam. Der Aufforderung des Wachtposten Folge leistend, knüpfte Martin mit niemandem ein Gespräch an, obgleich er unterwegs viel Interessantes erlebte.

In dem kleinen Waldstück beobachtete er beispielsweise eine Szene, die Platon gerührt hätte: Ein in die Jahre gekommener, grauhaariger Aranker hielt einer Gruppe von Jünglingen einen Vortrag. Man bräuchte nur ihre Kittel gegen Chitons einzutauschen und könnte einen Film über das alte Griechenland drehen.

Der vermeintliche Aquapark, an dem Martin vorbeikam, stellte sich keinesfalls als Stätte des Vergnügens heraus, sondern als grandiose, wiewohl unverständliche wissenschaftliche Anlage. In den Rinnen floss auch kein Wasser, sondern eine glänzend auffunkelnde, gallertartige dunkelblaue Flüssigkeit. Hin und wieder kugelten durch die Röhren transparente Blasen mit einem Durchmesser von einem Meter, in denen weißer Nebel wölkte. In den Becken stauten sich diese Blasen, manche platzten auf und ließen Gas in die Luft entweichen. Etwa drei Dutzend Aranker hielten sich im »Aquapark« auf, es ließ sich jedoch nicht erkennen, womit sie sich eigentlich beschäftigten.

Kurzum, obgleich in Martin die Neugier loderte, genoss er den Spaziergang durch das Gelände. Und als der Führer piepste und sich vor der Tür eines der Gebäude abschaltete, verspürte Martin sogar eine gewisse Enttäuschung.

Galina Groschewas Labor nahm sich im Vergleich zu den anderen Gebäuden nicht sonderlich imposant aus. Ein grünes Ziegeldach krönte das eingeschossige Haus, es gab nur wenige

Fenster, und technische Anbauten fehlten ganz, obwohl in der Nähe einiger Gebäude gigantische Fabrikhallen lagen, endlose Türme aufragten, sich Hangars und andere Attribute der großen und teuren Wissenschaft fanden.

Was Irotschka hier wohl tat? Ob sie verschiedenfarbige Flüssigkeiten von einem Reagenzröhrchen ins andere goss? Oder brütete sie mit gerunzelter Stirn über einem alten Manuskript, das alle Geheimnisse des Universums enthüllte?

Martin klopfte an. Nach kurzem Warten öffnete er die Tür, die nicht abgeschlossen war.

In dem langen weißen Gang gab es niemanden. Kein einziger Laut drang an sein Ohr.

»He, Hausherrin, du hast Besuch!«, gab sich Martin bewusst fröhlich.

Kein Laut.

Prompt stellte Martin sich vor, wie Irotschka stumm in einer Schlinge hing. Oder mit hervortretenden Augen erstarrte, in der steifen Hand ein Reagenzglas mit eben gemischtem Gift. Oder wie sie von einem wahnsinnigen Roboter ermordet worden war, der selbst die Geheimnisse des Universums lüften wollte ...

Martin holte seine »Wespe« aus der Hülle, ein Messer, das für den Kampf im Grunde nicht geeignet war, sich jedoch in geschickten Händen als dienlich erweisen konnte. Er ließ den Rucksack und den im Futteral steckenden Karabiner an der Tür zurück – wenn er doch bloß den »Kaugummi« aus dem Lauf kriegen könnte ...

Dann ging er den Gang entlang und öffnete eine Tür nach der anderen.

Die Küche. Klein, sauber und gemütlich.

Das Schlafzimmer. Ein ungemachtes, zerwühltes Bett.

Gut. Irina musste hier also auch wohnen. Eine durch und durch vernünftige Lösung.

Zwei Zimmer dienten als Labor. Im einen fanden sich – ganz

wie in Martins Phantasiegespinsten – Reagenzgläser und Thermostate. In dem anderen standen Apparate und Computer, selbst eine Drehmaschine gab es, deren Schneidwerkzeug wie wild fuhrwerkte, indem es einen komplizierten Bogen um ein fest fixiertes Detail beschrieb. Nachdem Martin die Maschine eine Zeit lang beobachtet hatte, kam er zu dem Schluss, hier würde aus einem Plastikrohling eine Art Schöpfkelle für den Küchenbedarf hergestellt. Bemerkenswerterweise traf er Irotschka auch hier nicht an.

In einem weiteren Raum widmete man sich augenscheinlich ebenfalls der Wissenschaft – welcher genau, musste freilich als Frage offen bleiben. Im Zimmer gähnte vollständige Leere, die Wände bedeckten schwarze Spiegel, die das Licht verschluckten. In der Raummitte hing an dünnen Fäden eine weiße Scheibe mit einem Durchmesser von zwei Metern von der Decke herab. Auf der Scheibe befand sich wiederum nichts.

Martin schloss die Tür, denn aus irgendeinem Grund beschwor das Zimmer ein unangenehmes Gefühl in ihm herauf.

Erst ganz am Ende des Gangs traf er, nachdem er die Tür dort geöffnet hatte, auf Ira Poluschkina.

Das war ihr Arbeitszimmer, ein sehr gediegenes Arbeitszimmer, das in einem sofort den Wunsch weckte, sich an die Arbeit zu machen oder sich zumindest einen geschäftigen Anschein zu geben. Robuste Bücherschränke, ein monumentaler Schreibtisch aus Holz, auf dem ein riesiger Computerbildschirm, eine Lampe mit grünem Schirm und ein rundes Aquarium mit träge einherschwimmenden, bunten Fischen thronten. Auf dem Boden lagen weiche Teppiche. Aus dem Fenster blickte man in einen kleinen blühenden Garten, der die Nachbargebäude dem Blick entzog. Alles wirkte so gepflegt und ordentlich, dass Martin sich in seinem unmanierlichen Aufzug – von dem fest in der Hand gepackten Messer ganz zu schweigen – recht unwohl fühlte.

Ira Poluschkina stand am Fenster und starrte Martin an. Sie

hatte ihn erwartet, denn mit ziemlicher Sicherheit gab es im Gang versteckte Videokameras.

»Martin«, ergriff die junge Frau das Wort. Das klang weder nach einem Gruß noch nach einer Frage. Eher als konstatiere sie eine Tatsache. Die Tatsache »Martin«.

»Guten Tag, Ira«, erwiderte Martin. Mit einem entschuldigenden Lächeln steckte er das Messer weg. »Verzeihen Sie mir, die Situation ... hat mich ein wenig erschreckt.«

Irotschka Poluschkina sah fabelhaft aus. Sie war nicht entsprechend der arankischen Mode gekleidet, sondern trug ein schlichtes weißes Kleid mit geschlossenem Ausschnitt und kurzen Ärmeln. Eine reizende junge Frau, die sich anschickte, einen sittsamen Spaziergang mit ihren Eltern zu machen ... Unwillkürlich musste Martin lächeln.

»Martin«, wiederholte Irina. »Warum verfolgen Sie mich eigentlich?«

»Ich weiß nicht, woher Sie meinen Namen kennen, Ira«, erwiderte Martin. »Aber Sie müssen irgendetwas verwechseln. Ich verfolge Sie nicht. Ich bin ein ganz normaler Privatdetektiv, den man mit einer ganz normalen Bitte beauftragt hat, nämlich Sie zu finden und zu fragen, ob Sie Hilfe brauchen.«

»Wer hat Sie angeheuert?«, fragte Irina angespannt.

»Ihr Vater. Wenn meine Anwesenheit nicht erwünscht ist ... gehe ich. Aber schreiben Sie Ihren Eltern wenigstens ein paar Zeilen! Erklären Sie ihnen, dass Sie nicht zurückkehren wollen, teilen Sie ihnen mit, dass mit Ihnen alles in Ordnung ist.«

In Irinas Augen flutete das Misstrauen nur so. »Und was ist mit Prärie 2?«, fragte sie argwöhnisch.

»Das würde ich auch gern wissen«, konterte Martin. »Es geht mich ja nichts an, aber wer war diese Frau? Und wer sind Sie?«

»Was ist mit ihr passiert?«, fragte Irina, ohne auf Martins Antwort einzugehen.

»Sie hatte die glorreiche Idee, sich in eine Schießerei zwischen Cowboys zu stürzen. Sie hat versucht, die Feinde zu beschwichtigen ... und von jedem ein paar Kugeln erhalten«, legte Martin ihr unerbittlich dar.

Irinas Gesicht zuckte nicht einmal. Vom Tod der Irina auf Prärie 2 musste sie bereits gewusst haben.

»Wollen Sie damit sagen, nicht Sie hätten sie ermordet?«

Nunmehr war es an Martin, die Augen aufzureißen: »Weshalb hätte ich das tun sollen? Ich bin ein Detektiv, wissen Sie. Ich bin zwar nicht der beste Mensch auf der Welt, mitunter gerate ich mit dem Gesetz in Konflikt, ich musste auch bereits schießen ... aber ich ermorde keine jungen Frauen, egal, wie frech sie mir kommen!«

»War das denn der Fall?«

»Sie haben sich über mich lustig gemacht«, präzisierte Martin. »Mich ausgelacht. Mit ironischen Bemerkungen bedacht. Nennen Sie es, wie Sie wollen.«

Irina trat vom Fenster zurück. Sie setzte sich an den großen Tisch, und Martin entging nicht, wie sie rasch etwas, das sie in der Faust gehalten hatte, in eine offene Schublade steckte.

Das durfte doch nicht wahr sein! Schon wieder hatte sein Leben an einem seidenen Faden gehangen.

»Wenn Sie nicht lügen, dann bitte ich Sie um Verzeihung«, sagte Irina. »Aber alles, was ich wusste, war, dass Sie ... im Moment ihres Todes bei Irina waren.«

»Ja, sogar zweimal«, brummte Martin. »Darf ich mich setzen?«

Diesmal hatte er es geschafft, Irina aus dem Gleichgewicht zu bringen.

»Was heißt das? Zweimal?«

»Auf Bibliothek auch. Eine Frau namens Irina Poluschkina ist gestorben ... ein wildes Tier hat sie angegriffen«, informierte Martin sie, während er auf dem Stuhl ihr gegenüber Platz nahm.

»Dort gibt es keine wilden Tiere!«, ereiferte sich Irina.

»Doch. Genauer, es gab sie, wenn auch nur eins. Ein verwilderter Kchannan, der von den Geddarn mit nach Bibliothek gebracht worden war. Er hat ...« Martin zögerte, schloss dann aber mit fester Stimme: »... Sie angefallen. Sie sind in meinen Armen gestorben und konnten mir nur noch Prärie 2 nennen. Ich hätte meine Mission als gescheitert betrachten können ... habe mich jedoch nach Prärie 2 aufgemacht. Ich wollte herausfinden, was Sie mit diesem Planeten verbindet. Dort habe ich Sie dann abermals getroffen.«

»Ich bin dort nicht gewesen«, legte Irina schwachen Widerspruch ein. In ihre Augen schlich sich Angst.

»Doch! Sie waren dort! Sie und niemand sonst! Oder Ihre Kopie – wo ist der Unterschied? Ich habe mit Ihnen gesprochen, einen Brief an Ihre Eltern erhalten, und dann brach diese dämliche Schießerei los. Sie haben versucht, den kleinen kahlen Cowboy zu schützen, mit dem Sie sich in diesen Tagen angefreundet hatten ...«

»Ein kleiner kahler Cowboy?«, fragte Irina, nunmehr mit panischem Unterton in der Stimme.

»Ja! Ein kleiner! Kahler! Cowboy! Ein gebürtiger Russe! Sie haben, glaube ich, nicht mit ihm geschlafen, waren aber mit ihm befreundet. Und Sie haben versucht, ihn vor den Marshalls zu schützen, den Kopfgeldjägern. Das hat Ihren Tod zur Folge gehabt. Zuvor haben Sie mich allerdings noch gefragt, ob ich Sie auf Arank getroffen hätte. Deshalb ...« Martin breitete die Arme aus und fügte bereits wieder ruhiger hinzu: »Deshalb bin ich hier. Vielleicht hätten Sie jetzt die Freundlichkeit, mir das eine oder andere zu erklären?«

»Wie sind Sie hier hergekommen?«, fragte Irina.

»Mit einigen Schwierigkeiten«, blaffte Martin gallig. »Kurz nachdem ich auf dem Planeten angekommen war, hat man auf mich geschossen. Mir ist jedoch nichts passiert ...«

»Ich war mir sicher, dass Sie mein Mörder sind!«, sagte Irina in einer Mischung aus Provokation und Reue. »Also, wie sind Sie hier hergekommen?«

»Ich habe anständige Leute getroffen ... Aranker ... Sie haben mir ein Privatflugzeug zur Verfügung gestellt.«

Hilflos schaute Irina umher. Schließlich zog sie den Bildschirm zu sich heran und fing an, etwas zu tippen.

»Öffnet sich jetzt unter mir eine Klappe über einem Kellerloch voll giftiger Schlangen?«, höhnte Martin.

»Halten Sie den Mund, ich versuche gerade, Sie zu retten ...«, brummte Irina. »Mein Gott ... was war ich für eine Idiotin.«

»Also geht der Überfall auf Ihr Konto?«, fragte Martin.

»Das war mein Freund ... mein Assistent. Einer meiner Assistenten. Als wir von dem Vorfall auf Prärie hörten ...« Irina stockte. »Wir haben geglaubt, Sie seien ein Killer. Meine Freunde haben sich zu allen Stationen auf Arank begeben, um Sie dort abzupassen.«

»Herzlichen Dank, dass Sie Ihre Meinung geändert haben«, stichelte Martin.

»Ich habe sie noch nicht geändert.« Schweigend nahm Irina ein Blatt Papier vom Schreibtisch, das sie zusammenknüllte und in Martins Richtung warf. Unwillkürlich zuckte er zusammen und duckte sich, doch das Papiergeschoss stürzte ab, kaum dass es die Hälfte des Tisches überflogen hatte. »Uns trennt ein Kraftfeld«, erklärte Irina. »Ich habe damit gerechnet, dass Sie mich angreifen würden.«

»Was für ein Tollhaus«, befand Martin lakonisch. Blinzelnd legte er den Kopf bald auf die linke, bald auf die rechte Seite und versuchte, die sie trennende Barriere auszumachen. Aber nein, er konnte nichts erkennen.

»Versetzen Sie sich doch einmal an meine Stelle ...«, murmelte Irina.

»Klären Sie mich darüber auf, was hier vor sich geht, dann tu ich es«, versprach Martin.

Die junge Frau hackte weiter auf die Tastatur ein. »Mist«, meinte sie kopfschüttelnd. »Er hat sein Handy abgeschaltet.«

»Wer denn?«

»Derjenige, der auf Sie geschossen hat. Er sollte Ihnen übrigens nur Angst einjagen ... Sie warnen ...«

»Das ist ihm gelungen«, räumte Martin ein. »Was machen Sie hier auf Arank, Irina?«

Die Frau zögerte, gab es dann aber auf, sich länger dem Computer zu widmen, und sah Martin an. »Ich suche etwas, was es nicht gibt.«

Auf Martins Gesicht musste sich seine aufrichtige Liebe zu Rätseln widerspiegeln, denn Irina erklärte sofort: »Sie müssen wissen, Martin, es gibt da eine seltsame Theorie ... im Grenzbereich zwischen Theologie und Psychologie ... Sie wissen, dass die Zivilisation der Aranker auf ihre Weise einmalig ist?«

»Schon verstanden«, sagte Martin. »Sie suchen ihre Seele?«

»Ja« Irina errötete, antwortete aber herausfordernd: »Sie können mich auslachen, aber Versuche, diese zarte Komponente des Verstandes zu finden, werden permanent unternommen.«

»Gibt es schon Erfolge zu verzeichnen?«, fragte Martin sachlich.

»Nein, denn es ist nicht genau bekannt, was man sucht. Aber es gibt eine Theorie, derzufolge die Aranker intelligente Lebewesen bar jeder Seele sind.«

Martins Begeisterung kannte keinen Halt mehr. »Haben Sie den Segen der Kirche für Ihre Forschungen, Irotschka? Oder ist das eine Privatinitiative?«

»Letzteres«, erklärte Irina, die immer röter anlief.

»Und?«, fuhr Martin fort. »Hatten Sie schon Erfolge?«

»Bei lebenden Wesen konnten wir bisher keinen Unterschied feststellen«, setzte ihm Irina auseinander. »Möglicherweise wird uns das gelingen, wenn wir einen sterbenden Aranker untersuchen ... genauer, wenn wir einen sterbenden Aranker mit einem sterbenden Menschen vergleichen.«

»Haben sich schon Freiwillige gemeldet?« erkundigte sich Martin.

»Wir haben einen Vertrag mit dem hiesigen Krankenhaus ...

Die Aranker beweisen große Toleranz, wenn es darum geht, Tote zu untersuchen.«

»Liegen dort viele Menschen?«

Irina hüllte sich in Schweigen.

»Diese seltene Ehre sollte doch wohl nicht mir zuteil werden?«, fragte Martin.

Irina wandte den Blick von ihm ab.

»Also doch«, fuhr Martin fort. »Es gibt hier ein merkwürdiges Zimmer mit verspiegelten Wänden ... Das sind durchweg Detektoren, oder? Sie fixieren alles, was man sich nur denken kann. Sie wollen dort einen sterbenden Aranker hineinbringen und untersuchen. Danach wiederholen Sie die Prozedur mit einem sterbenden Menschen. Wenn bei dem Menschen dann im Moment des Todes irgendetwas kurz aufstrahlt, heißt das: ssst ...« Martin schwenkte mit den Armen. »... und die Seele ist aufgestiegen. Stimmt's?«

»Wenn Sie mich angegriffen hätten ...«, flüsterte Irina.

»Dann hätten Sie mich, sicher hinter dem Kraftfeld geschützt, erschossen. Wobei Sie sorgsam darauf geachtet hätten, mich tödlich zu verwunden. Dann hätten Sie mich in Ihr Labor gebracht und die Apparate eingeschaltet ...«

Martin erschauderte. Er sah Irina an, insgeheim hoffend, von ihr wenigstens schwachen Protest zu hören.

Doch Irina hüllte sich in Schweigen.

»Was sind Sie bloß für eine niederträchtige Frau«, kanzelte Martin sie ab. »Verzeihen Sie, aber ich hege meine Zweifel, ob Sie eine Seele haben.«

»Ich hielt Sie für einen Mörder«, wiederholte Irina. »Für einen professionellen Killer, der auf mich angesetzt war.«

»Von wem denn?«, hakte Martin nach. »Etwa von Ihren Eltern?«

Energisch schüttelte Irina den Kopf.

»Warum gibt es ausgerechnet drei von Ihnen?«, setzte Martin das Verhör fort.

»Wir sind nicht drei ... vermutlich nicht. Ich glaube, wir sind sieben.« Irina lächelte schuldbewusst.

Das wurde ja immer schöner! Martin rutschte auf dem Stuhl hin und her. »Nach der Zahl der Todsünden?«, wollte er wissen.

»Sind das denn sieben? Nicht zehn?«, fragte Irina zurück.

»Für einen Menschen, der versucht, die Seele zu finden, verfügen Sie über eine exzellente Bildung«, kommentierte Martin nach kurzem Schweigen.

»Ich bin Wissenschaftlerin, keine Theologin«, empörte sich Ira.

»Eine schöne Wissenschaftlerin sind Sie mir, Ira!«, polterte Martin mit erhobener Stimme. »Eine Wissenschaftlerin verwirft eine aussichtsreiche Hypothese nicht, nur weil sie sie nicht auf Anhieb beweisen kann. Eine Wissenschaftlerin arbeitet hart. Aber Sie ... hüpfen durch die Galaxis und versprudeln Ihre unausgegorenen Ideen. Wer sind Sie, Irina?«

Es ließ sich nicht leugnen, dass sich Martin der Frau gegenüber unnötig streng gab. Freilich vermögen nur wenige Gelassenheit zu bewahren, wenn sie erfahren, dass ihnen die Rolle des Versuchskaninchens auf dem Seziertisch zugedacht war.

»Ich versuche die Galaxis zu retten!«, schnellte Irinas Stimme unvermutet in die Höhe. »Sie verstehen überhaupt nicht, worum es geht. Sie sind zufällig in alles hineingerasselt, also machen Sie es nicht noch schlimmer ... Adeass, nicht!«

Martin drehte sich um.

In der Tür stand ein junger Aranker, kaum älter als Irina. Mit einer Thermowaffe zielte er auf Martins Brust.

»Ist das Sicherheitsfeld eingeschaltet?«, erkundigte sich der Aranker.

»Schieß nicht, Adeass!« Irina sprang auf. »Er ist kein Mörder! Das war ein Irrtum!«

»Er hat den ganzen Planeten durchquert, um dich zu finden. Ich habe herausbekommen, dass er ein professioneller Söldner ist, der schon mehrere intelligente Lebewesen getötet hat«, erklärte Adeass, ohne die Stimme zu erheben.

»Ich bin ein Privatdetektiv, ich verteidige Unschuldige, muss mich mitunter jedoch auch selbst zur Wehr setzen!«, erklärte Martin rasch. »Hören Sie mich erst an, bevor Sie eine Entscheidung treffen, Adeass.«

»Ist das Feld eingeschaltet?«, wiederholte der Aranker mit derselben gleichmütigen Stimme.

»Adeass, ich glaube ihm, er ist unschuldig!« Irina wollte schon auf den Aranker zustürzen, blieb dann aber stehen, als sei sie gegen eine unsichtbare Wand gelaufen. »Hör auf!«

»Es ist also eingeschaltet«, grinste der Aranker.

Im nächsten Moment sprang Martin auf und beförderte den Stuhl mit einem Fußtritt in das Gesicht des Arankers. Der drückte auf den Abzug, worauf der Stuhl in blendend weißen Flammen aufging. Die Luft im Arbeitszimmer heizte sich sofort auf und wurde trocken wie in einer Sauna. Der Aranker richtete die Waffe auf Martin.

Zeit zum Überlegen blieb ihm nicht mehr. Der Aranker stand zu weit entfernt, als dass Martin sich hätte auf ihn stürzen können. Deshalb riss er das Aquarium vom Tisch und schleuderte es gegen den anderen. Genau in dem Moment, als dieser schoss ...

Sirrend spritzten die Glasscherben durchs Zimmer, bohrten sich in Bücher, Wände und lebende Körper. Martin vermochte sich gerade noch wegzuducken, den Kopf in die Schultern gezogen und den Hals schützend, keine Sekunde zu früh, gruben sich ihm doch einige Scherben in den Rücken. Das Arbeitszimmer – genauer die Hälfte davon – lag in heißen Dampf getaucht, die Sauna hatte sich prompt in ein russisches Schwitzbad verwandelt. Der Aranker schrie auf, da das Aquarium bei der Explosion näher an ihm als an Martin war und sein Gesicht nun glühender Dampf einhüllte.

Martin hechtete zu seinem Feind. Er schlug ihm auf die

Hand, entriss ihm die Thermowaffe und zog ihm die Beine weg, sodass er zu Boden fiel. Neben ihnen schrie schauderhaft und markerschütternd Irina. Mit einem Knall verschwand der Kraftschirm, der Dampf wallte nunmehr durch das ganze Zimmer, und augenblicks atmete es sich leichter.

»Du hast dich als der Stärkere erwiesen«, brachte der Aranker hervor. Seine Pupillen krampften sich merkwürdig zusammen, gleichsam im Takt rasenden Pulses. Martin ließ den Blick über den Aranker gleiten – und erzitterte. Eine lange feine Glasscherbe hatte sich dem Mann in die linke Brust gebohrt ...

Soweit Martin wusste, lag das Herz bei Arankern genauso selten auf der rechten Seite wie bei Menschen. Kopfschüttelnd erhob er sich. Der unglückliche Bursche dauerte ihn. Trotz allem, was gerade vorgefallen war.

»Adeass-kan, du hättest nicht zu schießen brauchen«, flüsterte Irina, die sich über den Aranker gebeugt hatte. »Sei tapfer, ich rufe den Notarzt ...«

»Das ist zu spät, ich sterbe«, hauchte der Aranker. »Irina-kan, es war mir ein Vergnügen, mit dir zusammen zu arbeiten.«

Martin erschauderte.

»Meine Herzkammern sind zerrissen, der Hirntod setzt in zwei, drei Minuten ein«, konstatierte der Aranker sachlich. »Jetzt finde heraus, ob ich eine Seele habe.« Mit einem Mal lächelte er. »Und wenn das der Fall ist, bete für mich zu eurem Gott.«

»Adeass!«

»Bring mich in den Detektorenraum ...« Die Stimme des Arankers brach. »Das ist ... mein letztes ... Geschenk ...«

Er hob die Hand, worauf Martin einen winzigen Metallgegenstand erblickte. Einen winzigen Gegenstand mit einem winzigen Lauf, der auf Martin zielte ...

Mit einem Mal dehnte sich die Sekunde zur Ewigkeit. Unverwandt starrte Martin auf die enge Mündung und grübelte darüber nach, wie sein Tod sich anfühlen würde.

»Nein!« Heftig umschloss Irina die Hand des Arankers. »Nein!«

»Zu spät ...«, wisperte der Aranker, und seine Augen schlossen sich. Unwillkürlich sank der Arm nach unten, der kleine Metallgegenstand, der kaum an eine Waffe gemahnte, kullerte über den Boden.

Irina erhob sich. Sie war weiß wie die Wand, doch ihre Stimme hatte ihr Volumen zurückgewonnen: »Helfen Sie mir!«

»Was?«, fragte Martin begriffsstutzig.

»Haben Sie nicht gehört, was er gesagt hat? Uns bleiben nur wenige Minuten! Das ist der letzte Wille eines Sterbenden.«

Etwas schwang da in ihrer Stimme mit. Eine überraschende Kraft und echte Sehnsucht ... Martin vergaß sogar, den in seiner Schulter juckenden Splitter herauszuziehen. Zu zweit zogen sie den Aranker geschwind in den Raum mit den schwarzen Spiegeln und betteten ihn auf die weiße Scheibe. Behänd sprangen sie in den Gang hinaus. Irina schloss die Tür, fuhr mit der Hand über die Wand, in der sich daraufhin sofort ein Bildschirm öffnete.

»Er lebt noch«, flüsterte Irina. »Sein Gehirn stirbt, doch er lebt noch ...«

Die Wand schien leicht zu vibrieren. Irina sah Martin an. »Fertig! Die Kraftfelder sind angeschlossen«, erklärte sie. »Der Raum ist gegen das gesamte Universum abgeschirmt ... soweit das überhaupt möglich ist. Wenn es auf der Welt eine Technologie gibt, mit der man die Seele erfassen kann, dann wird uns das gelingen.«

»Zunächst mal ziehen Sie mir doch bitte die Scherbe aus dem Rücken«, bat Martin.

»Drehen Sie sich um«, forderte ihn Irina ohne jeden Widerspruch auf.

Stoisch ertrug Martin den einige Sekunden währenden Schmerz. Erbarmungslos – ihm, aber auch sich selbst gegenüber – drehte Ira die gläserne Nadel heraus. An ihren Fingern sickerte nun ebenfalls Blut herab.

»Niemand wird Sie des Mordes beschuldigen ... Alles, was hier geschehen ist, ist auf Band mitgeschnitten worden ...«, setzte Irina ihm auseinander, gleichsam als bemerke sie das Blut an ihren Händen nicht.

»Vielen Dank«, erwiderte Martin. Der Zynismus, mit dem Irina die letzten Momente im Leben ihres Freundes zu studieren gedachte, erschütterte ihn.

»Das war's, er ist tot«, teilte Irina mit einem Blick auf den Bildschirm mit. »Warten wir noch ein Weilchen ... sicherheitshalber.«

»Was für ein Abschaum Sie sind«, platzte es aus Martin heraus. »Warum haben Sie ihn eigentlich aufgehalten? Hätten Sie ihn doch schießen lassen, dann hätten Sie jetzt auch einen sterbenden Menschen.«

»Er hat geschossen«, bemerkte Irina, auf den Bildschirm starrend.

»Wie?« Martin umwehte Eiseskälte. »Was heißt das?«

Schweigend streckte Irina ihm ihre Hand entgegen. Aus ihrem Handteller ragte gleich einem winzigen funkelnden Splitter ein Metalldorn.

»Er enthält Toxin, das zehn Minuten nach dem Eindringen ins Blut tödlich wirkt«, erklärte Irina. »Ich habe den Lauf mit der Hand abgeschirmt.«

»Sie müssen den Verstand verloren haben!«

»Vermutlich, ja.« Irina lächelte bitter. »Jetzt tragen wir seinen Körper heraus, danach werde ich den Platz von Adeass-kan einnehmen. Sie müssen diesen Knopf hier drücken. Der Rest funktioniert automatisch. Wenn irgendwelche Unterschiede zwischen meinem Tod und dem des Arankers zu beobachten sind, erscheint auf dem Bildschirm eine Mitteilung. Verstehen Sie Arankisch?«

Martin schüttelte den Kopf.

»Dann schalte ich auf Touristisch um ...«

»Rufen Sie einen Arzt, Irina!«

»Es gibt kein Gegengift«, informierte Irina ihn unerschüttert. »Glauben Sie mir, das ist die Wahrheit.«

Als Martin ihr in die Augen sah, wusste er, dass sie ihn nicht anlog. »Warum seid ihr zu siebt, Irina? Wo sind die anderen?«

»Ich werde Ihnen nichts darüber sagen, Martin«, erklärte Irina voller Entschiedenheit. »Sie sollten sich da nicht einmischen, Sie werden schon sehen, wohin das alles führt.«

»Irina, ich muss ...«

»Sie müssen gar nichts, Martin.« Die Frau zuckte mit den schmalen Schultern. »Ich bin eine Närrin. Ich bin zufällig in all das hineingestolpert. Ich habe selbst nichts verstanden – und nur Dummheiten angerichtet. Jetzt ist es jedoch zu spät, um aufzuhören. Aber Sie sollten sich da nicht einmischen! Verzeihen Sie mir und machen Sie nicht dieselben Fehler wie ich.«

»Ich verzeihe Ihnen«, sagte Martin, wobei ihm bewusst wurde, dass er das völlig aufrichtig meinte. »Du dummes Mädchen, was hast du dir da bloß eingebrockt!«

Irina taumelte gegen ihn, schien ihn an sich drücken zu wollen, wich jedoch gleich wieder zurück. In ihren Augen lag Furcht.

»Ich spüre bereits etwas ... Aber man hat mir versprochen, es würde nicht wehtun ... Helfen Sie mir, Martin, ich flehe Sie an! Sie haben recht, ich bin eine erbärmliche Wissenschaftlerin ... Aber wenigstens dieses Experiment werde ich bis zum Ende durchführen.«

Sie trugen die Leiche des Arankers aus dem Detektorenraum. Anschließend nahm Irina seinen Platz auf der weißen Scheibe ein. Martin schloss die Tür und drückte den auf dem Bildschirm dargestellten Knopf.

Abermals vibrierte die Wand, somit das Zimmer isolierend. Martin stand da und wartete, bis Irina tot war. Ihr Sterben zog sich nicht zehn Minuten, sondern annähernd eine Viertelstunde hin, wobei die junge Frau in der letzten Minute leise stöhnte.

Schließlich teilte der Computer ihm mit, dass keine relevanten Unterschiede zwischen dem Tod des Arankers und des Menschen festgestellt wurden.

Ira Poluschkinas dritte wissenschaftliche Hypothese erlitt noch spektakulärer Schiffbruch als die beiden ersten.

Martin brachte den Körper des Mädchens ins Schlafzimmer. Und auch die Leiche von Adeass-kan schaffte er dorthin.

Anschließend ging er ins Arbeitszimmer, wo es ihm nach kurzem Kampf mit dem Computer gelang, den Wachdienst zu rufen.

Vier

Wie abfällig sich Lergassi-kan auch über Tirianth geäußert haben mochte, in der dortigen Bürgermeisterei gab er sich als Höflichkeit in Person.

Martin saß schweigend etwas abseits und wartete, bis die Begrüßungszeremonie beendet war. Die beiden Beamten – Lergassi-kan und sein tirianthischer Kollege – drückten sich die Hände und überhäuften sich gegenseitig mit blumigen Komplimenten. Zumindest nahm Martin an, dass es sich um Komplimente handelte, denn das Gespräch führten sie auf Arankisch. Schließlich küssten Lergassi-kan und sein tirianthischer Kollege sich ab, lösten sich voneinander und nahmen mit zufriedenen Gesichtern in Sesseln Platz.

Martin wartete weiter.

»Gesellen Sie sich zu uns!«, rief Lergassi-kan fröhlich. »Es ist alles in Ordnung, jeder Verdacht ist von Ihnen genommen.«

Die Luft vor sich abtastend, vergewisserte sich Martin, dass das Kraftfeld, das ihn von der Welt trennte, verschwunden war. Er erhob sich, trat an Lergassi-kan heran und setzte sich neben ihn.

»Wessen hatte man mich denn verdächtigt?«, erkundigte er sich.

»Des unerlaubten Besitzes einer Thermowaffe«, unterrichtete Lergassi-kan ihn. »Ihr Verhalten im Labor wurde jedoch unmittelbar nach Ansicht der Videoaufzeichnung für besonnen und vorbildlich befunden.«

Martin nickte. Er hegte keinen Groll gegen die hiesige Polizei. Nicht einmal angeklagt hatte man ihn, sondern lediglich mit Nachdruck darum gebeten, er möge bis zur Klärung aller Einzelheiten bleiben.

»Was für eine traurige Geschichte«, bemerkte Lergassi-kan, indem er Martin mitfühlend auf die Schulter klopfte. »Mitunter zieht die Jagd nach Wissen den Verlust moralischer Prinzipien nach sich ... Das ist bei Ihnen doch sicherlich nicht anders?«

»Es ist ganz genauso«, gab Martin zu.

Lergassi-kan nickte. Dann fragte er seinen Kollegen etwas. Dieser antwortete auf Touristisch: »Ja, sicher, das wäre unsererseits unhöflich ... Martin, Sie werden als Opfer der Handlungen Adeass-kans anerkannt. Damit erhalten Sie das Recht auf seine Frau ...« Auf dem Bildschirm erschien unverzüglich das Bild einer hübschen Frau mit kurz geschnittenem Haar. »... seine Tochter ...« Der Computer zeigte ein glücklich lächelndes Mädchen von zwei, drei Jahren. »... und seinen Besitz inklusive des Sportgleiters und des Hauses außerhalb der Stadt. Darüber hinaus hatte Adeass-kan vier richtungweisende wissenschaftliche Abhandlungen verfasst, besaß den Titel eines Meisters im Faustkampf und den orangefarbenen Pokal im Schießen. All das gehört nun Ihnen.«

Der Aranker schwieg, während er mit unverhohlener Neugier Martins Antwort erwartete.

Martin seufzte. Martin schüttelte den Kopf. Martin versuchte zu lächeln. Martin sagte schließlich: »Ich habe den Eindruck, der Titel eines Meisters im Faustkampf und der Pokal im Schießen haben Adeass-kan nicht viel genutzt. Darauf werde ich verzichten. Ferner verzichte ich selbstverständlich sowohl auf die Witwe als auch auf die Tochter ... und auf den gesamten beweglichen und unbeweglichen Besitz zugunsten von Frau und Kind.«

Lächelnd nickten beide Beamte. Offenbar hatten sie mit dieser Entscheidung gerechnet.

»Was die wissenschaftlichen Abhandlungen des Toten anbelangt«, fuhr Martin fort, »so möchte ich bitten, sie dem russischen Konsul zukommen zu lassen.«

Die Aranker sahen sich an. Danach schielte der tirianthische Beamte zum Bildschirm hinüber. »Ich glaube nicht, dass Ihnen ein Verfahren zur Verarbeitung von Monopoltricarbonfaser dienlich sein wird. Zumindest nicht in den nächsten fünfzig Jahren. Dafür sind bestimmte Produktionskapazitäten und entsprechende Technik nötig. Aber natürlich ist es Ihr gutes Recht ...«

»Ich kann Ihnen nur zustimmen«, pflichtete Martin ihm bei. »Zumal Ihnen diese Technik durchaus nützlich ist. Daher werden wir sie Ihnen mit Vergnügen verkaufen.«

Beide Beamte lachten fröhlich auf.

»Bist du jetzt überzeugt?«, fragte Lergassi-kan seinen Kollegen. »Er ist ein Mensch mit überaus vernünftigen Ansichten. Eine exzellente Entscheidung! Ich glaube freilich nicht, Martin, dass Ihr Staat damit reich wird. Adeass-kan war leider kein Genie, aber etwas wird dabei schon abfallen. Für den Unterhalt des Konsulats sollte es reichen.«

»Es ist mir eine Freude, meinem Staat dienen zu können«, erwiderte Martin bescheiden.

Lergassi-kan drohte ihm mit dem Finger. »Diese Rede sparen Sie sich für Ihre Regierung auf. Nun gut, ich bin froh, dass Sie so klugen Gebrauch von Ihren Rechten gemacht haben. Quittieren Sie bitte den Erhalt der wissenschaftlichen Abhandlungen und einen formellen Verzicht auf alles Übrige.«

Martin unterschrieb einige Blankoformulare und hielt danach auf Lergassi-kans Bitte hin eine kurze, für die Witwe gedachte Ansprache in die Kamera. Er erklärte ihr, nicht ihre persönlichen Eigenschaften hätten ihn zu dem Verzicht bewogen, sei er doch entzückt von ihrer Schönheit und ihrem Charakter – aber er würde es nicht wagen, sie durch seine Anwesenheit an die Tragödie zu erinnern, die Adeass-kan ereilt habe.

»Die Sache ist die«, erläuterte ihm Lergassi-kan, »dass der Gesetzespunkt über die Vererbung der sexuellen Partner auf die klassische Situation eines Dreieckskonflikts zurückgeht, auf die Rivalität um eine Frau oder einen Mann. Wenn Sie ohne Angabe von Gründen auf Frau Adeass verzichten würden, demütigten Sie sie und stürzten sie in ein schweres psychologisches Trauma. Sie sind ihr gegenüber doch nicht voreingenommen?«

»Nicht im Geringsten«, beteuerte Martin. »Aber ich glaube, sie würde das mir gegenüber sein. Und wenn ich zustimmen würde, ihr Mann zu werden, dürfte sie sofort die Scheidung einreichen.«

»Selbstverständlich«, bestätige Lergassi-kan. »In dem Fall müssten Sie dann allerdings Alimente für die Tochter zahlen. Insofern haben Sie eine weise Entscheidung getroffen!«

Ein junger Mann mit einem Tablett kam herein. Er stellte vor jeden eine Tasse, einige winzige Teekannen und eine Schale mit Naschwerk hin.

»Probieren Sie diesen Tee«, riet Lergassi-kan ihm. »Ich habe schon Tee von der Erde getrunken und kann Vergleiche anstellen ... Dieser kommt seinem Geschmack sehr nahe.«

Martin nahm einige Schluck von dem aromatisch duftenden Kräuteraufguss. Er erwies sich in der Tat als wohlschmeckend.

»Was sollen wir mit dem Körper von Frau Groschewa machen?«, erkundigte sich der tirianthische Beamte.

»Poluschkina. Sie hielt hier sich unter falschem Namen auf ... eigentlich heißt sie Irina Poluschkina. Wir müssen sie bestatten – beerdigen, wenn das möglich ist, und nicht verbrennen.«

»Das ist möglich«, versicherte der Beamte großherzig. »Das Grab wird eine Sehenswürdigkeit im Zentrum für globale Forschungen. Bei uns in der Stadt gibt es einen Menschen, der den religiösen Kult der Erde pflegt ...« Er schielte zum Bildschirm hinüber. »Ein polnischer Geistlicher. Ginge das?«

»Im Großen und Ganzen«, meinte Martin schulterzuckend,

»sollte es wohl gehen. Er wird Ihnen sagen, wie alles abzulaufen hat.«

»Die Mitarbeiter von Frau Irina werden an der Beerdigung teilnehmen«, setzte ihn der Beamte ins Bild. »Sie hat mit ihrer Idee einen Großteil der Jugend begeistern können ... Es ist sehr bedauerlich, dass ihre Hypothese nicht zutrifft.«

»Würden Sie denn gern wissen wollen, wodurch Sie sich von anderen Rassen unterscheiden?«, fragte Martin.

Die Aranker wechselten einen Blick.

»Ehrlich gesagt«, bekannte Lergassi-kan, »wäre es sehr unangenehm für uns gewesen, wenn Irina recht gehabt hätte. Ich habe mich mit ihrer Theorie beschäftigt ... und bin entsetzt gewesen. Der Erfolg des Experiments hätte letztendlich die Existenz von etwas bedeutet, das uns verschlossen bleibt ... und zwar prinzipiell ...«

»Gott«, soufflierte Martin.

»Ja, genau. Und es hätte gezeigt, dass wir die einzige intelligente Rasse im Universum ohne Seele sind.« Der Beamte breitete die Arme aus. »Das wäre doch keine sehr erfreuliche Entdeckung, oder?«

»Eine beängstigende«, pflichtete Martin ihm bei. »Aber ich glaube nicht, dass Irina auch nur die geringste Aussicht auf Erfolg hatte. Ich weiß noch nicht einmal, wie sie auf die Idee für dieses Experiment kommen konnte, denn ihre eigenen religiösen Anschauungen waren höchst oberflächlich.«

»Jedenfalls bin ich froh, dass sie sich getäuscht hat«, sagte Lergassi-kan. »Zumindest können wir beim gegenwärtigen Stand der Wissenschaft ihre Theorie als falsch ansehen.«

»Und wenn das Experiment geglückt wäre?«, wollte Martin wissen. »Wenn die Geräte eine Veränderung festgestellt hätten in dem Moment, als Irina starb ... eine zarte Substanz, die sich von ihrem Körper abgelöst hätte, die in Ihnen nicht existiert?«

Abermals wechselten die Aranker einen Blick.

»Schon verstanden«, sagte Martin. »Sie brauchen nicht zu antworten.«

»Unsere Pflicht gegenüber unserer Rasse hätte darin bestanden, diese Entdeckung geheim zu halten«, gab Lergassi-kan zu. »Um jeden Preis. Entschuldigen Sie, Martin. Wir hätten uns bemüht, Ihnen das Leben zu erhalten, aber wir hätten Sie isolieren müssen ... auf einer tropischen Insel beispielsweise.«

»Anschließend hätten wir unserer eigenen Existenz ein Ende setzen müssen«, fuhr der tirianthische Beamte fort. »Um das Risiko eines Informationslecks auszuschließen. Welchen Sinn hätte es schließlich, weiter zu existieren, wenn wir wüssten, dass unser Leben endlich ist, während alle anderen Rassen unsterblich sind?«

»Ziemlich egoistisch«, konstatierte Martin. »Aber ich kann Ihre Befürchtungen verstehen. Arme Irotschka. Sie hat nicht einmal geahnt, wie schockierend ihre Entdeckung sein könnte.«

Sie tranken ihren Tee zu Ende und unterhielten sich noch ein Weilchen über die unterschiedlichsten Themen, angefangen vom Wetter bis hin zu den Aussichten, freundschaftliche Beziehungen zwischen der Erde und Arank aufzubauen. Die beiden händigten Martin Irinas Jeton aus – nunmehr schon der dritte in seiner Sammlung –, was ihm klarmachte, dass es Zeit war, sich zu verabschieden. Lergassi-kan bat er, dem kleinen Hatti Grüße auszurichten und ihm zu erzählen, was hier geschehen war. Lergassi-kan und sein Kollege, der sich immer noch nicht vorgestellt hatte, verabschiedeten sich aufs Herzlichste von Martin und drängten ihn, Arank häufiger zu besuchen.

Martin versprach es.

Die Station der Schließer in Tirianth war im urbanen Stil erbaut. Eine Pyramide aus Glas und Metall, über die durchsichtigen Wände huschende Lichter, das irgendwo in einer Höhe von hundert Metern blinkende Leuchtfeuer, das auf einem derart zivilisierten Planeten freilich nicht unbedingt nötig gewesen wäre, von den Schließern jedoch hartnäckig auf jeder Station errichtet wurde.

Martin gelangte über eine mobile spiralförmige Rampe zu einem der Eingänge in die Station. Dort hüllte ihn warme, angenehm duftende Luft ein, während über ein dickes, halbtransparentes Feld huschende Lichtsignale Martin zu einem freien Schließer lotsten. Hier in dieser großen und belebten Station war der weitläufige Saal wie ein Restaurant mit kleinen Zweiertischen eingerichtet. An jedem Tisch saß ein gelangweilter Schließer und wartete auf interessante Geschichten.

Martin trat an einen Sessel heran, neben dem über eine matte Standtafel gleich einem Spermatozoon ein Signal schoss, und setzte sich bequem hin. Er blickte dem Schließer in die traurigen Augen und begann mit der ihm zugebilligten Rede. »Es war einmal ein Mensch ...«

»Dieser Beginn hat mir schon immer gefallen«, lobte ihn der Schließer und schob einen sauberen Pokal und eine Flasche Wein näher an Martin heran.

Martin schenkte sich etwas ein und fing noch einmal an: »Es war einmal ein Mensch, der, wie es so kommt, starb. Als er sich danach betrachtete, wunderte er sich sehr. Sein Körper lag auf dem Bett und fing allmählich zu vermodern an, während ihm einzig die Seele geblieben war. Die nackte, durchsichtige Seele, sodass gleich zu sehen war, wen man da vor sich hatte. Der Mensch verzweifelte schier – ohne Körper fühlte er sich unwohl, genierte sich. Alle Gedanken, die er dachte, schwammen in seiner Seele wie bunte Fische. All seine Erinnerungen lagen am Grund der Seele, zur Ansicht freigegeben. Es fanden sich darunter gute und schöne Erinnerungen, die man gern zur Hand nahm. Aber es gab auch solche, die unseren Menschen abschreckten und anwiderten. Er versuchte, diese unschönen Erinnerungen aus seiner Seele zu schütteln, was ihm jedoch nicht gelang. Hernach versuchte er, diejenigen zuoberst zu legen, die ihm besser gefielen: Wie er sich das erste Mal im Leben verliebt hatte. Wie er seine alte, kranke Tante gepflegt hatte. Wie er geweint hatte, als sein Hündchen starb. Wie er sich über die Morgendämmerung gefreut hatte, der er nach einem langen und heftigen Schneesturm in den Bergen teilhaftig werden durfte.

Und so beschritt er den ihm bestimmten Weg.

Gott blickte flüchtig auf diesen Menschen und sagte kein Wort. Der Mensch vermeinte, Gott habe in der Eile die anderen Erinnerungen übersehen: Wie er seine Geliebte betrogen hatte. Wie er sich gefreut hatte, als seine Tante starb und ihm die Wohnung vererbte. Wie er im betrunkenen Zustand den Hund mit dem Fuß getreten hatte, der ihn liebkosen wollte. Wie er in dem dunklen kalten Zelt an der versteckten Schokolade genagt hatte, während seine hungrigen Freunde schliefen. Und vieles, vieles mehr, an das er sich unter keinen Umständen erinnern wollte. Und der Mensch freute sich und machte sich auf zum Paradies, hatte Gott ihm die Tür doch nicht verschlossen.

Es verging einige Zeit, wie viel, lässt sich nur schwer sagen, da sie an jenem Ort, an den unser Mensch gelangt war, in völlig anderem Tempo verstrich als auf der Erde. Und der Mensch kehrte um, kehrte zu Gott zurück. ›Warum kommt du zurück?‹, fragte Gott. ›Ich habe das Tor zum Paradies doch nicht vor dir verschlossen.‹ – ›Herr‹, sagte der Mensch, ›mir geht es nicht gut in Deinem Paradies. Ich fürchte jeden Schritt – zu wenig Gutes gibt es in meiner Seele, als dass es das Hässliche verbergen könnte. Ich fürchte, alle werden sehen, wie schlecht ich bin.‹ – ›Was willst du dann?‹, fragte Gott, denn Er war der Schöpfer der Zeit und gebot über genügend davon, um einem jeden antworten zu können. ›Du bist allmächtig und barmherzig‹, sagte der Mensch. ›Du schautest in meine Seele, hieltest mich aber nicht auf, als ich versuchte, meine Sünden zu verbergen. Erbarme Dich meiner, tilge aus meiner Seele all das Schlechte, das es dort gibt!‹ – ›Ich habe eine gänzlich andere

Bitte erwartet‹, antwortete Gott. ›Aber ich werde tun, worum du mich bittest.‹

Und Gott nahm aus der Seele des Menschen alles, dessen er sich schämte. Er entriss dem Gedächtnis die Erinnerungen an Verrat und Betrug, Feigheit und Niedertracht, Lüge und Verleumdung, Gier und Faulheit. Doch indem unser Mensch seines Hasses nicht mehr gedachte, erinnerte er sich auch der Liebe nicht länger, und mit dem Fall vergaß er den Flug. So stand die Seele vor Gott und war leer, leerer noch als zu dem Zeitpunkt, da der Mensch das Licht der Welt erblickt hatte ...«

Martin trank einen Schluck Wein.

»Einsam ist es hier und traurig«, sagte der Schließer schulterzuckend. »Ich habe schon viele solche Geschichten gehört, Wanderer.«

»Meine Geschichte ist noch nicht zu Ende«, entgegnete Martin. »Die Seele stand vor Gott und war leer, leerer noch als zu dem Zeitpunkt, da der Mensch das Licht der Welt erblickt hatte. Doch Gott war barmherzig und legte all das in die Seele zurück, was sie einst ausgefüllt hatte. Und da fragte der Mensch erneut: ›Herr, was soll ich tun? Wenn Gut und Böse so in mir verschmolzen sind, wohin soll ich dann gehen? Doch nicht etwa in die Hölle?‹ – ›Kehre in das Paradies zurück‹, antwortete der Schöpfer, ›dieweil Ich nichts schuf als das Paradies. Die Hölle trägst du selbst in dir.‹«

Martin sah den Schließer an.

Zögernd ließ der Schließer den Pokal in seinen Händen kreisen. »Einsam ist es hier und traurig«, sagte er nach einer Weile.

»Meine Geschichte ist noch nicht zu Ende«, wiederholte Martin. »›Kehre in das Paradies zurück‹, antwortete der Schöpfer, ›dieweil Ich nichts geschaffen habe als das Paradies. Die Hölle trägst du selbst in dir.‹ Und der Mensch machte sich auf den Weg zurück ins Paradies, doch es verging einige Zeit, da stand er abermals vor Gott. ›Schöpfer!‹, sagte der Mensch. ›Mir geht es nicht gut in Deinem Paradies. Du bist allmächtig und barmherzig. Erbarme dich meiner, vergib mir meine Sünden.‹ – ›Ich habe eine gänzlich andere Bitte erwartet‹, antwortete Gott. ›Aber ich werde tun, worum du mich bittest.‹

Und Gott verzieh dem Menschen alles, das er getan. Und der Mensch machte sich auf ins Paradies. Doch es verging einige Zeit, da kehrte er abermals zu Gott zurück. ›Was willst du jetzt?‹, fragte Gott. ›Schöpfer‹, sagte der Mensch. ›Mir geht es nicht gut in Deinem Paradies. Du bist allmächtig und barmherzig, Du hast mir verziehen. Aber ich selbst vermag mir nicht zu verzeihen. Hilf mir!‹ – ›Diese Bitte habe ich erwarte‹, antwortete Gott. ›Dies ist jedoch der Stein, den Ich zu heben nicht vermag.‹«

»Mich würde interessieren, was dann passierte«, bemerkte der Schließer.

»Mich auch«, pflichtete ihm Martin bei. »Aber das ist der Stein, den ich nicht heben kann.«

»Du hast meine Einsamkeit und meine Trauer vertrieben, Wanderer«, sagte der Schließer. »Tritt durch das Große Tor und setze deinen Weg fort.«

»Vielen Dank.« Martin trank den Wein aus und erhob sich.

»Die Konfrontation mit der Lebensphilosophie der Aranker hat einen gewissen Eindruck bei dir hinterlassen.« Der Schließer lächelte kaum merklich.

»Gewiss«, räumte Martin schulterzuckend ein. »Aber ich bin froh, dass sie eine Seele haben.«

»Möchtest du der Abwechslung halber nicht einmal die Version näher betrachten, derzufolge ihr keine Seele habt?«, wollte der Schließer wissen.

»Nein.« Martin schüttelte den Kopf. »Diese Version ist allzu trostlos.«

»Dein Glaube überliefert eine Begebenheit aus vorsintflutlichen Zeiten, als die Söhne Gottes vom Himmel herniederstiegen und sich Menschenfrauen zum Weibe nahmen, welche ihnen Kinder gebaren«, sagte der Schließer. »Diese Überlieferung empört viele Theologen, denn Söhne Gottes nannte man nur die Engel – und gemeinhin nimmt man an, Engel hätten kein Geschlecht. Mich freilich würde die Frage neugierig machen, ob die Nachkommen von Menschen und Engeln eine Seele hatten.«

»Und mich würde es interessieren, deine Version zu hören«, tastete Martin sich vor.

Der Schließer lächelte bloß.

»Wird irgendwer irgendwann von euch wenigstens auf eine einzige Frage eine Antwort erhalten?«, brauste Martin auf.

Das Lächeln wurde noch breiter.

Martin machte sich nicht gleich zur Erde auf. Er wollte ausschlafen. So wie sein Kopf dröhnte, konnte er sich nur wundern, dass der Schließer die Stegreifgeschichte akzeptiert hatte. Noch vor dem Morgengrauen wachte er auf, aß etwas und setzte sich ans Fenster, um auf das nächtliche Tirianth zu schauen.

Hoch oben zogen als bunte Funken die Gleiter einher, leuchteten die Fenster der Wolkenkratzer. Reklame gab es keine, was Martin ausnehmend gut gefiel. Martin öffnete sogar das Fenster, um die laue saubere Luft zu inhalieren. Von unten, von der Straße drangen Gelächter und ausgelassene Stimmen zu ihm herauf. Das Leben stand hier keine Sekunde lang still. Wenn auf Arank bereits eine Stadt wie Tirianth als Kloake galt, wie durfte er sich dann die anderen Orte vorstellen? Zum zweiten Mal besuchte er jetzt Arank – und so wenig hatte er bislang gesehen und verstanden.

Am Himmel leuchteten – zwischen den Lichtern kaum auszumachen – ferne und fremde Sterne. Auf einigen war er gewesen, andere würde er noch besuchen, manche würde er nie sehen.

Ein Schmerz breitete sich in seiner Brust aus, und er verspürte eine solche Bitterkeit, wie man sie nur nach verheerenden Niederlagen empfindet. Seine Jagd nach Irina Poluschkina war zu Ende. Alle Sterne würde er nicht absuchen. Jeder Planet, den die Schließer in ihr Transportnetz integriert hatten, wartete mit einer Besonderheit auf. Wo konnten da die anderen vier Irinas sein? Auf dem uralten Planeten Galel, auf dem der Biologe David beobachtet hatte, wie ein Satellit zum Leben erwachte? In den wahnsinnigen Welten der Dio-Daos? Auf einem verödeten toten Planeten, auf dem übereifrige Wissenschaftler ein weiteres Artefakt ausgruben? Was verband die linguistischen Fingerübungen auf Bibliothek, die archäologischen Grabungen auf Prärie 2 und die Suche nach der Seele auf Arank?

Alle Welten konnte er nicht absuchen.

Woran Martin indes keinen Zweifel hegte – und dies war das Traurigste von allem –, war, dass Irinas Schicksal besiegelt war. Drei Todesfälle hintereinander, drei tragische Todesfälle – das konnte kein Zufall sein.

Es würde noch vier weitere geben.

Doch woher nahm er eigentlich die Gewissheit, dass die übrigen Irinas noch lebten?

Martin starrte auf Irinas Jeton. Was soll's? Es war an der Zeit, Ernesto Semjonowitsch Bericht zu erstatten. Er hatte den Auftrag nicht auszuführen vermocht. Allerdings hätte das menschliche Kräfte wohl überstiegen.

Dennoch blieb Martin bis zum Morgen am Fenster sitzen, sog die Luft einer fremden Welt ein und überließ sich seinen Gedanken über die Schließer, die Aranker und über Irotschka Poluschkina.

Fünf

Wieder kam Martin nachts in Moskau an. Die Sprünge durch die Galaxis nahmen ihn stärker mit als ein Flug von einer Zeitzone in die andere, veränderten sich dabei doch sowohl die Luft wie auch die Gravitation – der gestörte Rhythmus von Tag und Nacht bedeutete da noch das geringste Übel.

Ein träger, behäbiger Grenzer kontrollierte seine Papiere und stempelte das Einreisevisum hinein. Ein Verhör zu dem ewigen Thema »Wie schaffen Sie es, so häufig zu reisen?« unterblieb. Worüber Martin nur froh war.

Martin hing alles dermaßen zum Halse heraus, dass er mit dem Taxi nicht viel Aufhebens machte und sich gleich an der Station eins nahm, dabei ohne zu feilschen den überhöhten Preis akzeptierte. Der enthusiasmierte Fahrer unterhielt ihn den ganzen Weg mit den aktuellsten irdischen Neuigkeiten.

Interessantes boten diese Neuigkeiten nicht. Letzten Endes war Martin eben doch kein Fußballfan, aus Politik machte er sich grundsätzlich nichts, der übliche Fall des Dollars im Vergleich zum Euro entsetzte ihn nicht, sondern freute ihn eher.

Am Hauseingang kramte Martin lange nach dem Schlüssel, bis er ihn am Boden des Rucksacks fand – und keineswegs dort, wo er ihn beim Packen seiner Sachen verstaut hatte. Anscheinend war bei der Kontrolle auf Arank alles durcheinandergeraten. Oder bereits bei jener auf Prärie 2? Bei dieser Reise ging einfach alles schief ...

Als er schließlich in seiner Wohnung ankam, konnte Martin es kaum erwarten, das Bad aufzusuchen. Er entkleidete sich, wusch sich lange und genüsslich ab, mummelte sich in einen weiten Bademantel und schielte zu seinem Spiegelbild hinüber. Ein Aranker, wie er im Buche stand. Noch eine Tjubetejka auf den Kopf ... Oder trugen nur ihre Kinder diese Käppchen? Als Martin darüber nachsann, kam er zu dem Schluss, dass es sich genau so verhielt: Die erwachsenen Aranker zogen es vor, auf eine Kopfbedeckung zu verzichten.

Nach dem Bad steuerte Martin die Küche an, bewaffnete sich mit einem belegten Brot, das – wie vulgär, ja, nachgerade plebejisch – aus Brot, Käse und Kochwurst bestand und das er obendrein reichlich mit süßem, bourgeoisem Senf beschmierte, brühte sich einen Beutel grünen Tees von Twinings auf, der mit Jasminblütenblättern aromatisiert war, und wanderte in sein Arbeitszimmer. Schlafen wollte er ohnehin nicht, insofern konnte er getrost die eingegangene Post durchsehen, im Internet surfen und beispielsweise in Erfahrung bringen, was die großen religiösen Konfessionen zur Existenz von Seelen bei Außerirdischen dachten. Martin erinnerte sich vage daran, dass die Christen und insbesondere die orthodoxen unter ihnen sich in dieser Frage äußerst bedeckt hielten. Er könnte auch ein raffiniertes Strategiespiel laden und sich bis zum Morgen mit der Lösung globaler Probleme beschäftigen, Sternenkriege führen, Korporationen schaffen und zerstören sowie fremde Welten kolonisieren. Kurzum, er konnte sich dem normalen Leben eines normalen Menschen hingeben und sich die in sieben Exemplaren existierende Frau samt der sich nicht um den Sinn des Lebens scherenden Aranker aus dem Kopf schlagen.

In Martins Arbeitszimmer wartete indes eine Überraschung.

Diese Überraschung saß im Besuchersessel. Ein Mann von etwa vierzig Jahren, dessen Äußeres unauffällig, ja, banal anmutete – woraus sich schlussfolgern ließ, dass sein Kopf gemäß dem Vermächtnis Felix Edmundowitschs kalt, seine Hände zu Ehren desselben Dzierżyńskis sowie des zaristischen Leibarztes Botkins rein gewaschen und sein Herz in unbedingter Übereinstimmung mit dem großen Tschekisten und den Gesetzen der Physiologie heiß war.

»Guten Abend«, brachte Martin bekümmert hervor und setzte sich an seinen Schreibtisch. Der ungebetene Gast erhob keinen Widerspruch, vielmehr lächelte er entschuldigend und breitete die Arme aus, gleichsam signalisierend: Was soll ich machen, das ist nun mal meine Arbeit ...

»Herzlich willkommen zuhause, Martin«, begrüßte ihn der Gast. »Nennen Sie mich bitte Juri Sergejewitsch.«

»Wie Sie wünschen, Juri Sergejewitsch«, willigte Martin ein. »Womit kann ich Ihnen dienen?«

»Verzeihen Sie mir, wenn ich Ihren Feierabend störe«, entschuldigte sich der Gast. »Also ...«

Martin schielte lediglich kurz auf das rote Büchlein, mit dem der Fremde sich auswies, öffnete es jedoch nicht. Während seiner Abwesenheit hatte er die Alarmanlage in der Wohnung eingeschaltet, noch jetzt blinkte an der Wand das rote Lämpchen des Bewegungsmelders auf. Wenn daraufhin niemand herbeigeeilt war, bedeutete dies, jemand hatte der Miliz mehr als nahe gelegt, sich keine Gedanken zu machen.

»Sie wissen, weshalb ich hier bin?«, fragte der Gast.

»Wollen wir uns nicht Ihre Version anhören?«, antwortete Martin mit einer Frage.

Juri Sergejewitsch widersprach nicht. »Irina Poluschkina. Sie sind auf der Suche nach ihr.«

»Richtig«, bestätigte Martin. »Bis heute.«

»Nein, nein, wir bitten Sie durchaus nicht, von der Suche abzusehen!«, ereiferte sich Juri Sergejewitsch.

»Sie spielen dabei gar keine Rolle. Es ist einfach vorbei, meine Arbeit ist beendet.«

»Haben Sie sie gefunden?«, frohlockte der Gast.

»In gewisser Weise. Morgen früh werde ich mich an Ihre Eltern wenden.«

»Hervorragend«, meinte Juri Sergejewitsch nickend. »Aber zunächst werden Sie alles mir erzählen.«

»Das verletzt meine Rechte als Privatdetektiv«, hielt Martin fest.

Der Gast zeigte sich verstimmt. »Was reden Sie denn da, Martin ... Muss ich Sie etwa verhaften lassen und Ihnen das Schreiben vorlegen, das uns zur Aufnahme von Ermittlungen befugt? Muss ich wirklich erst etwas suchen, mit dem Sie unter Druck zu setzen sind, Sie an kleine Steuerbetrügereien und Schmuggel erinnern, ein Strafverfahren wegen überzogener Selbstverteidigung eröffnen? Sie schweben ohnehin stets in der Gefahr, gegen diesen Artikel zu verstoßen. Haben Sie ein Devisenkonto bei einer Westbank? Selbst damit machen Sie sich strafbar. Speichern Sie Verträge mit Ihren Klienten unter einem Passwort ab? Ein weiteres Vergehen! Es gibt viele Gesetze, Martin, da wird sich schon etwas Passendes für Sie finden. Wenn es sein muss, hängen wir selbst einem Heiligen etwas an. Lawrenti zum Beispiel. Und zwar alles im Rahmen des Gesetzes, merken Sie sich das!«

Geduldig hörte sich Martin die Tirade bis zum Ende an. »Sie haben mich nicht verstanden«, sagte er dann. »Ich verweigere mich einer Zusammenarbeit keineswegs. Ich habe Sie lediglich darauf hingewiesen, dass ich die Rechte meines Klienten verletze, wenn ich Ihnen vertrauliche Informationen zukommen lasse. Das ist mir sehr unangenehm.«

»Hätten Sie das doch gleich gesagt«, beschwichtigte Juri Sergejewitsch lächelnd. »Natürlich ist es unangenehm, auch nur in Kleinigkeiten von seinen Prinzipien abzurücken. Man möchte in einer Welt leben, in der das Böse ausgerottet ist und die Tugend obsiegt ... Aber Sie sind ein intelligenter Mann und haben stets gern mit uns zusammengearbeitet.«

»Gehorsam«, korrigierte Martin.

»Pardon?«, fragte Juri Sergejewitsch begriffsstutzig.

»Gehorsam, nicht gern. Und zwar weil ich ein intelligenter Mann bin. Ist Ihr Aufnahmegerät eingeschaltet?«

»Hm«, nickte der Gast. »Erzählen Sie.«

»Ich glaube nicht, dass dieser Fall irgendein Interesse für Ihr Amt darstellt«, sagte Martin, was ihm ein angedeutetes Lächelns seitens Juri Sergejewitschs eintrug. »Ernesto Semjonowitsch Poluschkin hat mich um Hilfe gebeten. Ein recht erfolgreicher Geschäftsmann. Die mir zugänglichen Quellen wussten im Zusammenhang mit ihm von keiner allzu großen Kriminalität zu berichten ... Ja, schon gut, ich habe begriffen, dass man für alles ein Gesetz findet ... Seine Tochter ist von zuhause weggelaufen. Das Mädchen, siebzehn Jahre alt, ist durch das Moskauer Große Tor gegangen und nicht zurückgekommen. Zunächst hielt ich die ganze Angelegenheit für reichlich trivial ...«

Ausführlich, wiewohl ohne überflüssige Details berichtete Martin Juri Sergejewitsch von seinem Besuch auf Bibliothek, von Irinas Tod, von seinem Entschluss, Prärie 2 zu überprüfen, von der zweiten Irina, von ihrem tragischem Ende, von der Reise nach Arank ... Juri Sergejewitsch hörte mit wachsender Neugier zu, schüttelte an den geziemenden Stellen traurig den Kopf und stellte bisweilen präzisierende, stets angemessene Fragen.

Martin berichtete auch von der von den Arankern erhaltenen Thermowaffe, die er seinem Gast zusammen mit der bereits auf Arank aufgesetzten Erklärung für die Organe des Innenministeriums aushändigte. In der Erklärung hatte Martin genau die Umstände beschrieben, unter denen er zu der Waffe gelangt war, und betont, dass er selbst nicht damit geschossen habe.

»Sie sind sehr vorausschauend«, lobte Juri Sergejewitsch ihn. »Ich glaube, es ist am besten, wenn ich die Waffe an mich nehme.«

»Nur gegen Unterschrift«, verlangte Martin.

»Selbstverständlich.«

Stürmische Begeisterung rief die Thermowaffe jedoch nicht hervor, woraus Martin schlussfolgerte, es müsse bereits eine solche Waffe mit auf die Erde gebracht worden sein, welche man untersucht und angesichts der gegebenen technischen Bedingungen für nicht herstellbar gehalten habe.

»Was denken Sie persönlich über diese Geschichte?«, fragte Juri Sergejewitsch, nachdem Martin seinen Bericht beendet hatte.

Schweigend formulierte Martin seine Gedanken präziser, als wenn er einem Schließer gegenüberstünde. »Ich glaube, Irina Poluschkina ist auf irgendeine Weise an geheime Informationen gelangt, die Bibliothek, Prärie 2 und Arank betreffen ... und anscheinend noch einige andere Planeten. Irgendwelche Unterlagen, die die entsprechenden Institutionen ausgearbeitet haben. Darin muss eine Methode beschrieben worden sein, wie man sich vervielfältigen und in mehreren Exemplaren kopieren kann. Irina ist eine ehrgeizige Frau, nicht dumm, verliert dabei jedoch schnell den Eifer und ist oberflächlich. Sie hat sich auf jene Planeten begeben, bei denen sie mit raschem Erfolg rechnete. Leider lassen sich die Rätsel des Kosmos jedoch nicht mit links lösen. Inzwischen dürfte man das Informationsleck bemerkt haben, woraufhin ...« Martin lächelte. »... Sie sich für mich zu interessieren begannen.«

»Das kommt der Wahrheit recht nahe«, bestätigte Juri Sergejewitsch. »Ein Detail muss ich freilich klarstellen: Uns ist nicht bekannt, wie man sich versiebenfachen kann.«

»Wenn das so ist ...«, brummelte Martin. »Hat das Mädchen also wenigstens eine Entdeckung gemacht!«

»Haben Sie eine Ahnung, wie sie das geschafft hat?«, erkundigte sich der Gast.

»Es scheint mir zweifellos das Werk der Schließer zu sein. Wir wissen ja nicht einmal, wie die Großen Tore funktionieren. Ist es tatsächlich möglich, unsere Körper zu duplizieren und auf einem anderen Planeten neu erstehen zu lassen? Dann spräche auch nichts dagegen, nicht nur eine Kopie, sondern sieben anzufertigen. Oder siebenhundertsiebenundsiebzig.«

»In das Transportnetz der Schließer sind zum gegenwärtigen Zeitpunkt vierhundertundneun Planeten integriert«, murmelte Juri Sergejewitsch. »Obwohl ... Es ist ja nicht gesagt, dass sie uns eine vollständige Liste vorlegen ... Wie könnte man die Schließer überreden, jemanden zu duplizieren?«

»Überhaupt nicht.« Martin schüttelte den Kopf. »Sie antworten nicht einmal auf unsere Fragen. Sie können etwas Interessantes erzählen oder uns faszinierende Nippes schenken, aber das geht stets auf ihre persönliche Initiative zurück. Anscheinend fanden die Schließer es komisch, eine Frau, die sich nicht entscheiden konnte, welchen Planeten sie besuchen sollte, siebenmal zu kopieren.«

»Diese Mistkerle!«, polterte Juri Sergejewitsch. Nach Martins Dafürhalten galt die Missbilligung seines Besuchers jedoch einzig der Unzugänglichkeit der Schließer, keineswegs dem grausamen Experiment an einer jungen Frau. Freilich ging er dieser Sache lieber nicht auf den Grund. »Und was sagen Sie zu diesen ...« Der Gast geriet ins Stocken. »... zu diesen Todesfällen, Martin?«

»Möglicherweise haben wir es hier mit Mordfällen zu tun«, meinte Martin. »Ich weiß es nicht. Auf den ersten Blick sah alles wie ein Zufall aus. Doch wenn hinter den Morden jemand steht, geht es über unsere Kräfte, ihn zu überführen.«

»Die Schließer?«, spekulierte Juri Sergejewitsch nachdenklich. »Sie gaben das Leben, sie nehmen es auch wieder. Und Sie haben mit der Sache wirklich nichts zu tun?«

»Lesen Sie einfach Klims Bericht noch einmal«, konnte Martin sich nicht verkneifen zu sagen.

»Woher wissen Sie ...« Für einen Augenblick büßte Juri Sergejewitsch seine Unerschütterlichkeit ein. Dann fuhr er kopfschüttelnd fort: »Sie sind weitaus klüger, als Sie sich den Anschein zu geben versuchen.«

»Genau wie Sie«, grummelte Martin, sich innerlich für seine vorwitzige Zunge verfluchend. Weshalb legte er sich bloß mit einem Tschekisten an? Ein schönes Beispiel für seinen brillanten Verstand ...

Juri Sergejewitsch seufzte. »Ich glaube Ihnen, ich glaube Ihnen ja ...«, versicherte er mit jener Aufrichtigkeit, hinter der sich stets ein doppelter Boden verbarg. »Sie sind ein anständiger, ein guter Mann. Sie haben sich nichts Besonderes zuschulden kommen lassen. Gäbe es mehr von Ihrer Sorte, hätten wir Europa längst eingeholt. Niemand hat vor, Sie zu belästigen ... Vielen Dank für die Informationen ...«

Der Tschekist rutschte in seinem Sessel hin und her, schickte sich allerdings nicht an aufzustehen. Beflissen versuchte er seine innere Zerrissenheit zum Ausdruck zu bringen. Martin, seine vorwitzige Zunge im Zaum haltend, wartete ab.

»Wo muss man die übrigen vier Mädchen suchen, Martin?«

»Darüber habe ich bereits nachgedacht«, sagte Martin. »Und genau deshalb habe ich die Suche ja auch aufgegeben. Freilich, wenn ich wüsste, welche Rätsel in dem Dossier erwähnt wurden, das Irina eingesehen hat, könnte ich den Kreis der fraglichen Planeten einengen. Aber so ... Vierhundertundneun Planeten, sagten Sie? Damit blieben noch vierhundertundsechs.«

»Das Dossier bezog sich auf alle Planeten«, erklärte Juri Sergejewitsch reichlich verärgert. Und Martin kam zu dem Schluss, diese Worte entsprächen der Wahrheit. »Darin besteht ja das Unglück. In der Galaxis gibt es so viel Unerforschtes, dass man auf jeden Planeten mit dem Finger zeigen könnte – und auf ein Wunder stieße! Waren Sie schon einmal auf Schlund?«

»Ja«, sagte Martin.

»Haben Sie von dem Gerilong gehört?«

Martin dachte nach. »Ist das der Sud aus Algen, den man dort braut? Der das Leben verlängert ...«

»Genau der. Er verlängert das Leben ... Die Kontrollgruppe

von Mäusen lebt jetzt schon sechs Jahre. Bei Primaten ist das Ergebnis nicht ganz so beeindruckend, aber zehn aktive Jahre im Alter kann man doch dazugewinnen. Aktive – führen Sie sich das einmal vor Augen! Die Potenz ist wieder hergestellt, die Spermatozoen zeigen eine erhöhte Aktivität, der Eisprung setzt wieder ein. Das Sehvermögen verbessert sich. Die Zähne wachsen nach, Martin! Die Zähne und die Haare! Die Frische der emotionalen Wahrnehmung kehrt zurück, die kreativen Fähigkeiten nehmen zu ... Die Nobelpreisträger erhalten zusammen mit ihrem Scheck Gerilong. Aber darum geht es letztlich gar nicht ... Die Menschen, die Gerilong nehmen, können nach und nach etwas im ultravioletten Bereich des Spektrums erkennen, können Langwellen wahrnehmen!«

»Oho!«, begeisterte sich Martin.

»Das ist eine absolut frei zugängliche Information ... die allerdings in wissenschaftlichen Zeitschriften untergeht. Die Menschen fangen an, Funkwellen zu hören. Und zwar nicht einfach als Geräusch – sie können sie auch dekodieren. Sie hören Musik, den Text eines Sprechers. Veränderungen sind an ihnen nicht zu erkennen. Fangen sie die Wellen mit ihrem Gehirn auf? Und so ist es überall ... Nimm einen beliebigen Planeten, und du hast auch ein Rätsel.« Juri Sergejewitsch verstummte. »Ihre Vermutung, Irina müsse an Informationen gelangt sein, trifft zu«, fuhr er dann fort. »Sie irren sich allerdings in einem anderen Punkt. Diese Informationen waren kein Geheimnis. Es war eine einfache Abhandlung, in der sämtlicher Klatsch, alle Entdeckungen und Veröffentlichungen aus wissenschaftlichen wie populären Zeitschriften zusammengetragen worden waren, damit überhaupt erst einmal eine grobe Überprüfung vorgenommen und blanker Unsinn ausgeschieden werden konnte. Heraus kam ein Dokument ›zum Dienstgebrauch‹, keinesfalls ›geheim‹. Zerbrechen Sie sich also nicht den Kopf über seinen Inhalt. Kaufen Sie sich einfach eine Boulevardzeitung – und Sie halten einen Teil des Archivs in der Hand.«

»Schon verstanden«, sagte Martin. »Sie interessieren sich nicht für die Geheimnisse, die Irina zu lüften versuchte.«

Juri Sergejewitsch nickte.

»Wenn ich herausbekomme, wie Irina es fertig gebracht hat, sich zu kopieren, werde ich es Ihnen mitteilen«, versprach Martin.

Der Gast legte eine Visitenkarte auf den Tisch – auf ihr standen nur sein Name und eine Telefonnummer –, schüttelte Martin kräftig die Hand und ging wortlos aus dem Arbeitszimmer hinaus. Martin fiel auf, dass er das Dielenlicht nicht einschaltete. Was ein echter Profi mit einem guten fotografischen Gedächtnis doch alles vollbringt!

Ein Weilchen blieb Martin noch sitzen, um über das eben geführte Gespräch nachzudenken, seufzte, als er an die Thermowaffe dachte, die er nicht einmal ausprobiert hatte, und machte sich an die Durchsicht seiner Post.

Vierter Teil
Grün

Prolog

Der Adel – der echte, dessen Stammbaum weit in die Jahrhunderte zurückreicht und aristokratische Dekadenz erkennen lässt, nicht die amerikanischen Millionäre und russischen Defraudanten mit ihren gekauften Titeln – hat schon immer etwas von guter Küche verstanden.

Beim Durchblättern der hochglänzenden Seiten eines Kochbuchs konnte man leicht die schöne Lüge glauben, derzufolge die Zaren und Bojaren im alten Russland seit Urzeiten nichts anderes aßen als Pfannkuchen mit körnigem Kaviar, raffiniert gefüllte Gans, Gurjewer Piroggen und Weißlachs. Womit sich die Liebe von Peter dem Großen zu Gerstenbrei nicht anders als durch das seltsame Wesen und die Krankheiten des ruhmreichen Monarchen erklären ließe.

Und so frisst die neue Oberschicht zwar schmackhaftes, indes fettiges und schweres Essen, vermag sich einen Abend ohne Alkohol nicht vorzustellen, wobei sie sich naiv in Ausreden der Art flüchtet, die reichen Leute im alten Russland hätten sich stets auf diese Weise verköstigt, was ihnen bekanntermaßen trefflich bekommen sei, hätten sie doch ein langes und glückliches Leben geführt.

Ein verhängnisvoller Irrtum, der die Gefahr einer Magenverstimmung, von Leberverfettung und unerotischen Hüftpolstern in sich birgt!

Man sollte das festtägliche, das außergewöhnliche Essen,

welches Auge und Magen erfreut, jedoch nicht alle Tage bekömmlich ist, nicht mit dem einfachen, alltäglichen, der Gesundheit dienlichen und dennoch nicht minder schmackhaften und ehrwürdigen Essen verwechseln. Die wahre Aristokratie weiß um diese Wahrheit – und erreicht eben deshalb ihr hohes Alter.

Martin stand am Herd und kochte sich Reiskascha zum Frühstück.

Die Sarazenenhirse, wie der Reis dereinst genannt wurde, schmeckt nicht jedem. Von klein auf wird dem Menschen der Geschmack an Reisbrei verleidet, das bittere Geheul der Kindergartenkinder findet seinen Widerhall in den grimmigen Mienen der Schulkinder, im kräftigen Gefluche anspruchsloser Soldaten und der stumpfen Resignation von Familienvätern, die sich mit dem Leben abgefunden haben und für ihren verhätschelten Nachwuchs den unappetitlichen Pamps aufessen. Dieser verklumpte, verkleisterte und verkochte weiße Matsch im Teller, den angebrannte Klumpen sprenkeln, die sich meist in der ganzen Reismasse zu verbergen suchen ... Was für ein schauerlicher, was für ein beschämender Anblick. O ja, er weckt in der Seele manch lichtes Gefühl. Zum Beispiel Mitleid mit den Völkern in Südostasien, die von Sonnenauf- bis -untergang Reis essen. Mehr aber auch nicht. Denn eine solche Kascha schmeckt weder, noch dient sie der Gesundheit.

Ein wenig besser verhält es sich mit Fertigkascha aus der Tüte und Instantreisflocken. Da diese Dinge ohnehin verdorben sind, kann man nicht mehr viel falsch machen.

Nein! Auf einen solchen Reis können wir verzichten!

Martin maß zweihundert Milliliter Reis ab, den durchschnittlichen mittelkörnigen Iberika, eine demokratische und für jeden arbeitenden Menschen erschwingliche Sorte. Dieser Reis zeigt eine gewisse Tendenz, beim Kochen zu verkleben, was sich bei der richtigen Zubereitung jedoch vermeiden lässt.

Und Martin verstand etwas davon.

Den in eine Kasserolle gegebenen Reis goss er mit dreihundert Millilitern heißem Wasser auf. Natürlich nahm er dazu kein Wasser aus der Leitung, sondern welches aus einer der handelsüblichen Fünfliterflaschen mit Trinkwasser. Nur wenn er auf staubigen Pfaden ferner Planeten unterwegs war, fand Martin sich bereit, Wasser aus einem Ziegentrog zu trinken. Daheim erlaubte er sich dergleichen niemals! Diese Weisheit hatten die englischen Gentlemen stets beherzigt, die aufbrachen, um die Bürde des weißen Mannes zu tragen, und meist ebenfalls ein langes und glückliches Leben genossen – falls sie nicht an Ruhr starben.

Die Kasserolle deckte Martin mit einem schweren dichten Deckel ab, um sodann alles auf großer Flamme zu kochen. Elektrische Herde taugen für Amerikaner. Die sind an Synthetisches gewöhnt.

Exakt drei Minuten ließ er die Kascha auf dem Feuer brodeln. Sorgsam achtete Martin darauf, dass der Deckel nicht hochsprang und kein wertvoller Dampf entwich. Doch auch die Kasserolle verstand ihr Werk und hielt den Dampf.

Nach weiteren drei Minuten drosselte Martin die Flamme und stellte die Eieruhr auf sieben Minuten. Die Kascha beruhigte sich und köchelte nunmehr vor sich hin.

Die letzten zwei Minuten gestattete Martin dem Reis, auf ganz schwacher Flamme, welche selbst nicht mehr wärmte, sondern die Temperatur nur hielt, zu verschnaufen.

Zwölf Minuten – das war doch kaum der Rede wert, oder?

Nachdem Martin das Feuer weggenommen hatte, zog er den Brei weder von der Platte noch lüpfte er den Deckel. Gemächlich brühte er sich einen Tee auf, einen grünen Tee, der für Raucher, Übermüdete und generell für alle, die ein turbulentes Leben führten, sehr gesund ist. Zudem harmonierte er mit dem Reis weit besser als der dicke schwarze Aufguss, den man in der »zivilisierten« Welt normalerweise trank.

Das Aufbrühen von Tee, selbst von grünem, verlangt keine

besonderen Kenntnisse. Man nimmt einfach gutes Trinkwasser, man nimmt eine Teekanne von richtiger Form und Größe, spült sie mit heißem Wasser aus und gibt Tee nach dem Prinzip: »Einen Löffel pro Tasse, einen für die Kanne« hinein. Dann wartet man die nötige Zeit ab, wobei es von entscheidender Bedeutung ist, den Tee, vor allem den grünen, nicht zu lange ziehen zu lassen! Und schon kann man ihn trinken.

Freilich ist Tee kapriziöser und ungleich stärker als Kaffee von demjenigen abhängig, der ihn kocht. In die Kanne muss man neben den notwendigen Zutaten unbedingt ein wenig Seele geben. Erst dann gelingt er. Einige Bekannte von Martin benutzten dieselbe Sorte Tee, kochten sie mit demselben heißen Wasser, achteten peinlichst auf die Zeit, brachten jedoch einfach kein göttliches Getränk zustande! So sind nun leider einmal die harten Tatsachen das Lebens. In solchen Fällen sollte man Lipton-Instanttee trinken und nicht von Größerem träumen ...

Nachdem Martin die Kascha genau zwölf Minuten hatte quellen lassen, hob er den Deckel ab. Lächelnd, als begrüße er einen guten alten Bekannten, betrachtete er den lockeren, zugleich jedoch festen Reisbrei. Mit einem Löffel klaubte er eine Soldatenration, genau dreißig Gramm, Butter aus einem Päckchen, die er auf den Reis gab. Akkurat mengte er sie unter, wobei er sorgsam darauf achtete, sie tatsächlich unterzuziehen und nicht zu verrühren oder zu zerdrücken.

Nun konnte es losgehen.

Glücklich lächelnd – nicht immer war es ihm beschieden, in aller Ruhe und Gemütlichkeit zu frühstücken – aß Martin einen Teller Kascha, erbat bei sich selbst einen Nachschlag, welchen er sich sodann bewilligte. Er trank einen Becher duftenden Jasmintee und schenkte sich einen weiteren ein. Mit ihm trat er wieder ans Fenster, um seinen Tee ruhig und selbstvergessen zu genießen, dabei das draußen dahinfließende Leben beobachtend.

Düster war es. Das Wetter war in den letzten Jahren immer stärker aus den Fugen geraten, was manch einer den Schließern anlastete. Die Winter wurden wärmer, die Sommer heißer, während der Juni sich endgültig in einen regnerischen und kalten Monat verwandelt hatte.

Noch tröpfelte es nicht, es braute sich jedoch etwas zusammen. Ein paar vereinzelte missmutige Kinder lungerten an der Schaukel herum. Eine junge Mutter schob einen Kinderwagen vor sich her, beäugte abschätzend die Kinder, als wählte sie schon vor der Zeit Spielkameraden für ihr Kleines. Die Alten kamen aus den Häusern geschlurft, zählten einander mit penibler Genauigkeit und belegten ihre Stammbänke vor den Eingängen mit Beschlag. Ein älterer Herr aus dem Nachbaraufgang öffnete die Garage und überprüfte kritisch seinen antiquierten Saporoshez. Innerlich schloss sich Martin der Inspektion an, denn er liebte Menschen, die sich für etwas begeisterten, selbst wenn er ihre Leidenschaften nicht teilte. Der Nachbar ließ den Motor der Reliquie lange und in höchst überflüssiger Weise warm laufen, dann fuhr er aus der Garage, kreiste einmal im Hof herum und brachte das Auto an seinen Platz zurück. Hingebungsvoll rieb er die Scheiben ab, schloss die Garage, öffnete die benachbarte – und fuhr mit seinem funkelnagelneuen Fiat davon.

Martin trank Tee und freute sich des Lebens.

In zehn Minuten würde er Ernesto Poluschkin anrufen und ein Treffen mit ihm vereinbaren.

In zehn Minuten stand Martin ein endloses und schweres Gespräch bevor, das ihm für lange Zeit die Laune verderben würde. Er war bereit dazu.

Doch noch trank Martin Tee und beobachtete mit einem Anflug von Sentimentalität die junge Frau Mama. Um den Kinderwagen scharten sich bereits die neugierigen Kinder, denen die Frau entzückt etwas erzählte.

Bis zu dem Telefonat blieben ihm noch zehn Minuten.

Eins

Jedes Mal, wenn Martin sich zu solchen Besuchen aufmachte, fühlte er sich schuldig. Die hysterischen Anfälle und Tränen, die sinnlosen und unfairen Anschuldigungen laugten ihn aus, mehr noch setzte ihm freilich die eigene Hilflosigkeit zu. Man kann einen Menschen nicht trösten, wenn er vom Verlust seiner Verwandten und Lieben erfährt.

Insofern begab sich Martin zu Ernesto Poluschkin zwar mit steinernem, aber nicht mit traurigem Gesicht, berichtete sehr sachlich und klar, wobei er das Gespräch mit der Neuigkeit von der Versiebenfachung eröffnete.

Der Geschäftsmann hörte die Geschichte stoisch an, lediglich sein eines Auge zuckte, als Martin mit knappen Worten den ersten Tod seiner Tochter beschrieb.

Im Laufe des Berichts holte Martin die Touristenjetons heraus und legte sie auf den Tisch. An jedem Jeton baumelte ein Schildchen: »Bibliothek«, »Prärie«, »Arank«. Erst als Martin zum Ende der Geschichte gelangte, begriff er, dass er die Sache nicht glücklich angegangen war, konnte Poluschkin aus seinem Auftreten doch schlussfolgern, in seinen, Martins, Taschen befänden sich alle sieben Jetons. Doch der Geschäftsmann empörte sich nicht, blieb ruhig, versuchte nicht, den Detektiv umzubringen, sondern hörte einfach nur zu, war ganz Ohr ...

»Wo sind die übrigen vier ...«, setzte er schließlich zu einer Frage an, geriet ins Stocken, schloss dann aber doch: »... Irinas?«

»Ich weiß es nicht.« Martin schüttelte den Kopf. »Ich weiß es nicht, Ernesto Semjonowitsch. Verzeihen Sie mir. Und ich kann nicht alle Planeten der Galaxis überprüfen.«

Poluschkin hüllte sich in Schweigen. In den Händen ließ er die Jetons kreisen. Wieder und wieder überflog er die Nachricht von der Irina auf Prärie 2, mit gerunzelter Stirn, als irritiere ihn etwas in diesem Brief. »Sie würden also nicht weiter nach ihr suchen?«, fragte er nach einer Weile.

»Dieser Fall hat die ursprünglichen Vereinbarungen längst weit hinter sich gelassen«, wandte Martin behutsam ein. »Darüber hinaus interessiert sich jetzt auch die Staatssicherheit dafür.«

Ernesto Semjonowitschs Auge zuckte erneut. »Ich weiß«, gab er widerwillig zu.

Martin wartete ab, doch die Bitte, vom Geheimdienst zu berichten, unterblieb. Ernesto Poluschkin erwies sich als ausgesprochen zugeknöpfter Mensch.

»Sie haben mir einen Teil der Informationen vorenthalten«, fuhr Martin mutiger fort. »Einen sehr wichtigen Teil. Ihre Tochter muss – auf welche Weise auch immer – ein internes Dokument des FSB in die Hände bekommen haben, in dem alle der Menschheit bekannten Rätsel der Galaxis aufgelistet sind. Ebendeshalb ist Irina auch von zuhause fortgelaufen ...«

Als Poluschkin Martin jetzt ansah, hätte der Detektiv schwören können, in den Augen seines Gegenübers Verachtung aufschimmern zu sehen. Doch die Stimme Poluschkins blieb gleichmäßig und höflich. »Ich werfe Ihnen nichts vor, Martin. Und ich bitte Sie um Verzeihung, dass ich das Dossier verschwiegen habe. Ich war mir nicht sicher, ob Irina es gelesen hatte. Und über solche Dokumente spricht man besser nicht ... wenn es nicht unbedingt sein muss. Entschuldigen Sie bitte.«

Das brachte Martin aus dem Konzept. »Ist schon gut, ich verstehe das ja«, versicherte er achselzuckend. »Ich bitte um Entschuldigung, dass ich ... die Mädchen nicht retten konnte.«

»Sie werden nicht weiter für mich arbeiten?«, fragte Poluschkin noch einmal.

Martin schüttelte den Kopf.

»Wie wollen Sie Ihr Honorar haben? Einen Scheck, Bargeld, oder soll ich Ihnen das Geld überweisen?«

»Bar natürlich«, erklärte Martin.

»In Rubel, Dollar oder Euro?«

»Am liebsten in Euro. Oder Rubel.«

»Einen Moment.«

Mit seinem breiten Rücken den in die Wand des Arbeitszimmers eingelassenen Safe abschirmend, öffnete Ernesto Semjonowitsch die massive Metalltür. Er knisterte mit Geld.

Das Päckchen, das dann vor Martin auf dem Tisch erschien, war deutlich dicker, als er erwartet hatte. Fragend sah Martin Poluschkin an.

»Das ist dreimal so viel, wie wir vereinbart haben«, bestätigte Poluschkin kühl. »Sie haben ja schließlich auch die dreifache Arbeit geleistet.«

»Vielen Dank.« Nach kurzer Überlegung entschied Martin, dass er dieses Geld letzten Endes redlich verdient hatte.

»Viel Glück.«

Innerlich völlig aufgelöst, verließ Martin das Arbeitszimmer. Poluschkin blieb, wo er war, rief lediglich in den Korridor: »Larissa, begleiten Sie unseren Gast hinaus!«

Auf diesen Befehl hin tauchte prompt eine ältere und gestrenge Haushälterin auf, die Martin zur Tür geleitete. Poluschkins Wohnung entsprach uneingeschränkt dessen Status: Bei dreihundert Quadratmetern, auf zwei Ebenen verteilt, nahm Martin die Hilfe gern an. Obwohl die Angestellte anscheinend wusste, wer er war, und sich Sorgen um Irina machte, gab sie keinen Ton von sich. Eine gut ausgebildete kleine Dame …

An der Tür entdeckte Martin den traurigen Malteser Schäferhund. Dieser beschnupperte ihn eingehend. Ob ihm ein kaum noch wahrzunehmender Geruch von Irina anhaftete?

»Sei nicht traurig, Homer«, tröstete ihn Martin in Erinnerung an Irinas Brief. Die Worte galten natürlich in erster Linie der Haushälterin, weniger dem Hund. »Dein Frauchen kommt bald zurück und gibt dir einen schönen Knochen.«

»Er heißt Bart, nicht Homer«, sagte die Frau, die dem Vierbeiner den Nacken tätschelte. Mit einem Anflug von Dankbarkeit sah sie Martin an. Zumindest hatte der Detektiv ihr zu verstehen geben, dass noch Aussicht auf Irinas Rückkehr bestand. Das wusste die Frau zu schätzen.

»Bart, sagen Sie?«, brummte Martin, während er sich die Schuhe anzog. In der Wohnung der Poluschkins mussten Besucher der um sich greifenden europäischen Mode zum Trotz noch nach russischer Sitte in Hausschuhe schlüpfen. Das leuchtete unmittelbar ein, denn die Moskauer Straßen trennten Welten von den sauberen europäischen Gehwegen. »Auf Wiedersehen.«

Die Haushälterin nickte noch einmal, schloss sich dann jedoch wieder in ihre Sprödheit ein. Der Hund bellte ihm sehnsüchtig hinterher.

»Bart«, knurrte Martin, als sich die Fahrstuhltür hinter ihm schloss. »Ha! Der große Blinde hat also gar nichts damit zu tun!«

Martin liebte die amerikanische Zeichentrickserie *Die Simpsons*, in der er einen Hinweis auf die sich bei den Amerikanern rekelnde Fähigkeit zur Reflexion und einen vagen Protest gegen politische Korrektheit und Bigotterie sah. Folglich vermochte er den Ursprung des Hundenamens einzuordnen.

Mehr Mühe bereitete es ihm zu verstehen, wie Irina sich so vertun und ihren Hund mit dem Namen von Simpson senior, nicht junior ansprechen konnte.

Und Ernesto Semjonowitsch? Er dürfte doch wohl kaum vergessen haben, wie sein Hund heißt?

Oder hörte der Vierbeiner sowohl auf den einen wie auf den anderen Namen?

Oder steckte in dem harmlosen Brief eine Botschaft, die nur Eingeweihte verstanden?

»Mein Vertrag ist ausgelaufen«, ermahnte Martin sich, indem er gegen die Tasche seines Jackett klopfte, die das pralle Notenbündel beherbergte. »Ob er nun Homer, Bart oder Lisa heißt.«

Der Fahrstuhl erreichte das Parterre.

Der Concierge, ein breitschultriger Mann mittleren Alters mit den Augen eines professionellen Mörders, starrte Martin hartnäckig an. Der nickte nur, genauso, wie er es bereits beim Betreten des Hauses getan hatte. Zur Antwort erhielt er eine angedeutete, kaum wahrzunehmende Kopfbewegung. Der ehemalige Angehörige einer Sondereinheit, vielleicht sogar ein Alfa-Kämpfer – in einem solchen Haus durfte man sich über nichts wundern –, erachtete ihn zwar für nicht sonderlich gefährlich, aber dennoch eines gewissen Respekts für würdig.

Martin blieb zunächst ein Weilchen unter dem Vordach stehen, voller Bedauern, den Regenschirm zuhause vergessen zu haben. Während des Gesprächs mit Ernesto Semjonowitsch hatte der Regen über der Stadt eingesetzt – ein gewaltiger obendrein, denn inzwischen tüpfelten Pfützen die Trottoirs, der Himmel war undurchdringlich grau, irgendwo in der Ferne zuckten noch ohne Donnerbegleitung Blitze auf. Passanten gab es in den Straßen keine mehr.

Martin lockte die Aussicht, im Regen nach Hause zu gehen, ebenfalls nicht. Doch was blieb ihm anderes übrig? Sollte er versuchen, über sein Handy ein Taxi zu rufen? Er würde lange warten müssen, denn er dürfte nicht der Einzige sein, der auf diesen klugen Gedanken kam, zudem man es heute allgemein liebte, sich im Auto kutschieren zu lassen.

»Nehmen Sie den«, sagte jemand hinter ihm in sachlichem Ton. Die Türen in diesem Haus öffneten sich sehr leise.

Dankbar nahm Martin einen kleinen gediegenen Regenschirm für Herren aus den Händen des Concierge entgegen, der ausladend spannte, einen polierten Holzgriff sowie aus Kohlefaser gearbeitete Noppen am Ende der Rippen hatte. Martins eigener Schirm konnte da nicht mithalten. »Wann soll ich ihn zurückbringen?«, fragte er.

Der Wachtposten winkte ab. »Wann Sie wollen. Sie können ihn auch behalten. Den hat jemand vor einem Jahr im Fahrstuhl vergessen.«

Martin seufzte, als er sich die Menschen vorstellte, die sich angesichts eines solch hochwertigen Schirms nicht noch einmal herbequemten. Freilich gab es da auch noch eine gewisse Krankheit: Verkalkung.

»Vielen Dank. Sonst hätte ich hier noch zwei Stunden rumstehen müssen.«

Der Wachtmann spähte zum Himmel hoch. »Anderthalb Stunden«, schätzte er nach kurzer Überlegung. »Mehr nicht. Aber wie es schüttet ... Keinen Hund jagt man da vor die Tür.«

Martin lachte. »Sagen Sie«, setzte er an, selbst wenn er sich dabei wie ein Waschlappen fühlte, »verstehen Sie von Hunden genauso viel wie vom Wetter?«

Der Concierge verkrampfte sich ein wenig. »Wie kommen Sie darauf?«

»Als Sie mich beobachtet haben, hielten Sie die Hand in der Tasche. Da habe ich ein Klackern gehört. Sie haben doch bestimmt einen Clicker statt eines Schlüsselbunds?«

Erstaunlich, wie ein Lächeln selbst das strengste Gesicht verwandelt!

»Stimmt!« Der Wachtmann zeigte seinen Clicker. »Ich habe drei Hunde. Dressierst du deine auch nach Karen Pryor?«

»Das habe ich. Mein Hund ist gestorben ...«, sagte Martin, wobei er freilich verschwieg, dass der treue und gutmütige Retriever, der noch seinen Eltern gehörte und sich jeder Dressur hartnäckig widersetzt hatte, bereits vor fünf Jahren an Altersschwäche gestorben war. »Ich habe hier jemanden besucht ...« Er nickte zum Eingang hinüber. »Sie haben einen prachtvollen

Hund. Ich habe mir schon überlegt, ob ich mir auch so einen zulegen sollte ...«

»Der Malteser?« Der Wachtposten grinste. Offenbar konnte er über den Bildschirm in seinem Kabuff nicht nur die Treppe vor dem Haus, sondern auch alle Etagen überwachen. »Bart ist eine prima Töle, aber mit einem Malteser lädst du dir jede Menge Scherereien auf. Die ganze Exotik taugt nichts. Nimm einen kaukasischen Schäferhund, wenn du keine Angst vor Schwierigkeiten hast. Die sind nämlich ziemlich störrisch.«

»Bart?«, hakte Martin nach.

»Ja, so heißt der Hund. Nach irgendeiner Comicfigur.«

Martin und der Wachtposten rauchten sogar noch eine Zigarette zusammen, diskutierten die Vor- und Nachteile verschiedener Rassen und gelangten zu dem Schluss, Malteser Schäferhunde seien lediglich etwas für reiche Snobs oder Stammbaumfanatiker. Martin versprach, sich die Sache mit dem kaukasischen Schäferhund durch den Kopf gehen zu lassen, speicherte im Handy die Telefonnummer eines Clubs für Liebhaber dieser Rasse ein und verabschiedete sich aufs Freundschaftlichste von dem Concierge.

Es stimmte also. Man hatte ihn nicht an der Nase herumgeführt. Der Hund hieß Bart. Andere Hunde hatten die Poluschkins nicht, auch das hatte er aus dem aufgetauten Wachtposten ohne Mühe herausbekommen.

»Das geht mich nichts mehr an«, brummelte Martin, während er zur Metro ging. Um jetzt ein Auto anzuhalten, troffen seine Schuhe zu stark, strotzten seine Hosen zu sehr von Dreck. »Überhaupt nichts. Sollen sie sich doch selbst die Zähne daran ausbeißen.«

Vor seinem inneren Auge schwirrte jedoch in einem fort das Gesicht Irinas, die die Hand vor die Pistole legte.

Bei allen Vorteilen, die ein echtes, ein papierenes Buch bot, ist der Gebrauch einer multimedialen Enzyklopädie entschieden bequemer. Martin liebte es, sich mit einem Reiseführer oder mit dem Werk von Garnel und Tschistjakowa auf dem Sofa zu flegeln, lächelnd Fotografien bekannter Orte zu betrachten, abschätzend die Landschaft unbekannter Planeten zu studieren und die zutreffenden, die zweifelhaften sowie die eindeutig falschen und überholten Beschreibungen zu lesen. Noch vor drei Jahren glaubte man, auf Eldorado gebe es keine Hurrikane, die Ureinwohner auf Pfad galten als intelligent, die Oulua dagegen als Tiere. Trotz allem versprach das Schmökern ein snobistisches Vergnügen, offerierte der Seele – gleich einer Karte fürs Bolschoi-Theater oder dem Bild eines der Maler aus dem Kreise der Peredwishniki – wahren Luxus.

Momentan verbat Martin sich dieses kontemplative Verhalten allerdings. Er schaltete den Computer an, lud die idiotische, für unbeleckte Gemüter konzipierte *Enzyklopädie der Welten* von Microsoft und gab den Suchbegriff »Bart« ein.

Mit etwas Vernünftigem wusste die Enzyklopädie nicht aufzuwarten. Ohne lange zu überlegen, gab Martin »Homer« ein.

Dasselbe Resultat.

Daraufhin ging er in die Küche, brühte sich einen starken Kaffee auf – einen löslichen, denn er erholte sich ja nicht, sondern arbeitete. An den Rechner zurückgekehrt, zündete er sich eine Zigarre an und starrte nachdenklich auf den Bildschirm, als warte er auf Erleuchtung.

Was hatte Irina ihm sagen wollen, als sie den Namen des Hunds veränderte?

Homer brachte ihn nicht weiter. Bart ebenfalls nicht.

Wie sah es mit der Frau von Homer aus?

Martin gab »Marge« ein.

Freudig spuckte die Enzyklopädie einen Link aus.

»Ha!«, rief Martin, wobei seine Begeisterung sowohl dem Malteser Schäferhund als auch der Comicfigur und allen Enzyklopädien der Welt galt.

Seine Arbeit hatte Martin schon in viele Welten geführt,

über etliche wusste er zumindest in groben Zügen Bescheid. Marge schien ein öder Planet zu sein, der niemanden lockte ...

Martin klickte den Link an, um den Artikel zu öffnen. Prompt brach er in noch lauteren Jubel aus.

Der Enzyklopädie zufolge handelte es sich bei Marge um die Heimat der Dio-Daos, einen Planeten, der Martin bestens unter der Bezeichnung Fakiu bekannt war. Man musste kein großes Licht sein, um darauf zu kommen, dass die englischsprachigen Bürger ihn anders nannten. Vor allem in einer populären Enzyklopädie, die sich an Kinder und Puritaner richtete.

Im Artikel fand sich denn auch ein knapper Hinweis in winziger Schrift, in dem es hieß, der »Planet trägt verschiedene Eigenbezeichnungen, unter denen die Verfasser die wohlklingendste gewählt haben«. Neugierig geworden griff Martin nach dem akademisch unprätentiösen Werk von Garnel und Tschistjakowa, in dem es gleichfalls in den Anmerkungen hieß, in populären englischsprachigen Nachschlagewerken werde die Welt der Dio-Daos Marge genannt, was in der Sprache der Dio-Daos nichts anderes als »Planet« bedeute. Anscheinend hatte Martin diesen Passus schon einmal gelesen, danach jedoch erfolgreich vergessen.

Einige Zeit sinnierte er über das linguistische Problem, mit dem die Menschheit sich herumgeschlagen hatte, bevor die Schließer gekommen waren. Es dürfte kein Zufall gewesen sein, dass der erste bulgarische Kosmonaut, der kühne Kakalow, in der Sowjetunion stets Iwanow genannt wurde – Fäkalien wollte man mit dem Helden nicht in Verbindung bringen –, während in den Schulen Aserbaidschans das Werk des großen deutschen Dichters Goethe nicht gelesen wurde, denn ›göte‹ heißt auf Aserbaidschanisch ›Arsch‹ ...

Sei's drum, Marge war Marge. Mit den Dio-Daos würde Martin ohnehin Touristisch reden, damit würden keine unliebsamen Assoziationen aufkommen.

Die eigentlichen Fragen waren ganz andere: Hatte er ins

Schwarze getroffen? Und was sollte er mit dieser Information anfangen? Die erste Frage beantwortete sich Martin ohne zu zögern: Ja, er hatte ins Schwarze getroffen. Irotschka wollte ihre Eltern wissen lassen, in welcher Welt sich eine ihrer Kopien aufhielt. Aber was sollte er jetzt tun? Sollte er Poluschkin anrufen und ihm vom Planeten Marge erzählen? Sollte er Juri Sergejewitsch anrufen und sich die Reputation eines beflissenen Informanten verdienen?

»Noch bin ich mir ja nicht sicher«, sagte sich Martin und schloss die Enzyklopädie. »Das sind reine Phantasiegespinste.«

Auf Fakiu war er schon zweimal gewesen, das erste Mal ganz zu Beginn seiner Karriere – dieser Besuch hatte einen negativen Eindruck sondergleichen bei ihm hinterlassen –, das zweite Mal vor weniger als zwei Monaten. Diese Reise war weitaus interessanter gewesen. Martin hatte seinen Auftrag erledigen können, hatte eine Frau, die in dieser radikalen Form die Scheidung vollziehen wollte, finden und zur Rückkehr auf die Erde bewegen können. Mehr noch, er hatte sich sogar mit einem der Ureinwohner angefreundet – nun gut, nicht angefreundet, das Wort wäre zu stark, aber er war mit ihm bekannt geworden.

Und das vereinfachte die Angelegenheit ungemein ...

Martin öffnete seinen Kalender. Gedankenschwer starrte er auf die Daten. Wenn es um Dio-Daos ging, kam der Zeit eine ungeheure Bedeutung zu.

Eventuell schaffte er es noch rechtzeitig.

»Warum habe ich Idiot bloß mit dem Hund gesprochen?«, stellte Martin sich eine rhetorische Frage, um sich hernach daranzumachen, seinen Rucksack zu packen. Die Tasse mit dem Kaffeerest stellte er in die Spüle, die Zigarre drückte er erbarmungslos aus und warf sie in den Mülleimer.

Es könnte gelingen – doch es war ein Wettlauf gegen die Uhr.

»Einsam ist es hier und traurig«, sagte der Schließer. »Ich habe schon viele solche Geschichten gehört, Wanderer.«

Martin nickte. Von der ersten Geschichte, die er dem Schließer angeboten hatte, hatte er sich wahrlich keinen Erfolg versprochen. Ein komisches kurzes Märchen über einen blinden Unsichtbaren. Noch vor wenigen Jahren hätte Martin versucht, die Geschichte fortzusetzen, um wirklich alles aus ihr herauszuholen. Bisweilen begnügten sich Schließer mit zweitklassigen Witzen ... Ob sie in letzter Zeit nörgeliger wurden?

Seufzend schenkte Martin sich Tee ein. Dieser Schließer trank keinen Alkohol.

»Kürzlich war ich auf dem Planeten Arank«, sagte er. »Eine interessante Welt. Die Aranker begreifen nicht, was es mit dem Sinn des Leben auf sich hat, doch das stört sie keinesfalls. Jetzt denke ich die ganze Zeit an sie, Schließer. Sie sind fast wie wir. Verstandesbrüder. Selbst ihre Unzulänglichkeiten stören uns nicht, denn es sind dieselben, die auch uns eigen sind. Sie haben alles – bis auf den Sinn. Im Vergleich dazu haben wir nichts. Selbst den Sinn vermögen nicht viele für sich zu benennen. Ich erinnere mich an einen jungen Erdenmenschen, Schließer. Er wuchs zu einem normalen, durchschnittlich intelligenten Jungen heran, der Unfug trieb und der lachte, je nach Situation, der sich ängstigte und weinte, wenn Entsprechendes geschah. Als die Zeit heranrückte, von der Kindheit Abschied zu nehmen, stellte sich der Junge zum ersten Mal die Frage, worin er bestehe, der Sinn des Lebens. Als belesenes Kind suchte er die Antwort in Büchern. Jene Bücher, die behaupteten, der Sinn des Lebens liege darin, für sein Vaterland oder eine Idee zu sterben, sonderte er sofort aus. Der Tod, selbst der heldenhafteste, konnte nicht der Sinn des Leben sein. Der Junge verfiel auf die Idee, der Sinn des Lebens müsse sich in der Liebe finden. Entsprechende Bücher gab es ebenfalls in reicher Zahl, und ihnen Glauben zu schenken erwies sich als ungleich leichter und angenehmer. Er fasste den Beschluss, sich auf der Stelle zu verlieben. So hielt er Ausschau, wählte ein passendes Mädchen und wähnte sich verliebt. Vielleicht vermochte der Junge sich selbst gut zu überzeugen, vielleicht war auch seine Stunde gekommen, denn er verliebte sich tatsächlich. Und es ging alles gut, bis die Liebe verflog. Zu diesem Zeitpunkt war der Junge bereits zu einem Jüngling herangewachsen, doch litt er noch genauso aufrichtig wie in seiner Kindheit. So beschloss er, es müsse die falsche Liebe gewesen sein, und verliebte sich aufs Neue. Immer und immer wieder, sobald die eine Liebe erlosch. Er glaubte sich selbst, wenn er die Worte ›Ich liebe dich‹ aussprach – und in der Tat log er nicht. Doch die Liebe erkaltete, und der junge Mann musste glauben, so sei es immer. Darauf fasste er den Entschluss, der Sinn des Lebens läge im Talent. Er suchte nach einem Talent in sich, mochte dieses auch noch so bescheiden sein. Denn der Jüngling wusste bereits, dass echte Liebe sich an einem schwachen Funken entzündet – und folglich konnte auch Talent wachsen. Und er entdeckte in sich Talent, den winzigen Samen eines Talents, den er voller Liebe und Zärtlichkeit hegte, ganz wie er zuvor in sich die Liebe gepflegt hatte. Er hatte Glück. Man schätzte ihn für das, was er tat, die Menschen brauchten ihn, in sein Leben kehrte der Sinn zurück. Dann kam freilich eine Zeit, als der Jüngling zum erwachsenen Mann wurde und begriff, dass er lediglich den Sinn seines Könnens, nicht jedoch den Sinn seines Lebens aufgespürt hatte. Abermals litt er, staunte er sehr. Er jagte dem Sinn des Lebens in Vergnügungen nach, doch sie erfreuten einzig den Körper und avancierten zu einem Sinn nur für seinen Magen. Er wollte den Sinn des Lebens in Gott finden, doch der Glaube freute allein die Seele, wurde nur ihr zum Sinn. Für jenes kleine, beklagenswerte, naive Etwas, das weder Körper noch Seele noch Talent war, für dieses Etwas, das die Persönlichkeit des Mannes ausmachte, fehlte indes jeder Sinn. Er versuchte alles auf einmal, versuchte gleichzeitig zu glauben, zu lieben, sich des Lebens zu freuen und etwas zu schaffen. Doch dem Sinn kam er auch auf diese Weise nicht auf die Spur. Ja, mehr noch, der Mann erkannte, dass von den wenigen Menschen, die in ihrem Leben nach Sinn suchten, noch keiner ihn gefunden hatte.«

»Liegt der Sinn dieser Geschichte darin, dass das Leben bar jeden Sinns ist?«, fragte der Schließer.

»Nein«, entgegnete Martin kopfschüttelnd.

»Vordem hast du von einem Menschen und seinem Traum berichtet«, rief ihm der Schließer in Erinnerung. »Ich sehe keinen großen Unterschied zwischen diesen beiden Geschichten.«

»Das liegt einzig in deiner Nähe zur Allmacht begründet«, erwiderte Martin. »Dein Leben bietet dir einen Sinn, jedoch keinen Raum für Träume. Die Aranker haben Träume, indes keinen Sinn. Und die Menschen ... die Menschen haben sowohl das eine wie das andere.«

»Freuen dich die Träume, die du nicht umsetzen kannst, Martin, und der Sinn, den du nicht zu finden vermagst?«

»Mich freut, dass ich zu träumen und den Sinn zu suchen vermag.«

»Bewegung ist alles«, sinnierte der Schließer. »Deine Geschichte ist noch nicht beendet, Martin.«

»Sie kann auch nicht beendet werden«, behauptete Martin. »Niemals.«

»Jede Geschichte hat einen Schluss«, widersprach der Schließer. »Einsam ist es hier und traurig.«

Martin seufzte, während der Schließer fortfuhr: »Doch ich akzeptiere deine Geschichte unter Vorbehalt. Tritt durch das Große Tor und setze deinen Weg fort. Solltest du beim nächsten Mal deine Geschichte nicht beenden können, bleibt dir das Große Tor versperrt.«

Martin erstarrte zur Salzsäule. »Du akzeptierst eine Geschichte, die dir nicht gefällt?«, fragte er dümmlich, indem er den Kopf schüttelte.

Der Schließer hüllte sich in Schweigen.

»Wenn ich den Schluss nicht erzähle, kann ich Marge nicht wieder verlassen?«

Der Schließer hüllte sich in Schweigen.

»Erwartest du tatsächlich von mir eine Antwort, welche die gesamte Menschheit nicht zu finden wusste?«

Der Schließer schenkte sich Tee ein.

Martin erhob sich. Er ließ den Blick durch den Raum schweifen, eines der vielen »Geschichtenzimmer« der Moskauer Station.

Möglicherweise sah er es zum letzten Mal. In Händen hielt er lediglich ein Hinfahrticket. Für die Geschichte, die er dem Schließer so voreilig erzählt hatte, existierte keine Fortsetzung!

Unverwandt sah Martin den Schließer an.

Der Schließer hob den Blick. Und lächelte.

»Ich werde dir den Schluss dieser Geschichte erzählen«, versprach Martin. »Das wird in der Welt der Dio-Daos sein, und vor mir wird ein anderer Schließer sitzen. Ich weiß jedoch, dass ich ihn dir erzählen werde. Auf Wiedersehen, Schließer.«

»Auf Wiedersehen, Martin«, sagte der Schließer. »Suche deinen Sinn.«

Im Warteraum war es heute verraucht und voller Menschen. Auf fast allen Sesseln und Sofas saß jemand. Einen Diwan hatte eine Gruppe junger Menschen okkupiert, die sich eines entstellten Russischs, dem sie einen Hauch eines nicht minder entstellten Iwrit beimengten, bedienten. Martin kannte die Sorte nur allzu gut: Auf diese hirnlose Weise amüsierte sich die Jugend in letzter Zeit. Ein in der gegenüberliegenden Ecke sitzender Mann typisch jüdischen Aussehens guckte so angestrengt nicht in die Richtung dieser Gruppe, dass klar war: Er hatte von den Burschen bereits einiges einstecken müssen. Natürlich nur in Form von Worten, denn auf dem Gelände einer Station konnte niemand einem anderen körperliche Gewalt antun. Die angespannten Gesichter der übrigen Reisenden ließen darauf schließen, dass die Kerle sich bereits das Missfallen aller zugezogen hatten.

Schweigend stand Martin neben dem Aschenbecher und zündete sich eine Zigarette an.

Natürlich fassten die jungen Typen ihn ins Auge. Prompt erhob sich einer, marschierte auf Martin zu, bat ihn mit einer Geste um eine Zigarette und zündete sie sich an.

Martin fing kein Gespräch an.

»Sagen Sie, mein Goi-tester«, sprach ihn der Bursche lautstark an, »kennen Sie die Warmen Gefilde?«

»Ich bin bereits auf diesem Planeten gewesen.«

»Und haben Sie die Warmen wirklich gefielt? Oder gefillt?« erkundigte sich der junge Mann, wobei er ohne jedes Talent den »jüdischen« Akzent nachahmte.

»Junger Mann, hören Sie auf mit diesen Mätzchen!«, platzte es aus dem Juden heraus.

Entzückt wandte sich der Kerl zu ihm um. »Was mecht er denn? Sind Sie ein Antisemit? Oder sind Sie ein Warmer?«

Der Trupp auf dem Sofa wieherte begeistert los. Die Burschen malträtierten alle anderen vor allem mit zwei Themen: mit der Judenfrage und der Homosexualität.

Sie selbst waren größtenteils keine Juden.

Der Mann erhob sich und schoss schnellen Schrittes auf den Mann zu. Er sah kräftig genug aus, um diesem Widerling gehörig einzuheizen ... wenn es nicht gerade an diesem Ort gewesen wäre ... Außerdem hatte der Bursche noch drei Kumpane bei sich ... Martin schnappte den Mann beim Arm, kurz bevor der sein süffisant grinsendes Ziel erreicht hatte.

»Nehmen Sie eine Zigarette«, forderte Martin ihn auf, während er ihn fest gepackt hielt.

»Ich rauche nicht.« Der Mann antwortete nicht gleich und hielt den hasserfüllten Blick starr auf den Kerl gerichtet.

»Dann rauchen Sie jetzt«, bat Martin. »Tun Sie mir den Gefallen. Jede physische Aggression innerhalb der Station führt nur dazu, dass Sie ausgelöscht werden. Ich weiß nicht, wohin Sie verschwinden würden, aber danach würde Sie nie wieder jemand sehen.«

Der Mann schluckte. Dann nickte er. Er ließ sich von Martin eine Zigarette geben, darauf gingen beide zum Aschenbecher.

»Seid ihr also doch warme Brieder?«, kreischte der Kerl weiter.

Martin hatte zunächst gar nicht begriffen, was da im Gange war. Der Bursche provozierte! Martin, den Juden und alle Übrigen, die warteten, bis die Reihe an sie kam, durch das Große Tor zu gehen! Zu gern wollte dieses Pack sehen, wie sich einer der Anwesenden in Luft auflöste.

»Jede Aggression in der Station ist verboten«, wiederholte Martin, eher für sich selbst als für den jungen Dreckskerl und seine Opfer.

»Man muss sich ja schämen«, sagte ihm der Jude, der ungeschickt an der Zigarette nuckelte. »Für solche wie die da ... kann man sich nur schämen.«

»Tun Sie das nicht«, erwiderte Martin. »Und nehmen Sie es nicht persönlich. Eher sollten Sie sie bedauern. Die Burschen werden das sichere Gelände der Station verlassen. Früher oder später werden sie jemandem begegnen, der ihren spezifischen Sinn für Humor nicht goutiert. Und in den Kolonialwelten herrschen simple Sitten.«

»Wovon sprecht ihr denn, meine warmen Brieder?«, fuhr der Kerl fort.

»Da haben wir's, er fängt schon an, sich zu wiederholen«, konstatierte Martin. »Ein solches Verhalten trifft man sonst nur im Internet an, wo keine Gefahr besteht, eins auf die Nase zu kriegen. Jetzt glauben diese Jungs anscheinend, einen weiteren Ort gefunden zu haben, an dem sie sich unbeschadet über ihre Umwelt lustig machen können, nämlich die Stationen. Aber wenn man eine Station betritt, muss man Eintritt zahlen. Hier wird sie nicht retten, dass sie nur mit Worten spielen.«

»Dann seid ihr also Antisemiten!«, wiederholte der Bursche einfältig. »Ja?«

Martin sah ihn erneut an. Er versuchte – ganz wie er es normalerweise bei Fotografien von Klienten tat –, sich in die Seele des Menschen einzufühlen, in seine innere Welt, seine Träume ... in den Sinn seines Lebens. Seine schwachen Punkte. Seine Komplexe. All die winzigen, unsichtbaren Sprungfedern, die einen Menschen antreiben.

Es gelang ihm.

Darauf fing er an zu reden. Genauso wie er mit den Schließern redete, wenn er sie vom Wert einer gerade eben ersonnenen Geschichte zu überzeugen suchte.

Nur musste er jetzt diesen Burschen überzeugen.

Martin bediente sich nicht eines unflätigen Ausdrucks. Er griff nicht einmal auf Wortspiele zurück, womit der andere vermutlich gerechnet hatte.

Doch anscheinend glückte Martin, was er geplant hatte. Der Bursche lief puterrot an, fauchte etwas Unverständliches und holte aus ...

Martins Gesicht streifte der von der Faust ausgelöste Luftzug. Die geballte Hand selbst verschwand ebenso wie ihr Besitzer.

Das Terzett auf dem Sofa erstarrte.

»So ist es immer«, erklärte Martin zuvorkommend. »Eine Warnung erhaltet ihr nicht. Aber das hat man euch ja bereits im Vorfeld erklärt ... meine Teuren.«

»Teufel ...«, sagte der Mann. Auf seiner Stirn stand Schweiß. »Teufel ...«

»Wenn es nach ihm gegangen wäre, hätte es Sie getroffen«, gab Martin zu bedenken. »Oder mich.«

»Sie haben ihn provoziert«, bemerkte der Mann leise.

»Das ist richtig«, pflichtete Martin ihm bei. »Aber ich glaube, das war durchaus angemessen.«

»Du Hirni!«, brüllte einer der Kumpane des Verschwundenen los, der unversehens den gespielten Akzent und die komische Art des Sprechens verloren hatte. »Du Schwein! Du Arschgesicht!«

»Schlag mich doch«, forderte Martin ihn auf.

»Wir finden dich, wohin du dich auch verdrückst!«, brüllte der Kerl, der in absurder Manier auf dem Sofa herumsprang, sich jedoch nicht getraute aufzustehen.

»Fakiu«, verriet ihm Martin. »Auch als Marge bekannt. Die Heimat der Dio-Daos. Ihr seid herzlich willkommen. Eins solltet ihr jedoch berücksichtigen: Nach ihren Gesetzen bedeutet die Tötung eines geschlechtsreifen Wesens kein Verbrechen. Und ich halte mich stets an die Gesetze vor Ort.«

»Wären Sie denn bereit, die umzubringen?«, fragte der Jude leise. Ungeachtet seines Zorns hatte er dem Burschen dieses Ende nicht gewünscht – und wusste jetzt nicht, wie er sich Martin gegenüber verhalten sollte.

»Wenn ich mich verteidigen muss, ja«, bekannte Martin.

»Der Mord an einem Feind ist nichts, dessen man sich schämen müsste«, klang es zu Martin von der Tür herüber. Er drehte sich um.

Dort stand ein Geddar. Eine hochgewachsene Figur, halbrunde Ohren, zu weit auseinander stehende Augen, die dunkelgraue, nichtmenschliche Färbung der Haut ... Obwohl sich Außerirdische mitunter schwer unterscheiden lassen, vermeinte Martin, in dem Gesicht etwas Bekanntes zu entdecken.

»Sind wir uns schon einmal begegnet?«, fragte Martin.

»Auf Bibliothek«, antwortete der Geddar knapp, worauf Martin ihn endgültig erkannte: Kadrach, Davids Freund. Die Tatsache, dass Martin den Namen des Geddars kannte, berechtigte ihn selbstverständlich nicht, ihn laut auszusprechen. »Ja, ich erinnere mich an dich«, meinte Martin deshalb nur.

Mit seinen prächtigen orange-dunkelblauen Gewändern knisternd, trat der Geddar federnden Schrittes an ihn heran. Im Warteraum verstummten alle, sowohl die jungen Halodris als auch die sonstigen Reisenden.

»Wenn man dich mit Worten beleidigt, lohnt es nicht, das Schwert zu ziehen«, fuhr der Geddar fort. »Dann muss man den Feind ebenfalls mit Worten töten. Du hast das vollbracht. Ich bin begeistert.«

»Niemand weiß, was mit den Verschwundenen passiert«, sagte Martin.

»Für das Universum ist er gestorben«, verkündete der Geddar, der ganz wie ein Mensch mit den Schultern zuckte. »Es gibt viele Wege, jemanden zu töten ... Wir müssen miteinander reden.«

»Ist das ein Bekannter von Ihnen?«, fragte der Jude Martin. »Das ist doch ein Geddar, oder?«

Offensichtlich hatte er von ihrem Gespräch kein Wort verstanden. Folglich ging er zum ersten Mal durch das Große Tor, beherrschte noch kein Touristisch.

»Ja«, antwortete Martin. »Viel Glück. Ich glaube, diese Kerle werden sich jetzt ruhig verhalten.«

»Wir müssen uns zurückziehen, außer Hörweite«, verlangte der Geddar.

Unter allgemeinem Schweigen verließen die beiden den Warteraum. Wortlos folgte Martin Kadrach, der selbstsicher sein Ziel ansteuerte. Zweifelsohne hätten sie eines der Gästezimmer nutzen können, doch Kadrach führte Martin zur Toilette, zu einer der vielen Örtlichkeiten der Station. »Die Ortswahl für unser Gespräch stört dich doch nicht?«, erkundigte er sich.

Martin ließ den Blick durch den Raum schweifen. Vier Abtritte, die durch nicht zur Decke hinaufreichende Zwischenwände von einander getrennt waren, wobei zwei der Zellen eindeutig nicht für Menschen gedacht waren. Zwei Pissoirs. Eine seltsame Vorrichtung, die einem Wesen nützlich sein mochte, das die natürlichen Bedürfnisse durch Öffnungen in weit auseinanderliegenden Armen – oder Tentakeln – erledigen musste.

Das Leben in all seinen Erscheinungsformen konnte ungemein bizarr sein.

»Nein, der Ort stört mich nicht«, versicherte Martin. »Es ist in Agentenromanen und Krimis ohnehin Tradition, wichtige Gespräche in der Toilette zu führen.«

»Ich respektiere Traditionen«, erklärte Kadrach. Nach Martins Dafürhalten achtete der Geddar Traditionen nicht bloß, sondern lebte sie, worüber er jedoch kein Wort verlor. »Es hat mich große Mühe gekostet, dich auf der Erde zu finden«, fuhr Kadrach fort. »Als ich dich dann gefunden hatte, wärst du mir beinah entwischt. Nur gut, dass die Moskauer Station so überlaufen ist.«

»Ich bin ganz Ohr«, bemerkte Martin.

»Das war mein Kchannan«, gestand Kadrach. »Der, der das Mädchen ermordet hat.«

Zwei

Geddarn vermochten zu rauchen. Tabak wirkte bei ihnen zwar anders, erwies sich aber dennoch als schwaches Narkotikum. Martin bot Kadrach eine Zigarette an, und die beiden schmauchten ein Weilchen in der Toilette, als seien sie zwei missratene, die Klassenarbeit schwänzende Schüler.

»Die Kchannan sind präintelligent«, versuchte Kadrach Martin in sein Wissen einzuweihen. »Präintelligente Wesen vergöttern ihre Besitzer. Sie können sie nicht verraten. Sie sterben unbekümmert, denn in ihrem Bewusstsein ist nicht verankert, dass der Tod das Ende der Existenz bedeutet. Aber sie verraten niemals!«

»Wie Hunde«, meinte Martin nickend.

»Eure Hunde stehen an der Grenze zur Präintelligenz«, korrigierte ihn Kadrach. »Wir haben sie schon gesehen, wir kennen sie. Mit den Kchannan leben wir seit Dutzenden von Jahrtausenden zusammen in einer Welt. Es hätten durchaus sie sein können, die die Intelligenz erhielten ... während wir nur Keime des Verstands hätten zugeteilt bekommen können.«

»Warum hat dein Kchannan die junge Frau ermordet?«

»Jemand muss sein neuer Gott geworden sein.« Auf Kadrachs Gesicht zeichnete sich ein Lächeln ab. Hinsichtlich der Gefühle, die dieses Lächeln motivierten, gab sich Martin jedoch keinen Illusionen hin. »Jemand hat ihn gezwungen, entgegen meinem Willen zu handeln.«

Jetzt war es an Martin, schief zu lächeln. Ein abtrünniges Tier, das die Gebote seines persönlichen Gottes verletzte ...

»Ich weiß nicht, wer dergleichen fertig brächte«, sagte Kadrach.

»Doch, das weißt du«, widersprach Martin.

Schmerz durchzuckte Kadrachs Gesicht.

»Ja. Verzeih, ich habe gelogen. Ich weiß, wer dazu in der Lage wäre. Aber die Schließer haben nicht auf meine Fragen geantwortet.«

»Sie antworten nie jemandem«, bestätigte Martin. »Aber eine andere Möglichkeit ist undenkbar. Nur sie dürften imstande gewesen sein, deinen Kchannan auf Irina zu hetzen.«

»Die Ehre verlangt von mir, Rache zu üben«, erklärte Kadrach leise. »Ich habe dem Kchannan versprochen, ihn zu beschützen und für ihn zu sorgen. Mein Versprechen konnte ich nicht einhalten, deshalb muss ich mich jetzt rächen. So wie ich jedoch stärker als eine Blattlaus bin, sind die Schließer stärker als das Volk der Geddarn. Gegen sie habe ich keine Chancen.«

Martin breitete die Arme aus. Er vertrat schon seit geraumer Zeit die Auffassung, dass die Schließer auf Bibliothek – möglicherweise auch auf Prärie 2 und Arank – ihre Hände im Spiel hatten. Andererseits zwang niemand die Schließer zu einer Antwort. Ihnen jagte man keine Angst ein, sie täuschte man nicht.

»Was hast du jetzt vor?«, wollte Martin wissen.

»In der Station bin ich hilflos«, legte Kadrach gelassen dar. »Aber außerhalb der Station sind die Schließer nicht mehr allmächtig. Wenn sie es waren, die beschlossen haben, das Mädchen durch fremde Hände umbringen zu lassen, muss ich gegen sie kämpfen. Sag, Martin, warum ziehst du weiter durchs Universum? Was suchst du noch?«

Einen Moment dachte Martin nach, ehe er Kadrach von der Versiebenfachung Irina Poluschkinas erzählte.

»Etwas in der Art habe ich vermutet«, meinte der Geddar.

»Weshalb?«, hakte Martin nach.

»Du wirkst nicht wie ein Mensch, dessen Suche beendet ist.«

»Vielleicht hätte ich ja noch andere Dinge zu erledigen«, erklärte Martin achselzuckend.

»In meiner Welt habe ich Vermisste gesucht, Verbrecher, die die Gebote des ThaiGeddars missachtet haben, bestraft und die Jugend erzogen«, unterrichtete ihn der Geddar.

»Du bist Privatdetektiv?«, verwunderte sich Martin.

»Ich bin Detektiv«, bestätigte der Geddar, wobei er auf die Einschränkung »Privat« verzichtete. »Detektiv, Henker und Lehrer der Jugend.«

Einen ausgedehnten Moment lang wartete Martin auf ein Lächeln, dann begriff er, dass es ausbleiben würde. »Ich begegne zum ersten Mal einem außerirdischen Kollegen«, sagte er. »Es freut mich, dich kennengelernt zu haben.«

Der Geddar streckte ihm die Hand entgegen, die Martin bereitwillig drückte. »Wie ist denn die Ausbildung der Jugend mit der Arbeit eines Detektivs verbunden?«, erkundigte sich Martin. »Oder mit der eines Henkers?«

»Die Diener des ThaiGeddars greifen bei der Erziehung auf das Gute zurück«, erklärte Kadrach. »Während ein Henker durch Böses erzieht. Ich erzähle der Jugend vom Schicksal derjenigen, die gegen seine Gebote verstoßen haben, erläutere ihnen, worin unsere Arbeit besteht. Daraufhin erfasst sie ein Schauder – und sie hören freudig den Ausführungen über das Gute zu.«

»Klingt … plausibel«, pflichtete ihm Martin bei. »Du hast also verstanden, dass meine Ermittlungen noch nicht abgeschlossen sind, und bist mir gefolgt?«

»Ja. Ich habe mich zur Erde aufgemacht, kam aber zu spät. Du warst schon wieder durch das Große Tor gegangen. Als du zurückgekommen bist, wollte ich dich zuhause aufsuchen. Aber eure Henker haben das Gebäude observiert.«

»Das sind keine Henker«, beruhigte Martin ihn. »Eher … etwas wie Detektive und Erzieher in einem.«

»Fähige Leute«, attestierte der Geddar. »Nur gut, dass ich sie nicht umgebracht habe ... Und wie gut, dass das Mädchen noch lebt und die Suche weitergeht. Ich möchte dich um eine Gefälligkeit bitten, Martin.«

»Um welche?«, fragte Martin sofort, denn ihm war klar, dass ein Geddar unter einer Gefälligkeit allerlei seltsame Dinge verstehen konnte.

»Sei mein Freund.«

»Weshalb das?«, wollte Martin wissen.

»Man hat meinen Kchannan benutzt, um dich daran zu hindern, das Mädchen auf die Erde zurückzubringen. Wer auch immer der Verbrecher ist, ein Schließer oder jemand anders, ein noch unbekannter Feind, der muss bei dem Gedanken an ihre Rückkehr in Panik geraten sein. Du hast gesagt, die Frau sei noch am Leben. Wenn ich sie retten kann, wird das meine Rache sein.«

Schweigend wartete der Geddar auf eine Antwort.

Im Grunde blieb Martin keine Wahl. Der Geddar hatte ihm seine Freundschaft angeboten. Vermutlich repräsentierte Kadrach einen ungemein progressiven Geddar, denn auch auf Bibliothek schreckte er nicht davor zurück, sich mit Menschen anzufreunden.

Wies Martin die Freundschaft zurück, würde er sich den Geddar zwangsläufig zum Gegner machen. Zu einem Feind. Ein gekränkter Geddar, der an den Schließern selbst Rache zu nehmen beabsichtigte – das war etwas anderes, als sich mit drei Raufbolden von der Erde anzulegen.

Vor allem weil der Geddar die unbedachte Aussage über den Planeten Marge gehört hatte und wusste, wo Martin zu finden wäre ...

»Es ist mir eine Ehre, dein Freund sein zu dürfen«, sagte Martin.

»Kadrach Sagan Thai Sarach«, stellte der Geddar sich vor und umarmte Martin.

Zu erfassen, wie er sich weiter verhalten müsse, fiel Martin nicht schwer.

»Martin Igorjewitsch Dugin«, erwiderte Martin und umarmte den Außerirdischen. Der Geddar verströmte einen völlig normalen, einen menschlichen Geruch nach Schweiß.

»Ich nehme deine Freundschaft nicht auf Geheiß meines Herzens, sondern um der Erfüllung meiner Pflicht wegen an«, erklärte der Geddar, indem er einen Schritt zurücktrat. »Dies ist mir anzulasten, doch werde ich mich wie ein echter Freund verhalten.«

»Auch ich nehme deine Freundschaft nicht auf Geheiß meines Herzens an, sondern aus Furcht«, gestand Martin. »Dies ist mir anzulasten, doch werde ich mich wie ein echter Freund verhalten.«

»Wir beide sind nicht frei von Schuld, und das ist gut«, fasste der Geddar zusammen. »ThaiGeddar wird unsere Sünden abwägen, sie gleichlastig finden und verzeihen.«

»Wir beide sind nicht frei von Schuld, und das ist gut«, wiederholte Martin. »ThaiGeddar wird unsere Sünden abwägen, sie gleichlastig finden und verzeihen.«

Kadrach runzelte die Stirn. »Du wiederholst meine Worte«, sagte er.

»Du wiederholst meine Worte«, sagte Martin.

Kadrach schien auf etwas zu warten.

»Wiederholst du auch meine Taten?«, wagte Martin einen Vorstoß.

»Das ist doch kein Ritual, Martin!« Der Geddar brach in schallendes Gelächter aus. »Unser Wille drückt sich einzig in dem Versprechen aus, uns über den Augenblick zu erheben und Freunde zu werden. Das war's. Der Rest ist bloß Geschwätz!«

»Woher sollte ich das denn wissen?«, erkundigte sich Martin mit schiefem Lächeln. »So häufig schließen Geddarn nicht mit Menschen Freundschaft. Und alles, was ich weiß, ist, dass in eurer Gesellschaft großer Wert auf Symbole und Eide gelegt wird.«

»Längst nicht in dem Maße, wie es von außen scheint«, widersprach der Geddar. »Wollen wir uns noch etwas erholen, bevor wir uns auf den Weg machen, oder brechen wir gleich auf?«

»Gleich«, entschied Martin. »Schließlich müssen wir zu den Dio-Daos. Es besteht die Chance, einen Freund von mir noch lebend anzutreffen.«

»Zu den Dio-Daos?« Der Geddar wirkte schockiert. »Nicht gerade die angenehmste Rasse im Universum. Aber wenn es sein muss ...«

»Ich habe die Dio-Daos doch schon erwähnt, als du den Warteraum betreten hast«, rief ihm Martin in Erinnerung.

»Du hast in deiner Sprache gesprochen. Die verstehe ich nicht.« Entschuldigend zuckte der Geddar mit den Schultern.

Als Erster trat Martin zur Tür der Station hinaus. Der Geddar folgte ihm, als füge er sich ohne jeden Einwand in die untergeordnete Rolle.

Auf dem Planeten Marge empfing sie Winter.

Wer rasch durch das Universum reiste, vergaß leicht den Wechsel der Jahreszeiten. Einige der irdischen Kolonien, in die es Martin bereits verschlagen hatte, waren auf Welten mit warmem, ja, sogar heißem Klima gegründet worden. Auf der Erde verbrachte Martin den Winter gern ebenfalls in wärmeren Gefilden, auf Jalta, in Südfrankreich oder in Marokko, um nur für zwei Wochen um den Jahreswechsel, für die Zeit zwischen dem katholischen und dem orthodoxen Weihnachten, ins bitterkalte Moskau zurückzukehren, denn wie jeder russische Intelligenzler beging er mit großem Vergnügen sowohl die weltlichen als auch die religiösen Feiertage.

Dieser bequeme und komfortable Lebensrhythmus wies freilich auch Nachteile auf.

»Hast du gewusst, dass es hier so kalt ist, dass sogar das Wasser gefriert?«, fragte der Geddar.

»Ich habe es vergessen«, gestand Martin. »Ich bin zwar schon zweimal hier gewesen, allerdings beide Male im Sommer ...«

Kadrach sagte kein Wort, sondern hüllte sich lediglich fester in sein orangefarbenes Hemd. Mit dem gleichen Recht hätte man das Kleidungsstück auch als mehrschichtige Jacke bezeichnen können, und Martin hätte nicht zu sagen vermocht, was stärker wärmte, seine Kleidung oder die des Geddars.

»Wir werden ein Bekleidungsgeschäft finden«, beruhigte Martin den neu gewonnenen Freund.

»Der Glaube wärmt besser als jeder Stoff«, erwiderte der Geddar. »Ist das hier die Welt der Dio-Daos?«

Martin nickte.

Die Station auf Marge stand in der architektonischen Tradition der Dio-Daos: auf Rundbauten ruhende Kuppeln, die mit Galerien verbunden waren. Das Gelände umrundete eine hohe Mauer aus schwarzem Stein, die nur an zwei Stellen für den Ein- und Ausgang durchbrochen war. Der tief hängende schmutzig grüne Himmel, an dem sich graue Schneewolken ballten, schien die Station förmlich von oben zu zerquetschen. Die Mauer versperrte jede Sicht auf die Stadt, denn bei den Dio-Daos erfreuten sich Hochhäuser keiner Beliebtheit.

»Folge mir«, instruierte Martin den Geddar knapp. »Achte darauf, was ich mache, und tu das Gleiche.«

»Wenn ich damit die Ehre ThaiGeddars beflecken würde, werde ich deine Handlungen nicht nachahmen«, warnte Kadrach ihn.

»Den Dio-Daos sind ThaiGeddar, Christus und Mohammed gleichgültig«, beschwichtigte ihn Martin. »In religiöser Hinsicht sind sie tolerant und korrekt. Nein, es geht um etwas anderes: Sie sind Bürokraten.«

Kadrach nickte. »Ich weiß«.

»O nein, das weißt du noch nicht.« Martin grinste. »Das muss man am eigenen Leib erfahren haben ... Gehen wir.«

Die Kuppelbauten der Zoll- und Grenzkontrolle waren weit größer als die Station der Schließer. Natürlich konnten die Dio-Daos sich nicht der einzigen Forderung der Schließer widersetzen, nämlich allen, die das wünschten, freien Zugang zum Großen Tor zu gewähren. Doch sie hatten ihre eigenen Regeln, deren strenge Einhaltung sie verlangten.

»Gehört das etwa alles zu den Grenzstellen?«, wunderte sich der Geddar ein wenig, als sie auf die Kuppelbauten außerhalb der Station zusteuerten. Der frische Schnee knirschte unter ihren Füßen, kein Lebewesen war in ihrer Nähe auszumachen, doch an der bereiften Grenzsäule blinkte aufmerksam die Kamera der Videoüberwachung. Ihr wich man besser nicht aus.

»Die Grenzposten, ein Hotel, ein Geschäft, ein Heim für die Armen ...«, bestätigte Martin.

»Wozu sollen das Hotel und das Heim gut sein?«, pickte der Geddar sofort den verdächtigen Punkt heraus.

»Glaubst du etwa, es gelingt vielen, sämtliche Formalitäten binnen eines Tages zu erledigen?« Martin grinste.

Der Geddar hüllte sich in Schweigen, einzig seine Ohren legte sich an, um sich sodann wieder abzuspreizen. Das sah furchterregend aus, doch Martin wusste, dass diese Reaktion weit aufgerissenen Augen entsprach und Fassungslosigkeit zum Ausdruck brachte.

Im ersten Kuppelbau wartete hinter hufeisenförmig angeordneten Tischreihen ein Dutzend Beamte der Dio-Daos auf Reisende. Hier war es warm, leise erklang eine ungewohnte, wiewohl angenehme Musik, es roch nach Duftölen, die entlang der Wände in kupfernen Dreifüßen abgebrannt wurden.

»Gute Tageszeit, meine Herren!«, sagte Martin und verbeugte sich. »Lebt!«

Der Geddar wiederholte die Begrüßung in allen Einzelheiten.

»Lebt!«, erwiderten die Dio-Daos unisono.

Diese Rasse zählte nicht zu den humanoiden. Das Nachschlagewerk von Garnel und Tschistjakowa definierte sie vage als »aufrecht gehende Pseudobeuteltiere«. In der Tat zeigten die Dio-Daos noch am ehesten Ähnlichkeit mit den Kängurus der Erde, wenn auch ihre Vorderpfoten weiter entwickelt waren und sie kein Fell, sondern eine bronzefarbene, sonnengebräunt wirkende Haut besaßen. Das Gebiss ließ keinen Zweifel daran aufkommen, dass es sich bei den Dio-Daos um Allesfresser handelte. Kleidung lehnten sie nicht ab, wenngleich sie in Räumen nur kurze Röcke trugen, welche die Geschlechtsorgane bedeckten. Ihre langen Felljacken hingen akkurat an Pfosten, die sich entlang der Wand zogen.

»Zu mir«, befahl einer der Dio-Daos knapp.

Martin und Kadrach erhielten von ihm jeweils eine dicke Broschüre und einen transparenten Fineliner, der mit orangefarbener Tinte gefüllt war. Der Dio-Dao stand kurz vor der Entbindung und versuchte, jedes überflüssige Aufstehen zu vermeiden.

»Ich möchte meinem Freund helfen, den Fragebogen auszufüllen«, informierte ihn Martin. »Das ist doch nicht untersagt?«

»Es ist erlaubt«, räumte der Beamte nach kurzer Überlegung ein. Selbst seinem Touristischen, das die meisten intelligenten Lebewesen annähernd wie ihre Muttersprache beherrschten, haftete ein leichter metallischer Akzent an. »Aber der Fragebogen muss von seiner Hand ausgefüllt sein. Tisch Nummer sechs.«

Martin führte Kadrach an Tisch sechs, wo sie sich nebeneinander setzten. Seufzend schlug Martin die Broschüre auf.

»Wo ist der Fragebogen?«, fragte Kadrach.

»Das ist er.« Martin klopfte auf die Broschüre. »Füll ihn konzentriert aus, man lässt nur vier Verbesserungen zu, und ein zweites Exemplar erhält man nur gegen Bezahlung ... die nicht gerade gering ist.«

Der Geddar stieß einen Fluch aus und schlug die Broschüre auf. Er machte sich an die Lektüre – und hob den Blick, um Martin verständnislos anzusehen. »Was soll das?«

»Meinst du die erste Frage?«, erwiderte Martin. »Antworte einfach, mehr steckt nicht dahinter.«

»Was soll das?«, wiederholte der Geddar trotzig.

»Wenn du das Alter der vollen Geschlechtsreife erreicht hast, erhältst du das Recht der uneingeschränkten Bewegungsfreiheit auf dem Planeten. Ansonsten wird dir ein Fremdenführer und Erzieher in Personalunion aufgedrückt. Für den du ein hübsches Sümmchen hinblättern musst.«

»Und die zweite Frage?«, fuhr der Geddar angespannt fort.

»Die natürlichen Bedürfnisse darf man nicht außerhalb von dafür vorgesehenen Räumlichkeiten verrichten. Der maximale Zeitraum, in dem du die nächste Toilette erreichen kannst, beläuft sich auf Marge auf dreieinhalb Stunden. Daher auch die Frage: *Sind Sie in der Lage, Ihr Wasser dreieinhalb Stunden zu halten?*«

»Was soll das alles?«, baute der Geddar seine Frage ein wenig aus.

»Die schockierenden und provokanten Fragen werden absichtlich auf den ersten acht Seiten gestellt«, erklärte Martin. »Um zu ermitteln, wie gefasst und ruhig ein Tourist ist.«

»Ich werde auf alle Fragen antworten«, verkündete der Geddar. »Aber die Dio-Daos sind nicht normal.«

»Es wird auch die Frage gestellt, ob du die Rasse der Dio-Daos für geistig minderbemittelt erachtest«, beschwichtigte ihn Martin. »Das beantworte ruhig mit Ja. Sei überhaupt ehrlich. Die Dio-Daos stellen diese Frage nicht, um jemandem den Zugang in ihre Welten zu versperren.«

»Weshalb dann?«

»Um herauszubekommen, was sie von wem zu erwarten haben«, legte Martin lächelnd dar. »Du kannst erklären, sie zu hassen, doch wenn sich dein Hass nicht in deinen Handlungen niederschlägt, haben die Dio-Daos nichts dagegen einzuwenden. Sie erlegen Touristen nicht einmal besondere Einschränkungen auf. Sie wollen lediglich alles über dich wissen.«

Die nächste Stunde verging, ohne dass sie ein Wort sagten. In dem Fragebogen brauchte man nicht viel zu schreiben, zumeist genügte es, die entsprechende Antwort anzukreuzen. Hin und wieder begriff Kadrach etwas nicht und fragte Martin: »Und wenn ich die Länge meines Darms nicht kenne?« Oder: »Ich habe keine Ahnung, wie viele Sexualpartner meiner Mutter hatte. Was soll ich da antworten?«

Im ersten Fall empfahl Martin ihm, die Länge mit »unter 100 Meter«, im zweiten die Zahl mit »nicht weniger als einen« anzugeben.

Nach zwei Stunden bat Martin den Dio-Dao höflich um Wasser. Man brachte ihnen ein Tablett mit einer Kanne frischen Wassers, zwei kegelförmigen Plastikbechern und einem kleinen Teller mit dunkelgrauen Stangen.

»Eine feine Sache«, versicherte Martin, indem er sich die erste Portion dieser Stangen in den Mund schob. »Das sättigt nicht nur, sondern stimuliert auch ein wenig.«

»Du hast nicht darum gebeten«, gab der Geddar misstrauisch zu bedenken.

»Einem Gast, der um etwas zu trinken bittet, nicht auch etwas zu essen anzubieten, hieße, ihn nicht zu respektieren.«

Der Geddar schnaubte.

»Das Absurdeste ist, dass sie uns wirklich schätzen«, fuhr Martin fort. »So gut sie es können. Ich empfehle dir übrigens, auf diesem Planeten nur im Notfall Fleisch zu essen, und auch dann nur, wenn es gut gekocht oder gebraten ist. Es gibt hier zu viele biologisch aktive Stoffe.«

Nach einer weiteren Stunden hatten sie die Fragebögen ausgefüllt. Kadrach stand Martin kaum nach und musste nur zwei Verbesserungen in seinem Fragebogen einfügen, gleich zu Beginn, als er an der Frage scheiterte: »Wann gedenken Sie zu sterben?«, und ein zweites Mal, als es hieß: »Könnten Sie ein intelligentes Wesen essen, wenn Ihnen sonst keine Nahrungsquellen zur Verfügung stehen?« Diese Frage beantwortete Kadrach zunächst mit »Nein«, änderte auf Martins Rat hin die Antwort jedoch in »Ich weiß es nicht«.

»Das ist doch der reinste Hohn«, grummelte der Geddar absichtlich laut, während er den ausgefüllten Wälzer in der Hand wog.

»Du solltest dir vergegenwärtigen, dass diese Dio-Daos vor drei Monaten noch nicht auf der Welt waren«, erwiderte Martin, während er in Richtung des unerschütterlichen »Kängurus« nickte. »Und du solltest dir vergegenwärtigen, dass sie in drei Monaten bereits tot sein werden. Wesen mit einer derart kurzen Lebenserwartung müssen sich unweigerlich an extrem reglementierte Verhaltensnormen halten.«

Diese Worte brachten Kadrach anscheinend in Verlegenheit.

Nachdem sie dem Dio-Dao die Fragebögen überreicht hatten, gingen sie den kurzen Gang zum nächsten Kuppelbau hinunter. Hier inspizierten hellwache und penible Zöllner ihre gesamte Ausrüstung. An keinem Stück nahmen sie Anstoß, doch bis zum letzten Päckchen Tee in Martins Rucksack und bis zur kleinsten Nuss in Kadrachs Bündel wurde alles gezählt, schriftlich festgehalten und in die Zollerklärung eingetragen. In die Kopien dieser Erklärungen mussten Martin und Kadrach eintragen, ob es sich um Dinge persönlichen Bedarfs oder Tauschwaren handelte. Ihnen wurde sogar eine gewichtige Bescheinung ausgestellt, die als temporärer Ausweis im Gebiet der Dio-Daos galt. Der Verlust des Dokuments wurde mit einer schweren Strafe und der Deportation zur Station geahndet.

Der dritte Kuppelbau stellte die geringsten Ansprüche. Eine Gruppe von Ärzten brachte in Erfahrung, wie sensibel die beiden auf unterschiedliche Behandlungsmethoden reagierten. Anschließend röntgte man sie und scannte sie mit Ultraschall. Eine Gamma- wie auch eine Endoskopie lehnten Martin und Kadrach ab.

Und die Dio-Daos bestanden nicht darauf.

Fast alle Außerirdischen hatten einen mehr oder weniger

soliden Bauch. Bei einigen hatte sich der Beutel bereits geöffnet, aus dem hin und wieder funkelnd die neugierigen kleinen Augen eines Kindes herauslugten. Martin rechnete damit, von Kadrach eine weitere naive Frage zu hören zu bekommen, beispielsweise, warum hier nur weibliche Individuen arbeiteten. Doch Kadrach sagte kein Wort. Vermutlich wusste er, dass es sich bei den Dio-Daos um Hermaphroditen handelte.

Sie mussten weder das Hotel noch das Heim für die Armen in Anspruch nehmen, hatten sie sämtliche Formalitäten doch rasch erledigt.

Im letzten Kuppelbau residierte das Handelszentrum. Martin verkaufte den Teil ihrer Vorräte, der die Dio-Daos interessierte, vor allem die prächtigen bunten Postkarten mit Ansichten von Erdorten und Paprikapulver. Selbst die Außerirdischen verlangte es nach seltenen Gewürzen. Kadrach bot einen Teil jener Nüsse feil, die seinen »Reiseproviant« darstellten. Soweit Martin wusste, goutierte man die nur in der Heimat der Geddarn wachsenden Nüsse in der gesamten Galaxis. Sie schmeckten zwar nicht unbedingt außergewöhnlich, ließen sich aber nahezu unbegrenzt aufbewahren und hatten einen enorm hohen Nährwert. Hinzu kam, dass jede Eiweißrasse sie vertrug. Übertreffen konnte das nur noch synthetische Nahrung – wobei das Künstliche letztlich das Natürliche niemals auszustechen vermag.

Mit dem Geld der Dio-Daos in der Tasche verließen die beiden Gefährten den Grenzbereich. Kadrach hatte sich doch noch eine kurze Felljacke gekauft, nachdem er klugerweise entschieden hatte, nicht allein auf die Kraft des Geistes zu vertrauen. Martin ging dagegen davon aus, seine Kleidung genüge vollauf. Allerdings trug er jetzt noch einen Pullover unter der Jacke.

»Großartige Architektur«, kommentierte Kadrach, während er sich umsah.

Martin teilte seine Ironie. Obwohl es bereits dunkelte und Schnee durch die Straßen fegte, konnte man das grundlegende weltanschauliche Konzept der Stadt ohne weiteres erfassen. Die Kuppeln thronten auf flacheren Rundbauten, welche zuweilen durch Gänge miteinander verbunden waren, zuweilen auch isoliert standen. Das höchste Gebäude reichte nicht über ein dreistöckiges Haus hinaus. Die schmalen Gassen waren mit sechskantigen Steinplatten gepflastert. Jedes Haus verfügte über eine kleine Laterne, das war die ganze Straßenbeleuchtung.

»Minimalistisch«, urteilte Martin. »Ich glaube, das hängt auch mit ihrer kurzen Lebenserwartung zusammen.«

»Ich weiß einiges über die Besonderheiten der Dio-Daos«, erklärte Kadrach sachlich. »Halte mich nicht für einen Ignoranten, Freund. Dennoch verblüfft mich, wie sie es fertig bringen, zu existieren und ihre Zivilisation zu entwickeln.«

»Du wirst schon noch sehen, wie sie das machen«, beruhigte ihn Martin. »Wir müssen eine Schlafgelegenheit für die Nacht finden, Kadrach.«

»Gehen wir in ein Hotel?«

»Das ist sehr teuer«, gestand Martin. »Da wäre ja das Hotel vom Zoll noch billiger gewesen. Aber ich kenne einen Dio-Dao. Falls er noch lebt ...«

»Gehen wir«, lenkte Kadrach sofort ein. »Fackeln wir nicht lange, schließlich kann er jede Minute sterben. Oder etwa nicht?«

»Richtig«, bestätigte Martin. »Also los.«

Drei

Sie erreichten einen kleinen, bescheidenen Kuppelbau, die typische Wohnstätte eines allein stehenden Individuums der Dio-Daos. Die kurzlebige Rasse engte sich nicht gern mit Zuneigungen ein, nur wenige gründeten überhaupt eine Familie.

»Es müsste hier sein«, sagte Martin, während er das komplizierte geometrische Ornament an der Tür studierte. »Sie kennen weder Straßennamen noch Hausnummern, aber ...«

»Eine so reglementierte Gesellschaft und keine Hausnummern?«, wunderte sich der Geddar.

»Vielleicht gerade deshalb?«, antwortete Martin mit einer Frage. »Ja, ich glaube, hier ist es.«

Er legte einen hölzernen Hebel um, der aus der Mauer herausragte. Im Innern des Hauses ertönte ein Gong.

»Selbst wenn dein Freund gestorben ist, sollte sein Sohn dich erkennen.«

»Das wäre etwas völlig anderes«, meinte Martin kopfschüttelnd. »Viel besser wäre es, wenn er noch nicht geboren wäre. Dann werde ich zum *Freund der Sippe*. Zu jemandem, der mehrere Generationen kennt.«

Sie warteten lange, bestimmt drei, vier Minuten. Einige in Felljacken gehüllte Dio-Daos gingen an ihnen vorbei. Mit unverhohlener Neugier glotzten sie die Fremdlinge an, stellten jedoch keine Fragen.

»Mir wird kalt«, meinte Martin, auf der Stellte hüpfend. »Komm schon, wo steckst du denn ...«

Die Tür öffnete sich.

Der Dio-Dao, der vor ihnen stand, war alt. Selbst zuhause trug er einen langen Fellüberwurf, so schien er zu frieren. Gleichwohl vermochte selbst der Umhang den riesigen Bauch nicht zu verbergen, der auf einem flachen Wägelchen ruhte, das der Dio-Dao vor sich herschob.

»Ich freue mich, dich zu sehen, Herbstgeborener«, begrüßte Martin ihn. »Lebe!«

Während er die Worte aussprach, nahm er mit Verblüffung wahr, dass seine Stimme vor Aufregung zitterte. Die kurze Bekanntschaft mit dem jungen Dio-Dao war keine echte Freundschaft gewesen, konnte keine sein. Wie soll man sich mit einem Wesen anfreunden, dessen Leben nur ein halbes Jahr dauert?

»Glaub mir, dass auch ich mich freue, dich zu sehen, Martin«, erwiderte der Dio-Dao. »Lebe!«

Daraufhin streckte er ihm beide Hände entgegen.

Martin zögerte keinen Moment. Er trat auf Herbstgeborenen zu, um ihn zu umarmen. Der schwere Bauch des Dio-Daos zappelte zwischen ihnen, denn das noch ungeborene Wesen wollte Martin ebenfalls in Augenschein nehmen.

Das Kuppelhaus gliederte sich in zwei Zimmer. In dem kleineren schlief der Dio-Dao. Das große diente ihm als Wohnzimmer, Küche und Bad, alles in einem. Selbst die Toilette trennte nur ein hölzerner Schirm ab. Alles war sehr einfach, schlicht – und gleichzeitig solide, gedacht für Jahre und Jahrzehnte.

»Ich wollte ihn den Wintergeborenen nennen«, sagte Herbstgeborener, der langsam auf den Tisch zustapfte. Sein Gang wirkte komisch, hüpfend – und die jungen Dio-Daos konnten in der Tat wie Kängurus springen –, doch die Schwangerschaft drückte dem Ganzen ihren Stempel auf. Das Wägelchen bot neben dem Bauch auch einer Kanne mit heißem Tee und Schälchen mit Knabbereien Platz. »Jetzt habe ich es mir überlegt. Sein neuer Name ist Den-Der-Freund-Fand. Bist du damit einverstanden, mein Söhnchen?«

Der Umhang geriet in Bewegung. Aus den Falten tauchte ein kleiner plüschiger Kopf auf, denn die Dio-Daos kommen bepelzt zur Welt, erst mit Beginn der Geschlechtsreife fällt das Fell ab. Verlegen linste der Winzling zu Martin und Kadrach hinüber.

»Du brauchst dich nicht zu schämen«, erklärte Herbstgeborener. »Antworte.«

»Ja, Elter«, sagte der kleine Dio-Dao leise. Hernach verschwand der Kopf wieder unter dem Umhang.

»Er versteht Touristisch?«, fragte Martin begeistert. »Bist du während der Schwangerschaft durch das Große Tor gegangen?«

»Nein, ich habe mein Sprachgedächtnis mit ihm geteilt«, antwortete Herbstgeborener lächelnd. »Hilf mir mal, Martin ...«

Sie stellten die Kanne und die Schälchen auf den Tisch, danach steuerte Herbstgeborener langsam auf die Küchennische des Zimmers zu, um neue Knabbereien zu holen. Martin bot seine Hilfe nicht an, hätte der Dio-Dao das doch als Beleidigung auffassen können.

»Die Zeit meines persönlichen Lebens neigt sich ihrem Ende zu«, sagte Herbstgeborener leise, während er einem der kleinen Schränkchen etwas entnahm. »Ich vermute, es wird diese Nacht enden. Aber ich bin froh, sehr froh, dich, der du Jahrzehnte lebst, noch einmal gesehen zu haben ...«

Martins Kehle schnürte sich erneut zusammen. Er wollte etwas sagen, fand jedoch keine Worte.

»Verzeih meine Direktheit, Herbstgeborener«, mischte sich nun Kadrach ein. »Darf ich dir eine intime Frage stellen?«

»Ja«, antwortete der Dio-Dao einfach.

»Zieht eure Fortpflanzung unweigerlich den Tod des gebärenden Individuums nach sich?«

»Das Fleisch meines Sohnes trennt sich von dem meinen

aus freien Stücken«, erklärte Herbstgeborener. »Außerdem produzieren wir schon seit Langem ausreichend Lebensmittel, um den Kindern die Tradition des Kannibalismus innerhalb einer Familie zu ersparen. Aber wenn er geboren wird, wird die Uhr meines Lebens aufhören zu ticken.«

»Geht das auf einen biologischen Mechanismus zurück?«, wollte Kadrach wissen. »Hormone, Enzyme ... Hat man das untersucht?«

»Habt ihr denn die Mechanismen beobachten können, die euch zum Altern zwingen?«, fragte Herbstgeborener zurück. »Wisst ihr, warum euer Körper altert, ihr gebrechlich werdet und sterbt?«

»Aber wenn du nicht schwanger geworden wärst ...«, nuschelte Kadrach.

»Dann hätte ich ein paar Tage länger gelebt. Eine Woche vielleicht. Einen Monat ...« In die Stimme des Dio-Daos schlich sich Zweifel. »Es gibt Kräuter und Medikamente. Seit Jahrtausenden sucht unser Volk nach dem Geheimnis eines langen Lebens. Die großen Wissenschaftler und Helden haben auf Fortpflanzung verzichtet ... Sie haben befohlen, sie in der Nacht der Vollendung zu fesseln. Manche lassen sich die Fortpflanzungsorgane auch gänzlich entfernen. Auch das hat nicht geholfen. Das liegt in unserer Natur, Geddar.«

»Der Organismus der Dio-Daos produziert drei Eizellen und einmal im Leben eine Portion Sperma«, erläuterte Martin. »Der Zeitraum, in dem eine Zeugung möglich ist, heißt Nacht der Vollendung. Zehn, zwölf Stunden Sex. Ein Hormonsturm, dem sich zu widersetzen fast unmöglich ist. Aber wenn ein Dio-Dao keinen Partner findet ... oder sich beherrschen kann ... heißt das lediglich, dass seine Sippe ausstirbt. Eine Alternative gibt es nicht.«

»Ich hätte nicht einen Monat später aus dem Leben scheiden mögen, wenn ich dafür mein Gedächtnis nicht einem Sohn hätte weiterreichen können«, sagte Herbstgeborener, als er an den Tisch zurückkam. »Ich hatte ein interessantes Leben ... Dieser Fisch schmeckt dir doch, oder, Martin?«

»Ja, vielen Dank.« Martin nahm ihm ein Schälchen ab. »Du lebst bereits sechs Monate, nicht wahr, Herbstgeborener?«

»Sechs Monate und acht Tage«, bestätigte der Dio-Dao. »Mein Sohn ist sehr verständnisvoll ... Er versucht, Geduld zu wahren. Ich habe mein Gedächtnis mit ihm bereits so weit wie möglich geteilt. Deshalb langweilt er sich nicht, er ist ein aufgewecktes Kind.«

»Und ... der intrauterine Zeitraum ... fällt dabei nicht ins Gewicht?«, hakte Kadrach nach.

»In der Regel nicht.« Herbstgeborener lächelte. »Es hängt vom Elter ab, wann er beginnt, den Verstand mit seinem Kind zu teilen. Viele verschieben alles auf den letzten Tag. Ich habe damit fast unmittelbar nach der Empfängnis angefangen.«

»Das klingt seltsam und erschreckend ...«, sagte Kadrach. »Verzeih meine Worte, Dio-Dao, aber ich versuche, mir vorzustellen, wie das ist ... das Gedächtnis seiner Vorfahren bereits im Mutterleib zu erhalten ... zugleich eine Persönlichkeit und Teil einer endlosen Kette zu sein ...«

»Das Gedächtnis wird nur in ausgewählten Teilen weitergegeben«, meinte Herbstgeborener, während er neben Martin auf dem flachen Sofa Platz nahm. »Ich trachte danach, meinem Sohn nur das Schönste und Interessanteste dessen zu geben, was ich erlebt habe. Zugleich halte ich in seinem Gedächtnis meine Fehler wach ... meine Zweifel ... und Niederlagen. Denn auch das ist ein Teil des Lebens. Ist dir bekannt, dass wir unseren Kindern die Hälfte unseres Gedächtnisses übermitteln können?«

Kadrach nickte.

»In mir lebt die Hälfte des Gedächtnisses meines Elters«, fuhr Herbstgeborener fort. »Ein Viertel vom Gedächtnis meines Großelters. Ein Achtel von dem meines Urgroßelters. Und so setzt es sich fort bis zum Anbeginn der Zeiten. Vom Gedächtnis meiner ältesten Vorfahren bewahre ich nicht mehr ihre Worte und Verhaltensweisen, sondern nur noch einen Abglanz ihrer Gefühle. Irgendwann wird auch von meinem Gedächtnis nur ein verschwommener Augenblick übrig sein. Vielleicht sind das meine heutigen Emotionen. Ich weiß es nicht. Darauf, welcher Teil vom Gedächtnis meiner Vorfahren auf meinen Sohn übergeht, habe ich keinen Einfluss, so wie auch er nicht frei sein wird, über das meine zu verfügen. Doch wünschte ich mir, meine Nachfahren erinnerten sich meiner als eines glücklichen Dio-Dao. Wenn ich mich dem Gedächtnis meiner Vorfahren zuwende, dünkt es mich, dass sie glücklich waren, und zwar stets, ihr ganzes Leben lang. Das gleicht einer zärtlichen Wärme, die durch das Dunkel der Jahrhunderte strömt. Es ist sehr erhebend, sich dieser Wärme zu erinnern und zu wissen, dass man sich auch deiner erinnern wird. Ich bin ein Glied in einer Kette von Generationen. Ich bin mehr als ein Individuum, ich bin eine Sippe. Und ich bin glücklich.«

Kadrach schüttelte den Kopf, als wolle er seine Missbilligung zum Ausdruck bringen. Gleichwohl sagte er kein Wort.

Herbstgeborener griff nach der Kanne und schenkte Tee in Becher ein. Obschon der Geschmack des Getränks mit dem irdischen Tee nichts gemein hatte, pflegte Martin ihn – ebenso wie jeden anderen Kräuteraufguss auf jedem anderen Planeten – mit diesem Wort zu bezeichnen.

»Ich freue mich, euch zu sehen«, versicherte Herbstgeborener noch einmal. »Doch bin ich nicht so naiv zu glauben, mein langlebiger Freund Martin habe mich an meinem Todestag besuchen wollen. Noch zweifelhafter scheint mir, ein stolzer Geddar ...« Mit einem Lächeln linderte der Dio-Dao die Ironie seiner Worte. »... sei hierhergekommen, um die Besonderheiten unserer Biologie zu erforschen. Womit kann ich euch helfen?«

Martin und Kadrach wechselten einen Blick. Anscheinend tat sich auch der »stolze Geddar« schwer, einen Sterbenden um etwas zu bitten.

»Ich sterbe, das lässt sich nicht ändern«, versicherte Herbstgeborener. »Das Gespräch mit euch bedeutet die Freude meiner letzten Stunden. Wenn ich euch jedoch behilflich sein könnte, würde mich das mit Euphorie erfüllen. Sprecht.«

»Erinnerst du dich noch an meinen Beruf?«, fragte Martin.

Herbstgeborener nickte. »Ein gemieteter Polizist.«

»Nun gut ... nennen wir es so. Vor kurzem, vor einer Woche ...« Martin geriet ins Stocken, als ihm aufging, wie unangemessen ein solcher Ausdruck in einem Gespräch mit einem Wesen war, das nur ein halbes Jahr lebte, doch um sich zu korrigieren, war es nunmehr zu spät. »... hat man mich gebeten, eine junge Frau zu suchen, die durch das Große Tor gegangen ist ...«

»Eure Geschlechtspartnerinnen verfügen über Verstand und freien Willen?«, wunderte sich der Dio-Dao.

»Sicher.«

»Ach, verzeih, ich habe das mit den Geddarn verwechselt ...« Herbstgeborener lächelte.

Martin schielte zu Kadrach hinüber. Auf dem Gesicht des Geddars erglühten rote Flecken, sein Atem ging schneller, doch er sagte kein Wort.

»Ich habe mich also auf den Weg gemacht ...«, fuhr Martin rasch fort.

Die Geschichte war schnell erzählt. Ohne überflüssige Einzelheiten berichtete Martin dem Dio-Dao von den drei Toden der Irina Poluschkina, davon, wie die junge Frau an eine Liste mit den Rätseln des Universums gelangt war, von seiner Vermutung bezüglich des Planeten Marge sowie von dem Geddar, der sich ihm angeschlossen hatte, um an den Schließern Rache zu üben.

Letzteres schien Herbstgeborenen mehr alles andere zu interessieren.

»Noch niemals ist es jemandem gelungen, sich an den Schließern zu rächen«, gab er zu bedenken. »Vielleicht ist das gar nicht so schlecht. Wenn die Interessen der Schließer tatsächlich verletzt werden, wie würde wohl dann ihre Reaktion aussehen? Es steht in ihrer Macht, Planeten zu vernichten, und über die Moral der Schließer weiß niemand etwas zu sagen. Möglicherweise würden sie das Verbrechen eines Einzelnen die ganze Rasse büßen lassen?«

»Ich muss mich rächen«, erwiderte der Geddar mit großem Ernst. »Jeder Landsmann wird mich verstehen und keineswegs verurteilen.«

»Du verfügst mit leichter Hand über das Schicksal deiner biologischen Art«, gab der Dio-Dao zu bedenken.

»Wenn ich meine Ehre von der Stärke des Feinds abhängig machte, dürfte ich dann noch von Ehre sprechen?«, brachte der Geddar kalt hervor. »Zudem wissen wir nicht einmal mit Sicherheit, ob die Schließer in diesen Vorgang verwickelt sind. Wenn nicht, wird die Rettung des Mädchens sie nicht verdrießen. Wenn doch … ist es meine Pflicht, Martin zu helfen.«

Herbstgeborener nickte, dergestalt seine Zustimmung, möglicherweise aber auch seinen Entschluss, auf jeden Streit zu verzichten, zum Ausdruck bringend. »Bring mir das Telefon, Martin«, bat er. »Es ist im Schlafzimmer.«

Martin holte den Apparat, ein schweres Gerät aus einfachem dunkelbraunen Plastik, welches im Gedächtnis das Wort »Ebenholz« heraufbeschwor, und mit einer langen, gummiisolierten Spiralschnur. Das Telefon hatte keinen Hörer, für Mikrofon und Lautsprecher existierten separate Leitungen. Tasten oder eine Wählscheibe fehlten ebenfalls.

»Die Menschen haben eine klügere Konstruktion des Telefons ersonnen«, sagte Kadrach. »Mikrofon und Lautsprecher sind dabei verbunden und …«

»Ich weiß«, unterbrach ihn Herbstgeborener. »Wenn dieses Telefon nichts mehr taugt, wird ein neues Modell an seine Stelle treten. Noch funktioniert es jedoch – weshalb sollte ich es da ersetzen? Jede Sache, die etwas Altes ablöst, das noch nicht ausgedient hat, bedeutet Zeit, die fremdem Leben gestohlen wird.«

Kadrach neigte den Kopf, als erkenne er diese Wahrheit an.

»Wie ist euer Telefon denn aufgebaut?«, fragte ihn Martin.

»Überhaupt nicht«, gestand der Geddar. »Wir haben erst kürzlich die Möglichkeiten zu schätzen gelernt, die die Elektrizität uns bietet.«

Unterdessen sprach Herbstgeborener etwas ins Mikrofon. Dann wiederholte er den Satz.

»Stellen bei euch immer noch Telefonisten die Verbindung her?«, konnte sich Kadrach nicht verkneifen zu fragen. »Es gibt doch Tasten ...«

»Ein Computer«, erklärte der Dio-Dao. »Das erledigt ein Computer, bereits in der siebzehnten Generation.«

»Und das Telefon stammt noch aus der Zeit davor?«, hakte Kadrach nach. »Ihr habt euren Maschinen beigebracht, eure Sprache zu verstehen, nur um diese alten Telefonapparate beizubehalten?«

»Das erschien uns am vorteilhaftesten«, meinte Herbstgeborener nickend.

Neugierig verfolgte Martin das Gespräch. Bei allen Ungereimtheiten ihrer gesellschaftlichen Strukturen, den unzähligen Zeremonien und den seltsamen Gesetzen, die die Geddarn hatten, standen sie den Menschen letzten Endes doch sehr nahe. Mit Vergnügen übernahmen sie die technischen Errungenschaften der menschlichen Gesellschaft oder versuchten es zumindest. Die Errungenschaften der Aranker begeisterten sie zwar noch stärker, ihre Weltsicht lehnten sie allerdings entschieden ab.

Die Dio-Daos hingegen waren von Grund auf anders.

Das kurze Leben hinderte sie nicht, ihre Wissenschaft voranzutreiben. Ein gelehrter Vater gab sein Wissen an den Sohn weiter, worauf die Forschungen weitergingen. Fast immer vererbten die Dio-Daos professionelle Kenntnisse an eines ihrer Kinder, das diesen Beruf dann nicht ablehnen konnte – und das auch gar nicht wollte. Seine Brüder – in der Regel bekamen die

Dio-Daos zwei, manchmal drei Kinder – vermochten den Beruf freier zu wählen, doch auch sie führten in der Regel die Familientradition fort.

Mit der Umsetzung wissenschaftlicher Entdeckungen in die Praxis ließen sich die Dio-Daos freilich Zeit. In vielen Häusern gab es einen Fernseher, etliche sahen darin indes keine Notwendigkeit. Die Dio-Daos hatten die Kosmonautik erfolgreich entwickelt, die alle paar Jahre startenden Raumschiffe hatten bereits die vier Planeten ihres Sternensystems besucht, davon wurde jedoch in der Gesellschaft kein großes Aufhebens gemacht. Die Dienste der Schließer nutzten die Dio-Daos ohne zu zögern, sie schufen eine Reihe von Kolonien, aber ihre Expansion verlief nicht überstürzt, eher hatte man den Eindruck, die Dio-Daos erwiesen jemandem einen Gefallen, indem sie diese öde Welten besiedelten. Seit hundert Jahren waren auf dem Planeten Atomreaktoren in Betrieb, gleichwohl produzierten einen Großteil der Energie auch weiterhin Wärme- und Wasserkraftwerke. Anscheinend hatten die Dio-Daos einen absolut unbedenklichen, umweltverträglichen und leistungsstarken Kernfusionsreaktor entwickelt, den sie bislang jedoch noch nicht bauten. Ein Computer in einem Privathaushalt war eine unerhörte Rarität, andererseits existierten Maschinen, die jedes irdische Pendant – und Gerüchten zufolge sogar die Computer der Aranker – ausstachen.

Wenn das Leben so kurz ist, hat es keinen Sinn, etwas zu übereilen.

Wem es nicht vergönnt ist, ein Hemd abzutragen, der schert sich nicht um Mode.

Und mochte noch so vieles die Dio-Daos von den Menschen trennen, konnte Martin sie doch verstehen. Dem Geddar bereitete das größere Probleme.

Während Herbstgeborener telefonierte, bediente er sich des Touristischen, was ebenso der Höflichkeit geschuldet sein konnte wie auch dem Wunsch, eine Übersetzung, die pure Zeitverschwendung gewesen wäre, zu umgehen.

»Lebe, Langdenkender. Hier ist Herbstgeborener. Ja, ich lebe noch. Vermutlich heute Nacht. Vielen Dank. Ein Freund aus einer anderen Welt ist bei mir zu Besuch, der Mensch Martin. Ja. Er hat mich um Hilfe gebeten, und jetzt bitte ich dich. Vor etwa einer Woche ist eine Menschenfrau zu uns gekommen, ihr Name ist Irina Poluschkina. Stimmt das?«

Die Pause in dem Gespräch währte nicht lange. Herbstgeborener blickte zu Martin hinüber. »Du hast recht«, sagte er. »Sie ist bei uns ... Vielen Dank, Langdenkender. Wann hat die Menschenfrau die Grenze passiert und wo hält sie sich gegenwärtig auf? So lange? Ach ja? So schnell? Vielen Dank, Langdenkender. Lebe wohl.«

Herbstgeborener steckte Mikrofon und Lautsprecher wieder in die Basis. »Die Frau Irina brachte drei Tage mit der Grenzkontrolle zu«, sagte er dann. »Sie hat Probleme, sich zu konzentrieren, Martin.«

»Das steht außer Frage«, pflichtete ihm Martin bei.

»Danach hat sie sich unverzüglich in das Tal Gottes aufgemacht.«

»Was ist das?«

»Der Ort, an dem unser religiöser Kult praktiziert wird«, erklärte der Dio-Dao unerschüttert.

»Die junge Frau hat mit Sicherheit ihr Interesse an Religionen entdeckt«, erklärte Martin. »Bei den Arankern hat sie die Seele gesucht, jetzt beschäftigt sie sich mit eurer Theologie ... Ich bin kein Experte für euren Glauben, Herbstgeborener. Du hast mir aber einmal gesagt, dass ihr fremde Religionen achtet, bist dabei jedoch nicht näher auf eure eigene eingegangen.«

»Ich kann dir davon erzählen«, mischte sich der Geddar überraschend ein. »Sie sind in religiöser Hinsicht keineswegs tolerant. Vielmehr sind sie Polytheisten und glauben an alle Götter zugleich. Mich erzürnt das.«

»Das stimmt nicht«, widersprach Herbstgeborener.

»Dann korrigiere mich.« Kadrach bleckte die Zähne.

»Wir glauben an den Einen Gott, den Schöpfer des Universums«, erklärte Herbstgeborener stolz. »Aber wir halten Gott für undefiniert.«

»Unerkennbar?«, hakte Martin nach. »Das ist in jeder Religion der Fall ...«

»Nein«, meinte Herbstgeborener kopfschüttelnd. »Wirklich für undefiniert. Wir glauben, bei Gott handle es sich um die Endphase der Entwicklung intelligenten Lebens im Universum. Mit sehr simplen Worten heißt das ...« Einen Moment geriet er ins Stocken. »In der fernen Zukunft werden intelligente Wesen nicht länger an den physischen Körper gefesselt sein. Alle intelligenten Rassen werden eins und zugleich unterschiedlich sein in der gewählten Form ihrer Existenz. Ohne ihre Individualität einzubüßen, fließt der Verstand eines jeden Einzelnen in ein großes Ganzes ein, alle zusammen bilden ein Meta-Bewusstsein, das weder durch Raum noch Zeit geknechtet ist. Das ist Gott, der Schöpfer von allem, Alpha und Omega, Anfang und Ende, das Gesamte und das Einzelne. Er nimmt alles Sein in sich auf. Er schafft das Universum.«

Kadrach stieß ein verächtliches Schnauben aus.

Martin hüstelte. »Aber alle Religionen stellen sich Gott anders vor ...«, bemerkte er.

»Deshalb ist Gott ja auch nicht zu definieren«, wiederholte Herbstgeborener. »Ja, Er existiert, Er schuf die Welt, Er ist ewig und steht außerhalb der Zeit. Aber für uns, die wir in der Zeit leben, ist Gott noch immer nicht definiert. Wenn der Glaube der Menschen obsiegt, dann bekommen wir den Gott der Menschen, bekommen wir ihn so, wie ihr Ihn seht. Wenn der Glaube der Geddarn Verbreitung findet, bekommen wir ihren Gott.«

»Und wenn die Weltanschauung der Aranker gewinnt?«, fragte Martin.

»Dann wird es keinen Gott geben«, bestätigte Herbstgeborener. »Du hast es erfasst!«

»Quatsch«, brummte Kadrach. »Gott gibt es, das weiß ich.

Und der Schatten, den Sein Licht wirft, ist der Prophet ThaiGeddar, der vor weniger als tausend Jahren in unserer Welt gelebt hat. Gott ist zu groß, als dass wir Ihn verstehen könnten, ebendeshalb ist ThaiGeddar zu uns gekommen, der Lichtgeborene, der Schatten an der Wand des Seins, der Geddar und Gott, der unserem Begreifen und unserer Verehrung zugänglich ist. Er schuf Wunder, von denen Augenzeugen berichteten, seine Vorhersagen erfüllten sich und werden sich auch fürderhin erfüllen. Es gibt nur Gott und ThaiGeddar, Seinen Schatten!«

»Ja«, nickte Herbstgeborener. »Es gibt nur den Gott der Geddarn und ThaiGeddar, Seinen Schatten! Das Schwert des ThaiGeddars trennte den Raum von der Zeit, die Ordnung vom Chaos. Das Schwert des ThaiGeddars kappt den Faden unseres Lebens, und auf der Scheide Seines Schwerts machen wir uns in ein neues Sein auf. Aber es gibt auch den Gott der Menschen, dessen Sohn auf die Erde herniederkam, es gibt den Gott der Oulua und die warmen Wasser Seines Schlafs ...«

»Hör auf!«, schrie Kadrach. »Es steht dir frei, jeden Humbug zu glauben, aber ich lasse es nicht zu, dass du Gott lästerst!«

»Ich werde schweigen«, erklärte Herbstgeborener sich bereit. »Die grundlegende Idee habt ihr ohnehin begriffen.«

»Habt ihr auch einen eigenen Glauben?«, fragte Martin.

»Selbstverständlich«, sagte Herbstgeborener. »Ich habe ihn bereits dargelegt.«

»Nein.« Martin schüttelte den Kopf. »Du hast die philosophischen Grundlagen eures Glaubens dargelegt. Soweit ich es verstanden habe, erkennt ihr die Rechtmäßigkeit einer jeden Religion an. Aber ihr müsst doch bereits vor dem Auftauchen der Schließer, der Großen Tore und der Fremdplanetarier an etwas geglaubt haben.«

»Selbstverständlich haben wir das«, brachte Herbstgeborener nach kurzem Zögern hervor. »Interessieren dich die Details denn wirklich? Möchtest du etwa unseren Glauben annehmen?«

»Nicht unbedingt«, räumte Martin ein. »Aber natürlich

interessiert mich das sehr, nur wollen wir jetzt keine Zeit mit diesem Thema verlieren. Das werde ich ganz bestimmt alles später in Erfahrung bringen. Jetzt erkläre uns lieber, was das Tal Gottes ist.«

»Es ist ein großes Tal in den Bergen, in dem die Tempel der größten religiösen Kulte der Galaxis liegen«, führte Herbstgeborener mit einem Lächeln aus. »Das ist also ganz einfach.«

»Kannst du dir vorstellen, warum Irina sich dorthin begeben hat?«

Einen ausgedehnten Moment lang dachte der Dio-Dao nach, dann sagte er: »Vielleicht wollte sie einer seltenen Konfession beitreten. Wenn es schwierig ist, mit der Rasse, die diesen Glauben pflegt, in Kontakt zu treten, stellt ein Besuch im Tal Gottes die einfachste Alternative dar.«

»Sind denn Diener der entsprechenden Kulte vor Ort?«, fragte Martin erstaunt.

»Selbstverständlich. Ein Gott wohnt nicht in einem leeren Tempel.«

»Hmm«, brummte Martin. Bei Irina Poluschkina rechnete er mit allem Möglichen, doch einen heftigen Anfall von Religiosität traute er ihr einfach nicht zu. »Gibt es noch andere Möglichkeiten?«

»Sie könnte sich für Theologie interessieren«, schlug Herbstgeborener vor. »Und das Tal Gottes ist der ideale Ort, um die unterschiedlichen Glaubensrichtungen zu studieren.«

»Wir müssen uns dorthin begeben«, sagte Kadrach missmutig zu Martin. »Das will mir nicht gefallen, mein Freund. Überhaupt nicht.«

»Warum nicht?«

»Das ist ...« Kadrach zögerte. »Das grenzt an Blasphemie. Sage, Dio-Dao, gibt es in diesem ... Tal ... einen Schwertgriff des ThaiGeddars?«

»›Schwertgriff‹? Ist das euer Name für ein Gotteshaus?«, fragte Herbstgeborener zurück. »Einer meiner Vorfahren hat euer Volk studiert, aber das ist lange her, und ich verfüge nur noch über Krumen seines Wissens ... Vermutlich gibt es einen solchen Ort. Ich war nie dort, doch im Tal Gottes werden mehr als siebenhundert religiöse Kulte praktiziert.«

Zischend stieß Kadrach die Luft aus, bettete das Kinn in die Hand und versank in Gedanken.

»Eine verzwickte Situation ...«, bemerkte Herbstgeborener voller Anteilnahme, während er sich über den Bauch strich. »Sag, Martin, wärest auch du schockiert, träfest du im Tal Gottes deine Glaubensbrüder?«

»Sind sie Dio-Daos?«, wollte Martin wissen.

Herbstgeborener nickte.

»In gewisser Weise schon«, gestand Martin. Als er sich ein Känguru vorstellte, das Ornat trug und am Altar stand, bemächtigte sich seiner eine Verwirrung sondergleichen. Er linste zu Kadrach hinüber. »Natürlich würde ich nicht mit dem Schwert auf sie losstürmen und von Frevel schreien ...«

»Mein Freund!« Kadrach seufzte schwer. »Es ist nicht nötig, mich zu Toleranz zu mahnen. Ich kann vieles hinnehmen! Doch es gibt eine Grenze, die ich nicht überschreiten kann. Wenn ich sehe, wie ein Dio-Dao unseren Glauben entstellt, über den Triumph des ThaiGeddars spottet und unsere heiligen Bräuche parodiert ... werde ich meine Pflicht über meine Geduld und meine Nachsicht stellen.«

»Glaube mir«, mischte sich Herbstgeborener mit leiser Stimme ein, »im Tal Gottes spottet niemand über einen fremden Glauben. Was du siehst, mag dir befremdlich und beleidigend vorkommen, doch wenn du dir die Mühe machst, alles zu verstehen, wird dein Zorn sich legen.«

»Gut«, lenkte Kadrach ein. »Ich werde versuchen, objektiv zu sein. Wie kommen wir ins Tal?«

»Allein werdet ihr es nicht schaffen. Ihr braucht Begleitung«, entschied Herbstgeborener. »Ich denke, das wird Den-Der-Freund-Fand übernehmen. Nicht wahr, mein Söhnchen?«

Aus dem Spalt des Umhangs lugte der kleine Kopf hervor. »Ich höre, Elter«, sagte Den-Der-Freund-Fand verlegen. »Ich werde den Fremdlingen behilflich sein, ins Tal Gottes zu gelangen. Aber ich vermag kaum noch zu warten.«

Die Hand von Herbstgeborenem strich zärtlich über das flaumige Köpfchen des Jungen. »Ich weiß, mein Söhnchen. Gedulde dich noch wenige Minuten. Die Zeit deiner Geburt ist gekommen.«

Der Kopf nickte und verschwand im Beutel. Martin erschauderte – was dem Dio-Dao nicht entging.

»Ich brauche keine Hilfe bei der Geburt, Martin«, sagte Herbstgeborener. »Aber wenn du diesen Augenblick mit mir teilen wolltest, würde mich das sehr freuen. Wenn du meinem Sohn danach behilflich wärest, meinen Körper zu bestatten, würdest du mir einen großen Dienst erweisen.«

»Ich werde ihm helfen«, versprach Martin. Er suchte nach passenden Worten und murmelte: »Ich bin sehr stolz darauf, dich kennengelernt zu haben. Nun wird mir etwas fehlen.«

Herbstgeborener nickte. »Hilf mir zum Schlafzimmer hinüber«, bat er lächelnd. »Meine Kräfte lassen nach.«

Martin stützte Herbstgeborenen beim Gehen. Der Dio-Dao schwankte bereits. Man konnte förmlich zusehen, wie alle Kraft aus ihm wich. In der Türfüllung, vor der einzig ein dichter, schwerer Vorhang hing, drehte Herbstgeborener sich noch einmal um. »Lebe wohl, Geddar. Lebe und vergiss nicht.«

»Lebe wohl, Dio-Dao«, sagte Kadrach. Ohne Frage fühlte er sich unbehaglich, dieser große, kräftige, aggressive und stolze Geddar. Angesichts des ausgesöhnt sterbenden Dio-Daos, in dieser Nacht des Todes und der Geburt, schienen dem Geddar alle Prinzipien unangemessen und naiv, gleichsam als spielten Kinder mitten auf einem versengten Schlachtfeld mit Zinnsoldaten.

Vier

Die Geburt von Den-Der-Freund-Fand erwies sich als keineswegs so einfach, wie Herbstgeborener es darzustellen versucht hatte. Die Schwangerschaft hatte länger gedauert als normalerweise üblich, weshalb der Beutel des Dio-Daos inzwischen für das Kind zu klein war. Der Kopf schlüpfte leicht nach draußen, die Schultern glitten ebenfalls problemlos heraus, wohingegen der Rumpf unter keinen Umständen ans Licht wollte. Tapfer ertrug Herbstgeborener die Qualen, möglicherweise minderte der Hormonausstoß auch das Schmerzempfinden. Dennoch vermeinte Martin in einem bestimmten Augenblick, er müsse zum Messer greifen und den Kaiserschnitt an einem Außerirdischen ausprobieren.

Am Ende schaffte Herbstgeborener es dann doch allein.

Einige Minuten lang schöpfte das Junge – es war nicht größer als ein Kind von fünf, sechs Jahren – im Bett neben seinem Vater Kraft. Herbstgeborener flüsterte etwas und streichelte seinen Sohn zärtlich, mit dem er nach wie vor über die Nabelschnur verbunden war. Vielleicht konnte er ihm sogar immer noch etwas von seinem Gedächtnis weiterreichen – doch diese Frage traute Martin sich nicht zu stellen.

Die Nabelschnur fiel dann von selbst ab. Den-Der-Freund-Fand trocknete sich mit feuchten Handtüchern ab und blieb so lange neben seinem Vater sitzen, bis dieser aus dem Leben schied. Erst danach wandte er sich Martin zu.

»Ich gehe jetzt duschen und esse etwas«, erklärte er. »Hilfst du mir danach, seinen Körper zu bestatten?«

Martin nickte. Wie bizarr und schrecklich, sich mit einem neugeborenen, indes schon uneingeschränkt selbstständigen Wesen zu unterhalten.

Immerhin freute er sich über den Fortschritt, den die Zivilisation der Dio-Daos gemacht hatte: Die Kinder mussten nicht länger den Körper ihrer Eltern essen.

Den-Der-Freund-Fand ging ins Wohnzimmer hinüber, nickte Kadrach zu und hielt auf die Duschkabine zu. Zumindest äußerlich zeigte sich der Geddar zu Martins Freude ungerührt. Während sich das Kind wusch, hüllte Martin den Körper von Herbstgeborenem in ein feines Leichengewand, das nicht aus Stoff, sondern aus festem grauen Papier gefertigt war. Er versuchte, dem Dio-Dao die Augen zu schließen, doch dieser starrte trotzig in die für immer angehaltene Zukunft.

»Was bleibt zu sagen?«, murmelte Martin. »Du ... du warst ein feiner Kerl ... kein Mensch, natürlich nicht, nicht einmal ein Mann, sondern ein Hermaphrodit ... Aber in jenem Tohuwabohu vor drei Monaten warst du mir eine echte Hilfe ... Und dein Sinn für Humor gefiel mir ... Den Menschen gegenüber hegtest du keine Vorbehalte.«

Martin verstummte, mehr wollte ihm einfach nicht einfallen.

»Ruhe in Frieden«, schloss er, während er das Gesicht von Herbstgeborener bedeckte. »Möge die Erde dir leicht sein.«

Eine Stunde später, als das Kind, das seinen ersten Hunger gestillt hatte, mit der Bestattung seines Vaters beginnen wollte, musste Martin einsehen, wie naiv anthropozentristisch dieser Ausdruck doch war. Die Dio-Daos bestatteten ihre Toten nicht. Martin und Den-Der-Freund-Fand – dieses junge Wesen verfügte über erstaunliche Körperkräfte – trugen den Körper schlicht zum Stadtrand. Kadrach folgte ihnen schweigend, bot seine Hilfe indes nicht an, beobachtete die Prozedur jedoch mit Interesse. An einem hohen Gitterzaun blieben sie stehen. Den-Der-Freund-Fand machte im Zaun eine schmale Pforte ausfindig, die ein kräftiger Riegel sicherte. Sie trugen den Körper durch den Eingang, betteten ihn auf die Erde und gingen.

Kaum hatten sie das eingezäunte Gelände verlassen, raschelte etwas, und ein ekelhaftes, hartnäckiges Schmatzen ließ sich vernehmen.

»Was ist das?«, fragte Martin, gegen Brechreiz ankämpfend.

»Vieh«, antwortete Den-Der-Freund-Fand einsilbig. Er sah Martin an und nickte. »Ja, wir überlassen einen toten Körper den Tieren zum Fraß. Wir sterben zu oft, als dass wir einen kompletten Kreislauf der organischen Stoffe verwenden und den Körper als Dünger in der Erde vergraben könnten.«

»Und esst ihr diese Tiere dann?«, hakte Kadrach nach.

»Nein, wir geben sie größeren Vieh zum Fraß«, erklärte das Kind. »Welchen Unterschied macht das schon, Geddar? Du isst die Kräuter und Nüsse, die auf den Knochen deiner Vorfahren wachsen. Wir essen das Fleisch, das mit den Körpern unserer Vorfahren genährt worden ist.«

Entgegen Martins Erwartung fing der Geddar darauf keinen Streit an. »Das Leben ist hart«, sagte Kadrach nur.

»Erbarmungsloser ist nur der Tod«, pflichtete ihm Den-Der-Freund-Fand bei.

Sodann kehrten sie ins Haus von Herbstgeborener zurück, das fortan das Haus von Den-Der-Freund-Fand sein würde.

Da es inzwischen weit nach Mitternacht und sie alle müde waren, legten sie sich schlafen.

Zuvor aß Den-Der-Freund-Fand freilich noch einen Happen.

Martin schlief schlecht. Vor einigen Jahren hatte er einmal den aufschlussreichen Artikel eines Psychologen gelesen, der sich in seinen Forschungen mit denjenigen beschäftigte, die durch die Großen Tore reisten. Darin zählte er nicht nur traditionelle Probleme eingefleischter Touristen wie Depression,

Desorientierung in Raum und Zeit, Suizidgefährdung, Impotenz, erhöhte Aggressivität und inadäquate Rezeption von Tonfall und Gesten auf, sondern gab auch diverse Ratschläge. Die entscheidende Empfehlung war die, zwischen den Besuchen von zwei Welten eine Pause von einer Woche, möglichst jedoch sogar von einem Monat einzulegen. In höchst missbilligender Weise ließ sich der Autor über all diejenigen aus, die von Welt zu Welt reisten, ohne zwischendurch auf die Erde zurückzukehren. Ein Besuch von drei verschiedenen Welten innerhalb einer Woche stellte nach Dafürhalten des Autors eine psychologische Belastung dar, welcher der menschliche Verstand nicht gewachsen war.

Natürlich übertrieb der Psychologe, wie es sich für jeden Arzt gehörte. Besser erschreckt man einen Patienten, als ihm trügerischen Optimismus einzuflößen. Zudem zog Martin bereits lange genug durch die Galaxis, um sich für besser vorbereitet zu halten als die meisten Reisenden.

Gleichwohl lastete ein schwerer, von Alpträumen satter Schlaf auf ihm. Im Traum bereitete Martin zusammen mit Den-Der-Freund-Fand ein Festmahl aus Herbstgeborener zu. Der Dio-Dao musste mit Gewürzen bestäubt, in Folie gerollt und direkt im Bett gebacken werden. Kadrach stand neben ihm und fragte sie aus: Ob Martin den Braten nicht zu stark würze? Ob das Fleisch des alten Dio-Daos auch weich genug sein würde? Schließlich verfiel Kadrach auf die Frage, ob der Fremdplanetarier auch koscher sei – und in seinem Verhalten schimmerte etwas von dem der jungen Provokateure aus der Station durch.

Dann stieß Irotschka Poluschkina zu ihnen. Sie war bleich, bewegte sich langsam, und als sie sich Martin näherte, begriff er, dass die junge Frau tot war. Als er von ihr wissen wollte, wie das passiert sei, antwortete Irotschka schuldbewusst, sie habe versucht, Gott zu schauen, doch solche Versuche führten zu nichts Gutem.

An die Festtafel setzte sie sich zusammen mit den anderen. Als Martin sich anschickte, das Essen abzulehnen, schüttelte sie ihn mit unweiblicher Kraft an den Schultern und verlangte, er solle sich unverzüglich über das schreckliche Mahl hermachen.

Als Martin aufwachte, erblickte er den neben seinem Nachtlager stehenden Den-Der-Freund-Fand. Kadrach war bereits aufgestanden und wusch sich. Auf dem Tisch wartete ein Frühstück, es roch nach gebratenem Fleisch.

»Steh auf, wir müssen aufbrechen«, sagte Den-Der-Freund-Fand. »Der Zug ins Tal Gottes geht in einer Stunde.«

»Dann begleitest du uns also?«, fragte Martin, während er die Reste des Traums abzuschütteln versuchte.

»Ich habe doch schon gesagt, dass ihr es allein nicht schaffen würdet.«

»Das hat dein Vater gesagt«, brummte Martin. »Herbstgeborener, nicht Den-Der-Freund-Fand.«

»In den ersten Tagen nach der Geburt fällt es uns schwer, das eigene Gedächtnis von dem fremden zu unterscheiden ...«, erklärte der Dio-Dao lächelnd. »Richtig, das hat mein Elter gesagt. Aber ich habe ihm zugestimmt.«

»Das hast du sogar wirklich getan«, meinte Martin, indem er sich erhob. Kadrach und er hatten auf dem Fußboden geschlafen, auf das angebotene Bett hatten beide ohne sich darüber abzustimmen verzichtet.

»Du kannst mich übrigens einfach Eff-Eff nennen«, schlug Den-Der-Freund-Fand vor. »Das würde mich sogar freuen.«

»Und der Geddar?«, wollte Martin wissen.

»Mag auch er mich so nennen«, entschied Den-Der-Freund-Fand nach kurzem Zögern.

Über Nacht war Den-Der-Freund-Fand merklich gewachsen. Jetzt war er etwa so groß wie ein Kind von sieben oder acht Jahren. Die Kindheit der Dio-Daos währt nicht lange – falls man diese Periode körperlichen Wachstums überhaupt Kindheit nennen darf. Schließlich macht den Prozess des Reifens bei einem Menschen auch nicht das Wachstum und das Auftreten sekundärer Geschlechtsmerkmale aus. Kindheit bedeutet, sich die Welt anzueignen. Für die Dio-Daos indes ist die Welt bereits vor der Geburt verständlich und vertraut ...

Dann frühstückten sie. Auf dem Tisch standen Unmengen von leicht angebratenem Fleisch mit einer dicken scharfen Soße, etwas, das an Weichkäse erinnerte, sowie gedämpftes, bohnenartiges Gemüse. Und Tee, viel Tee, der übermäßig süß und stark schmeckte.

Vom Fleisch aß nur der Dio-Dao.

»Ich habe alles in Erfahrung gebracht«, informierte Eff-Eff sie, dabei Portion um Portion vernichtend. »Die Frau Irina ist mit dem Linienzug ins Tal Gottes gefahren. Das ist nicht teuer und recht bequem, aber der Zug wird erst heute Nachmittag am Ziel eintreffen. Wir werden den Express nehmen und am späten Abend ankommen. Die Frau wird nicht sehr viel Zeit haben, eine Dummheit zu begehen.«

»Was denn für eine Dummheit?« Martin verkrampfte sich.

»Ich habe lange darüber nachgedacht«, sagte Eff-Eff bescheiden. »Meinen Vater hielt die Sorge angesichts des nahenden Todes zu gefangen, als dass er sich ernsthaft mit dem Problem hätte befassen können. Aber wenn ich mich nicht täusche, bin ich dahintergekommen, was Irina vorhat.«

»Dann schieß mal los!«, grummelte Martin.

»Du hast gesagt, die Frau habe eine Liste mit den Rätseln des Universums in die Hände bekommen«, fing der Dio-Dao an. »Natürlich führen alle Zivilisationen entsprechende Listen, natürlich versuchen alle, die Rätsel zu lösen. Aber die Frau Irina versucht das eine oder andere auf eigene Faust zu entdecken. Mithin bedarf sie einer umgehenden und eindeutigen Antwort auf die eine oder andere globale Frage. Sehen wir uns doch noch einmal an, womit sie sich bislang beschäftigt hat. Als Erstes wollte sie das Geheimnis von Bibliothek lüften. Das ist in der Tat eine immens wichtige Frage. Gehört der Planet den

Schließern oder einer anderen, nunmehr verschwundenen Rasse, deren Obelisken nach wie vor ihre uralten Geheimnisse hüten? Vielleicht handelt es sich dabei um eine Art Chronik des Universums. Vielleicht um eine noch unbekannte göttliche Offenbarung. Die Sprache Bibliotheks hat sich jedoch einer raschen Decodierung entzogen. Als Nächstes trachtete die Frau Irina danach, Licht in das Rätsel der alten Tempel auf jenen Planeten zu bringen, auf denen die Schließer gelandet sind. Eine nicht minder wichtige Frage! Falls diese Tempel wirklich existiert hatten und unbekannte Artefakte bargen, dann war es kein bloßer Zufall, dass die Schließer diese Welten besucht hatten … dann waren sie den Signalen dieser Tempel gefolgt! Was hieße das? Bewiese es die Existenz einer uralten Zivilisation? Hieße es, dass alle intelligenten Rassen gemeinsame Wurzeln haben? Gab es in längst vergessener Vergangenheit ein Transportnetz, das den Großen Toren der Schließer entsprach? Dies wäre eine höchst aufschlussreiche und globale Information … Bedauerlicherweise blieb das Rätsel ungelöst. Dann der dritte Planet, auf dem die Frau Irina war. Ein großes Geheimnis, das zweifellos die gesamte Philosophie in den Grundfesten erschüttern würde! Gibt es einen immateriellen Träger des Verstands, gibt es eine Seele, und daran anknüpfend: Gibt es ein Leben nach dem Tod? Die Krux ist freilich, dass Irina sich selbst widersprach, als sie mit physikalischen Methoden etwas Mystisches nachzuweisen versuchte … Die vierte Welt ist unsere. Ihre entscheidende Einmaligkeit sehe ich genau wie mein Vater im Glauben an einen undefinierten Gott.«

Kadrach rutschte auf seinem Stuhl hin und her, sagte jedoch kein Wort.

»Was hofft Irina also auf unserem Planeten zu enthüllen?«, fuhr Eff-Eff fort. »Nun, das Geheimnis aller Geheimnisse! Auf der Grundlage von Fakten und nicht des Glaubens will sie herausbekommen, ob es einen Gott gibt. Wie? Eine der Besonderheiten aller großen Religionen ist, dass sich die Existenz Gottes, selbst wenn sie sich in Wundern zeigt, nicht beweisen lässt. Denn die Wunder können nicht dokumentiert werden und überzeugen nur einzelne Individuen, oder sie werden falsifiziert und mit natürlichen Ursachen erklärt, oder sie liegen so weit in der Vergangenheit, dass sie nicht mehr überprüft werden können. Wandelte der Sohn Gottes über den Planeten Erde? Erschien er den Geddarn im Fleisch des ThaiGeddars? All das sind Fragen des Glaubens, nicht der Wissenschaft.«

Als Martin gewahrte, dass Kadrach kurz davor stand zu explodieren, bemerkte er rasch: »Das versteht sich von selbst. Ließe sich die Existenz Gottes überzeugend beweisen, nähme das intelligenten Wesen die Willensfreiheit ... zumindest einen großen Teil der Willensfreiheit.«

»Selbstverständlich«, meinte der Dio-Dao unerschütterlich. »Auch wir können keine überzeugenden Beweise für unsere Religion vorbringen. Gewiss, wir bewahren das Gedächtnis unserer Vorfahren, doch mit jeder Generation entrückt es uns weiter und weiter ... Was sehe ich, wenn ich mit den Augen meines fernen Vorfahren den alten Dio-Dao auf dem Gipfel der Felsen betrachte? Möglicherweise ja Hoffnungsbringer, jenen Propheten, der der Gottheit teilhaftig geworden ist. Möglicherweise jedoch auch nur einen gewöhnlichen Kundschafter der Armee, der auf den Feind wartet ... oder einen Hirten, der nach seiner verirrten Herde Ausschau hält. In meinem Gedächtnis liegt nur ein flüchtiger Augenblick, und die Wahrheit kenne ich nicht. Meine Nachfahren werden diese Felsen und den Alten bereits nicht mehr sehen. Für die Frau kommt folglich nur eine Religion in Frage, die einem Gläubigen klare und eindeutige Beweise für die Existenz Gottes an die Hand gibt.«

»Und die gibt es?«, fragte Martin ironisch. »Jede Religion, die auf Befehl Wunder wirken kann, hätte doch umgehend das Universum erobert.«

»Wir werden das überprüfen«, erklärte Eff-Eff gelassen. »Wir brechen ins Tal Gottes auf. Wir wenden uns an das Institut für

Theologie. Wir legen ihnen dar, weshalb wir kommen, und bitten um Rat.«

»Nichts leichter als das«, schnaubte der Geddar. »Wir wenden uns an, bitten um und sehen weiter. Ganz nebenbei stellt sich heraus, dass euren Wissenschaftlern diese Möglichkeiten seit Langem bekannt sind, sie haben bloß noch kein entsprechendes Experiment durchgeführt.«

»Warten wir's ab«, sagte der Dio-Dao lächelnd. »Gehen wir, Freunde! In zwanzig Minuten fährt der Zug!«

Die Gemeinsamkeiten unterschiedlicher Rassen bergen – weit stärker als die Unterschiede – etwas erstaunlich Komisches. Martin hätte schwören können, dass das komischste Ding auf der Welt eine kleine Kanne für den Teesud gewesen sei, die er einmal in einer außerirdischen Schenke gesehen hatte. Manch heitere Minute hatte ihm das Fernsehen der Außerirdischen beschert, sofern die Rassen diese Einrichtung denn kannten. Die fremdplanetarischen Werbespots – einige Zivilisationen litten ebenfalls an diesem Übel – dienten schon seit einigen Jahren den Humoristen als zuverlässige Quelle.

Der Zug der Dio-Daos war erstaunlich schlicht, nicht an und für sich, sondern nur im Gegensatz zu den Verkehrswegen.

Getreu ihrer Tradition, alles Alte bis zum Äußersten zu modernisieren, bevor sie es gegen etwas Neues austauschten, behielten die Dio-Daos auf dem Planeten ein Transportnetz bei, das bereits vor Jahrtausenden angelegt worden war. Die alten Feldwege waren mit Stein ausgelegt, später betoniert und hernach mit drei breiten Schienen ausgestattet worden, die bald aus Metall, bald aus erstaunlich hartem Holz bestanden. Vor hundert Jahren zuckelten über diese Schienen Dampflokomotiven dahin, die im Weiteren – wenn auch bis heute nicht vollständig – von funkelnden Lokomotiven mit Elektroantrieb abgelöst wurden.

Jetzt wartete vor dem Kuppelbau des Bahnhofs ein Express, dessen sich auch die Aranker nicht geschämt hätten.

Drei lange, zigarrenförmige Waggons aus halbtransparentem Plastik standen nicht auf den Schienen, sondern hingen über ihnen. Sie waren durch durchsichtige Ziehharmonikaelemente verbunden, die an zerknittertes Zellophan erinnerten. Anscheinend verfügten alle Waggons über einen Motor und unterschieden sich in keiner Weise voneinander. An den weit geöffneten Türen standen Dio-Daos in strengen schwarzen Überwürfen.

Die Schienen in Bahnhofsnähe bestanden aus Holz.

Kadrach blieb stehen. »Der hängt ja in der Luft«, bemerkte er.

»Ja«, bestätigte Eff-Eff.

»Ein Magnetfeld?«, fragte der Geddar zuversichtlich.

»Antigravitation.«

Der Geddar stieß einen zischenden Laut aus und schüttelte den Kopf. »Davon habe ich gehört, es aber nie geglaubt ... Könnt ihr die Gravitation beeinflussen? Wie die Aranker?«

»Anders, aber wir können es«, antwortete der Dio-Dao würdevoll. »Beeilen wir uns, Freunde.«

Dem Zugbegleiter an der Tür des letzten Waggons hielt Eff-Eff irgendwelche Papiere hin, während Martin und Kadrach ihre temporären Ausweise vorzeigten. Die Formalitäten beschränkten sich auf ein stupendes Minimum, präziser ausgedrückt auf fünf, sechs Fragen, die vornehmlich kulinarische Präferenzen und die Belastbarkeit bei Beschleunigung betrafen. Danach bekamen der Mensch und der Geddar jeweils einen Fragebogen ausgehändigt, den sie unterwegs ausfüllen durften. Dieser gab sich recht bescheiden, umfasste lediglich acht Seiten.

Anschließend durften sie in den Waggon einsteigen.

Die Dio-Daos legten in Zügen offenkundig keine langen Strecken zurück. Es gab nichts, das an Abteile erinnerte – von Schlafplätzen ganz zu schweigen. Ein breiter Gang zog sich mitten durch den Waggon, an ihm reihten sich einander zugekehrte Sitzplätze entlang, die sich für Humanoide als nicht allzu bequem herausstellten. Die Wände des Waggons schienen aus trübem, rauchigem Plastik zu bestehen, in das unsystematisch einige Fenster eingelassen waren. Den Boden bedeckte ein flauschiger Belag. Alles war in sanften Beigetönen gehalten, selbst die Lichtkörper umschlossen Kugeln aus fahlbraunem Glas.

»Hiermit werden wir reisen«, erklärte Eff-Eff. »Fühlt euch ganz wie zuhause, Freunde!«

Fassungslos sah Martin sich um. Sie waren die einzigen Passagiere im Waggon.

»Dieser Waggon wurde für uns angehängt«, erklärte der Dio-Dao verlegen. »Verzeiht meinem Volk, es ist Fremdlingen gegenüber freundlich, tritt jedoch nicht rasch mit ihnen in Kontakt. Sollte es in den anderen Waggons nicht genug Plätze geben, setzt sich vielleicht jemand zu uns ...«

»Wie viel hat dich das gekostet?«, fragte Martin unumwunden.

»Viel«, gestand der Dio-Dao mit abgewandtem Blick. »Aber mach dir keine Sorgen. Das ist meine Pflicht. Zudem verspricht das Abenteuer interessant zu werden.«

»Wir hatten wirklich Glück, dass Herbstgeborener dein Freund war«, meinte Kadrach. »Vielen Dank, kleiner Dio-Dao.«

Das Känguru neigte den Kopf.

»Fahren wir bald ab?«, wollte Martin wissen.

Der Geddar tippte ihm sanft auf die Schulter. »Du machst wohl Witze, Freund. Sieh doch!«

Und Martin sah hin.

Obwohl die Bewegung in keiner Weise zu spüren war, glitt der Waggon schon über den Schienen hängend dahin, gewann immer mehr an Schnelligkeit. Dreihundert Stundenkilometer, möglicherweise sogar mehr.

»Den-Der... Eff-Eff, warum fliegt dieser Zug über den Schienen?«, fragte Martin. »Schließlich berührt er sie nicht einmal.«

»Das ist ganz einfach«, erklärte der Dio-Dao. »Das ist der Sicherheit geschuldet, um nicht gegen Bäume zu fahren, die Unebenheiten in der Landschaft zu respektieren, große Tiere oder unvorsichtige Bürger nicht zu gefährden.«

»Aber wäre es dann nicht einfacher, noch weiter oben zu fliegen, zehn oder fünfzehn Meter über der Erde?«

»Wir fliegen nicht sehr gern«, bekannte Eff-Eff.

»Aber ihr fliegt in den Kosmos«, ließ Martin nicht locker.

»Das ist doch etwas anderes«, verwunderte sich der Dio-Dao. »Etwas ganz anderes.«

»Auf ihrem Planeten gibt es keine Vögel und Fluginsekten, mein Freund«, mischte sich Kadrach ein. »Die Rasse der Dio-Daos leidet an Höhenangst.«

»Weißt du was, Kadrach«, bemerkte Martin, »ich glaube fast, du bist über die Dio-Daos nicht schlechter im Bilde als ich. Aber deine Kenntnisse sind einseitig. Sie beschränken sich auf negative Aspekte.«

»Ich hoffe, das beleidigt unseren kleinen Begleiter nicht«, lachte Kadrach, »aber es ist wahr. Als die Schließer auf unseren Planeten gekommen sind und die Geddarn das Universum zu erkunden begannen, haben wir lange nach jemandem gesucht, an dem wir uns ein Beispiel nehmen können. Wir machten keinen Unterschied zwischen Humanoiden und den bizarrsten Formen des Lebens. Am Ende waren uns die Menschen und die Aranker am sympathischsten. Über andere Rassen weiß ich hauptsächlich, was einer Kooperation und Freundschaft entgegensteht.«

»Ich bin nicht beleidigt«, versicherte der Dio-Dao. »Auch unser Volk hat die Menschen – geschweige denn die Geddarn – nicht gerade ins Herz geschlossen. Dennoch wissen wir Ausnahmen zu machen. Essen wir etwas, ja, Freunde? Vor uns liegt ein langer Weg.«

Der Zug raste nach Norden. Sie befanden sich auf der südlichen Halbkugel des Planeten, und mit jeder Stunde wurde es wärmer und wärmer. Der Schnee verschwand, steinernes Flachland zog sich dahin, das später Felder mit niedrigem Gebüsch ablösten, welche augenscheinlich bestellt und bearbeitet wurden. Am Himmel hingen keine bleifarbenen Wolken mehr, er selbst prangte in Farben von braunem Grün bis hin zu einem reinen grünlichen Hellblau. Bisweilen huschte eine kleine Siedlung am Fenster vorbei, dreimal hielt der Zug in großen Städten an.

Niemand gesellte sich zu ihnen in den Waggon.

Eff-Eff aß nahezu ununterbrochen. Martin vermeinte, den Dio-Dao förmlich wachsen zu sehen: Er brauchte nur eine Minute den Blick abzuwenden, da war der Kleine wieder ein wenig größer geworden. Diese Rasse kannte keine Kindheit – und im Grunde auch kein Greisentum. Mehr als einmal hatte Martin den Vergleich zwischen dem menschlichen Leben und einem Feuer vernommen. Das Leben der Dio-Daos brannte nicht – es explodierte.

Draußen wurde es immer wärmer.

Die Gebüschpflanzungen wichen zunächst Getreidefeldern, hernach Weiden, über die gemästete zweibeinige Tiere streiften, die an auf den Hinterbeinen stehende Kühe erinnerten. Das ganze Leben auf Marge folgte demselben Prinzip, kein Tier lebte länger als ein halbes Jahr, alle wuchsen in Beuteln heran und verfügten über ein erbliches Gedächtnis.

Ein trauriger Planet ...

Martin machte es sich im Sessel so bequem als möglich, schloss die Augen und versuchte zu dösen. Auf dem Sitz ihm gegenüber kaute der Dio-Dao etwas, das an Salzstangen erinnerte, und las ein Buch, ein normales papierenes Buch, das einem Exemplar auf der Erde stark ähnelte.

»Was lesen wir denn?«, konnte Martin sich nicht verkneifen zu fragen. Die Dio-Daos hatten augenscheinlich etwas dagegen, Zeit zu vergeuden. Sollte Den-Der-Freund-Fand in die Fußstapfen seines Vaters treten und sich mit der Rechtspflege befassen, musste er binnen kürzester Zeit etliche Kodizes der Dio-Daos studieren.

»Ich habe mir einen Roman für unterwegs eingesteckt ...« Verlegenheit packte Eff-Eff. »Etwas Belletristisches. Fiktives.«

»Wovon handelt es?«, wollte Martin wissen. Bei seinem letzten Besuch hatte er sich kaum mit der Kultur der Dio-Daos beschäftigt, sondern ausschließlich auf die Einhaltung der Gesetze und ihre Bräuche geachtet.

»Von einem Dio-Dao namens Hinaufstrebender. Er möchte lange leben und schließt einen Pakt mit dem Teufel. Allhalbjährlich muss er einen jungen Dio-Dao umbringen und verspeisen. Danach wird er wieder jung und kann sich als sein eigener Sohn ausgeben. Aber ein Mitarbeiter der Polizei, Dereinsterinnerer, verdächtigt ihn nach einer zufälligen Begegnung ... Er hält das Gedächtnis der Vorfahren heilig und kann den Verbrecher erkennen, gegen den bereits sein Vater und sein Großvater gekämpft haben ...« Der Dio-Dao verstummte. »Dieses Sujet klingt vermutlich naiv für ein Wesen, das Jahrzehnte lebt?«, fragte er dann.

»Warum sollte es das?«, widersprach Martin. »Wir kennen vergleichbare Geschichten, nur wollten unsere Verbrecher kein langes Leben, sondern Unsterblichkeit.«

»Dergleichen ist nur schwer vorstellbar ...«, brachte Eff-Eff nachdenklich hervor. »Kannst du mir von einem Menschenbuch über dieses Thema erzählen?«

Nach einigem Nachdenken gab Martin *Das Bildnis des Dorian Gray* wieder. Dio-Dao stellte sich als dankbarer Zuhörer heraus. Schon bald nachdem das Porträt des unglücklichen Dorian an seiner statt zu altern begann, standen Den-Der-Freund-Fand Tränen in den Augen. Den Schluss nahm er mit stoischer Ruhe auf, obgleich er ohne Frage erschüttert war.

»Da steckt eine sehr tiefe Philosophie drin«, kommentierte er. »Sehr tiefe. Dieses Buch ist wohl nicht ins Touristische übersetzt?«

»Ich habe überhaupt noch nie davon gehört, dass Bücher ins Touristische übersetzt werden.«

»Wie bedauerlich!«, meinte der Dio-Dao unumwunden. »Was für eine anrührende Geschichte! Derjenige, der sie geschaffen hat, genoss sicher die Liebe aller und galt als Lehrer der Moral.«

»Wie soll ich dir das erklären ...«, setzte Martin an. »Ehrlich gesagt, hatte er gewisse Probleme mit der Liebe und der Moral ... Ich vermute, das ist für dich nicht ganz einfach zu verstehen, aber ...«

Glücklicherweise interessierte sich der Dio-Dao weniger für die Persönlichkeit des unglückseligen Wilde als vielmehr für weitere Sujets, die das ihn beschäftigende Thema variierten. Martin erzählte ihm Balzacs Roman *Das Chagrinleder*, der ungleich geringeren Eindruck auf Eff-Eff machte, bevor er schließlich zur Science Fiction überwechselte.

Darauf reagierte der Dio-Dao mit einem leichten Nervenzusammenbruch. Während er das Konzept schöngeistiger Literatur und von Fiktion gleichmütig akzeptierte, wollte er einfach nicht verstehen, was fiktive Zukunft sein sollte. Geschichten ließen sich nach seinem Dafürhalten einzig über die Vergangenheit schreiben. Die Zukunft als Experimentierfeld der Phantasie vermochte er sich schlicht nicht vorzustellen. Indem Martin höchst behutsam von der »Science Fiction der nahen Zielstellung« ausging und als – freilich nicht ganz authentisches – Beispiel die Erfindung eines mit Atomenergie betriebenen Hammers anführte, konnte er ihm den Sinn irdischer SF nahebringen.

»Aber diese Geschichten gehen doch zumeist gar nicht in Erfüllung!«, ereiferte sich Eff-Eff. »Oder hat etwa jemand auf der Erde die Ankunft der Schließer vorausgesehen?«

Martin zuckte nur mit den Achseln.

»Worin besteht dann der Wert dieser Literatur? Das ist doch pure Zeitverschwendung!«

Einzugestehen, dass die Menschen bisweilen nicht wussten, was sie mit ihrer Zeit anfangen sollten, und ihr Leben Spielen,

Büchern, Filmen und gänzlich sinnfreien Hobbys widmeten, brachte Martin einfach nicht über sich.

»Das ist es nicht, denn es erweitert die Grenzen der Vorstellungskraft«, widersprach er. »Wenn ein Mensch verschiedene Varianten liest, wie die Zukunft aussehen könnte, erkennt er Vor- und Nachteile und kann folglich etwas unternehmen, um sie zu verwirklichen oder zu vermeiden.«

Eff-Eff versank tief in Grübeleien.

»Darüber hinaus erleichtert die fiktive Zukunft es dem Menschen, sich tiefer und klarer mit den Problemen der Gegenwart zu befassen. Ganz wie es bei normalen literarischen Werken der Fall ist«, redete Martin weiter auf den Dio-Dao ein.

»Darüber muss ich erst nachdenken«, erklärte Eff-Eff. »Da ist was Wahres dran. Ich glaube, ihr liebt diese Bücher, weil ihr hofft, wenigstens ein wenig noch von dieser fiktiven Zukunft zu erleben. Für uns ist das schwieriger. Wir wissen, wann wir sterben. Wir leben nicht lange ... relativ gesehen, natürlich ... aber dennoch ...«

Verstummend legte er seinen Roman beiseite.

Und Martin beschloss, nun doch ein wenig zu schlummern.

Als Martin am Abend aufwachte – überraschend frisch und munter –, fuhr der Zug über ein Meer. Den Himmel verhüllte ein rabenschwarzer Schleier, in der Ferne zuckten Blitze, direkt unter dem Waggon schäumten die Wellen.

»In der Tat, wozu braucht man auf dem Meer Schienen?«, sagte Martin, während er zum Fenster hinausschaute.

»Die normalen Züge nehmen die Strecke am Ufer, aber der Antigravitationsexpress kürzt den Weg ab«, erklärte Den-Der-Freund-Fand. »Ich muss dir dringend etwas erzählen, Martin! Ich habe beschlossen, Schriftsteller zu werden!«

»Wirklich?«, begeisterte sich Martin. »Das ist ein ausgesprochen seriöser Beruf, das steht für mich außer Frage.«

»Unbedingt seriös«, stimmte der Dio-Dao zu. »Ich werde ein

wenig bei der Polizei arbeiten, um mein Wissen und das Wissen meiner Vorfahren einem meiner Söhne weiterzugeben. Aber ich werde zwei oder drei Kinder zur Welt bringen. Und eines von ihnen wird ein Science-Fiction-Schriftsteller werden. Er wird meinem Volk alles über die Zukunft beibringen, die eines Tages auf uns zukommt.«

Neugierig betrachtete Martin den euphorischen Dio-Dao. Erstaunlich. Es war ihm, Martin Dugin, geglückt, einer fremden Rasse einen neuen Beruf zu bescheren!

»Mir ist schon klar, wovon mein Roman handeln soll«, fuhr Den-Der-Freund-Fand fort. »In zehn Jahren …« Er legte eine feierliche Pause ein. »… wird eine große Entdeckung es den Dio-Daos gestatten, *Jahrzehnte* zu leben und sich dabei jedes halbe Jahr fortzupflanzen! Anfangs werden alle diese Entdeckung überschwänglich annehmen. Doch schon bald wird der Planet unter einer katastrophalen Lebensmittelknappheit leiden. Hunger und Kannibalismus kehren zurück. Die Regierung muss die geniale Erfindung auf bestimmte Dio-Daos einschränken, weshalb nur noch wenige das Recht auf ein langes Leben erhalten. Um die Lizenzen zur Langlebigkeit entspinnen sich schreckliche Intrigen und Verbrechen. Der Protagonist ist ein *junger* Dio-Dao mit dem Namen Traumbeflügelter. Jetzt pass auf …«

Eff-Eff nahm vom Nachbarsitz ein dickes Heft in einem dunkelblauen Umschlag. Er schlug es auf der ersten Seite auf. Verwundert gewahrte Martin, dass bereits mindestens ein Viertel des Hefts beschrieben war. Dann begann Eff-Eff vorzulesen: *»Den Herbst begrüßte er bereits zum zweiten Mal. Heute war sein Geburtstag, denn genau vor zwei Jahren hatte Traumbeflügelter die warmen und ruhigen Tiefen des väterlichen Beutels verlassen …«* Eff-Eff legte eine beredte Pause ein und sagte dann: »Ich stelle mir vor, welchen Schock ein Leser durchlebt, der diese Zeilen liest.«

»Nicht nur das. Mit einem gelungenen Anfang hält man den Schlüssel zum Erfolg in der Hand«, pflichtete Martin ihm bei.

»Den Ausdruck *Geburtstag* hat mir der ehrbare Geddar verraten«, gestand Eff-Eff. »Zunächst hieß es bei mir: *Der Planet hatte den Himmelskörper bereits zweimal umrundet seit jenem Tag, an dem Traumbeflügelter* ... und so weiter. Ich glaube, neue und überraschende Begriffe verleihen dem Text eine größere Elastizität und flößen Vertrauen zu der geschilderten Welt ein.«

»Gut möglich«, meinte Martin. Dann sah er zu Kadrach hinüber, der mit einem zufriedenen Lächeln dem Dio-Dao lauschte.

»Und das ist meine Lieblingsstelle ...« Der Dio-Dao blätterte einige Seiten vor. »*Gras. Himmel. Stille. Sonst nichts ... Das ist ein komisches Wort:* nichts. *Es bedeutet nichts, trotzdem gebrauchen wir es so gern. Wir hassen allein den Gedanken an das* Nichts, *das früher oder später eintritt ... und dennoch geht uns das Wort so leicht über die Lippen. Nichts. Nur die Grashalme vor den Augen, nur die dahinziehenden Wolken ... Die Wolken wissen nicht, was es mit diesem* Nichts *auf sich hat. Weiß auf Dunkelblau. Dampf in der Leere. Knäuel von Rauch – des Rauchs von unserem Glauben. Wenn du klein bist, baust du Zauberschlösser aus weißem Nebel ... Nichts. Du kannst dich erheben, du kannst jedoch auch im körperhohen Gras liegen bleiben. Was würde sich damit ändern? Nichts. Wasserdampf. Ha-Zwei-O ... Warum erhebt man sich so ungern aus dem schweren Geruch des Grases, aus den zitternden Halmen, aus der Sekunde der Kindheit, die einem gleich einem überraschenden Geschenk zuteil geworden? Letztlich gibt es nichts, nur den Dampf, nur Ha-Zwei-O ... Nur den weißen Wolkenschleier vor dem Antlitz des Himmels, der an zarte Kreidestriche auf einer Schultafel gemahnt ...*

Die Kindheit entschwand, doch blieben die über der Erde dahinziehenden Wolken. Sie wissen nicht, dass du seit Langem herangereift bist. Sie sind die gleichen wie ein Jahr zuvor. Du jedoch reifst, alterst, stirbst ... Die Wolken werden auch fürderhin über der Erde treiben, und der kleine Junge wird im Gras liegen, blind und gedankenleer in den Himmel schauen, ohne zu wissen, dass seine Wolken auch über mich hinwegzogen, ohne zu wissen, dass jeder Traum sich in den Jahrhunderten wiederholt ... Nichts. Doch derweil am Himmel noch Wolken ziehen, lebe ich. Ich bin dieser Junge, der vor tausend Jahren in den Himmel geschaut hat. Ich bin dieser Alte, der dem Himmel in tausend Jahren zulächelt. Ich lebe ewig! Ich werde immer leben! Ha-Zwei-O, das ist das Material, aus dem Wolken wie Meere gemacht sind, mein Fleisch ebenso wie der Saft des Grases. Ich bin das Wasser und das Feuer, die Erde und der Wind. Ich bin ewig, solange die Wolken über der Erde hinwegziehen. Gras ... Himmel ... Stille. Ich danke diesem Himmel. Diesem Gras. Diesen Wolken. Dieser Ewigkeit, die einem jeden geschenkt ist. Wenn man sich nur nach dem Himmel streckt ...«

»Du bist ja ein Dichter, Eff-Eff«, sagte Martin.

Die bronzene Haut des Dio-Daos rötete sich kaum merklich ob seiner Verlegenheit.

»Ich gebe mir Mühe. Einer meiner fernen Vorfahren war ein Geschichtsschreiber, einiges von ihm bewahre ich in meinem Gedächtnis auf. Das hilft mir.«

»Und worum geht es in deinem Roman?«, erkundigte sich Martin.

»Wie du bereits diesem Auszug entnehmen kannst, gelangt Traumbeflügelter durch schwere Schicksalsprüfungen zu der Auffassung, dass ein langes Leben ein intelligentes Wesen nicht glücklich macht, dass er seinen Vorfahren, die lediglich ein halbes Jahr lebten, dadurch in keiner Weise überlegen ist!«

»Verstehe.« Martin nickte.

»Ich bin mir mit dieser Idee nicht hundertprozentig sicher«, gab Eff-Eff zu. »Aber ansonsten wäre es für den Leser zu traurig.«

»Da hast du recht«, bestätigte Martin. »Die meisten Schriftsteller von der Erde vertreten eine ähnliche Moral. Der Leser tut ihnen leid ... und sie sich selbst natürlich auch.«

»Dann werde ich noch weiter darüber nachdenken«, erklärte Eff-Eff finster. »Vielleicht fällt mir noch ein anderer Schluss ein.«

»Das Ufer«, bemerkte Kadrach leise. »Wir nähern uns dem Ufer.«

So seltsam bei einem Geddar, dessen Planet vor Meeren und Ozeanen strotzte, die Furcht vor Wasser anmutete, hörte Martin aus Kadrachs Stimme doch Erleichterung heraus. Er erhob sich, streckte und reckte sich. Dann sah er aus dem Fenster.

In der Ferne waren in der Tat Berge zu erkennen.

»Wir sind fast da«, erklärte Eff-Eff. »Der Weg vom Ufer in die Berge dauert nicht länger als eine halbe Stunde. Bis zur Ankunft werde ich noch etwas essen ...«

Unversehens zögerte er. Dann nahm er sein Heft zur Hand und den zur Hälfte leer geschriebenen Faserstift.

»Nein, besser schreibe ich noch ein paar Zeilen. Reich mir doch bitte die Tüte mit den Eiweißstangen, Martin.«

Fünf

Den Winter hatten sie nun weit hinter sich gelassen. Selbst gegen Abend, selbst in den Bergen war es warm. Martin zog die Jacke aus und ging im Hemd weiter, Kadrach lockerte die Bänder seines Gewands, Eff-Eff verzichtete auf den Umhang und begnügte sich mit dem Lendenschurz.

Der Bahnhof lag auf einem Steinplateau vor dem Tal Gottes. Eine kleine Stadt, in der kaum mehr als fünf- oder sechstausend Dio-Daos lebten, schmiegte sich eng an die Schienen. Außer den üblichen Kuppelhäusern entdeckte Martin Gebäude, die eine andere Architektur repräsentierten. Prompt wurde ihm warm ums Herz: Hier lebten zahllose Rassen zusammen, darunter auch Menschen. Es war eben doch ein einmaliger Ort.

»Hier gibt es Geddarn«, sagte Kadrach. Ihm war der gleiche Gedanke durch den Kopf gegangen. »Meiner Ansicht nach wäre es am klügsten, wenn wir uns trennen würden. Ich suche bei den Meinen um Rat nach, Martin bei den Menschen. Und du, Eff-Eff, suchst die Theologen der Dio-Daos auf.«

»Ein guter Gedanke«, bestätigte Eff-Eff. »Seht ihr den Zugang zum Tal?«

Den sahen sie in der Tat. Einen Kilometer von der Stadt entfernt teilten sich, vom Tal zerschnitten, die steilen Berghänge. Weit in den Himmel hinauf erhob sich ein regenbogenfarbiger Torbogen – eine außergewöhnliche Konstruktion für die Dio-Daos, die ruhigen Farben und flachen Bauten den Vorzug gaben.

»Dort gibt es Wachtposten«, fuhr Eff-Eff fort. »Trotzdem kann man jederzeit ins Tal. Nur Waffen muss man abgeben.«

»Von meinem Schwert trenne ich mich nicht!«, erwiderte Kadrach heftig.

»Das Schwert kannst du mitnehmen«, beruhigte ihn Eff-Eff. »Es ist ja ein Element deines religiösen Kults. Wir treffen uns am Bogen ... Sagen wir, in einer Stunde?«

»In zwei«, bat Martin. »Ich glaube, dann wird es noch hell sein.«

»Gut, in zwei Stunden«, stimmte Eff-Eff ohne weiteres zu. »Versuchen wir alles über die Frau Irina und darüber, welche Religion ihr dienlich sein könnte, herauszufinden.«

»Wir müssen auch die Hotels überprüfen«, erinnerte Martin. »Kannst du das machen?«

Eff-Eff nickte, hernach trennten sie sich. Martin hielt auf ein steinernes zweigeschossiges Haus zu, in dem er irdische Züge ausmachte, wohingegen Kadrach zielsicher eine lange Holzbaracke ansteuerte, die eine Gitterkonstruktion als Wachturm bekrönte. Den-Der-Freund-Fand begab sich zu den ein wenig abseits stehenden Kuppelhäusern, die zu groß waren, als dass es sich um Wohnhäuser hätten handeln können.

Dieses Städtchen unterschied sich in der Tat von den normalen Siedlungen der Dio-Daos. Wiederholt begegnete Martin Außerirdischen, darunter einem Paar langbeiniger Schealier mit gesträubtem Gefieder, einem mürrischen, gedrungenen Humanoiden oder Pseudohumanoiden von einer Rasse, die er nicht zu bestimmen vermochte, und einem kernigen Humanoiden mit dem Äußeren eines Raubtiers, dessen Artgenosse die Schließer auf Bibliothek so unvorsichtig bedroht hatte. Die Schealier begrüßte Martin in touristischer Gebärdensprache, artikulierten sie sich doch nur äußerst schlecht in Lautsprache. Auch mit den Humanoiden tauschte er einen Gruß aus. Selbst das leicht aufbrausende Raubtier wirkte freundlich, denn auf Welten fern der Heimat zieht es Fremdplanetarier unwillkürlich zueinander hin.

In der Stadt selbst gab es weitere Hinweise auf diverse galaktische Kulturen.

In einem kleinen Geschäft entdeckte Martin im Schaufenster neben den bizarrsten Nahrungsmitteln zwei Dosen Schmalzfleisch, eine Büchse Kondensmilch und Kürbismus aus Weißrussland. Bei einem Kuppelhaus hieß es auf Touristisch über der Tür: »Schnitt der Federn, des Fells, der Haare und Krallen, Stutzen von Schwanz und Bart. Huf- und Schuppenpflege. Hornpolitur und -verlängerung. Professionell und preisgünstig!« Ein kleines Stadion, in dem momentan Leere gähnte, faszinierte mit höchst kuriosen Sportgeräten.

Martin merkte sich vor, später das Risiko einzugehen und sich auf einem fremden Planeten manikieren und die Haare schneiden zu lassen. Letzten Endes verleihen erst solche Abenteuer dem Leben seine besondere Würze.

Zunächst galt es freilich, Erdenmenschen zu suchen, weshalb er seinen Weg zu dem Anwesen fortsetzte.

Martins Instinkt hatte ihn nicht getäuscht. Es handelte sich tatsächlich um ein Haus von Menschen, erbaut aus rotem Ziegelstein, gedeckt mit Dachschindeln und versehen mit großen Fenstern sowie einer geräumigen Loggia im ersten Stock. Vor dem Haus erstreckte sich ein kleiner Garten, in dem Martin gerührt die grünen Triebe von Zwiebeln, rot durch das Polyethylen des Gewächshauses hindurch schimmernde Tomaten und – Wunder über Wunder! – einige blühende Apfelbäume gewahrte.

Auf einer kleinen Bank vor dem Haus saß eine stille, grau gelockte Alte mit Strickzeug in der Hand, die ein leuchtend gelbes Kleid trug. Sie sah Martin durch dicke Brillengläser an, lächelte und erhob sich, um ihn zu begrüßen.

»Guten Abend, Frau ...«, begrüßte Martin sie verlegen. Die

wenigen in seinem Gedächtnis abgespeicherten deutschen Worte waren damit aufgebraucht.

»Oh, guten Abend, mein Herr!«, erwiderte die Alte den Gruß. »Verzeihen Sie, ich bin Holländerin und habe schon seit ewigen Zeiten kein Deutsch mehr gesprochen ... Haben Sie etwas dagegen, wenn wir zum Touristisch überwechseln? Ich bin Elsa.«

»Gern«, freute sich Martin.

»Claus!«, rief die Alte. »Claus, wir haben Besuch!«

Aus einem offenen Fenster im ersten Stock lugte der kahle Kopf des Alten hervor. Sobald er Martin sah, strahlte er und verschwand wieder.

»Setzen Sie sich, setzen Sie sich doch«, schnatterte die Frau. »Was hat Sie nach Fakiu verschlagen, mein Herr?«

»Ich ... reise mit Freunden ...«, stotterte Martin. »Ich bin eben mit dem Zug angekommen ... wir suchen eine junge Frau, die sich ins Tal Gottes begeben wollte ...«

»Ich fürchte, da werde ich Ihnen nicht helfen können, mein Herr«, bedauerte die Frau aufrichtig. »Wir haben hier nicht eine einzige junge Frau. Aber in meiner Mikrowelle wird gerade ein prächtiger Strudel fertig, und wenn Sie sich zu uns setzen und einen Tee trinken wollen ...«

»Mit Vergnügen«, sagte Martin. Selbstredend ging es ihm dabei nicht um den Strudel.

Jetzt tauchte auch Claus auf. Bei ihm handelte es sich um einen aufgeräumten Mann, der sich rasch die mit Farbe beschmierten Hände abwischte. Als Martin ihn mit Handschlag begrüßte, erklärte der Alte unverzüglich, er sei Maler, lebe hier schon seit sieben Jahren, denn dieser Ort inspiriere ihn, wohingegen ihn die Theologie nicht interessiere, und er freue sich sehr, mit einem Landsmann zu plaudern.

Das Wort »Landsmann« gewann hier in der Tat einen besonderen, einen triumphierenden, einen großen Klang.

Martin erkundigte sich danach, ob viele Menschen in dem Städtchen lebten. Mit Genugtuung nahm er die Bestätigung seiner Vermutung zur Kenntnis. Hier lebten ein italienischer Botaniker, der mit der lokalen Flora experimentierte, ein amerikanischer Soziologe, der den Alltag der Dio-Daos studierte, ein chinesisches Paar, das ein kleines Geschäft, einen Friseursalon und eine Waschküche für Außerirdische unterhielt, ein Dichter arabischer Herkunft und ein junger Japaner, der sich auf Fakiu vor der Yakuza versteckte.

Russen gab es, wie Martin bereits angenommen hatte, nicht. Die Auslandsspionage litt unter permanenten Finanzierungsproblemen, die russisch-orthodoxe Kirche wollte dem Beispiel des Vatikans nicht folgen und sandte nicht einmal einen »Botaniker« ins Tal Gottes.

Martin trug sich indes gar nicht mit der Absicht, sämtliche Vertreter des Geheimdienstes oder der religiösen Konfessionen der Erde kennenzulernen. Das angejahrte holländische Pärchen, das hier das Vereinte Europa repräsentierte, stellte ihn vollauf zufrieden.

»Sie haben vielleicht schon von diesem Ort gehört?«, fragte Martin beim Tee. Der Tisch war im Garten vor dem Haus gedeckt worden, der Strudel stellte sich als köstlich heraus, der Tee als kräftig und aromatisch. »Werden in dem Tal wirklich alle bekannten Religionen verehrt?«

»Alle großen Religionen«, präzisierte Claus.

»Die Sache ist die«, sagte Martin, »dass ich Privatdetektiv bin.«

Das ältere Ehegespann nickte so energisch und wissend, dass unmissverständlich klar wurde: Sie glaubten Martin nicht ein Wort.

»Die Frau, die hier hergekommen ist, begeistert sich für Theologie«, vermengte Martin sorglos Wahrheit und Lüge. »Sie möchte die Existenz des Schöpfers nachweisen. Für diesen Zweck bräuchte sie eine Religion, die ein unstrittiges und unanfechtbares Wunder wirken kann. An wen könnte sie sich mit diesem Problem gewandt haben?«

»Unser Glauben fällt damit natürlich weg«, sinnierte Claus. Welch tiefe Zweifel er Martin gegenüber auch hegen mochte, die Frage interessierte ihn. »Erlauben Sie, dass ich kurz meinen Tabak hole ...«

»Bedienen Sie sich doch!«, lud Martin ihn großzügig ein, indem er seinen Rucksack öffnete. Als er ein Päckchen holländischen Mac Baren herauszog, erstrahlte auf Clausens Gesicht ein unverfälschtes Lächeln. Er bot Martin sogar seine Gastpfeife an, worauf beide Männer schon im nächsten Moment genussvoll den aromatischen Tabak schmauchten. Nach kurzem Zögern schloss sich ihnen auch Elsa an, die sich aus dem Haus eine kleine Pfeife mit langem Holm holte. Mucksmäuschenstill saß die Alte bei ihnen, folgte dem Gespräch jedoch mit gespannter Aufmerksamkeit.

»Ein Wunder, also ein Wunder ...«, dachte Claus laut nach. »Sie müssen wissen, selbst ein so sonderbarer Glaube wie jener der Dio-Daos negiert die Wiederholbarkeit und Voraussagbarkeit von Wundern. Faktisch widerspräche die Möglichkeit, ein Wunder zu wirken, indem man bestimmte Rituale vollzieht, jeder Religion, würde diese damit doch in Schamanismus oder Magie verkehrt werden. Man darf den Schöpfer nicht als Maschine betrachten, welche als Antwort auf die Gebete der Gläubigen die eine oder andere Handlung ausführt. Moses erhielt von Gott seinen Stab und die Gabe, Wunder zu wirken, dies freilich nur, um den Willen des Herrn zu vollziehen. Christus konnte ein jedes Wunder wirken, doch als Gott erlegte Er sich selbst Grenzen auf ... Hätte Er auf die Bitten der Apostel gehört, läge die Macht in Judäa ... Wenn wir den Buddhismus nehmen, haben wir keine Grundlage, auf ein Wunder zu hoffen. Betrachten wir den Islam ...«

»Mir ist bereits klar, dass die Religionen der Erde nicht in Frage kommen«, sagte Martin. »Aber die Frau glaubt, ein anderer Glaube böte ihr eine Perspektive. Ich bin überzeugt davon, dass sie sich bereits im Tal Gottes eingefunden hat. Dort wird sie die Geistlichen in einem der Tempel überreden, ihr zu helfen. Mir fehlt die Zeit, das gesamte Tal zu durchstreifen ... Daher bitte ich Sie, mir einen Rat zu geben!«

Claus und Elsa sahen sich an.

»Ein sehr netter junger Mann«, urteilte Elsa. »Sie sind Christ?«

Martin nickte.

»Vielleicht könntest du ihm helfen, Claus?«, schlug Elsa vor. »Und sei es nur ein wenig?«

Für einen Maler zeigte sich Claus in Fragen der Theologie recht beschlagen. Nachdem er rund zwanzig Sekunden nachgedacht hatte, skandierte er: »Gat'tscher.«

»Wie bitte?«, rief Martin aus, der beinah die Tasse umgekippt hätte.

»Der Glaube der Geddarn«, erklärte Claus. »Er kennt die Figur eines Messias, den ThaiGeddar, der ...« Er versank in Gedanken. »Man kann nicht sagen, dass er Gott ist, aber er ist mehr als ein Prophet ... Sagen wir es so: Der ThaiGeddar ist jener Teil ... nein, kein Teil ... jene Seite des Schöpfers, die der Mensch erfassen kann ... ich meine, der Geddar. Er ist ein Modell, eine Analogie, eine Projektion ...«

»Der Lichtgeborene, der Schatten an der Wand des Seins ...«, murmelte Martin. Als er Clausens Blick auffing, begriff er, dass seine Chancen, als Privatdetektiv zu gelten, nunmehr gegen null tendierten.

»Sie wissen ja selbst recht gut Bescheid«, bemerkte Elsa lächelnd.

»Ich habe einen Freund. Er ist Geddar und hat mir einiges erzählt ...«, versuchte Martin sich zu rechtfertigen.

Natürlich glaubten sie ihm keinen Deut.

»Aber schließt der Glaube der Geddarn denn wirklich die Vorhersagbarkeit von Wundern ein?«, fragte Martin.

»Ihre Religion ist verhältnismäßig jung und aktiv«, antwortete Claus. »Die Geddarn sind an strenge Kodizes wechselseitiger Beziehungen gebunden. Ihre Gesellschaft ist noch stärker strukturiert als die japanische, um nur ein Beispiel zu nennen. Diese Kodizes, diese Verpflichtungen gegenüber anderen, schlagen sich teilweise auch in ihren Beziehungen zu Gott nieder. Es gibt verschiedene *Versprechen* des ThaiGeddars, die die Grundlage des Glaubens der Geddarn bilden. So wird jeder Geistliche des ThaiGeddars, der stirbt, um die Aufrichtigkeit seiner Hingabe und die Tiefe seines Glaubens zu bezeugen, in neuem Fleisch wiedergeboren.«

Martin rang sich ein skeptisches Lächeln ab.

»Dies auch noch unverzüglich«, fügte Claus glattzüngig hinzu.

»In der Geschichte der Geddarn gab es Religionskriege«, wandte Martin ein. »Aber von einer massenhaften Auferstehung toter Geddarn habe ich bislang nichts gehört.«

»Natürlich nicht«, meinte Claus. »Man glaubt jedoch, dies deute auf einen mangelhaften Glauben der Verstorbenen hin. Gleichwohl ist die sofortige Auferstehung des Körpers versprochen. Die Geddarn behaupten sogar, derartige Fälle seien bereits mehrfach beobachtet worden.«

Martin wurde unbehaglich zumute. »Die junge Frau könnte sich zum Tempel begeben und darum gebetet haben, sie im Namen des ThaiGeddars zu opfern«, sagte er. »Zuzutrauen wäre ihr das ...«

»Dann kann sich immer noch herausstellen, dass ihr Glaube nicht stark genug ist«, meinte Claus lächelnd. »Darauf läuft es ja meist hinaus.«

»Es gibt noch das Ritual der Läuterung bei den Chri...«, mischte sich Elsa mit gerunzelter Stirn ein.

»Und hat der Stein nach dem letzten Ritual angefangen, Früchte zu tragen?«, verhöhnte Claus sie. »Wenn du schon damit anfängst, solltest du auch noch den Feuertanz der Schealier erwähnen ... Nein, falls man ein spektakuläres Experiment durchführen will, dann bei den Geddarn. Selbstverständlich besagt ein negatives Resultat rein gar nichts, ein positives jedoch ...« Er lächelte, doch gleich darauf verfinsterte sich seine Miene und er versank in Grübeleien.

»Ich breche jetzt auf«, erklärte Martin, indem er sich erhob. »Vielen Dank für die Bewirtung ...«

»Und Sie wollen sich wirklich ins Tal begeben?«, fragte Claus überraschend.

»Halten Sie es für gefährlich?«, fragte Martin zurück.

»Ich glaube nicht, dass Sie sich körperlichen Gefahren aussetzen«, erklärte Claus. »Aber was die seelischen angeht ...«

»Lassen Sie uns davon ausgehen, dass ich versuchen werde, den seelischen Tod jener Frau zu verhindern«, beruhigte ihn Martin.

Martin hatte erst die Hälfte des Weges zum Eingang des Tals zurückgelegt, da bereute er bereits, seinen Rucksack und den Karabiner nicht bei den europäischen Spionen zurückgelassen zu haben. Das Laufen fiel ihm schwer, denn die Luft war hier dünn.

Das Regenbogentor erreichte Martin wie aus dem Wasser gezogen, unter Atemnot leidend, Zigarren, die Pfeife und jede Form von Völlerei verfluchend. Zudem spürte er, dass er es über dem Tee und dem Gespräch verabsäumt hatte, eine höchst vordringliche Sache zu erledigen, weshalb er jetzt Gefahr lief, gegen die hiesigen Gesetze zu verstoßen. Martin rannte so schnell zum Tor, dass ihm keine Kraft mehr blieb, den Torbogen in Ruhe zu betrachten. Aus synthetischem Material war er erbaut, das bekam Martin noch mit, und er setzte sich nicht etwa aus sieben unterschiedlichen Farbstreifen zusammen, sondern aus mindestens drei Dutzend.

Einige Dio-Daos traten aus einer Wohnkuppel heraus und postierten sich auf Martin wartend vor dem Tor.

»Das Tal darf man nicht mit einer Waffe betreten«, erklärte einer der Außerirdischen, den Blick unverwandt auf den im Futteral steckenden Karabiner gerichtet.

Schweigend warf Martin Rucksack wie Karabiner zu Boden und kramte den gesamten Inhalt seiner Tasche inklusive des Schweizer Taschenmessers hervor.

»Nun bist du sauber und darfst eintreten«, erklärte derselbe Dio-Dao.

Martin schüttelte den Kopf und fragte, sich wie eine Witzfigur vorkommend, doch von der Einsicht getrieben, dass es anders nicht ging: »Gibt es in eurem Kuppelhaus eine Toilette?«

Zum ersten Mal in seinem Leben war es Martin vergönnt, ein derart massenhaftes und homerisches Gelächter auszulösen. Diejenigen der Dio-Daos, die nicht schwanger waren, krümmten sich vor Lachen, die anderen überließen sich einem leichten Zittern und hielten sich die schweren Bäuche. Hier und da lugte aus einem der Beutel ein Kind.

»Du ... bist du deshalb so gerannt?«, fragte ein Dio-Dao. »Ja?«

»Ich halte eure hirnlosen Gesetze ein!«, schrie Martin. »Gibt es hier ein Örtchen?«

»Gehen wir«, meinte ein Dio-Dao nickend, der noch immer sanft kicherte. »Gehen wir, Wallfahrer ...«

Eine Minute später löste Martin, als er wie eine Kugel aus dem Kuppelhaus stürzte, erneut hysterisches Gelächter aus. Doch selbst wenn er gemessenen Schrittes herausgekommen wäre, hätte das nichts an der Situation geändert.

»Ist eine Frau meiner Rasse durch den Torbogen gegangen?«, fragte er. »Heute, vor ein paar Stunden?«

Einige Dio-Daos, die sich unter Aufbietung aller Kräfte hatten beruhigen können, nickten.

»Wohin ist sie gegangen?«, fragte Martin sicherheitshalber.

Sein Verdacht bestätigte sich.

»Die Frau erkundigte sich nach dem Weg zum Schwertgriff des ThaiGeddars«, erhielt er als Antwort.

Martin trat an den Torbogen heran – und betrachtete entsetzt das Bild, das sich ihm bot.

Das Tal erstreckte sich zehn, ja, fünfzehn Kilometer in die

Länge, brachte es in der Breite jedoch auf höchstens drei. Und die gesamte Fläche war dicht mit absonderlichen Bauten bedeckt. Unwillkürlich suchten seine Augen nach etwas irgendwie Bekanntem, sei es die goldene Kuppel einer Kirche oder wenigstens ein katholisches Gotteshaus, ein Minarett, eine Pagode oder Synagoge. Sein Blick blieb indes an einem runden Steinbau inmitten eines künstlich geschaffenen Sumpfs hängen, an einem zum Himmel aufragenden Turm, der in silbrige Pfeile mündete, an dem Rad eines Hebewerks über einem Schacht, an einer monströsen Statue, die einen die Scheren schwenkenden Hummer darstellte, an einem spiralförmigen Aquädukt, in dem träge Wasser plätscherte, an einem Feuer, das in einer gigantischen Schale loderte. Kleinere Bauwerke verschwanden in der Abenddämmerung.

»Wo ist es, der Schwertgriff des ThaiGeddars?«, rief Martin.

Ein an ihn herantretender Dio-Dao wies schweigend nach rechts. Martin folgte der Richtung seiner Hand und machte einen aus dem Berghang herausgewachsenen Bau aus. Am ehesten glich er einer stilisierten geballten Faust aus Stein. Die Hand hielt etwas, das an ein Stichblatt oder eben an einen Schwertgriff erinnerte. Statt einer Klinge ragte aus dem Griff jedoch ein schmaler Lichtstrahl, der hinauf in den Himmel schoss.

»Wie buchstäblich hier alles verstanden wird ...«, murmelte Martin. »Vielen Dank, Dio-Dao.«

Daraufhin rannte er los und stellte es den Wachtposten des Tals anheim, abermals in Gelächter auszubrechen.

Gegen Abend belebte sich das Tal Gottes. Offenbar pflegten die meisten Rassen den Brauch, die Sonne mit mystischen Ritualen zu begrüßen und zu verabschieden. Die Flamme in der riesigen Schale wechselte die Farbe und pulsierte, gleichsam als fachten unsichtbare Blasebälge sie an. Hier und da sprudelten Springbrunnen. Über einem düsteren Bau bar aller Türen und Fenster stieg ein Schwarm Vögel in die Luft und zog dort ihre Runden, die von der Größe und vom Gebaren an Tauben erinnerten, jedoch eine Färbung wie Kolibris zeigten.

Hinzu kamen Geräusche!

Unsichtbare Trommeln schlugen, von dröhnenden Gongs begleitet. Trompeten stießen ein durchdringendes Tosen aus, ein Cembalo wimmerte, Geigen klagten im Todeskrampf, Saiten klimperten. In der Ferne läuteten Glocken, erklangen Orgelpfeifen, untermalte ein klagendes Harmonium Spirituals, klirrte zerspringendes Glas und heulten Turbinen ...

Hinzu kamen Stimmen!

Servile und stolze Stimmen, zärtliche und drohende, bittende und fordernde, segnende und verdammende. Stimmen in tausend Zungen. Stimmen, bei denen einem alles hochkam. Stimmen, die sich in Schädel bohrten. Stimmen, die der Schmerz gebar, Stimmen, die jede Sorge forttrugen ...

Hinzu kamen Gerüche!

Das süßliche Aroma der Öle, der bittere Rauch brennender Kräuter, der widerliche Gestank vermodernder organischer Stoffe ... Betäubende Gerüche, aufwühlende Gerüche, stechende Gerüche, beruhigende Gerüche, bekannte Gerüche und Gerüche, die der Mensch nie gerochen ... Natürliche Gerüche, ätzende chemische Gerüche, ausgewogene liniengleiche Gerüche, schemenhafte und vermischte, einem in der Luft zerfließenden Fleck ähnelnde Gerüche ...

Hinzu kamen die Dio-Daos in den Türen der Tempel und Heiligtümer!

Dio-Daos in bodenlangen Gewändern und Soutanen, Überwürfen und Anzügen, Federn und Fellen, nackt und bemalt, in Reglosigkeit erstarrt und im wilden Tanz eines wunderlichen Rhythmus hüpfend, schreitend und springend, Martin inspizierend und den Blick gen Himmel gedreht ...

Martin lief zwischen den Tempeln umher, die engen betonierten Straßen entlang, die sich unablässig verzweigten und die Richtung änderten. Der Schwertgriff des ThaiGeddars kam näher und näher, doch noch versperrte ein Kanal den Weg zu ihm, in dem nackte Dio-Daos reglos und stumm dastanden, um die Hände zur Reinigung durchs Wasser gleiten zu lassen. Martin sprang ins kalte Wasser und stakte durch das nicht sehr tiefe, ihm lediglich bis zur Brust reichende Wasser. Die Dio-Daos sahen zu ihm hinüber, sagten jedoch kein Wort.

Nachdem Martin einen steinigen Abhang hinaufgekraxelt war – Wege gab es keine –, rannte er zum Eingang, der in den Schwertgriff des ThaiGeddars führte. Eine Tür fehlte, statt dessen schirmte ein Vorhang aus feinen Metallfäden den Eingang ab. Hinter dem vibrierenden Vorhang tanzte der Widerschein eines roten Lichts, Stimmen klangen zu ihm herüber – die etwas auf Touristisch rezitierten!

»Hört auf!«, schrie Martin, während er in den Tempel der Geddarn stürmte. »Keine Bewegung!«

Sie rührten sich ohnehin nicht, die beiden Dio-Daos im Tempel, die Geddargewänder trugen – eine Fleisch gewordene, perfide und doch gelungene Karikatur. Bei ihnen stand ebenso reglos eine Menschenfrau, Irina Poluschkina, völlig nackt, mit einem Berg von Kleidern zu ihren Füßen. In den Händen der Dio-Daos funkelten die Schwerter der Geddarn, die aus geschmolzenen Keramikfäden gefertigt waren. Das Bild erinnerte Martin lebhaft an das Titelbild eines dieser jämmerlichen Fantasywerke, die wieder und wieder das Thema »die Schöne und das Biest« variierten.

»Rührt sie nicht an!«, schrie Martin. Erst in diesem Moment gewahrte er, dass niemand Irina festhielt und die Dio-Daos ihre Schwerter nicht am Griff, sondern an der Schneide gepackt hielten. Wenn er ihnen nicht unterstellte, sie wollten auf Irina mit den Griffen einschlagen, drohte der Frau keine Gefahr.

»Du bist erregt und aufgelöst«, meinte einer der Dio-Daos mit großer Ruhe, als er den Blick auf Martin richtete. Schon im nächsten Moment steckte er das Schwert in die Scheide auf seinem Rücken zurück. »Was beunruhigt dich?«

»Hört nicht auf dieses Mädchen, sie hat sich eine Dummheit einfallen lassen«, sagte Martin rasch, während er auf Irina zuging.

»Ich habe Sie nicht um Rat gebeten, Martin ... und auch nicht um Hilfe!«, rief Irina zornig aus.

Martin staunte nicht einmal mehr darüber, dass die Frau seinen Namen kannte. Schweigend fasste er sie bei der Hand und zog sie ein paar Schritt von den Dio-Daos fort. »Ihr Vorschlag beruht auf einem Irrtum«, beteuerte er. »Ihr dürft sie nicht ...«

»Woher weißt du, was ich ihnen vorgeschlagen habe?«, fragte Irina.

»Und woher weißt du, wer ich bin?«, parierte Martin. Die Frau erstarrte, worauf Martin sich wieder den Priestern zuwandte. »Das Mädchen hat sich da in etwas verrannt, der Thai-Geddar wird sie nicht wieder zum Leben erwecken ...«

»Natürlich wird er das nicht«, meinte der Dio-Dao im azurblauen Gewand nickend. Dann bedeutete er seinem Kameraden, der in Salatgrün gekleidet war, mit einer Kopfbewegung etwas. Dieser zog sich daraufhin zurück. »Niemand hat die Absicht, sie zu töten. Beruhige dich. Zähle in Gedanken bis zwölf und wiederhole nach jeder Zahl das Wort ›Thai‹!«

Wie kindisch dieser Rat auch anmutete, Martin befolgte ihn. *Eins – Thai! Zwei – Thai!*, begann er sich innerlich vorzuzählen.

Anscheinend begriff Irina erst in diesem Moment, dass sie nackt vor einem Mann ihrer Rasse stand. Sie wollte sich ihm entreißen, doch Martin hielt sie fest gepackt. Daraufhin machte sich Irina steif und richtete sich zu voller Größe auf wie ein junges Fotomodell, das ohne Scham für den *Playboy* posiert. Das war nur richtig, denn es lässt sich kaum etwas Alberneres denken als eine nackte Frau, die versucht, ihre Blöße mit den Händen zu bedecken.

Drei – Thai! Vier – Thai!, zählte Martin in Gedanken weiter, während er den Blick schweifen ließ. Von seiner feuchten Kleidung tropfte es auf den steinernen Mosaikboden, worüber die Dio-Daos indes höflich hinweggingen.

Im Innern wirkte der Tempel der Geddarn recht klein. Von annähernd runder Form, waren die Wände mit purpurrotem Samt drapiert. Einen Altar oder Ikonen gab es nicht. Nur an der Kuppel der recht niedrigen Decke entdeckte Martin eine Bemalung, die indes so abstrakt war, dass er nicht zu erraten vermochte, was sie darstellen sollte. Licht, Schatten, unklare Silhouetten ...

Fünf – Thai! Sechs – Thai! Sieben – Thai!

Martin presste Irinas Handgelenk fester und fester. Er sah ihr in die Augen. Die junge Frau hielt dem Blick stand, belohnte ihn sogar mit einem verächtlichem Wimpernaufschlag.

Acht – Thai! Übers Knie legen sollte man dich! Neun – Thai! Dir die Süßigkeiten vorenthalten! Zehn – Thai! Elf – Thai! Dir die Kosmetik wegnehmen! Zwölf – Thai!

»Warum hast du dich ausgezogen?«, fragte Martin, wobei er voller Genugtuung gewahrte, wie Irina errötete.

»Eine Frau hat kein Recht, sich bekleidet im Tempel der Geddarn aufzuhalten«, antwortete der Dio-Dao in Azurblau leise. »Eine Frau hat überhaupt kein Recht, Kleidung zu tragen ... Folglich haben wir verlangt, dass sie sich auszieht. Keine Sorge, wir sind an ein Keuschheitsgelübde gebunden und werden uns an deiner Frau nicht vergreifen.«

»Ich bin nicht seine Frau!«, schrie Irina, doch der Dio-Dao schenkte ihren Worten keine Beachtung. Das war übrigens nicht erstaunlich. Der Glaube der Geddarn, der in diesem Tempel gepflegt wurde, gestand den Frauen nur wenige Rechte zu.

»Was für ein Keuschheitsgelübde?«, konnte Martin sich nicht verkneifen zu fragen. »Ihr verfügt über ein ererbtes Gedächtnis. Wollt ihr wirklich sterben, ohne es an eure Nachfahren weiterzugeben?«

»Frauen dürfen dem ThaiGeddar nicht dienen. Wir sind jedoch keine Frauen, sondern Hermaphroditen«, antwortete der

Priester stolz. »Der Dienst an ThaiGeddar verbietet körperliche Nähe. Wir gebären jedoch aus uns selbst heraus – das ist durch kein einziges Gebot im Heiligen Buch des ThaiGeddars untersagt.«

Martin atmete geräuschvoll aus. Ja, das stimmte vermutlich. Und mit an Sicherheit grenzender Wahrscheinlichkeit bedeutete es eine schreckliche Verzerrung der moralischen Vorstellungen der Dio-Daos.

Aber diese wahnsinnigen Dio-Daos dienten dem Gott der Geddarn und handelten wie Geddarn.

»Ira, nimm deine Sachen, geh hinaus und warte dort auf mich«, bat Martin sie.

»Nein!«, widersprach Irina scharf.

Martin bedrängte sie nicht. Unversehens tauchte vor seinem inneren Auge das Bild auf, wie die aus dem Schwertgriff hinaustretende Irina von einer anderen Gruppe halbverrückter Dio-Daos geschnappt und fortgeschleppt würde ... beispielsweise zu der Schale mit dem lodernden Feuer hin.

»Was wollte sie von euch?«, fragte Martin.

»Diese unglückliche Frau«, brachte der Dio-Dao mitleidig hervor, worauf Irinas Hand erzitterte, »wollte des ThaiGeddars teilhaftig werden. Sie bat um die Erlaubnis, in seinem Namen sterben zu dürfen, damit sie gemäß des alten Versprechens des ThaiGeddars auferstehen könnte.«

»Aber ihr habt euch geweigert, ihr zu helfen«, schlussfolgerte Martin.

»Selbstverständlich.« Der Dio-Dao nickte. »Das Versprechen des ThaiGeddars gilt nicht für Frauen. Weibchen können ihm nicht dienen.«

Martin brach in schallendes Gelächter aus. Irina bedachte ihn mit einem versengenden Blick, die Dio-Daos warteten still ab, doch Martin lachte lauter und lauter. Hoch lebe die politische Korrektheit! Hoch lebe die Gleichheit der Geschlechter! Aber wer mit einer fremden Philosophie und Religion experimentieren wollte, sollte sich zunächst davon überzeugen, ob er – oder sie – auch im richtigen Hemd steckt!

Martin lachte so lange, bis Irina anfing zu weinen. Leise, fast lautlos. Das hätte der Jungfrau Durowa zur Ehre gereicht, die sich während des Kriegs gegen Napoleon als Chevaliergardist verkleidet hatte und dann vom ganzen Husarenregiment verhöhnt wurde.

»Entschuldige, Ira«, bat Martin, nachdem er zu lachen aufgehört hatte. »Verzeih mir. Aber ich bin wie ein Idiot hierher gerannt ... Ich fürchtete, dich tot vorzufinden ... schon wieder.«

»Du Idiot!« Zornig sah Irina ihn an, nach wie vor weinend. »Warum kommst du mir ständig in die Quere?!«

»Was soll das denn heißen?«, empörte sich Martin. »Bin ich dir auf Bibliothek in die Quere gekommen, als ich deinen Mörder erschossen habe? Oder auf Arank, wo dein Assistent mich beinah abgemurkst hätte? Auf Prärie 2, wo du dich in den Kugelhagel gestürzt hast? Du jagst bald diesem, bald jenem Geheimnis nach. Du versuchst, völlig nebenbei die Rätsel zu lösen, mit denen sich die gesamte Menschheit abmüht! Was stimmt mit dir nicht? Du bist jung, schön, klug, warum führst du dich da wie eine Närrin auf ... und wie ein Blaustrumpf ...«

»Das verstehst du nicht!«, flüsterte Irina und biss sich auf die Lippe. »Die Zeit naht ihrem Ende, aber das versteht niemand von euch ...«

Beruhigend tätschelte ihr Martin die Schulter – und ertappte sich selbst dabei, wie er etwas ganz anderes wollte, als die junge Frau zu beruhigen.

»Wir gehen jetzt hier weg, Irina, und du erzählst mir alles«, bat er. »Einverstanden? Ich werde dir glauben. Ehrenwort. Ich werde dir helfen. Du wirst einsehen, dass das Experiment mit dem ThaiGeddar scheitern würde und ich mit all dem nichts zu tun hatte. Einverstanden?«

Widerwillig nickte die Frau.

»Schon besser.« Martin lächelte. »Dann wollen wir mal

schauen, wie viel Zeit uns noch bleibt und was wir tun können. Ich bin überzeugt davon, dass wir alles hinkriegen.« Daraufhin wandte er sich dem Dio-Dao zu und verbeugte sich. »Euch sei gedankt, Diener des ThaiGeddars! Habt Dank für die Nachsicht, die ihr einem Weibchen meiner Rasse erwiesen habt.«

»Sie hätte nicht die geringste Chance gehabt«, wiederholte einer der beiden. »Von allem anderen abgesehen, wird das Wunder der Auferstehung nur denjenigen geschenkt, die an den ThaiGeddar *glauben*, nicht fanatischen Wissenschaftlern, die ihr Leben um ihrer wissenschaftlichen Neugier willen opfern.«

»Logisch«, bestätigte Martin. »Können wir jetzt gehen? Ich habe euch doch nicht beleidigt, indem ich so hereingeplatzt bin? Die Frau hat sich doch nicht über eure Gefühle lustig gemacht?«

»ThaiGeddar ist erbarmungslos gegenüber dem Bösen, zeigt sich jedoch nachsichtig angesichts eines Fehlers.« Auf dem Gesicht des Dio-Daos zeichnete sich ein Lächeln ab. »Geht und achtet darauf, dass euer Verstand sich nicht zersetzt. Trennt das Törichte von dem Guten, aber überlegt euch jeden Schritt viermal.«

»Fortan werde ich sie zwölfmal bedenken«, versprach Martin.

Anscheinend hatte er endlich doch noch Glück gehabt!

Er nickte Irina zu, die sich nicht bückte, sondern sich höchst ungalant neben ihre abgeworfenen Kleidungsstücke setzte und alles zusammenraffte. Taktvoll blickte Martin weg. Sobald Irina sich wieder aufrichtete, nahm er sie jedoch wieder fest bei der Hand.

»Lebt wohl, ihr Würdigen«, sagte Martin, ehe die beiden sich zum Ausgang begaben. »Verzeiht, dass ich hier etwas beschmutzt habe.«

In dem Moment geschah das, wovor sich zu fürchten Martin schon aufgegeben hatte.

Die Metallfäden klirrten leise, und Kadrach trat ein, den Vorhang mit der Hand beiseite schiebend. Sein Gesicht war fast bleich – erstaunlich, wie blass die graue Haut werden konnte.

»Es ist alles in Ordnung, Kadrach, ich habe es geschafft«, stieß Martin rasch hervor.

Der Geddar deutete lediglich ein Nicken an und ließ den ausdruckslosen Blick über die nackte Frau wandern. Sodann trat er in die Mitte des Raums. »Lästerung«, zischte er leise.

Innerlich stöhnte Martin auf. Jedoch nur innerlich. Denn er durfte jetzt nicht eine Spur von Zweifel erkennen lassen. »Die Dio-Daos trifft keine Schuld, Kadrach!«, schrie er.

Der Dio-Dao im azurblauen Gewand trat an den Geddar heran. »Du bist voller Zorn, mein Bruder«, sagte er leise. »Erlaube mir, deine Seele zu reinigen.«

»Schakrin-kchan«, brüllte Kadrach, während seine Hand zum Schwertgriff schnellte. Noch im selben Moment hielt er jedoch inne. Er klappte förmlich zusammen, kippte nachgerade weg. Er sah Martin an und brachte mit brechender Stimme hervor: »Verdammte Hundescheiße ... Verzeih mir, Freund. Wie ich schon gesagt habe, gibt es Grenzen, die ich nicht zu überschreiten vermag. Du solltest jetzt besser gehen.«

»Was peinigt dich, Bruder?«, fragte der Priester so sanft wie zuvor.

Kadrach brach in schallendes Gelächter aus. »Was mich peinigt? Das Schwert des ThaiGeddars steckt in meiner Seele! Ich sehe das Böse, ich stehe im Bösen, ich reinige das Böse!«

»Hüte dich, Lehrer.« Die Stimme des Dio-Daos barst vor Zorn. »Hier gibt es keine unintelligenten Wesen, denen man eine Lektion erteilen müsste! Dies ist der Schwertgriff des Thai-Geddars, des Schattens vom Licht!«

»Du verstehst etwas von Farben, du hast das Heilige Buch des ThaiGeddars gelesen, du hast dir ein Schwert gekauft, aber all das macht dich nicht zum Geddar!«, fauchte Kadrach. »Du stehst in einem heidnischen Götzentempel, du verlachst meinen Glauben, du trampelst auf dem Schatten des ThaiGeddars herum!«

»Ich verstehe die Sprache der Kleidung, ich kenne das

Buch, ich selbst habe mein Schwert gewunden!«" Nunmehr hallte die Stimme des Dio-Daos im ganzen Tempel wider. Er richtete sich gerade auf, womit er Kadrach fast überragte. Seine Schwangerschaft ließ sich nicht mehr übersehen. »Dies ist ein wahrhaftiger Schwertgriff des ThaiGeddars, geschaffen in seinem Namen und zu seinem Ruhm, und der Schatten des ThaiGeddars ruht auf meinen Schultern! Hat der ThaiGeddar etwa gesagt, nur Geddarn trügen die Wahrheit? ›Alle sind unwürdig, mir zu dienen, und jeder hat das Recht, mir zu dienen!‹«

»›Die Leben gibt, steht nicht in meinem Schatten, die Leben bringt, soll nicht betreten den Griff meines Schwertes!‹«, parierte Kadrach. »Du bist schwanger!«

»Ich bin keine Frau!«, brüllte der Dio-Dao. »Ich bin ein Diener des dritten Fadens des Schwertes, mein Name ist Korgan, ich lebe zum Ruhm des ThaiGeddars!«

»Du bist schlechter als eine Frau, denn du hast dir einen Pseudoverstand zugelegt!«, schrie Kadrach. »Du bist schwanger, du bist ein Hermaphrodit, der Schwertgriff ist besudelt!«

»Zügle deinen Zorn, Kadrach!«

»Schiidan!«, explodierte Kadrach und zog mit einer unfasslichen Bewegung das Schwert.

Erst jetzt gestattete Martin es sich, lauf aufzustöhnen. Im Übrigen hinderte ihn das nicht, Irina zu packen und mit ihr in eine entfernte Ecke des Tempels zu flüchten.

Kadrach und der Dio-Dao namens Korgan standen einander gegenüber. Korgan hatte sein Schwert ebenfalls gezückt, in seinem Blick lag unverfälschter Zorn ob der ungerechtfertigen Beleidigung.

Weder Kadrach noch Korgan achteten darauf, sich des Touristischen zu befleißigen. Ohnehin wechselten sie nicht viele Worte.

»Asch garrsa-chra Thai, anshar Schiidan, Kadrach!«, schrie der Priester, worauf Martin sich fragte, ob die namentliche Anrede des Geddars nicht womöglich den größten Fehler des Dio-Daos darstellte, jenen letzten Tropfen in der Schale von Kadrachs Zorn. Nie, niemals konnte der Geddar diesem Faschingspriester das Recht zugestehen, ihn mit Namen anzusprechen – als sei er seinesgleichen.

»Asch Schiidan-kchan!«, donnerte Kadrach.

Irina zappelte in Martins Armen. »Das war's dann ... er hat ihn Teufelshund genannt, jetzt gibt es kein Zurück mehr ...«, sagte sie leise.

Die Schwerter kreuzten sich.

Möglicherweise führte der das Priesteramt der Geddarn bekleidende Dio-Dao die Waffe in der Tat vortrefflich. Möglicherweise beherrschte er wirklich die geheime Kunst, aus geschmolzenen Steinfäden ein Schwert zu flechten.

Im Kampf mit einem professionellen Henker der Geddarn hatte er freilich keine Chance. Dio-Daos benutzen keine Stichwaffen, liegen in ihren Händen doch Hieb- und Wurfwaffen wie Keule und Steinschleuder weit besser.

Bereits mit dem dritten Stoß schlug Kadrach dem Dio-Dao das Schwert aus der Hand. Danach erstarrte er eine Sekunde lang und schickte der gegen die Wand prallenden Klinge einen Blick nach, in dem sich Verwunderung darüber auszudrücken schien, dass es ihm, Kadrach, nicht gelungen war, das Schwert zu zerhacken. Der entwaffnete Korgan floh nicht, sondern neigte stolz das Haupt, wobei er dem Geddar unverwandt ins Gesicht sah und seine Lippen Flüsterworte formten ...

Schwerter winselten, zerschnitten die Luft, und Blut tränkte das azurblaue Gewand des Dio-Daos. Martin glaubte, Kadrach habe dem Priester zunächst den Kopf abschlagen wollen, sich im letzten Moment jedoch anders besonnen und ihm zwei Stiche in die Brust zuteil werden lassen. Offenbar handelte es sich dabei um einen unehrenhaften Tod, vorbehalten dem Helfershelfer des Teufels.

»Dein Schwertgriff ist gereinigt, ThaiGeddar!«, rief Kadrach aus. Mit zwei flinken Bewegungen strich er die Schwerter am Gewand Korgans ab, um sie hernach in die Scheiden zurückzustecken. Den zweiten Priester, der sich erstarrt abseits hielt und sich nicht in den Kampf einmischte, schien er nicht bemerkt zu haben. Eventuell lag das daran, dass dieser nicht schwanger war.

»Was hast du nur getan, Kadrach«, flüsterte Martin, während er sich erhob. »Was hast du nur getan ...«

Der Geddar sah ihn finster an. »Verzeih, Freund. Du wärest besser schon vorher gegangen. Ich durfte den Schänder des Schwertgriffs nicht ungestraft lassen.«

Er ging auf Martin und Irina zu und streckte der Frau die Hand entgegen. »Steh auf. Ich bin ein Freund Martins und froh, dich gerettet zu haben.«

»Mörder«, flüsterte Ira. »Grausamer Mörder!«

Seufzend zog der Geddar die Hand zurück. »Letzten Endes sind auch eure Weibchen nicht wirklich intelligent ...«, kommentierte er streng. »Bring sie von hier fort und zieh ihr etwas an, Freund Martin. Ich muss noch in dem gereinigten Tempel beten.«

Martin antwortete nicht. Er betrachtete Korgans Körper – der nicht mehr ganz reglos dalag.

Aus den blutigen Falten des Gewands kroch das Kind hervor.

Ein kleines Wesen, das, wäre es ein Menschenkind, Martin auf zwei, drei Jahre geschätzt hätte.

Die dicke Nabelschnur schlängelte sich ihm nach, pulsierend und in einem irrsinnigen Rhythmus zitternd wie eine straff gespannte Saite. Die Augen des Kleinen schauten weit aufgerissen drein – und ruhten ohne zu blinzeln auf Kadrach.

Als spüre er diesen Blick, drehte Kadrach sich um. Seine Hände wollten schon die Schwerter ziehen, doch dann ließ er sie kraftlos sinken. »Das entehrt den Tempel auf immer ...«, hauchte er.

Irina erhob sich, erblickte das Kind und presste aufschreiend die Hände vors Gesicht. Der Anblick war in der Tat alles andere als erbaulich.

Das Junge hatte sich erhoben, stand auf den starken Hinterpfoten. Nachdenklich richtete es den Blick auf die Nabelschnur. Das Pulsieren verebbte. Durch den engen Kanal schienen sich die letzten großen Blutklumpen in den kindlichen Körper zu zwängen.

Schließlich öffneten sich die Lippen des Kindes, das mit schwacher Stimme sagte: »Das Versprechen des ThaiGeddars ist eingelöst ... Ich starb und erstand in neuem Fleisch auf.«

Der Priester in dem salatgrünen Gewand fiel auf die Knie.

»Du bist nicht auferstanden!«, explodierte Kadrach. »Du hast dein Gedächtnis in das Kind gepumpt! Du verspottest unseren Glauben, schon wieder verspottest du ihn!«

Er zog seine Schwerter aus den Scheiden.

»Wag es ja nicht!«

Der Moment, in dem Irina das Schwert des Priesters vom Boden aufgehoben hatte, war Martin entgangen. Jetzt versuchte er, sie zu packen, doch seine Hände glitten an der nackten Haut ab. Die Frau entriss sich ihm, Martin schlitterte über den blutverschmierten Boden und fiel hin. Irina führte den Stoß ohne jedes Geschick und Können aus, gleichsam als hantiere sie nicht mit einem Schwert, sondern mit einer Latte. Selbstverständlich spürte der Geddar die über seinem Kopf dahinzischende Schneide. Er drehte sich um – und bleckte die Zähne. Martin ahnte, wie viel Kraft den Geddar diese Selbstbeherrschung kostete. Dennoch verlor er nicht die Kontrolle, schlug nicht auf Irina ein, sondern wehrte mit seinen Schwertern lediglich ihre Klinge ab.

Das Schwert des Priesters schlierte an Kadrachs Schwertern entlang und zerteilte eines von ihnen unmittelbar überm Griff. Danach drang die Klinge in die Schulter des Geddars ein, Gewand wie Fleisch mühelos zerschneidend.

»Mamotschka ...«, flüsterte Irina und ließ das Schwert los.

Unverändert ragte die Waffe aus dem Körper des Geddars,

während das Blut stoßweise aus der Wunde strömte. Gedankenversunken betrachtete der Geddar abwechselnd die Wunde und sein zerhacktes Schwert. Er öffnete die Hand, und der Schwertgriff samt Klingenansatz fiel zu Boden.

»Das habe ich nicht gewollt ...«, hauchte Irina.

»Du warst nur das Schwert des ThaiGeddars ...«, sagte Kadrach. Dann fiel er auf die Knie.

»Verzeih mir!«, schrie Irina, indem sie sich über den Geddar beugte. »Verzeih mir bitte!«

Obschon Martin genau wusste, worauf alles hinauslief, vermochte er nichts dagegen zu tun.

Irinas Beine rutschten im Blut aus, sie fiel, konnte sich zwar mit einer Hand abfangen, landete jedoch auf dem Geddar.

Auf dem Geddar, der noch immer das zweite Schwert in Händen hielt.

Irinas Rücken schien ein Höcker zu wachsen. Nach kurzem Zögern platzte er – und gab die Schwertspitze und ein wenig Blut frei. Die junge Frau wimmerte schwach auf.

»Nein ...«, stöhnte der Geddar. Mit letzter Kraft stieß er Irina vom Schwert und blickte flehentlich zu Martin hoch. »Das wollte ich nicht!«, flüsterte er. »Das habe nicht ich getan!«

Martin, der ebenfalls im Blut ausglitt, machte keine Anstalten, sich zu erheben, sondern kroch auf allen vieren zu Kadrach. Er hob Ira von den Händen des Geddars.

»Hilf ... mir ...«, hauchte die Frau.

Martin presste eine Hand auf die pulsierende Wunde. Jede Hilfe kam zu spät. Die Klinge des Geddars war durchs Herz gegangen.

»Wir sind noch drei«, sagte Irina, die ihm in die Augen sah, als erahne sie seine unausgesprochenen Gedanken. »Wenigstens ... eine ... sollte ... Die Schließer ... sind machtlos ...«

»Wo? Wo sind sie, Ira?«, schrie Martin.

»Such sie ... auf ...«, flüsterte die Frau. Sie hustete, auf eine sehr ruhige, intelligente Weise. Danach schlossen sich ihre Augen.

»Ich habe dich verraten, Freund«, brachte der Geddar hervor. Auch er lag im Sterben, das Blut peitschte in Strahlen aus seinem Körper. »Sie sind stärker ... Sie haben auch mich missbraucht. Meinen Zorn. Ich bin schuldig.«

In diesem Moment näherte sich ihnen die kleine Figur des Dio-Daos. Der neugeborene Priester blickte traurig auf die Frau. »Braucht sie das Ritual des ThaiGeddars?«, fragte er mit hoher Stimme.

Martin schüttelte den Kopf, während er den reglosen Körper auf seinen Knien wiegte.

Daraufhin wandte sich der Dio-Dao dem sterbenden Geddar zu. »Das Herz des ThaiGeddars ist voller Mitleid ... Füge dich in dein Schicksal, Kadrach.«

Auf den Knien hockend, schwankte Kadrach ein wenig, weshalb Martin vermeinte, der Geddar wolle sich nun, in einem letzten Aufwallen seines Zorns, auf den neugeborenen Dio-Dao stürzen. Doch Kadrach fragte nur leise: »Verzeihst du mir ... Korgan?«

»Wie ThaiGeddar es befiehlt«, hauchte der Dio-Dao. Liebevoll legte er dem Geddar die Hand auf die blutüberströmten Schultern.

Martin hob Irina hoch, stand auf und ging zum Ausgang. Der entkräftete Kadrach hockte unverwandt auf den Knien vor dem neugeborenen Dio-Dao, der leise etwas in der Sprache der Geddar sagte. Ab und an antwortete Kadrach, ab und an schüttelte er den Kopf. Der junge Priester kniete sich neben Kadrach und legte ihm das Schwert in die Hände.

Der metallene Vorhang klirrte.

»Gehen wir, Martin«, sagte jemand. »Sie werden mit dem Körper das tun, was nötig ist.«

Martin drehte sich um. Der kleine Eff-Eff stand hinter ihm, den traurigen Blick auf den sterbenden Kadrach und die tote Irina gerichtet.

»Er hat geglaubt!«, murmelte Martin, während er Eff-Eff aus

dem Schwertgriff des ThaiGeddars hinausfolgte. »Er hat geglaubt!«

»Man hat mir den Weg beschrieben, aber zu spät. Ist der Priester gestorben und auferstanden?«, fragte Eff-Eff bedrückt.

Martin nickte. In seinem Kopf herrschte einzig Wirrnis.

»Es gibt keine Wunder, die dir jede freie Wahl nehmen«, bemerkte Eff-Eff leise. »Und wenn sie existieren ... dann kommen sie nicht von Gott.«

»Wovon sprichst du, Eff-Eff?«, fragte Martin.

»Der Satz über die unverzügliche Auferstehung ist ein Dogma der Geddarn«, erwiderte Eff-Eff. »Man darf ihn nicht wörtlich verstehen ... wie es der Dio-Dao getan hat. Dergleichen hat es auch in unserer Geschichte schon gegeben.«

»Ach ja?«, rief Martin. »Seid ihr etwa in der Lage, euer Bewusstsein vollständig in ein Kind hineinzutreiben? Die gesamte Persönlichkeit umzuschreiben?«

Der Dio-Dao nickte. »Das ... das kann man nicht bewusst tun«, präzisierte er. »Die Verlockung wäre ... wäre zu stark. Aber es kommt vor. Bisweilen. Wenn ein Sterbender fest glaubt, sein Leben sei wertvoller als das Überleben der Sippe. Wenn es ... sehr wichtig ist. Wenn das Kind noch nicht entwickelt ist und über keine eigene Persönlichkeit verfügt. Da kommen zahllose *Wenns* zum Tragen, Martin!«

»Es gab kein Wunder«, flüsterte Martin. Und er wusste selbst nicht, ob er darüber erleichtert oder betrübt sein sollte.

»Nein«, bekräftigte Eff-Eff. »Und gleichzeitig gab es eins. Der Priester glaubte in der Tat an ThaiGeddar. Und er wurde in einem neuen Körper wiedergeboren ... Hat Kadrach ihn umgebracht?«

Martin nickte. »Die Schwangerschaft des Priesters ... Das konnte er nicht ertragen. Von den Weibchen ihres Geschlechts heißt es, sie verfügten über keinerlei Verstand.«

»Wie banal«, bemerkte Eff-Eff. »Das Dogma erwies sich als stärker als der Verstand. Das Dogma hat Kadrach umgebracht und den Priester auferstehen lassen ...« Er richtete den Blick auf Irina. »Wer hat sie getötet?«

»Ein Zufall«, antwortete Martin. »Sie ist ausgerutscht und in Kadrachs Schwert gefallen ... nachdem sie ihn zuvor tödlich verwundet hatte.«

»Ich hätte mich früher mit den Theologen in Verbindung setzen sollen ...« Eff-Eff senkte den Kopf. »Um in Erfahrung zu bringen, welches Schlupfloch es gibt. Um dich zu warnen und den Geddar zu beruhigen ... Die arme Frau.«

Martin nickte. Seine Hände waren voller Blut, er war über und über mit Blut beschmiert, der tote Körper rutschte zu Boden. Die vierte Kopie Irina Poluschkinas war einen zufälligen, gewaltsamen Tod gestorben. Abermals vor seinen Augen. Und abermals hatte er es nicht verhindern können.

Doch diesmal war ihm keine Spur mehr geblieben.

Drei Irinas, die noch in der Galaxis umherzogen, konnten friedvoll in Einsamkeit sterben. Martin Dugin würde ihnen kein Unglück mehr bringen.

»Ich glaube, ich bin der Grund für ihren Tod«, gestand Martin. »In jedem Fall. Nie habe ich es geschafft, ihr zu helfen. Ich ... ich trage etwas Unzulängliches in mir.«

Er griff nach Irinas Jeton, riss ihn ab und steckte ihn sich in die Tasche.

Wie er es schon dreimal getan hatte. Und nie wieder tun würde.

»Mach dir keine Vorwürfe«, bat Eff-Eff. »Du hast dir alle Mühe gegeben. Ich werde ein Buch darüber schreiben, wie du dich bemüht hast. Darüber, dass Dogmen stärker noch als unser Verstand und unser Glauben sind.«

»Ein anderes Buch würde mir besser gefallen, Eff-Eff«, sagte Martin.

»Ich kann mir ein glückliches Ende ausdenken«, schlug Den-Der-Freund-Fand vor. »Aber könnte ich mir auch ein anderes Leben ausdenken?«

Zwei Tage später gelangte Martin zur Station der Schließer.

Hinter ihm lag die offizielle Untersuchung des Unglücksfalls, bei der ihm zupass kam, dass Den-Der-Freund-Fand als einziges Kind von Herbstgeborener das Amt des Chefermittlers für Verbrechen, in die Fremdplanetarier verwickelt waren, geerbt hatte.

Hinter ihm lag die Bestattung Irina Poluschkinas. Der Priester der Kirche von der Ikone der Himmelskörper am Firmament las für Irina die Totenmesse. Die Frau wurde in einem kleinen Friedhof hinter dem Gotteshaus begraben, unter dem traurigen Geläut der in einem nicht sehr hohen Holzturm hängenden Glocken. Der Zeremonie wohnten die Geistlichen aus dem Tempel des ThaiGeddars ebenso bei wie die Dio-Daos aus der Kathredrale Aller Stigmata sowie einige Protestanten und ein Buddhist in orangefarbenem Gewand.

Vater Ambrosius, der weltlich Allmorgendliche Freude hieß, hielt nach dem Gottesdienst eine kurze Predigt. Kirchenslawisch beherrschte er vorzüglich. Den Tod Irinas nahm er sich aufrichtig zu Herzen. Martin störte nur eins. Einige Sätze von Vater Ambrosius ließen darauf schließen, dass er hoffte, Irina Poluschkinas Reliquien würden nicht vermodern und die Kirche von der Ikone der Himmelskörper am Firmament damit eine eigene Heilige erhalten.

Diesbezüglich hegte Martin seine Zweifel.

Schließlich hatte er sich in die nahe gelegene Stadt begeben, in der sich die Station der Schließer befand. Eff-Eff hatte Martin begleitet, voller Wärme hatten sie voneinander Abschied genommen. Den-Der-Freund-Fand war noch immer klein, wuchs aber zusehends und verwandelte sich mehr und mehr in einen Mann.

Martin ging davon aus, dass er Eff-Eff wohl nie wiedersehen würde. Auch das lagerte sich als schmerzlicher Bodensatz in seiner Seele ab – wie es bereits beim Besuch seines sterbenden Freunds gewesen war.

Vermutlich schufen diese ambivalenten Gefühle, gemengt aus unbegründetem Schuldbewusstsein und echtem Mitleid, eine größere Distanz zwischen der Welt der Dio-Daos und den anderen Rassen als die lästigen Visaformalitäten, der Kontrast von ultramoderner Technik und archaischem Alltag sowie andere Besonderheiten. Martin fragte sich sogar, ob sich dieses Gefühl überhaupt überwinden ließe. Wenn man sich gegenüber den Dio-Daos wie zu seinesgleichen verhielt, wie gegenüber Wesen, mit denen man zusammenarbeitete und sich anfreundete, dann würde man sich wohl nie mit ihrem sich rasant vollendenden Lebenszyklus abfinden.

Als Martin die Station der Schließer betrat, nahm er innerlich von Eff-Eff genauso Abschied, wie er es von Irina Poluschkina getan hatte.

»Einsam ist es hier und traurig«, erklärte der kleine, durch und durch schiefe Schließer. Bislang hatte Martin noch keinen verkrüppelten Schließer getroffen – aber irgendwann geschieht alles zum ersten Mal. »Sprich mit mir, Wanderer.«

»Ich bin noch etwas schuldig«, gestand Martin.

Entgegen seiner Erwartung verspürte Martin weder Hass noch Vorbehalte gegen die Schließer. Vermutlich glaubte er nicht wirklich an ihre Schuld. Vielleicht hielt er es aber für ebenso sinnlos, den Schließern zu grollen, wie einem Hurrikan oder einem Erdbeben etwas zu verübeln ...

»Ich weiß«, bestätigte der Schließer. »*Für jenes kleine, beklagenswerte, naive Etwas, das weder Körper noch Seele noch Talent war, für dieses Etwas, das die Persönlichkeit des Mannes ausmachte, fehlte indes jeder Sinn. Er versuchte alles auf einmal, versuchte gleichzeitig zu glauben, zu lieben, sich des Lebens zu freuen und etwas zu schaffen. Doch dem Sinn kam er auch auf diese Weise nicht auf die Spur. Ja, mehr noch, der Mann erkannte, dass von den wenigen Menschen, die in ihrem Leben nach Sinn suchten, noch keiner ihn gefunden hatte.*«

Martin nickte, worauf der Schließer, der aus einem hohen Glas etwas trank, das verdächtig an Milch erinnerte, ihm zulächelte.

»Der Mensch musste noch viele Wege beschreiten«, fuhr Martin fort. »Er stürzte sich auf alles, das nach seinem Dafürhalten einen Sinn bergen konnte. Er versuchte zu kämpfen, er versuchte, etwas zu erbauen. Er liebte und er hasste, schuf und zerstörte. Und erst als sein Leben sich dem Ende zuneigte, erkannte der Mensch die tiefere Wahrheit. Das Leben hat keinen Sinn. Der Sinn bedeutet stets Unfreiheit. Der Sinn formt stets jenen harten Rahmen, in den wir einander hineinjagen. Wir behaupten, der Sinn läge im Geld. Wir behaupten, der Sinn läge in der Liebe. Wir behaupten, der Sinn läge im Glauben. Doch all das sind nur Rahmen. Im Leben gibt es keinen Sinn, und darin liegt sein höherer Sinn, sein höherer Wert. Im Leben gibt es kein Finale, das wir unbedingt erreichen müssten – und das ist wichtiger als Tausende ersonnener Sinndefinitionen.«

»Du hast meine Einsamkeit und meine Trauer vertrieben, Wanderer«, stellte der Schließer fest. »Tritt durch das Große Tor und setze deinen Weg fort.«

»Das war nur das Ende der alten Geschichte«, erinnerte ihn Martin. »Ich glaubte, um durchgelassen zu werden, müsste ich noch eine weitere Geschichte erzählen.«

Täuschte Martin sich – oder lächelte der Schließer?

»Vielen reicht ihr ganzes Leben nicht, um nur eine Geschichte zu erzählen. Jeden Tag beginnen sie sie aufs Neue, finden jedoch nie einen Schluss ... Tritt durch das Große Tor und setze deinen Weg fort.«

Hatte der Schließer etwa auf seine Frage geantwortet?

»Hätte ich Kadrach retten können?«, wollte Martin wissen.

Der Schließer starrte in die Ferne und trank Milch.

»Ich bleibe nicht gern etwas schuldig«, erklärte Martin. »Ich möchte von denjenigen erzählen, die den Sinn des Lebens suchten. Von einem Geddar, einem Lehrer und Henker, der nicht auf den Sinn verzichten konnte. Von einem Dio-Dao, der den Sinn des Lebens für seine Sippe verändert hat ...«

»Halt ein«, unterbrach ihn der Schließer, worauf Martin mitten im Satz verstummte. »Halt ein, Martin. Noch kannst du diese Geschichte nicht beenden. Setze deinen Weg fort.«

Mit einem Nicken erhob Martin sich. Mit einem Mal überströmte ihn Schweiß. Ihn dünkte – aber vielleicht war das nicht mehr als ein Gefühl –, er hätte beinah eine unsichtbare, indes nicht weniger gefährliche Grenze überschritten.

»Vielen Dank, Schließer«, sagte Martin. »Wir werden uns wiedersehen.«

Fünfter Teil
Blau

Prolog

Leben in einem Menschen Gefühle der Nostalgie, machen sich diese – von der Emigration abgesehen – nirgends so bemerkbar wie auf Dienstreisen. Urlaubsreisen lassen einen letztlich nicht jene süße Sehnsucht nach der Heimat verspüren, bestürmen einen dafür doch allzu viele Eindrücke, bestaunt man in zu großer Zahl malerische Ruinen, genießt jungen Wein und warmes Meer nur zu sehr. Eine Geschäftsreise hingegen, noch dazu eine missglückte, lässt ein sublimes Verlangen nach der Heimat aufkommen und wachsen, bringt einen bunten Strauß patriotischer Feldblumen oder russophiler Kamillen zum Erblühen.

Anders als missglückt vermochte Martin seine Reise nach Marge alias Fakiu nicht zu bezeichnen. Alle Fäden hatte er verloren. Wieder einmal hatte er Irina sterben lassen. Nach wie vor verstand er nicht, wovon er eigentlich Zeuge geworden war: von einem göttlichen Wunder oder von den Kapriolen einer fremden Physiologie.

Nunmehr galt es, sich seiner Wurzeln zu besinnen. Eine volle Brust vom Rauch der Heimat zu inhalieren, ein Gläschen Wodka zu leeren und eine Prise von Mutter Erde zu kosten. Und selbstverständlich einige Monate ununterbrochen in Moskau zu bleiben.

Oder sich in wärmere, wiewohl nicht allzu ferne Gefilde zu begeben. Jalta wäre trefflich, Odessa oder Sewastopol. Aus irgendeinem Grund hatte Martin Jalta klar vor Augen, die zum Meer hinunter führenden schmalen Gassen, die kleine Kneipe an der unteren Station der Seilbahn, in der sich so angenehm Portwein aus der Kellerei Magaratsch trinken ließ, ehe man zu einem Spaziergang am Ufer des kühlen, einen abgehärteten Schwimmer jedoch noch immer lockenden Meeres aufbrach ... Bei dem Gedanken lächelte Martin sogar, zwar schief, aber dennoch erleichtert. Er würde sich Irina aus dem Kopf schlagen. Eine unbeschwerte Urlaubsaffäre würde er anfangen, mit einer kleinen Dame, die unbedingt verheiratet sein musste, folglich nur auf ihr Vergnügen, nicht aber auf dauerhafte Beziehungen erpicht war. Viel starken Wein würde er trinken. Seine alte Bruyèrepfeife schmauchen, eine teure, jedoch erstklassige Stanwell mit einem Silberring am Holm. Bei den Kaukasiern würde er sich ein nur in heißem Zustand essbares Schaschlik kaufen. Unbedingt würde er nachts nackt baden. Von seinem Balkon aus würde er die nimmersatten Möwen mit trockenem Fladenbrot füttern. Den pittoresken Armen des Orts würde er etwas Kleingeld zukommen lassen, den Kindern Eis kaufen. Abends würde er ein wenig fernsehen, vielleicht sogar ins Kino oder zum Konzert eines verwelkten Popstars gehen.

Nach ein paar Wochen käme er ausgeglichen und entspannt nach Moskau, hätte sich fremde Welten, fremde Probleme und fremde Ängste aus dem Kopf geschlagen.

Über all das sann Martin nach, während er in der Schlange vor der Passkontrolle stand, die sich bereits außerhalb der Moskauer Station befand. Andrang herrschte, die meisten Wartenden waren Menschen, aber auch ein paar merkwürdige Außerirdische begegneten ihm. Entgegen seiner Gewohnheit beobachtete Martin Letztere nicht, um etwas Nützliches über die außerirdische Psychologie zu erfahren, sondern träumte von Jalta, von den flüchtigen Freuden des Altweibersommers – oder zählte der Oktober da schon nicht mehr zu? Egal! Hauptsache, er kam nach Jalta! Der ukrainische Wodka Nemiroff, Nikolajewer Bier, seine geliebte Pfeife, stets eine heiße Frau parat, hin und wieder eine Abkühlung im erfrischenden Meer.

Die Passkontrolle zog sich heute unerträglich lange hin. Martin kostete sie zwanzig Minuten, der Computer war abgestürzt, weshalb sein Ausweis zu einem anderen Schalter gebracht werden musste, wo es ebenfalls eine Schlange gab. Wie jeder Russe, der einmal über Scheremetjewo 2 geflogen ist, ertrug er die Prozedur geduldig und murrte nicht darüber, so lange aufgehalten zu werden.

Nachdem man seinen Ausweis endlich kontrolliert und das Einreisevisum hineingestempelt hatte, verließ Martin das Gelände durch das Ausgangstor und hielt nach einem Taxi Ausschau.

Er brauchte weder zu suchen noch zu feilschen. Die Heimat erwartete ihn bereits – und zwar in Gestalt von Juri Sergejewitsch, der einen leichten grauen Mantel trug und die Schlüssel eines alten grauen Wolgas um die Finger wirbeln ließ.

»Wohin wollen wir denn?«, fragte Juri Sergejewitsch mit strengem Lächeln.

»Wohin Sie verlangen«, antwortete Martin und nahm ohne jeden Widerspruch im Wagen Platz. Den Rucksack und die im Futteral steckende Winchester warf er auf die Rückbank.

»Trefflich formuliert«, lobte der Tschekist.

Sie fuhren durch einige Gassen, durch die sie bequem zur Christ-Erlöser-Kathedrale gelangten, um dann zum Zentrum zu rasen.

»Was haben Sie sich nur dabei gedacht, Martin?«, fragte Juri Sergejewitsch tadelnd und durchbrach so das bedrückende Schweigen. »Wo wir zu Ihnen so offen waren. Wir haben uns so gut besprochen, meinem Chef habe ich versichert: Der Genosse Dugin wird umgehend Mitteilung machen, sobald ihm etwas Interessantes auffällt. Und was tun Sie statt dessen?«

»Ich habe nicht gewusst, was ich hätte mitteilen sollen«, antwortete Martin finster. »Für wen halten Sie mich denn? Für einen Hellseher? Ich hatte eine Idee ... eine absolut idiotische Idee ...«

»Dann lassen Sie mal hören!«, munterte ihn Juri Sergejewitsch auf.

»Irina hat in dem Brief an ihren Vater den Hund grüßen lassen ... den sie Homer nannte. Dabei heißt der Hund Bart.«

»Ich sehe den Zusammenhang nicht«, gestand der Tschekist.

»Das sind Comicfiguren«, setzte Martin zu einer Erklärung an. »Da gibt es eine ganze Familie ...«

Er legte Juri Sergejewitsch die Kette seiner Vermutungen dar, die ihn auf den Planeten Marge geführt hatten.

»Nicht viel«, räumte Juri Sergejewitsch ein. »Ich muss zugeben, das ist nicht viel. Sehr vage. Trotzdem hätten Sie mich anrufen müssen.«

»Ich wollte die Sache erst selbst überprüfen«, erklärte Martin trotzig. »Und dann ... haben sich die Ereignisse überschlagen. Ein Geddar hat mir seine Freundschaft aufgedrängt ...«

»Ach ja?«, fragte der Tschekist interessiert. »Darüber, über die Geddarn, unterhalten wir uns gesondert. Das sind unsere natürlichen Verbündeten in der Galaxis.«

»Juri Sergejewitsch«, konnte Martin sich nicht verkneifen. »Ich werde alles berichten. Ich habe nichts zu verbergen, von meiner eigenen Dummheit und meinem Scheitern abgesehen, glauben Sie mir! Aber jetzt möchte ich etwas essen.«

»Ja und?«, fragte der Tschekist, unschuldig lächelnd.

»Haben Sie mich in Ihrer Freizeit mit dem Wagen aufgegabelt oder in Erfüllung Ihrer Dienstpflicht?«, wollte Martin wissen. »Falls Ersteres zutrifft, könnten wir jetzt in ein Restaurant fahren.«

»Im Moment ausschließlich in Erfüllung meiner Dienstpflicht«, antwortete Juri Sergejewitsch, der Martin die Bemerkung nicht verübelte. »Fahren wir also zu mir, Martin Igorjewitsch, in jenes große Gebäude mit den strengen Onkeln am Eingang.«

Seufzend beschloss Martin, den Tschekisten nicht weiter zu

provozieren. Doch als sie vor dem großen grauen Gebäude gegenüber der gut sortierten Buchhandlung *Biblioglobus* anhielten, in die Martin allmonatlich zum Erwerb neuen Lesefutters pilgerte, setzte abermals etwas in ihm aus. Er kramte nach seinem Portemonnaie und sah den Tschekisten fragend an.

»Woher kommt nur diese Bosheit bei Ihnen? Diese Bissigkeit?«, fragte Juri Sergejewitsch bitter. »Was ist, hat Ihr Urgroßvater unter Repressionen durch das schlimme KGB gelitten? Gehörte Ihr Großvater zu den Dissidenten, hat er Solschenizyn bei sich auf dem Hängeboden versteckt? Hat man Ihren Vater beschuldigt, ein als Umweltschützer getarnter Spion zu sein, und verurteilt? Glauben Sie, der Staat könne ohne Gegenspionage auskommen? Falls es Sie interessiert, ein paarmal bin ich schon losgezogen, um jemanden *aufzugabeln*! In meiner Freizeit. Denn im Amt zahlt man mir nur ein Zehntel dessen, was Sie verdienen ... Wenn man von den realen Einkünften ausgeht, nicht von der Summe, für die Sie Steuern bezahlen ...«

Daraufhin schämte Martin sich. Er steckte sein Portemonnaie wieder weg, zögerte eine Sekunde, sagte dann jedoch ehrlich: »Verzeihen Sie. Die Nerven ... Schließlich bin ich gerade aus der Station herausgekommen – und Ihnen gleich in die Arme gelaufen. Sie haben mich doch auch absichtlich in der Schlange so lange warten lassen, oder?«

»Richtig«, bestätigte Juri Sergejewitsch. »Aber eine offizielle Vorladung hätte Sie wohl kaum glücklicher gemacht, oder?«

Nachdem Martin darüber nachgedacht hatte, schüttelte er den Kopf.

»Und was zu essen werden Sie kriegen«, versicherte Juri Sergejewitsch immer noch leicht missbilligend. »Schon allein deshalb, damit Sie nicht von uns gleich zur nächsten Bürgerrechtsorganisation rennen ... um dort die Staatssicherheit anzuschwärzen, die Verhaftete hungern lässt.«

Der Tschekist log nicht. Nachdem sie an den »strengen Onkeln« – die sich als strenge Tanten erwiesen – vorbeigegangen waren, fuhren sie in einem alten Aufzug in den Keller, in die unterirdischen Tiefen der Lubjanka. Entgegen seinen Erwartungen fand Martin sich nicht in düsteren Folterkammern wieder, sondern in einem kargen, schmucklosen Gang, der sie zu einer durchaus gemütlichen Kantine führte.

Mit einem braunen rissigen Tablett in der Hand warteten sie in einer kurzen Schlange und liefen die üblichen Stationen eines anspruchslosen Essers ab: von den sauber abgespülten, indes noch feuchten Gabeln und Löffeln in Plastikschalen über das Kompott in Trinkgläsern zur Kassiererin mit ihrer weißen Schürze.

Die lang vergessene Atmosphäre einer Kantine begeisterte Martin mit einem Mal. Er nahm sich ein Ei, zwei Hälften, angerichtet auf einem kleinen Teller und mit einem Teelöffel Mayonnaise bemütigt, dazu eine Beilage aus Hering und roter Bete, obschon er felsenfest überzeugt war, der Fisch enthalte Gräten, ferner einen Salat mit Vinaigrette, der äußerst frisch und sogar lecker aussah. Bei der Suppe ließ sich Martin von ukrainischem Borschtsch verführen, den höchst vertrauenerweckende Hefeküchlein begleiteten, welche großzügig mit Knoblauch und gehackten Kräutern eingerieben waren. Im Borschtsch schwammen einige appetitliche Fleischstückchen, darüber hinaus wählte auch der vor Martin hergehende Juri Sergejewitsch ohne zu zögern dieses Gericht – und der war immerhin Stammgast. Das Hauptgericht bestach kaum durch Vielfalt, bot Koteletts nach Poltawer Art, Kohlrouladen, bei denen es sich um besagte Koteletts in einem Kohlblatt handelte, das obligatorische Kantinengulasch, das mit echtem Gulasch nichts gemein hat, und Entrecôte mit gedämpftem Kohl.

Martin entschied sich für das Entrecôte.

Zum Nachtisch wählte er, auch hier der anrührenden Atmosphäre längst vergessener kulinarischer Freuden Tribut zollend, ein Törtchen, ein Glas mit Kompott und einen Klecks Gelee, serviert auf einem Tellerchen.

»Sie sind ja kein Kostverächter«, bemerkte Juri Sergejewitsch mit einem Blick auf Martins Teller. Er selbst begnügte sich mit Borschtsch und Kohlrouladen. Die Kassiererin wies der Tschekist an: »Wir zahlen zusammen, Ljudotschka.«

Martin wollte schon protestieren und in seinen Taschen nach Geld stöbern, doch als er sah, dass sein Essen bei den hiesigen Kantinenpreisen weniger als einen Dollar kostete, ließ er sich verwirrt einladen. Schließlich stand dem Tschekisten eine Bosheit zu, damit sie wieder quitt waren.

Ohne ausdrückliche Vereinbarung kamen sie während des Essens nicht auf ihren Fall zu sprechen. Friedlich aßen sie ihren Borschtsch, dann den Salat. Seine Maßlosigkeit bedauernd, verzichtete Martin auf den Hering mit roter Beete, den er dem Tschekisten überließ. Das Entrecôte war durchaus passabel, das Kompott aus Trockenfrüchten angemessen gekühlt und deshalb schmackhaft.

In dem Gelee stocherte Martin nur kurz herum. »Immer dasselbe«, sagte er. »Wenn du Hunger hast ... sind die Augen größer als der Magen ...«

Grinsend langte Juri Sergejewitsch zum unbesetzten Nachbartisch hinüber und fingerte aus einer Schale geschickt ein dünnes Bündel zu einem Dreieck gefalteter Servietten.

»Zügeln Sie sich, Martin. Sie sollten nicht mehr essen, als Sie verdauen können.«

Martin, den noch immer Schuldgefühle plagten, reagierte auf die Spitze nicht. Sollte jedoch eine weitere folgen, würde er sie dem Tschekisten nicht mehr durchgehen lassen. Schließlich schrieben sie nicht das Jahr 1937!

Nach dem Essen führte Juri Sergejewitsch Martin in ein Büro, bei dem Martin aufgrund kleinerer Hinweise schlussfolgerte, dass es eigentlich niemandem gehörte, sondern für Verhöre mit Verhafteten genutzt wurde. Bedauerlich war es indes schon, dass der Tschekist ihn nicht in sein eigenes Büro zu bringen wünschte, denn bestimmte Details – das Material des

Schreibtischs, die Größe des Präsidentenporträts, das Fehlen oder Vorhandensein von Teppichen auf dem Fußboden, die Zahl der Telefone und der Blick aus dem Fenster – hätten sehr viel über Juri Sergejewitsch verraten. Bislang hatte Martin weder den Rang noch die Aufgabe des Tschekisten zu bestimmen vermocht – und das verdross ihn. Immerhin musste man einem Hauptmann gegenüber anders auftreten als bei einem Oberst – in dieser Spanne vermutete Martin Juri Sergejewitsch.

»Ich bin Oberstleutnant«, sagte Juri Sergejewitsch, als habe er Martins Gedankengang erfasst. »Ich bin zweiundvierzig Jahre. Den Oberst werde ich wohl erst kurz vor der Pensionierung bekommen. Ich habe drei Kinder, die ich kaum sehe, eine Frau, die meinen Arbeitsplan seit Langem satt hat, alte Eltern in Pensa, die ich nun schon das zweite Jahr nicht besuche. Außerdem habe ich noch meine geliebte Arbeit. Meine idiotische geliebte Arbeit: in der Galaxis nach Artefakten zu suchen ... nach Wundern. Etwas, das meiner Heimat nützlich sein kann. Ich bin Patriot, müssen Sie wissen. Kein glatzköpfiger Nazi, kein Ultralinker, kein Ultrarechter. Ich liebe mein Land einfach, das ist alles ...« Er legte eine Pause ein. »Sie finden das zum Lachen?«, wollte er wissen.

Martin geriet in Verlegenheit. Er senkte den Blick.

»Die Schließer«, fuhr Juri Sergejewitsch in aller Ruhe fort, »statten die Erde großzügig mit Technologien aus. Dank ihrer Hilfe konnten wir den Hunger nahezu ausrotten. Das Leben ist sicherer geworden, reicher und – selbst wenn das paradox klingt – interessanter! Russland hatte Glück, wir haben drei Stationen, von daher zahlen sie ordentlich Miete ... Aber all das wissen Sie natürlich genauso gut wie ich.«

Martin wusste es.

»Aber ein geschenkter Kuchen? Daran glaube ich nicht!«, fuhr Juri Sergejewitsch fort. »Und wenn Sie mich schlagen, das bringe ich einfach nicht fertig! Selbst wenn dieser Kuchen für die Schließer nur einen Überrest von der Festtafel bedeutet. Sie wollen etwas, Martin. Von uns, von den Geddarn, von den Arankern, von den Humanoiden und den Nichthumanoiden ... früher oder später werden sie uns die Rechnung präsentieren.«

»Es könnte ein Experiment sein«, warf Martin ein. »Oder ihrer Unterhaltung dienen. Wir halten uns Hunde, Katzen ... und die Schließer halten sich ein paar unterentwickelte Zivilisationen. Um sich zu amüsieren.«

»Diese Möglichkeit ist bereits erörtert worden«, bestätigte der Tschekist. »Aber auch ein Spaß kann langweilig werden. Dann werden die Stationen genauso schnell und problemlos verschwinden, wie sie einst aufgetaucht sind. Man hat uns nämlich keine Garantie gegeben, dass das Transportnetz ewig funktionieren würde. Die älteste der uns bekannten Stationen wurde vor sechsundachtzig Jahren erbaut. Historisch betrachtet ... handelt es sich dabei um Sekunden.«

»Ich habe angenommen ...«, setzte Martin an.

»Vor sechsundachtzig Jahren. Alles andere ist eine Lüge«, fiel ihm Juri Sergejewitsch ins Wort. »Wir leben in einer instabilen, unfertigen Welt, die vollständig von den Schließern abhängt. Sind sie gut oder böse? Sind sie klug? Oder benutzen sie nur fremde Technologien? Darauf haben wir keine Antworten – doch wir sollten uns auf das Schlimmste gefasst machen.«

»Und mit der Produktion von Weihwasser beginnen, wenn es plötzlich nach Schwefel stinkt ...«, zitierte Martin.

»Ich weiß eine umfassende Bildung zu würdigen.« Juri Sergejewitsch nickte. »Eine vernünftige Position, konzise dargelegt. Wir haben übrigens ein Experiment durchgeführt, wie die Schließer auf die Einwirkung von Weihwasser und Wein reagieren ...«

Martin riss die Augen auf.

»Keine Reaktion«, seufzte der Tschekist. »Aber auch das heißt nichts. So oder so sind die Schließer uns über ... Deshalb müssen wir mit anderen Rassen kooperieren. Einiges haben wir auch schon erreicht. Es existiert ein inoffizielles Handelsabkommen sowie ein inoffizieller Pakt zur Zusammenarbeit mit dem Rat der Bürgermeister Aranks. Es bestehen Kontakte zum

Patriarchen der Geddarn. Es wurden verschiedene interessante Artefakte entdeckt ... von denen nicht klar ist, wem sie gehören. Es gibt so vieles, Martin! Aber die Situation mit Irina Poluschkina ist potenziell die vielversprechendste.«

»Bei der Sie anscheinend nicht gerade allzu professionell vorgehen«, merkte Martin an. »Oder?«

Juri Sergejewitsch wandte den Blick ab.

»Geht das auf Ihr Konto?«, fragte Martin. »Wollen Sie alles auf eine Karte setzen?«

»Wenn es nur nach mir ginge«, eiferte sich Juri Sergejewitsch plötzlich, »würden alle unsere Agenten den Auftrag erhalten, in der Galaxis nach dem Mädel zu suchen! Glauben Sie wirklich, ich sitze mit dem Hintern auf dem Fall und lasse da niemanden ran?«

Martin schwieg. Der unscheinbare Mann mittlerer Größe und durchschnittlichen Aussehens schwieg ebenfalls – bis Martin schließlich kapitulierte und den Kopf schüttelte.

»Man glaubt«, fuhr Juri Sergejewitsch fort, »ganz oben glaubt man ... man sollte die Sache einstellen.«

»Warum das?«

»An das Dossier ist Irina über ihren Vater gekommen. In der Vergangenheit war er einer unserer führenden Analytiker, und er arbeitet immer noch gelegentlich an dem Material. Noch vor Irinas Verschwinden hat er einen Abschlussbericht verfasst ... und mit dem stimmt ein großer Teil der Führung überein.«

Martin hörte aufmerksam zu.

»Nach Ernesto Semjonowitschs Ansicht«, referierte Juri Sergejewitsch müde, »sind die Schließer nicht die wahren Vorläufer ... jene hypothetische uralte Rasse, die einst die Galaxis kontrolliert hat. Sie sind nur zufällige Erben, die Zugang zu einer Datenbank erhalten haben, möglicherweise auch zu vorgefertigten Einrichtungen der wahren Herren des Universums. Jene verschwanden – und bis jetzt gibt es keine Anhaltspunkte, wohin. Die Schließer entdeckten dann ...« Juri Sergejewitsch dachte kurz nach. »... ein Lager? Eine Bibliothek? Ein Lehrzentrum? Eine Gedenkstätte? Die Flotte dieser berühmten ›schwarzen Raumschiffe‹, mit denen sie Stern für Stern erforschen? Suchen Sie sich etwas aus. Jetzt wissen die Schließer allerdings nicht, was sie mit der gewonnenen Macht anfangen sollen. Teilweise erfüllen sie den Plan der echten Vorläufer, indem sie in der Galaxis ein alles verbindendes Transportnetz spannen. Zum Teil amüsieren sie sich jedoch schlicht. Zum Teil suchen sie nach der untergegangenen Superzivilisation. Aber sie suchen vorsichtig ... ängstlich. Wie ein Mensch, der sich in einem leeren Haus einnistet und von der Furcht zerfressen wird, die eigentlichen Besitzer könnten zurückkommen ... Alle Rätsel, von denen wir wissen und die in dem Dossier aufgezählt wurden, sind lediglich eine Folge eines ungeschickten Umgangs der Schließer mit der mächtigen Technologie der Vorläufer. Es sind missglückte Versuche, sich uraltes Wissen anzueignen, Experimente, Fehler ... Sollten wir jetzt anfangen, diese Rätsel gezielt zu untersuchen, bekämen die Schließer es mit der Angst zu tun. Die Folgen lassen sich leicht ausmalen.«

»Die Vernichtung der Erde?«, vermutete Martin.

»In einer sehr humanen Version: Die irdischen Stationen würden vom Transportnetz abgeschnitten. Dieser Isolation folgte das Chaos. Können Sie sich vorstellen, was geschehen würde, wenn die Schließer uns verließen? Die Panik wäre weit größer als bei ihrem Auftauchen!«

»Das heißt, Ernesto Semjonowitsch hat Ihnen geraten, diese ... äh ... Rätsel ... nicht zu untersuchen?«, hakte Martin nach.

»Richtig. Er hat nicht empfohlen, die Untersuchung zu verbieten, sondern lediglich geraten, von gezielten Forschungen abzusehen. Wenn ein unabhängiger Wissenschaftler in den Geheimnissen wühlt, ist das sein persönliches Problem. Wenn sich eine staatliche Einrichtung mit den im Dossier genannten Rätseln beschäftigt, zöge das schlimme Folgen nach sich. Man stimmte diesen Empfehlungen Poluschkins zu. Mehr noch, eine ähnliche Entscheidung haben auch die europäische und die amerikanische Regierung getroffen. Wie immer vertraten die Franzosen ihre eigene Auffassung – aber wer hört schon auf die? Nachdem dieser Beschluss angenommen worden war, hat Irotschka Poluschkina den Bericht ihres Vaters gelesen. Sie war empört. Sie hat ihre eigenen Schlussfolgerungen gezogen ... die denen ihres Vaters diametral widersprachen. Daraufhin beschloss sie, für Gerechtigkeit zu sorgen.«

»Weiß man das mit Sicherheit?«, wollte Martin wissen.

»Nein, das ist nur meine persönliche Meinung. Ich habe Ernesto Semjonowitsch nach unserem nächtlichen Gespräch aufgesucht ... und wir haben unsere Karten offen auf den Tisch gelegt. Als er Sie angeheuert hat, hoffte er noch, es würde alles gut ausgehen. Nach dem dritten Tod hat er diese Hoffnung verloren. Er glaubt, Irotschka habe es geschafft ... wenn auch nicht klar ist, wie ... die Schließer zu täuschen und sich selbst zu kopieren. Das hat die Schließer alarmiert ... und jetzt bringen sie ein Mädchen nach dem nächsten um. Natürlich ohne dass ihnen jemand auf die Schliche kommt.«

»Und was hat er vor?«, fragte Martin.

»Sich nicht einzumischen«, antwortete Juri Sergejewitsch knapp.

»Oh«, erwiderte Martin bloß. »Aber es geht um sein einziges Kind!«

»Er hofft, die Schließer würden bloß die sechs ›überflüssigen‹ Mädchen vernichten, dem siebten aber erlauben zurückzukehren. Das ist Irinas einzige Chance.«

»Für eine der sieben Irinas«, präzisierte Martin.

Juri Sergejewitsch nickte.

»Wie gemein«, kommentierte Martin. »Ein Lotteriespiel. Und es ist noch nicht einmal klar, ob man dabei überhaupt gewinnen kann.«

»Haben Sie eine bessere Lösung?«, erkundigte sich Juri Sergejewitsch. »Soweit ich es verstanden habe, haben Sie alles daran gesetzt, das Mädchen zu beschützen. Aber mit welchem Ergebnis? Sie haben bereits vier Todesfälle mit angesehen.«

»Und ich frage mich«, grummelte Martin, »ob mich nicht die Schuld daran trifft. Irina ist immer erst gestorben, nachdem ich sie gefunden hatte. Jedes Mal!«

Juri Sergejewitsch schonte ihn nicht. »Da könnte was dran sein. Die Schließer werden jedenfalls nicht allen Mädchen erlauben, zur Erde zurückkehren. Allerdings hatten sie größere Chancen zu überleben, als die Schließer noch nicht ahnten, dass Sie der Enthüllung des Geheimnis gefährlich nahe gekommen waren.«

»Man muss die Mädchen warnen«, knurrte Martin. »Vielleicht könnten zwei von ihnen in den Kolonien leben? Vielleicht würde man sie in Ruhe lassen. Und eine würde zurückkommen ...«

»Das versuche ich ja«, erklärte Juri Sergejewitsch. »Das fällt in meine Kompetenz. Alle meine Leute erhielten einen Brief mit Instruktionen für Irina. Aber Sie, Martin, sollten sich besser aus der Sache raushalten. Das ist eine offizielle Bitte. Selbst wenn Sie eine weitere geniale Erleuchtung heimsucht, in welcher Welt sich das Mädchen aufhalten könnte.«

Martin nickte.

»Sie bleiben hier. Muss ich Sie das unterschreiben lassen?«, fragte Juri Sergejewitsch. »Oder begreifen Sie es auch so?«

»Ich habe alles verstanden ...«, murmelte Martin. »Verzeihen Sie. Es ist mir wirklich sehr ... peinlich.«

Juri Sergejewitsch nickte.

»Wissen Sie, was mich beunruhigt?«, meinte Martin. »Sie selbst schien mich eher ... um Hilfe zu bitten. Sie hat gesagt, es gebe noch drei. Es ›sollte‹ wenigstens eine ... Was genau, das weiß ich nicht. Sie hat gesagt, die Schließer ›sind machtlos‹ ... Keine Ahnung, was sie damit meinte. Und sie wolle versuchen, die Galaxis zu retten.«

»Und?«, entgegnete der Tschekist belustigt.

»Ja, schon gut, verzeihen Sie«, brachte Martin hervor. »Das sind dumme kindliche Phantasien. Das weiß ich ja. Aber Irotschka war es ernst, als sie davon gesprochen hat.«

»Mein siebenjähriger Sohn meint es auch ernst, wenn er behauptet, er würde der Präsident der ganzen Erde«, berichtete Juri Sergejewitsch. »Und meine älteste Tochter ... sie ist etwas älter als Irina ... ist überzeugt davon, dass sie ein Filmstar in Hollywood wird.«

»Aber Sie würden doch Irina trotzdem suchen?«, wollte Martin wissen. »Wenn es allein in Ihrer Macht stünde, würden Sie das Risiko doch eingehen, oder?«

Juri Sergejewitsch antwortete nicht gleich. »Ich würde es sehr begrüßen, wenn mein Sohn Präsident würde. Aber momentan ist er ein mittelmäßiger Schüler, der das R nicht richtig rollen kann und manchmal ins Bett pinkelt. Und meine Tochter hat nicht einen Funken schauspielerischen Talents. Zwischen unseren Wünschen und der Realität klafft ein Abgrund. Das wissen Sie doch selbst ganz genau!«

»Stellen Sie mir eine Bescheinigung aus, damit ich das Gebäude verlassen kann«, bat Martin. »Ich werde Ihnen keine Scherereien mehr machen.«

»Das will ich hoffen ...«, erwiderte Juri Sergejewitsch nickend. »Und ich hoffe inständig, dass Sie sich das zu Herzen nehmen.« Er sah Martin in die Augen. »Wenn Sie Irina noch einmal hinterherjagen, lasse ich Sie verhaften.«

»Das habe ich verstanden. Woher wussten Sie eigentlich, was bei den Dio-Daos passiert ist?«

»Dank den Europäern«, antwortete der Tschekist finster. »Das sind ja jetzt unsere Verbündeten ... Übrigens haben sie Sie für einen meiner Agenten gehalten. Und sie waren sehr empört, dass sie über die Operation nicht vorab informiert wurden.«

»Ich werde nichts mehr unternehmen«, versicherte Martin schuldbewusst.

Eins

Wie fühlt sich ein Mensch, der erfährt, dass seinetwegen vier gänzlich unschuldige junge Frauen gestorben sind?

Martin wusste darauf keine Antwort. Vielleicht weil er jene schreckliche Grenze hatte überschreiten müssen, die glücklicherweise nur wenige zu passieren brauchen: Er hatte geschossen, hatte töten wollen – und dieser Wunsch war ihm erfüllt worden. Und was war im Vergleich zu einem echten Mord jene Kette von Zufällen, die regelmäßig zum Tod von Irina Poluschkina geführt hatte? Konnte man eine solche Schuld überhaupt empfinden? Vermutlich hätte der Fahrer eines Notarztwagens, der einen Fußgänger umfuhr, während er alles daran setzte, einen Sterbenden ins Krankenhaus zu bringen, volles Verständnis für Martin gehabt. In Martins Bekanntenkreis gab es allerdings keinen Fahrer, der über eine solche traurige Erfahrung verfügte. Das diesbezügliche Extrem stellte eine nette junge Frau dar, die unglaubliches Pech mit alten Frauen hatte: Alle halbe Jahre einmal lief ihr eine Oma vors Auto, die jedoch mit einem gebrochenen Arm oder Bein davonkam.

Besagte Frau, jene Gefahr für alte Damen, rief Martin indes nicht an. Je länger er über seine Situation nachdachte, desto bedrückter wurde er.

Denn er fühlte sich überhaupt nicht schuldig!

Nur auf seiner Seele – wenn man ihre Existenz einmal einräumte – gab es einen hässlichen Fleck ...

Bestimmt wäre es heilsam gewesen, in die Kirche zu gehen und seine Trauer einem weisen Geistlichen zu beichten. Damit der ihm die Leviten las, ihn aber auch beruhigte ... Allerdings war Martin noch nie ein Kirchgänger gewesen. Zudem konnte er sich ohne weiteres vorstellen, was der Priester ihm sagen würde. »Du hast die Mädchen nicht ermordet? Du nimmst nicht an, dein Verhalten habe zu ihrem Tod geführt? Dann gehe in Frieden und versündige dich nicht!«

Dabei wollte Martin seine Schuld ja fühlen. Er wollte sich quälen, bereuen und eine Katharsis durchleben. Die russische Intelligenz hat in sich dieses nicht zu tilgende Bedürfnis, das seit dem 19. Jahrhundert von den großen Schriftstellern besungen wird und den Hauptgrund für Alkoholismus, Herzerkrankungen und revolutionäre Stimmungen von Personen mit höherer Bildung darstellt.

Nachdem Martin eine halbe Stunde so durch seine Wohnung getigert war, sich gedanklich mit dem weisen Priester, dem todbringenden Krankenwagenfahrer und Fjodor Michailowitsch Dostojewski ausgetauscht hatte, langte er entschlossen nach dem Telefon und rief Ernesto Semjonowitsch Poluschkin an.

Der unfreiwillig zum mehrfachen Vater avancierte Mann nahm augenblicklich ab.

»Ich bin's, Martin«, meldete sich der seiner Katharsis harrende Sünder formlos. Seltene Namen boten immerhin den Vorteil, auf Vaters- und Familiennamen verzichten zu können, wozu sich all die Serjoshas, Andrejs, Dimas und Wolodjas gezwungen sahen.

»Sie waren auf Marge«, stellte Herr Poluschkin ohne Umschweife fest.

»Ja«, bestätigte Martin. »Könnte ich kurz vorbeikommen?«

»Ich mache Ihnen keine Vorwürfe, Martin«, erklärte Ernesto Semjonowitsch nach einer winzigen Pause. »Mir ist klar, dass Sie für Irina nur das Beste wollten. Aber treten Sie mir nicht mehr unter die Augen ... ja?«

Martin stellte sich einen zornigen Poluschkin vor. »Ja«, antwortete er. »Sicher. Aber ich würde Ihnen gern erzählen, was auf Marge passiert ist ...«

»Mich hat bereits ... Ihr Führungsoffizier angerufen«, informierte ihn Ernesto Sergejewitsch leicht stockend. »Insofern bin ich darüber im Bilde. Sie wohl ebenfalls, wie ich vermute. Ich gebe zu, dass auch ich einen Fehler gemacht habe ... als ich mich an Sie wandte und Ihnen einen Teil der Informationen verschwieg.«

Insgeheim dankte Martin dem stillen Oberstleutnant Juri Sergejewitsch. »Ich habe Ihnen gegenüber große Schuld auf mich geladen ...«, sagte Martin.

»Sie haben sich nichts zuschulden kommen lassen«, fiel ihm Poluschkin ins Wort. »Vergessen Sie die Geschichte einfach. Ich werde die Rückkehr *meiner einzigen Tochter* abwarten. Auf Wiedersehen.«

Damit war die Verbindung unterbrochen.

»Ein Mann hart wie Eisen«, brummte Martin, während er auflegte. »Wie Stahlbeton. Verdammt auch! Seine Nerven müsste man haben!«

Zur Beruhigung der eigenen, der schwächeren Nerven ging Martin in die Küche und mixte sich geistesabwesend einen Gin Tonic. Die Prozedur an sich, wiewohl schlicht und einfach, besänftigte ihn bereits. Alles hing davon ab, das richtige Tonic mit echtem Chinin zu wählen und nicht auf das chemische Zeug der Limonadenfabrik um die Ecke zurückzugreifen. Doch auch ein Glas des edlen Getränks beruhigte ihn nicht.

Martin rief seinen Onkel an.

»Erinnerst du dich auch mal wieder an den Alten«, begrüßte ihn sein Onkel bärbeißig. »Wo treibst du dich bloß ständig rum? Zuhause bist du nie, dein Handy schaltest du nicht ein. Man könnte ja glauben, du machst die Galaxis unsicher!«

»Mein Beruf ...«, lenkte Martin das Gespräch rasch von dem gefährlichen Thema weg. »Entschuldige, aber ich stecke bis über beide Ohren in Arbeit. Hör zu, ich brauche deinen Rat ...«

Sofort zeigte sich der Onkel umgänglicher. Seinem Neffen einen Rat zu geben war nun mal sein Liebstes. »Ja?«

»Die Situation ist folgende ...«, setzte Martin an. »Meinetwegen ... ist jemand gestorben.«

»Hast du den Verstand verloren?«, polterte der Onkel nach einer Sekunde des Schweigens los. »Wie kannst du solche Dinge am Telefon besprechen? Ich will doch nicht hoffen, dass du übers Handy anrufst?«

»Nein, beruhige dich ...«, setzte Martin erneut an.

»Hast du dein Telefon mit so einem Mistding ausgestattet?«, fragte der Onkel gleich milder. »Einem Scrambler oder wie die heißen?«

Der großen Liebe für ausgefallene Technik gesellte sich bei seinem Onkel eine gewisse diesbezügliche Naivität hinzu. Martin wusste um dieses Phänomen.

»Onkel ...«

»Das Wichtigste ist jetzt, die Leiche loszuwerden.« Der Onkel kam gleich zur Sache. »Kannst du zehn Liter konzentrierter Salpetersäure besorgen?«

»Hör auf damit, Onkel! Ich habe niemanden umgebracht! Wie kannst du so was annehmen!«, rief Martin panisch aus. Er vermeinte sogar ein Knacken in der Leitung zu hören, obgleich er wusste, dass man mit der neuen Telefontechnik die Abhörgeräte völlig geräuschlos anschalten konnte. »Es geht um etwas ganz anderes. Also ... um es so offen wie möglich darzustellen ... ich habe versucht, jemandem zu helfen ... sich aus einer hässlichen Geschichte rauszuhalten. Man hat aber nicht auf mich gehört. Und ich musste mit ansehen ...«

»Warum hast du dann gesagt, du seist schuldig?«, empörte sich der Onkel.

»Na ja ... ich konnte nichts verhindern.«

»Vor ein paar Tagen ist in Frankreich ein TGV-Express entgleist. Bist du daran etwa auch schuld?«, fragte der Onkel sachlich.

»Das ist doch was ganz anderes!«, brauste Martin auf. »Hier war ich in der Nähe, konnte aber nicht helfen.«

»Hattest du denn die Möglichkeit?«

»Anscheinend nicht«, meinte Martin, nachdem er kurz darüber nachgedacht hatte.

»Dann gehe deines Weges und versündige dich nicht!«, sprach der Onkel das Urteil.

In dem Moment begriff Martin, dass er doch noch zu seiner Audienz bei einem autodidaktischen Priester mit gesundem Menschenverstand gekommen war.

»Onkel«, appellierte er abermals an die Gefühle seines Verwandten. »Ist dir das denn noch nie passiert, dass ein Mensch stirbt und du dich schuldig fühlst, obwohl dich keine Schuld trifft?«

»Jeder Mensch, der mein Alter erreicht hat, kennt solche Situationen zur Genüge«, lenkte der Onkel ein. »Aber ... Was rede ich denn da? Du willst mir doch wohl nicht weismachen, dass dir das noch nie passiert ist? Schließlich bist du kein Kind mehr!«

»Es ist passiert«, räumte Martin ein. »Aber trotzdem: Wie kann es sein, dass ich zwar kein Schuldgefühl empfinde, aber meine Seele durchhängt?«

»War das Mädchen hübsch?«, fragte der Onkel scharfsichtig.

»Hm.«

»Du wirst eine andere finden, eine bessere«, versicherte der Onkel. »Glaubst du etwa, eine wie sie gibt es nur einmal im ganzen Universum?«

»Es gibt noch mindestens drei«, gestand Martin.

»Siehst du! Das hört sich schon besser an! Da spricht nicht der kleine Junge, sondern der junge Mann«, freute sich der Onkel. »Falls du meinen Rat willst: Betrink dich. Wenn du willst, komme ich vorbei, obwohl ich mir die Gesundheit nicht so verderben sollte ... Oder ruf deinen Bruder an. Oder einen Freund. Aber sofern du nicht mit dem Gedanken an Selbstmord spielst, gibt es nichts Besseres, als dich in absoluter Einsamkeit zu betrinken! Wodka schürt die Wehmut, Wein bringt gar nichts ... Nimm Kognak! Oder Gin Tonic. Die mildern deinen Kummer, machen ihn prickelnd, wenn auch ein wenig bitter ...«

Martin schielte zu dem geleerten Glas hinüber und schüttelte den Kopf. O ja, der Prophet, der sonst in seinem Onkel schlummerte, lief heute zu Höchstform auf!

»Danke dir, das werde ich machen«, versicherte Martin.

»Und fahr irgendwo hin. Bei Gott, du solltest dich endlich mal erholen und amüsieren!«, demonstrierte der Onkel endlich seine verborgenen Talente. »Nach Odessa, nach Jalta. Bier, Frauen, Kognak – das sind deine besten Freunde!« Nach einer winzigen Pause präzisierte der Onkel: »In der gegebenen Situation.«

Was könnte einen erwachsenen Mann, den Alkohol in eine stabile, positive Gemütsverfassung versetzte, der über ausreichend finanzielle Mittel verfügte, eine beklagenswerte Stimmung durchlebte und von einem Verwandten, ja, man konnte sogar sagen: von einem Mentor, den Rat erhielt, sich zu betrinken, daran hindern? Vor allem wenn er obendrein noch alleinstehend war?

Eben.

Martin sah ein, dass er keine andere Wahl hatte.

Auf das Besäufnis bereitete er sich penibel vor. Ungeachtet der Empfehlung des Onkels für einen Gin Tonic entnahm Martin der Bar einen Kognak, keinen ausgezeichneten wie einen *Prasdnitschny* oder einen *Jubileiny*, sondern einen ganz ordentlichen armenischen *Ani*.

Französischen Kognak schätzte er nicht unbedingt. Sollten die überheblichen Franzosen ruhig alles, was außerhalb der Provinz Cognac hergestellt wurde, hochnäsig als Brandy abtun. Als Russe wusste Martin schließlich, dass echter Kognak entweder aus Armenien oder aus Georgien kommt. Völlig zu Recht hatte darauf bereits Sir Winston Churchill hingewiesen – den man ja nun wahrlich nicht der Russophilie bezichtigen konnte! Nein, Martin war kein überheblicher Snob, der sich über Courvoisier ausließ!

Zunächst kümmerte er sich um die Zuspeisen. In der Kaffeemühle vermahlte er Zucker zu feinem Puder, den er anschließend in eine Untertasse gab. Dann füllte er die Mühle mit einem Dutzend Kaffeebohnen, aus denen er ein Pulver erstellte, das selbst für Espresso zu fein gewesen wäre. Dieses vermengte er mit dem Zucker. Jetzt musste er nur noch eine Zitrone in feine Scheiben schneiden und sie mit dem Gemisch bestreuen, um die berühmte Nikolaschka zu erhalten, eine exzellente Zuspeise zum Kognak und den entscheidenden kulinarischen Beitrag des letzten russischen Zaren.

Der Kühlschrank hielt jedoch eine Enttäuschung für Martin bereit. Zitronen fanden sich darin keine mehr, nur ein verwaistes Pärchen Limonen grünte dort, die zwar für Tequila unersetzlich sind, für einen Kognak aber viel zu streng. Kopfschüttelnd schloss Martin den Kühlschrank. Selbst wenn er kein Snob oder Gastronom gewesen wäre – Ordnung musste sein!

Er schnappte sich seine Jacke – gegen Abend hatte sich der Himmel über Moskau bedeckt, versprach entweder Regen oder durchdringende Herbstfeuchte – und stürzte aus dem Haus. Er rannte zur Ecke, an der ein kleiner gläserner Kiosk Obst und Gemüse verkaufte, und erstand gleich drei große, dickschalige Zitronen, auf Vorrat sozusagen. Darüber hinaus nahm er ein paar Äpfel und eine reife Avocado mit, für die er schon seit Langem eine Vorliebe hegte. Ein Bürger, der sich für Birnen interessierte, trat höflich zur Seite – offenbar stand er vor einer schweren, sich lang hinziehenden Wahl.

Auf dem Rückweg stopfte er die Korrespondenz, die sich in seinem Briefkasten angesammelt hatte, in die Obsttüte. Damit konnte er sich in seiner Freizeit auseinander setzen.

Er spülte eine Zitrone unter laufendem Wasser ab, übergoss sie mit kochendem, schnitt sie in feine Scheiben und bestäubte sie mit dem Zucker-Kaffee-Gemisch. Einige Ästheten empfahlen, die harmonische Verbindung aus sauren, süßen und bitteren Komponenten noch um eine salzige Nuance zu ergänzen und eine hauchfeine Prise Salz oder einen winzigen Klecks Kaviar hinzuzugeben. Martin indes hielt dies für ebenso überflüssig wie maßlos.

Damit konnten die Vorbereitungen für das einsame Besäufnis als abgeschlossen gelten.

Martin nahm im Sessel vor dem Fernseher Platz, schaltete einen kleinen Kanal ein, der auf alte Kinofilme spezialisiert war, und dämpfte den Ton. Auf dem Couchtisch hatte er bereits die offene Kognakflasche und ein Schälchen mit den Nikolaschkas, seine Pfeife, einen Aschenbecher, ein Feuerzeug und den Tabakbeutel arrangiert. Auch sein Telefon lag griffbereit, damit er nicht aufspringen musste, falls es plötzlich jemandem einfiele, ihn anzurufen. Daneben stapelte sich die Post aus der Tüte. Den Boden eines bauchigen Glases bedeckte er mit dreißig Gramm Kognak, schwenkte das Gefäß und inhalierte das Aroma.

Der Duft versprach einen angenehmen Abend vor dem Fernseher. Der Duft versprach ein gutes, bereits gelesenes Buch, das er auf gut Glück aus dem Bücherregal nahm, möglicherweise sogar eine weitere Flasche und tiefen Schlaf.

Was also sollten dann diese schmerzlichen Grübeleien über vier tote und drei lebende junge Frauen?!

»Getäuscht hast du mich, Onkelchen ...«, knurrte Martin. »An der Nase hast du mich herumgeführt ...«

Gleichwohl trank er den Kognak genussvoll. Er krächzte, sondierte beunruhigt den Nachgeschmack.

Nein, er wollte nichts auf den Kognak nachtrinken. Alles war in Ordnung. Der Alkohol hatte nicht weniger als fünf Jahre gelagert ... Das war das, was Martin von Kognak verlangte.

»Schön, schön«, befand Martin großmütig, während er seine

Pfeife stopfte. Der Tabak im Beutel war vertrocknet, und zwar so richtig. Eigentlich sollte er ein neues Päckchen anfangen und dieses befeuchten, doch heute wollte Martin sich keine Umstände machen. Das Feuerzeug spie eine Flammenzunge aus, ein Geruch nach Honig und Kirsch entfaltete sich. »Na gut ...«

Mit diesen Worten goss Martin sich ein zweites Glas Kognak ein. Während er ihm Zeit ließ, sich zu erwärmen und zu atmen, machte er sich über den Poststapel her.

Die Hälfte warf er weg, kaum dass er einen Blick auf den Umschlag geworfen hatte: Werbung, wenn auch gemäß der gegenwärtigen Mode persönlich adressiert. Doch das geschulte Auge unterschied problemlos das Handschriftprogramm eines Computers von Umschlägen, die tatsächlich ein Mensch beschriftet hatte. Martin wusste, was diese Briefe enthielten: halbe Seiten mit warmherzigem und sinnfreiem Sermon, der ihn dazu bringen wollte, sich alle ihm bekannten Frauen durch den Kopf gehen zu lassen, und wie folgt schloss: »... übrigens ist mir kürzlich ein erstaunliches Geschenk gemacht worden, eine Minibiosphäre, ein winziges Terrarium mit echten Spinnen. Es sieht wunderbar aus und kostet nicht viel. Bestellen kann man es ...«

Auch einige Rechnungen waren darunter, die Martin klugerweise für eine spätere Beschäftigung aussortierte, um sich jetzt die Stimmung nicht zu verderben. Zwei Postkarten und ein Brief von Leuten, die er wirklich kannte. Was sich in zwei Wochen doch nicht alles ansammelt!

Schließlich ein Brief, den er beinah zusammen mit der Reklame in den Müll geworfen hätte.

Anstelle der Absenderin stand nur ein Namen: Irina.

In seiner Brust heulte es quälend auf. Martin stürzte das zweite Glas Kognak herunter, ohne den Geschmack auch nur im Geringsten wahrzunehmen, und inspizierte den Umschlag aufmerksam. Obschon er Irinas Tagebuch gelesen hatte, erinnerte er sich nur vage an ihre Handschrift.

Die Adresse! Die Adresse war von einer anderen Hand geschrieben. Eine seltsame Schrift, gleichsam als zeichnete jemand die Buchstaben ab, kopiere sie, schreibe sie aber nicht frei.

Laut Stempel war der Brief gestern Morgen abgeschickt worden, vom Hauptpostamt aus. Man durfte der Moskauer Hauptpost zu ihrer Effizienz gratulieren, die der Hauptstadt einer Großmacht würdig gewesen wäre.

»Was hast du nun schon wieder ausgeheckt ...«, brummte Martin. Danach öffnete er den Brief.

Nun kam ihm die Handschrift schon vertrauter vor.

Martin!

Vor allem: glaube nichts.

Man wird dir sagen, es sei deine Schuld. Man wird dir sagen, ich sei eine Abenteurerin.

Glaube ihnen nicht!

Nichts ist so gekommen, wie ich es wollte. Alles lief aus dem Ruder, seit dem Moment, als wir sieben wurden. Zu spät habe ich begriffen, was vor sich ging. Ich habe mich dumm verhalten, kindisch, ich habe dir misstraut und auf Arank beinahe eine Tragödie angerichtet.

Aber noch lässt sich all das wieder ins Lot bringen. Es ist nie zu spät, die Welt zu retten.

Martin, ich brauche deine Hilfe. Wir riskieren viel, aber jetzt können wir nicht mehr zurück. Ich brauche wenigstens einen Menschen an meiner Seite. Ich brauche einen ruhigen Blick von außen. Ich glaube, du bist ein sehr ruhiger und gefasster Mensch ...

Martin nahm einen Schluck Kognak und konnte sich gerade noch beherrschen, das Glas nicht an die Wand zu werfen.

Konzentriert betrachtete er das Blatt Papier. Im Grunde handelte es sich gar nicht um Papier. Das Material war vergleichbar, fein, weiß, beschreibbar – aber eben kein Papier.

Martin, du weißt selbst, dass etwas im Argen liegt! Ich habe niemanden sonst, den ich um Hilfe bitten könnte. Mein Vater glaubt mir nicht, für ihn bin ich noch ein kleines Mädchen. Ich könnte Freunde bitten, aber sie sind noch halbe Kinder und würden mir keine Hilfe sein ...

Martin kicherte leise in sich hinein. Die weibliche Unlogik begeisterte ihn stets aufs Neue, und wirklich edle Perlen fand man selten.

Ich weiß nicht, wie ich dich überzeugen kann. Ich kann dem Papier nicht das anvertrauen, was ich in Erfahrung gebracht habe ...

»Dem Papier nicht das anvertrauen ...« Martin ließ sich die Worte auf der Zunge zergehen und überflog die nächsten Zeilen.

Offensichtlich hast du meine Anspielung verstanden, denn du hast dich daran erinnert, dass der Linguist Homer Heifetz der erste Mensch war, der Fakiu besucht und Kontakt zu den Dio-Daos aufgenommen hat. Komm nun bitte in die Welt, in der ich dich erwarte. Du wirst wissen, wohin. Diesen Brief werde ich jemandem auf die Erde mitgeben. Beeile dich bitte! Irina.

Nie zuvor hatte sich Martin derart wie ein kompletter Idiot gefühlt.
　»Homer Heifetz«, sagte er. Kichernd schenkte er sich einen weiteren Kognak ein.
　Irina hatte ihn überschätzt. Purer Zufall hatte ihn auf den Planeten verschlagen, den Russen und Engländer anders nannten. Aber ein Wunder wiederholt sich nicht – ebendeshalb war es ein Wunder.
　Martin streckte die Beine aus, legte sie auf den Couchtisch und starrte auf den Fernseher. Gerade lief *Stolz*, eine populäre Show, aus der der arroganteste und gewissenloseste Teilneh-

mer als Sieger hervorging. Das Spiel hatte gerade angefangen, von den drei Pärchen, die sich mit Beleidigungen überschütteten, war noch keins ausgeschieden. Es verlor derjenige, der sich als Erster zu einem zensurwürdigen Schimpfwort oder einer Handgreiflichkeit hinreißen ließ – was dann als Highlight der Show galt.

»Wunder gibt es nicht«, sprach Martin seine Gedanken laut aus.

Aber im Grunde gab es auch derart unglaubliche Zufälle nicht!

Abermals hatte Irinas Brief einen doppelten Boden, ganz wie das bei der Nachricht an ihren Vater der Fall gewesen war.

Martin wollte sich nicht erheben. Deshalb griff er nach dem Handy, wählte sich übers Internet ein und rief die Suchmaschine Jandex auf. Er gab »Homer Heifetz« ein und studierte die ersten Links.

In der Tat, ein Linguist mit diesem Namen existierte. Er hatte die Welt der Dio-Daos besucht – wie auch immer diese genannt werden mochte. Nur nicht als Erster. Seinen Ruhm verdankte er einem anderen Schritt: Er war der Erste, der es gewagt hatte, einen Planeten der Roten Liste zu besuchen, also einen Planeten, auf dem Bedingungen herrschten, unter denen ein Mensch nicht überleben kann. Genauer gesagt war er der Erste, der von einem solchen Planeten zurückgekehrt und dem es noch dazu gelungen war, mit den Bewohnern in Kontakt zu treten.

Der Planet hieß Bessar, seine Bewohner schlicht Bessarianer. Etwas rührte sich im hintersten Winkel seines Gedächtnisses ... Martin surfte noch ein wenig weiter, legte falsche Spuren und informierte sich über den Aufenthalt von Homer Heifetz in der Welt der Dio-Daos. Danach schaltete er das Handy ab und erhob sich. Er holte sich das Werk von Garnel und Tschistjakowa, öffnete die Roten Seiten und fand Bessar fast auf Anhieb.

Auch eine Erwähnung Heifetz' fehlte nicht. Freilich wurde er nur als glücklicher Abenteurer und selbstherrlicher Dilettant bezeichnet, was bei dem gediegenen Nachschlagewerk unflätigem Marktgeschrei gleichkam. Dennoch mussten selbst Garnel und Tschistjakowa die Verdienste Heifetz' bei der Erforschung Bessars anerkennen.

Eingehend betrachtete Martin eine Zeichnung, die einen erwachsenen Bessarianer neben einem Menschen zeigte, und stimmte danach seinen beiden Lieblingsautoren zu: Heifetz musste ein selbstherrlicher Idiot gewesen sein. Martin hatte bislang noch keine Welten aus der Roten Liste besucht, selbst auf Planeten der Gelben war er nur zweimal für kürzere Aufenthalte gewesen, was ihm in höchst unangenehmer Erinnerung geblieben war.

Erneut griff er nach dem Briefumschlag, um sich die Adresse aufmerksam anzusehen. Sie sah aus, als sei sie von einem gedruckten Text kopiert worden – und zwar von einem Wesen, das dafür weder die geeigneten Augen noch die geeigneten Hände hatte.

Es musste schön sein, ein Bessarianer zu sein. Für sie gab es quasi keine Rote Liste.

»Nein, nein und nochmals nein«, sagte Martin und erhob sich. Er reckte sich und schüttelte abermals den Kopf. »Ich werde mir jetzt wohl noch einen klitzekleinen Kognak besorgen ...«

Die leere Wohnung schwieg ihn an.

Im Arbeitszimmer entnahm Martin seinem Schreibtisch ein kleines schweres Paket, das dort seit ewigen Zeiten lag. Er steckte es in die linke Jackentasche, während er in der rechten – auf alle Gesetze pfeifend – den Revolver und eine Handvoll Patronen verstaute. Den Auslandspass trug er ohnehin immer bei sich.

Das Licht schaltete Martin nicht aus. Die Kognakflasche verkorkte er, die Nikolaschkas musste er vertrocknen lassen. In einer Hand hielt Martin eine leere Tüte, in der anderen den Müllbeutel. So ausstaffiert, verließ er das Haus.

Niemand weckt bei seinen Beobachtern geringeren Verdacht als ein Mann, der sich im Eifer eines Besäufnisses ein weiteres Fläschchen besorgt und noch dazu beschließt, die Gelegenheit zu nutzen, um den Müll rauszubringen.

In einem Geschäft, das rund um die Uhr geöffnet hatte, bedachte Martin die angebotenen Kognaksorten mit pingeligem Blick, verwarf wider besseres Wissen den durchaus passablen georgischen Kognak, beklagte das geringe Angebot an armenischem, äußerte seine Meinung über die französische Kellerei, wobei er abermals leicht von der Wahrheit abwich. Der ihm nachfolgende Bürger, der umständlich ein Päckchen Zigaretten wählte, hörte gebannt zu. Dem kritischen Birnenkäufer, der Martin bei seinem letzten Ausbruch aus der Wohnung aufgelauert hatte, glich er in Umständlichkeit und Konzentration.

Innerlich dankte Martin Juri Sergejewitsch für derart ungeschickte und auffällige Beobachter.

Als er ohne Einkäufe aus dem Geschäft trat, hielt Martin ein Auto an und ließ sich von ihm zum Supermarkt *Siebter Kontinent* bringen. Dortselbst überlegte er sich die ganze Sache noch einmal und bat den Fahrer, ihn zur Metrostation Kropotkinskaja zu bringen, wo es »ein ganz einmaliges kleines Weingeschäft« gebe.

Hier, in der Nähe der Station, konnten sie ihn noch schnappen. Deshalb gab Martin es auf, den betrunkenen Gourmet auf der Suche nach einem seltenen Tröpfchen zu mimen, sondern sprang in das »einmalige kleine Geschäft« und kaufte eine Flasche *Achtamar*, steuerte geradenwegs auf die Station zu, auf das pulsierende Licht des Leuchtturms, das sich in der hauptstädtischen Beleuchtung freilich kaum abhob. Obgleich die Schließer verlangten, jeden ungehindert zur Station durchzulassen, flanierten in den langen Zufahrtsstraßen immer Agenten in Zivil, die die Menge nach potenziellen Missetätern abspähten. Alles würde nun davon abhängen, ob Martins Bild bereits zur Fahndung ausgegeben worden war oder nicht.

Schließlich hatte er nicht vor, sich den Zugang zur Station zu erkämpfen. In der Trommel seines Revolvers steckten nicht einmal Patronen.

Juri Sergejewitsch hatte ihm nichts vorgemacht, niemand hielt Martin auf. Keine kräftigen jungen Männer packten ihn unterm Arm, niemand bat ihn, »auf ein Minütchen mitzukommen«. Sollten die beiden Herren vom Außendienst tatsächlich Alarm schlagen, würde der schwerfällige Mechanismus der Staatssicherheit es nicht mehr schaffen, sich rechtzeitig in Bewegung zu setzen.

Nachdem er ungehindert das umzäunte Gelände betreten hatte, begab sich Martin in die Station.

So bescheiden, wie das Zimmer wirkte, hätte die Moskauer Station auch Nikita Sergejewitsch Chruschtschow persönlich entworfen haben können. Der Raum maß zehn, zwölf Quadratmeter und war mit einem beigefarbenen Veloursofa ausgestattet, auf dem sich halbliegend ein Schließer lümmelte. Für Besucher gab es einen Tisch und einen Sessel. Auf dem Tisch standen einige Flaschen Bier, Salzgebäck und ein Aschenbecher.

Der Schließer wartete höflich. Bei ihm handelte es sich um ein dickes, sehr pelziges Wesen mit leichten Schlitzaugen. Solche wie ihn traf man selten.

Dennoch vermeinte Martin, mit einem alten Bekannten zu sprechen.

»Ich möchte vom Vertrauen erzählen«, fing Martin an. »Nicht von dem Gefühl, das Menschen zwingt, einem anderen die eigene Seele zu offenbaren und damit ihr Leben zu riskieren ... jemandem vorbehaltlos zu vertrauen oder mit anderen an nur einem Seil einen Berg zu erkraxeln ... Sondern über das ganz normale Vertrauen, das man uns in Kinderjahren lehrt. ›Glaubst du's oder glaubst du's nicht?‹, fragen die Kinder einander im Spiel. Man weiß nicht, was sie dabei in größerem Maße lernen: zu glauben oder zu lügen. Vermutlich doch zu lügen. In der

Kindheit hast du zumindest deine Eltern, denen du immer und unbedingt vertraust. Du streitest dich mit ihnen, überwirfst dich mit ihnen – aber du glaubst ihnen. Freilich brauchst du nur ein wenig älter zu werden, da verlierst du dieses Vertrauen. Gewiss, manch einer schafft es, sich das Vertrauen sein Leben lang zu bewahren. Ein anderer setzt an die Stelle des Vertrauens die geliebte Frau oder die Ideale, Gott oder die Markennamen auf den Etiketten ... Trotz allem steht ein Mensch in seinem Leben immer vor der Wahl: ›Glaubst du's oder glaubst du's nicht?‹ Ich kenne die Antwort, glaubst du's? Ich weiß, dass sie dich nicht liebt, glaubst du's? Ich kenne den richtigen Weg, glaubst du's? Ich weiß, dass diese Sache absolut ungefährlich ist, glaubst du's? Ich weiß, dass wir einen gewaltigen Spaß haben werden, glaubst du's? Jedem Menschen, den wir kennen, geben wir gewissermaßen Vertrauensnoten. Dem einen mittelmäßige, aber dafür in fast allen Bereichen. Dem anderen hohe, aber nur in Tensorrechnung oder Geschichte der italienischen Oper. Anders geht es nun mal nicht. Kein Mensch verfügt über die absolute Wahrheit. Wir versuchen, uns maßvoll zu vertrauen. Damit uns ungerechtfertigtes Vertrauen keinen allzu großen Schaden zufügt. Die gesamte Geschichte der Menschheit ist im Grunde eine Abnahme der Notwendigkeit zu vertrauen. Wir haben das persönliche Vertrauen durch allgemeingültige Gesetze und Bräuche ersetzt. Wir haben Staaten aufgebaut, denen wir – wenn auch nicht in allen Einzelheiten, so doch im Großen und Ganzen – vertrauen. Wir trachten danach, unserem Leben Vorschriften und Regeln zu geben. Für jedes Ereignis muss ein ausgearbeitetes Verhaltensmuster bereit stehen. Nur damit man nicht auf das Vertrauen zurückgreifen muss ... denn zu oft hat es uns schon getäuscht. Zu oft haben diejenigen, die von allen anderen Vertrauen einfordern, jeden Einzelnen von ihnen verraten. Wir spielen Demokratie und spendieren uns freie Wahlen, weil wir befürchten, ein einziger Herrscher würde unverzüglich das ganze Land betrügen. Wir unterschreiben Eheverträge, teilen unseren Plunder und unsere Kinder vor Gericht, denn letztendlich hüten wir uns davor, selbst den uns nahestehenden Menschen vorbehaltlos zu vertrauen. Wir nehmen unseren Freunden Unterschriften ab, wenn wir ihnen Geld borgen. Wir unterschreiben Papier um Papier, sobald wir ein Geschäft abschließen. Wir züchten eine spezielle Art von Menschen, die nichts und niemandem mehr vertraut. Wir feien uns gegen die Notwendigkeit, vertrauen zu müssen. Das überlassen wir den Kindern. Das lassen wir in der Vergangenheit zurück, als die Menschen noch an Gott glaubten, das Volk an den Zaren, die Frau an den Mann, der Freund dem Freunde ...«

»Und Gott Adam, der Abel dem Kain, Samson Delila, Thomas Jesus ...«, mischte sich der Schließer ein. »Das Misstrauen liegt in der Natur des Menschen, Martin. Ein goldenes Zeitalter, in dem das Vertrauen keine Gefahr in sich barg, gab es nicht. Hat es nie gegeben und wird es nie geben. Die Haken an den Gesetzen, die Anwälte und Polizisten, Vorschriften und Verträge sind der Preis, den ihr für den Fortschritt zahlt. Worüber grämst du dich, Martin? Das ist die Natur deiner Rasse ... und vieler, vieler anderer auch ... der meisten Rassen in der Galaxis. Die Frage des Vertrauens ist nicht nur eine Frage des Wissens, sondern auch eine Frage der Motive. Du musst nicht nur anerkennen, dass jemand über größere Kenntnisse verfügt als du. Du musst auch glauben, dass eure Ziele übereinstimmen! Als es noch schlichte Ziele waren – mehr Geld, Fleisch, Wein und Frauen –, glaubte das Volk seinen Herrschern in der Tat. Kaum fingt ihr an, über die großen Ziele nachzudenken, verließ euch das Vertrauen. Das ist der Preis, den ihr für den Wunsch nach Großem entrichten müsst. Für Utopien und Projekte, für Träume und Phantasien. Für den Gott in eurer Seele, für die Liebe in euerm Herzen, für die Bücher und Bilder, für die Propheten und Märtyrer. Du beklagst das verloren gegangene Vertrauen? Nur den einfachsten Wahrheiten kann man ohne jede Skepsis vertrauen, nur der Muttermilch und der Goldmünze, dem Blut des Feindes und der Wärme des Weibchens. Sobald ein Mensch aufhört, sich nach der Mutterbrust zu sehnen, wenn er den Feind nicht unbedingt töten muss, wenn die goldenen Statuen gestürzt sind, die Liebe, nicht bloß die Lust gewählt ist, lässt der Mensch die unanfechtbaren Wahrheiten hinter sich. Trauer dem blinden Vertrauen nicht nach, Martin! Überlass es den grausamen Helden vergangener Zeiten. Überlass es den Kindern, die grausame Helden spielen. Du bist alt genug, um zu entscheiden, wann du dem Vertrauen einen Platz einräumen möchtest.«

»Und wenn es meine Kräfte übersteigt, diese Entscheidung zu treffen?«, fragte Martin. »Wenn mein Verstand das eine sagt, aber mein Herz etwas ganz anderes? Wenn alle Vertrauen verlangen, aber man nur einem Einzelnen glauben darf?«

Der Schließer lächelte.

»Also ist es für mich noch zu früh, diese Entscheidung zu treffen?«, wollte Martin wissen. »Muss ich zu den einfachen Wahrheiten zurückkehren, die dich niemals im Stich lassen? Zum Schaschlik am Strand, zum starken Wein und zu abenteuerlustigen Frauen?«

Der Schließer lächelte.

»Das kann ich nicht«, sagte Martin. »Mich verlangt es nach mehr, Schließer. Ich habe es satt, den unanfechtbaren Wahrheiten zu glauben – sie langweilen ungemein.«

»Du hast meine Einsamkeit und meine Trauer vertrieben, Wanderer«, sagte der Schließer. »Tritt durch das Große Tor und setze deinen Weg fort.«

Seufzend erhob sich Martin. »Warum will ich nur glauben, ich hätte eine Antwort erhalten?«, fragte er nach kurzem Zögern. »Warum möchte ich nur vertrauen?«

Die Schließer jedoch gaben niemals eine Antwort.

Selbst wenn Martin mitunter zu spontanem und leichtfertigem Verhalten neigte, ging er doch nur ungern ein offenkundiges Risiko ein. Deshalb wählte er, als er auf den freundlichen

Bildschirm des Computers starrte, nicht Bessar, sondern Arank. Auf Arank gab es in unmittelbarer Nähe der Station ein Geschäft für Reisebedarf, in dem die Herzen aller kleinen Jungen – von fünf Jahren an bis ins hohe Greisenalter – höher schlugen. Gedacht war der Laden eigentlich für reiselustige Aranker, doch auch Menschen konnten hier ungehindert einkaufen. Arankisches Geld besaß Martin noch, sogar an den Preis eines ansprechenden purpur-goldenen Skaphanders erinnerte er sich noch. Der Raumanzug war für jene Extremtouristen, die eine Tour über die Planeten der Gelben und der Roten Liste planten. Wie die Hersteller versicherten, würde der Anzug selbst auf den geheimnisvollsten und schrecklichsten Planeten nicht versagen, auf denen die Gefahr nicht von der giftigen Luft oder gefräßigen gezahnten Wesen ausging, sondern von den Gesetzen des Kosmos selbst, die nichts mit der üblichen Physik des Raums gemein hatten. Martin hatte immer die Legenden über jene Welten belächelt, in denen der Wert Pi mit vier angegeben wurde, und sich über die schrecklichen Folgen amüsiert, welche die Veränderung jener Konstante für den menschlichen Organismus mit sich brachte. Aber an der Existenz eines Planeten, in dem alles – angefangen vom Boden bis hin zu den Lebewesen – ein Supraleiter war, zweifelte er nicht. Es gab Welten, wo das Planck'sche Wirkungsquantum mit einem anderen Wert angegeben wurde, Welten, in denen die Lichtgeschwindigkeit im Vakuum nicht konstant war, Welten, in denen weder Säuren noch Laugen existieren konnten, und Welten, in denen ein Perpetuum mobile der zweiten Art funktionierte. Kurzum, es gab viele Welten, in die ein Mensch besser nicht vordrang. Im Vergleich mit ihnen nahm sich Bessar noch recht harmlos aus.

Als Martin den Finger schon auf »Eingabe« legen wollte, zögerte er. Nie zuvor hatte er sich über die Geschichte für die Rückkehr Gedanken gemacht. Kommt Zeit, kommt Rat ... Sollte es ihm wirklich einmal nicht mehr gelingen, den Schließern etwas Interessantes zu erzählen?

Jetzt packten ihn Zweifel. Grundlose, gleichwohl nicht minder schwere Zweifel.

Was sollte er erzählen, wenn er sich auf Arank wieder in die Station begab?

Vielleicht die Geschichte von der Prinzessin und dem Henker? Nein, die hatte er schon vor einem halben Jahr zum Besten gegeben. Den Anfang hatte er überstürzt vorgetragen, danach lief es besser ...

Die Geschichte von dem Vogel, der nicht singen wollte? Bei ihr wusste Martin noch nicht, wie sie enden sollte.

Die Parabel vom Glas und Glasbläser? Die Legende von der Reise zum Anfang des Lichts? Die Sage vom Einsiedler und vom Kaleidoskop?

Ohne es selbst zu wissen, durchlebte Martin eine Krise, die allen Schriftstellern und Dichtern vertraut ist: Ihm schwirrte ein Dutzend Geschichten im Kopf herum, die er alle gleichermaßen für unvollendet und langweilig hielt. Vielleicht trug daran die Anspannung der letzten Tage die Schuld, vielleicht der vor einer Stunde genossene Kognak – wie auch immer, Panik überfiel Martin.

Dann war da noch die Frage, was ihm ein ultramoderner Skaphander der Aranker brächte, wenn ihm die Bessarianer nicht zu Hilfe kämen? In diesem Fall würde der Anzug lediglich seinen Todeskampf um einige Tage verlängern.

Wie er es auch drehte und wendete, letztendlich lief alles auf das alte »Glaubst du's oder glaubst du es nicht?« hinaus.

»Man muss glauben«, ermunterte Martin sich selbst und fuhr mit dem Cursor von Arank nach Bessar.

Schließlich drohte ihm auf der Station keine Gefahr.

Außer von den Schließern selbst.

Zwei

Mehr als alle andere frappierte Martin der weiche Untergrund.

Etwas in der Art hatte er erwartet, denn die Schließer übernahmen für die Stationen stets Elemente der lokalen Kultur. Seine Phantasie hatte ihm indes eher Wassermatratzen oder weiche Teppiche vorgegaukelt als diese Substanz aus hellem und dunklem Blau, diese Geleemasse, die den Boden bedeckte.

Unter Martins Gewicht gab die Substanz nach, bog sich durch, während langsame, träge Wellen über sie hinwegschwappten. Martin konnte sich nicht beherrschen – und sprang auf der Substanz herum, die daraufhin erst einen Trichter bildete, um sich anschließend nach und nach unter seinen Füßen wieder zu glätten. Schließlich hockte er sich hin und versenkte die Hand in die Substanz.

Die kalte Sülze an seinen Fingern nahm sich keinesfalls unangenehm aus. Die Substanz nässte die Haut nicht, im Gegenteil, von ihr ging eine leichte Trockenheit aus, als handle es sich um feinen dispersen Staub, Mehl oder Talkum. O ja, vermutlich empfand man etwas Ähnliches, wenn man einen reich mit Talkum bestäubten Gummihandschuh über die Hand stülpte und diese sodann in kalten Matsch tauchte.

Martin richtete sich wieder auf und schüttelte die Hand, obgleich keine Spuren jener Substanz an ihr hafteten. Anschließend ging er die Gänge der Station entlang, über die zitternden hellblauen Wellen hinweg.

Die Wände waren borkig, als seien sie aus Bäumen errichtet, seltsamen Bäumen freilich, die verwittert oder mit einem Sandstrahlgebläse bearbeitet worden waren, sodass nunmehr die hauchzarten Adern allesamt offen zu Tage lagen. Riesige Kugellampen an der Decke spendeten ein grelles, hellblaues Licht, das sich vom Sonnenspektrum unterschied und deshalb unangenehm in die Augen stach. Ein fremder Beigeschmack oder Geruch durchströmte die Luft, der von den hölzernen Wänden oder von der dunkelblauen Bodensubstanz herrühren musste.

Nichts war hier wie bei den Menschen.

Nichts war hier für Menschen.

Die für die humanoiden Rasse traditionelle Veranda, auf der die Schließer die Reisenden begrüßten und verabschiedeten, fehlte ebenfalls. Statt dessen machte Martin eine überdimensionale Rampe aus, die zur Oberfläche Bessars hinabführte, zu einem endlosen Meer jener Substanz.

Die Station auf Bessar glich einer enormen schrumpeligen Frucht, die auf elastischem hellblauen Matsch schwamm. Die Rampe, die ebenfalls aus diesem holzartigen Material bestand, schloss ohne jede Halterung an den Ausgang der Station an. An der Stelle, an der sie auf dem hellblauen Matsch auflag, bildete die Substanz eine Mulde.

Soweit der Blick reichte, gab es einzig diese Substanz. Die Strahlen einer bläulichen Sonne ließen sie licht, durchscheinend wirken. Zehn, zwanzig Meter unterhalb der Substanz begann eine neue Welt. Dort wuchsen auf steinernem Grund breitkronige Bäume mit gewaltigen schwarzen Blättern, dort krochen langsam, die Substanz zerhackend, die Schatten von etwas Lebendigem dahin. An einigen Stellen zerschnitten den hellblauen Matsch Strahlen eines grellen künstlichen Lichts, die von diffus erkennbaren Objekten am Grund ausgingen.

Martin trat auf die Rampe und hielt inne, um sich umzuschauen. Ein Schließerpärchen saß an einem Tisch von bizarrer, vielkantiger Form und beäugte ihn neugierig.

»Diese Welt ist gefährlich für Menschen«, informierte ihn einer der beiden Schließer. »Wenn dein Körper anfängt, nach den Gesetzen Bessars zu leben, stirbst du.«

»Dein Organismus kann bei erhöhter Oberflächenspannung nicht existieren«, fügte der zweite hinzu.

»Vielen Dank, aber das weiß ich«, erwiderte Martin.

Er wusste in der Tat, welchen Gefahren sich Menschen in der Welt der Bessarianer aussetzten. Länger als vierundzwanzig Stunden würde er die hiesige Luft nicht schadlos einatmen können. Essen und trinken durfte er überhaupt nichts. Bei der Substanz unter seinen Füßen handelte es sich um allergewöhnlichstes Wasser – freilich mit einer ungeheuren Oberflächenspannung. Der Planet war nichts anderes als eine steinerne Kugel, die gleichmäßig mit einer dünnen Wasserschicht überzogen war. Alles Leben spielte sich entweder am Grund oder auf der elastischen, wässrigen Membran ab. Was genau da auf die Oberflächenspannung Bessars einwirkte, war nach wie vor unklar. Wissenschaftler neigten jedoch der Auffassung zu, es müsse ein chemisches Agens geben, das bereits in geringfügigen Mengen Wirkung zeige. Sobald Martins Organismus eine hinreichende Menge dieses Agens aufgenommen – oder sich gemäß der zweiten Hypothese lange genug der unbekannten Strahlung ausgesetzt – hatte, würde sich das Wasser in seinem Körper ebenfalls verändern.

Mit allen daraus resultierenden Folgen.

Irina Poluschkina Nummer fünf lebte allerdings bereits über eine Woche auf diesem Planeten. Vorausgesetzt, er hatte die Anspielungen richtig interpretiert.

Martin wagte sich an den Rand der Rampe heran und stieß die Schuhspitze in die Substanz. Sein Fuß federte sanft zurück. Wäre der Druck stark genug – beispielsweise wenn er auf der

Rampe Anlauf nehmen würde, um sich dann mit einem Kopfsprung in die Masse zu stürzen –, würde die Membran platzen, die Welt am Grund ihn aufnehmen.

Eine faszinierende Methode, sich umzubringen.

Verzichtete er freilich auf derartig radikale Handlungen, konnte Martin Bessar ohne weiteres zu Fuß durchstreifen. Es würde ein langweiliger – ein ausgesprochen langweiliger – Spaziergang über einen endlosen Ozean hinweg werden, den er bald in Einsamkeit unternähme, bald in Gesellschaft von Tieren, die aus dem Wasser auftauchen würden, unter der langsam über den Himmel dahinziehenden Sonne ...

Irgendwann würde das Blut in seinem Körper dann schlagartig die Oberflächenspannung verändern – und ihn der Tod ereilen.

»He, he!«, schrie Martin, indem er die Hände zum blanken Himmel emporreckte. Wolken gab es hier keine, konnte es keine geben. »Irina!«

Die Schließer hinter ihm warteten interessiert ab.

Auch Martin wartete, selbst wenn er nicht wusste, worauf. In ihm verhärtete sich der Verdacht, das Rätsel falsch gelöst zu haben: Irotschka Poluschkina hatte ihn überhaupt nicht nach Bessar beordert.

»He!«, rief Martin noch einmal dem schwach dunkelblauen Himmel, der hellblauen Substanz und den dunklen Silhouetten am Grund zu. Dann trat er vom Rand der Rampe zurück, zog seine Jacke aus und warf sie auf die Bohlen der Rampe. Anschließend nahm er im Schneidersitz Platz und richtete sich aufs Warten ein.

Es war heiß. Er wollte etwas trinken. Und auf gar keinen Fall wollte er daran denken, welchen Empfang ihm Oberstleutnant Juri Sergejewitsch samt seinen Kollegen auf der Erde bereiten würde.

Während Martin über den Tschekisten nachsann, beleckte er sich die ausgetrockneten Lippen. Die Sonne, die sich in der letzten Stunde kaum vom Fleck gerührt hatte, brannte ihm auf den Kopf.

Schließlich geriet etwas in Bewegung. Ein leichtes, kaum wahrnehmbares Zittern lief über die elastische Wasseroberfläche. Die Rampe vibrierte schwach.

Martin erhob sich, knetete seine steifen Beine und gab sich den Anschein eines gelassenen, selbstsicheren und nichts im Universum fürchtenden Menschen.

Zehn Meter von der Rampe entfernt tauchte aus dem Wasser eine durchsichtige, glasartige Kugel von der Größe eines Kleinbusses auf. Die Membran der Kugel unterschied sich kaum vom Wasser, weshalb es so aussah, als steige vom Grund eine monströse, mit durchsichtigem Gas gefüllte Blase auf.

In dieser Blase ließen sich indes zwei Figuren erkennen, von denen eine menschlich war.

Martin wartete, bis die über die Wasseroberfläche gleitende Kugel sich der Rampe näherte und sich öffnete, indem sie sich in eine halbtransparente dunkelblaue Untertasse verwandelte. Er winkte Irina Poluschkina zu, die neben einem zwei Meter großen Bessarianer stand.

Der Körper des Außerirdischen war durchscheinend, zeigte nicht einmal ansatzweise jene hellblaue Tönung, welche die Substanz aufwies. Im Grunde handelte es sich bei ihm um einen riesigen lebenden Tropfen. Die Organellenknäuel, die frei in dem flüssigen Körper schwammen, verbanden sich nicht einmal untereinander. Der Körper des Außerirdischen bestand aus Wasser, wässrig war auch sein Blut.

Die Bessarianer waren Amöben – die einzige intelligente einzellige Lebensform.

»Friede sei mit euch!«, begrüßte Martin sie. Er konnte den Blick nicht von dem Bessarianer wenden, während in seinem Innern unwillkürlich Angst aufkeimte. Eine Angst, ohne Grund und Anlass, eine wilde, mit Widerwillen, ja, gar mit Ekel vermengte Angst.

Der durchsichtige Schlauch schwabbelte und kroch vorwärts, ohne dabei seine – wenn man so will – vertikale Stellung aufzugeben. Die schwarzen Klumpen der Sehnerven bündelten sich in der Martin zugewandten Körperfläche. Zwischen ihnen zeigte sich eine dunkle Scheibe, die Membran eines Resonators. »Friede sei auch mit dir, Mehrzeller! Gluck, gluck, gluck«, sagte der Außerirdische. »Friede sei mit dir, du geknechtete Kolonie meiner verstandeslosen Brüder! Gluck!«

Eine weiche, melodische Stimme, eine feuchte Stimme.

Die Amöbe ließ einen Pseudofuß in Martins Richtung schwappen – oder sollte man besser sagen eine Pseudohand? Mit zusammengebissenen Zähnen strecke Martin die Hand aus und berührte die Amöbe.

Das unterschied sich in keiner Weise von der Berührung der Substanz. Eine kalte, staubige Berührung.

»Friede sei mit dir, mein einzelliger Bruder«, wechselte Martin rasch in die Sprechweise der Bessarianer. Er schielte zu Irina hinüber. Lebte sie?

O nein, noch schickte die Frau sich nicht an zu sterben. Lächelnd betrachtete sie Martin.

»Unterdrückst du auch die Zellen nicht, die deinen Organismus bilden? Gluck, Genossen?«, fuhr die Amöbe fort. »Nimmst du keine chemischen Giftpräparate, die Amöben töten? Gluck?«

»Christoph Gluck ist vielleicht dein Genosse!«, konnte Martin sich nicht verkneifen zu bemerken. »Was soll dieses Theater?«

Die Amöbe packte ein leichtes Zittern, ihre Membran stieß ein hüstelndes Gelächter aus. »Normalerweise funktioniert das«, erklärte der Bessarianer. »Die Menschen verlieren die Nerven, sobald sie mit einer intelligenten Zelle sprechen.«

»Über euren Sinn für Humor habe ich schon etwas gelesen«, teilte Martin mit. »O ja, mich beschleichen höchst unangenehme Empfindungen, nun, da ich mich zum ersten Mal mit einem Einzeller unterhalte.«

»Willst du mich mit dem Ausdruck ›Einzeller‹ beleidigen?«, fragte die Amöbe beunruhigt.

»Nein, es ist ein ganz normaler biologischer Terminus.«

»Dann tritt in die Transportkapsel«, lud ihn die Amöbe ein. »Dein Genosse wartet schon lange auf dich.«

Martin sah zu seinem »Genossen« hinüber. Die junge Frau sah überaus verführerisch aus. Seit Unzeiten hatte Martin nicht das Vergnügen gehabt, mit einem derart attraktiven Genossen zu verkehren. Irina trug wieder Shorts in Tarnfarbe und ein graues T-Shirt, ganz wie auf Bibliothek. Die unbeschuhten Füße und das hellblaue Band im Haar verliehen dem »Genossen« einen unterschwelligen, rustikalen Sexappeal.

Gewiss, es wäre seltsam gewesen, von einer Amöbe ein Verständnis für geschlechtliche Unterschiede zu erwarten. Nebenbei bemerkt, war dies auch für Martin weder die Zeit noch der Ort, sich an der jungen Frau zu ergötzen.

»Hallo, Irinka!«, sagte er, während er in die Untertasse trat. Im Vergleich zu der Substanz war die Transportkapsel fester und deutlich wärmer.

»Hallo, Martin!«, erwiderte Irina. Aufschluchzend fiel sie ihm um den Hals. Das kam so überraschend, dass Martin vollends die Fassung verlor. Täppisch fing er an, der Frau über die Schultern zu streicheln, murmelte etwas Dummes und schielte sogar beschämt zu dem Bessarianer hinüber.

Die Amöbe zog Grimassen – anders konnte Martin es nicht ausdrücken. Sie tänzelte vor den Schließern herum, fuhr Beine, Arme und den Schwanz aus und modellierte sich transparente Schuppen und Fell, sodass sie für einen Moment an eine gläserne Kopie eines Schließers erinnerte. Die Amöbe stieß leise Grunzgeräusche aus und hätte beinah mit der Pseudohand eine unanständige Geste geformt. Als sie Martins Blick auffing, stellte die Amöbe den Tanz ein und glitt zurück, wobei sie im Kriechen die Stimmmembran auf den »Rücken« schob und kundtat: »Die gefallen mir eben nicht! Das ist doch wohl mein gutes Recht, oder?«

»Äh ... klar«, bestätigte Martin, der Irina immer noch im Arm hielt.

»Wollt ihr Mitose machen?«, fragte der Bessarianer, nachdem er geschwind die Situation abgeschätzt hatte. »Störe ich euch?«

»Hör auf damit, Pawlik!«, bat Irina und löste sich mit einer abrupten Bewegung von Martin. »Was soll mein Freund denn von dir denken?!«

»Na, was denn?«, fragte der Außerirdische zurück, während er in die Mitte der Untertasse schlingerte. »Ist doch nichts. Ich mach doch nur Spaß ...«

»Pawlik?«, wandte sich Martin an Irina.

»Er muss doch irgendwie heißen, oder?«, antwortete Ira mit einer Gegenfrage. »Er hat auch einen richtigen Lautnamen, der aber unmöglich auszusprechen ist ... Entschuldige. Ich hatte schon fast nicht mehr darauf gehofft, dass du kommst. Nach allem, was geschehen ist ...«

Natürlich verfinsterte sich ihre Miene bei diesen Worten, allerdings keinesfalls so, wie es zu erwarten gewesen wäre, wenn jemand all diese Erinnerungen durchlebt.

Martin blickte sich um.

»Suchst du etwas?«, wollte Irina wissen.

»Ja. Das, was dich umbringen wird«, erklärte Martin. Er zog den Revolver aus der Tasche und lud ihn.

»Ich glaube nicht, dass das nötig ist«, meinte Irina mit einem Blick auf die Waffe.

»Wer weiß? Auf Fakiu hat dich ein guter Bekannter von mir getötet.«

»Der Geddar?« Nun huschte echter Schmerz über Irinas Gesicht. »Ist ... ist er auch tot?«

»Ja«, antwortete Martin, ohne näher auf die Details einzugehen. »Ich habe es einfach satt, dich zu bestatten.«

»Ich werde Irina nicht umbringen«, ließ sich hinter ihm der Bessarianer vernehmen. »Du brauchst also nicht auf mich zu schießen. Das tut nämlich sehr weh. Seid ihr bereit?«

»Ja«, sagte Martin, der begriffen hatte, worauf die Frage abzielte.

»Dann los!«, rief die Amöbe fröhlich aus. Der Rand der Untertasse wölbte sich, um sich über den dreien zu einer durchsichtigen Kugel zusammenzuschließen. Noch im selben Moment tauchte die Transportkapsel ab.

Die Zivilisation der Bessarianer benutzte praktisch weder Metalle noch Kunststoffe. Natürlich konnte man sich darüber streiten, worauf ihre Technologie eigentlich beruhte, auf Maschinen oder auf Lebewesen. Viele zogen sich in diesem Zusammenhang mit Termini wie »Biocomputer«, »Biomaschine« oder »Biokunststoff« aus der Affäre. Doch für Martins Geschmack zollten solche Begriffe vornehmlich schlechter Science Fiction Tribut, indem sie versuchten, das Unvereinbare zu vereinbaren. Er selbst sah in der Transportkapsel lieber ein gut dressiertes Tier, das mit einer Kabine aus lebendem Fleisch und einem echten Gehirn verwachsen war. Freilich hatten die Bessarianer von einzelnen Kultbauten abgesehen nie etwas erbaut. Sie zogen es vor, ihre Welt zu züchten.

»Hast du dich über meinen Brief gewundert?«, wollte Irina wissen.

»Das kannst du laut sagen ...«, versicherte Martin, während er neugierig in die Unterwasserwelt Bessars spähte. »Was ist das?«

Ein dunkler Schatten, der es von seinen Maßen mit einem jungen Wal aufnehmen konnte, huschte an der Kapsel vorbei.

»Ein Tier?«, schlug Irina unsicher vor. In der Welt Bessars kannte sie sich wohl nicht allzu gut aus.

»Ein Inkubator«, erklärte der Bessarianer höflich.

»Und wer wird darin ausgebrütet?«, erkundigte sich Martin.

»Ich weiß es nicht. Vielleicht Kinder. Vielleicht Alltagsgegenstände«, antwortete Pawlik gleichmütig. Ob er das ernst meinte oder scherzte, ließ sich nicht sagen.

»Und wieso bewegt er sich?«, ließ Martin nicht locker.

»So ein Inkubator muss doch schließlich auch etwas essen!«, verwunderte sich Pawlik. »Er schwimmt ein wenig, dann kehrt er an seinen Platz zurück.«

Da sich in diesen Worten durchaus eine gewisse Logik verbarg, gab Martin das Verhör auf. Zudem interessierte ihn Irina Poluschkina momentan weit mehr.

Die lebende Irina!

»Ich muss dich jede Menge fragen«, sagte Martin. »Ich weiß nicht einmal, womit ich anfangen soll.«

»Wir haben jetzt ja Zeit«, unterbrach Irina ihn. »Wollen wir uns nicht nachher bei mir unterhalten?«

Martin verstand die Anspielung und schob das Gespräch auf. Eine Frage konnte er sich freilich nicht verkneifen: »Bei dir?«

»Man hat mir hier eine Wohnung zur Verfügung gestellt. Eine sehr lauschige übrigens.«

»Deine Fähigkeit, Freunde unter den Außerirdischen zu finden, verblüfft mich immer wieder«, meinte Martin kopfschüttelnd.

»Dafür muss man nur dieselben Ziele haben«, erwiderte Irina ohne langes Nachdenken und sehr ernst. »Das stimmt doch, oder, Pawlik?«

»Richtig!«, bestätigte der Bessarianer zufrieden.

»Und welches Ziel verfolgt ihr im Moment?«, erkundigte sich Martin.

»Den Schließern den Hintern zu versohlen!«, erklärte der Bessarianer übermütig. »Richtig, Irina?«

»Richtig!«, bestätigte die junge Frau.

Innerlich stöhnte Martin auf. Er hatte stets Sympathie für die tapferen Helden gehegt, die die Götter herausforderten, die sich allein gegen eine ganze Armee stellten und vor dem Mittagessen die Welt retteten. Er selbst trug sich freilich nicht mit der Absicht, ein derart irrationales Verhalten an den Tag zu legen. Außerdem wollte er dafür sorgen, dass sich auch Irotschka nicht auf einen Kampf gegen die Schließer einließ.

»Und wie das?«, erkundigte er sich, während die Kapsel weiter und weiter durch das matschige Wasser glitt und ein Ende des Weges nicht abzusehen war.

Der Bessarianer trieb einen Teil der Organellen auf die Martin zugewandte Seite seines Körpers, worauf etwas entstand, das wie ein groteskes Gesicht aussah.

»Brrr!«, sagte Martin, während er auf die Kette aus Mitochondrien starrte, die die Zähne markierte. »Muss das sein?«

»Das soll die Kommunikation erleichtern«, versicherte der zufriedene, ein hohles Lachen von sich gebende Bessarianer. »Außerdem hilft es, freundschaftlichen Kontakt herzustellen.«

»Und was wabert da oben für ein dunkelblauer Mist in dir?«, fragte Martin, den Blick auf etwas gerichtet, das an fest zusammengeknäuelte Fäden oder einen Klumpen fasriger Algen erinnerte.

»Das ist das, womit ich denke«, erklärte Pawlik.

»Das blaue Labyrinth?«, fiel Martin der Begriff aus dem Werk von Garnel und Tschistjakowa ein. Das war die einzige Struktur im Organismus der Bessarianer, für die es keine Analogie bei irdischen Einzellern gab.

»Genau das«, bestätigte der Bessarianer zufrieden. »Das blaue Labyrinth. Die Birne. Der Dez. Das Oberstübchen. Wie auch immer du willst.«

»Aber wie kannst du denn mit dieser Struktur denken?«, konnte Martin sich nicht verkneifen zu fragen. »Unser Gehirn setzt sich aus einer Vielzahl von Zellen zusammen, während du insgesamt nur aus einer Zelle bestehst ...«

»Weißt du, was die Brown'sche Bewegung ist?«, fragte Pawlik.

»Ja.«

»Genau dieser Prozess garantiert auch mein Denken.«

»Brr«, bekundete Martin noch einmal. »Dann denkst du also umso schneller, je wärmer es um dich herum ist?«

»Bis zu einem bestimmten Punkt«, erklärte Pawlik höflich. »Bei einer Körpertemperatur von über vierzig Grad nimmt die

Struktur Schaden. Und bei fünfzig Grad flippe ich einfach aus!«

»Gut, lassen wir deine Physiologie«, meinte Martin. »Wie wollt ihr den Schließern denn einheizen? Weshalb? Und wozu?«

»Wie? Das entscheiden wir spontan. Weshalb? Weil uns die Diskriminierung reicht. Und wozu? Um den Frieden im Universum herzustellen.«

Nachdem Martin die Amöbe ausdauernd betrachtet hatte, kam er zu dem Schluss, dass Pawlik sich einen weiteren Scherz mit ihm erlaubte. Zum Glück mischte sich nun Irina ins Gespräch.

»Lass mich das besser erklären«, sagte sie und schob den Außerirdischen ohne viel Federlesens zur Seite. »Ist dir bekannt, dass Bessar die erste Welt war, auf der die Schließer gelandet sind?«

»Nein«, gab Martin zu. Dann erinnerte er sich an die Worte Juri Sergejewitschs und hakte nach: »Vor sechsundachtzig Jahren?«

»Ja.« Irina war ein wenig aus dem Konzept geraten. »Die Bessarianer haben das präzise berechnet. Alle übrigen Planeten wurden erst später an das Transportnetz angeschlossen, manchmal nur ein halbes oder ein ganzes Jahr später, aber auf alle Fälle erst danach. Was kann man daraus schlussfolgern?«

»Die Lage des Planeten der Schließer ...«, flüsterte Martin.

»Richtig!«, rief Irina. »Wenn die Schließer gleichzeitig in alle Richtungen expandierten und alle Raumschiffe ungefähr mit gleicher Geschwindigkeit flogen – und davon dürfen wir wohl ausgehen –, dann können wir eine Karte ausarbeiten. Einen Sternenglobus.«

»Und die Heimatwelt der Schließer finden?«, fragte Martin.

»Gamma Capella. Dreieinhalb Lichtjahre von hier.«

»Das ... das ist eine wichtige Information«, pflichtete ihr Martin bei. »Wenn wir Raumschiffe hätten ...«

»Die haben wir«, erklärte Pawlik bescheiden. »Genauer gesagt, ein Raumschiff.«

Innerlich musste Martin bis fünf zählen, ehe er mit relativ ruhiger Stimme fragen konnte: »Und wie viele Jahre dauert der Flug zur Gamma? Nach welchem Prinzip funktioniert der Antrieb? Handelt es sich dabei um ein Lebewesen oder um Technik?«

»Er glaubt uns nicht ...«, kommentierte Pawlik traurig. »Deine Zweifel sind übrigens durchaus berechtigt. Wir können gegenwärtig noch keine vollwertigen Schiffe konstruieren ... nur orbitalen Kleinkram. Aber wir haben uns in die Station eingeschlichen und konnten die Technik der Schließer ausspionieren. Glaubst du das?«

Martin erinnerte sich an den Boden aus dunkelblauer Substanz. Mit einem Nicken signalisierte er, er wolle Weiteres hören.

Die Schiffe der Schließer bewegten sich nach Pawliks Aussage nur im normalen Raum, und zwar mit einer Geschwindigkeit von acht bis neun Zehnteln der Lichtgeschwindigkeit. Möglicherweise war auf ihnen ein Tor montiert, was die Reise komfortabel und ungefährlich machte, aber Überlichtgeschwindigkeit erreichten die Schiffe nicht. Die Bessarianer hatten jedoch darauf verzichtet, die interstellaren Schiffe zu kopieren: Eine Reise von fast vier Lichtjahren dauert zu lange für einen Partisanenangriff.

»Wir machen uns das Transportnetz zunutze«, erklärte Pawlik. »Jedes Mal, wenn jemand zu einem anderen Planeten aufbricht, kommt es zu einer Krümmung des Raums, worauf zwei Punkte ihre Position verändern. Ist dir bekannt, dass mit dir ein ganzes Segment der Station auf Reisen geht? Der Saal, in dem das Terminal für die Tore aufgestellt ist?«

»Das habe ich vermutet«, sagte Martin. »Einmal habe ich es sogar überprüft. Ich habe ein Stück zerknülltes Papier am Saaleingang fallen lassen, ein zweites am Computer. Das erste war verschwunden, das zweite noch da. Also wird nicht nur der Tourist durch den Raum geschickt.«

»Richtig«, blubberte Pawlik anerkennend. »Das ist allerdings kein Geheimnis. Doch wir sind hinter die Mechanismen gekommen, die für den Transport verantwortlich sind. Wir sorgen nun dafür, dass zum Planeten der Schließer nicht nur der Saal mit dem Reisenden gelangt, sondern auch ein an einem bestimmten Ort befindliches Objekt. Das wird unser Raumschiff sein, das zuvor in den stationären Orbit geschickt worden ist. Vom Planeten aus zu starten wäre gefährlich, denn das Raumschiff wird gegen ein Stück Materie vom Planeten der Schließer ausgetauscht.«

»Aber der Planet der Schließer steht nicht auf der Transportliste!«, wandte Martin ein.

»Richtig«, bestätigte Pawlik zufrieden. »Dieses Risiko gehen die Schließer nicht ein. Aber sie selbst benutzen die Tore ebenfalls. Wir haben daher Folgendes unternommen: Unsere Abgesandten haben alle Planeten besucht, die auf der Liste verzeichnet sind. Jedes Mal haben wir dabei die Veränderungen im Raum festgehalten und den internen Code von jedem Planeten in Erfahrung gebracht.«

»Nur weiter!«, spornte Martin ihn an.

»Danach haben wir gewartet. Dabei beobachteten wir, dass etwa einmal in der Woche von der Station ein Transport in eine andere Welt erfolgt, die mit keiner der uns bekannten Welten identifiziert werden kann. Davor betritt niemand die Station, danach kommt niemand heraus. Logischerweise kann vermutet werden, dass in diesem Fall das Personal der Station ausgewechselt wird – oder eine Warenlieferung vom Planeten der Schließer kommt.«

»Hervorragend«, pflichtete Martin ihm bei. »Also muss das Schiff in den stationären Orbit ... Gut, wir gelangen also nach Gamma Capella. Und dann? Das ist immerhin das Sternensystem, von dem aus die Schließer ihre Expansion durchs Universum starten! Dort müssten sich die Raumschiffe genauso stauen wie in der Twerskaja in Moskau die Autos! Man würde uns sofort bemerken!«

»Könnte sein. Allerdings glauben wir, dass die Schließer bei weitem nicht so stark sind. Sie sind bloß die selbsternannten Erben einer uralten Rasse ...«

»Bla, bla, bla ...« Martin verzog das Gesicht. »Diese umwerfende Hypothese erfreut sich auch auf der Erde einiger Beliebtheit. Doch welche Argumente lassen sich für eine solche Version vorbringen? Spiegelt es nicht nur unsere eigenen Komplexe wider, wenn wir einfach nicht anerkennen wollen, dass die Schließer uns überlegen sind?«

»Ich habe einen indirekten Beweis«, erklärte Irina. »Du weißt, dass Schließer ihre Eigenbezeichnung ist?«

»Ja, schon ...«, meinte Martin.

»So stellen sie sich übrigens in allen Welten und in allen Sprachen vor! Was ist ein Schließer, Martin? Ist er der Herr der Tore, für die er die Schlüssel hat?«

»Quatsch!«, meinte Martin. Irinas Worte waren so überraschend – und so logisch.

»Sie sind *nur* Schließer«, wiederholte Irina. »Sie sind die Hüter der Schlüssel und der Großen Tore. Diener! Die Stationen und die Tore gehören ihnen nicht. Wenn wir uns dessen erst einmal sicher sind ...«

»... dann bringen wir sie vors Galaktische Gericht«, schloss Martin.

»Vor was für ein Gericht?«, fragte Irina begriffsstutzig.

»Vor das Galaktische. In dem man die Klagen der unterschiedlichen Zivilisationen prüft. In Science-Fiction-Romanen muss so was immer vorkommen.«

»Deine Ironie gefällt mir«, dröhnte die Amöbe und legte Martin eine Pseudohand auf die Schulter. »Aber wir können unsere Empörung auch auf andere Weise zum Ausdruck bringen. Zum Beispiel, indem wir aus dem Planeten der Schließer ein zweites Bessar machen. Aus dem Orbit heraus können wir den Schließern jede Bedingung diktieren!«

»Aber ohne mich«, widersprach Martin scharf. »Selbst wenn

sich die Schließer fremde Errungenschaften zunutze machen, gibt uns das keinen Grund für einen Völkermord. Sie fügen niemandem Schaden zu. Im Gegenteil! Und unsere Ambitionen ... sind eben nur Ambitionen. Das Leben ist ein Glücksspiel, und den Hauptgewinn kann immer nur einer bekommen.«

Die Amöbe schob die Organellen zur Seite, so einen Blick formend, der auf Irina gerichtet war. »Du hast recht gehabt, Genosse«, sagte sie. »Er taugt was. Er neigt nicht zu unbegründeten Aggressionen.«

Schuldbewusst lächelte Irina Martin zu. »Entschuldige. Ich war mir sicher, dass du keinen blinden Hass auf die Schließer hegst. Aber die Bessarianer haben auf einer Überprüfung bestanden.«

»Was muss denn noch alles geprüft werden?«, fragte Martin müde. »Meine Toleranz gegenüber fremden Lebensformen? Mein Intelligenzquotient?«

»Deine Toleranz hast du schon bewiesen, indem du meine Faxen ertragen hast«, erklärte Pawlik. »Und dein Intelligenzquotient ist absolut belanglos.«

Drei

Man stelle sich ein Meer vor, das entweder auf den Wink eines Propheten oder durch eine gewaltige Kraft geteilt wird. Tosende Wellen, die den Grund freigeben, ein ovales Tal inmitten einer glatten Wasserfläche.

Sodann gebiete man diesen Wellen, die sich begierig wieder vereinen wollen, Einhalt! Erstarren sollen sie! Und auf dem trocken gelegten Boden mögen sich in gefährlicher Nähe zu den bläulichen Wänden bizarre Holzbauten bilden, mit gebrochenen Linien und spitzen Winkeln – ein von Dalí geträumtes Geometrielehrbuch. Zwischen diesen Gebäuden lasse man schließlich amorphe Amöben von übermenschlicher Größe gemächlich spazieren gehen, sei es laufend, sei es fließend.

Über allem hänge man eine Sonne auf, eine grelle, hellblaue Sonne, die größer ist als die irdische. Ihre Strahlen durchdringen die erstarrten Wellen, lassen das matschige Meer in noch stärkerem Dunkelblau aufleuchten, wo riesige, melancholische Bakterien schwimmen, die mit ihren geißelfädigen Flossen die elastische Masse auseinander drücken.

»Wie in einem Lehrfilm«, kommentierte Martin, als er vom Fenster wegtrat. »*Die simplen Lebensformen. Alltag, Gebräuche und Moral der Amöben.*«

»Diese simplen Wesen sind den Menschen in vielem weit überlegen«, bemerkte Irina.

»Ja, das ist mir auch klar geworden...« Martin trat an die junge

Frau heran. Sie beide waren allein in der hölzernen Pyramide, in dem kleinen Zimmer unter der Spitze. Woher wussten die Bewohner dieses Planeten, die in einer Welt von fließenden Formen lebten, überhaupt, was ein Winkel war? Und gefielen ihnen diese scharfen, groben Konturen? Anscheinend doch. Schließlich dürfte dieses Gebäude nicht zufällig kultischen Zwecken dienen.
»Stammt der Baum von hier, Irina?«

»Natürlich.«

Zweifelnd kratzte Martin mit dem Finger am Holz. Jetzt verstand er auch, nach welcher Vorlage die Schließer die Innenausstattung der Station kopierten.

»Aber die Bäume sind mehrzellig?«

»Ja«, meinte Irina nickend. »Die Pflanzen haben sich weiter entwickelt. Die anderen Organismen haben dagegen nur an Größe gewonnen. Erstaunlich, nicht wahr?«

Martin nickte. Freilich hatte er bereits genug Erstaunliches erlebt, als dass ihn die Kapriolen der lokalen Biologie zu überwältigen vermocht hätten.

»Weit erstaunlicher finde ich, dass du lebst.«

»Steht es so schlimm?«, fragte die Frau.

»Ja. Übrigens haben wir auf Prärie 2 ein paar Worte miteinander wechseln können …«

»Daran erinnere ich mich …«, unterbrach Irina ihn und runzelte die Stirn.

»Wie kannst du dich daran erinnern?«, fragte Martin sie unumwunden. »Ira … leg die Karten auf den Tisch.«

Die Frau lachte leise. Nicht verletzend. Sie hatte etwas an sich, über das bei Gott nicht alle Frauen verfügten … Martin wusste nicht einmal, wie er diese Eigenschaft nennen sollte: Un-weibisch?

Sicher, das klang ungelenk, traf auch nicht hundertprozentig zu. Wenn ein Mann aus vollem Herzen »Weiber!« sagt, dann legt er in dies Wort all die Vorbehalte, die eine Frau in »Kerle!« unterbringt. Gleichwohl klaffen die Nuancen in beiden Fällen weit auseinander. Zum Weib wird eine larmoyante, hysterische Frau, ein grauenvoll kokettes, schwatzsüchtiges und absolut desinteressiertes Heimchen am Herd. Dagegen machen einen Kerl die Liebe zum Besäufnis, die Schwäche gegenüber dem schönen Geschlecht, fürchterliche Manieren sowie einfach nur schlecht geschnittene Fingernägel aus.

Irina – da brauchte man nicht um den heißen Brei zu reden – besaß sowohl Koketterie wie auch Hysterie und all die typischen Unzulänglichkeiten von Frauen, wenn auch in gemilderter Form. Vielleicht gab einzig die harmonische Kombination den Ausschlag? Jeder Mensch ist aus guten und aus schlechten Eigenschaften geformt, doch gibt es wundersame Ausnahmen, in denen die Schwäche genau in dem Maße zu Tage tritt, dass sie anziehend, nicht abstoßend wirken. In einer kurzen Phase zeigen fast alle heranwachsenden Mädchen diese Harmonie – nur um sie dann rasch zu verlieren und erst im Balzac'schen Alter zurückzuerlangen. Oder auch niemals. Es gibt jedoch auch jene Glücksfälle, in denen der Gleichklang von plus und minus jedes Alter begleitet.

Martin kam zu dem Schluss, Irina gefalle ihm aufgrund dieser schwer zu erreichenden Harmonie.

»Gut, legen wir die Karten auf den Tisch«, stimmte Irina zu. »Du möchtest wissen, wie wir sieben geworden sind?«

»Ja!«, rief Martin.

Und der Himmel tat sich nicht auf. Die Türen wurden nicht aufgerissen, um eine Horde ergrimmter Amöben ins Zimmer zu lassen. Irina griff sich nicht ans Herz, von einem heimtückischen Infarkt getroffen.

»Das ist ganz einfach«, sagte die junge Frau. »Die Steuerung.«

»Was?«

»Die Taste ›Steuerung‹ auf der Tastatur. Ich hatte mir ausgesucht, wohin ich wollte. Mindestens sechs oder sieben Planeten kamen für mich in Frage ... Dann wählte ich, welchen ich zuerst besuchen wollte. Gewohnheitsgemäß drückte ich noch auf ›Steuerung‹, um mit der Maus den Namen in der Gesamtliste zu markieren.«

»Aber die waren alle schon markiert?«, fragte Martin begriffsstutzig.

»Ja. Daraufhin drückte ich auf ›Eingabe‹. Nicht, weil ich hoffte, mich zu teilen. Ich habe angenommen, ich würde … per Zufallsgenerator auf einen dieser Planeten geschickt.«

»Ein Loch«, bemerkte Martin irritiert. »Ein Loch im Programm. Das haben die Schließer nun davon, dass sie die Computer der Menschen einsetzen!«

»Ganz genau.« Irina lächelte.

»Microsoft sei Dank!«, brachte Martin aufgeregt hervor. »Hat man das Loch gestopft?«

»Woher soll ich das wissen? Vermutlich schon.«

Flüchtig schoss Martin der Gedanke durch den Kopf, die Vervielfältigung Irinas würde den alten Streit darüber, wie die Tore funktionierten, vollends komplizieren. Bringen sie einen Menschen auf einen anderen Planeten oder erstellen sie in einer neuen Welt eine genaue Kopie von ihm, während sie das Original vernichten? Pawliks Worten zufolge transportierten sie den gesamten Raum, das in ihm befindliche intelligente Wesen inklusive. Wenn Irina jedoch siebenmal kopiert worden war, dann …

Oder erfassten die gängigen Begriffe der Menschen dieses Phänomen gar nicht? Existierte zwischen dem Transport an einen Punkt im Raum und dem an sieben unterschiedliche Punkte kein prinzipieller Unterschied? Martin war kein Physiker – aber vermutlich hätte auch der genialste Physiker auf der Erde diese Frage nicht beantworten können. Ein zu tiefer Abgrund trennte Menschen und Schließer.

»Aber wie hast du von deinen Duplikaten erfahren?«, fragte Martin und sprach *dieser* Irina unwillkürlich die Rolle des Originals zu.

»Ich habe sie gespürt«, sagte Irina, um sich sogleich zu korrigieren: »Wir haben einander gespürt. Das ist …« Verärgert runzelte sie die Stirn, deutete mit den Fingern wilde Wellen an, als habe man sie gebeten zu erklären, was Dünung ist. »Es ist …«

»Ein Gedanke? Ein Traum? Ein Gespräch?«, soufflierte Martin.

»Alles zusammen und etwas ganz anderes. Am Anfang habe ich geglaubt, ich sei verrückt geworden.« Irotschka lächelte. »Ein Schizophrener würde vermutlich genau wissen, was ich meine ... Ich kann mich unterhalten ...« Abermals stockte sie kurz. »Nein, nicht unterhalten ... gleichzeitig mit ihnen denken ...«

»Ständig? Du bist jetzt nicht allein hier, sondern ihr seid alle drei da?«, rief Martin entsetzt.

»Jetzt bin ich allein. Das passiert manchmal, in letzter Zeit immer öfter. Als die Mädchen gestorben sind ...« Irinas Stimme zitterte nicht. »... habe ich alles mit ihnen durchlebt. All die Tage, an denen wir getrennt waren. Insofern leben sie in mir fort. Ich war auf Bibliothek, Martin. Ich war auf Prärie 2. Und auf Arank und auf Fakiu. Ich weiß, dass ich in diesem Körper Bessar nie verlassen habe ... Aber ich habe auch ihr Leben gelebt. Bis zum Tod.«

Ohne eine weitere Frage zu stellen, griff Martin in seine Tasche, holte das Fläschchen Kognak heraus und trank einen Schluck.

»Gib mir auch was«, bat Irina. Beherzt nahm sie einen ordentlichen Schluck, unterdrückte den Husten und gab die Flasche zurück. Ihre Ohrläppchen färbten sich sofort hochrot ein – auf das Trinken verstand sie sich nicht allzu gut.

»Angeblich soll vor dem Tod das ganze Leben vor deinen Augen ablaufen«, sagte Martin. »Ist es so?«

»Hm«, brummte Irina, die sich immer noch nicht traute durchzuatmen.

»Vielleicht leben wir ja auch gar nicht?«, fragte Martin. »Wir leben nicht, sondern sterben, und unser Leben braust an uns vorbei ... und nur manchmal flüstert das Gedächtnis: Das ist alles schon vorbei, vorbei, vorbei ... Und gerade wälze ich mich in einem Krankenbett, verlebt und entkräftet, oder versinke mit einer Kugel in der Brust in einem außerirdischen Sumpf ... und vor meinen Augen läuft der Trailer zu meinem vergangenen Leben ab.«

»Jetzt reicht's aber!« Irina erschauerte. »Noch wälze ich mich nirgends. Ich bin auf Bessar. Ich möchte mir die Schließer in ihrer Höhle angucken. Das beenden, was ich angefangen habe ... und was die anderen Mädchen nicht zu Ende gebracht haben. Dann kehre ich nach Hause zurück, lerne einen netten Mann kennen und gebäre ihm ein paar Kinder – solange die echte Unsterblichkeit noch nicht erfunden und es noch nicht verboten ist, sich zu vermehren.«

»Ist das dein Minimalprogramm?«, wollte Martin wissen.

»Jawoll!«, antwortete Irina nachdrücklich.

»Ein gutes Programm«, beteuerte Martin ernst. »Vor allem gefällt mir der Teil mit der Zeugung einiger Kinder, solange man die echte Unsterblichkeit noch nicht erfunden hat. Wenn wir jetzt schon einmal ernsthaft miteinander reden, Irina, wieso kommst du dazu, die Schließer herauszufordern?«

»Das haben wir dir doch schon erklärt«, erwiderte Irina, wobei sie offenbar sich und den Bessarianer meinte.

»Bis auf den Verdacht, die Schließer würden eine fremde Technologie benutzen, sehe ich keinen triftigen Grund.«

»Die Schließer verändern die Welt. Die Galaxis.« Irina seufzte. »Stell dir einmal vor, Martin, die Menschen hätten, als sie zum ersten Mal auf den Mars kamen, dort riesige Raumfahrtzentren samt Schiffen für den interstellaren Flug vorgefunden. Auf jedem Schiff hätte es mehrere Stationen gegeben. Sowie eine Unmenge an weiteren einmaligen und starken Anlagen. All das hätten sie untersuchen, nach und nach in Gebrauch nehmen können ... um das Paradies auf Erden zu erbauen und das ganze Universum zu erobern.«

»Genau das hätten wir auch getan«, sagte Martin. »Vermutlich. Wir hätten uns genau wie die Schließer verhalten. Und gebe Gott, dass unsere Weisheit und Güte gereicht hätten, keinen Krieg anzuzetteln, sondern den rückständigen Rassen ein wenig zu helfen ...«

»Interessiert dich denn gar nicht, wo die Erbauer der Schiffe und Stationen abgeblieben sind? Warum sie ihre Erfindung nicht selbst nutzen? Was sie daran gehindert hat zu expandieren?«

Martin dachte kurz nach. »Eine Epidemie, ein Krieg ... Ich weiß es nicht«, meinte er achselzuckend.

»Krankheiten und Krieg können derart mächtigen Rassen nichts anhaben. Die Sache ist die, dass sie auf jede Expansion verzichtet haben! Sie hielten dergleichen für gefährlich oder überflüssig. Die Schließer hingegen ...«

Martin hob die Hände. »Irina, verzeih, aber hier spricht einzig dein jugendlicher Maximalismus! Die Erde hat von der Ankunft der Schließer nur profitiert. Du bist jetzt einfach in dem Alter, in dem du gegen jede Macht revoltieren willst ... gegen die Regierung, die Gesetze, den Glauben, die Schließer ...«

»Vielen Dank für das Kompliment«, schnaubte Irina. »Weißt du, was ich auf Prärie 2 gesucht habe?«

»Alte Tempel?«, schlug Martin recht selbstsicher vor.

»Genau. Also hat sie dir davon erzählt?«

»Die Archäologen haben mir das eine oder andere erklärt.«

»Selbst mit den Möglichkeiten der Schließer ist es schwierig, sämtliche Sternensysteme abzuklappern«, legte ihm Irina seufzend dar. »Es gibt da eine Hypothese ... eine recht fundierte ... dass sie sich bei ihrem Flug an den Signalen der Leuchttürme orientieren. Früher, vor fünf- bis sechstausend Jahren, hat es schon einmal ein Transportnetz zwischen den Planeten gegeben. Etwas von diesen Kontakten hallt noch in den Mythen und Überlieferungen nach ...«

Martin wollte aufheulen. Zum Teufel mit all diesen Sumerern, Ägyptern, Phöniziern und Dogon ... Zum Teufel mit diesem Paläokontakt, den Fresken mit Darstellungen außerirdischer Fremdlinge, den Terrassen von Baalbek und dem versunkenen Atlantis, den Pyramiden und den im Dschungel begrabenen Städten ...

Warum fürchteten sich die Menschen bloß so, an die Meisterschaft ihrer Vorfahren zu glauben? Warum wollten sie alles Fremdlingen zuschreiben?

»Aber die alten Tempel existieren wirklich auf vielen Planeten, Martin!«, beeilte sich Irina zu versichern, da sie anscheinend die Veränderungen in seiner Miene wahrgenommen hatte. »Die sind Realität! Und in den Ruinen gibt es leere Stellen, an denen sich zuvor Artefakte befanden, die erst vor relativ kurzer Zeit zerstört wurden ...«

»Gut, es gab also eine Art Netz von Leuchttürmen, an dessen Signalen sich die Schiffe der Schließer noch heute orientieren«, lenkte Martin ein. »Was schlussfolgerst du daraus?«

»Das heißt, dass die Stationen bereits erbaut waren. Dann wurden sie auf allen Planeten gleichzeitig vernichtet. Das ging mit kolossalen Zerstörungen und Opfern einher, die Planetenbewohner wurden auf ein vorgeschichtliches Niveau zurückgeworfen. Hinweise auf Naturkatastrophen unterschiedlichster Art finden sich in der Geschichte fast aller intelligenten Rassen. Hast du die Bibel gelesen?«

Martin, der nur zu gut wusste, dass sich mit Bibelzitaten jede beliebige These bestätigen ließ – Christus war ein außerirdischer Arzt, der die Juden durch Hypnose geheilt hat, Moses der einzige Überlebende von Atlantis –, hüllte sich in Schweigen. Wenn jemand schon auf solche Argumente zurückgriff, war Hopfen und Malz verloren.

»Die Sintflut«, sagte Irina und verstärkte damit Martins Wunsch zu schweigen. »Nachdem die Engel die Erde besucht und die Menschenfrauen geheiratet hatten, geriet Gott in Zorn und zerstörte nahezu die gesamte Zivilisation. Das bezieht sich auf nichts anderes als den ersten Bau der Stationen! Als die Erde zum ersten Mal in das galaktische Transportnetz aufgenommen wurde ... Du weißt, was ich meine. Und der Turmbau zu Babel ...«

»Das war später!«, schrie Martin mit schmerzerfüllter Stimme auf.

»Das berichtet natürlich von der Zerstörung jener Reste unserer Zivilisation, die die Sintflut überstanden hatten und versuchten, abermals Kontakt zu anderen Rassen aufzunehmen.«

»Die Bibel darf man nicht wörtlich nehmen!«, rief Martin. »Oder glaubst du wirklich, Gott hätte interstellare Reisen verhindert?«

»Warum denn gleich Gott?« Irina erhob jetzt ebenfalls die Stimme. Dann fügte sie bescheiden hinzu: »Ich bin nicht einmal von seiner Existenz überzeugt, schließlich habe ich überprüft ... Das Transportnetz war zerstört worden, die Zivilisationen der Barbarei überlassen – darum geht es hier, Martin! Wer das getan hat – Gott, die Erbauer des Transportnetzes oder ihre Feinde –, spielt überhaupt keine Rolle. Wichtig ist nur, dass sich alles wiederholen könnte. Davon wären abermals alle Planeten, die ungefragt an das Transportnetz angeschlossen wurden, betroffen. Dieser Schlag käme von jemandem, der weitaus stärker ist als die Schließer ...«

»Also ...« Martin stockte. Zugegeben, in Irinas Worten steckte ein wahrer Kern. »Dann sag mir mal, wie wir die gegenwärtige Situation ändern wollen? Du hast doch selbst erklärt, dass die Schließer nie um Erlaubnis für ihr Tun fragen. Drohungen fruchten bei ihnen auch nichts, insofern sitzen deine einzelligen Freunde einem Irrtum auf, wenn sie auf Erpressung hoffen.«

»Willst du die Wahrheit denn nicht herausfinden?«, fragte Irina.

»Ich?« Empört schüttelte Martin den Kopf. »Was willst du denn da noch rauskriegen? Wie viel Geld die Oligarchen auf ihren Konten haben? Mit wem die Mitglieder einer Regierung ins Bett gehen? Wer Kennedy ermordet hat und wer eigentlich hinter dem Anschlag auf das World Trade Center steckt? Der Preis für abstrakte Neugier ist höchst konkret, weißt du?«

»Was ist, ziehst du jetzt den Schwanz ein?«, brachte Irina erstaunt hervor.

Das konnte Martin nur mit Empörung quittieren.

Er selbst hielt sich nicht für einen Feigling, hatte kein Verhalten an den Tag gelegt, das einen solchen Schluss zuließe. Gewiss, er spielte nicht gern mit dem Feuer, aber ...

»Wozu?«, rief er. »Wenn wir sowieso nichts ändern können, wozu sollen wir das dann alles herausbekommen?«

In Irinas Blick lag unverkennbar Mitleid. »Und wozu hast du mich gesucht?«

»Ich wollte dir helfen ... dich retten.« Martin lachte verlegen auf. »Na ja, sagen wir mal, du hast mir gefallen.«

»Das ist alles?«

»An abstrakter Neugier, wo du bist und was du treibst, habe ich nicht gelitten!«

Anscheinend brachte das Irina aus dem Konzept. Für sie war die Welt noch klar und jung, eine Tat verlangte noch nicht nach Argumenten, Dummheit nicht nach Rechtfertigungen.

»Schade«, bedauerte sie. »Verzeih...en Sie mir. Es war falsch, Sie nach Bessar zu holen.«

»Ira, ich möchte, dass du auf die Erde zurückkehrst«, sagte Martin.

»Irgendwann werde ich das auch«, erklärte Irina. »Aber momentan ... Tut mir leid. Morgen früh werden wir zur Welt der Schließer aufbrechen.«

Als am Abend die hellblaue Sonne am Horizont unterging, saß Martin vorm Eingang der Holzpyramide, die er und Irina für die Nacht zugeteilt bekommen hatten. Die tosenden, von den Sonnenstrahlen durchbohrten Wellen bildeten einen bizarren Bildschirm, über den ein Dokumentarfilm aus dem Leben Bessars lief. Nach wie vor huschten diffuse Schatten durch die dunkelblaue Substanz, nur ließen sich jetzt im schimmernden Licht die Geißelfäden vorzüglich erkennen. »Wildtiere«? »Haustiere«? Eine »Viehherde«? »Nutzfische«? So oder so, es waren alles Protozoen ... Am Boden standen Bäume, begraben unter einer Schicht dieser Substanz, aber dennoch den irdischen frappant ähnlich. Winzige Bakterien schwirrten zwischen den Zweigen herum. Ob sie weideten?

Melancholisch nippte Martin an seiner Flasche, in der nur

noch wenig Kognak verblieben war. Ihm fiel ein beliebtes Buch ein, das er in seiner Kindheit gelesen hatte. Die jungen Helden waren in den Organismus eines Menschen geraten und hatten sich mit den Leukozyten angefreundet, gegen Bakterien gekämpft, waren durch die inneren Organe gereist, hatten selbst den Darm nicht ausgelassen – kurzum, sie unternahmen eine lehrreiche und zugleich spannende Exkursion.

Kämpfen musste Martin zum Glück gegen niemanden. Allein bei der Vorstellung, sich mit einer dieser riesigen Amöben zu schlagen, wurde ihm mulmig. Die Exkursion faszinierte ihn allerdings.

»Störe ich?«, fragte hinter ihm jemand einschmeichelnd. Bessarianer bewegten sich *sehr* leise. Nachdem Martin sich umgedreht hatte, kam er zu dem Schluss, Pawlik vor sich zu haben. Einladend winkte er ihn mit der Hand herbei.

»Ist das Alkohol?«, wollte die Amöbe wissen. »Um die Gedankentätigkeit anzuregen?«

»Eher um sie zu bremsen«, gestand Martin. »Benutzt ihr das auch?«

»Wo denkst du hin! Wir haben unsere eigenen Methoden!«, empörte sich die Amöbe heftig. »Andere Dosierungen, andere Mittel ...« Der transparente Schlauch ließ sich sanft neben Martin nieder, um dann hinzuzufügen: »Wenn du nichts dagegen hast, erhöhe ich die Zahl der Mediatoren im blauen Labyrinth.«

»Nur zu, tu dir keinen Zwang an!«, ermunterte Martin ihn. Da er die eigenen Schwächen liebte, nahm er die von anderen stets gelassen hin.

Derweil Martin am Kognak nuckelte, gluckerte die Amöbe – entweder weil sie Mediatoren produzierte oder aus einem anderen physiologischen Grund.

»Du hast nur noch sehr wenig von der alkoholischen Flüssigkeit«, bemerkte Pawlik. »Du bist mit fast leeren Händen hierhergekommen.«

»Das hat sich so ergeben«, erklärte Martin.

»Gib mir das Gefäß.« Die Amöbe streckte die Pseudohand aus. Zögernd reichte Martin ihr die Flasche.

Ein schmaler transparenter Fühler schlängelte sich in den Flaschenhals, berührte die Flüssigkeit und fuhr zurück. »Das ist kein reiner Alkohol«, stellte die Amöbe nach kurzem Nachdenken klar. »Das sind noch viele Ingredienzien. Brauchst du die?«

»Sie sind angenehm«, bekannte Martin.

»Das macht die Sache schwieriger ...«, kommentierte Pawlik. Trotzdem gab er die Flasche nicht zurück. Durch den farblosen Körper lief ein Zittern, zwischen den Organellen wirbelten trübe Strudel auf, die zum Fühler drängten und in die Flasche strömten. Wie gebannt beobachtete Martin den lebenden Destillierapparat. Schließlich nahm er aus der Pseudohand die Flasche entgegen und schnupperte argwöhnisch daran. Dann schaute er die Amöbe an.

»Die Zusammensetzung ist absolut unverändert«, erklärte sie. »Trink.«

Martin zauderte.

»Das widert dich an?«, verwunderte sich die Amöbe. »Aber ihr bringt doch das Fleisch von Lebewesen herunter, den Saft von Pflanzen, die Ausscheidungen von Insekten ... Was soll an dieser Flüssigkeit schlechter sein?«

»Du bist intelligent«, sagte Martin finster. »Das ist ... irgendwie ... wie Kannibalismus ...«

»Glaub mir, zweihundert Gramm meiner Masse verliere ich ohne jeden Schmerz«, teilte ihm die Amöbe mit. »Habt ihr übrigens schon die Suppe gegessen?«

Martin erinnerte sich an die zum Mittagessen servierte püreeartige Suppe. Vom Geschmack her hatte sie an Erbsensuppe mit gutem, frischem Rindfleisch erinnert, in der knackige Stückchen schwammen, bei denen es sich entweder um Zwieback oder um Gemüse handelte ... Danach hatte es Fleisch gegeben, ein fettiges, aber weiches, aderloses Steak ...

»O Gott ...«, stieß er bloß aus. »Ihr synthetisiert das Essen aus euerm Körper?«

»Das ist am einfachsten«, versicherte Pawlik. Dann lachte er glucksend.

Vermutlich zwang ebendieses Gelächter Martin, die Flasche an die Lippen zu setzen und einen ordentlichen Schluck zu nehmen.

Achtamar. Die besten armenischen Weinkellereien konnten da vor Neid erblassen.

»Ich kann Essen oder Trinken nicht nach deinen Beschreibungen synthetisieren«, erklärte die Amöbe. »Aber nach einem Muster geht es problemlos.«

»Weiß Irina, was sie isst?«, fragte Martin.

»Gewiss. Sie versteht das. Außerdem ist es die einzige Möglichkeit, euch vor unserem Wasser zu schützen.«

Martin beruhigte sich und nahm einen weiteren Schluck Kognak. »Sei's drum«, stieß er aus. »Morgen fahre ich nach Hause. Ihr könnt von mir aus losfliegen, um die Schließer zu bombardieren.«

»Wir haben keineswegs die Absicht, sie zu bombardieren«, empörte sich Pawlik. »Ja ... eine leichte Drohung, wenn es sein muss. Vor allem wollen wir uns aber ein Bild von der Situation machen.«

»Das ist alles so dumm«, blaffte Martin. »Dumm und unvernünftig. Wie kommt ihr nur darauf, dass bereits einmal ein Transportnetz aufgebaut und zerstört worden ist und sich das Ganze jetzt wiederholt?«

Die Pseudohand tätschelte ihm die Schulter. »Sieh dir einmal unsere Welt an, Martin.«

Martin ließ den Blick schweifen. »Den ganzen Abend über tue ich nichts anderes«, knurrte Martin. »Was soll ich denn sehen?«

»Denk nach! Was erscheint dir seltsam und unnormal?«

»Ihr«, antwortete Martin ohne nachzudenken.

»Was noch? Und warum?«

»Es gibt keine intelligenten Einzeller!«, platzte Martin heraus. »So etwas wie sie ... wie ihr kann sich nicht entwickeln! Vor allem, da es auf euerm Planeten vielzellige Pflanzen gibt!«

Der durchsichtige Schlauch nickte mit dem oberen Körperteil. »Das stimmt«, sagte er. »Eigenständig hätten wir nicht entstehen können. Wir wurden künstlich geschaffen.«

Martin stellte die Flasche ab und sah Pawlik an, gleichsam als durchdringe er die Mimik der Amöbe. »Ist das wieder ein Scherz?«, fragte er.

»Nein.«

»Und wer hat euch geschaffen? Die Schließer?«

»Nein. Jene Rasse, die unsere Welt vor besagter Katastrophe bewohnt hat. Vor jenem Tag, als der Himmel entflammte und Feuerregen niederschlug. Vor jenem Tag, als das Polareis schmolz, die Berge einstürzten und das Wasser seine Eigenschaft zu verändern begann. Sie schufen uns in dem Wissen, dass sie selbst die Katastrophe nicht überleben würden ... Die neue Umwelt würde ein Paradies für simple Lebensformen und eine Hölle für alle höheren sein.«

»Woher wisst ihr das?«, rief Martin aus.

»Aus Legenden, Martin, nur aus Legenden. Das geschah vor langer Zeit, vor zu langer, als dass noch Reste dieser Kultur erhalten wären. Sie waren jenen Weg gegangen, den auch wir eingeschlagen haben: Sie veränderten das Lebende und tasteten das Tote nicht an. Allerdings bauten sie Häuser aus totem Holz ... aus irgendeinem Grund gefiel ihnen das. Doch selbst das Tote währt nicht ewig. Was soll man da erst über das Lebende sagen? Es blieben nur Mythen ... Worte ... Worte sind dauerhafter als das Lebende und das Tote.«

Pawlik verstummte.

»Du hasst diejenigen, die deine Schöpfer ermordet haben?«

»Hass auf etwas, das bereits geschehen ist?«, verwunderte sich Pawlik. »Nein. Wozu auch? Rache ist vermutlich eher den vielzelligen Lebensformen eigen. Wir halten die Kränkungen der

Vergangenheit nicht wach. Wir denken ausschließlich an die Zukunft.«

»Wer waren sie denn, eure Schöpfer?«, fragte Martin.

»Wenn die Überlieferungen nicht lügen, ähneln sie Menschen kaum. Sie waren größer, schlanker, vielhändig und vielbeinig. Freilich ... fängt in unserer Sprache ›viel‹ bei zwei an. Insofern kann ich dir keine präzise Antwort geben. Wir haben den Planeten von ihnen geerbt, eine gewisse Zeit lebten wir noch zusammen – bis sie sich dann nicht mehr gegen die veränderten Lebensbedingungen zu schützen vermochten. Vielleicht starben die Reste ihrer Zivilisation aber auch ab, um uns Platz zu machen. Oder sie schufen ein interstellares Transportsystem und flogen auf der Suche nach einer neuen Heimat davon.«

»Habt ihr Irina deshalb geglaubt?«, fragte Martin.

»Das wussten wir schon immer.« Pawlik kicherte leise. »Wir glauben unseren Legenden. Aber das Mädchen von der Erde hat unsere Aufmerksamkeit auf andere Fakten gelenkt.«

»Zum Beispiel?«

»Auf die Legende von der globalen Katastrophe, die es in fast allen Welten gibt.«

»Die ersten Menschen gaben gern jeder lokalen Tragödie globale Ausmaße«, widersprach Martin scharf. »Und da es genügend lokale Katastrophen gab, erinnert sich die ganze Welt daran. Und jedes Hochwasser im Frühling wird von der übernächsten Generation als Sintflut bezeichnet.«

»Auf allen Planeten lassen sich alte Kulte nachweisen, in denen die Fremdlinge vom Himmel verehrt wurden ...«, fuhr Pawlik fort, ohne einen Streit anzufangen.

»Wo sollten die Götter denn sonst leben? Außer dort, von wo aus sie alles sehen können. Oben eben«, widersprach Martin.

»Auf allen Planeten, zu denen die Schließer flogen, gab es alte Ruinen mit Objekten der Verehrung, die jetzt verschwunden sind.«

»Selbstverständlich!«, schnaubte Martin. »Ein Altar wurde

immer aus wertvollen Materialien angefertigt. Und Räuber tragen nicht die Ziegel aus den Mauern fort, sondern Gold und Silber.«

»Und die Heterogenität der galaktischen Rassen irritiert dich dabei nicht?«

»Das versteht sich doch von selbst ...«, setzte Martin an. »Was hat die Heterogenität der Rassen überhaupt damit zu tun? Es wäre doch naiv, davon auszugehen, das Leben hätte auf allen Planeten dieselbe Form annehmen müssen.«

»Das ist nicht ganz richtig«, merkte die Amöbe an. »Etwa ein Drittel der Rassen in der Galaxis ist humanoid. Die Ähnlichkeit zwischen ihnen ist sehr stark, selbst auf DNS-Ebene kann man gleiche Abschnitte des genetischen Codes feststellen.«

»Gut, lassen wir das als Argument für irgendwelche uralten Kontakte gelten ...«, räumte Martin ein.

»Weitere zwanzig Prozent machen jene Lebensformen aus, die auf einem Planeten nichtterrestrischen Typs entstanden sind. Die andere Beschaffenheit der Atmosphäre, die Gravitation ...« Pawlik grunzte. »Ihnen schenken wir keine Aufmerksamkeit. Sie ihrerseits interessieren sich auch nicht sehr für uns ... Die Hälfte aller Rassen sind jedoch ehemalige Humanoide. Wie wir.«

»Was?«, fragte Martin entgeistert.

»Wie wir, die Bessarianer!«, bekräftigte die Amöbe. »Unsere Schöpfer waren Humanoide. Unser Planet glich deiner Welt. Dann änderte sich alles – und wir entstanden. Andere Rassen veränderten sich auf andere Weise. Kennst du die Welt der Dio-Daos?«

»Ja.«

»Wie hätte sich auf natürliche Weise eine solch unnormale Form intelligenten Lebens entwickeln sollen?«, fragte die Amöbe empört. »Die geringe Lebensdauer, das erbliche Gedächtnis, der Asketismus und die Selbstbeschränkung bei gleichzeitiger Existenz von hoher Technologie ... Ist dir ihre krankhafte Abneigung gegenüber biologischem Schmutz aufgefallen?«

»Die Forderung, seine Bedürfnisse nur in Toiletten zu verrichten?«, lachte Martin. »Komm schon ... das ist normale Hygiene oder Ekel.«

»Das ist nur eine der äußeren Erscheinungsformen«, fiel ihm Pawlik ins Wort. »Außerdem haben sie eine abfalllose Produktion entwickelt. Ihre Bedürfnisse schränken sie ebenfalls aus der Sorge heraus ein, sie könnten die Umwelt verschmutzen. Die Welt der Dio-Daos muss in der Vergangenheit von einer globalen ökologischen Katastrophe heimgesucht worden sein. Die Lebensformen, die sie überlebt haben – das müssen sehr wenige gewesen sein, auf dem ganzen Planeten nicht mehr als fünfhundert Arten von Lebewesen –, beschleunigten den Stoffwechsel und erwarben ein erbliches Gedächtnis. Eine klare Absage an die Evolution, oder?«

Martin zuckte mit den Schultern.

»Muss ich dich noch an Ioll erinnern? Zweibeinige, zweiarmige Wesen, die stark an Menschen erinnern ...«

Obgleich Martin durch den Kopf ging, dass nur aus Sicht einer Amöbe die Iollier Menschen ähneln konnten, widersprach er nicht.

»Aber sie sind mit der Nabelschnur an die Mutter gefesselt! Das ganze Leben lang!« Die Amöbe erhob die Stimme. »Das widerspricht jeglichen Zielen der Arterhaltung! Das ist unnormal! Das ist widerwärtig! Das ist unbequem! Sie aber leben von der Geburt bis zum Tod in der Familie der Mutter! Wie konnte eine solche Lebensform entstehen?«

»Ich weiß es nicht.«

»Aber ich weiß es!«, trumpfte die Amöbe auf. »Ihr Planet machte seine eigene Katastrophe durch. Die dortigen Bedingungen änderten sich so, dass nur Kollektivorganismen überleben konnten.«

»Du weißt sehr gut über andere Rassen Bescheid«, konstatierte Martin.

»Das ist mein Beruf. Ich bin Spezialist für Kontakte mit der

Gruppe von humanoiden Rassen«, gestand die Amöbe bescheiden. »Also, Martin! Die erste Zerstörung des Transportnetzes betraf nur Zivilisationen auf Planeten des Typs wie die, auf denen du und ich leben. Alle Kohlenstoffverbindungen bildenden, Sauerstoff atmenden Lebewesen auf Wassergrundlage wurden manipuliert. Manche weniger: Die Aranker, die Menschen und Geddarn lassen sich kaum voneinander unterscheiden. Manche mehr: In unserem Fall ist die Urrasse schlicht ausgelöscht worden, nachdem es ihr gelungen war, uns zu erschaffen ...«

»Willst du damit sagen, das wurde absichtlich getan?«, rief Martin aus. »Das war nicht nur eine Folge der Zerstörung der interstellaren Verbindungen, sondern ein bewusst durchgeführtes Experiment an intelligenten Rassen?«

»Selbstverständlich.«

»Humbug«, sagte Martin. »Weshalb hätte man das tun sollen? Ein natürliches Chaos nach dem Verschwinden der Hochtechnologie, Kriege, Barbarei, Epidemie – das könnte ich nachvollziehen ... Aber ein bewusst durchgeführtes Experiment?«

»Weshalb? Vor Milliarden Jahren wogte eine Welle des Lebens über unsere Galaxis«, führte Pawlik aus. »Ich werde nicht darüber spekulieren, wer oder was der Grund dafür war. Ich denke, dir ist ohnehin klar, dass du warmes Dreckwasser noch so lange bestrahlen und noch so viel Strom hindurchjagen kannst – aus anorganischem Stoff gewinnst du kein Leben. Eine Zelle ist zu kompliziert, als dass es sich dabei um einen Zufall handeln könnte! Aber sie ist entstanden ... und das Leben entwickelte sich. Es legte sich Verstand zu. Es begriff die Welt. Weshalb?«

»Das ist das natürliche Bedürfnis des Verstands. Der Wunsch, die ihn umgebende Welt zu erschließen ...«

»Quatsch!«, fiel ihm die Amöbe scharf ins Wort. »Das einzige natürliche Bedürfnis des Verstands ist es, seine Existenz maximal in die Länge zu ziehen. Die Welt zu erschließen dient nur der Gewährleistung der Sicherheit. Ich stelle dir eine andere Frage: Wozu braucht man den Verstand? Nicht den primitiven, tierischen Instinkt, sondern den Verstand? Ich hoffe, du bist in der Lage, diese beiden Begriffe auseinanderzuhalten.«

»Das bin ich«, beteuerte Martin. »Den Verstand braucht man für die Sicherheit, die du angeführt hast. Ein Wesen, das sich abstrakte Fragen stellen kann, hat weitaus größere Chancen zu überleben.«

»Nur langfristig. Gut, nehmen wir einmal an, eine Kette von Zufällen habe den Instinkt um den Verstand ergänzt. Aber die meisten der sogenannten intelligenten Wesen stört der Verstand letzten Endes. Ihnen reicht das instinktive Handeln völlig aus. Damit führen sie einfache Arbeiten aus, kommen den Anforderungen der sozialen Gemeinschaft nach, empfinden Vergnügen beim Essen, bei der Fortpflanzung und bei körperlichen Betätigungen anderer Art. Tiere leben vortrefflich in Herden, freuen sich ihrer Existenz und leiden nicht unter den negativen Aspekten des Verstandes.«

Martin lachte unfroh auf. »Stimmt, du hast recht. Ein großer Teil der Menschheit würde hervorragend mit rein instinktivem Handeln zurande kommen. Ihr Verstand schlummert. Ich nehme an, bei den meisten humanoiden Zivilisationen ist es nicht anders. Aber was folgt daraus?«

»Wozu braucht man den Verstand?«

»Als Mittel des Überlebens ...«

»Wozu braucht man den Verstand?«, blaffte Pawlik.

»Um idiotische Fragen zu stellen!«, brüllte Martin. »Um sich mit Fragen über den Sinn des Lebens zu quälen! Um den Tod zu fürchten! Um sich Gott auszudenken!«

»Schon besser«, befand die Amöbe sanft. »Wenn für den Instinkt das erste Signalsystem ausreicht, dann schafft der Verstand, der mit abstrakten Begriffen operieren muss, ein zweites, nämlich die Sprache. Es ist völlig belanglos, auf welche Weise wir unsere Gedanken artikulieren, ob nun durch Luftschwingungen, elektrische Impulse oder Lichtmuster auf der Haut. Die Information, die von ihrem Träger abgelöst werden kann, wird zum wichtigsten Werkzeug des Verstandes. Das Mittel zur Erschließung der Welt – und das Mittel zur Manipulation der Welt. Gehen wir jetzt noch einen Schritt weiter, Martin. Der Verstand ... Und weiter? Was ist die dritte Stufe nach dem Instinkt und dem Verstand? Welches Signalsystem eignet sich ein meta-intelligentes Wesen an? Bleibt die Grenze zwischen Gedanken und Verhalten, zwischen Information und Handlung erhalten? Das Wesen über dem Wesen – was ist das? Bereits Gott? Oder noch ein Mensch? Wie viele Stufen muss das Leben erklimmen, damit wir uns endgültig aus der dumpfen Materie herauslösen? Und was zwingt uns, gegen die Barrieren der Homöostase anzukämpfen, indem wir zunächst überflüssige Eigenschaften erwerben? Erst die Instinkte, dann den Verstand, dann ... dann etwas, für das es noch keine Bezeichnung gibt. Was reißt uns aus unserer tierischen Ruhe, was treibt uns weiter? In wessen Händen liegen Zuckerbrot und Peitsche? Wer ist er, der Große Experimentator, der unsere Ruhe stört, der Schöpfer und Zerstörer? Gott? Oder nur ein metaintelligentes Wesen, das an der gleichen schrecklichen Gier krankt wie wir? Schafft dieser Verstand Glück? Schafft dieser Metaverstand Glück? Wie viele Stufen hat die Leiter, die vom Instinkt hinaufführt? Tiere sind nicht erpicht darauf, Verstand zu erwerben. Das sind wir, die versuchen, sie aus ihren zärtlichen und liebevollen Träumen zu wecken und ihnen unsere Leiden des Verstands zuteil werden zu lassen. Die intelligenten Wesen indes drängen nicht zum nächsten Schritt. In uns lebt noch die uralte Angst vor dem Erwerb des Verstands, diesem unerwarteten und unerbetenen Geschenk von oben. Wir leben beschaulich und gut versorgt auf dem jetzigen Niveau der Erschließung der Welt. Wir können auf ein Wissen verzichten, das wir uns nicht einmal vorzustellen vermögen.«

Die Amöbe verstummte. Dann stieß sie ein Gelächter aus. »Uns locken die süßen Früchte des Himmels, die absolute Sicherheit, das ewige Leben, das große Wissen. Es ist nur ein einziger Schritt weiter vom Verstand aus nach oben! Aber wir wollen unsere Ruhe nicht verlieren. Wir argwöhnen – und das mit gutem Grund –, dass uns eine Meta-Intelligenz neuen Kummer bringt, so wie der Verstand uns einst Sehnsucht und Leid gebracht hat. Und während wir über die Oberfläche der schmutzigen Planetenkugeln krabbeln und uns nur auf unseren unzureichenden Verstand verlassen, versuchen wir den paradiesischen Baum der Erkenntnis zu züchten. Alles zu bekommen, ohne etwas Neues zu erwerben. Zu Göttern zu werden und dabei Menschen zu bleiben. Und irgendwann wird das, was über uns existiert, das Zuckerbrot wegstecken und die Peitsche herausholen. Dann wird der Himmel brennen, werden die Ozeane brodeln und der Verstand nicht ausreichen, um das Überleben zu gewährleisten ... Wofür hat euer Gott die Menschheit mit der Sintflut bestraft? Für ihre Vermessenheit? Nein! Für ihr Zaudern! Für die Ignoranz, die es gegenüber dem erhaltenen Verstand an den Tag legte, für den Triumph des Instinkts. Für den Versuch, ein intelligentes Tier zu bleiben. Die Geschenke der Götter darf man nicht zurückweisen, Martin! Und wenn der Verstand sich abermals eine lauschige Nische geschaffen hat, um dort zu verweilen – dann erwartet uns neues Unglück. Wir sind dazu verdammt, höher und höher zu streben, uns aus dem Schmutz zum Himmel zu erheben!«

»Aber ... die Schließer ...«, setzte Martin an.

»So verlockend die Geschenke der Schließer auch sind, sie verführen uns dazu innezuhalten. Sie geben intelligenten Wesen das, was einem Meta-Verstand vorbehalten sein sollte: die Kontrolle über den Raum, über das Bewusstsein, über Leben und Tod. Als intelligentes Wesen, das mit sich zufrieden ist und keine Komplexe hat, würde ich die Geschenke der Schließer mit Freude annehmen und meine Entwicklung einstellen. Aber wie sieht die Meta-Intelligenz das? Lockt sie uns erneut mit Zuckerbrot, um dessentwillen wir dann die Geschenke der Schließer verschmähen? Oder holt sie die Peitsche heraus?«

Die Amöbe richtete sich auf und schüttelte sich wie ein nasser Hund. »Das sind die Vorwürfe, die wir den Schließern machen, die der Galaxis Frieden und Wohlstand gebracht haben«, sagte sie. »Es sind höchst konstruierte und haltlose Vorwürfe. Aber wir sind bereit, das Risiko einzugehen und die Schließer in ihrer Heimat zu besuchen.«

Martin blieb noch ein Weilchen sitzen, den Blick auf die groteske Figur gerichtet, die mit unvorstellbarer Grazie davonkroch. An der tosenden Wasserwand streckte die Amöbe eine Pseudohand aus und winkte ihm zu, bevor sie in die blaue Substanz eintauchte. Es dunkelte bereits, und der Bessarianer geriet augenblicks außer Sicht.

»Zuckerbrot und Peitsche«, grummelte Martin. »Warum muss die Wahl immer so langweilig sein? Süßes mag ich sowieso nicht.«

Er verstaute die Kognakflasche in seiner Tasche und betrat die Holzpyramide. Das in den ersten Stock hinaufführende Geflecht von Treppen – Rampen, spiralförmige, vertikale und ganz gewöhnliche Treppen – verwandelte das Erdgeschoss in das Bühnenbild für eine Fernsehshow oder eine Ausstellung zu den Errungenschaften der Treppenbaukunst. Martin gelangte über eine schräge Rampe in den ersten Stock und blieb unschlüssig vorm Eingang in die ihm zugewiesene Kammer stehen. Auf dem Boden lag eine weiche, mit getrockneten Algen gestopfte Matratze, daneben stapelten sich drei Decken, stand eine Kanne mit Wasser bereit, leuchtete sanft eine gläserne Kugel, denn eine Zentralbeleuchtung gab es in der Pyramide nicht. Türen fehlten im Innern der Pyramide ebenfalls, der Zugang zu seiner Kammer war mit einer weiteren Decke verhangen, die am Rahmen befestigt war.

Martin spürte sofort, wie ihn Einsamkeit packte.

Deshalb ging er zum Eingang der zweiten Kammer. Unter der Decke am Eingang drang Licht nach draußen, vermutlich schlief Irotschka Poluschkina also noch nicht.

Mit einem »Darf ich reinkommen?« auf sich aufmerksam zu machen, schien ihm ungeschickt wie nichts sonst – weshalb Martin nur hüstelte.

»Ich schlafe noch nicht«, sagte Irina hinter dem Vorhang leise. Als er eintrat, fügte sie hinzu: »Ich habe auf dich gewartet.«

Die junge Frau saß in eine Decke gehüllt auf dem Bett. Martin setzte sich neben ihr auf den Fußboden und holte sein Fläschchen aus der Tasche. »Möchtest du?«

Irina nickte.

»Ich fliege mit dir mit«, sagte Martin, nachdem sie einen Schluck genommen hatte. »Ich habe nur ein Leben, und das gefällt mir. Aber ich fliege mit dir, denn es gibt wichtigere Dinge als das Leben.«

Schweigend betrachtete Irina ihn, während sie sich in die Decke mummelte. Mit überraschender Klarheit ging Martin auf, dass Irotschka unter dem Laken völlig nackt war. Und dies keinesfalls, weil sie gern nackt auf einer blanken Matratze schlief.

»Komm her«, forderte sie ihn mit leiser Stimme auf.

Gleichwohl fand Martin in sich noch genügend Kraft, um zu wiederholen: »Ich fliege mit dir. Du brauchst also nicht ...«

»Idiot«, befand Irina und streckte sich nach ihm aus. Auf ihren Lippen lag noch der Geschmack des Kognaks. Die Decke rutschte hinunter. Einen flüchtigen Augenblick lang suchte Martin das aufdringliche Bild der ersten Irotschka Poluschkina heim, ihr nackter Körper, der im Wasser des Kanals versank, und jenes der vierten Irina, die nackt vor dem Geistlichen des ThaiGeddars kniete ...

Dieser Körper hingegen lebte und dürstete nicht weniger nach Leben als Martin.

Tod gab es hier keinen.

Vier

Natürlich war Martin nie zuvor im Kosmos gewesen. Er hatte etwa sechs Dutzend Planeten besucht, auf seinen Reisen rund hundert Rassen kennengelernt, aber er hatte sich niemals mit einer solch altmodischen Einrichtung fortbewegt. Der suborbitale Flug auf Arank hatte die größtmögliche Annäherung an einen Ausflug in den Kosmos dargestellt.

In seiner Kindheit hatte er wie jedes belesene Kind aus einer Familie von Intelligenzlern Bücher über Raumfahrt verschlungen, meist Übersetzungen amerikanischer Werke, mitunter aber auch von russischen Autoren. Daher wusste Martin, dass der erste Mann im All Juri Gagarin gewesen war, dass der erste Sputnik ebenfalls aus Russland gestartet war, das damals freilich einen anderen Namen trug. Mitunter hatte er sogar Wetten gegen seine Klassenkameraden gewonnen, die behaupteten, der erste Mann im Weltraum sei Neil Armstrong gewesen – und zwar gleich mit einem Flug zum Mond und im Shuttle.

Gleichwohl hatte Martin nicht davon geträumt, Astronaut zu werden. Selbst als Leseratte legte er eine gewisse Nüchternheit an den Tag, weshalb er wusste, was die moderne russische Raumfahrt eigentlich ausmachte – und er hegte nicht die Absicht, für selbstzufriedene Amerikaner Güter in den Weltraum zu transportieren. Daher entzückte ihn die überraschende Aussicht auf einen Eintritt in den Orbit keineswegs.

Zumal sich das Raumschiff der Bessarianer beängstigend

von irdischen Raketen unterschied. Es verfügte über jene breiige Plattform, die alle Transportmittel des Planeten aufwiesen, die hier jedoch weit größer ausgefallen war, mit einem Durchmesser von zwanzig Metern und einer Dicke von zehn Metern. Unter einer kleineren Kuppel in der Mitte der Scheibe gab es Platz für die Besatzung, genauer, zwei Bodenvertiefungen in Form eines menschlichen Körpers und zwei tiefe Schächte, in die die Bessarianer »flossen«.

»Das ist Petenka«, stellte Pawlik das zweite bessarianische Mitglied im Team vor. »Er ist noch sehr jung, verfügt jedoch über eine erstaunliche Struktur des blauen Labyrinths, die ihm eine rasante Informationsverarbeitung erlaubt.«

Beim jungen Petenka handelte es sich um einen transparenten Schlauch von anderthalb Meter Größe. »Es ist mir eine Ehre, mit euch zusammenzuarbeiten«, brachte er verlegen hervor.

Martin, bereits daran gewöhnt, drückte die kühle Pseudohand.

»Petenka ist der wohlgeratene Spross von Andrjuschka, dem Leiter unseres Projekts«, erläuterte Pawlik. »Eigentlich wollte Andrjuschka den Flug selbst übernehmen, doch seine Aufgabe ist zu wichtig, als dass er dieses Risiko eingehen sollte. Deshalb hat er Petenka von sich durch Zellteilung abgespalten und ihn persönlich im Geist eines Pioniers erzogen. Ein bemerkenswerter Ausweg aus der Situation, nicht wahr?«

Er brach in schallendes Gelächter aus. Etwas befremdete Martin im Verhalten Pawliks, vielleicht das hastige Sprechen und die allzu heftigen Emotionen ... Stünde vor ihm ein Mensch, und keine Amöbe, hätte er eine erhöhte Dosis eines Rauschmittels geargwöhnt.

»Könnt ihr euer Gedächtnis mit euren Sprösslingen teilen?«, wollte Martin, dem die Dio-Daos einfielen, wissen.

»Natürlich nicht«, sagte Pawlik mit leichtem Bedauern. »Aber Petenka dürfte sogar seinen Vater in manchen Dingen übertreffen. Er ist klug, unser Petenka! Ein Schlaukopf!«

»Sag mal, Pawlik, warum gebraucht ihr alle Namen nur in der Koseform?«, konnte Martin sich nicht verkneifen zu fragen.

»Um Sympathie zu erwecken«, gab Pawlik unumwunden. »Wenn ihr mich Pwchannlk nennen müsstet, was der tatsächlichen Aussprache meines Namens relativ nahe käme, wäre eure Beziehung zu mir eine ganz andere. Selbst der kämpferische und strenge Name Pawel würde eine gewisse Distanz schaffen. Aber Pawlik ... Das ist freundlich, zärtlich und unschuldig. Reicht diese Antwort?«

»Unbedingt«, versicherte Martin.

Für sie gab es jetzt nichts mehr zu tun. Das Schiff sollte erst in mehr als einer Stunde starten, die Mannschaft – und erst recht nicht die beiden Menschen – musste das System nicht mehr überprüfen. Es blieb ihnen nur zu warten – in jenem auf dem steinigen Boden unterhalb der dunkelblauen Substanz ruhenden lebenden Raumschiff. Zu warten und sich zu unterhalten ... Wenn es im Schiff nur die geringste Gelegenheit gegeben hätte, sich zurückzuziehen, hätte Martin eine bessere Möglichkeit gewusst, sich die Zeit zu vertreiben.

Er sah zu Irina hinüber, die in ihrem Konturensessel saß. Als sie lächelte, erwiderte Martin das ebenfalls mit einem Lächeln.

Dennoch fürchtete er sich vor einer weiteren Beziehung mit Irina – sollte ihnen das Abenteuer mit den Schließern überhaupt die Möglichkeit einer solchen lassen. Gestern war alles einfach und richtig gewesen. Ein Mann und eine Frau, die allein auf einem Planeten waren und nicht die geringste Ahnung hatten, was ihnen bevorstand ... Worte hatte es keiner bedurft, von den einfachsten, noch vom Cro-Magnon-Typus übernommenen abgesehen.

Heute versuchte Martin sich auszumalen, worüber er sich mit Irina unterhalten sollte. Über die Schließer, über ferne Welten, über traurige Götter, die die Evolution vorantrieben? Bloß nicht. Über Irotschka selbst? Über den kürzlichen Schulabschluss, das erste Universitätssemester, schlechte Lehrer, eintönige Seminare und dumme Kommilitonen? Lächerlich. Über Martin selbst? Mit diesem Gedanken hatte er ein wenig gespielt, achtsam freilich, wie mit einem Ding, das gleichzeitig fragil und glitschig war, wie mit einer stark eingeseiften Kristallschale. Was konnte er dieser jungen Frau erzählen? Wofür könnte sie sich interessieren? Für die Kunst, Cocktails zu mixen? Kulinarische Geheimnisse? Quatsch, all das wissen Frauen erst in weit späteren Jahren zu schätzen. Dann vielleicht von seinen Abenteuern in fremden Welten? Von der Jagd nach Verbrechern, der Suche nach fortgelaufenen Frauen und Kindern? Wie jedoch nahmen sich diese Abenteuer im Vergleich zu den vier Toden von Ira Poluschkina aus? Wie ein Kindergarten, wie Latzhosen ...

Das eingeseifte Kristallglas entglitt seinen Fingern und zersprang in zahllose Scherben.

Leicht panisch begriff Martin, dass die letzte Nacht ihr einziges Gesprächsthema darstellte. Das war natürlich nicht schlimm. Wenn Sex unweigerlich nach geistigem Austausch verlangte, hätte die Bevölkerung auf der Erde längst aufgehört zu wachsen.

»Setz dich, Martin«, rief ihm Irina zu.

Martin setzte sich neben sie, der weiche Boden höhlte sich aus, dergestalt einen recht bequemen Sessel formend, in dem man halb sitzend, halb liegend Platz fand. Irina griff nach seiner Hand. »Ich danke dir«, sagte sie leise.

Martin brachte ein höfliches Lächeln zustande und schickte sich schon an, Irina zu fragen, was sie über den Aufbau der bessarianischen Gesellschaft denke, als die Frau fortfuhr: »Jetzt sitze ich hier wie ein begossener Pudel und frage mich, worüber ich mich mit dir unterhalten soll. Ja wohl nicht über die Uni ... Oder über fremde Welten, die du ohnehin besser kennst als ich. Soll ich dir ein Staatsgeheimnis verraten?«

Martin schluckte den vorbereiteten Satz hinunter.

»Mein Vater ist immerhin Analytiker, bis heute arbeitet er

für die Organe«, erklärte Irina. »Willst du etwas über unsere Verhandlungen mit den Amerikanern wissen?«

»Stopp!«, sagte Martin rasch. »Das interessiert mich überhaupt nicht. Und auch du solltest es besser vergessen. Je weniger du weißt, desto ruhiger schläfst du.«

Sie zeigte sich nicht gekränkt, nahm seine Worte jedoch auch nicht ernst. »Ich liebe Geheimnisse«, teilte sie ihm mit einem Lächeln mit. »Von Kindheit an. Deshalb habe ich meine Nase auch in diese Geschichte reingesteckt ...«

»Möchtest du deinem Vater beweisen, dass du pfiffiger bist als er?«, fragte Martin. »Er beschäftigt sich mit Staatsgeheimnissen, aber du knackst die galaktischen Rätsel.«

»Irgendwie schon.« Irina nickte. »Ich habe etwas über die Theorie der Bessarianer gelesen, über den Instinkt, den Verstand und den Metaverstand, über die Notwendigkeit der andauernden Evolution ... und darüber, wie die Schließer mit ihren Geschenken eine globale Katastrophe herbeiführen. Genau dazu gab es auch einen Kommentar meines Vaters, warum das eben nicht stimmt, warum man die Überlegungen intelligenter Amöben nicht ernst nehmen darf ... All das war sehr ... sehr vernünftig. Wenn einige Zeilen weiter oben nicht die Auffassung der Bessarianer dargelegt worden wäre, dass kein intelligentes Wesen die nächste Stufe der Entwicklung erreichen will und alle möglichen Argumente dagegen sucht ... Und genau diese Argumente hat mein Vater vorgebracht! Das hat mich so wütend gemacht ...«

Martin rief sich Ernesto Poluschkin in Erinnerung, der geahnt hatte, dass er ein Analgetikum mitnehmen müsse, wenn er in aller Herrgottsfrühe einen Privatdetektiv aufsuchte. »Irotschka«, sagte er kopfschüttelnd, »dein Vater ist weder dumm noch blind. Er weiß ganz genau, was er tut.«

»Aber weshalb hat er dann ...«, empörte sich Irina.

»Die Entscheidung, sich nicht einzumischen, war doch längst getroffen«, fiel ihr Martin ins Wort. »Ein erfahrener Experte weiß genau, welche Informationen sein Auftraggeber hören will und akzeptieren kann und welche er ablehnt. Und alles, was er tun kann, ist, das eigene Urteil zu unterhöhlen. Es so zu verfassen, dass die Haltlosigkeit der Argumente klar zu erkennen ist, sobald ein Mensch ohne Scheuklappen darauf schaut.«

Eine Zeit lang hüllte sich Irina in Schweigen. »Ob ich den Bericht zufällig gesehen habe?«, fragte sie.

»Das müsstest du besser wissen«, erwiderte Martin.

»Der Ausdruck lag bei meinem Vater im Arbeitszimmer«, erklärte Irina. »Vielleicht ... nein. Das glaube ich nicht.«

Trotzdem hallten in ihrer Stimme Zweifel nach.

»Weißt du, was ich glaube?«, tastete Martin sich langsam vor. »Eine Reihe von Leuten, die sich beruflich mit all diesen Fragen beschäftigen, ist mit der offiziellen Politik nicht einverstanden ... die wir hier als Politik der Nichteinmischung bezeichnen wollen.«

»Als Vogel-Strauß-Politik«, korrigierte Irina ihn finster.

»Offenbar gehört auch dein Vater zu ihnen und der für mich zuständige Mann vom Föderativen Sicherheitsdienst«, spekulierte Martin weiter. »Und noch jemand ... doch das spielt jetzt keine Rolle. Es dürfte kaum ihre Absicht gewesen sein, *dich* loszuschicken, damit du all die Geheimnisse des Universums lüftest. Und zwar nicht, weil du nicht dazu in der Lage wärst, das ganz gewiss nicht«, stellte Martin unverzüglich klar. »Aber das ist eine gefährliche Angelegenheit, und ich kann mir nicht vorstellen, dass dein Vater sich darauf eingelassen hätte. Eher hätte wohl jemand von der Auslandsaufklärung zu diesem Schritt provoziert werden sollen ... Doch als du die Dokumente gelesen hattest und durch das Große Tor gestürmt warst, haben sie beschlossen, davon zu profitieren. Deshalb haben sie mich angeheuert.«

»Bist du denn so bekannt und ausgebufft?«, fragte Irina ironisch.

»Hm, ich gelte schon als ausgewiesener Spezialist ...«, gestand Martin zögernd. »Teufel auch! Ich weiß es nicht. Ich bin nicht so gut, dass die Staatssicherheit auf mich setzen würde!«

»Und wenn außer dir noch andere Detektive und Spione ausgeschickt wurden?«

»Dann wäre mir mindestens einer von ihnen über den Weg gelaufen«, erklärte Martin. »Und der russische Geheimdienst dürfte ja wohl kaum den Geddar angeworben haben! Ich weiß nicht, Irinka. Das passt alles irgendwie nicht zusammen.«

»Es gefällt mir, wenn du mich so nennst«, wechselte Irina sogleich das Thema.

»Und noch was«, warf Martin schnell ein. »In meinem letzten Gespräch mit Juri Sergejewitsch hat er die älteste Station der Schließer erwähnt, die vor sechsundachtzig Jahren errichtet worden ist. Er hat nicht präzisiert, auf welchem Planeten, aber ... Das ist doch kein Zufall? Hat er mich absichtlich hier hergeschickt? Und außerdem: Obwohl Juri Sergejewitsch mich verbal aufgefordert hat, die Finger von der Sache zu lassen und die Suche nach dir aufzugeben, glaube ich, dass er mich im Grunde genau dazu gedrängt hat ... Ira, nach welchem Prinzip hast du die Planeten ausgewählt, zu denen du aufgebrochen bist?«

»Der Liste der Planeten hatte mein Vater eine Einschätzung der allgemeinen Situation hinzugefügt«, teilte Irina ihm mit. »Auf sieben Planeten ist er näher eingegangen ...«

»Auf sieben?«, wunderte sich Martin.

»Ja. Und immer waren seine Argumente ... irgendwie schwach. Dumm. Zum Beispiel hat er über Bibliothek geschrieben, es handle sich bei dem Planeten um ein Kunstwerk, eine Art Steingarten, aber keinesfalls um einen Informationsspeicher. Diese Theorie ist schon vor langer Zeit ad absurdum geführt worden ... So ging es bei allen Planeten weiter. Über die Aranker hat mein Vater geschrieben, es sei völlig müßig, darüber zu streiten, ob sie eine Seele hätten oder nicht, da auch bei uns die Ausstattung mit selbiger das Privileg der Geistlichen sei.«

»Ja, und?«, fragte Martin verständnislos.

»Er ist gläubig, er geht oft in die Kirche«, erklärte Irina. »Dergleichen würde er nie ernstlich schreiben! Und zu Prärie 2 hat er angemerkt ...«

Martin hörte bereits nicht mehr hin. Er lehnte sich zurück, worauf in seinem Rücken prompt eine bequeme Lehne aus dem Boden herauswuchs, und überließ sich seinen Gedanken.

Erstens: Er war nicht zufällig auf die Suche nach Irina geschickt worden. Weder war er der begabteste noch der erfolgreichste Privatdetektiv, trotzdem war er aus irgendeinem Grund ausgesucht worden ...

Zweitens: Ernesto Poluschkin und Juri Sergejewitsch wussten ganz genau, wo Irina sich befand. Anfangs war das vielleicht noch nicht der Fall, doch nachdem sich herausgestellt hatte, dass die Frau sich versiebenfacht hatte, musste es ihnen klar geworden sein. Warum also hatten sich der brave Vater Ernesto Semjonowitsch oder der um das Schicksal des Staats besorgte Juri Sergejewitsch nicht selbst zu dem Planeten aufgemacht? Warum wurden keine neuen Detektive angeheuert, nicht Geheimdienstagenten hinzugezogen? Und zu guter Letzt: Warum hatten sie Martin selbst nicht gründlich informiert?

Damit drängte sich im Grunde eine einzige Schlussfolgerung auf. Er, Martin, sollte Irina selbstständig suchen, dabei mit ein paar Informationsbrocken zurande kommen, sein Kombinationsvermögen und seine Intuition gebrauchen. Darauf mussten die beiden Verschwörer aus irgendeinem Grund Wert gelegt haben.

»Verfluchter Mist!«, schimpfte Martin. »Diese Agentenspielchen!«

Noch vor vierundzwanzig Stunden hätte er, nachdem er ins Bild gesetzt worden war, davon abgesehen, sich auf ein Spiel nach fremden Regeln einzulassen. Er hätte die Suche nach Irina wirklich aufgegeben. War es denn nicht auch eine Schweinerei, einen Menschen wie eine Marionette zu benutzen! Dass diese

Schweinerei die Geheimdienste nicht scherte, linderte Martins Zorn durchaus nicht.

Jetzt war es allerdings zu spät. Er hatte sich mit den Ideen der Bessarianer vertraut gemacht – und fühlte sich für das Schicksal der Zivilisation verantwortlich. Er hatte mit Irina geschlafen – und fühlte sich verpflichtet, sie zu beschützen.

Martin war ihnen auf den Leim gegangen.

Nun musste er nur noch herausfinden, warum als Marionette ausgerechnet er ausgewählt worden war.

Gewiss, inzwischen eilte Martin ein guter Ruf voraus, ihm haftete der klangvolle Spitzname »Läufer« an, er blickte auf einen hohen Prozentsatz aufgeklärter Fälle zurück. Letztendlich verdankte er all das jedoch allein seiner Fähigkeit, die Schließer einzululen und somit kühn von Planet zu Planet zu hüpfen. Im Faustkampf, im Schießen, ja, selbst bei der Observation und Deduktion – kurzum, in all den Disziplinen, die für einen Privatdetektiv unverzichtbar sind – rangierte er höchstens im oberen Mittelfeld. Falls einmal ein echter Profi seinen Weg kreuzte, würde Martin sich prompt im gastfreundlichen Boden eines anderen Planeten wiederfinden und naive außerirdische Würmer mit seinen fremdplanetarischen organischen Stoffen vergiften. In seiner frühen Kindheit, als er wie alle Jungen die Abenteuer Erast Fandorins verschlungen hatte, hatte Martin sich das Schläfenhaar mit Wasserstoffperoxid gebleicht und überall seine Lupe mit hingeschleppt, um so schrecklichen Geheimnissen wie dem des aus dem abgeschlossenen Lehrerzimmers verschwundenen Klassenbuchs auf die Spur zu kommen (wofür er Prügel von mehreren Achtklässlern bezogen hatte). Im Mannesalter hatten die Detektivspiele ihren Reiz arg eingebüßt, vor allem da er mit dieser Tätigkeit sein täglich Brot verdiente.

Interessierte sich die Staatssicherheit also für Martins Fähigkeiten, mit den Schließern fertig zu werden? Möglicherweise. In diesem Fall musste hinter der Geschichte jedoch ein Motiv stecken, das Martin bislang nicht durchschaute.

»Uns steht das Ende der Welt bevor, und wir werden in vollkommener Dunkelheit gehalten!«, rief er.

Wie seltsam das auch klingen mochte, doch Irina vollzog den Gang seiner Gedanken lückenlos nach. »Vielleicht erschreckt uns das Licht?«, bot sie an. »Überhaupt ... wenn das Ende der Welt naht, dann sollte das auch ein Ende der Dunkelheit bedeuten.«

Diese Worte, obschon leicht naiv und schwülstig, zeigten dennoch Wirkung. Martin sah Irina an, lächelte und nahm sie fester bei der Hand. »Eins verstehe ich nicht ...«, sagte er. »Warum hat dein Vater dich gehen lassen? Ich glaube einfach nicht, dass er seine einzige Tochter opfert, um die Welt zu retten. Die Menschen sind keine Aranker.«

»Die Aranker sind seltsam«, bestätigte Irina. »Aber sie lieben ihre Kinder.«

»Das schon, aber auf eine höchst eigenwillige Weise«, erwiderte Martin, der an den kleinen Hatti dachte, den sein Vater mit einem Unbekannten in fremde Welten hätte ziehen lassen. »Sie sind mit Fatalismus vollgepumpt ... Letzten Endes glaube ich doch, die Aranker haben mit ihrer Seele gewisse Probleme ... In welchen Welten befinden sich deine Kopien, Irina?«

»Hast du Angst, dass ich plötzlich sterbe?«, fragte die Frau.

»Ja«, gestand Martin. »Außerdem möchte ich die Logik verstehen, die hinter der Wahl dieser sieben Welten steckt.«

»Talisman und Scheali.«

Martin dachte nach. Talisman war in der Tat ein seltsamer Planet, den er zwar noch nie besucht hatte, über dessen Rätsel jedoch jede Boulevardzeitung berichtete. Aber Scheali? Die Heimat der flugunfähigen intelligenten Vögel ...

»Warum Scheali?«, wollte er wissen.

»Dem Bericht war ein Artikel über eine Reihe von Merkwürdigkeiten im Verhalten der Schealier beigefügt.« Irina runzelte die Stirn. »Wenn man mit ihnen in Kontakt tritt, tauchen Probleme auf, sie zeigen ein inadäquates Verhalten ... Am Ende hatte mein Vater mit großen Buchstaben angemerkt: VERSTAND??? Mit drei Fragezeichen.«

»Verstand«, wiederholte Martin. »Alles klar.«

Respektvoll betrachtete Irina ihn – dies freilich unverdient, denn Martin sah keineswegs klarer als zuvor. Die Schealier waren eine durch und durch gewöhnliche Rasse, allenfalls die Vogel-Herkunft verlieh ihnen ein paar farbenprächtige Tupfer.

»Freunde!«, unterbrach Pawlik ihr Gespräch. »Wir starten!«

»Dann mal los«, erwiderte Martin.

Die zähe Masse des Raumschiffs schlug eine Welle, schloss sich über den Konturensesseln zusammen und ließ nur für den Kopf eine Öffnung. Aus irgendeinem Grund fielen Martin die Tragetaschen für kleine Hunde ein, aus denen nur die struppigen Schnauzen der Chihuahua, Shizu und Yorkshire Terrier herauslugten. Schwermut überkam ihn. Gleichwohl hielten er und Irina sich weiterhin bei der Hand, das konnte das Schiff nicht verhindern.

In den nächsten Sekunden passierte noch nichts. Dann klaffte die dunkelblaue Substanz über dem Schiff auseinander, und es stieg in den Himmel auf. Gleichmäßig, ohne dass er die Beschleunigung spürte. Martin beugte sich vor und blickte hinunter: Unter dem halbtransparenten Boden des Raumschiffs entfernte sich die Oberfläche Bessars in rasendem Tempo. Die laufenden Triebwerke stießen keine Fackeln aus – womit Martin allerdings auch nicht gerechnet hatte.

»Nach welchem Prinzip funktioniert das Schiff?«, fragte Martin, der unwillkürlich die Stimme erhob, auch wenn in der Kabine absolute Stille herrschte.

»Eine Verschiebung der Bewegungsvektoren des Universums in Bezug auf einen lokalen Punkt!«, erwiderte Pawlik aufgeräumt mit ebenfalls erhobener Stimme.

»Papperlappation«, konterte Martin.

»Nicht doch, es ist alles ganz einfach!«, widersprach Pawlik. »Wir schalten das Trägheitsmoment des Schiffs aus, sodass es ein absolut unbeweglicher Punkt wird ... während die Galaxis sich weiter bewegt. Auf diese Weise bleiben wir an einer Stelle, verändern aber gleichzeitig unsere Position zu anderen Objekten. Poetisch ausgedrückt: Bewege das Universum, bewege dich aber nicht selbst! Entscheidend dabei ist, den Zeitpunkt des Starts richtig zu wählen!«

»Wie schön ...«, flüsterte Irina.

Im ersten Moment glaubte Martin, die Worte der Frau bezögen sich auf die Art der Fortbewegung. Doch als er den Kopf in den Nacken legte, sah er, wie sich über ihnen der Himmel öffnete.

Allmählich löste sich das reine, sonnengleiche Hellblau auf. Keine Wolke prangte am Himmel, das Auge vermochte die Geschwindigkeit des Fluges nicht mehr einzuschätzen, einzig das unendliche Dunkelblau dehnte sich weiter und weiter, bewahrte indes tief unten am Grund den hellblauen Widerschein des Sterns. Dann sprenkelten Sterne das Tiefblau, das in Dunkelheit überging, worauf nur noch die zottelige Sonnenscheibe gleich einem Himmelssplitter leuchtete. Unmerklich veränderte sich die Wahrnehmung, die fremde Sonne schien nunmehr unter dem Schiff zu hängen, während die sich rasant entfernende Kugel des Planeten über ihm lag. Inzwischen waren sie, wie Martin aufging, in die Schwerelosigkeit vorgedrungen.

»Wir nähern uns der Basis«, erklärte Petenka. Von außen betrachtet, schien er keinesfalls damit beschäftigt, das Schiff zu steuern, welches zudem noch nicht mal über ein Pult verfügte. Vermutlich steuerten die Bessarianer ihre Geräte, indem sie sie einfach an einer beliebigen Stelle berührten. Die matschige Substanz fungierte gleichermaßen als Schaltpult, Raumkapsel und Triebwerk. »Wir haben den gewünschten Punkt erreicht, die Bewegung ist zum Stillstand gekommen.«

»Pfundskerl!«, lobte ihn Pawlik munter. »Ein Schlaukopf ist er, unser Petenka! Wir sind stolz auf dich!«

»Ich habe mir alle Mühe gegeben«, wiegelte Petenka bescheiden ab. »Aber es hat wirklich gut geklappt, oder? Vielleicht könnte ich jetzt einen kleinen Happen essen?«

»Nur zu«, forderte Pawlik ihn auf. »Wahrlich, ein prachtvoller Junge!«

Durch Petenkas Körper lief ein Zittern, in seinem Innern trübte sich etwas. Den »Happen« zweigte er sich offenbar vom Schiff ab.

Martin und Irina wechselten Blicke. Selbst wenn sie es nicht glauben wollten: Sie befanden sich im Orbit eines fremden Planeten, in einem außerirdischen Raumschiff, das eine geniale, jedoch durchweg infantile Amöbe steuerte!

»Ich gratuliere zum ersten Raumflug!«, sagte Martin. »Dürfen wir jetzt verlangen, als Kosmonauten bezeichnet zu werden?«

Irina kicherte leise. Auch das war schön. Auch das war richtig.

»Noch ein, zwei Minütchen, und die Schließer brechen zu ihrem Planeten auf«, informierte Pawlik sie. »Haltet euch bereit.«

»Und wenn sie das Schiff bemerken und durchschauen, was wir vorhaben?«, wollte Martin wissen.

»Na was wohl?« Pawlik lachte hohl. »Ihr wisst doch, wie Schließer ihre Probleme lösen. In dem Fall werden wir nichts spüren!«

Fünf

Es ist eine ausgesprochen unangenehme Beschäftigung, auf den Tod zu warten. Zu wissen, dass man sein Nahen nicht spüren, es einfach nicht bemerken kann, macht die Sache doppelt unangenehm.

Zum Tode Verurteilte sehen das möglicherweise anders ...

Martin hatte wiederholt in der Klemme gesteckt, und die Chancen, die Bredouille zu überleben, hatten eins zu zwei, manchmal eins zu drei gestanden. Insofern wartete er mit relativer Gelassenheit, schwitzte lediglich und verspürte den unbezwinglichen Wunsch zu fluchen. Zum Glück hatte sich Irinas Hand noch vor seiner mit Schweiß überzogen. Ihrem Gesicht entnahm Martin, dass ein Schimpfwort die Frau jetzt durchaus nicht schockieren würde. Kaum war ihm das bewusst geworden, löste sich der Wunsch nach unflätigem Fluchen in Luft auf, und auch die Angst verkroch sich. Für einen verschreckten Mann gibt es nichts Heilsameres, als neben sich eine aufgelöste Frau zu wissen – das verleiht ihm augenblicks Tapferkeit.

Zum Glück brauchten sie nicht lange zu warten. Sie gewahrten nichts. Der Hypersprung ist kurz wie der Tod und bar theatralischer Effekte. Einzig der Himmel um das Schiff herum schien kurz aufzuflackern: Die Sterne veränderten ihre Position, dies jedoch nicht allzu behänd, die Sternbilder blieben weitgehend erhalten. Drei Lichtjahre sind nach galaktischen Maßstäben nichts.

»Wir sind gesprungen! Wir sind gesprungen!«, rief Petenka entzückt. »Ich verfolge den Planeten – der flieht!«

Der Pilot hatte recht, der Planet floh wirklich. Das kleine lebende Schiff verfügte über einen Impuls, der in Relation zu dem System stand, in das sie vorgedrungen waren. In der Tat entfernte sich das gesamte Sternensystem der Schließer. Martin stockte der Atem, als jener in weiße Wolken gehüllte Planet an ihrem transparenten Schiff vorbeihuschte – ein anderes Wort fiel ihm nicht ein. Quasi im nächsten Moment verwandelte er sich in eine Kugel, einen Tennisball, geschlagen von der Hand eines Riesen.

Doch wie seltsam das Triebwerk der Schließer auch sein mochte, wie infantil der amöbische Pilot Menschen auch anmuten mochte – beide verdienten nichts als Lob. Der Planet zuckte und näherte sich langsam, Petenka kommentierte mit lauter Stimme sein Tun, Pawlik lachte fröhlich und dröhnend. Unter der Beschleunigung litt Martin nicht, obgleich er manch seltsamen Ruck registrierte. Es vergingen nur wenige Minuten, vielleicht sogar nur Sekunden, und das Schiff schwebte wieder in einer Umlaufbahn.

Nur lag unter ihnen jetzt ein anderer Planet, und der Rand der Sonne, die hinter der Scheibe des Planeten hervorlugte, schimmerte gelb, warm, fast wie bei der auf der Erde. Gamma Capella. Die Welt, von der die Ausbreitung der Schließer ausgegangen war.

»Noch sind wir am Leben«, schlussfolgerte Pawlik munter. »Komisch, der Raum um uns herum ist leer. Ich kann keine Satelliten im Orbit entdecken, keine Stationen, keine Schiffe ...«

Martin begriff, dass es hier nicht um das normale Sehvermögen ging, sondern dass sich der Bessarianer eines bestimmten Beobachtungsgerätes am Schiff bediente.

»Können wir uns auch umsehen?«, fragte er.

»Freilich, entschuldigt.« Pawlik wurde ernst. »Ich lege auf die Kuppel eine synthetisierte Abbildung.«

Für einen Moment trübte sich die transparente Kuppel über ihnen weiß ein, sodann entstand auf ihr abermals ein Bild. Diesmal war es ausgeleuchtet, kontrastreicher – und auf eine unfassbare Art künstlich, gleichsam wie bei einem sehr guten Computerspiel oder einem teuren Actionfilm, etwa der siebten Folge von *Star Wars*. Als Martin genauer hinsah, entdeckte er ein Visier oder einen Fokus, der über die als Schirm dienende Kuppel sauste. Darin hob sich die Darstellung mit allen Details ab, wies bestimmte kleine Zeichen auf, Pfeile und Farbpunkte. Das Visier raste mit unvorstellbarer Geschwindigkeit über den Schirm.

»Du guckst dich sehr schnell um, wir bekommen gar nichts mit«, gestand Martin.

»Ich habe das blaue Labyrinth auf die höchstmögliche Temperatur aufgeheizt«, erklärte Pawlik. »Noch ein halber Grad mehr, und ich fange an zu phantasieren ... Hier ist nichts, meine Freunde! Mit diesem Planeten haben wir eine Niete gezogen!«

Das Visier verlangsamte seine Bewegung. Als wolle Pawlik den Menschen die Fähigkeiten seines Schiffs demonstrieren, richtete er den Fokus auf verschiedene Gegenden des Planeten. Die Darstellung im Brennpunkt vergrößerte sich so sehr, dass Felsen, Wälder, Flusskrümmungen und sogar einige im Schwarm über der Meeresküste kreisende Vögel – oder vogelartige Wesen – sichtbar wurden.

»Hier gibt es Leben!«, rief Martin aus.

»Ja, Leben gibt es, eine sauerstoffhaltige Atmosphäre, der Planet ist für Humanoide tauglich«, bestätigte Pawlik. »Nur fehlt jede Spur einer Zivilisation. Gänzlich! Es gibt keine Fabriken, keine Städte, keine starken Energiequellen!«

»Auf euerm Planeten gibt es auch keine Fabriken ...« Martin weigerte sich zu kapitulieren.

»Stimmt, aber die Schließer repräsentieren eine technische Zivilisation!«, brauste Pawlik auf. »Man hat uns getäuscht! Dieser Planet kann nicht die Heimat der Schließer sein, auf ihm gibt es auch gar keine schwarzen Raumschiffe.«

»Du hast gesagt, wir würden auf ganz große Schiffe treffen ...«, bemerkte Petenka traurig. »Hast du mich etwa beschwindelt?«

»Man hat uns alle beschwindelt!«, erwiderte Pawlik niedergeschlagen. »Ist das auch wirklich Gamma Capella, Petenka? Überprüf die Sternenkoordinaten!«

»Das habe ich schon getan«, entgegnete der Pilot. »Das ist eine Planet von Gamma Capella.«

»Betrug«, konstatierte Pawlik. »Nichts als Betrug ringsum. Ob die Schließer hinter unseren Plan gekommen sind und uns in eine unbewohnte Welt gelockt haben? So eine Gemeinheit!«

»Wie wollen wir denn jetzt eigentlich zurückkommen?«, fragte Ira plötzlich. »Mit euerm Triebwerk?«

»Schön wäre es ja, meine Liebe«, lamentierte Pawlik. »Aber das ist nicht in der Lage, die nötige Geschwindigkeit zu entwickeln. Außerdem ist unser Energievorrat nicht groß.«

»Was habt ihr euch denn *vorgestellt*, wie wir nach Hause kommen?«, hakte Martin nach.

»Ehrlich gesagt, stellte sich die Wahrscheinlichkeit einer glücklichen Heimkehr für uns so gering dar«, bekannte der Bessarianer, »dass wir uns nicht gründlich mit diesem Problem beschäftigt haben. Wenn unserem Unternehmen Erfolg beschieden gewesen wäre, hätten wir die Schließer bitten können, uns in unsere Heimat zurückzubringen.«

Martin hüllte sich in Schweigen. Wem sollte er auch einen Vorwurf machen? Er hätte selbst fragen sollen, ob Pläne für die Rückkehr existierten.

»Bring uns auf die Tagesseite des Planeten, Petenka«, befahl Pawlik.

Abermals drehte sich der Raum – und wenige Sekunden später leuchtete unter dem Schiff eine paradiesische – anders konnte man es nicht nennen – Welt in der Sonne. Der Planet verfügte über weniger Wasserflächen als die Erde. Martin machte nur einen Ozean von beachtlicher Größe aus. Dafür gab es zahllose Flüsse und Seen, etliche Wälder, kleinere Schneemützen auf den Polen, einige imposante Bergketten, die kaum zerklüftet und mit Wald bestanden waren. Das war kein junger Planet mehr – und ebendeshalb war es ein beschaulicher.

»Die Temperaturwerte sind ganz hervorragend«, bekräftigte Pawlik Martin in seinen Überlegungen. »Das Klima ist ausgesprochen angenehm, mild, die Phase der Gebirgsbildung liegt weit zurück, es gibt eine große Pflanzenvielfalt ... Ich verstehe das nicht. So müsste die Heimat der Schließer aussehen, aber nirgends lassen sich Spuren einer Zivilisation feststellen.«

»Zumindest sterben wir hier nicht«, stellte Irina tapfer fest.

»Ihr sterbt nicht.« Pawlik lachte leise. »Darüber hinaus seid ihr unterschiedlichen Geschlechts und in der Lage, Nachkommen zu zeugen. Wollt ihr euch hier ansiedeln und diese Welt kolonisieren?«

»Könnt ihr denn hier leben?«, wollte Irina wissen.

»Wir verfügen über eine beachtliche Menge eines Reagens, das die Eigenschaften von Wasser verändert«, erklärte Pawlik nach kurzem Zögern. »Wir hatten ja die Möglichkeit einer Erpressung nicht ausgeschlossen ... wir könnten noch lange existieren, indem wir uns eine geschlossene Biosphäre schaffen. Den ganzen Planeten dürften wir wohl nicht umgestalten können ... Außerdem wäre er dann für normale Lebensformen verloren. Besser ihr lebt! Wenn sich die hiesigen Tiere als essbar für euch erweisen ...«

»Pawlik, wir wollen hier nicht den Weltraum-Robinson spielen!«, fiel ihm Martin ins Wort. »Beruhige dich, kühl dein Hirn und denk gut nach. Ist das der Planet, zu dem das Tor der Schließer führt?«

»Wir waren davon überzeugt, dass er es ist«, gab Pawlik selbstkritisch zu. »Aber ihr seht ja selbst ...«

»Das ist der reinste Kurort«, sagte Martin, während er die über den Schirm laufende Landschaft, Wälder, Flüsse und Seen betrachtete. »Ein Ort, um Urlaub zu machen und sich zu entspannen. Die Schließer erholen sich hier nach ihren Schichten! Irgendwo auf diesem Planeten muss es Stationen geben.«

»Aber ob wir die finden?«, fragte Pawlik skeptisch. »Außerdem würde das für unsere eigentliche Mission überhaupt nichts bringen. Wenn diese Welt nicht die Heimat der Schließer ist, dann ...«

»Gamma Capella hat nur einen Planeten?«, wollte Martin wissen.

Einen Moment lang schwieg Pawlik. »Wie gut wir doch daran getan haben, euch mitzunehmen!«, rief er dann begeistert. »Unsere Sonne hat nur einen Planeten. Ich habe nicht einmal daran gedacht ... Petenka!«

»Ich scanne den Raum!«, entgegnete Petenka munter. »Ich habe einen Gasgiganten entdeckt, auf dem man nicht leben kann. Hier ist ein kleiner Planet, der sich näher an dem Stern befindet. Die Oberflächentemperatur ist zu hoch, die Atmosphäre enthält geringe Mengen ... Da ist noch ein Planet, er ist etwa genauso groß, die Atmosphäre besteht jedoch aus neutralen Gasen ... untauglich zum Leben ... umgeben von einem Asteroidengürtel ...«

Er verstummte. Dann schaltete er alles aus. »Das war's.«

»Pech gehabt«, sagte Pawlik. »Wollen wir uns hier ansiedeln?«

Martin hüllte sich in Schweigen. Der Planet, über dem sie kreisten, sah in der Tat phantastisch aus. Vermutlich hätten sich auf der Erde Millionen von Menschen gefunden, die bereit gewesen wären, ohne Rückfahrkarte zu ihm aufzubrechen.

Doch er selbst zählte nicht dazu.

Deshalb dachte er weiter nach.

Was würden die Menschen tun, die Allmacht – oder etwas Vergleichbares – erhielten? Die Hungrigen nähren, die Krankheiten besiegen, die Kriege beenden?

Eher würden die Menschen wohl versuchen, die Erde in einen Garten Eden zu verwandeln. Nach ihren, den menschlichen, Vorstellungen. Eine wilde, triumphierende Natur. Lauschige Häuschen, die mit der Landschaft verschmelzen, keine Großstädte, keine Fabriken. Dergleichen würde auf einen Nachbarplaneten verbannt. Auf den Mars oder die Venus.

»Sie müssen irgendwo in der Nähe sein, Pawlik«, erklärte Martin. »Auf dem Planeten ... mit der Atmosphäre aus neutralen Gasen beispielsweise. Dort sind ihre Fabriken und Städte.«

»Und hier?«, fragte Pawlik.

»Hier ist ihr Paradies. Hier planschen sie in den kleinen Flüssen, essen, spielen und pflanzen sich fort. Ganz wie vor Jahrtausenden.«

»Aber wozu?«, empörte sich Pawlik. »Was haben sie davon, alle Spuren einer technischen Zivilisation auf ihrem Planeten auszulöschen? Bauen sie erst etwas auf, um es dann zu zerstören?«

»Du machst dir kein Bild davon, wie sehr die Vertreter technischer Zivilisationen ihre Technik zu vernichten wünschen«, erwiderte Martin.

»Riskieren wir es«, entschied Pawlik, auf jeden weiteren Streit verzichtend. »Petenka! Was sagst du dazu?«

»Aus dieser Entfernung kann ich die anderen Planeten nicht eingehend untersuchen«, quiekte der Pilot. »Fliegen wir?«

»Ja.«

»Hurra!«, rief der Bessarianer begeistert. »Ich berechne den Kurs. Das ist kompliziert ... kann ich das blaue Labyrinth noch ein wenig aufheizen?«

»Nein, mein Junge«, verbot Pawlik streng. »Du bist bereits ausreichend aufgeheizt. Streng dich an.«

Eine Weile kreiste das Schiff über dem Planeten. Martin starrte auf den Schirm und versuchte, in dem darüber hinziehenden Idyll wenigstens einen Schließer auszumachen. Leider mangelte es der Darstellung jedoch an Details.

»Du glaubst, die Schließer sind auf einem anderen Planeten?«, fragte Irina leise.

»Ja«, flüsterte Martin. »Ich habe versucht, so zu denken wie sie. Es gibt nur wenige, die die Schließer verstehen können ... aber ich glaube, in diesem Punkt sind sie den Menschen ähnlich.«

»Und wenn da niemand ist?«, fuhr Irina fort. »Wenn auch da keine Station ist?«

»Na, was schon, dann gehe ich auf die Jagd und du hütest das Feuer«, entgegnete Martin.

»Es gibt noch eine Variante«, raunte Irina verschwörerisch. »Wenn ich sterbe, dann werden ...« Sie stockte. »... meine ... Schwestern von dem erfahren, was mir widerfahren ist. Sie könnten helfen.«

»Wie das?« Martin schüttelte den Kopf. »Sollen sie die Bessarianer überreden, eine Rettungsexpedition hierher zu schicken? Nein, lass uns bei der einfacheren Variante bleiben.«

»Ich bin startklar«, verkündete Petenka frohgemut. Offenbar versetzte ihn die Aussicht, das Raumschiff zu steuern, unverzüglich in gehobene Stimmung.

»Dann los«, sagte Pawlik.

Wind schien den Planeten fortzublasen. Abermals bewegte das Schiff der Bessarianer das Universum.

»Trotz allem ist dieser Weg aufwändig und unnatürlich«, urteilte Pawlik laut. »Wenn eine Zivilisation so hoch entwickelt ist wie die der Schließer, transformiert sie ihre Welt nicht in den ursprünglichen Zustand zurück. Ich weiß, was Sehnsucht nach Natur ist, aber sie ist eher für weniger entwickelte Rassen charakteristisch, die ihre Umwelt zwar schon verschmutzen, sich aber noch nicht an das Leben in Städten gewöhnt haben. Nehmen wir beispielsweise die Aranker. Sie stellen die Natur wieder her, vernichten deswegen jedoch weder die Städte noch die Fabriken! Sie haben Naturschutzparks, daneben existiert aber auch ein ganzes Netz von Metropolen ...«

»Das trifft nur für die Fälle zu, in denen die Zivilisation sich eigenständig entwickelt hat«, gab Martin zu bedenken. »Aber eine Zivilisation auf irdischem Niveau? Vergiftete Flüsse, abgeholzte Wälder, verseuchte Luft? Und plötzlich erhält sie Allmacht?«

»Deshalb mag ich die Fremdplanetarier so! Für ihre unnatürliche Logik!«, verkündete Pawlik zufrieden. »Das werden wir herausfinden, mein Freund. Ganz bestimmt.«

»Wie lange dauert der Flug?«, erkundigte sich Martin.

»Sieben Stunden«, erklärte Pawlik gleichmütig. »Damit bleibt uns genügend Zeit, die unterschiedlichsten Hypothesen zu diskutieren.«

Sie fanden in der Tat die Zeit, allerlei zu erörtern. Und zu speisen. Ja, selbst zu schlummern. Und die sanitären Einrichtungen des Raumschiffs zu nutzen, die höchst funktional, wenn auch aus menschlicher Sicht nicht sehr komfortabel waren.

Zwei Stunden vor dem Anflug auf den Planeten erklärte Petenka, er habe um selbigen herum überhaupt keine Asteroiden beobachtet, dafür aber einen Ring künstlichen Ursprungs. Martins Phantasie gaukelte ihm sofort die in einschlägigen Romanen besungene Ringwelt vor, in der die der Technik zugeneigten Schließer lebten. Dann stellte sich jedoch alles als weit einfacher heraus.

Den kleinen kalten Planeten mit der grau-dunkelblauen Oberfläche umgab ein, nein, umgaben mehrere Ringe aus in hohen Umlaufbahnen befindlichen schwarzen Raumschiffen. Tausende und Abertausende von riesigen schwarzen Kugeln flogen ein paar Dutzend Kilometer von der Oberfläche des Planeten getrennt über die trostlose und öde Welt dahin. In mehreren Schichten, in mehreren Umlaufbahnen, einer Trauerprozession gleich, einem Diadem aus schwarzen Perlen im blausüchtigen Antlitz des toten Planeten gleich ...

»Wir hatten recht«, frohlockte Pawlik. »Ach, wie recht wir

hatten! Und du, mein Freund, hast uns in einer Minute der Verwirrung und des Zögerns beigestanden. Vielen Dank!«

»Wobei hattet ihr recht?«, fragte Martin begriffsstutzig.

»Die Schließer hätten eine solche Flotte nicht bauen können!«, erklärte der Bessarianer aufgeregt. »Das hätte die Ressourcen mehrerer urbanisierter Planeten erfordert. Sie fanden nur die Flotte der verschwundenen alten Rasse! Weißt du, was passiert ist? Ihr Leben ging seinen Gang, tagein, tagaus, sie bauten Städte und Fabriken. Und dann bemerkten sie dieses Wunderding, das um den Nachbarplaneten kreiste! Unter Aufbringung all ihrer Kräfte schickten sie eine Expedition aus ... und fanden ein Schiffslager. Möglicherweise entdeckten sie sogar irgendwelche Bauten auf dem Planeten selbst. Sie sind wirklich nur Schließer, Martin! Sie haben die Großen Tore nicht erbaut. Sie benutzen sie widerrechtlich!«

»Warum können sie denn nicht die Erben sein?«, fragte Martin. »Auf der Erde geht man davon aus, herrenloser Besitz gehöre dem Finder.«

»Das ist die typische Herangehensweise von Vielzellern«, erklärte Pawlik. »Herrenloser Besitz gehört allen!«

Einmal mehr wusste Martin nicht, ob der Bessarianer scherzte oder entgegen seiner Gewohnheit im Ernst sprach. Ihr Schiff trat bereits in den Orbit um die tote Welt ein. Selbstvergessen scannte Pawlik die Oberfläche des grauen Planeten. »Keine Hinweise auf eine Zivilisation«, informierte er sie. »Also haben sie nur die Schiffe gefunden. Nachdem sie sich mit dem Mechanismus vertraut gemacht hatten, richteten sie sich auf ihrem Planeten ein und lebten auf ihm ohne jede Sorge. Und einzelne von ihnen schickten sie aus, die Galaxis zu erobern. Ach, was die für ein Glück hatten!«

Aus irgendeinem Grund beschlich Martin ein ungutes Gefühl. »Was führst du im Schilde, Pawlik?«, wollte er wissen.

»Man muss die Expansionswelle eindämmen«, erwiderte Pawlik. »Meinst du nicht auch?«

»Man müsste mit den Schließern über eure Vermutungen sprechen«, widersprach Martin. »Sie sind immerhin intelligente und zurechnungsfähige Wesen ...«

»Das ist es ja, sie sind intelligent«, schnaubte Pawlik. »Mein guter Freund, sie werden ihr Vordringen in die Galaxis weiter und weiter fortführen, bis es irgendwann zu spät ist. Kein *intelligentes Wesen* weist ein Geschenk der Götter zurück!«

»Gut, was schlägst du dann vor?«, lenkte Martin ein. »Sollen wir ein Schiff entern? Sollen wir jenen friedlichen Planeten angreifen, auf dem die Schließer sich von der Arbeit erholen?«

»Ich befürchte, unsere Kräfte reichen nicht, um auch nur ein einziges Schiff zu kapern«, räumte Pawlik vernünftigerweise ein. »Die Schließer dürften sich jetzt schon Jahrhunderte mit fremder Technologie auseinandergesetzt haben, uns bleiben nicht einmal wenige Tage ... Außerdem ... wenn wir diese Schiffe kaperten, sähen wir uns mit einer nie da gewesenen Versuchung konfrontiert ... Glaubst du etwa, Martin, wir wollten nicht auch gern über ein solches Wissen verfügen? Glaubst du etwa, wir würden nicht auch gern die Galaxis von einem Ende zum anderen durchkreuzen, uns zum Zentrum des Universums aufmachen, die Geheimnisse des Raums, der Materie und der Zeit lüften? Das ist eine zu große Versuchung, Martin!«

»Der Ring der Macht«, befand Martin düster, während er auf den um den Planeten kreisenden, schwarzen Reif starrte. »Bei gesundem Verstand verzichtet man bestimmt nicht darauf.«

»Deshalb müssen wir alle schwarzen Schiffe zerstören«, schloss Pawlik. »Gegen den bewohnten Planeten der Schließer werden wir wohl nicht zuschlagen. Völkermord ist nicht unser Weg! Aber wenn wir mit einem Streich die gesamte Flotte der Schließer auslöschen könnten, würde die Welle der Expansionen von selbst verebben. Gegenwärtig dürften kaum mehr als tausend Schiffe dafür abgestellt sein ... und hier sind Zehn-, ja, Hunderttausende!«

»Welche Temperatur hat dein blaues Labyrinth?«, erkundigte sich Martin höflich.

»Ein Grad über der kritischen Temperatur«, bekannte der Bessarianer ehrlich. Ein Teil seiner Sehnerven drehte sich den beiden Menschen zu. »Glaub mir, bei gesundem Verstand hätte ich mich wahrlich nicht zu einem solche Schritt durchgerungen. Aber ich war ja gezwungen, mich in organische, kontrollierbare Unvernunft einzuspinnen. In Wahn.«

Martin fing einen verängstigten Blick Irinas auf und fragte so ruhig wie möglich: »Und wie gedenkst du Hunderttausende von Schiffen zu zerstören, von denen jedes einzelne einen Durchmesser von einem Kilometer hat? Willst du sie rammen?«

»Martin!«, rief Pawlik fröhlich aus. »Sag bloß, du weißt nicht, dass jedes Triebwerk auch als Waffe eingesetzt werden kann? Wir verschieben das Universum in Relation auf diese Schiffe. Nur ein bisschen ... so, dass sie gegen den Stern prallen. Es sind zwar erstaunlich starke Maschinen, aber das würden selbst sie nicht aushalten.«

»Außerdem könnte ich die Schiffe noch stückweise bewegen!«, sprang Petenka Pawlik bei. »Zunächst eine Hälfte der Kugel, dann die andere!«

»Ach, mein Schlaukopf!«, lobte Pawlik ihn zärtlich. »Ein geniales Kind, nicht wahr?«

»Pawlik, wir sind dagegen!«, rief Martin. »Wenn du uns schon mit auf diese Expedition genommen hast ...«

»Ich habe euch nicht das Recht einer stimmberechtigten Position eingeräumt!«, brachte ihm der Bessarianer in Erinnerung. »Wir finden Menschen sympathisch, und ich versuche, an euer Schicksal zu denken ... selbst wenn ich dafür mit dem eigenen Tod bezahlen müsste. Aber die schwarzen Schiffe werden vernichtet.«

»Pawlik!«, schrie Irina. »Diesen Plan hast du nie erwähnt!«

»Als ich noch bei gesundem Verstand war, schien er mir

widerwärtig«, gab Pawlik traurig zu. »Versucht, euch nicht aufzuregen! Alles wird sehr schnell gehen.«

Ganz langsam schob Martin die Hand in die Tasche, ertastete den Revolver und spannte den Hahn. Er zog die Hand durch die elastische Membran, die ihn in seinen Konturensessel presste. »Lass das, Pawlik!«, befahl er.

Die Amöbe seufzte. »Martin, hast du dir klar gemacht, dass du dich in einem lebenden Schiff befindest, das nur wir steuern können?«

»Ja«, sagte Martin.

»Und dir ist klar, dass dieses Schiff dich auf einen spontanen gedanklichen Impuls von mir zerquetschen oder in zwei Hälften reißen kann?«

»Ja.«

»Dein Mut gefällt mir!«, lachte Pawlik. »Nein, ich werde euch keinen Schaden zufügen, meine Freunde! Ich halte euch nach wie vor für Freunde und Verbündete. Ihr seid nur durch die Barrieren des Verstands gefesselt. Du kannst ruhig schießen, Martin. Eine dynamische Handlung kann meinem Körper nichts anhaben, die Kugel wird schlicht durchgehen.«

»Selbst wenn ich das blaue Labyrinth treffe?«, hakte Martin nach.

»Ha«, gickelte Pawlik. »Die Struktur lässt die Kugel durch und setzt ihre Arbeit fort.«

»Gut, aber ich vertraue nicht auf die kinetische Energie«, bekannte Martin. Dann drückte er ab.

In der kleinen Kabine klang der Schuss weich und dumpf. In dem transparenten Körper des Bessarianers bildete sich eine brodelnde Spur, gleichsam als tauche man eine glühende Nadel in Wasser. Martin hatte getroffen, der kochende Streifen schlängelte sich direkt durch das blaue Labyrinth.

Als glatter Durchschuss durchdrang die Kugel dann schmetternd die Kuppel, in der sie nicht einmal Spuren hinterließ, und schoss ins Freie, in Richtung der schwarzen Raumschiffe.

»Hi, hi, hi«, kicherte Pawlik. »Korn. Krone. Kromlech der Sentenzen! Essenz!«

Für einen Moment verstummte er. Seine nächsten Worte klangen beinahe treffend: »Demenz, Demenz! Hi, hi. Im Schatten ein Kikeriki. Larmoyanz!«

»Ich habe auf die Umwandlung von kinetischer Energie in potenzielle vertraut«, erklärte Martin. Und gab zwei weitere Schüsse ab.

Abermals bohrten sich schäumende Streifen in das blaue Labyrinth.

Der Bessarianer stieß ein feines Piepsen aus. »Azch. Ochro. Aaaaaa. Rrooo!«

Der Schiffskörper vibrierte leicht.

Martin sah Irina an. Die Frau schrie. Seltsamerweise hörte Martin diesen Schrei nicht einmal, als filtere sein Bewusstsein jeden überflüssigen Laut.

»Ich habe ihn in den Wahnsinn getrieben«, sagte Martin. »Verzeih mir, Irinka. Aber wir durfte nicht zulassen, dass er die Flotte zerstört.«

»Pawlik entwickelt jetzt so interessante Gedanken«, beschwerte sich Pilot Petenka beleidigt. »Warum nur er? Ich will das auch!«

»Setz uns auf dem Planeten der Schließer ab«, ordnete Martin an. »Auf dem, wo wir zuerst waren. Dann kriegst du von mir auch so interessante Gedanken.«

»Und die Schiffe?«, fragte Petenka gekränkt.

»Die kommen später«, versicherte Martin so zärtlich, als rede er mit einem Menschenkind. »Nachher lässt du die Schiffe gegen die Sonne knallen. Aber erst musst du uns zurückbringen.«

»Betrügst du mich auch nicht?«, fragte Petenka.

Schließlich drang Irinas Schrei doch noch in Martins Bewusstsein. Genau in dem Moment, als die Frau aufhörte zu schreien und fragte: »Warum? Weshalb? Ihr seid doch beide Idioten!«

Martin sah sie an. »Damit die anderen Schiffe der Schließer

Bessar und die Erde nicht in Schutt und Asche legen«, erklärte er aufrichtig. »Er versteht die Mehrzeller nicht. Er weiß nicht, was Rache ist.«

Irina schloss die Augen. Sie nickte. »Ich will hier weg«, flüsterte sie. »Martin ... irgendetwas geht hier vor ...«

»Menschen!«, wandte sich Petenka besorgt an die beiden. »Vermutlich schaffe ich es nicht, euch zu diesem Planeten zurückzubringen. Verzeiht. Die Metallstückchen, die du abgefeuert hast, haben die schwarzen Schiffe erreicht und sind gegen die Verschalung geprallt. Es kommt Leben in die Schiffe.«

Martin sah genau in dem Moment zu der als Bildschirm fungierenden Kuppel hinauf, als die Girlanden der schwarzen Schiffe sich in ein gespenstisches weißes Licht hüllten. Pawlik gluckerte munter, das Visier des Beobachtungsgeräts huschte über den Schirm, hielt nirgends inne, dem Blick eines Säuglings gleich, der noch keinen Verstand erworben hat.

Es war eben kein Friedhof, der da vor ihnen lag. Wie lächerlich diese Bleikugeln auch gewesen sein mochten – als sie gegen die Schiffe prallten, hielten unbekannte Mechanismen diese Schüsse für einen Angriff.

»Oi, joi, joi«, schrie Petenka. »Wir müssen uns hauen! Und dann sterben wir! Wir werden alle sterben! Das Mädchen stirbt nicht, von ihr gibt es noch viele. Aber wir sind wenige ...«

Das Schiff kippte zur Seite. Und wenn das Universum sich diesmal auch nicht bewegte, die Beschleunigung rollte wie eine Walze über Martins Körper. Es zog sie zu den schwarzen Schiffen hin, die in totem Glanz funkelten. Kam es Martin nur so vor, oder spaltete sich ein Raumschiff tatsächlich in zwei akkurate Hälfte, um dann in unterschiedliche Richtungen auseinanderzufliegen?

»Martin! Martin!«

Er sah Irina an – und wusste, was sie sagen würde.

»Ich habe Angst«, schrie die junge Frau. »Ich habe Angst vor diesen Schiffen!«

»Nein!«, entgegnete Martin. »Nein! Noch haben wir eine Chance!«

»Ich will nicht!«, jammerte Irina, die in ihrem unnachgiebigen Kokon krampfhaft zuckte. »Ich will da nicht hin! Helft mir! Macht doch irgendwas!«

»Soll ich dir helfen, keine Angst mehr zu haben?«, fragte Petenka aufgekratzt. »Nie wieder?«

»Ja«, schrie Irina.

Martin zielte auf Petenka, doch das Schiff schwankte zu stark, als dass er das blaue Labyrinth des Bessarianers beim ersten Schuss treffen könnte.

Dann schrie Irina auf.

Und anschließend schlug etwas so heftig gegen das Schiff, dass Martin das Bewusstsein verlor.

Sechster Teil
Indigo

Prolog

Der Mensch kennt seit Urzeiten die Angst vor dem Dunklen. Manch einer ist von ihr befreit worden, manch einer hat sie erfolgreich bekämpft, doch manch einer verkraftet die Dunkelheit einfach nicht, verfällt in Panik und läuft ruhelos umher.

Martin mochte Dunkelheit einfach nicht. Er vermutete in dunklen Ecken keine sich verbergenden Banditen und Monster, und er liebte es, durch die schlafende Stadt zu schlendern oder nachts im unergründlichen Meer zu baden, wenn ihm als einzige Orientierung die tosende Brandung und die Sterne am Himmel blieben. Jene unvermeidliche Negation, die die Dunkelheit mit sich brachte, behagte ihm allerdings nicht. Denn in erster Linie bedeutet Dunkelheit die Verweigerung des Rechts, etwas zu sehen.

Auch jetzt, da er in undurchdringlicher Finsternis an einem unbekannten Ort saß und wer weiß worauf wartete, geriet Martin nicht in Panik. In seiner Zelle – und wie sollte er den kleinen, dunklen verschlossenen Raum sonst bezeichnen? – hatte Martin bereits die weichen Wände und den nachgiebigen Boden erkundend abgetastet. An die Decke reichte er nicht heran. An den Wänden hatte er keine Fugen oder Hinweise auf Türen registriert.

An einem Umstand hegte der Gefangene indes keinen Zweifel: Irgendwo hinter diesen weichen Wänden hielten sich die Schließer auf.

Momentan dachte Martin an Irina. An jene Hysterie, in die die junge Frau nach dem Angriff der schwarzen Schiffe geraten war.

Offen gestanden, hatte ihn diese Hysterie befremdet. Als sein Verstand begriff, dass sich Tausende gigantischer Schiffe auf sie zubewegten, von denen vermutlich jedes einzelne in der Lage war, einen ganzen Planeten zu zerstören, hatte er sich in keiner Weise gefürchtet. Zu groß waren die Maßstäbe des Ganzen. Ein auf sein Gesicht gerichteter Lauf, ein auf ihn zurasendes Auto oder schlicht ein aggressives Individuum, das ihm zu nächtlicher Stunde begegnete – das waren Gründe, sich zu fürchten und jene Angst freizusetzen, die Kraft und Geist schärft.

Aber zehntausend Raumschiffe mit einem Durchmesser von jeweils einem Kilometer? Darüber konnte er nicht einmal mehr lachen. Da stimmte der Maßstab einfach nicht. Es gibt viele Frauen, die beim Anblick einer Maus oder einer Spinne in Panik verfallen, doch Martin war sich absolut sicher, dass jene kosmischen Maßstäbe das schwache Geschlecht nicht eingeschüchtert hätten.

Irina wurde panisch und erreichte damit, was sie wollte: Der halbwahnsinnige Pilot Petenka erfüllte ihre Bitte. Die weichen Kokons der Konturensessel vermochten ihre Insassen in der Tat zu fesseln und zu zermalmen.

Gut, in gewisser Weise bedeutete das für Irina wirklich nicht den Tod. Zumindest vorerst nicht. Die beiden noch existierenden Kopien – falls sie denn noch lebten – würden das Gedächtnis der verstorbenen Irina erlangen ... *seiner* Irina. Aber das war ja wohl kein Grund, Selbstmord zu begehen.

Fünf Tode von Irotschka Poluschkina spukten Martin jetzt im Kopf herum.

Der erste, verursacht durch einen durchgedrehten Kchannan, ein gutmütiges und fast intelligentes Wesen, mit dem auf Bibliothek die Kinder spielten wie mit einem Hund.

Der zweite eine zufällige Schießerei und der Tod durch die Kugel jenes geheimnisvollen Cowboys, der Irina fraglos sehr gern mochte.

Der dritte, abermals zufällig, herbeigeführt durch die Kugel eines Freundes und Gesinnungsgenossen, die Martin galt, jedoch Irotschka traf.

Der vierte war der Gipfel an Absurdität! In einer Blutlache auszurutschen und in das Schwert eines Geddars zu stürzen!

Der fünfte infolge einer hysterischen Bitte, die ihr eine halb-intelligente Amöbe erfüllt hatte.

Vermutete Martin anfangs noch eine perfide Intrige, vielleicht von Seiten der Schließer, dann brachte der dritte, insbesondere jedoch der vierte Tod Irinas diese Überzeugung ins Wanken. Sollte er etwa annehmen, die Schließer könnten über Zufälle gebieten, könnten eine junge Frau zwingen, auszurutschen und in eine fremde Klinge zu fallen? Das wäre keine Stärke mehr, das wäre Allmacht! Bei solchen Möglichkeiten hetzte man einer Frau keinen Kchannan auf den Hals, inszenierte keinen Schusswechsel auf einem friedlichen, kolonialisierten Planeten.

»Fügung«, sagte Martin. »Schicksal. Fatum. Los. Bestimmung.« Und nach kurzem Grübeln fügte er noch hinzu: »Schickung.«

Bisweilen spricht man von Todgeweihten. Der Ausdruck wird in der Regel im Zusammenhang mit schwerkranken Menschen gebraucht, mitunter bringt einen jedoch auch ein völlig gesunder, munterer und blühender Mensch auf diesen Gedanken. So genannte Übersinnliche und Anhänger kleiner und kriegerischer Kulte brüsten sich gern damit, kraft ihrer Intuition solche Menschen ausmachen zu können. Aussagen wie »Man brauchte den Kapitän des untergegangenen Schiffs ja nur anzusehen, da wusste man: ein toter Mann« hatte Martin stets skeptisch, ja, verärgert angehört, denn im Nachhinein lässt sich trefflich prophezeien. Jetzt wäre er freilich bereit gewesen zuzugeben, dass es solche Todgeweihten wirklich gibt.

Und manch einer spürte wohl tatsächlich, welches Schicksal ihnen bevorstand.

Martin hatte bedauerlicherweise fünf Lektionen gebraucht, bevor er zu dieser Einsicht gelangte.

Vielleicht hatte Juri Sergejewitsch recht, und Martin fungierte in der Tat als Katalysator für das Schicksal. Ungeachtet all seiner Versuche, Irina zu schützen.

Vielleicht ...

Das Gesicht in den Knien vergraben, die Hände über den Kopf gelegt, saß Martin da. Er dachte nach ... Er musste sich darüber klar werden, was er als Nächstes tun sollte. Selbst wenn er nicht daran glaubte, dass ihm Gelegenheit für einen nächsten Schritt blieb.

Irgendwann bemerkte er ein schwaches Licht, das durch seine Finger drang. Er hob den Kopf und sah an der gegenüber liegenden Wand der Zelle ein schmales, leuchtendes Rechteck – den Umriss der einen Spalt weit geöffneten Tür.

Jemand glaubte, er könne die Zelle ruhig aufschließen.

Martin erhob sich, trat auf der Stelle und massierte sich die steifen Beine. Dann ging er auf die leuchtende Kontur zu, tastete herum, fand jedoch keine Klinke, weshalb er schlicht gegen die Tür stieß – die sich sogleich gehorsam öffnete.

Ein Gang. Helle, ungestrichene Holzwände, ein Holzfußboden und eingelassen in der Decke ein Fenster aus trübem Glas, vielleicht auch Tageslichtlampen.

Martin schaute an sich herunter. Er war bekleidet, trug jedoch aus irgendeinem Grund keine Schuhe. Den Revolver entdeckte er selbstverständlich nicht mehr.

»Kann ich kommen?«, fragte Martin. Eine Antwort unterblieb. »Also gut. Eckstein, Eckstein, alles muss versteckt sein.«

Er lief durch den Gang, an dessen Ende er eine weitere Tür ausmachte, die allerdings über einen runden Holzknauf verfügte.

»Klopf, klopf«, sagte Martin, während er mit den Knöcheln gegen die Tür schlug. »Kann ich hereinkommen? Gut ...«

Martin öffnete die Tür und trat auf die in Licht getauchte Veranda hinaus. Sie war nicht verglast, bot sich ungeschützt dem leichten, frischen Wind dar.

In der Nähe brauste Wasser. Kein Meer, kein Bach, sondern ein Fluss, das gleichmäßige, starke Donnern eines kleinen Bergflusses. Die Bäume sahen nicht aus wie die auf der Erde, obgleich sie grüne Blätter trugen und etwas wie einen Stamm und Zweige aufwiesen. Sie versperrten Martin die Sicht auf den Fluss.

In der Verandamitte stand ein großer, runder Tisch, auf dem allerlei Speisen warteten. Einer der beiden hölzernen Sessel von bizarrer Form war leer.

In dem anderen saß ein dürrer, hoch aufgeschossener Schließer.

Unter seinem nachdenklichen Blick blieb Martin an der Schwelle stehen. Immerhin dehnte der Schließer diesen Moment nicht allzu lang aus.

»Einsam ist es hier und traurig«, sagte er. »Sprich mit mir, Wanderer.«

Es ließ sich nicht behaupten, Martin sei sehr überrascht gewesen.

An ein quälendes Verhör, dem die Schließer ihn unterziehen würden, hatte er nur mit Mühe zu glauben vermocht. Noch weniger an eine lebenslängliche Gefangenschaft oder den Tod durch Erschießen.

»Darf ich etwas essen?«, fragte Martin. »Das Letzte, was ich zu mir genommen habe, war ein aus einer Amöbe synthetisiertes Beefsteak. Und das ist schon recht lange her.«

Selbstverständlich gab der Schließer keine Antwort. Er schenkte sich lediglich eine orangefarbene Flüssigkeit aus einer Karaffe in ein Glas ein.

Martin setzte sich an den Tisch und nahm sich fest vor, keine Fragen zu stellen, denn das würde ohnehin zu nichts Gutem führen, aber auch keine Antworten zu geben – schlicht aus Abneigung den Schließern gegenüber.

Sein Gegenüber schien nicht auf einem Gespräch zu bestehen. Er saß da, trank seinen Saft und beobachtete den speisenden Martin.

Ungeachtet seiner Anspannung und der nicht einzuschätzenden Situation schmeckte es Martin. Tief in seiner Seele war er ein konservativer Mann, der der exotischen außerirdischen Küche mit einigen Vorbehalten begegnete. Gewiss, wenn ihm kein anderer Ausweg blieb, brachte er auch seltsame Arten von Weichtieren hinunter, Beefsteaks aus Amöben sowie in Geschmack und Farbe widerliche Früchte. Schließlich aß man selbst auf der Erde faulige Robbenflossen, die ein halbes Jahr lang im Boden von Tschukotka gelegen hatten, leicht angebratene Heuschrecken auf Beduinenart, das Hirn vom Affen auf thailändische Art, die berühmten marmorierten Eier und all die anderen chinesischen Köstlichkeiten.

Selbst ganz gewöhnliche, einfache Gerichte konnten dem ungeübten Auge nicht gerade appetitlich erscheinen. Martin erinnerte sich noch, mit welchem Entsetzen ein ausländischer Besucher banale Buchweizengrütze mit Fleischsoße gemustert hatte. Er kannte auch einmal eine Frau, die hysterisch wurde, sobald sie schwarzen Kaviar sah. Und sein geliebter Onkel, ein Mann mit weltoffenen gastronomischen Ansichten und eingeschworener Patriot obendrein, konnte den Anblick eines echt russischen Gerichts nicht ohne Ekel ertragen: den von Haferschleim.

Die von dem Schließer angebotene Stärkung war gleichermaßen exotisch wie angenehm fürs Auge. Stücke zarten rosafarbenen Fleischs – aus irgendeinem Grund hielt Martin es für Fisch – waren leicht angebraten und mit einer säuerlich duftenden Soße übergossen. Die gekochten kleinen Schnitze hätte er für Kartoffeln gehalten, erinnerte ihr Geschmack nicht an frisch gebackenes Brot. Appetitlich sah auch die klare Brühe aus, in der gut durchgekochte unbekannte Gemüsebrocken und lange, dünne Fleischstreifen, bei deren Zubereitung man darauf geachtet hatte, dass sie recht hart blieben, schwammen, die einen interessanten Kontrast in Konsistenz und Geschmack bildeten. Die orangefarbene Flüssigkeit stellte sich als Saft heraus, der jedoch nicht süß, sondern eher salzig, etwa wie Tomatensaft, schmeckte.

Tief in seiner Seele wusste Martin, wie irreführend das Äußerliche sein konnte. Der Saft brauchte keine pflanzliche Basis zu haben, sondern konnte von einem gigantischen blasigen Wurm ausgeschieden worden sein, die zähen Fleischstreifen in der Brühe die zerkochten Hüllen von Larven, die saure Soße der Aufguss einer zermalmten Made sein.

Martin verjagte indes alle ketzerischen Gedanken, aß mit Appetit und wurde dafür mit Worten des Schließers belohnt: »Diese Speisen kommen den Mahlzeiten der Menschen äußerlich, geschmacklich und vom Ursprung so nahe wie möglich. Sie schmecken mir übrigens auch.«

Dankbar nickte Martin. Bisweilen antworteten Schließer ja doch – freilich nur auf unausgesprochene Fragen. Ihrem Verhalten haftete etwas von dem verwöhnter Kinder an, die niemals eine direkte Bitte erfüllten, zugleich jedoch aus eigenem Antrieb reizend und gut sein konnten.

»Einsam ist es hier und traurig«, sagte der Schließer rasch, als schäme er sich der eigenen Gutmütigkeit. »Sprich mit mir, Wanderer.«

Martin stellte das Glas mit Saft ab und nickte.

»Ich möchte von verwaisten Kindern erzählen«, fing er an. »Manchmal kommt dergleichen ja vor ...«

Der Schließer wartete.

»Ich weiß nicht genau, warum ihre Eltern verschwunden sind«, fuhr Martin fort. »So etwas passiert. Eine Katastrophe ... jemand mit bösem Willen ... jedenfalls bleiben die Kinder allein zurück. Sie gleichen ihren Eltern überhaupt nicht: Ihre Welt hat sich verändert, und das Einzige, was ihre Eltern ihnen geben konnten, war die Fähigkeit, in dieser neuen Welt zu überleben.

Und vermutlich die Erinnerung. An die verschwundene Welt, an die verschwundenen Vorfahren. Daran, dass sie anders sein müssen. Es spielt überhaupt keine Rolle, ob besser oder schlechter, sondern einfach anders. Die Kinder verbargen ihre Kränkung. Ach, Schließer, es ist eine schreckliche Sache, wenn ein Kind gekränkt ist! Eher kommst du hinter das Geheimnis von Bibliothek als hinter das einer Kinderseele. Die stolzen Geddarn ziehen die Kchannans zu intelligenten Wesen heran – und nichts fürchten sie so sehr, als dass diese gekränkt werden. Die kühlen und weisen Aranker können ihren Kindern nichts abschlagen ... vielleicht haben sie erkannt, wie sich die Tränen der Kinder auf die Zukunft auswirken? Die Bewohner von Prärie 2 grollen den bösen Göttern ebenfalls, die ihre Vorfahren im Stich gelassen haben ... aber sie behalten die Kränkung für sich ... Diese verwaisten Kinder haben jedoch beschlossen, die bösen Götter herauszufordern. Die Rasse der Dio-Daos, die über ein erbliches Gedächtnis verfügt, verlor ihre Geschichte und hat nur erstarrte Rituale bewahrt. Die Kinder erinnern sich an das Armageddon, das ihre Eltern durchgemacht haben ...«

Der Schließer, der Martin aufmerksam zugehört hatte, rutschte unruhig hin und her. »Mir ist klar, worauf du hinauswillst. Halte dich nicht mit Überflüssigem auf.«

»Dann gehe ich nicht auf Scheali und Talisman ein«, erklärte Martin rachsüchtig. »Die Bessarianer erwiesen sich als begabte Kinder und würdige Erben. Sie schufen eine neue Zivilisation ... eine unscheinbare und bescheidene Zivilisation, die jedoch in der Lage ist, die stärksten Bewohner der Galaxis herauszufordern. Sie legten sich einen Sinn für Humor zu, mithin jenes winzige Etwas, das den Verstand stets vom Instinkt trennt. Sie haben viel vollbracht ... nur eins nicht: heranzureifen. Sie blieben verwaiste Kinder, die ihre Eltern rächen wollten. Mitunter impulsiv, manchmal kriegerisch und immer selbstsicher ... wiesen sie den Gedanken von sich, sterblich sein zu können. Sie waren bereit, für Jahrtausende alte Kränkungen Rache zu üben, und wollten nicht einsehen, dass ihre Rache nur die Rache der anderen nach sich ziehen würde. Meiner Ansicht nach ist das kein biologisches Spezifikum ihrer Rasse. Eher ein soziales Stereotyp. Diejenigen, die die Bessarianer hervorgebracht hatten, schafften es nicht mehr, sie zu erziehen.«

»Hat denn jemand die Menschen oder Geddarn erzogen?«, fragte der Schließer.

»Wir hatten viel mehr Zeit«, entgegnete Martin. »Wir sind unseren Weg gegangen. Wir sind gereift ... natürlich nur so gut wir konnten, aber immerhin. Den Bessarianern ist das noch nicht gelungen. Und ich weiß nicht, ob sie jetzt noch eine Chance haben, das zu bewältigen.«

»Du machst dir um die Bessarianer Sorgen?«, wollte der Schließer wissen.

»Ja«, gestand Martin.

»Welche Rolle spielt es für dich, ob eine Zivilisation von intelligenten Amöben untergeht oder nicht? Was hast du davon, Mensch?«

»Mir gefällt der Kognak, den sie produzieren.« Martin grinste.

Der Schließer schwieg. »Einsam ist es hier und traurig, Wanderer ...«, sagte er dann kopfschüttelnd.

»Meine Geschichte ist noch nicht zu Ende«, wandte Martin rasch ein. »Die Bessarianer sind begabte Kinder. Mit allen pubertären Komplexen. Aber wir, die Menschen und Geddarn, die Dio-Daos und Aranker, dürften wohl kaum Grund haben, uns in die Brust zu werfen. Nach den Maßstäben des Universums liegen wir noch alle in der Wiege. Und selbst wenn wir schon gelernt haben, durch den Laufstall zu krabbeln und mit unserer Rassel zu lärmen, stehen wir noch am Anfang des Weges.«

»Ihr befindet euch nicht mehr im Laufstall«, sagte der Schließer. »Ihr habt bereits die ersten Schritte getan.«

»Gut, nehmen wir an, wir hätten die untersten Stufen der Treppe erklommen, die in den ersten Stock hinaufführt«, korrigierte Martin sich. »Dann hätten wir einen Grund, stolz zu sein.

Aber werden wir laufen lernen, wenn man uns immer auf dem Arm trägt? Werden wir die Hände vor dem Feuer zurückziehen, wenn man die Streichhölzer vor uns versteckt? Werden wir begreifen, was Strom ist, wenn man die Steckdose zuklebt? Werden wir zum Löffel greifen, wenn man uns füttert? Werden wir uns das Kauen angewöhnen, wenn wir nur Brei bekommen?«

»Lernt ein Kind, das Gleichgewicht zu halten, wenn man ihm als Erstes ein Dreirad schenkt?«, fragte der Schließer leise kichernd. »Und wenn es fliegen lernen will, soll man es dann aufs Dach lassen? Keine Sorge, Martin, das ist nur so dahergesagt ... ein Beispiel für die Doppeldeutigkeit eines jeden Vergleichs. Ihr seid keine Kinder, wir keine Pädagogen. Niemand will euch bevormunden. Niemand nimmt euch euer Spielzeug weg. Niemand kaut euch die Kascha vor. Schlagt euch gegenseitig mit Atomrasseln, buddelt im Sandkasten nach Schätzen, werkelt an euerm Genom herum. Verbieten wir euch das etwa? Oder haben wir euch verboten, die Spielzeuge, die ihr geschenkt bekommen habt, auseinanderzunehmen oder aus euren Sandkastenschaufeln Speere zu machen?«

»Aber ...«, setzte Martin an.

»Sicher, es ist typisch für Kinder, ihren Eltern die übermäßige Fürsorge vorzuwerfen«, fuhr der Schließer fort. »Aber noch typischer ist es, dort eine Kontrolle zu vermuten, wo es sie nicht gibt und nie gab.«

Martin sah den Schließer an und versuchte mit aller Mühe, wenigstens den Ansatz von Mimik aufzuschnappen ... ein angedeutetes Lächeln ... einen Hauch von Komik oder Misstrauen ... Nichts. Er blickte in eine reglose Maske unter dichtem schwarzen Fell.

»Also ...«, setzte Martin an. »Dann spielen wir weiterhin mit Streichhölzern. Bis irgendwann diejenigen kommen, die uns allen kurzerhand unser gefährliches Spielzeug wegnehmen.«

»Bist du so sicher, dass es mit einem Feuer endet, wenn du mit Streichhölzern spielst?«, fragte der Schließer.

»Ich bin mir nur sicher, dass das Spiel mit dem Feuer mit der Sintflut endet«, antwortete Martin. »Davon werde ich dich nicht überzeugen können ... ich bitte dich nur darum, die Kinder nicht dafür zu bestrafen, dass sie die Feuerwehr gerufen haben.«

»Sie haben sie nicht gerufen, Martin«, entgegnete der Schließer. »Sie haben beschlossen, alle Streichhölzer auf einmal abzubrennen ... ohne zu verstehen, dass ein Feuer, in einem einzigen Moment zusammengepresst, eine Explosion ist.«

Der Schließer verstummte. Jetzt saß er wie ein Mensch da, in seine Überlegungen versunken, den Kopf in die Hände gestützt. Und Martin konnte sich des Eindrucks nicht erwehren, der Schließer spräche mit jemandem ... diskutiere seine Worte ... treffe eine Entscheidung ...

Nach einer Weile hob der Schließer den Kopf. »Du hast meine Einsamkeit und meine Trauer vertrieben, Wanderer. Tritt durch das Große Tor und setze deinen Weg fort.«

Martin hüllte sich in Schweigen. Er rührte sich nicht. Er stellte keine sinnlosen Fragen, schickte sich jedoch auch nicht an, aufzustehen.

»Eltern können übermütigen Kindern einen Klaps geben«, bemerkte der Schließer leise. »Vor allem wenn es verlassene Kinder sind ... von ihnen verlassen, als kein anderer Ausweg blieb ... keine vergessenen Kinder, sondern schlicht der Willkür des Schicksals überlassene ... Eltern können Kindern einen Klaps geben, aber sie reißen ihnen nicht den Kopf ab. Hab keine Angst um die Bessarianer, Martin.«

»Teufel auch ...«, seufzte Martin. »Ihr ...«

»Diejenigen, die das Wasser des Verstands in ein neues Gefäß gossen, wählten ihren Weg selbst«, fuhr der Schließer fort. »Sie wollten Bessar nicht den dunkelblauen Weiten ohne jedes Leben preisgeben. Vieles hatten sie vergessen, doch vieles hatten sie auch gelernt. Mach dir keine Sorgen um die komischen Bewohner Bessars, Martin. Setze deinen Weg fort.«

»Irina«, warf Martin ein. In seinem Kopf herrschte völliges Chaos, und er wusste, dass er vergebens fragte. Gleichwohl musste er diese Frage stellen, denn Irina Nummer fünf hatte ihm weit mehr bedeutet als alle Klienten, die er je hatte – mehr noch als die vier ersten Frauen, die denselben Namen trugen.

Der Schließer antwortete nicht. Er senkte den Kopf, starrte auf den Fußboden.

»Ihr seid nicht allmächtig«, fuhr Martin fort. »Das stimmt doch, oder? Und jetzt seht ihr euch mit etwas konfrontiert, das die Kräfte eurer Rasse übersteigt ... Weshalb spielt ihr da weiterhin die allmächtigen Götter? Warum reicht ihr uns nicht die Hand ... nun, wenn nicht uns, dann ... den Arankern ... den Dio-Daos ... oder wenigstens euren eigenen Nachkommen? Wenn ihr keine Wahrer und Mentoren seid, keine Kontrolleure und Begleiter ... ist es euch dann wirklich versperrt, zu Freunden zu werden? Oder zu älteren Brüdern?«

Der Schließer schwieg. Nach einer Weile schaute er Martin in die Augen – und dieser gewahrte in dem Blick Ironie, die bittere und müde Ironie eines Weisen, der von Dummen umgeben ist.

Und dann verschwand der Schließer.

»Ende der Audienz«, stellte Martin leicht verwirrt fest. Nie zuvor hatte ein Schließer zu dieser Methode gegriffen, um ein Gespräch zum Abschluss zu bringen.

Martin begab sich nicht unmittelbar darauf zurück in den Gang. Aus irgendeinem Grund wusste er genau, dass das Große Tor dort liegen würde, an der Stelle, an der er kurzfristig gefangen gehalten worden war. Zunächst trat er von der Veranda herunter, um das Haus von außen zu betrachten. Ein kleines, anheimelndes Holzhäuschen, das vollends mit dem Wald verschmolz, ja, selbst auf dem grasbewachsenen Dach standen kleinere Bäume. Bereits aus einer Entfernung von zehn Schritt vermochte er die bemoosten, von zarten Ästen umwundenen Wände nicht mehr vom Wald zu unterscheiden. Sollten die Schließer auf ihrem Heimatplaneten tatsächlich einer solchen Tarnung bedürfen? Sicher, die Bessarianer hatten sie damit in die Irre geführt ...

Vermutlich gefiel es den Schließern einfach, so zu leben.

Martin ging zum Fluss hinunter, um sich an dem aus den Bergen kommenden Wasser zu ergötzen. Durch das glasklare Nass von kristalliner Reinheit schossen kleine flinke Fische, am Ufer putzte sich ein plüschiges Tier, das sich durch Martins Auftauchen nicht stören ließ und erst ins Wasser tauchte, als es seine Körperpflege beendet hatte.

Hier war es in der Tat schön ...

Martin kehrte zu dem kleinen Häuschen zurück, durchmaß den leeren Gang und baute sich am Terminal auf. Ein Computer wie auf der Erde, völlig normal. Aus Neugier versuchte Martin, in der Liste mehrere Planeten auf einmal zu markieren – die nicht vorgesehene Möglichkeit existierte bereits nicht mehr.

Sodann wählte Martin das Übliche: die Erde und Moskau.

Eins

Die Stadt empfing Martin mit strömendem Regen. Schräge Strahlen prasselten auf die Pfützen ein, Spritzer stoben auf, von den Dächern stürzten Wasserfälle, selbst die Demonstranten hatte der Regen fast ausnahmslos vertrieben. Nur der Mann mit dem Plakat: »Galotschka, komm zurück!« stand unverdrossen vor der Station. Sein Regenschirm war alt, in einem tristen Schwarz, einige Noppen fehlten, und das Wasser floss dem verlassenen Gatten – warum musste es eigentlich unbedingt der Ehemann sein? – in den Kragen und trommelte gegen das Plakat. Die orangefarbene Schrift, in der dieser hoffnungslose, sich mit dem Vornamen bescheidende Aufruf geschrieben war, verschwamm bereits und verwandelte den sorgsam ausgeführten Text in ein versponnenes kalligraphisches Experiment.

Martin steuerte einen freien Grenzschalter an. Seine Schuhe hatten die Schließer ihm nicht wiedergegeben, sodass er jetzt versuchte, so unbekümmert und selbstsicher wie möglich durch die Pfützen zu schreiten. Letzten Endes war es ja nur in der Metro verboten, barfuß zu gehen!

Vor dem trauernden Mann blieb Martin kurz stehen. Ihre Blicke begegneten sich, der Mann nickte leicht, irgendwie unbekümmert, aufmunternd, als seien er und Martin so alte und gute Bekannte, dass keine Worte mehr nötig waren und ein freundschaftlicher Blick ihnen genügte.

»Viel Glück«, flüsterte Martin lautlos.

»Danke«, erwiderte der Mann ebenso lautlos.

Martin näherte sich dem Grenzer, der sich unter einer durchsichtigen Plane langweilte. Er hielt ihm seinen Ausweis hin.

Das Dokument schaute sich der Grenzer nicht einmal an, statt dessen huschte sein Blick unter das Pult.

»Ja, ich bin Martin Dugin«, gestand Martin ein.

»Sie werden keinen Widerstand leisten?«, frage der Grenzbeamte. Er war noch ein rechter Grünschnabel und offensichtlich recht nervös. Oder versuchte er die Verhaftung ins Lächerliche, ins Banale zu ziehen?

»Gott behüte«, erwiderte Martin. »Wozu?«

Der Grenzer zögerte. Obwohl er bereits einen Knopf unterm Pult gedrückt hatte, schickten sich die Wachtposten nicht an, in den Regen hinauszueilen. Schlamperei, überall Schlamperei.

»Haben Sie eine Waffe?«, fragte der Beamte.

»Die haben mir die Schließer abgenommen«, bedauerte Martin. »Einen hervorragenden Revolver, meine Lieblingswaffe, wenn man so will. Und auch die Schuhe ... Können Sie sich das vorstellen?«

Beflissen sah der Grenzbeamte nach unten und musterte Martins nackte Füße, die bereits eine gleichmäßige Schmutzschicht bedeckte. Das war der Zeitpunkt, dem Grenzer eins über den Schädel zu ziehen und zu fliehen – sofern Martin dies denn plante.

»Diese Mistviecher«, wunderte sich der Grenzer aufrichtig. »Weshalb denn die Schuhe?«

»Das frage ich mich auch«, pflichtete ihm Martin bei.

Schließlich kamen die Wachleute. Der Grünschnabel geriet nun vollends aus dem Konzept. »Gehen Sie mit ihnen mit, Bürger«, befahl er grob. »Und keine Dummheiten!«

»Ich bin der Gehorsam selbst«, gab sich Martin erstaunt. Demonstrativ legte er die Hände auf den Rücken, um sich sodann, eingekeilt von seinen Begleitern, zur Verwaltung der Grenzwachen zu begeben, die die beiden untersten Stockwerke eines in der Nähe liegenden Wohnhauses einnahm.

Juri Sergejewitsch traf gegen Abend ein, nachdem Martin bereits seine Gefängnisplörre verputzt hatte. Nun ja, »Plörre«, das war eher um des schönen Worts und der hohlen Tragik wegen gesagt. Im Grunde behandelte man diejenigen, die nach Verlassen der Station verhaftet wurden, ganz vorzüglich, brachte sie in blitzsauberen Einzelzellen europäischen Standards unter, in denen es ein Klosett, ein Bett und ein kleines Gitterfenster gab. Auch das Essen ließ nicht zu wünschen übrig, entsprach dem, was man in einer Kantine erhielt. Immerhin musste man hier die unterschiedlichsten Menschen unterbringen: westliche Touristen, die auf dem Heimweg das exotische Russland besuchen wollten, jedoch nicht an ein Visum gedacht hatten, aber auch russische Bürger, nicht die ärmsten übrigens, die auf den staubigen Pfaden ferner Planeten ihren Auslandspass verbummelt hatten.

Mithin aß Martin ein geschmacksneutrales, wiewohl nahrhaftes Fischsteak, von dem er die Beilage in Form von Nudeln für den Mülleimer abzweigte, machte mit drei Löffeln dem Sommersalat aus Gurken, Tomaten und Pflanzenöl den Garaus und verschmähte anschließend nicht einmal den löslichen Kaffee von undefinierbarer Farbe und ebensolchem Geruch. Als er die letzten Schlucke trank, traf ihn ein erboster Blick Juri Sergejewitschs, der sich geschickt durch die halb offene Tür geschlängelt hatte und den Wachmann anblaffte, dieser möge dafür sorgen, dass sie ungestört blieben.

»Ach, da habe ich alles verputzt«, jammerte Martin. »Von der Beilage ist noch etwa da. Möchten Sie vielleicht? Wer heute aus dem Blechnapf frisst, bekommt Nud...«

Mit vollendetem Können packte Juri Sergejewitsch ihn beim Kragen und schüttelte ihn. »Verflucht noch mal, was hast du dir dabei gedacht, du Dreckskerl?«, donnerte er.

Der Tschekist war in der Tat ernstlich erzürnt, weshalb Martin nichts Besseres einfiel, als zu erwidern: »Im Rahmen meiner Möglichkeiten bin ich dabei, das Universum zu retten. Schüttet es immer noch so?«

Augenblicks gab Juri Sergejewitsch ihn frei, beruhigte sich und nahm auf dem akkurat gemachten Bett Platz. Als vorausschauender Mensch hatte Martin sofort das Bett bezogen, obgleich er hoffte, an einem vertrauteren Ort zu nächtigen.

»Nein, es schüttet nicht mehr. Einfach ein Sommerschauer ... wenn auch ein starker. Auf die Stadt begrenzt, im Moskauer Umland scheint die Sonne.«

»Und über den anderen Stationen?«, erkundigte sich Martin.

»Das haben wir überprüft, es ist alles normal. In Nowosibirsk ist es klar, in Krasnodar geht Regen, der jedoch schon nachlässt. In den Staaten ...« Juri Sergejewitsch stockte, um sich dann zu ereifern: »Warum rechtfertige ich mich eigentlich vor dir? Wo bist du gewesen? Was hast du gemacht?«

»In der allerersten Station der Schließer«, antwortete Martin unschuldig. »Wie Sie es mir andeutungsweise nahegelegt haben.«

»Gar nichts habe ich«, antwortete Juri Sergejewitsch rasch.

»Ganz ruhig, das war alles inoffiziell ...«, beruhigte Martin ihn. »Haben Sie mir also nichts nahegelegt – soll mir auch recht sein. Folglich war ich nirgends und weiß rein gar nichts.«

»Was geht auf Bessar vor sich?«, fragte Juri Sergejewitsch seufzend.

»Das Entscheidende ist bereits geschehen«, informierte Martin ihn. »Die Bessarianer haben ein Raumschiff flott gemacht und sind damit, indem sie die Technik der Schließer nutzten, nach Gamma Capella aufgebrochen.«

»Warum ausgerechnet dorthin?«, wunderte sich der Tschekist.

»Das ist die Heimat der Schließer. Die Amöben wollten diese Welt zerstören ... genauer das Wasser in dieselbe Form bringen, die es auf Bessar hat. Ein origineller Angriff, oder?«

Unversehens erbleichte Juri Sergejewitsch.

»Aber keine Sorge«, erbarmte sich Martin. »Der Angriff schlug fehl. Wir haben die berühmte Flotte schwarzer Schiffe entdeckt, die sich beim Nachbarplaneten aufhielt, ich habe auf die Bessarianer geschossen und ...«

»Wir? Du?«, schrie Juri Sergejewitsch.

»Ich, er, er, sie«, gab Martin unschuldig Auskunft. »Zwei Amöben, Irotschka und ich. Aber was ist? Wollen wir das Gespräch nicht an einem gemütlicheren Ort fortsetzen? Oder muss ich erst mit dem Kopf gegen die Wand hämmern, einen Anwalt verlangen und eine Petition für den Internationalen Gerichtshof in Den Haag aufsetzen?«

»Sie sind ein intelligenter Mann«, brachte Juri Sergejewitsch hervor, vielleicht nicht als Drohung, aber fraglos als unmissverständliche Anspielung.

»Sie werden mir natürlich nichts antun«, befand Martin. »Mich weder schlagen noch mir Drogen spritzen. Und wissen Sie auch warum nicht?«

Juri Sergejewitsch beschloss, Schließer zu spielen und die Frage unbeantwortet zu lassen.

»Weil Sie ebenfalls ein intelligenter Mann sind«, erklärte Martin. »Und Sie glauben meinen Worten. Die Sache ist doch die: Anscheinend habe allein ich die Chance, die Galaxis zu retten. Aus irgendeinem Grund hat es sich so gefügt ...«, fügte er bescheiden hinzu, als ihm aufging, dass er zu stark auftrug.

»Was willst du?«, fragte Juri Sergejewitsch nach kurzem Schweigen. Er holte sogar ein kleines Notizbüchlein aus der Tasche.

»Eine neue Trommel, einen echten Säbel, eine rote Krawatte, eine junge Bulldogge ...«, zählte Martin auf. »Und heiraten ...«

Juri Sergejewitsch riss den Stift vom Papier und starrte den frisch gebackenen Tom Sawyer an.

»Nach Hause will ich! Sofort!« Martin gestattete es sich, die Stimme zu heben. »Was soll diese Verhaftung? Als ob Sie mich nicht selbst dazu gedrängt hätten, nach Bessar zu reisen! Hätte ich danach untertauchen sollen? Das Tor in New York nehmen und dort um politisches Asyl bitten? Diesen Bubis an der Grenze gegenüber Widerstand leisten? Ich will nach Hause, ich will mich waschen, einen guten Kaffee und ein Gläschen Kognak trinken. Danach können wir uns ernsthaft unterhalten.«

»Wenn du wüsstest, wie dieser bürokratische Apparat arbeitet, Martin ... und welche Spielchen hier gespielt werden ...«, stieß Juri Sergejewitsch angewidert aus. »Vier Stunden hat es mich gekostet, um dich freizukriegen ... Gehen wir ... du nichtsnutziger Skywalker ...«

Jeder Mensch, der nicht an einer seltenen Allergie – der gegen Wasser – leidet oder der kleinkindlichen Vorliebe für Schmutz anhängt, wie sie der Dreckspatz in Tschukowskis Märchen vorexerziert, weiß, was es für eine Wonne ist, sich nach einer langen Reise im eigenen Heim zu waschen.

Dabei spielt es überhaupt keine Rolle, wie dein Bad gestaltet ist. Winzig, mit einer Sitzwanne, von der die Farbe abblättert, und schlichten, stellenweise gesprungenen Kacheln aus der Zeit Stalins und der Umleitung der nördlichen Flüsse. Oder geräumig, modern ausgestattet mit einem Whirlpool, einer Hängetoilette, einem Bidet und einer Duschkabine, die sich in ein Dampfbad umwandeln lässt. Im zweiten Fall hatte der Besitzer fraglos Glück. Aber ob er auch wirklich größeres Vergnügen empfindet als derjenige, der lediglich im harten Strahl einer heißen Dusche steht, sich schäumend einseift, mit eisigem Wasser abspült, um sodann, am Wannenboden sitzend, eine Zeit lang die eigenen Füße zu betrachten und zu spüren, wie die Müdigkeit aus der Haut herausfließt? Man sei versichert – es ist einerlei.

Gleichwohl entsprach Martins Bad zu seiner Freude eher dem zweiten Fall. Freilich war die Dusche schlicht, bot keine ausgeklügelten Spielereien, verspritzte nicht an überraschenden Stellen ihr Wasser, und auch der Whirlpool stammte nicht von Jacuzzi und lud aufgrund der kompakten Maße nicht zu Liebesspielen mit der Freundin ein. Dennoch bedeutete es für Martins Körper ebenso wie für seinen Geist Erholung, wenn er sich in die Wanne legte oder unter die Dusche stellte, sobald er nach Hause kam.

An diesem Abend verzichtete er darauf, Juri Sergejewitsch übermäßig zu quälen, indem er ein Bad nahm. Er duschte bloß, dies jedoch nach allen Regeln der Kunst, bald eisig kalt, bald kochend heiß. Anschließend trocknete er sich ab, zog einen Bademantel an und ging ins Arbeitszimmer.

»Ich habe schon befürchtet, Sie seien ertrunken«, blaffte der Tschekist.

Das also trug ihm die Rücksichtsnahme ein!

»Schneller ging's nicht«, erwiderte Martin. »Sie sollten doch wissen, wie wichtig Hygiene ist.«

Zu Martins Verblüffung brach Juri Sergejewitsch in Lachen aus und hob einlenkend die Hände: »Ich geb mich geschlagen. Du hast recht.«

»Sagen Sie, Juri Sergejewitsch, duzen oder siezen wir uns?«, fragte Martin.

»Duzen wir uns«, entschied der Tschekist, nachdem er kurz nachgedacht hatte. »Was möchten ... möchtest du noch? Essen? Ich habe einen Blick in deinen Kühlschrank geworfen, einen Apfel, grüne Zitronen, eine verfaulte Avocado, fünf Wachteleier und ein paar Zwiebeln gefunden. Damit etwas zu kochen habe ich mich nicht getraut. Wollen wir uns Essen kommen lassen?«

»Nicht nötig.« Martin verzog das Gesicht. Zweifellos hätte Juri Sergejewitsch auf die Dienste seiner Untergebenen zurückgegriffen – und dann hätte ihr Essen aus Hamburgern, bestenfalls aus einer Tiefkühlpizza bestanden. »Momentan bin ich mit Kognak, einer Zitrone und einer Pfeife ganz zufrieden.«

»Kognak aus der Pfeife?«, staunte der Tschekist.

»Tabak aus der Pfeife«, stellte Martin sanft richtig. Er setzte sich an den Tisch und stopfte die Pfeife, derweil Juri Sergejewitsch sich um den Kognak kümmerte und die Zitrone schnitt. »Was ist? Soll ich alles der Reihe nach erzählen?«

»Ja.« Demonstrativ holte Juri Sergejewitsch das Diktaphon heraus und schaltete es ein. »Ich nehme das Gespräch auf.«

Martin winkte nur ab. Dann erzählte er – und zwar alles, ohne etwas auszulassen.

Was den versierten Profi auf den ersten Blick ausweist, ist die Art, wie er einem zuhört. Hin und wieder stellte Juri Sergejewitsch eine Frage, die jedoch stets klug und der Sache dienlich war, den Redefluss nicht unterbrach, sondern ihm nur eine neue Richtung gab. Zu einem einzigen Fluch ließ der Tschekist sich hinreißen, nämlich als er erfuhr, wie Irotschka zu einer Person in sieben Exemplaren geworden war. Nach knapp einer Stunde beendete Martin seinen Bericht, ohne dabei etwas Wichtiges ausgelassen zu haben.

»Dann sind sie also keine Mentoren«, kommentierte Juri Sergejewitsch nach einer Weile. »Keine Uplifter.«

»Uplifter?«, hakte Martin nach.

»Das ist ... ein Ausdruck aus der Science Fiction ...« Juri Sergejewitsch runzelte die Stirn. »Na ja, Progressoren eben ...«

»Ah, alles klar«, meinte Martin nickend. »Wer kennt sie schon? Aber ihren eigenen Worten zufolge ist es ihnen völlig egal, was wir mit den von ihnen erhaltenen Technologien anstellen, ob wir uns vernichten oder nicht ...«

»Dann lügen sie«, urteilte Juri Sergejewitsch. »Derart zielgerichtete Aktivitäten können nicht sinnlos sein. Dahinter steckt entweder ein Plan von ihnen oder von jemand Drittem. Eine andere Möglichkeit gibt es nicht.«

»Erzähl doch mal ...« Mit einiger Überwindung wechselte Martin zum Du über. »... worum es eigentlich geht. Was vermutet ihr?«

»Die ganze Wahrheit?«, grinste der Tschekist. »Also ... für den Anfang erst einmal das ...«

Er holte aus seiner Tasche ein Blatt Papier, entfaltete es und legte es vor Martin auf den Tisch. Nachdem dieser es gelesen hatte, blickte er dem Tschekisten in die Augen: »Ich bin kein Major. Ich bin Oberleutnant der Reserve.«

»Und jetzt Major«, teilte Juri Sergejewitsch ihm betrübt mit.

»Sonst dürftest du keinen Zugang zu der Sache haben. Komm schon, überspring einen Dienstgrad ... Gagarin.«

»Ich habe nicht vor, für den FSB zu arbeiten!«, erklärte Martin tapfer.

»Und was hast du die letzten Tage gemacht, wenn nicht für uns gearbeitet?«, wandte Juri Sergejewitsch vernünftig ein. »Hier steht es doch: ›zeitweilig, im Staatsinteresse und aufgrund besonderer Umstände‹.«

»Und wenn ich nicht unterschreibe?«, fragte Martin.

»Eine Anordnung des Präsidenten sollst du ja gar nicht gegenzeichnen«, stellte Juri Sergejewitsch klar. »Du unterschreibst dann lediglich einen Vertrag über die Aufnahme in den Dienst.«

»Und wenn ...«

»Dann ist das Hochverrat«, brummte Juri Sergejewitsch, wobei Martin nicht zu entscheiden vermochte, ob der andere scherzte oder seine Worte ernst meinte.

Vorsichtshalber nahm er das Gesagte lieber ernst – und unterschrieb die drei Ausführungen des Vertrags.

Sorgsam steckte Juri Sergejewitsch die Blätter ein. »Morgen früh kriegst du einen Ausweis«, teilte er mit. »Eine Uniform brauchst du für unser Spiel nicht ... Ach, ja. Hier.«

Er zog seinen Aktenkoffer zu sich heran, öffnete ihn und entnahm daraus eine Papierrolle, die Martin vage bekannt vorkam.

»Was ist das?« Der frisch gebackene Major verkrampfte sich.

»Der Thermostrahler, den man dir geschenkt hat«, erklärte Juri Sergejewitsch angewidert. »Das hat mich auch ... einige Mühe gekostet, an den heranzukommen ... davon haben wir rund zwei Dutzend im Arsenal, aber ... Kurz und gut, er gehört dir. Vorübergehend.«

»Wofür?«, wunderte sich Martin. »Was soll ich auf der Erde damit?«

»Wer hat dir denn gesagt, dass du auf der Erde bleibst?«, konterte Juri Sergejewitsch. »Komm schon, Major ... lass uns die Sterne begießen.«

Noch bevor sie den Kognak tranken, schloss Martin die Thermowaffe der Aranker in den Waffensafe. Der Geheimdienstler seufzte und aß eine Zitronenscheibe. »Alles, was ich dir bei unserem letzten Gespräch gesagt habe, ist die reine Wahrheit«, fing er dann an. »Niemand hat Irina verraten. Das Mädchen hat tatsächlich die Empfehlungen ihres Vaters gelesen, sich darüber aufgeregt und ist dann durchs Tor gegangen ... Das ist die Wahrheit.«

»Und wo fängt die Lüge an?«, erkundigte sich Martin mit leiser Stimme.

»Nicht die Lüge ... das Unausgesprochene. Stimmt, wir fürchten nicht die Schließer, die plötzlich auf die Idee kommen könnten, die Erde vom Transportnetz auszuschließen. Das würden wir überleben, keine Frage! Auch in den Kosmos kommen wir ohne sie, schließlich haben wir ausreichend von ihrer Großzügigkeit profitiert ... Wir glauben wirklich, dass die Schließer die Nachfolger einer anderen Rasse sind, auf die die erste Expansionswelle im Weltraum zurückgeht. Und sie steuern, ob sie es wollen oder nicht, auf neue Katastrophen zu ...«

»Was für Katastrophen?«, fragte Martin freiheraus. »Wer führt den Schlag?«

»Wenn wir das wüssten ...« Juri Sergejewitsch seufzte. »Alle sitzen daran ... sowohl unsere hauseigenen Experten für außerirdische Zivilisationen als auch die Theologen aller Konfessionen ... Richtig, wir ziehen sogar die Variante einer göttlichen Einmischung in Betracht. Der Turmbau zu Babel Nummer 2! So wird es in den Berichten genannt.«

»Und was sagen die Diener Gottes?«, wollte Martin wissen.

»Nichts Gescheites. Die Protestanten haben sich gegenwärtig weitgehend den Buddhisten angenähert ... Sie sind überzeugt, Gott existiere, zeige sich jedoch nicht und plane keine Sintflut. Die Katholiken machen das Beste aus der Sache und taufen Außerirdische, wie dir vielleicht schon zu Ohren gekommen ist ... In Assisi wurden ökumenische Gottesdienste von Geddarn und Loks-o abgehalten. Die Moslems haben die Reihen geschlossen und halten alle Außerirdischen für Ausgeburten des Schaitans ...«

»Und unsere Leute? Die Orthodoxen?«

»Unsere Leute haben sich noch zu keiner klaren Position durchringen können. Die Bibel ist nebulös, bei den Kirchenvätern finden sich keine direkten Hinweise ... Kurz und gut, es gibt keine gemeinsame politische Linie.« Juri Sergejewitsch grinste. »Freilich, über eins ist man sich einig: Die Außerirdischen bräuchten bloß zu verschwinden, und alles wäre gut. Man würde ihren Besuch als Werk des Teufels deklarieren ...«

»Und die Juden?«, fragte Martin hoffnungsvoll. Als waschechter Russe – seine Wurzeln reichten bis zum Joch der Tataren und Mongolen zurück – glaubte er felsenfest, dass die Juden ihn nicht enttäuschen und für alles eine intelligente und einleuchtende Erklärung finden würden.

»Das Übliche«, seufzte Juri Sergejewitsch. »Sie haben alle fremdplanetarischen Speisen für koscher erklärt, verhalten sich den Außerirdischen gegenüber gleichmütig und freundlich, treiben Handel und wollen auf einen anderen Planeten übersiedeln ...«

»Was denn? Alle auf einmal?«, japste Martin.

»Hm. Hast du noch nichts davon gehört? Sie haben sich einen unbewohnten Planeten ausgesucht, dessen Eigenschaften ihn insgesamt als eher mittelmäßig ausweisen ... Aber im Fall von Kanaan hat sich ja auch erst später herausgestellt, wie viele Schätze es birgt, wie viel Platin und Uran in den Tiefen liegen, wie fruchtbar der Boden ist ... Halb Jerusalem wollen sie umsiedeln. Sogar eine zehn Zentimeter mächtige Bodenschicht aus ganz Israel wollen sie abtragen und dort hinbringen.«

»Das glaub ich nicht!«, verkündete Martin, der sich die lange Kette von Israelis vorstellte, die mit uralten Ziegeln, Steinen und Säcken voll Erde auf dem Rücken die Jerusalemer Station betraten.

»Sie haben viele Schriftsteller, die bezahlen für sie«, erklärte

Juri Sergejewitsch. »Lassen wir das, was sollen wir uns darüber aufregen? Und die Antisemiten sollen ruhig ihr Lamento anstimmen, wenn ihnen in zehn Jahren nichts mehr bleibt, als sich aufzuhängen. Aber die Sache ist die, dass uns die Theologen keine Hilfe sind. Nicht einmal die klügsten. Es fehlt an Informationen, verstehst du?«

»Dann lassen wir die Version der göttlichen Einmischung eben beiseite«, schlug Martin fort. »Gehen wir einfach von einer anderen Rasse aus. Die auf der evolutionären Leiter noch über den Schließern steht.«

»Das müssen wir wohl«, pflichtete ihm Juri Sergejewitsch bei. »Was sind die Schließer denn eigentlich? Letztlich doch nichts anderes als ein Beispiel für einen kollektiv-individuellen Verstand.«

Martin klapperte nur mit den Zähnen und goss sich rasch etwas Kognak ein.

»Doch, doch ...«, versicherte Juri Sergejewitsch, teilnahmsvoll nickend. »Wusstest du das etwa nicht? Das, was man einem von ihnen erzählt, wird zur allgemein bekannten Information. Und zwar unverzüglich. Wir haben das überprüft ... Gleichzeitig bewahren die Schließer ihre Individualität ... Wenn sie mal auf die Standardformulierungen verzichten, mit denen sie alle begrüßen, treten die Unterschiede klar zu Tage. Unsere Psychologen sind ihr Geld wert ... das kannst du mir glauben.«

»Denken sie denn auch zusammen?«, fragte Martin.

»Wer weiß das schon? Anscheinend können sie es, wenn es sein muss. Aber wie das funktioniert ... Ob das Bewusstsein von jedem Einzelnen in einem Metaverstand aufgeht oder gewissermaßen ein monströses Briefing stattfindet ... Ich weiß es nicht. Das ist komplizierter. Doch wie weit sich die Schließer auch von uns entfernt haben mögen, sie haben sich ihre Individualität bewahrt ... und damit zumindest ansatzweise auch ihre Menschlichkeit.«

»Und was kommt danach? Der eine gemeinsame Verstand?«

»Möglicherweise.« Juri Sergejewitsch breitete die Arme aus. »Doch selbst wenn diese meta-intelligente Rasse über grenzenlose Möglichkeiten gebietet, kann sie per definitionem kein Gott sein. Gott muss der Anfang und das Ende von allem sein. Der Schöpfer des Universums.«

»Wenn man den Dio-Daos glaubt ...«, brachte Martin ein.

»Der undefinierte Gott?« Juri Sergejewitsch nickte. »Sicher, das wäre eine Variante. Oder ein grober Vergleich, an dem wir uns orientieren können. Doch so weit müssen wir gar nicht vorpreschen. Wenn wir sterben, werden wir es wissen. Lass uns deshalb einfach von einem unvorstellbar mächtigen Metaverstand ausgehen, der von allen benachbarten Zivilisationen erwartet, dass sie in vergleichbarer Weise die evolutionäre Leiter erklimmen. Vom individuellen Verstand zum individuell-kollektiven Verstand. Und von dort aus zum kollektiven.«

»Treiben sich dann zwei Meta-Intelligenzen im Universum herum?«, knurrte Martin mit angewidertem Gesicht. »Oder einige Hundert? Puh! Oder schmilzt alles in einem Bewusstsein zusammen? Und dann? Wie geht es dann weiter? Und wozu das Ganze? Mir schmeckt das nicht!«

Wortlos stießen sie an und tranken.

»Wer kann wissen, ob er eine Leitung ist, wenn der Strom noch nicht angeschlossen ist?«, brachte Juri Sergejewitsch mit leicht angesäuseltem Singsang hervor. »Und so leid es mir tut, Martin, aber uns fragt man in diesem Fall nicht. Man lässt uns nicht mal eine Wahl.«

»Genau das ist es ja, was mir missfällt«, bekannte Martin. »So, jetzt haben wir genug auf leeren Magen getrunken. Lass uns was essen fahren.«

»Wohin?«, erkundigte sich Juri Sergejewitsch. »Du bist in gastronomischen Etablissements vermutlich besser bewandert als ich ...«

»Ruf an, inzwischen ziehe ich mich um«, verlangte Martin. »Zweihundert-fünfundvierzig-einundfünfzig-zwölf. Und dann reserviere mit sonorer Stimme einen Tisch. Falls alles besetzt ist ...«

»Dann erkläre ich, welche Organisation ich repräsentiere«, scherzte Juri Sergejewitsch. »Schon in Ordnung, du brauchst mich nicht für einen kompletten Narren zu halten. Und das Restaurant ...«

»Ich bezahle«, entschied Martin unerschütterlich. »Wessen Sterne sind es denn, die wir begießen wollen?«

»Weiß der Metaverstand, wessen«, antwortete Juri Sergejewitsch mit gerunzelter Stirn. »Noch haben die Schließer alle Sterne in der Tasche ...«

Juri Sergejewitsch setzte sich entschlossen hinters Steuer und erklärte mit Bestimmtheit, er habe seinen Dienstausweis dabei und es zudem noch nicht verlernt, in jedem Zustand zu fahren. Um elf Uhr abends waren die Straßen leerer, sodass der alte Wolga heulend und durch die Pfützen spritzend den dritten Ring entlangfuhr, das Neue Jungfrauenkloster hinter sich ließ und vor einem bescheidenen Gebäude mit einem Schild »Milizwache« hielt.

»Willst du mich den Behörden übergeben?«, wollte Juri Sergejewitsch wissen. »Wegen Erpressung und ... Ah! Hier?«

Er nickte in Richtung der in einiger Entfernung aufschimmernden Reklame des Restaurants *Mimino*.

»Nein, für die georgische Küche bedarf es einer anderen Stimmung«, erklärte Martin gewichtig. »Jetzt brauchen wir etwas Europäisches. Gehen wir.«

Schnellen Schrittes – der Regen war eisig, Schirme hatten sie nicht dabei – liefen Martin und der Tschekist an einigen Milizwagen vorbei, um dann eine Tür zu öffnen, über der das Schild *Alte Mansarde* prangte.

»Ich hoffe doch, es gibt einen Aufzug?«, wollte Juri Sergejewitsch wissen.

»Den brauchen wir nicht. Wir müssen in den Keller«, meinte Martin grinsend.

»Tolle Mansarde!«, verwunderte sich der Tschekist.

»Immerhin ist sie alt!«, parierte Martin. »Die Kulturschicht wächst, die Stadt geht in den Untergrund ...«

Nachdem sie ins Souterrain hinuntergestiegen waren, fanden sie sich in der Tat in der *Mansarde* wieder. Alte Holzbalken, die Wände bemalt mit Szenen aus dem dörflichen Leben und verziert mit verrosteten Eisengegenständen, angefangen von Schlössern und Hufeisen bis hin zu Hacken und Schaufeln. Durch kleine Fenster mit matten Scheiben drang Tageslicht herein, das so spät am Abend völlig unangemessen wirkte.

»Sehr originell«, schnaubte Juri Sergejewitsch. »Außerdem geht dir hier jeder Begriff verloren, ob es Tag ist oder Nacht ...«

»So ist es gedacht«, bemerkte Martin philosophisch.

Man konnte nicht sagen, dass er dieses Restaurant häufig besuchte, doch mochte er die *Alte Mansarde*, der guten Küche wegen, der gepflegten Atmosphäre wegen, der interessanten Kundschaft wegen, selbige bestehend aus Geschäftsleuten, Künstlern und jungen Frauen mit ansprechender Figur, die jedes überflüssige Gramm im benachbarten Fitnessclub gelassen und sogleich beschlossen hatten, wieder etwas Fett anzusetzen.

Sie bekamen einen lauschigen Ecktisch zugewiesen. Fragend sah Martin Juri Sergejewitsch an. Der verstand ihn und zuckte mit den Achseln: »Ein Bier.«

Sie bestellten zwei Krüge ungefilterten Biers und auf Martins Empfehlung hin Schweinshaxe. Das Bier brachte man ihnen schon bald.

»Auf deine Gesundheit«, prostete Juri Sergejewitsch. »Du wirst sie brauchen.«

Martin nahm einen Schluck Bier. »Warum ausgerechnet ich?«, fragte er dann.

»Ich verstehe die Frage nicht.«

»Warum ist Ernesto Poluschkin ausgerechnet zu mir gekommen?«

»Der Tipp kam von mir«, bekannte Juri Sergejewitsch.

»Warum?«, wiederholte Martin stursinnig. »Das schmeichelt mir natürlich ... Andererseits gibt es noch Andrej Kusnezow, Ljoscha Filipow ...«

»Und die Buschujew-Brüder, Spürhund, Tassja Maximowa ...«, führte Juri Sergejewitsch die Liste fort. »Stimmt, auch sie leisten hervorragende Arbeit.«

»Außerdem waren Tassja und Andrej zu dem Zeitpunkt frei«, fügte Martin hinzu. »Ich habe das überprüft. Und ich würde meine Hand dafür ins Feuer legen, dass Pjotr Baturinzew schon lange auf eurer Gehaltsliste steht. Warum hast du trotzdem ausgerechnet mich empfohlen?«

Juri Sergejewitsch seufzte, kippte mit einem Schluck den halben Krug hinunter und blickte den Kellner fordernd an. »Weil du, Martin, zu diesem Zeitpunkt weiter als alle anderen warst«, sagte er, nachdem er sich sorgfältig die Lippen abgewischt hatte.

»Das musst du erklären«, blaffte Martin, der allmählich wütend wurde.

»Das kann ich nicht, Martin. Und das ist nur zu deinem Besten.« Traurig schüttelte Juri Sergejewitsch den Kopf. »Kratz mich, beiß mich – ich werde es trotzdem nicht sagen. Du hättest danach nur noch mehr Probleme, und bringen würde es dir rein gar nichts.«

»Ihr observiert alle, die häufig durch die Großen Tore gehen«, murmelte Martin. »Ich verstehe das ... die Berichte ... die erzählten Geschichten ... Seid ihr auf irgendetwas gestoßen?«

Juri Sergejewitsch hüllte sich in Schweigen, runzelte gequält die Stirn und senkte den Blick.

»Du bist keinen Deut besser als ein Schließer«, platzte Martin heraus.

Der Kellner brachte Juri Sergejewitsch das zweite Bier und legte Besteck auf den Tisch. Derweil sagten die beiden Männer kein Wort.

»Standen meine Chancen besser, Irina zu retten?«, versuchte Martin es von einer anderen Seite aus anzugehen.

»Nein ...« Juri Sergejewitsch zögerte. »Obwohl ... sowohl ja als auch nein. Jetzt, wo wir wissen, dass Irina es zuwege gebracht hat, sich zu kopieren, kann ich mir auf die Schulter klopfen. Du hast dich in der Tat als ideale Wahl herausgestellt. Aber ich habe mit etwas völlig anderem gerechnet, Martin. Ich habe erwartet, dass du bei der Suche nach Irina einige Planeten besuchst, ihr ... selbst wenn du sie mal aus den Augen verlierst ... auf der Spur bleibst ... kurz gesagt, für mich sah alles viel einfacher aus.«

»Es geht nicht nur um Irina, es geht auch um mich«, hielt Martin fest. »Gehen wir einmal davon aus, ihr wolltet, dass ich eine Affäre mit Irina anfange ... deshalb sind auch die Maximowa und die Brüder ausgefallen ...«

Juri Sergejewitsch schnaubte.

»Jetzt lasse ich nicht mehr locker! Ich werde der Sache auf den Grund gehen!«, polterte Martin. »Außerdem mag ich es nicht, mit Anspielungen und Vagheiten abgespeist zu werden!«

»Gerade das gefällt mir«, beruhigte ihn Juri Sergejewitsch. »Und jetzt Schluss mit dem Gerede von deiner Einmaligkeit. Du bist nicht einmalig, du warst nur zur richtigen Zeit am richtigen Ort. Möglicherweise hätte ich ein Jahr später Kusnezow auf die Suche nach dem Mädchen angesetzt. Oder ein Jahr früher Ratsche.«

»Etwa Wolodja Ratschkow?«, wunderte sich Martin. Er erinnerte sich noch an diesen intelligenten Brillenträger, der sich rasch eine gute Reputation erworben, im Gespräch ein bisweilen treffendes, mitunter jedoch auch völlig unpassendes »... und ritsch« gebraucht und seine Arbeit vor einem halben Jahr überraschend aufgegeben hatte. »Ich wusste nicht, dass er sogenannt wird. Ritschratsch, das kenne ich ...«

»In unseren Unterlagen wurde er als Ratsche geführt«, erklärte Juri Sergejewitsch. »Aber er arbeitet nicht mehr.«

Der Kellner brachte ihr Essen, wünschte ihnen guten Appetit und zog sich zurück. Genüsslich ließ Martin den Blick über die Mahlzeit schweifen: leicht geräucherte, zarte Schweinshaxe, die mit Buchweizengrütze und Pilzen, einer in duftendem Pflanzenöl angebratenen Zwiebel und fein geriebenem Wachtelei auf einem großen, matt glänzenden weißen Teller von runder Form serviert wurde.

»Jedes Gericht muss seinen besonderen Pfiff haben«, sagte er. »Hier verdankt er sich dem Wachtelei!«

»Mir ist schon aufgefallen, dass du diesen Eiern gegenüber nicht gleichgültig bist«, erwähnte Juri Sergejewitsch, während er nach Messer und Gabel langte.

»Und unbedingt gehört ein Bier dazu! Ein frisch gezapftes dunkles Bier ... Und ich tauche in euren Unterlagen also als Läufer auf?«, beschloss Martin mit seinem Wissen zu glänzen.

Juri Sergejewitsch kaute bedächtig ein Stück Fleisch mit Kascha. »Hm ... wirklich lecker ...«, brummte er. »Willst du eine ehrliche Antwort?«

»Ja«, entschied Martin leichthin.

»Nein, du wirst bei uns als Snob geführt.«

Nie zuvor hatte Martin sich so gedemütigt gefühlt. Hätte Juri Sergejewitsch ihn mit dem Gesicht in die Buchweizengrütze samt aromatischem Öl, Zwiebel und fein geriebenem Wachtelei gestukt, wäre die Demütigung entschieden harmloser gewesen.

»Nimm's nicht übel«, bat Juri Sergejewitsch. »Das stammt noch aus der Zeit vor mir ...«

»Hättest du denn einen anderen Namen gewählt?«, fragte Martin.

»Eine ehrliche Antwort?«, wollte der Geheimdienstler wissen.

Martin schüttelte den Kopf und starrte auf seinen Teller – diesen großen, matt glänzenden, weißen Teller von runder Form.

»Was spielt es schon für eine Rolle, welchen Namen man uns gibt?«, bemerkte der Geheimdienstmann. »Viel wichtiger ist doch, wie wir uns selbst nennen. Wenn wir allein sind, wenn nur Gott und der Teufel uns hören können ...«

Martin hob den Blick und sah Juri Sergejewitsch an. »Bist du sicher, dass es in deiner Sippe keine Schließer gibt?«, fragte er.

»Es gibt einen Psychiater, eine Pfaffen, einen betrügerischen Buchhalter ...«, fing Juri Sergejewitsch an aufzuzählen. »Der Psychiater war übrigens Alkoholiker, den Pfaffen hat man auf seine alten Tage des Amts enthoben ... irgendwie hatten meine Vorfahren kein Glück. Wie sich's gehört, gibt es auch einen Tataren und einen Juden. Vor hundert Jahren soll sogar ein Angehöriger des Lettischen Roten Schützenregiments dazwischen gewesen sein ... Aber Schließer gab es keine.«

»Und wie würdest du dein eigenes Dossier nennen?« Martin musste unwillkürlich lächeln.

»Specht«, antwortete Juri Sergejewitsch, ohne auch nur darüber nachzudenken. »Weil ich unermüdlich auf einem Punkt einhaue. Manchmal gelange ich damit an eine schmackhafte Larve. Häufiger jedoch an Mulm.«

Akkurat schnitt er seine Haxe, ebenso sorgsam spießte er es auf. Er kaute und sagte: »Es ist lecker, Ehrenwort. Vielen Dank. Snob zu sein stellt eine höchst angenehme Beschäftigung dar.«

»Glaubst du etwa, ich musste noch nie hungern oder mir den letzten Zwieback für drei Tage einteilen?«, blaffte Martin. »Wasser aus einer Pfütze trinken oder Gemüse essen, das dir eine Woche lang Durchfall beschert, falls du nicht gleich daran krepierst?«

»Ist mir alles bekannt«, sagte Juri Sergejewitsch nur. »Ich habe dir ja schon gesagt, ich hätte auf das Dossier nicht Snob geschrieben.«

»Sondern?«

»Dandy.«

Martin zuckte mit den Schultern.

»Gentleman wäre zu lang. Außerdem wird das Wort inzwischen inflationär gebraucht«, setzte ihm Juri Sergejewitsch auseinander. »Ein englischer Dandy lief längst nicht immer im Frack herum. Wenn es sein musste, fuhr er nach Indien und holte sich zum Ruhme der Königin eine Malaria. Wenn es sein musste, hatte alles *comme il faut* zu sein, wenn es sein musste, fürchtete er weder Schweiß noch Blut ... oder Wasser aus einer Pfütze ... Weißt du, was *comme il faut* bedeutet?«

Martin nickte.

»Unsere russische Krankheit«, wechselte der Geheimdienstler unvermittelt zu hohen Themen über, »besteht nun einmal darin, dass wir zu Extremen neigen. Entweder ist jemand ein ungewaschener, beschränkter Kraftmeier, der ein mehrtägiges Besäufnis hinter sich hat und aus dem Mund stinkt, oder jemand ist ein selbstzufriedener Neureicher, der fürchtet, sich die Finger schmutzig zu machen, und jeden Arbeiter und Bauern verachtet. Europa dagegen hat schon vor langer Zeit verstanden, dass man als Gentleman auftritt, sobald sich die geringste Möglichkeit bietet, es jedoch unterlässt, wenn man keine Möglichkeit hat. Nur so konnten die geschickten englischen Gentlemen ein derart großes Imperium aufbauen ...«

»Ein Gentleman westlich von Suez ist nicht für das verantwortlich, was ein Gentleman östlich von Suez tut ...«, murmelte Martin.

»Eben!« Juri Sergejewitsch erstrahlte. »Das mag zynisch klingen, aber es ist die Wahrheit. Die Welt ist zu vielfältig, als dass sie unveränderlich wäre. Wir haben nicht das Recht, so starr zu sein! Das haben wir unseren großen Schriftstellern aus dem 19. Jahrhundert zu verdanken, diesen Geistesriesen, Dostojewski und Tolstoi, Kuprin und Bunin ... die Reihe ließe sich fortsetzen. Wenn wir uns schon für den Humanismus entscheiden, kennt unser Verzeihen keine Grenzen. Wenn wir schon Gerechtigkeit wählen, dann unverzüglich, sofort und für alle. Die Köchin wird zur gnädigen Frau ... Dabei hat schon Alexander Puschkin davor gewarnt, wohin die Experimente mit der Befriedigung der Wünsche einer Köchin führen ... Nein! Sie wollten das Paradies auf Erden errichten – und bekamen den Kommunismus. Sie verdarben sowohl die herrschenden Klassen als auch die Unterschichten ... und dafür starben sie in der Fremde, wurden zu Spiegeln der Revolution oder zu der Zwischenschicht zwischen Sichel und

Amboss. Und recht geschah ihnen! Was bin ich froh, Martin, dass es heutzutage kaum noch Schriftsteller bei uns gibt, sondern alle mit dem Verfassen von Geschichten für die Schließer beschäftigt sind!«

Martin verzog angewidert das Gesicht.

»Bin ich streng?«, fragte Juri Sergejewitsch, nachdem er an seinem Bier genippt hatte. »Zu streng? Wir Russen haben uns mit unserer Liebe zu Extremen das eigene Grab geschaufelt. Dank der Schließer haben wir jetzt wenigstens Luft zum Atmen. Sonst wäre das Land vor die Hunde gegangen ... Im Jahre 2015 wäre den Prognosen zufolge alles zusammengebrochen. Insofern kann ich deine Leidenschaft für gutes Essen, ordentliche Kleidung und angenehme Musik samt teurer Anlage nur billigen. Denn das Recht darauf verdienst du dir mit all dem Schweiß und Schmutz, dem Blut und den Nerven. Wie man sich auch ... Schweinshaxe mit Wachteleiern ... verdienen muss ...« Er richtete den Blick auf den Teller. »Martin, wollen wir etwas Stärkeres nehmen?«

Nach kurzem Nachdenken bestellte Martin eine Flasche Tullamore Dew.

Sie saßen noch lange zusammen. Dabei sprachen sie über mancherlei, nur nicht über ihren Fall.

Irgendwo in den Tiefen des Kosmos zogen die schwarzen Schiffe der Schließer ihre Bahn, indem sie sich an den Signalen unbekannter Leuchttürme orientierten, um so immer neue Planeten in das galaktische Transportnetz zu integrieren. Die beiden letzten Irotschka Poluschkinas suchten nach einer Möglichkeit, das Universum zu retten. In den Büros des Föderativen Sicherheitsdienstes hefteten die Mitarbeiter der Nachtschicht die Dokumente über Martin Igorjewitsch Dugin ab, den frisch gebackenen Major, vormals unter dem Decknamen Snob geführt.

Martin und Juri Sergejewitsch tranken den berühmten irischen Whisky. Juri Sergejewitsch stellte in Aussicht, Martin in ein weiteres Restaurant zu bringen, das ebenfalls in einer Mansarde untergebracht war, diesmal jedoch allen Ernstes, will heißen in der Mansarde der weißrussischen Botschaft im Stadtteil Kitaigorod. Martin erklärte umständlich, er liebe nichts mehr als das gewohnte Zusammensitzen in einer russischen Küche und all die Restaurants dienten nur dazu, sich auszutoben und seine Neugier zu befriedigen. Der Tschekist erzählte von Reisen, die ihn von der Erde weggeführt hatten, vermied beharrlich jede konkrete Äußerung, schilderte dafür jedoch anschaulich komische Details des außerirdischen Alltags. Der Privatdetektiv berichtete ohne Nennung von Namen über seine Lieblingsfälle: Über einen blinden Reisenden und seinen Hund. Martin hätte schwören können, dass die Entscheidung darüber, welchen Planeten sie besuchten, der Hund traf. Über einen Drittklässler, der von zuhause weggelaufen und durch fünf Tore gegangen war, bevor Martin ihn erwischt und zur Rückkehr überredet hatte, wobei ihm Letzteres nur mit dem Versprechen gelang, man würde ihm ganz bestimmt Rollerskates schenken. Von den Skates kamen sie zu einer Diskussion über verschiedene Kognakmarken. Irgendwann schloss das Restaurant und sie traten in die kühle Nacht hinaus. Endlich hatte der Regen aufgehört. Sobald sich Juri Sergejewitsch hinters Steuer gesetzt hatte, war er im Nu nüchtern. Prompt verlangte Martin von ihm, ebenfalls diese tschekistischen Ernüchterungstabletten zu bekommen, worauf Juri Sergejewitsch beteuerte, das Phänomen hänge einzig vom langen Training und dem Glauben an die Pflicht ab. Beide überließen sich ihrer betrunkenen Trägheit (die geheime russische Formel: die Zeit eines Besäufnisses ist gleich die Intensität des Gesprächs, geteilt durch die Menge des Getrunkenen) und fuhren zum *Punkt*. Doch auch diese Einrichtung, einer der ältesten Moskauer Nachtclubs, machte langsam die Pforten dicht. Die Jugendlichen waren zur Ruhe gekommen und verliefen sich nun, nachdem sie ihre Energy-Cocktails getrunken hatten. Die verliebten Pärchen wurden des Tanzens müde. In dem großen Saal mit Betonfußboden hielten sich nur noch zwischen vierzig und fünfzig Menschen auf. Jemand spielte gelangweilt an einem lächerlichen, da viel zu kleinen Billardtisch, jemand trank am Tresen sein Glas aus. Martin und Juri Sergejewitsch nahmen ebenfalls auf den hochbeinigen Drehstühlen Platz, bestellten je einen Whisky – man sollte bei dem einmal gewählten Getränk bleiben, vor allem gegen Morgen.

Auf der Bühne sang ein junger Mann zur Gitarre:

Das Buch war ein Fehlgriff gewesen,
es passte wie Seife zum Strick.
Mal wieder im King gelesen,
dem Stephen – da machte es »klick«.

Aus Herbstfäden, grau und gewunden,
dem Rauch der Trafalgarkanonen
hab ich mir nen Fornit* erfunden,
in meiner Gitarre zu wohnen.

Juri Sergejewitsch drohte Martin mit dem Finger »Wo hast du deinen Fornit versteckt?«

»Der ist vor langer Zeit ausgezogen«, antwortete Martin lustlos.

»Du lügst«, meinte Juri Sergejewitsch kopfschüttelnd. »Du lügst doch ... Jeder, der Geschichten erzählen kann, hat einen Fornit. Früher waren es Musen, doch die sind kleiner geworden ... sind zu Fornits mutiert.«

»Die brauchst du nur, wenn du deine Geschichten Menschen erzählst«, erwiderte Martin. »Ich verschwende sie an die Schließer ...«

»Weißt du, warum sie verlangen, dass man ihnen Geschichten erzählt?«, fragte Juri Sergejewitsch verschwörerisch.

---

* Ein Fornit ist eine Figur aus der gleichnamigen Erzählung von Stephen King, ein Zauberelf, der in einer Schreibmaschine lebt und einen Schriftsteller inspiriert.

»Na?« Martin spannte sich an.

Da wurde der Tschekist mit einem Mal nüchtern und schüttelte nur lächelnd den Kopf.

Der Sänger haute noch immer in die Saiten, ein paar simple Begleitakkorde. Er spielte und sang.

Mal ist er ganz freundlich und kühn,
mal kann man das wirklich nicht sagen.
Dann ist er der Welt nicht mehr grün
und säuft, um dann lauthals zu klagen.

Doch drohen mir böse Gewalten,
dann eilt er als Helfer zu mir;
ich hab seinen Namen behalten –
dasselbe hoff ich von dir.

Voller Begeisterung – mochte sie auch der Trunkenheit geschuldet sein – applaudierte Martin. In dem leeren hallenden Raum klang das Klatschen hilflos, gleichsam als fielen vereinzelte Schüsse.

Zwei

Niemals sollte man sich bis zur Besinnungslosigkeit betrinken, wenn man am nächsten Morgen wichtige Dinge zu erledigen hat.

Eine Zeit lang lag Martin ruhig da und erinnerte sich an den edlen Don Rumata von Estor, der nach einem Besäufnis mit dem Baron Pampa im Handumdrehen nüchtern wurde. Ungeachtet seiner Kopfschmerzen versuchte Martin sich klarzumachen, wie Sporamin wirkt. Er gelangte zu dem Ergebnis, die wunderkräftigen Tabletten beschleunigten den Stoffwechsel ungemein, was sowohl bei der Heilung von Wunden wie auch im Kampf gegen die Spaltungsprodukte des Alkohols half. Stöhnend erhob er sich, schleppte sich in die Küche, zwang sich einige Glas Mineralwasser mit Analgin herein und lugte in sein Arbeitszimmer, in dem der heldenhafte Tschekist friedlich auf dem unausgeklappten Sofa schlief. Neben ihm auf dem Fußboden lag die Thermowaffe der Aranker.

Martin schüttelte den Kopf und begab sich unter die Dusche.

Als er aus dem Bad zurückkam, klapperte Juri Sergejewitsch munter mit Geschirr in der Küche und sang dabei etwas vor sich hin.

Fern sieht er dort, in der ersten Welt,
Trocknet Socken, liest Castaneda,

Die Ödnis er mit Akkorden beseelt,
Gezupft mit stumpfen Hauern des Wehs.

Die Falter und Sterne der zweiten Welt
Knirschen gleich Zucker unterm Schuh.
Und jeder Sinn kraucht davon, verfällt,
Hier wie dort, immerfort, immerzu.

Trotzig kommt er dann in die dritte Welt,
Wird dort zum Stalker der toten Zonen.
Reißt vom Leib sich den lohend' Kurzpelz,
Bricht durch die Mark, wo Flammen kohlen.

Martin blieb in der Türfüllung stehen und starrte den Tschekisten an. Der lächelte fröhlich, köpfte akkurat mit einem Messer ein Wachtelei und ließ es in die Bratpfanne laufen.

»Woher kommen die Eier?«, fragte Martin finster.

»Du hast dich gestern Abend geweigert, das Restaurant zu verlassen, bevor sie dir einen Karton verkauft haben«, teilte Juri Sergejewitsch ihm mit, wobei er sein Musizieren unterbrach.

»Was ist das für ein Lied?«

»Du hast es gestern Abend zweimal als Zugabe bestellt. Hast du das etwa vergessen?«, wunderte sich Juri Sergejewitsch aufrichtig.

»Ich erinner mich schon«, brummte Martin. »Soll mich der Teufel holen, mich noch einmal mit einem Tschekisten zu betrinken ...«

Den »Tschekisten« verübelte Juri Sergejewitsch ihm in keiner Weise, pflegte die Staatssicherheit doch stets die Tradition.

»Komm schon, du hast dich gut gehalten. Und jetzt ... Rührei mit Ketchup, Tee mit Zitrone ...«

Martin setzte sich an den Tisch und sah schwermütig auf seinen Teller. Seufzend wollte er Juri Sergejewitsch erläutern, Wachteleier entwickelten das volle Spektrum ihrer wertvollen

Eigenschaften nur im rohen Zustand. Dann fiel ihm jedoch der *Snob* wieder ein, und er machte sich ans Essen.

Den Tee brachte er jetzt schon leichter runter. Wie Schüsse hallten die Gläser, die er gestern zu viel getrunken hatte, in seinem Kopf wider.

»Verkatert?«, schlussfolgerte Juri Sergejewitsch scharfsinnig.

»Einen Brummschädel habe ich, das kannst du dir nicht vorstellen«, gestand Martin. »Warum hast du die Thermowaffe herausgeholt? Wolltest du jemanden abknallen?«

»Du hast sie selbst herausgeholt«, stellte der Tschekist richtig. »Du hast mir gezeigt, wie sorglos die Kinder der Aranker mit einer solchen Waffe umgehen.«

»O Gott ...«, flüsterte Martin.

»Keine Sorge, ich hatte die Lage unter Kontrolle«, beruhigte Juri Sergejewitsch ihn. Mitleidig blickte der Tschekist Martin an und holte ein Päckchen Tabletten heraus. »Nimm fünf davon, das hilft.«

»Aber du hast mir doch gesagt, solche Tabletten gebe es nicht!«, brauste Martin auf, damit gleichzeitig unter Beweis stellend, dass er sich an das eine oder andere des gestrigen Abends erinnerte.

»Das sind keine Geheimtabletten. Das ist ganz normale Bernsteinsäure. Gibt es für fünf Rubel die Packung in jeder Apotheke.«

Martin aß das Rührei und trank die aufgelösten Tabletten. Klaglos ließ er sich von Juri Sergejewitsch eine Zigarette geben und zündete sie sich an – seine Kräfte reichten einfach nicht aus, sich eine Pfeife zu stopfen.

»Wohin willst du gehen?«, fragte Juri Sergejewitsch. »Nach Scheali oder Talisman?«

»Muss das wirklich sein?« Martin fuhr zusammen.

»Was schlägst du denn vor? Oder willst du etwa auf halbem Wege Halt machen?«, wunderte sich Juri Sergejewitsch. »Willst du ... alles vergessen?«

Als Martin darüber nachdachte, musste er ihm recht geben. »Wer ist mein Partner?«, fragte er.

»Du brichst allein auf«, teilte Juri Sergejewitsch ihm feierlich mit. »Aber – und da machen wir eine Ausnahme – bewaffnet. Also, wohin willst du gehen?«

»Das weiß ich noch nicht«, gestand Martin. »Das entscheide ich erst, wenn ich vor dem Computer stehe ... Jura, was soll ich tun?«

»Dasselbe wie bisher. Versuch, Irina zu retten.«

»Wir wissen doch längst, wie das endet ...«, knurrte Martin. »Warum muss ich allein arbeiten? Will Ernesto Poluschkin seine Tochter denn nicht suchen?«

»Würde dir das wirklich gefallen?«, fragte Juri amüsiert. »Er geht nirgendwohin. Er glaubt felsenfest, es werde nur eine Irina gerettet. Davon bringst du ihn nicht ab. Und er will nicht hilflos dem Tod seiner Tochter zusehen ...«

»Und du?«, fragte Martin ohne Umschweife.

»Was denn? Du würdest mit mir zusammen einen Auftrag übernehmen?«, begeisterte sich der Geheimdienstler. »Nein, Martin. Das geht nicht. Gefallen würde es mir schon, aber ich kann das nicht tun. Jemand muss dir Rückendeckung geben. Dir ist doch wohl klar, dass unser Vorgehen nicht von oben abgesegnet ist?«

»Juri, es reicht jetzt. Lass mich nicht länger im Unklaren«, bat Martin. »Was soll ich tun?«

»Die Schließer davon überzeugen, dass ihr Transportnetz eine Gefahr darstellt.«

»Die Schließer überzeugen?« Martin brach in schallendes Gelächter aus. »Nichts einfacher als das ... Hast du schon einmal versucht, ein Wesen zu überzeugen, das auf keine einzige Frage antwortet und imstande ist, einen Planeten in Schutt und Asche zu legen?«

»Martin, etwas anderes bleibt uns nicht übrig. Vielleicht haben wir noch ein Dutzend ... oder hundert Jahre. Aber vielleicht sind bereits unsere letzten Minuten angebrochen. Wenn die Schließer fortfahren, stumpfsinnig Planet für Planet in ein einziges Netz zu integrieren, wird die Welt untergehen.«

»Das glauben sie nicht ...«, widersprach Martin nachdenklich. »Darin besteht ja das Unglück ... Womöglich haben sie guten Grund zu dieser Annahme. Aber sie bringen ihre Argumente nicht vor! Wie willst du die Schließer von ihrer Überzeugung abbringen, wenn du nicht weißt, was sie wissen?«

Juri lächelte. »Du musst herausfinden, was sie wissen.«

»Selbst wenn mir das gelingt ...« Martin trank einen Schluck Tee und sah seinen Peiniger flehentlich an. Juri Sergejewitsch holte unter dem Tisch die Flasche mit dem noch verbliebenen Kognak hervor und stellte sie vor Martin hin.

»Danke ...«, sagte Martin aufrichtig, während er seinen restlichen Tee großzügig mit Kognak aufgoss. »Dir muss doch klar sein, Juri, dass dir Wissen niemals den Sieg in einem Streit garantiert. Letzten Endes hängt alles von der Macht ab.«

»Folglich musst du stärker werden als die Schließer«, konstatierte der Geheimdienstler ungerührt. Martin verschluckte sich an seinem »Admiralstee«. »Das Auto wartet schon auf dich«, verkündete Juri mit einem Blick auf die Uhr. »Zieh dich an.«

»Und kein weiterer Kommentar zum Schließerproblem?«, wollte Martin wissen.

»Nein.«

»Gut.« Martin seufzte. »Über Talisman habe ich schon etwas gehört. Was ist an Scheali so besonders?«

»Unsere Analytiker ...«, setzte Juri an. »Also, im Grunde sind es nicht mehrere Analytiker, sondern nur Ernesto Poluschkin. Er glaubt, die Schealier seien unintelligent.«

»Wie bitte?«, lachte Martin.

»Er ist ein kluger Mann«, sagte Martin. »Wenn er zu einem solchen Schluss gelangt, dann auf fundierter Grundlage. Aber nach der Geschichte mit Irina hat er jede weitere Zusammenarbeit verweigert. Sogar seine vorläufigen Schlussfolgerungen wollte er nicht mehr mit Argumenten belegen.«

»Konntet ihr ihm das nicht befehlen?«

»Wenn ein Mann in Strukturen wie unseren arbeitet, ist er sehr leicht zu lenken, Martin«, bemerkte Juri Sergejewitsch kopfschüttelnd. »Aber nicht über einen bestimmten Punkt hinaus ...«

»Er weiß zu viel, als dass ihr ihn unter Druck setzen könntet?«, folgerte Martin. »Vielleicht hat er sich auch als Doppelagent betätigt ... Hat er einen Safe mit Papieren bei einer Schweizer Bank?«

Der Tschekist hüllte sich in Schweigen – in ein höchst beredtes Schweigen.

»Eure Firma verlässt man nie vollends«, bemerkte Martin halblaut.

»Es gibt Ausnahmen«, räumte Juri ein. »Alles, was ich weiß, ist, dass die Rasse der Schealier nach Auffassung Poluschkins keinen Verstand hat. Geh davon aus, wenn du Scheali besuchst.«

»So ein Quatsch«, meinte Martin bloß. Er langte nach der Flasche.

Juri zog ihn jedoch sanft vom Tisch hoch. »Es ist Zeit, Herr Graf«, teilte er mit. »Eine große Sache bedarf Euer. Deinen Rucksack habe ich bereits gepackt. Am Grenzschalter vier stehen unsere Leute. Wegen der Waffe werden sie dich nicht belangen. Gehen wir!«

»In meinem Zustand kriege ich doch nicht mal eine ordentliche Geschichte hin«, jammerte Martin. »Gib mir wenigstens ein paar von den fertigen, die ihr auf Vorrat habt!«

»Das geht nicht«, widersprach Juri, der Martin aus der Küche stieß. »So leid es mir tut, es geht nicht.«

Erst als Martin in den Gang der Moskauer Station bog, erlaubte er sich, sich zu entspannen. Er blieb stehen und massierte sich das geschwollene Gesicht. Danach schüttelte er sich wie ein Hund, der aus dem Wasser kam – um sogleich zu grinsen, als stünde vor ihm noch immer der zuvorkommende Oberstleutnant des Föderativen Sicherheitsdienstes Juri Sergejewitsch.

»Mistbande«, grummelte Martin. »Was um alles ...«

Warum mussten die russischen Geheimdienste selbst da noch auf die Methode von Zuckerbrot und Peitsche setzen, wo man eigentlich von Mensch zu Mensch hätte miteinander reden können?

Martin mochte Juri Sergejewitsch. Selbst die meisten seiner Ansichten konnte er teilen. An einer Allergie gegen die Organe des Innenministeriums litt er ebenfalls nicht, in seiner Kindheit hatte er Romane über Spione und Detektive verschlungen und gleichermaßen Sherlock Holmes, Nero Wolfe, Erast Fandorin und Issajew alias Stirlitz bewundert. James Bond hatte Martin aus patriotischen Gründen abgelehnt. Später avancierten auf lange Zeit Bogdan Ruchowitsch Oujanzew-Xiu und Bahatur Lobo aus den Romanen Holm van Saitschiks zu seinen Idolen. Allein, er vermochte sich nie zu entscheiden, wem er nacheifern sollte, dem schlichten, jedoch kühnen und starken Bahatur oder dem nervösen und analytischen Bogdan.

Anscheinend hätte Juri Sergejewitsch also nur mit Martin zu reden, an seinen Patriotismus zu appellieren und ihm die Situation mehr oder weniger offen darzulegen brauchen. Freilich wusste Martin auch: In der Firma saßen keine Dummköpfe. Folglich mussten der kurze Aufenthalt in der Zelle, das furchtbare Besäufnis, die versteckten Drohungen und die idiotische Beförderung zum Major einen verborgenen Sinn haben.

Davon ging er besser aus.

Bevor Martin zu den Schließern aufgebrochen war, hatte er sein Gedächtnis sorgsam erst den gestrigen Abend, dann die Nacht Revue passieren lassen. Alles, was er gesagt und getan hatte. Jeden Stimmungsumschwung, jede unerklärliche Äußerung, die der Geheimdienstler aufmerksam registriert hatte.

Es war von Vorteil, im Blut, mitgegeben von der Natur und ererbt von den Vorfahren, ein hohes Niveau am Enzym Alkoholdehydrogenase zu haben. Anders ausgedrückt: Man betrank sich nicht bis zum Gedächtnisverlust.

Nebenbei bemerkt, durfte sich auch Juri Sergejewitsch einer soliden Alkoholverträglichkeit rühmen. Auch er hatte nichts verlautbaren lassen, abgesehen von dem, was er zu sagen beabsichtigte. Er hatte sich nicht entlocken lassen, warum der Geheimdienst ausgerechnet auf Martin verfallen war. Und er hatte nicht ausgeplaudert, mit welch ausgeklügeltem Schritt Martin die Schließer überzeugen könnte.

Oder war es im Grunde gar nicht nötig, sie zu überzeugen? Ging es eigentlich um etwas ganz anderes?

Martin seufzte. Zu spekulieren brachte gegenwärtig nichts. Zunächst müsste er Irinka finden, um sich mit ihr zu beratschlagen.

Dazu müsste er durchs Tor gehen. Trotz der Kopfschmerzen und der desolaten Grundstimmung.

»Es scheint uns nur, als lebten wir ununterbrochen«, sagte Martin, als er in dem Sessel vor dem Schließer Platz nahm. »Ein Photon vermeint vielleicht auch, nur ein Teil zu sein, wohingegen wir wissen, dass es bereits eine Welle ist.«

»Interessant«, entschied der Schließer und rutschte hin und her. Es war ein kleiner Schließer, entweder ein Kind oder von Natur aus kleingewachsen. Aufgrund des munteren Funkelns in seinen Augen neigte Martin der Annahme zu, der Schließer sei noch jung.

»Bin ich das, der da im Sandkasten buddelt, eifrig damit beschäftigt, kleine Küchlein zu backen?«, fuhr Martin fort. »Bin ich das, der da an einem Haken herumfummelt, erstmals einer Frau den BH abnimmt und zu früh zum Orgasmus kommt? Bin ich das, der da nächtens büffelt, seinem Kopf ein Wissen einbimst, das er nie im Leben brauchen wird? Bin ich das, der jetzt hier vor dir sitzt? Die Atome meines Körpers wurden schon mehrfach ausgetauscht, alles, was ich glaubte, hat sich als unglaubwürdig erwiesen, das, worüber ich lachte, als das einzig Wahre. Alles habe ich vergessen, an alles erinnere ich mich ... Was ist dieses Ich? Ein Teil oder eine Welle? Was steckt noch in mir von dem Jungen mit lockigem Haar, der mich auf alten Fotografien von unten herauf anschaut? Erkennt mich der Schulfreund noch? Erinnert sich das Mädchen aus der Parallelklasse noch an meine Lippen? Gibt es noch etwas, über das ich mit meinen Lehrern sprechen könnte? Als Fünfjähriger habe ich mehr Ähnlichkeit mit jedem beliebigen fünfjährigen Kind als mit mir! Als Achtzehnjähriger denke ich wie jeder achtzehnjährige Bursche an Genitalien! Als Fünfundzwanzigjähriger vermeine ich, das Leben sei ewig, habe ich noch nicht die Luft fremder Welten geatmet. Warum glauben wir also, uns sei nur ein einziges, ein ununterbrochenes Leben gegeben? Das ist die perfideste Falle im Leben: unsere Überzeugung, wir seien noch nicht gestorben! Wir alle sterben viele Mal. Der Junge mit den unschuldigen Augen, der Jüngling, der die Nacht durchfeiert, selbst dieser, der erwachsene Martin, der für alles im Leben ein Etikett und einen Platz gefunden hat – sie alle sind tot. Sie alle sind in mir beerdigt, aufgegessen und verdaut, sie alle habe ich als Schlacke vergessener Illusionen wieder ausgeschieden. Der kleine Junge wollte Detektiv werden – aber haben seine Träume auch nur die geringste Ähnlichkeit mit meinem heutigen Leben? Der Jüngling begehrte die Liebe – aber wollte er im Grunde nicht nur Sex? Der erwachsene Mann plante sein Leben bis zum Tod – aber sind diese Pläne wirklich in Erfüllung gegangen? Ich bin wieder ein anderer ... Ich mutiere in jedem Moment zu einem anderen, eine Kette von Grabsteinen schlängelt sich hinter mir zurück in die Vergangenheit – und nirgends gibt es den Planeten Bibliothek, der genug Platz böte, damit jeder verstorbene Martin einen eigenen Obelisken bekommt. Das muss so sein, Schließer. Das ist unvermeidlich. Trostlos und unfruchtbar wäre die Welt der weisen Alten, karg und pragmatisch die der Erwachsenen, unsinnig und dumm die der ewigen Kinder. Trauer und Schuldgefühl ruft ein Kind hervor, das seine Kindheit ablehnt, den Ernst des Lebens herbeisehnt, in großen Sprüngen der Reife entgegeneilt. Trauer und Schuldgefühl ... als zeige sich unsere Welt zu streng für die Kindheit. Bestürzung und Mitleid ruft ein Erwachsener hervor, der mit Kindern um die Wette tollt und sich mit vierzig Jahren mit Heavy Metal zudröhnt. Bestürzung und Mitleid ... als zeige sich unsere Welt unwürdig, heranzureifen. Jugend vorgaukelnde Alte, Weisheit vortäuschende Jünglinge – all dies ist ein Vorwurf an die Welt. An eine allzu komplizierte, eine allzu strenge Welt. Eine Welt, die den Tod nicht kennt. Eine Welt, die uns in einem fort beerdigt. Offerierte man mir den sehnlichsten Traum der Menschheit, stellte man mir Unsterblichkeit in Aussicht, sagte dazu aber: ›Der Preis dafür ist die Unveränderlichkeit‹ – was würde ich darauf antworten? Wenn ich in der sich mir darbietenden Ewigkeit verdammt wäre, unverändert zu bleiben? Stets die gleiche Musik zu hören? Die gleichen Bücher zu lieben? Die gleichen Frauen zu kennen? Mit den ewig gleichen Freunden über die ewig gleichen Themen zu diskutieren? Stets die gleichen Gedanken zu denken? Geschmack und Gewohnheiten nicht mehr zu ändern? Ich kenne meine Antwort nicht, Schließer. Doch scheint mir dieser Preis exorbitant. Ein schrecklicher Preis, der die Ewigkeit um ein Vielfaches übersteigt. Unser Unglück besteht darin, dass wir gleich einem Photon durch einen Dualismus bestimmt sind. Wir sind sowohl ein Teilchen als auch eine Welle ... Die Flammenzunge des Bewusstseins, die auf den Schwerölwellen der Zeit tanzt. Und es liegt nicht in unserer Kraft, eine der Komponenten zurückzuweisen, ganz wie ein Photon nicht stehenbleiben oder eine seiner Komponenten verlieren kann. Darin drückt sich unsere Tragödie, unser Teufelskreis aus. Wir wollen nicht sterben, aber wir können nicht anhalten, denn der Stillstand ist nur eine andere Form des Todes. Der Glaube spricht vom ewigen Leben ... doch wessen Leben ist da gemeint? Meins, der ich ein kleiner Junge war, der in höchstem Maße rein und unschuldig gewesen sein mochte? Meins, der ich ein Jüngling war, romantisch und naiv? Meins, der ich pragmatisch und sachlich bin? Meins, den Altersschwachsinn und Alzheimer brachen? Denn all das bin ich ... Wie also erstehe ich in der Ewigkeit auf? Doch wohl nicht als hilfloser und schwachsinniger Mann? Aber wenn ich mit gesundem Geist und solidem Gedächtnis fortlebe, wessen hat sich dann dieser tattrige Alte schuldig gemacht? Und wenn jedes Ich aufersteht, reicht dann der Platz im Paradies auch nur für mich allein?«

Einen Moment lang verstummte Martin, da er insgeheim hoffte, der Schließer würde etwas sagen.

Doch Schließer geben niemals eine Antwort. Der kleine Schließer rutschte in seinem Sessel hin und her, sah Martin aufmerksam an und schwieg.

»Nur die Illusion des Kontinuierlichen gibt uns die Kraft zu leben und diejenigen von uns nicht zu bemerken, die vor uns gleich Schatten auf den Boden fallen«, fuhr Martin fort. »Bei jedem Schritt, bei jedem Atemzug. Wir sterben, und wir erwachen zu neuem Leben, wir überlassen es den Toten, die Leichen zu begraben. Wir gehen weiter, in dem Wissen, dass wir ein Teil sind, und in der Hoffnung, eine Welle zu sein. Wir haben keine Wahl, so wie dem Photon, das von Stern zu Stern fliegt, keine Wahl bleibt. Und vielleicht sollten wir dankbar sein, dass wir keine Wahl treffen können.«

Martin verfiel in Schweigen.

»Du hast meine Einsamkeit und meine Trauer vertrieben, Wanderer. Tritt durch das Große Tor und setze deinen Weg fort.«

Martin nickte und blieb sitzen.

»Ein Photon, das von einer Supernova ausgestoßen wurde, könnte vermeinen, ein Teilchen zu sein. Ich habe mich nie dafür interessiert, ob Photonen denken können«, sagte der Schließer und lächelte, dabei eine glatte weiße Front von Zähnen entblößend. »Aber auch ein Photon beendet irgendwann seinen Weg. Ob nun auf der Netzhaut deines Auges oder in der Photosphäre eines anderen Sterns – das spielt keine Rolle. So oder so verschwände es nicht spurlos.«

Martin nickte und stand auf.

»Dein Vergleich hat mir gefallen«, sagte der Schließer. »Vergiss niemals, dass du nicht nur ein Teilchen, sondern auch eine Welle bist.«

»Schließer!«, rief Martin entgeistert aus.

Der Schließer verstummte auch jetzt nicht und erhob sich aus seinem Sessel. Er stellte sich als sehr klein heraus, reichte Martin nur bis zur Schulter. Ein zotteliges, kurzbeiniges Wesen mit unergründlichen dunklen Augen. »Die perfideste Falle im Leben ist die Gewissheit, irgendwann zu sterben«, sagte der Schließer, den Blick unverwandt auf Martin gerichtet. »Wie leicht und einfach wäre es zu leben, wenn du wüsstest, dass du sterblich bist! Welch Welle trüge einen davon, wäre man nur Elementarteilchen, das durch das ewige Dunkel rast! Und wie elementar wäre es, eine ewige Welle zu sein, die nicht nur im Raum, sondern auch in der Zeit unveränderlich ist! Aber jedes Extrem ist tödlich, Martin. Wenn wir die Ewigkeit negieren, verlieren wir den Sinn unserer Existenz. Aber wenn wir die Veränderlichkeit negieren, verlieren wir den Sinn der Ewigkeit selbst ...«

Der Schließer trat an Martin heran, dessen Körper ein Schauder durchlief, als er spürte, wie eine kleine befellte Hand sein Handgelenk berührte.

»Die Angst ist das Gehäuse des Verstands, der vor dem Unverständlichen erschrickt«, raunte der Schließer. »Die Angst eignet jedem Individuum. Aber mitunter prägt die Angst auch eine ganze Gesellschaft ... Du darfst keine Angst haben, Martin. *Die Angst tötet das Bewusstsein. Sie führt zu völliger Zerstörung* ...«

»*Ich werde ihr ins Gesicht sehen*«, fuhr Martin stirnrunzelnd fort. »*Sie soll mich völlig durchdringen ...*«*

Der Schließer lächelte breit. »Begib dich nach Scheali, Martin. Vollbringe das, was zu tun dir bestimmt ist.«

Von einer Sekunde zur nächsten war er weg, sodass Martins Bewusstsein sein spurloses Verschwinden nicht sofort akzeptieren wollte. Erst musste er noch den Blick schweifen lassen, um jenen Phantomeindruck abzuschütteln: die Hand des Schließers an seinem Gelenk.

»Ich fass es nicht«, murmelte Martin, während er über das Geschehene nachdachte. »Das kann doch nicht sein!«

Gerade eben hatte er einen Befehl von einem Schließer erhalten!

Ihn, den frisch gebackenen Mitarbeiter der russischen Staatssicherheit, hatten die allmächtigen Schließer zum Dienst einberufen!

»Mamotschka, warum bin ich damals bloß ans Telefon gegangen ...«, flüsterte Martin. »Warum bin ich nicht auf Schlund geblieben? Warum bin ich nicht in die Stadt gegangen, um den Aufguss aus seltenen Algen zu besorgen?«

Doch in diesen Worten lag zu viel Angst, als dass Martin das Thema hätte weiterspinnen wollen.

---

* Der Schließer und Martin zitieren jeweils eine Stelle aus *Der Wüstenplanet* von Frank Herbert.

Drei

Das Zentrum der Stadt bildete der Tempel.
Hier gab es alles, sowohl gleißende Hochhäuser aus Glas und Metall, die an die architektonischen Vorlieben der Aranker erinnerten, wie auch lauschige Cottages mit Vorgarten und öffentliche Gebäude wie Stadien, Supermärkte, Banken und Schulen – oder zumindest ihre ganz ähnlichen Entsprechungen.

Das Herz der Stadt, ihre Achse und ihr Kern, ihren Grundpfeiler, bildete indes der Tempel. Alle Wege führten zu ihm, einem grauen Steinkegel, der über ein-, zweihundert Meter in den Himmel aufragte. In gewisser Weise gemahnte er an den Turm von Babel, wie er in mittelalterlichen Zeichnungen dargestellt wird: Die gleiche feste Solidität des Baus, der nach oben führende Weg, der sich in einer Spirale den konischen Bau hinaufwand, dazu ein Hauch von Unfertigkeit, Unregelmäßigkeit. Eine ruhige, im Tageslicht kaum zu erkennende Flamme von Gasfackeln zitterte auf der Spitze des Tempels und in Nischen, die in die Mauern eingelassen waren. Bei Nacht musste der Anblick phantastisch sein ...

Martin holte seinen Fotoapparat heraus, um einige Aufnahmen zur Erinnerung zu machen. Als er noch einmal darüber nachdachte, gelangte er zu dem Schluss, der Tempel erinnere ihn auch noch an die Station der Schließer auf Arank, mit dem Unterschied, dass er nicht in modernen, sondern in natürlichen Materialien ausgeführt war.

Von dem kleinen Hügel aus, auf dem sich die Station erhob – die übrigens von höchst banaler Architektur war –, bot sich ein herrliches Panorama. Vor dem Hintergrund des dunkelblauen Himmels zeichnete sich der gigantische graue Kegel im Schein der Fackeln ab ... Auch die Sonne stand günstig, in Martins Rücken, und illuminierte die ganze Schönheit Dshorks, der Hauptstadt Schealis. Um den Tempel herum rankte sich ein Spinnennetz von Straßen, erstreckten sich grüne Gärten, schossen Autos über die Fahrdämme, bildeten die Fußgänger winzige Punkte ... Selbst aus dieser Entfernung ließ sich in ihrem Gang das typische Hüpfen erkennen, das die Schealier von ihren Vogel-Vorfahren geerbt hatten.

Auf Martin kroch langsam, aber sicher ein Schatten zu. Über seinem Kopf zog die Zigarre eines Lastzeppelins dahin. Den Schealiern behagten allzu geschwinde Fortbewegungsmittel nicht. In einem funkelnden Metallnetz unter dem Zeppelin baumelten einige Rundhölzer. Das erinnerte ihn ebenfalls an etwas ... an ein altes phantastisches Bild über die künftige Erschließung Sibiriens. Im 20. Jahrhundert hieß »Erschließung« nichts anderes als »Ausbeutung der natürlichen Ressourcen«. Der Mensch sagte zum Dnjepr ... – der Rest ist Geschichte.

In Gedanken schleppte Martin den Experten Ernesto Poluschkin nach Scheali, legte ihm den Kopf in den Nacken, damit er den Zeppelin sah, wies dann auf die Stadt, die Autos, den Tempel und die Wolkenkratzer. Anschließend schrie Martin – und auch das nur in Gedanken: »Und du behauptest, sie seien unintelligent, du nichtsnutziger Theoretiker?«

Die Sonne brannte. Seltene Windböen trugen augenblicks kühle Luft heran, schließlich brach auf diesem Planeten gerade erst das Frühjahr an. Der Wind ging jedoch nur selten, während die Sonne unerbittlich sengte. Während Martin auf den Autobus wartete, schwitzte er gotterbärmlich, zog sich bis auf das Hemd aus und stopfte die Jacke in den Rucksack. Er spielte schon mit dem Gedanken, den Oberkörper ganz zu entblößen, doch in dem Moment zuckelte über die asphaltierte Straße der in die Stadt führende Autobus heran, ein sechsrädriges Gefährt, durchaus nicht ohne einen gewissen Charme. Bis auf das aus Martins Sicht völlig überflüssige Radpaar unterschied sich der Bus kaum von einem altmodischen, dafür urigen Mercedes oder Volkswagen.

Der Autobus bremste neben Martin, die Tür öffnete sich. Ein dürrer Schealier, der auf einem an eine Hühnerleiter gemahnenden Sitz hockte, gestikulierte auf Touristisch. »*Sei gegrüßt. Willst du mitfahren?*«

»*Sei gegrüßt*«, erwiderte Martin in touristischer Gebärdensprache. »*Ja, ich will mitfahren.*«

Natürlich verfügten die Schealier über eine Lautsprache – neben der Gebärdensprache, die bei sakralen und rituellen Handlungen zur Anwendung kam.

Das mächtige Touristisch hatte sich allerdings bei der Rasse der Schealier letztendlich nicht durchzusetzen vermocht, denn die flugunfähigen Vögel konnten sich diese Lautsprache nicht aneignen. Sie verstanden Touristisch, sprachen es selbst jedoch nicht, was möglicherweise auf den einmalige Bau ihres Stimmapparats zurückzuführen war; möglicherweise lagen die Gründe dafür jedoch auch tiefer. Jedenfalls musste man auf die touristische Gebärdensprache zurückgreifen, wollte man sich mit ihnen verständigen – ganz wie das bei den Rassen der Fall war, die überhaupt nicht sprechen konnten.

Martin stieg ein und sah sich um. Da der Bus leer war, konnte er die mannigfaltigen Sitzgelegenheiten ausgiebig bewundern. Fast die Hälfte war als Hühnerleitersitze konstruiert, wie sie für die Schealier bequem waren. Alle anderen konnten jeder Rasse dienen: Es gab normale Sitze, die sowohl für menschengestaltige Wesen wie auch für kleinere und größere Humanoiden gedacht waren, einige Bänke unterschiedlicher Größe und Härte, drei Wannen, von denen eine mit Wasser gefüllt und mit einer durchsichtigen Platte abgedeckt war, ein ausgeklügeltes

System von Ringen und Röhren, bei dem sich Martin nicht vorzustellen vermochte, was für ein Wesen es bevorzugen würde – vielleicht eine gigantische Spinne.

Martin nahm auf einem der normalen, für Menschen gedachten Sitze Platz.

Der Autobus wendete und fuhr gemächlich zurück zur Stadt.

Wenn die Schealier doch nur sprechen könnten! Dann hätte sich Martin garantiert neben den Fahrer gestellt und sich mit ihm über mancherlei unterhalten, zum Beispiel darüber, ob er nicht kürzlich eine Menschenfrau in die Stadt gebracht hatte ... Der leere Bus und die geringe Geschwindigkeit luden nachgerade zu einem traulichen Gespräch ein!

Aber die Aufmerksamkeit des Fahrers von der Straße abzulenken, indem er mit Händen sprach, wäre unklug.

Deshalb begnügte Martin sich damit, aus dem Fenster zu schauen.

Und er versuchte sich zu erinnern, was er über die Schealier wusste.

Ehrlich gesagt, ragten sie mit Ausnahme ihrer Abstammung von Vögeln durch nichts heraus. Eine technische Zivilisation, die die irdische in manchem übertraf, in anderem aber hinter ihr zurückblieb. Mäßig militant, in dem Sinne, dass sie nicht nach fremdem Gut gierten, jedoch stets bereit waren, für ihre Rechte einzustehen. An Xenophobie litten sie nicht, mit allen Welten trieben sie in geringem Umfang Handel. Sie besaßen nur eine kleine Kolonie auf einem unscheinbaren Planeten, reisten jedoch gern. Zweigeschlechtliche, Eier legende Wesen. In den letzten hundert Jahren erfreuten sich Inkubatoren allgemeiner Beliebtheit, obgleich einige Individuen ihre Eier nach wie vor auf hergebrachte Weise ausbrüteten. Im Prinzip waren sie monogam, selbst wenn es mitunter zu Trennungen kam und am Tag der Paarungsspiele jedes stärkere Männchen das Recht hatte, im Duell um jedes Weibchen zu kämpfen – was sich auf die weiteren Beziehungen indes nicht auswirkte. Freilich ließen sich dafür sogar Parallelen zu Gegebenheiten der menschlichen Gesellschaft ziehen, man brauchte nur an heidnische Feiertage wie den Johannistag zu denken. Auf Flüge in den Kosmos hatten sie anfangs noch verzichtet, insgesamt mochten sie keine schnellen Fortbewegungsmittel. Die Installation der Großen Tore hatten sie begrüßt, mit den Schließern gerieten sie nicht in Konflikt. Es existierten mehrere Konfessionen einer übergreifenden monotheistischen Religion, die sich untereinander weit erbitterter bekämpften, als dass sie gegen fremdplanetarische Glaubensvorstellungen vorgingen; zudem gab es einen hohen Anteil von Atheisten. Für den politischen Aufbau waren sechs Staaten festzuhalten, die jeder über kleine Satellitenländer herrschten. Innerhalb der Gattung der Schealier ließen sich drei Rassen unterscheiden, zwischen denen jedoch kein Antagonismus bestand und die für das menschliche Auge nicht zu unterscheiden waren. Die Gesellschaftsform konnte man mit einigen Vorbehalten als Staatskapitalismus bezeichnen.

Im Grunde alles »wie bei unsereins«.

Weshalb hielt Poluschkin sie dann für unintelligent?

Und was sollte Martin auf Scheali erledigen? Was war es, das zu tun ihm bestimmt war?

Als der Autobus die Stadt erreichte, hingen Martin all die Grübeleien bereits zum Hals heraus. Er stieg aus, bezahlen musste er nicht, denn die Strecke von der Station nach Dshork boten die Schealier kostenlos an, widerstrebe es ihnen doch aus bestimmten Gründen, Wechselstellen außerhalb der Stadt einzurichten. Dafür erhoben sie dann ganz pragmatisch für die Strecke Dshork – Station den doppelten Fahrpreis ...

Als Erstes suchte Martin eine Bank. Dabei verzichtete er darauf, die gesamte Stadt nach einem Geldinstitut mit günstigem Kurs abzuklappern, sondern fragte den Kassierer nach der Begrüßung ohne Umschweife: »*Was davon kann ich gegen Ihr Geld eintauschen?*«

Der Schealier mit den am Kopf apart gestutzten Federn ließ den Blick über den Tisch schweifen, auf dem Martin die Waren aus seinem Rucksack ausgebreitet hatte.

»*Alles*«, antwortete er.

Wozu die Schealier Tabak oder Aspirin brauchten, wusste Martin zwar nicht, zerbrach sich jedoch auch nicht den Kopf darüber. Mit einer Reihe von Fragen brachte er vom Kassierer den genauen Preis für jedes Stück in Erfahrung, tauschte danach die Hälfte der Gewürze und des Tabaks – offenbar diente dieser ihnen als Würzmittel – in Geld ein und packte den Rest wieder in den Rucksack. Martin hegte ernste Zweifel daran, dass er von Scheali aus direkt zur Erde zurückkehren würde.

Nachdem er vom Kassierer ein Bündel feiner Silberstäbchen erhalten hatte, gestikulierte Martin: »*Ich danke Ihnen.*«

»*Das ist meine Arbeit*«, wehrte der Schealier bescheiden ab.

Nach der Bank machte sich Martin auf die Suche nach einem Hotel für »Fremdlinge«, das er ebenfalls in der Nähe fand. Offenbar siedelte sich ein Großteil der Fremden am Stadtrand an, da sie die auferlegte Geschwindigkeitsbegrenzung nicht ertrugen. Nach einem kurzen Gespräch mit dem Portier erhielt Martin den Schlüssel für ein Zimmer im ersten Stock, zu dem er über eine breite Treppe mit recht flachen Stufen gelangte. Man konnte nicht gerade behaupten, die Einrichtung sei *eigens* für Menschen geplant, doch für Humanoide insgesamt vermutlich schon. Ein Zimmer identifizierte Martin als Schlafzimmer, in ihm standen ein breites Doppelbett und ein Nachtschränkchen mit Bettwäsche. Das andere diente als Wohnzimmer, in ihm gruppierten sich ein hartes Sofa und vier dreifüßige Stühle um einen ovalen Holztisch mit Kupfer- oder Messingintarsien. Außerdem gab es einen Fernseher, einen riesigen Apparat mit rundem Bildschirm, bei dem sich der Gedanke an Oszillographen, den erfolgreichen Aufbau des Kommunismus und Photonenraumschiffe auf dem Weg von der Erde zur Venus aufdrängte. In dem Schrank, der ebenfalls aus Holz bestand und mit abstrakten Einlegearbeiten aus Kupferdraht verziert war, fand sich ein wenig Geschirr. Martin grinste in sich hinein. Er stellte sich vor, er sei auf Geschäftsreise und auf einem Provinzplaneten eingetroffen, um den Bau von neuen Ioneninkubatoren und atomaren Garbenbindern zu organisieren. Die Strugatzkis wollte er lesen, abends mit anderen Geschäftsreisenden gepflegt Kognak aus geschliffenen Gläsern trinken und sich bis zur Heiserkeit darüber streiten, ob die Flüge der Raumschiffe zur Magellanwolke gerechtfertigt seien oder ob unsere Galaxis sich nicht bereits mit genügend ungelösten Problemen herumschlage.

Schwermut ergriff ihn. Gegen diese Trübsal ankämpfend, packte Martin seine Sachen aus. Den Revolver befestigte er am Gürtel, die Thermowaffe schulterte er. Dann betrachtete er, da es im Zimmer keinen Spiegel gab, in der Fensterscheibe sein verschwommenes Abbild.

»Geht der gnädige Herr auf Jagd?«, fragte er sich selbst.

Um sich sogleich selbst zu antworten: »Ja, mein Guter. Auf Waldschnepfen.«

Doch bevor Martin das Hotel verließ, nahm er die Ausrüstung noch einmal ab und machte mit einiger Mühe die Tür des winzigen WCs ausfindig, das ein geheimer Verehrer Nikita Sergejewitsch Chruschtschows ganz genauso geplant hätte. Martin erfrischte sich, wusch sich und putzte die Zähne. Auch hier fehlte ein Spiegel, weshalb er den Minispiegel des Necessaires herauskramen musste. Die Bartstoppeln schienen noch nicht durchzukommen.

Für wen sollte er sich allerdings auch rasieren? Für die Vögel? Sie würden den Unterschied nicht bemerken. Für Irina? Dazu müsste er sie erst einmal finden …

Nachdem Martin die Waffe zum zweiten Mal geschultert hatte, begab er sich nach unten. Er zeigte dem Portier ein Foto von Irina und erhielt die Antwort, mit der er gerechnet hatte: »*Dieses Wesen ist mir unbekannt.*«

Sodann brach er zu einem Spaziergang durch Dshork auf.

Im Grunde musste sich Irina keinesfalls hier niedergelassen haben. Auf Scheali gab es dreizehn Stationen, Dshork galt lediglich als die größte Stadt des Planeten, aber auf die Vorherrschaft erhoben auch die Hauptstädte der fünf anderen Staaten Anspruch. Martin vertraute seinem Instinkt oder der Logik, dass Irina, sofern sie nicht konkreten Artefakten oder Raritäten hinterherjagte, sondern sich lediglich von der Intelligenz der Schealier überzeugen wollte, keinen besseren Ort wählen könnte.

Gemächlich schritt er die Straßen einher, gerührt von dem Takt, mit dem die Schealier ihn nicht zu beachten trachteten. So gelangte Martin zum Zentrum, zum Tempel. Er blieb stehen, um das Bauwerk zu bewundern. »Ein Spiralkegel ...«, murmelte er. »Das Werk eines fremden Verstandes.«

Leider befand sich niemand in der Nähe, der diesen Gedanken zu schätzen gewusst hätte. Deshalb schlenderte er über den Boulevard, einen Ring, der den Tempel umgürtete, und ließ sich auf einer kleinen Bank an einem einladenden Plätzchen nieder, direkt gegenüber dem Springbrunnen, der seine Wasserstrahlen zehn Meter in die Höhe trieb. Hernach stopfte er seine Pfeife und zündete sie sich an.

Wie schön alles war. Wirklich schön. Nicht einmal von Photonenraumschiffen wollte er noch etwas wissen, von Protonenkultivatoren und hitzigen Debatten um eine gute Bananenernte im hohen Norden. Was wuchs, das wuchs. Da wir nun einmal die licht eingerichtete Zukunft des Mittags gegen die dunkle Gegenwart der Stahlratte eingetauscht haben, wäre Jammern jetzt nicht gerechtfertigt.

Freilich, zur Ratte zu werden, ist noch weniger gerechtfertigt.

Unter dem Gewölbe der alten Bäume, die über der Bank ihre runden Blatttellerchen ausbreiteten, war es nicht heiß. Angenehm warm war es, in seinen Rücken drückte beruhigend die Waffe der Aranker, der graublaue Tabakrauch kräuselte sich in der Luft und löste sich über ihm auf. Im Takt der Wasserstrahlen erklang vom Springbrunnen eine leise, ungewöhnliche Melodie herüber – eine angenehme Melodie, wie er zugestehen musste. Die Schealier, die in ihrem komischen Hüpfgang über den Boulevard bummelten, reagierten in keiner Weise auf Martin. Schon bald steuerte auf den von Martin bestaunten Springbrunnen eine ganze Gruppe zu: Einige erwachsene Schealier führten einen ganzen Trupp Vöglein spazieren, die noch grün hinter den Ohren waren. Dies galt gewissermaßen im wörtlichen Sinne: Die Vogelkinder zierte ein gelblich-grünes Federkleid, das leuchtete wie das eines Kanarienvogels und zudem lustig nach allen Seiten abstand, so den smaragdgrünen Flaum entblößend. Die ruhigen gedeckten Töne waren den Erwachsenen vorbehalten. Darin erschöpften sich die Unterschiede freilich nicht. Erinnerten die erwachsenen Schealier an abgemagerte Pinguine, die sich lange, muskulöse Straußenbeine zugelegt hatten, so sahen die Kleinen plüschig und fragil wie Kücken aus. Ihre Flügel wirkten kräftiger als bei den Erwachsenen, und zwar nicht nur relativ, sondern auch absolut. Ob die Vogeljungen noch fliegen konnten? Dagegen sprangen die Schnäbel kaum aus dem Gesicht hervor, anscheinend wuchsen sie erst, nachdem die Geschlechtsreife erreicht war.

Außerdem bekundeten die jungen Schealier offen ihr lebhaftes Interesse an Martin. Sie knäulten sich zu einem Grüppchen, lärmten und zirpten, wobei sie sich darüber hinaus behalfen, indem sie bisweilen mit den Flügeln gestikulierten. Die Gelegenheit beim Schopfe packend, betrachtete Martin sie mit ebenso unverhohlener Neugier.

Das Interessanteste an ihrem Äußeren waren wohl die Flügel. Es widerstrebte ihm, die Tiere als Handflügler zu bezeichnen, denn dieses Wort ließ sogleich an Fledermäuse denken. Die Schealier verfügten über zwei Hände an jedem Flügel, die hintere war schwächer entwickelt – einige Vögel handhabten jedoch auch sie sehr geschickt –, während die vordere an eine normale Menschenhand erinnerte und federlos war. Die elastischen Flügel der Jungen bedeckten lange Schwungfedern, die bei den erwachsenen Individuen fehlten. Die schlappernde Flughaut verlieh dem Flügel das Aussehen einer Hand in einem zu weiten Ärmel.

Vermutlich fielen die Schwungfedern mit dem Alter aus. Oder rupften die Vögel sie sich aus? Zum Beispiel während des ersten Paarungsrituals? Bildete das die Scheide zwischen Kindheit und Jugend – ergänzt noch um Arbeitsfähigkeit, Verantwortung und Takt?

Martin entging nicht, dass er gerade das Fahrrad zum zweiten Mal erfand. Er brauchte nur ein Nachschlagewerk zu konsultieren und alles nachzulesen, dürften die wichtigsten Rituale der Schealier doch längst beschrieben sein. Aber sein Palm, in dem er einige Fakten über Scheali, Talisman und andere Planeten der Galaxis abgespeichert hatte, lag im Hotel. Was sollte er jetzt auch mit diesen überflüssigen Informationen anfangen?

Freilich, Informationen sind niemals überflüssig. Insbesondere nicht in Anbetracht der Aufgabe, die ihm die Schließer gestellt hatten. »Vollbringe das, was ...« Nachher würde er sich seine Dateien ansehen müssen.

Aus dem zwitschernden Schwarm von Schealiern löste sich ein Junges heraus. Angefeuert vom Gepiepse seiner Freunde, näherte es sich Martin. Mit zarter Stimme brachte es etwas hervor.

»Tut mir leid, ich verstehe eure Sprache nicht«, teilte Martin würdevoll mit und lächelte – ein sehr akkurates Lächeln, das die Zähne nicht freigab, da viele Rassen ein offenes Lachen für eine Drohung hielten.

Vorsichtshalber wiederholte er seine Worte in touristischer Gebärdensprache.

Das Vogeljunge blickte zu seinen Kameraden zurück, die es fraglos ermunterten, das Gespräch fortzusetzen. Indem das Junge ein wenig in die Hocke ging, stellte es zwar ungeschickt und radebrechend, doch völlig verständlich in touristischer Gebärdensprache dar: »*Sprechen Sie Touristisch?*«

»Ja«, antworte Martin. Sachen gab's!. »*Hast du dir die Sprache selbst beigebracht?*«

»*Ich habe die Sprache im Ei gelernt. Meine Mama ist durch das Tor gegangen.*« Als die Unterhaltung in Gang kam, gewann der Vogel an Sicherheit. Er näherte sich. Oder war es eine sie?

»*Bist du eine kleine Frau?*«, fragte Martin.

»*Ich bin ein Mädchen*«, antwortete das Vogelkind stolz. »*Ich habe nur wenig Praxis und spreche schlecht. Könnte ich mich mit Ihnen ein Weilchen unterhalten? Dann verbessere ich meine Sprache.*«

»*Gewiss*«, erwiderte Martin. »*Möchtest du dich setzen?.*«

»*Ja.*«

Unsicher erkletterte das Vogeljunge die Bank. Es setzte sich aufrecht hin, nicht ganz wie ein Mensch, aber auch nicht wie ein erwachsener Schealier. Seine Freunde langweilten sich offenkundig, denn das in Gebärdensprache geführte Gespräch blieb ihnen unverständlich. Auffordernd redeten sie auf das Vogeljunge ein, das jedoch zur Antwort etwas zirpte, worauf die anderen Kinder mit unverhohlener Enttäuschung abzogen.

Lächelnd sah Martin das »Mädchen« an, ihren gesträubten gelb-grünen Schopf. Es lag ihm schon auf der Zunge zu sagen: schüchtern gesträubt. »*Wie heißt du?*«, fragte er.

»*Ich habe noch keinen Namen. Ich bin ja noch ein Mädchen.*«

»*Unsere Mädchen tragen von Geburt an einen Namen*«, erklärte Martin.

»*Und die Jungen?*«

»*Die auch.*«

Das Vogelkind dachte nach. »*Du kannst mich einfach Mädchen nennen*«, gestikulierte es. »*Es können nur wenige Mädchen Touristisch.*«

»*Gut. Und du kannst mich Martin nennen*«, erwiderte Martin, wobei er seinen Namen mühevoll transkribierte.

»War-rtin«, piepste der Vogel.

»Martin«, wiederholte Martin laut.

»Martin«, brachte das Mädchen heraus.

»*Du sprichst die Laute ganz hervorragend aus*«, lobte Martin. »*Du könntest auch laut sprechen.*«

»*Das ist schwer und unangenehm*«, hielt das Mädchen dagegen und machte eine Geste, die eine leichte Trauer andeutete. »*Alle Erwachsenen sind Faulpelze.*«

Martin brach in schallendes Gelächter aus. Mit einem Mal ging ihm auf, dass sowohl der Situation wie auch dem Gespräch und dem Äußeren des Vogels etwas Comichaftes, etwas Unernstes anhaftete. An Martins Stelle müsste hier Onkel Dagobert mit seinen Neffen sitzen, um sich mit einer außerirdischen »Ente« zu unterhalten.

»*Was erheitert dich?*«, wollte das Mädchen wissen.

»*Auf unserem Planeten sind Vögel unintelligent*«, gestand Martin ehrlich. »*Aber in Geschichten, die man sich für Kinder ausgedacht hat, sind sie manchmal klug, sprechen und bauen Städte ... Ich habe mich gerade wie so eine Figur aus einer ausgedachten Geschichte gefühlt.*«

»*Das ist komisch*«, pflichtete ihm das Mädchen bei. »*Wir haben auch lustige Geschichten. Bist du mit deinen Eltern zu uns gekommen?*«

»*Nein*«, antwortete Martin leicht erstaunt.

»*Sie haben dich allein gehen lassen? Oder bist du weggelaufen?*« Das Mädchen wurde immer aufgeregter. »*Denjenigen, die von zuhause weglaufen, drohen allerlei Gefahren ... Aber es ist sehr interessant, darüber zu lesen.*«

»*Ich brauche keine Erlaubnis*«, erklärte Martin. »*Ich bin ja schon erwachsen. Wenn ich ein Kind wäre, wäre ich genauso groß wie du.*«

Einen ausgedehnten Moment lang schwieg der Vogel und sah Martin ungläubig an. Dann fuchtelte er mit den Flügeln, um die Worte zu formulieren: »*Entschuldigen Sie. Das wusste ich nicht.*«

Das schealische Mädchen sprang auf und lief zu den anderen Vogelkindern.

Martin seufzte. Na schön! Dabei hatte sich alles so vielversprechend angelassen. Ob sie sich vor einem fremdplanetarischen Erwachsenen fürchtete? Wohl kaum ...

Eher dürfte wohl eine Regel der Vogeletikette verletzt worden sein. Ob es Vogelkindern verboten war, Erwachsene anzusprechen? Das schien der Wahrheit schon näher zu kommen.

Abermals stopfte Martin die erloschene Pfeife, die er rücksichtsvoll zur Seite gelegt hatte, sobald das Vogelkind auf ihn zugekommen war. Er nahm den ersten Zug und versuchte, in der um den Springbrunnen herumhüpfenden Menge seine Gesprächspartnerin auszumachen.

Vergeblich. Wie sollte er sie unterscheiden, diese gelbbäuchigen Vöglein?

Schließlich tobte die Kinderschar immer ausgelassener. Kleidung trugen die Schealier keine, lediglich einen Gürtel mit Taschen für allerlei Kleinigkeiten hatten sie sich umgebunden. Diese Accessoires waren allerdings ein Privileg der erwachsenen Individuen. Die Vogelkinder tollten nackt herum, sofern man das über Wesen sagen kann, die zur Gänze mit Federn bedeckt sind. Sie sprangen in den nicht sehr tiefen Brunnen, hopsten unter den Wasserstrahlen, sträubten die zarten Federn, rannten durch das flache Nass und schlugen lustig mit den Flügeln aufs Wasser, als wollten sie fliegen.

»Bestimmt waren sie mal Wasservögel ...«, murmelte Martin, den die überraschende Schlussfolgerung selbst frappierte. Und es fiel in keiner Weise ins Gewicht, dass für Wissenschaftler auf der Erde der Ursprung der Schealier seit Langem geklärt war. Martin gefiel der Denkprozess an sich. Er stieß eine Rauchwolke aus und suchte in der Tasche nach dem Kognakfläschchen, aus dem er einen kleinen Schluck trank.

Der Tag war schön – wie es nur ein kurzer angenehmer Augenblick des Atemholens sein konnte. Vor ihm lag die Suche nach Irina, die Martin vage fürchtete, da er den Ausgang zu kennen glaubte. Vor ihm lag jene unbekannte Mission, mit der die Schließer ihn betraut hatten.

Momentan durfte er sich jedoch noch an dem »Spiralkegel« eines fremden Tempels erfreuen, die übermütige fremdplanetarische Kinderschar beobachten, den guten alten Mac Baren schmauchen und am armenischen Kognak nippen.

»Snob«, wiederholte Martin die schonungslose Diagnose – und griff abermals zum Fläschchen.

Und dann beschloss der Tag, Martin habe nunmehr eine ausreichende Dosis an Unbeschwertheit genossen.

Ein friedlich die Allee hinunterschlendender Schealier bedachte Martin mit einem gleichgültigen Blick – um dann wie angewurzelt stehen zu bleiben. Er setzte sich hin, als habe er das Gleichgewicht verloren, und schlug mit den kurzen Flügeln. Martin, dem schleierhaft war, was hier vor sich ging, starrte den Außerirdischen an.

Der Schealier richtete sich auf. Er machte einige unbeholfene Schritte. Dann stierte er Martin abermals an, wobei sich in seinen Blick ein immer wahnsinnigerer Ausdruck schlich.

Schließlich stieß der Schealier ein grollendes Fauchen aus, das einer gigantischen Schlange oder einem verschnupften Tiger zur Ehre gereicht hätte. Die Flügel schlugen, die zwei Handpaare betasteten den Gürtel, öffneten die kleinen Beutel ...

Noch immer begriff Martin nichts – im Gegensatz zu den übrigen Schealiern. Einige suchten das Weite, andere trieben die Vogeljungen aus dem Springbrunnen. Sie begannen damit aber zu spät, hatte das Plätschern des Wassers doch das Fauchen des durchgedrehten Schealiers übertönt.

Daran, dass der Schealier übergeschnappt war, konnte kein Zweifel bestehen. Als er die Flügel ausbreitete, funkelte in jeder Hand etwas Metallisches, Glänzendes, etwas Spitzes auf.

Als einzige Entschuldigung mag Martin anzurechnen sein,

dass der Schealier sich nicht auf ihn stürzte. Sonst hätte Martin wohl daran gedacht, seinen Revolver zu ziehen und den Außerirdischen zu erschießen. Der Schealier stand jedoch mit einem Hüpfer im Springbrunnen. Seine Flügel sausten hoch und fielen nieder, ein feines Piepsen erklang – und etwas Blutiges stürzte ins Wasser.

Das Blut der schealischen Vogelkinder war rot, ganz wie das von Menschen.

Martin rannte zum Springbrunnen, während der wahnsinnige Schealier zwischen den fliehenden Jungen umherhüpfte und mit seinen Waffen – feinen, stilettartigen Messern – fuchtelte. Fast jeder Stoß fand sein Ziel. Durch die Luft wirbelten grüne und gelbe Flaumfedern, das Wasser färbte sich rosa. Und während des ganzen Gemetzels glitzerten die Wasserstrahlen, erklang die leise, fremdartige Musik ...

»Halt!«, schrie Martin, indem er in den Springbrunnen hechtete, damit ein Dutzend althergebrachter Regeln auf einmal verletzend, die es Touristen kategorisch verboten, sich in Konflikte zwischen Außerirdischen einzumischen. »Halt, du Baumspecht!«

Natürlich verstand der Schealier ihn nicht. Gleichwohl drehte er sich auf das Geräusch hin um, wobei er die Klinge bereits über ein weiteres Vogelkind hielt.

Martin hockte sich hin und wandte dem Schealier den Rücken zu, während seine Hände wie von selbst gestikulierten: *»Du Ausgeburt eines faulen Eis! Ich pick dir den Kopf ab!«*

Ob diese Worte ein Äquivalent russischer Flüche waren, welches die Schließer großzügig jedem mit der touristischen Gebärdensprache mitgegeben hatten, oder pure Improvisation, vermochte Martin nicht zu sagen.

Für eine Improvisation zeigten sie allerdings erstaunliche Wirkung.

Der Schealier riss den Kopf hoch, stieß ein röhrendes Brüllen aus und schleuderte das Vogelkind weg, noch bevor er ihm hatte etwas zuleide tun können. Er schoss auf Martin zu, dabei so heftig mit den Flügeln fuhrwerkend, dass die funkelnden Klingen zu zwei nebulösen Kreisen verschmolzen.

Martin hob seinen Revolver und feuerte die ganze Trommel in den Schealier, mithin auch die letzte Regel für das Verhalten von Touristen brechend.

Der Schealier fiel erst nach der vierten Kugel zu Boden. Noch einmal zuckte er, bevor er mit dem Gesicht nach unten reglos durchs Wasser trieb. Die Klingen entglitten eine nach der anderen seinen Fingern und sanken auf den mit Sand ausgestreuten Boden des Brunnens.

Das leicht verletzte Vogeljunge stand leicht zitternd unter den niederrieselnden Wasserstrahlen. Die anderen Vogelkinder wurden von den erwachsenen Schealiern aus dem Brunnen geholt.

»Lebst du noch, Kind?«, fragte Martin den Vogel ganz automatisch. Im Blick des kleinen Wesens schimmerte Intelligenz auf. Langsam bewegte es die Flügel: »*Ich lebe. Und ich habe doch schon gesagt, dass ich ein Mädchen bin.*«

Martin schüttelte nur den Kopf. Seiner Ansicht nach rechtfertigte die Rettung seiner neugierigen Gesprächspartnerin durchaus sein Draufgängertum.

Hinter ihm zirpten Aufmerksamkeit heischend die Schealier los. Als Martin sich umwandte, gewahrte er ein Pärchen Polizisten – genauer Schealier, die mit Feuerwaffen ausgerüstet waren.

»*Steck deine Waffe weg. Komm mit uns*«, verlangte einer der Schealier. Die Aufforderung erging ein wenig radebrechend, war offenbar auswendig gelernt, da der Sprecher das Touristische eigentlich nicht beherrschte.

Langsam stieg Martin aus dem Brunnen. Nur gut, dass die beiden ihn nicht angehalten hatten, die Waffe wegzuwerfen. Das ließ immerhin hoffen.

Nachdem Martin den Polizisten schon ein ganzes Stück gefolgt war, drehte er sich in einiger Entfernung vom Springbrunnen noch einmal um.

Aus dem Brunnen zog man die leblosen Körper der Vogelkinder. Die Leiche des durchgedrehten Schealiers hatten die anderen ebenfalls herausgefischt. Nicht weniger als ein Dutzend erwachsener Schealier rissen ihn jetzt mit Schnäbeln und Händen erbittert in Stücke.

Und unter den platschenden Strahlen des Springbrunnens stand nach wie vor das schealische Mädchen und schaute ihm nach.

Vier

Das Verhör dauerte nicht lange und glich eher der Durchführung gewisser ritueller Formalitäten. Ein Schealier von tadelloser Höflichkeit bat Martin, detailliert alles zu beschreiben, was er unternommen hatte, angefangen von dem Moment, da Martin den »Verstandgeschockten« gesehen hatte. Mit diesem leicht gestelzten Ausdruck bezeichnete der Polizist den Wahnsinnigen, der das Blutbad angerichtet hatte.

Martin versuchte, auch die Motive seines eigenen Verhaltens zu erhellen: Wie er zunächst nicht begriffen habe, was da vor sich ging, wie er sich um die hilflosen Vogeljungen gesorgt habe, wie er versucht habe, den Mörder abzulenken ... Der Polizist bedeutete ihm jedoch, diese Details interessierten ihn in keiner Weise. Ihm ging es einzig um Fakten. Um die Abfolge der Handlungen: sich erheben, rennen, springen, schreien, schießen ...

»Sehen, hören, hassen ...«, murmelte Martin und fing an, mit den Händen herumzufuchteln, um »die Fakten und nichts als die Fakten« zu schildern. Huldvoll nickte der Polizist. Martin empfand, offen gestanden, keine Furcht. Vielleicht erklärte sich das durch das gemütliche Büro in der Polizeiwache, das mit seinen Blumen und den breiten Fenstern, die natürlich zum Tempel hinausgingen, so gar nicht an ein finsteres Verlies erinnerte.

»*Das stimmt alles und ist durch Zeugen bestätigt*«, meinte der Polizist, nachdem er Martin angehört hatte. »*Das Volk der Schealier wirft ihnen nichts vor.*«

Martin nickte verstehend. Im Grunde fand er sogar, das Volk der Schealier müsste ihm seine Dankbarkeit dafür aussprechen, dass er diesen Verrückten unschädlich gemacht hatte.

»*War der Verstandgeschockte krank?*«, fragte er.

»*Ja*«, bestätigte der Polizist. »*Er litt an Verstand.*«

»*Nur gut, dass ich in der Nähe war*«, merkte Martin tiefgründig an.

»*Das war schlecht*«, entgegnete der Polizist. »*Der Verstandgeschockte kam aus einem abgeschiedenen Bergdorf. Nie zuvor hat er Fremdplanetarier gesehen. Als sein Blick auf Sie fiel, der Sie wie ein echter Schealier auf einer Bank saßen, explodierte die Innenwelt des Verstandgeschockten. Er wusste nicht, wie er sich in der gegebenen Situation verhalten sollte. Er führte seine Ritualmesser mit sich, hielt Sie jedoch für zu gefährlich, weshalb er beschloss, nicht gegen Sie zu kämpfen. Statt dessen suggerierten ihm alte Instinkte, sich nach einem in diesem Fall unpassenden Muster zu verhalten, einige Vogeljunge umzubringen und zu fliehen, während das Raubtier ihre Körper frisst.*«

Martin saß wie ein begossener Pudel da. Ihm blieb die Luft weg.

»*Sie trifft keine Schuld*«, beruhigte ihn der Polizist. »*Die Schuld trägt der Dorfälteste, der den Geschockten ohne entsprechende Vorbereitung in die Stadt ziehen ließ. Er wird seine Strafe bekommen.*«

»Ich wusste nicht ...«, setzte Martin an.

»*Natürlich nicht. Sie sind ja auch nicht schuld.*«

Dennoch fühlte sich Martin schuldig. Er erinnerte sich an den gelb-grünen Flaum, den die Wasserstrahlen des Springbrunnens geglättet hatten, des rosafarbenen Wassers, des erstarrten schealischen Mädchens ... Mit einem Kopfschütteln verjagte er diese Erinnerungen. Schluss, das war vorbei. Daran ließ sich eh nichts mehr ändern. Das Leben ging weiter.

»Könnten Sie mir helfen?«, wollte Martin wissen. »Ich suche eine Frau meiner Rasse, die vor einer Woche nach Scheali gekommen ist. Das ist ihr fotografisches Abbild ...«

»*Das braucht Zeit*«, erklärte der Polizist, nicht im Geringsten über die Bitte erstaunt. »*Kommen Sie gegen Abend wieder.*«

Martin nickte. »*Dann gehe ich jetzt*«, gestikulierte er. »*Am Abend komme ich wieder. Vielen Dank.*«

»*Vergessen Sie das Dokument für das Vogeljunge nicht.*« Der Polizist hielt ihm eine runde Kartonscheibe hin, die mit feinen Zeilen beschrieben war.

»*Was ist das für ein Dokument?*«, fragte Martin verwundert.

»*Durch Ihr Eingreifen ist das Junge gerettet worden, das sonst unweigerlich gestorben wäre. Jetzt gehört dieser Vogel nicht mehr unserer Stadt. Er ist jetzt ein Mitglied Ihres Schwarms.*«

Protestierend hob Martin die Hände, wobei ihm zu spät einfiel, dass mit dieser Geste in touristischer Gebärdensprache ein äußerstes Maß an Begeisterung ausgedrückt wird.

»*Warten Sie! Ich brauche kein schealisches Vogelkind!*«

»*Es gehört bereits nicht mehr der Stadt. Es ist Ihres.*«

Die nächsten zehn Minuten stritt Martin mit dem Polizisten – falls man zwei Monologe einen Streit nennen konnte. Martin legte dar, dass es in der Kultur der Menschen nicht üblich sei, vor dem Tod gerettete Wesen zu versklaven oder zu adoptieren. Dem hielt der Polizist entgegen, die Kultur der Schealier gründe sich auf Traditionen und das vor dem Tod gerettete Wesen »wechselt in einen neuen Schwarm« über. Darauf versicherte Martin dem Polizisten, er habe sich keineswegs zur Aufgabe gesetzt, einen konkreten Vogel zu retten. Dies quittierte der Polizist mit dem Hinweis, etliche Zeugen bestätigten, einzig aufgrund von Martins Intervention sei der Vogel noch am Leben. Martin lehnte es entschieden ab, den Vogel mit zur Erde zu nehmen oder sich auf Scheali um ihn zu kümmern. Nun musste der Polizist einräumen, dieses Recht stünde Martin durchaus zu – aber dann würde das in die Einsamkeit getriebene Vogelkind sterben. Gallig wollte Martin wissen, ob er das Recht habe, mit dem Vogel zu tun, was ihm beliebt? Wie der Polizist erklärte, werde ein minderjähriges

Wesen, das »aus dem Nest gefallen« sei, nicht durch das Gesetz geschützt.

Rotgesichtig und lautstark fluchend stürmte Martin zur Polizeiwache heraus.

Ein Vogelkind der Schealier! Ein Mitglied seines »Schwarms«!

Er stellte sich einen gigantischen Kanarienvogel vor, der durch seine Moskauer Wohnung tapste. Er malte sich aus, wie der Vogel, aufgeregt mit den Flügeln schlagend, erklärte: »Papa, Papa, die Jungs auf dem Hof haben gesagt, du bist nicht mein richtiger Vater.«

»Schweine!«, brüllte Martin. »Idioten! Debile!«

Das »Dokument für das Vogeljunge« brannte in Martins Hand. Rachsüchtig grinsend wollte er sich schon daran machen, das Kartonstück zu zerreißen. Und dann erinnerte er sich: »*Ich lebe. Und ich habe doch schon gesagt, dass ich ein Mädchen bin.*«

Wenn er sich nicht mit der kleinen Schealierin unterhalten hätte ...

Ja, hätte er die Vogeljungen denn überhaupt gerettet, wenn er nicht vorher mit dem kleinen »Mädchen« gesprochen hätte?

»Dummkopf ...«, fällte Martin flüsternd sein Urteil.

Die Regeln für Touristen waren eben nicht umsonst verfasst worden ...

Nachdem er das Stück Karton in seine Tasche gesteckt hatte, raste Martin zum Springbrunnen. Aus irgendeinem Grund glaubte er, das Mädchen stünde nach wie vor in den Wasserstrahlen, zitternd, von einer Sekunde zur nächsten der Einsamkeit preisgegeben, jedem Schutz entzogen.

Doch das Mädchen saß auf der Bank. Nass, zerstrubbelt und schutzlos. Martin wusste, dass sie das war. Die anderen Vogelkinder hatte man inzwischen vom Springbrunnen weggebracht, auch alle Spuren des Blutbads waren beseitigt.

Martin wechselte in einen gemächlichen Schritt über. Er setzte sich neben sie. Dann blickte er das Vogelkind an.

»*Wie dumm sich alles gefügt hat*«, gestikulierte das Mädchen. »*Bin ich jetzt in deinem Schwarm?*«

»*Ja*«, erwiderte Martin.

»*Habt ihr denn überhaupt Schwärme?*«, fragte das Mädchen.

»*Nein. Wir haben Familien ... Nationen ... Staaten ... Aber das ist etwas anderes.*«

»*Das habe ich schon vermutet. Schlecht.*«

»*Was hätte ich denn tun sollen?*«, fragte Martin in gesprochener Sprache den Raum.

»*Ist das jetzt deine Sprache?*«

»*Ja.*«

»*Entschuldige, ich verstehe dich nicht, wenn du in einer anderen Sprache sprichst. Wenn du mich mitnimmst und ich Teil deines Schwarms werde, versuche ich, deine Sprache zu lernen. Ich bin begabt. Ich habe noch Zeit zu lernen.*«

»*Würdest du das denn akzeptieren? Wenn ich dich nicht mitnehme?*«, fragte Martin neugierig.

»*Ja. Wenn ihr keine Schwärme habt ... ich gehöre einer anderen biologischen Gattung an ... Da würde ich dir ja nur zur Last fallen.*«

»*Der Polizist hat sich nicht einmal dafür interessiert, ob wir Schwärme haben ...*«

»*Der Polizist ist erwachsen. Er kann nicht mehr denken.*«

Martin nickte. Erschaudernd ließ er sich das Gehörte durch den Kopf gehen. »*Was heißt das, er kann nicht mehr denken?*«

»*Er kann nicht denken heißt, er kann nicht denken.*«

»*Und du denkst?*«

»*Selbstverständlich.*«

»*Und die anderen Kinder?*«

»*Auch.*«

»*Und die Erwachsenen?*«

Das Mädchen zwitscherte. Offenbar war das die hiesige Variante eines Lachens. »*Entschuldige. Ich dachte, das wüsstest du. Natürlich nicht.*«

»Bist du deshalb weggerannt? Als du erfahren hast, dass ich ein Erwachsener bin?«

»Ja. Ich war verwirrt. Ich habe nicht gleich begriffen, dass du ein Fremdplanetarier bist und selbst als Erwachsener denken kannst.«

»Aber eure Erwachsenen sprechen«, bemerkte Martin. »Sie arbeiten, gehen durchs Tor, bedienen Maschinen ...«

»Das können sie. Aber ...« Das Mädchen verstummte.

»Das ist Instinkt?«, schlug Martin vor.

»Ja. Richtig. Sie haben etwas gelernt. Sie waren Kinder und konnten denken. Sie haben alles erfahren, was sie fürs Leben brauchen. Dann haben sie aufgehört zu denken. Denken strengt an. Denken schmerzt und ist gefährlich. Wenn es auf der Welt keine unbekannten Gefahren gibt, brauchst du überhaupt nicht zu denken.«

»Ist der Mörder ... deshalb verrückt geworden?«

»Er ist nicht verrückt, sondern klug geworden«, erklärte das Mädchen geduldig. »Er hat ein neues Wesen getroffen, dich. In seiner Kindheit ist er nicht auf eine Begegnung mit einem Fremdling vorbereitet worden. Du hast dich wie ein Schealier verhalten, bist aber keiner. Sein Instinkt hat nicht gereicht, und er musste erneut denken. Sein Verstand hat ihn geschockt. Danach ist er krank geworden. Er konnte das Neue nicht begreifen und hat sich wie ein Urschealier verhalten, indem er die Schwachen umbrachte, um sich zu retten. Er tut mir sehr leid.«

»Wie hören die Schealier denn auf, vernünftige Wesen zu sein?«, fragte Martin. »Das würde ich gern wissen.«

Das Mädchen sah ihn unverwandt an.

»Entschuldige, aber erst jetzt glaube ich, dass du Verstand hast. Du begreifst etwas Neues auf Anhieb. Verzeih mir, dass ich Zweifel hatte.«

»Schon gut. Verrätst du mir, wie die Schealier aufhören, vernünftige Wesen zu sein?«

»Ja. Aber nimmst du mich denn nun in deinen Schwarm auf?«

»Ich kann dich doch nicht allein lassen, oder? Dann würdest du sterben.«

»Ich würde versuchen zu überleben. Ich bin klug, ich würde mir etwas einfallen lassen. Vielleicht könnte ich in den Wald gehen und wie die Wilden leben. Dort gibt es Raubtiere, aber ich könnte ...«

»Möchtest du etwas essen?«, fragte Martin.

»Sehr gern«, antwortete das Mädchen wie aus der Pistole geschossen.

»Was bin ich bloß für ein Idiot ... Gehen wir.«

Den vom Kellner gebrachten Brei pickte die Kleine Gott sei Dank nicht auf, sondern aß mit einer Art Löffel. Hätte das Mädchen angefangen, geschäftig mit dem Schnabel auf den Teller zu klopfen, wäre Martin Gefahr gelaufen, einen »Verstandschock« zu erleiden.

Das schealische Mädchen verhielt sich jedoch wie ein ganz normales Menschenmädchen, das Hunger hat und sich über ein leckeres Essen hermacht. Energisch machte sie der Speise mit dem Löffel den Garaus, die sie anschließend genussvoll mit Fruchtsaft hinunterspülte. Martin spielte mit dem Gedanken, den Brei ebenfalls zu probieren, erkundigte sich beim Kellner jedoch vorsichtshalber nach den Zutaten. Schließlich konnten solch große Wesen wie die Schealier nicht nur Körner essen!

Er tat gut daran: Neben Grütze bestand die Kascha aus dem Gehackten eines »in der Erde lebenden Tiers«. Möglicherweise handelte es sich dabei lediglich um die hiesige Variante von Kaninchen, die in Höhlen lebten. Aber Martin, der sich vergegenwärtigte, dass in der Erde auch Würmer leben, legte keinen Wert auf eine Präzisierung der ursprünglichen Gestalt jenes Hackfleischs, verzichtete auf den Brei und bestellte ein Glas Saft.

Das Mädchen wischte sich mit einer Serviette sorgsam den Schnabel ab. Dann sah sie Martin an. *»Vielen Dank«*, gestikulierte sie. *»Es war sehr lecker.«*

»Mir ist immer noch völlig schleierhaft, was ich mit dir machen soll«, gestand Martin.

»Würde man mich auf deinem Planeten für einen Menschen halten?«

»Ein Mensch ist ein zweibeiniges Lebewesen ohne Federn«, zitierte Martin traurig Platon. »Ich will dich nicht anlügen. Man würde dich immer furchtsam beäugen. Aber man würde dich nicht kränken. Viele Außerirdische besuchen die Erde.«

»Das würde mir nichts ausmachen«, versicherte das Mädchen. »Daran würde ich mich gewöhnen. Außerdem könnte ich neue Instinkte ausbilden.«

»Verlierst du deinen Verstand denn unweigerlich?«

»Darüber habe ich noch nicht nachgedacht«, gab das Mädchen zu. »Wenn bei euch alle Verstand besitzen ... Nein, ich würde ihn nicht unweigerlich verlieren. Aber ist das nicht sehr schwer?«

»Ein wahrer Mensch zu sein, ist immer schwer«, erwiderte Martin, der erneut Zuflucht zu der unleugbaren Weisheit von Zitaten nahm. »Möchtest du deinen Verstand denn unbedingt aufgeben?«

»Das tut nicht weh«, behauptete das Mädchen gleichmütig. »Früher oder später passiert das allen. Wenn ich jetzt daran denke, mein ganzes Leben mit Verstand zu verbringen, erschreckt mich das. Wie soll das gehen? Leben und denken? Immer, bis zum Tod? Willst du wirklich nicht, dass alles einfach und leicht ist? Dass du dich nicht mehr sorgen, nicht mehr zweifeln, ängstigen, verzagen, schwanken und bereuen musst?«

»Dergleichen habe ich schon einmal von einem Alten gehört«, sagte Martin. »Er ist im Fernsehen aufgetreten, in einer Show ... in der zur Belustigung des Publikums allerlei Sonderlinge eingeladen werden ...«

»Solche Shows gibt es bei uns nicht«, berichtete das Mädchen. »Wir haben keine erwachsenen Sonderlinge. Entschuldige, ich habe dich unterbrochen.«

»Dieser Alte hat behauptet, alles Leid auf der Erde rühre von der Liebe her«, fuhr Martin fort. »Du weißt doch, was Liebe ist, oder?«

»Ja. Das ist ein aufwühlender emotionaler Zustand, eine der Eigenschaften des Verstands. Ich liebe einen Jungen.«

»Wie schön.« Martin lächelte. »Der Alte hat allerlei Übel aufgezählt, die aus der Liebe resultieren. Er hat gesagt, die Liebe zwinge die Menschen dazu, sich seltsam und unlogisch zu verhalten, erst die Ruhe in ihrem Leben, ja, manchmal sogar das Leben selbst aufzugeben. Er hat empfohlen, niemals jemanden zu lieben. Und auf Fortpflanzung zu verzichten oder sich künstlich fortzupflanzen. Er hat berichtet, wie er einmal versuchte, Sex zu haben ...«

»Ich weiß, was Sex ist«, sagte das Mädchen unerschüttert.

»Aha«, grinste Martin. »Ihm jedenfalls hat auch der Sex nicht gefallen ... Ein komischer Alter. Während er sprach, haben manche seiner Worte sogar logisch geklungen. Denn die Menschen leiden wirklich häufig aus Liebe ... wenn man es von außen betrachtet. Ich habe ihn mir angesehen und darüber gegrübelt, in welchem Punkt er sich täuscht. Denn es kommt ja vor, dass ein Mensch Unrecht hat, wir aber nicht auf Anhieb wissen, in welchem Punkt genau. Hätte er darauf hinweisen müssen, dass die Liebe zugleich auch eine Freude ist? Aber man darf die Freude nicht als Gegengewicht zum Kummer anführen! Schließlich geht es nicht um eine Waagschale, auf der die Vor- und die Nachteile der Liebe abgewogen werden. Am Ende ist mir aufgegangen, dass dieser unglückliche Alte das Entscheidende nicht begreift. Wenn du aus Liebe leidest, ist das ein lichtes Leiden. Es ist auch eine Freude, selbst wenn die Liebe unerwidert bleibt, selbst wenn sie dir nur Trauer und Kummer einträgt. Das Entscheidende ist, dass es Liebe ist. Und dieser Alte ... vielleicht stimmte mit seiner DNS etwas nicht, ich weiß es nicht. Oder es fehlte ihm überhaupt an Gefühlen, sieht man einmal von Gaumenfreuden und dem Vergnügen eines weichen Sofas unterm

Hintern ab. Kurzum, es war ihm so wenig zu erklären, wie einem Blinden die Farben des Regenbogens. So ist es mit dem Verstand, Mädchen. Ohne Frage ist er heimtückisch und schafft viel Leiden. Aber der Verstand stellt ein Glück an sich dar. Verstehen kann das nur, wer über ihn verfügt.«

»*Dieser Alte hat wie unsere Erwachsenen gesprochen*«, bemerkte das Mädchen. »*Vielleicht gibt es bei euch Menschen, die aufgehört haben zu denken, denen ihre Instinkte reichen.*«

»Vielleicht«, stimmte Martin ihr zu.

»*Liebst du jemanden?*«

Ein seltsames Gespräch. Ein kleines Restaurant auf einem fremden Planeten, mit Gästen, die so taten, als bemerkten sie Martin nicht. Sein Gegenüber war ein außerirdisches Vogelkind. Das Thema waren der Verstand und die Liebe. Das, worum es stets ging …

»Ich habe jemanden geliebt«, erklärte Martin offen. »Anscheinend habe ich das. Aber jetzt …« Er zögerte. Dann fuhr er ehrlich fort: »Ich weiß es nicht.«

»*Also liebst du*«, entschied das Mädchen.

Martin lächelte.

»*Schläfst du tagsüber?*«

»In den letzten dreißig Jahren nicht.« Aufmerksam sah Martin das Mädchen an und klatschte sich dann gegen die Stirn. »Ich bin doch wirklich ein Idiot. Möchtest du schlafen?«

»*Wir schlafen tagsüber. Solange wir klein sind*«, bekannte das Mädchen.

»Gehen wir. Es ist nicht weit.«

Nicht weit – das war ein kühnes Wort. Immerhin erreichten sie nach einer halben Stunde das Hotel. Martin sah in den Himmel hinauf. Die Sonne stand bereits recht hoch über dem Horizont. Gut, er würde das Mädchen zu Bett bringen und sich dann langsam auf den Weg zu dem freundlichen Polizisten machen, um etwas über Irina zu erfahren.

Martin kam sich wie Humbert Humbert oder der Killer Leon aus einem alten Film vor, als er mit dem Mädchen an der Hand am Portier vorbeilief. Die kleine Hand in der seinen fühlte sich wie die eines Menschen an, selbst das leise Knistern der Federn nahm er inzwischen nicht mehr wahr. Der Portier quittierte ihr Erscheinen zwar mit einem gleichmütigen Blick, heischte jedoch mit einem leisen Krächzen um Aufmerksamkeit. *»In Ihrem Zimmer ... eine Frau ...«*, gestikulierte er.

»Ein Mädchen. Sie ist aus meinem Schwarm«, erklärte Martin mit finsterer Miene.

»Gut.«

Erst als Martin die Tür seines Zimmers einen Spalt offen fand, begriff er, dass er und der Portier über verschiedene Frauen gesprochen hatten.

»Schon seit heute Morgen ...«, setzte Irotschka Poluschkina an, wobei sie von dem kleinen Sofa aufsprang. »Oh, wer ist das denn?«

»Ein Mädchen«, antwortete Martin, sich in sein Schicksal fügend.

»Na, wenigstens kein Junge ...«, stellte Irina fest und musterte die beiden sichtlich erstaunt. Dramatisch deklamierte sie: »Bald schon suchten uns darauf pädophile Aliens auf, minderjäh'rge Organismen, die verschleppten sie zuhauf ...«

»Die dritte Zeile hinkt«, urteilte Martin. »Hör auf, dich über mich lustig zu machen, Irina. Ich bin da in eine dämliche Sache reingeraten.«

»Das passiert dir öfter ...«, parierte Irina, die Martin nach wie vor zweifelnd ansah.

»Ich habe dieses Vogelkind vor dem Tod bewahrt«, erklärte Martin. »Und nach den schealischen Gesetzen wurde es mir überantwortet!«

»Das ist doch ...« Irina sah Martin sehr seltsam an. Verwirrt ...

»Stimmt was nicht?«

»Nein, nein.« Die junge Frau schüttelte den Kopf. »Es ist alles in Ordnung. Armes Kind ...«, murmelte Irina in jenem Tonfall, der ein Mädchen eindeutig von einer Frau unterscheidet. »Die Kleine ... Hast du ihr wenigstens was zu essen gegeben?«

»*Ist das die Frau, die du liebst?*«, fragte das Mädchen arglos.

Arglos? Martin vermeinte es in den Augen des Vogels vorwitzig auffunkeln zu sehen.

»Oh, verzeih, ich habe dich gar nicht begrüßt. Ich bin nicht darauf gekommen, dass du Touristisch verstehen könntest ...«, sagte Irina rasch. Martin musste unwillkürlich lächeln. Ein Gespräch in Gebärdensprache war denn doch ein gar zu ausgefallener Anblick.

»*Doch, ich verstehe es. Ich bin im Ei durch das Tor gegangen. Gehörst du auch zu unserem Schwarm?*«

»Manchmal«, antwortete Irina mit einem schiefen Blick zu Martin hin. »Worüber hast du dich eigentlich mit ihr unterhalten? Sie ist doch noch ein Kind, zwischen zehn und zwölf Jahren nach unseren Maßstäben ...«

»Wenn ich es richtig verstanden habe, kannst du in ein paar Jahren überhaupt nicht mehr mit ihr sprechen«, ließ Martin einen Versuchsballon steigen.

»Ja, etwa in dem Alter geben sie ihren Verstand auf«, bestätigte Irina. »Das habe ich schon alles herausbekommen ...«

Dann wandte sie sich wieder dem Mädchen zu. »*Hast du Hunger? Geht es dir gut?*«

»*Ja. Martin hat mir etwas zu essen gekauft.*«

Den Namen sprach das Mädchen laut aus. Es glückte ihr recht gut.

»Bravo!« Irina war gerührt. »Da hast du dir wirklich etwas eingebrockt, Martin ... Ist dir klar, welche Probleme dich auf der Erde erwarten?«

»Hätte ich sie bei diesen hirnlosen Schealiern lassen sollen?«

Ira nickte. »*Was möchtest du jetzt tun?*«, fragte sie das Mädchen.

»*Schlafen. Das waren zu viele Eindrücke. Außerdem ...*« Das Mädchen linste zu Martin hinüber und brachte etwas hervor, indem sie die Flügel vor ihm verbarg.

»*Komm*«, forderte Irina sie auf. Sie fasste das Mädchen bei der Schulter und führte es ins Bad.

Seufzend ließ sich Martin aufs Sofa plumpsen und holte sein Fläschchen heraus. »Mir ist durchaus bekannt, wodurch sich das Leben vom Märchen unterscheidet«, blaffte er. »Der Däumling oder Schneewittchen mussten nie pinkeln.«

»Fiesling!«, ließ sich Irina hinter der dünnen Tür vernehmen. »Vogelkinder müssen sich nach dem Essen erbrechen.«

»Siehst du, Aschenputtel hat nicht mal am Morgen nach dem Ball kotzen müssen ...«, setzte Martin noch eins drauf.

»Dir darf man einfach kein Kind anvertrauen!«, knurrte Irina zornig, als sie mit dem Mädchen aus dem Bad kam. »Du Fiesling ... und Alkoholiker.«

»Soll ich dir etwas Kognak übrig lassen?«, fragte Martin unschuldig.

»Tu das!«, antwortete Irina, die im Schlafzimmer verschwand. »Und schneide eine Zitrone.«

Martin musterte seinen Rucksack. Offenbar hatte niemand darin herumgewühlt. Aber woher wusste Irina dann, dass er eine Zitrone hatte?

Als Irina zehn Minuten später wieder ins Zimmer kam, die Tür dabei leise hinter sich heranziehend, war bereits alles vorbereitet, der Kognak in die geeignetsten Gläser gegossen, die Zitrone geschnitten und mit Zucker samt Kaffee bestäubt. Vorsichtshalber hatte Martin auch noch Schokolade bereitgelegt, obgleich es natürlich ein Stilbruch war, sie zum Kognak zu essen, doch Frauen gegenüber musste man Nachsicht walten lassen.

»Sie ist eingeschlafen«, sagte Ira leise. »Du hast sie völlig ausgelaugt! Was hast du dir nur dabei gedacht?«

»Ich bin kein Ornithologe«, brummte Martin. »Und Kinder habe ich auch keine.«

»Ist auch besser. Wenn ich mir dich als Papa vorstelle ...«

»Das gilt für dich als Mama ja wohl genauso.« Martin sah Irina an. »Komm schon, nimm's nicht krumm. Ich hätte selbst beinah den Verstand verloren, als sie mir ein sprechendes Küken überantwortet haben ... Lass uns nicht mehr davon sprechen, Ira.«

Die junge Frau nickte und setzte sich neben ihn. Sie sah Martin in die Augen. »Wie bin ich gestorben?«, fragte sie.

»Der G-Kokon hat dich zerquetscht. Auf Befehl der Amöbe Petenka, die du selbst darum gebeten hast«, antwortete Martin erbarmungslos.

Einen Moment lang schloss Irotschka die Augen. »*Daran* erinnere ich mich ... Wie sah ich *danach* aus, Martin?«

»Woher soll ich das wissen?«, erwiderte er achselzuckend. »Ich habe das Bewusstsein verloren und bin erst auf dem Planeten der Schließer wieder zu mir gekommen. Und die sind bekanntlich nicht gerade gesprächig.«

»Gott sei Dank ...« Ira atmete auf. Auf ihrem Gesicht spiegelte sich in der Tat Erleichterung wider.

»Wie meinst du das?«

»Ich habe schon befürchtet, du hättest mich tot gesehen. Fünfundfünfzig Kilo blutiger Fleischmatsch im Plastiksack. Wie hättest du mich danach noch küssen können?«

»Weibliche Logik ...«, raunte Martin nur, bevor sich ihre Lippen trafen und die Schließer, die Schealier und Bessarianer vorübergehend in weite Ferne rückten. Irinas Hände fingen an, ihn zu entkleiden, Martin schielte auf die einen Spalt offen stehende Schlafzimmertür und ertastete den Reißverschluss an ihrem Rock. Irinas Haut glühte, ihr Körper beantwortete die Berührung mit einem Schauder.

»Ich erinnere mich an dich ... ich erinnere mich an alles ...«, flüsterte sie. »Ich ... und gleichzeitig nicht ich ... das war sie, die mit dir ... irgendwie habe ich schon fast den Verstand verloren ...«

Man konnte nicht behaupten, dass Martin momentan den

Wunsch verspürte, über all das nachzudenken. In einer Situation wie dieser reichten ihm seine Instinkte vollauf. Gleichwohl durchzuckte ihn der Gedanke, Irina habe recht.

Sie war eine andere. Ein wenig anders. Nicht jenes naive Mädchen, das auf Bibliothek gestorben war. Nicht jene romantische Frau, die auf Prärie 2 den Tod gefunden hatte. Nicht jene berechnende Irina auf Arank. Nicht dieses exaltierte Wesen auf Marge. Nicht diese hartnäckige Walküre auf Bessar.

Sie war alles zusammen – und noch etwas mehr.

Sie war alles zusammen – und doch anders.

»Das ... du ...«, hauchte Martin.

Eine halbe Stunde später lag Martin auf dem Sofa und wartete darauf, dass Irina aus dem Bad zurückkam. Er wollte rauchen – wenn ihn das nicht allzu sehr an eine Szene aus einem Hollywoodfilm erinnert hätte.

Deshalb begnügte er sich mit einem Schluck Kognak.

Als Irina zurückkam, hatte sie sich lediglich ein Handtuch um die Hüften geschlungen. Verlangend sah sie Martin an und pirschte sich mit einem leisen Knurren an das Sofa.

»Du weckst das Vogeljunge, Irka ...«, versuchte Martin sie zu bändigen.

»Jetzt könnte ich dir wirklich etwas an den Kopf werfen ...«, knurrte Irina, die jedoch, obschon sie sich genüsslich rekelte, einlenkte. »Dann geh duschen!«

Martin verschwand im Bad.

Allerdings schlängelte sich Irina ein paar Minuten später zu ihm in die Duschkabine.

Das Mädchen erwachte erst gegen Abend, als Irina und Martin bereits wieder wie seriöse Erforscher fremder Welten aussahen, nicht wie leidenschaftliche Liebhaber.

Ab und an kicherten sie vielleicht noch, lächelten sich verschwörerisch zu und sahen einander an. Martin hatte ein solches Verhalten, das verliebte Pärchen mitunter an den Tag legten, nie gemocht, diese in Blicken und Zwinkern verborgene Falschheit, mit der statt echter Gefühle eine Beziehung zur Schau gestellt wurde. Jetzt hingegen genoss er es, mit Irina verschmitzte Blicke zu wechseln und Grimassen zu schneiden, ohne sich dabei im Geringsten verlegen zu fühlen.

»*Ich habe ausgeschlafen*«, teilte das Mädchen mit, als es ins Zimmer kam. »*Ist mit euch alles in Ordnung?*«

Martin und Irina lächelten sich an.

»*Es ist schön, wenn im Schwarm alles stimmt*«, meinte das Mädchen.

»Ich glaube, sie hat nicht die ganze Zeit geschlafen«, vermutete Martin. Dann gestikulierte er für das Mädchen: »*Es ist alles bestens. Wir haben über euer Volk gesprochen. Erzählst du uns, wie ihr den Verstand aufgebt?*«

»*Ja.*«

»Im Großen und Ganzen ist es mir schon bekannt«, mischte sich Irina ein. »Ich kann mir sogar vorstellen, was die Schließer von dir wollen.«

»Wirklich?«, wunderte sich Martin. Er hatte Irina bereits von seinen Abenteuern berichtet, hatte es aber nicht mehr geschafft, auch ihre Erzählung zu hören. »Und was?«

»Ein lokales Armageddon.«

»Etwas in der Art habe ich befürchtet«, erwiderte Martin. »Darunter tun sie es nicht.«

»Ich vermute, es wird keine Opfer geben ...«

»Dann wird es sie ganz bestimmt geben. Zumindest eins«, platzte Martin heraus. Sogleich biss er sich auf die Zunge.

Irina nickte. »Wenn du dich zuerst nach Talisman begeben hättest ...«, meinte sie schwermütig.

»Hätte das etwas geändert?« Martin verkrampfte sich.

»Ich glaube, von uns sieben überlebt nur eine«, informierte Irina ihn schlicht. »Die Letzte, zu der du kommst. Ich habe auf dich gewartet ... und wollte trotzdem, dass du erst später kommst. Nachdem du auf Talisman warst.«

»Irinka ...«

»Hör auf.« Die Frau lächelte. »Du verstehst das selbst ganz genau, Martin. Mein Verhalten hat etwas aus den Fugen gebracht. Irgendwelche Gesetze verletzt ... die höchstwahrscheinlich nicht von den Schließern stammen. Irgendwelche Naturkonstanten, die mit dem Verstand zusammenhängen. So ist es doch, oder? Das hat auch mein Vater begriffen. Und dein Führungsoffizier vom FSB.«

»Ich kann zur Station gehen und nach Talisman aufbrechen«, murmelte Martin.

»Um damit mein anderes Ich zu ermorden?«, hakte Irina nach. »Das ist nicht nötig, Martin. Lass uns lieber die Apokalypse auf einem einzelnen Planeten erproben.«

Fünf

Der Aufstieg zur Spitze des Hügels zog sich endlos hin. Fahrstühle oder mobile Wege gab es ebenso wenig wie Fuhrwerke, mochten diese auch noch so langsam sein.

Martin, Irina und das schealische Mädchen trabten den spiralig gewundenen Weg hinauf. Kaum einmal überholten sie Erwachsene oder Vogelkinder, bisweilen kam ihnen von oben jemand entgegen, jedoch ausnahmslos Erwachsene.

Martin gefiel das nicht.

»Die Religion der Schealier ist im Grunde gar keine Religion«, erklärte Irina. »Es handelt sich vielmehr um eine philosophische Lehre über die Nichtigkeit des Lebens. Die Forscher haben sich durch äußere Attribute in die Irre führen lassen, den Kult des Ur-Eis, das Dogma vom Flugverlust, das Ritual von Kralle und Feder ... Sicher, all das entspricht unseren gängigen Vorstellungen von den Schealiern. Flugunfähige Vögel ... in welcher Form müsste sich da ihr religiöses Gefühl ausdrücken? Ei, Flügel, Federn ... Nein, am Boden all dessen hat sich etwas abgelagert. Die Relikte der wahren schealischen Religion, die, wenn ich mich nicht irre, dem Schamanismus ähnelte. Aber eigentlich ist der Kult der Schealier nicht mehr als ein künstlich geschaffenes System, um die Psyche zu beeinflussen!«

»Und um den Verstand zu töten?«, hakte Martin nach. Der Spiralweg zur Hügelspitze war recht breit, bestimmt fünf Meter. Zur Linken ragte die Mauer des Tempels auf, errichtet aus dunkelgrauen, behauenen Steinquadern. In Schulter- und Taillenhöhe hatten die Berührungen zahlreicher Hände den Stein poliert, sodass sich nun zwei glatte Streifen von der Grundfläche des Kegels nach oben zogen. Rechter Hand klaffte ein Abgrund, den kein Zaun vom Weg trennte.

Unten lag die in Dämmerlicht getauchte Stadt. Die Flammen der wenigen Gasfackeln in der Mauer vertrieben die Dunkelheit nicht, sondern akzentuierten sie lediglich, erstickten das Licht in den Fenstern und riefen unangemessene Assoziationen an die Unterwelt herauf. Kein sehr rationelles Beleuchtungssystem, denn in Anbetracht des Heulens der Brenner und der Hitzewelle, die jede Fackel ausstrahlte, durfte hier nicht wenig Gas vergeudet werden.

»Um den Verstand einzuschläfern«, sagte Irina. »Das, was du mit dem durchgedrehten Schealier erlebt hat, ist exemplarisch. In kritischen Situationen, wenn die Instinkte nicht mehr funktionieren, kann der Verstand erwachen ... vorübergehend zumindest.«

»Bei ihm ist er nicht erwacht. Ihn haben uralte Instinkte handeln lassen.«

»Und warum trifft das für die anderen Schealier nicht zu? Damals, als die Schließer eintrafen, als die Stationen aufgebaut wurden und in der Folge immer wieder Fremdplanetarier den Planeten besuchten, da änderten sich die Schealier doch auch. Vermutlich entstand Panik, es kam zu einem Massaker an Vogelkindern, zu Selbstmorden, zu Versuchen, die Schließer zu töten ... In dieser Situation erwachte der Verstand der erwachsenen Schealier, sie überdachten die Ereignisse ...«

»Stopp! Stopp! Stopp!«, sagte Martin rasch. »Irotschka, hör auf! Hast du etwa die Absicht, den Schealiern einen neuen Schock zu versetzen? Der ihren Verstand weckt? Du hast doch eben gerade selbst die Folgen aufgezählt ...«

Irina blieb stehen. Müde sah sie Martin an. »Sie besitzen keinen Verstand. Verstehst du das? Die erwachsenen Schealier sind nicht mehr als Tiere.«

»Und die Vogelkinder, die sterben würden, bevor die Schealier Verstand erlangen?«, schrie Martin. »Interessieren die dich denn gar nicht? Und was würden die Erwachsenen sagen, wenn sie abermals zu denken anfangen? Etwa ›Vielen Dank‹? Das kann ich mir kaum vorstellen. Sie haben ihre Wahl bereits getroffen! Sie haben sich gegen den Verstand entschieden!«

»Hast du Angst?«

»Ja. Und ich glaube nicht, dass wir das Recht haben, eine solche Entscheidung für eine andere Rasse zu treffen!«

»Martin!« Ira brach in schallendes Gelächter aus. »Nun hör aber auf! Alles, was ich dir eben dargelegt habe, sind persönliche Vermutungen von mir. Die Schließer haben dir befohlen, etwas zu tun. Also stellt sich die Frage: Was unterscheidet Scheali von anderen Welten? Und die Antwort lautet: Die entscheidende Besonderheit der Schealier ist die Verstandlosigkeit der erwachsenen Individuen. Frage: Was sollst du nun tun? Antwort: Ihnen den Verstand zurückgeben. Frage: Warum? Antwort: Darum.«

»Eine Antwort, die unmittelbar einleuchtet. Die Schealier haben also nicht nur auf die Entwicklung des Verstands verzichtet, sie haben auch bewusst den Rückschritt gewählt. Das würde selbst den Schließern nicht gefallen ... Ob gerade solche Handlungen eine Intervention jener Meta-Intelligenz auslösen?«

»Schon möglich«, meinte Irina nickend. »Lass uns jetzt noch einen Schritt weitergehen. Wie kannst du ... oder ich, das spielt keine Rolle ... auf die Rasse der Schealier einwirken?«

»Indem wir im Tempel irgendeine Niedertracht begehen ...«, schlug Martin vor. »Freveln ... den Altar und die Reliquien schänden, die Priester umbringen ... Was schwebt dir denn so vor?«

»Mir schwebt gar nichts vor!« Ira stampfte mit dem Fuß auf. »Nichts! Ich habe versucht, die Besonderheiten der Schealier zu begreifen, teilweise ist mir das auch gelungen. Dann tauchst du hier auf ... mit einem Auftrag der Schließer. Du bist derjenige, der etwas unternehmen wird!«

»Ich habe nicht vor, irgendetwas zu unternehmen«, erwiderte Martin mit fester Stimme. »Wenn es ihnen gefällt, keinen Verstand zu haben, dann bitte schön! Von mir aus können sie die Regression so weit betreiben, bis sie wieder Infusionstierchen sind!«

»Du wirst etwas tun«, widersprach Irina hart. »Verstehst du das denn nicht? Wir sind die Werkzeuge der Schließer. Intelligente, aber unfreie Werkzeuge. Vielleicht mag auch ein Hammer den Nagel nicht einhauen – aber wer fragt ihn schon? Die Kerze legt keinen Wert darauf zu brennen – aber scherst du dich um die Meinung der Kerze?«

»Ich habe mich nie dafür interessiert, ob Photonen denken können ...«, flüsterte Martin. »Das hat der Schließer gesagt, als ich hierhergekommen bin! Die Schließer haben mir einen Hinweis gegeben, was mit dir in dieser Welt passieren wird, Irina!«

Das Lächeln zeichnete sich nicht sofort auf Irinas Gesicht ab. »Martin, mein Lieber, verstehst du das etwa erst jetzt? Weißt du wirklich nicht, warum die Schließer die Menschen zwingen, Geschichten zu erzählen?«

»Ich gehe nicht in den Tempel«, verkündete Martin. »Da können sie lange warten ... Was hast du da eben über die Geschichten gesagt?«

»Wenn du nicht in den Tempel gehst, wird genau das die Apokalypse auf Scheali auflösen. Wir haben keinen freien Willen, begreifst du das denn nicht?«

Eine kleine Hand berührte Martins. Er sah auf das schealische Mädchen hinunter. »Gehen wir ins Licht, ich sehe nicht, was sie sagt ...«, verlangte er.

Bei der nächsten Fackel blieben sie erneut stehen. *»Streitet ihr euch?«*, fragte das Mädchen. *»Ist etwas passiert? Wollt ihr nicht dahin gehen?«*

Bevor Martin antwortete, sah er Irina an. *»Wir streiten uns. Die Frau glaubt, wir würden große Erschütterungen im Leben der Schealier verursachen.«*

»*Was für Erschütterungen?*«

»*Unseretwegen könnten die Erwachsenen erneut Verstand erlangen. Sag mal, weißt du, was nach der Ankunft der Schließer auf Scheali passiert ist?*«

»*Da gab es eine große Erschütterung. Die Erwachsenen erlangten Verstand. Danach wurde wieder alles wie früher.*«

»Wenn selbst der Schock, den die Ankunft der Schließer auslöste, langfristig nichts änderte, was können wir dann schon ausrichten?«, fragte Martin Irina. Er zuckte mit den Achseln. »Mir ist völlig schleierhaft, worauf sie hoffen ...«

»Wir werden es wissen, aber dann wird es zu spät sein.«

Martin seufzte. Was war das nur für eine störrische Frau! Er wandte sich dem Mädchen zu. »*Wäre es denn gut oder schlecht, wenn die erwachsenen Schealier wieder Verstand besäßen?*«

Das Mädchen erschauderte.

»*Antworte!*«, befahl Martin, der unwillkürlich in Gesten die Forderung ausdrückte zu gehorchen.

»*Ich weiß es nicht! Ich habe darüber noch nicht nachgedacht! Das ist zu schwer!*«

»*Möchtest du deinen Verstand denn behalten? Für immer?*«

»Hör auf, das Mädchen anzubrüllen, Martin!«, schrie Irina.

»*Du bist mein Schwarm. Was du sagst, wird richtig sein*«, antwortete das Mädchen.

»*Die Schealier sind dein Schwarm! Das ist deine Welt! Ich bin bloß ein Fremdling, der von weither gekommen ist und nicht lange bleibt. Also, Mädchen?*«

»*Ich weiß es nicht ...*«

Irina umfasste Martin und zog ihn von dem Mädchen weg. »Hör auf damit! Sie ist doch noch ein Kind! Wie soll sie für die ganze Welt entscheiden? Und welchen Wert hätte ihre Entscheidung?«

»Und welchen Wert hat unsere Entscheidung?«, konterte Martin. »Wer soll das schon entscheiden ... wenn nicht die Kinder dieser Welt ...«

Dennoch drehte er sich danach dem Mädchen zu, um zu gestikulieren: »*Verzeih mir. Ich mache mir Sorgen und weiß nicht, was ich tun soll. Ich möchte deiner Welt kein Leid zufügen.*«

»Ich verzeihe dir, du bist ja mein Schwarm«, antwortete das Mädchen. »*Kannst du denn wählen?*«

»Nein. Ich weiß ja nicht einmal, was passiert und warum. Ich kann nur vermuten.«

»*Warum machst du dir über etwas Sorgen, das noch gar nicht passiert ist?*«

»*Weil ich intelligent bin ...*«, antwortete Martin.

Das Mädchen stand kurz reglos da, ehe ihre Flügel in die Höhe schossen. »*Dann will ich meinen Verstand nicht für immer behalten*«, las Martin. »*Das ist schrecklich. Die Erwachsenen haben recht, der Verstand ist böse. Man braucht ihn nur am Anfang des Lebens, um sich an die Welt anzupassen.*«

»Herzlichen Glückwunsch, Martin«, flüsterte Ira. »Du hast gerade das Mädchen davon überzeugt, dass Denken etwas Schlechtes ist.«

Eine kleine Gruppe Schealier ging an ihnen vorbei. Vier Erwachsene. Alle strahlten Ruhe aus, in ihrem Blick lag keine Neugier.

Martin schloss die Augen und lehnte sich gegen die Steinmauer. Tief im Innern des Tempels pulsierte ein Geräusch, ein tiefes, auf der untersten Stufe der Hörbarkeit liegendes, aber irgendwie angenehmes Geräusch. Wie das Schnurren einer riesigen, zufriedenen Katze ...

»Gehen wir, Mädels«, forderte Martin.

Es sah aus wie ein Vulkankrater.

Der Spiralweg mündete in einen Steinring, in dessen Zentrum ein breiter Brunnen klaffte. Eine Säule aus Licht und Wärme erhob sich aus dem Brunnen und ragte zum Himmel auf. Als Martin an den unbezäunten Rand herantrat, machte er in der Tiefe erschaudernd einen sich wölkenden, flammenden Vorhang aus. Der Stein unter seinen Füßen glühte, war geborsten.

»Ein schwarzer Gang in die Hölle ...«, flüsterte Irina an seiner Schulter.

Um den Brunnen drängten sich Schealier. Mit dem Rücken zum Abhang standen sie dort, diese Wesen mit seltsam rot und schwarz gefärbten Federn. Als Martin genauer hinsah, bemerkte er, dass sie alle blind und ihre Augen vor langer, langer Zeit ausgehackt oder ausgebrannt worden waren.

»Das sind die Geistlichen des Tempels«, erklärte Ira. »Ich bin noch nicht hier gewesen, habe aber einiges in Erfahrung gebracht ...«

»Und die ...« Martin beendete den Satz nicht, sondern nickte in Richtung einiger Paare, die wie in Trance um den Brunnen tanzten. Jedes Pärchen bestand aus einem Erwachsenen und einem Vogelkind.

»Das sind die Vogelkinder, die reif genug sind, um ihren Verstand aufzugeben. Ihre Eltern oder ältere Freunde geleiten sie ins Erwachsenenleben ...«

Das Mädchen wandte sich Martin zu. »*Das ist der letzte Ritus*«, gestikulierte sie. »*Gehen wir. Solange es geht, werde ich dolmetschen. Du wirst alles verstehen.*«

Martin und Irina folgten dem Mädchen in der Prozession um den Brunnen herum. Der erste Geistliche stockte kurz, bevor seine Flügel einige Worte in schealischer Gebärdensprache umrissen. Vermutlich hatte der Blinde in den Schritten von Martin und Irina etwas Fremdes gespürt. Das Mädchen zwitscherte jedoch laut und fordernd, worauf die Flügel des Geistlichen durch die Luft fuchtelten.

»*Die unschuldig Geborenen ... die sich der Vorbestimmung entziehen ... sich dem Himmel unterwerfen ... den Lauf der Zeit erkennen ... Wort und Tat teilen ... ins Morgen blicken ... die Gesetze schauen ...*«

Die Flügel des Mädchens bewegten sich so schnell, dass Martin die Worte kaum zu dechiffrieren vermochte. Gleichwohl konnte er sich des Eindrucks nicht erwehren, das Mädchen schaffe es noch immer nicht, alles zu übersetzen, beinhalteten die Gesten des Geistlichen doch nicht nur Buchstaben oder Hieroglyphen, sondern auch ganze Sinneinheiten ...

Der zweite Priester bewegte die Flügel bereits ohne jedes Zögern: »Die das Gute und das Böse erkennen ... die Ruhe verlieren ... danach trachten, das Unfassbare zu fassen ... Erde und Wasser verändern ... Leben und Tod zu teilen ... werden nicht glücklich ...«

»Etwas in der Art habe ich in unseren Werken auch schon gelesen ...«, murmelte Martin, wenn auch einzig aus dem Grund, den einlullenden Singsang zu durchbrechen.

»Jeder Verstand kommt zu ähnlichen Schlussfolgerungen«, antwortete Irina leise.

»Jahrtausende von Schmerz und Blut ... Suche und Niederlage ... dem Sein nachjagend ... der Sinn des Sinns ... in Angst und Trauer ... die schwachen Flügel des Sturms ... wer das Leben erkennt, erkennt den Tod ...«

Unversehens und mit überraschend kaltem Gleichmut schoss Martin der Gedanke durch den Kopf, dass Adam und Eva, als sie vom Baum der Erkenntnis aßen, durchaus nicht sterblich wurden. Sie begriffen lediglich, dass sie sterblich sind. Sie begriffen es, weil sie sich genau in diesem Moment ihren Verstand aneigneten. Sie tauschten die ewige paradiesische Sorglosigkeit gegen die vergänglichen Qualen des Verstandes.

Wer hat behauptet, die Früchte vom Baum der Erkenntnis seien süß? Der Teufel? Der ist ohnehin ein bekannter Lügner. Der Saft des Apfels von Eden schmeckt bitter wie Chinin und schneidet wie spitze Glasscherben. Derjenige, dessen Lippen er berührt, vermag die verbotene Frucht nicht mehr fortzuwerfen. Der weint wie ein Tier, das eine blutige Schneide beleckt. Der weint, während er sich am eigenen Blut verschluckt – und weiter die todbringende Klinge beleckt.

Ebenso wird sich jedes Wesen seiner Sterblichkeit bewusst, indem es in die bittere Frucht der Erkenntnis beißt. Es wird sich bewusst – und lebt fortan mit diesem Wissen, ohne die Kraft, nach der süßen Frucht vom Baum des Lebens zu greifen. Immer bleibt einem die Möglichkeit, dem Leben zu entsagen, aber nie hat man die Möglichkeit, dem Verstand zu entsagen. Man kann ihn im Alkohol ertränken, ihn mit Drogen betäuben, verrückt werden oder das Nirwana erlangen. Einzig die Schealier haben einen endgültigen Ausweg gefunden. Einzig die Schealier können die ungebetene Gabe erbrechen, sie den grausamen Göttern vor die Füße spucken.

Die Schealier wiesen den Verstand zurück, weil dieser das Wissen um den Tod in sich trug.

Die Schealier wählten die Ruhe.

Die Schealier wollten nicht leiden.

Die Schealier wurden glücklich.

Nur die Kinder fürchten den Tod nicht, denn sie glauben, sie würden ewig leben. Nur die Kinder und die Irren.

Die Schealier verzichteten auf den Verstand – und das war die Wahl, die sie trafen.

»*Ich weise die Gedanken an Hohes zurück ... verleugne die Zweifel ... werde glücklich ... Immer ... immer ... immer ...*«

»Sie entgleitet!«, schrie Irina und packte Martin bei der Hand. »Martin, es wirkt auf sie!«

Das schealische Mädchen hatte sich in der Tat verändert. Seine Bewegungen wurden fließend, es fiel in Trance und schien kaum mehr zu begreifen, wer um sie herum war und warum sie um den Feuer speienden Schlund ging. Das Mädchen tanzte, bewegte sich an den murmelnden Priestern vorbei, ihre Augen erstarrten, eine unergründliche Leere erfüllte sie, gebildet von den Zungen der purpurroten Flamme in den schwarzen Tiefen der Pupille.

»Das ist ihr gutes Recht«, sagte Martin. »Keine Angst, auf uns wirkt es nicht. Damit muss man geboren werden und leben ...

darauf vorbereitet sein, davon träumen, daran glauben ... an das Glück ohne Verstand ...«

Das Mädchen tanzte. Ihre Flügel schlugen hoch und klappten herunter, sie hüpfte an den Priestern vorbei, deren Sprechgesang in ein gesungenes Murmeln überging. Fiel ein Priester ein, begleitete er zunächst seine Vorgänger. Sie alle spielten einander die Worte zu. Ihre Stimmen schwangen sich auf in den schwarzen Himmel, an dem die Flamme des Kraters jeden Stern ausgeblasen hatte, und die dünne Stimme des Mädchen verschmolz mit dem jubilierenden Chor.

»Für immer! Für immer! Für immer! Werd ich leben! Werd ich leben! Werd ich leben! Denken ist böse! Denken tut weh! Denken macht Angst! Für immer! Für immer! Für immer ...«

Martin sah Irina an. Die junge Frau weinte, den Blick unverwandt auf das tanzende Vogelkind gerichtet.

»Sie hat sich selbst so entschieden!«, schrie Martin. »Misch dich da nicht ein! Sie wird glücklich sein!«

»Tu doch was!«, schrie Irina. »Irgendwas! Das ist nicht richtig, das ist eine Falle, das ist eine Lüge! Das ist der Tod! Halte sie auf!«

Inzwischen waren sie bereits einmal im Kreis um den Brunnen getanzt. Der letzte Priester außerhalb des Kreises rief jubelnd und freudig etwas, das das Mädchen schreiend beantwortete. Es breitete die Flügel aus, was aussah, als bitte sie um Aufmerksamkeit. Doch sie kommunizierte schon nicht mehr. Mit triumphierendem Gesang umrundete das schealische Mädchen den Priester und machte einen Schritt auf den Krater zu.

Noch bevor Martin etwas begriff, reagierte sein Körper. Er schoss nach vorn und schubste den Priester, der sich ihm in den Weg zu stellen versuchte, zur Seite. Seine Finger glitten über die Federn des Mädchens, schafften es jedoch nicht mehr, das Kind zu packen.

Mit ausgebreiteten Flügeln fiel die kleine Figur in die grollenden Flammen hinein.

Und Martin folgte ihr.

Unversehens fehlte der Stein unter seinen Füßen, schlug ihm warmer Wind ins Gesicht, der sich aufheizte und in Flammenzungen verwandelte. Das Feuer beleckte seinen Körper – und hastete weiter nach oben.

Martin und das Mädchen fielen in den sich erweiternden Steinschacht. Über ihnen heulten die sich entfernenden Flammen, unter ihnen pulsierte dumpf das purpurrote Dunkel. Martin ordnete sich neu, denn für sein Bewusstsein war jetzt kein Platz mehr, gleichsam als hätten die Priester ihm mit ihrem Rezitativ den Verstand ausgetrieben. Ihm blieben nur die Instinkte, die Erfahrung, die er als Jugendlicher mit ein paar Fallschirmsprüngen gemacht hatte. Doch gehorsam schoss sein Körper auf das fallende Mädchen zu.

Der heiße Wind peitschte ihm ins Gesicht. Martin flog an dem Mädchen vorbei, breitete die Arme aus, ließ sich rücklings vom Luftstrom tragen. Seinen Taschen entfielen allerlei Kleinigkeiten. Das Mädchen schoss auf ihn zu, hilflos, starr, mit vom Rücken abstehenden, gebrochen wirkenden Flügeln. Dann irrte ein glasiger Blick über Martin, und das Vogelkind schlug mit den Flügeln – als gewahre es erst in diesem Moment die feurige Untiefe, in die sie beide fielen.

»Flieg!«, schrie Martin auf Touristisch, in der Hoffnung, das Mädchen möge, wenn schon nicht die Worte, so doch die Intonation verstehen. »Du kannst fliegen, also flieg! Du kannst fliegen!«

Das Mädchen schlug mit den Flügeln. Etwas trug es nach oben. Martin drehte sich um und sah in das Feuerauge, das näher und näher kam.

Was war das? Ein Vorhang, gleich dem, durch den sie oben gefallen waren?

Was erwartete ihn dahinter?

Stein?

Die Schealier konnten nicht fliegen. Nicht einmal die Vogelkinder.

Martin breitete die Arme aus. Er zerriss das Hemd in dem Versuch, zwischen Körper und Armen eine Art Flügel zu spannen.

Das Hemd riss, sein Körper strudelte, der Feuersturm beleckte ihm das Gesicht – und war dann über ihm.

Martin indes fiel und fiel, fiel in einen heulenden Luftstrom, in den Auspuff einer gigantischen Turbine, in eine laufende aerodynamische Röhre. So verlangsamte sich sein Fall mehr und mehr, bis die Dunkelheit ihn in einem elastischen geschmeidigen Netz einfing, sich unter ihm bog, ihn hochschleuderte und seinem ganzen Körper eine Ohrfeige verabreichte, die sich gewaschen hatte. Martin wurde auf die Seite geschleudert, hinein in ein mattes rotes Licht, hinein in ein spiralförmiges, wirbelndes Loch.

Das schealische Mädchen streichelte ihm mit ihrem weichen Flügel übers Gesicht. Martin sah sie lange an, bevor er versuchte, sich aufzusetzen. Sein ganzer Körper schmerzte, sein Kopf schwirrte, doch er lebte und schien sich keinen Knochen gebrochen zu haben.

»Du lebst«, gestikulierte das Mädchen. »*Ich habe schon befürchtet, du würdest zerschellen. Der Wind der Begegnung sollte einen Erwachsenen tragen können, aber du bist schwerer als unsere Erwachsenen.*«

Sie befanden sich in einer kleinen Kammer mit weichem Boden. An der Wand war das runde Auge des Tunnels zu erkennen, durch den Martin und das Mädchen gerutscht waren, gegenüber gab es eine runde Tür.

»*Du hast Angst gehabt?*«, fragte Martin. Es war höchst unbequem, im Sitzen zu gestikulieren. Er getraute sich jedoch noch nicht aufzustehen. »*Jetzt brauchst du keine Angst mehr zu haben.*«

»*Warum bist du mir nachgesprungen?*«, fragte das Mädchen. »*Wolltest du auch deinen Verstand aufgeben?*«

»*Nein.*«

»*Warum dann?*«

»*Ich habe mir Sorgen um dich gemacht.*«

»*Das ist dumm*«, erklärte das Mädchen. »*Das Feuer ist schwach, es kann uns keinen Schaden zufügen. Der Wind der Begegnung bläst vom Boden aus nach oben, er bremst unseren Fall. Ich hätte weich fallen müssen – und keinen Verstand mehr haben dürfen.*«

»*Und das hat nicht geklappt?*«, wollte Martin wissen.

»*Nein.*«

»*Entschuldige.*«

Das Mädchen schmiegte sich an ihn. Der gefiederte Körper roch gut nach Kopfkissen und irgendwie nach Honig, wie bei einem frisch gewaschenen Welpen.

»Ich bedaure nichts«, sagte das Mädchen. Ihre Stimme klang angespannt, bei der Betonung unterliefen ihr Fehler, sie legte sie ausnahmslos auf die erste Silbe, aber sie sprach auf Touristisch.

»Was wird jetzt?«, fragte Martin.

»Ich weiß es nicht«, antwortete das Mädchen. »Es ist so dumm, intelligent zu sein! Überhaupt nichts weißt du im Voraus.«

»Das stimmt«, bestätigte Martin. »Hilf mir mal, meine Kleine.«

Ihm schwindelte, Brechreiz würgte ihn. Doch indem er sich auf die schmale Schulter stützte, schaffte er es, sich zur Tür zu begeben.

Zusammen mit dem Mädchen trat er in einen großen Gewölbesaal hinaus, in dem sich schealische Priester drängten. Es trafen immer mehr und mehr ein, die aus schmalen Höhlen in den Wänden krochen, von kleinen Balkons sprangen und aus Gängen kamen – schweigende, mit den Federn knisternde Figuren, die sich so behände bewegten, als beeinträchtigte sie ihre Blindheit in keiner Weise. Das matte Licht der Gasfackeln unter der Decke erlaubte es nicht, ihre Zahl zu beziffern. Hunderte? Wohl eher Tausende ...

Martin bedauerte nur, die Thermowaffe im Hotel gelassen zu haben.

»Keine Angst«, beruhigte ihn das Mädchen. »Sie sind nur erschrocken ...«

Der gefiederte Körper schlüpfte unter seiner Hand hinweg und trat vor. Martin schwankte, fiel jedoch nicht hin.

Das Mädchen fing zu sprechen an. Sobald sie die ersten Worte gesagt hatte, senkte sich im Saal Stille herab. Diejenigen, die sich noch keinen Zutritt verschafft hatten, verharrten an der Schwelle.

Das Mädchen sprach – und Martin bemerkte verwundert, dass ihrer Stimme nunmehr jede Kindlichkeit fehlte. Sie erklärte nichts und sie bat um nichts. Sie befahl.

Die Priester legten sich nieder. Allein das Mädchen stand noch und ließ den Blick langsam durch den Raum schweifen.

Martin ließ sich aufs Knie sinken. Das Mädchen sah ihn an und lächelte.

»Du darfst aufstehen«, sagte sie.

Während er noch darüber nachdachte, dass er zwar aufstehen dürfe, jedoch nicht stehen könne, erhob sich Martin. Die schwarz-roten Figuren krochen über den Boden. Die krampfhaften Bewegungen ließen die felsenfeste Sicherheit des Instinkts vermissen, deuteten einzig auf einen erschütterten Verstand.

»Du bist mein Schwarm«, sagte das Mädchen. »Aber jetzt muss ich hier blieben. Gib mich frei, Martin, oder bleibe bei uns.«

»Ich gebe dich frei«, antwortete Martin. »Dies ist dein Schwarm und deine Welt. Lehre ihn fliegen.«

Er holte aus seiner Tasche das »Dokument für das Vogeljunge«. Erstaunlich – er hatte es im Fallen nicht verloren. Sodann zerriss er es in Fetzen.

Das Mädchen trat an ihn heran und schloss ihn in ihre Flügelarme. »Ich habe dich sehr lieb«, flüsterte sie. »Vielen Dank, Martin. Du willst ganz bestimmt nicht bleiben?«

»Ganz bestimmt nicht«, wisperte Martin.

»Wird es schwer für mich werden?«, fragte das Mädchen.

»Bestimmt.«

Das Mädchen nickte. Dann nahm sie Martin bei der Hand, um ihn an den aufgewühlten Priestern vorbeizuführen.

Seltsamerweise fuhr der Autobus noch. Sie warteten an der Haltestelle, Martin, Irina und das schealische Mädchen, um das sich ein Ring von Beschützern gebildet hatte. Letztere trugen alle eine funkelnde Waffe in jeder ihrer vier Hände. Und bei den Klingen handelte es sich keineswegs um Ritualdolche.

»Der Fahrer besitzt noch keinen Verstand«, konstatierte das Mädchen, als am Ende der Straße endlich der gemächlich dahinzuckelnde Bus auftauchte. »Ist vielleicht besser so. Er wird euch bringen. So gibt es weniger Probleme.«

Martin schielte zu den Wachtposten hinüber. Bei keinem lag im Blick kalte Ruhe. Eher loderte dort das Feuer fanatischer Ergebenheit. Die schwarz-roten Federn verrieten die Priester unter ihnen, welche jedoch sehend waren. Vermutlich handelte es sich dabei um Novizen, die noch keine endgültige Erleuchtung erfahren hatten ...

»Wird man dich angreifen?«, fragte Martin.

»Vielleicht«, antwortete das Mädchen lakonisch. »Es wird noch viel Lärm geben ... Feuer und Blut.«

»Das wollte ich nicht«, versicherte Martin. »Verzeih mir.«

»Es ist in Ordnung«, beruhigte ihn das Mädchen. »So sollte es kommen – und nun ist es eingetroffen. ›Der flügellose Fremdling tritt ins Bodenlose, damit das Mädchen seines Schwarms den Verstand bewahrt ...‹ Wer hätte geahnt, dass es einmal tatsächlich geschehen würde? Woher hätte ein flügelloser Fremdling einen Schwarm haben sollen?«

»Darum geht es also ...«, sagte Martin gedehnt. »Ich habe immer davon geträumt, Held einer Prophezeiung zu werden. Ist es wirklich so vorhergesagt?«

»Hm ...« Das Mädchen zögerte. »Diese Prophezeiungen sind immer zweideutig ... im Grunde könnte ein ›Fremder, der nicht fliegen kann‹ auch jeder ausländische erwachsene Schealier sein. Und das ›Kind seines Schwarms‹ hielt man eher für einen Jungen als für ein Mädchen. Zumindest hat man es früher so interpretiert. Jetzt muss man diese Dinge noch einmal überdenken. Ich habe das bereits angeordnet.«

Unwillkürlich musste Martin lächeln. »Verstehe. Damit kann ich es mir wohl sparen, dir gute Wünsche mit auf den Weg zu geben. Du kommst bestens selbst mit allem zurecht.«

»Ich bin ein sehr intelligentes Mädchen«, sagte das Vogelkind.

Der Autobus hielt. Mit leeren Augen sah der Fahrer Martin an. »*Grüß dich*«, gestikulierte er. »*Fährst du mit uns?*«

»*Grüß dich. Ja, wir fahren mit*«, antwortete Martin.

Anschließend berührte er zum Abschied den Flügel des Mädchens. Eigentlich wollte er ihr den lustigen gelben Schopf zerzausen, doch angesichts der zornigen Blicke der Wachtposten verzichtete er lieber darauf.

Ratternd zuckelte der Bus die Straße hinunter. Mit tadelndem Blick sah Martin zu Irina hinüber, die daraufhin wegschaute.

»Du hast es gewusst«, sagte Martin.

»Ja. Ich habe aber gedacht, der ›Fremde, der nicht fliegen kann‹ sei ich. Das ist die Krux mit diesen Prophezeiungen. Alles ist vage, unverständlich, vermischt ...«

Martin schüttelte den Kopf. Er wollte nicht schimpfen. Sein ganzer Körper schmerzte. Langsam fuhr der Autobus zur Station, die von einer Verstandepidemie erfasste Stadt hinter sich zurücklassend.

»Intelligente Schealier ...«, flüsterte Irina ergriffen. »Was jetzt wohl passiert?«

»Juri Sergejewitsch wird mir den Kopf abreißen«, erklärte

Martin. »An die Stelle der ruhigen, genügsamen Schealier wird eine energische junge Rasse treten. Noch dazu aus heiterem Himmel ... Und du brauchst gar nicht zu lachen, du wirst auch deinen Teil abbekommen.«

»Deshalb lache ich gar nicht. Aber ich bin noch immer am Leben. Ist dir das nicht aufgefallen? Und auch wenn wir in einer halben Stunde die Station betreten, werde ich noch leben. Wer hätte das gedacht!«

Nachdem Martin sich ihre Worte hatte durch den Kopf gehen lassen, legte er sich die Thermowaffe auf die Knie. Leise fuhr der Bus durch die Nacht.

Hinter ihnen jedoch drangen aus der Stadt Geräusche heran, die deutlich an Maschinengewehrsalven erinnerten.

»Du hast es zum ersten Mal geschafft, Ira ...«, sagte Martin. »Damit hat sich am Ende doch etwas geändert, oder nicht?«

Irina schüttelte den Kopf. »Nicht ich habe das geschafft, Martin. Das hast du geschafft.«

Niemand griff sie an.

Die Veranda vor dem Eingang der Station war leer. Sie gingen die Stufen hinauf, Martin öffnete die Tür, hielt sie auf, bis Irina hindurchgetreten war. Dann sah er sich noch einmal um.

Niemand veranstaltete eine Hatz auf sie.

Dafür brannte es an verschiedenen Stellen der Stadt.

»Viel Erfolg, Mädchen«, flüsterte Martin, während er auf Dshork blickte. Dann folgte er Irina und schloss die Tür hinter sich.

Sie hatten die Station erreicht. Damit waren sie absolut sicher. Niemals hatte irgendwer jemandem auf dem Gelände der Schließer Leid zugefügt.

»Geschafft«, sagte Martin. »Ira, wir haben es geschafft!«

Töricht lächelten sie einander an.

Die Vorherbestimmung war durchbrochen.

Irina Nummer sechs war am Leben geblieben.

»Hast du eine Geschichte für die Schließer?«, wollte Martin wissen.

Die Frau nickte. »Wovon wirst du erzählen?«, fragte sie.

Martin machte eine Kopfbewegung Richtung Eingangstür. »Von denjenigen, die weiterzugehen vermögen. Von denjenigen, die zurückbleiben. Und davon, dass diese Geschichte sich nicht zum ersten Mal ereignet.«

»Meine Geschichte ist einfacher«, gestand Ira. »Aber vermutlich wird sie ausreichen.«

»Dann lass uns gehen«, entschied Martin. »Erzählen wir unser Märchen und ...«

»Wohin gehen wir?«

Martin erstarrte. Er sah Irina in die Augen. »Nach Talisman?«, fragte er seufzend.

»Ja. Dort ist mein anderes Ich, Martin. Ich kann sie nicht aufgeben. Umgekehrt würde sie mir das auch nicht antun.«

»Gut, dann nach Talisman«, gab Martin sich geschlagen. »Dabei würde ich so gern nach Hause ...«

»Ich auch.«

Der Korridor führte in den Warteraum. An allen Wänden gingen kleine Kabinen für die Gespräche mit den Schließern ab. Zwei Türen standen offen.

»Sie warten schon«, bemerkte Martin.

»Sie warten immer«, erklärte Irina. »Also dann ... viel Glück!«

Bevor sie jeweils ihre Kabine betraten, küssten sie sich. Flüchtig nur und ohne Leidenschaft – wie Freunde, nicht wie Geliebte.

»Einsam ist es hier und traurig«, sagte der Schließer.

»Schon bald wird es weitaus lustiger sein«, antwortete Martin, während er sich an den Tisch setzte. Die Thermowaffe der Aranker hatte er, einem unverständlichen Drang folgend, auf den Tisch gelegt. Ihn verlangte nach einer unmissverständlichen Geste, mochte sie auch noch so aufgesetzt wirken.

»Sprich mit mir, Wanderer«, fuhr der Schließer fort.

Er war dürr und sehnig, größer als Martin, wirkte aber dennoch fragil und verletzbar. So sollte ein Gebieter über die Galaxis nicht aussehen ...

Andererseits blieb zu fragen, wann sich die Mächtigen eigentlich durch Körpergröße und Statur hervorgetan hatten? Doch wohl nur in der Verblendung höfischer Speichellecker.

»Ich werde von denjenigen erzählen, die in der Mitte bleiben«, fing Martin an. »Nicht von den Verlierern, denn ihre Geschichte wäre zu bitter und langweilig. Aber auch nicht von den Siegern, denn ihre Geschichte lässt sich mit Worten nicht erzählen. Die Menschen in der Mitte sind Verlierern wie Gewinnern stets zahlenmäßig überlegen. Auf jedem Planeten, bei jeder Rasse ... selbst bei den Schließern.«

Ohne zu blinzeln sah der Schließer Martin an.

»Früher ließen sich Probleme sehr einfach lösen«, sagte Martin. »Wenn ein Stamm Verstand gewonnen hatte, der andere jedoch noch eine Horde war, verspeiste man ihn kurzerhand. Man erklärte ihn zum Ziel für den Pfeil, den dieser Stamm sich nicht hatte ausdenken können. Machte aus ihm beinerne Lanzenspitzen. Das waren einfache Zeiten, die noch lange in dieser Weise fortdauerten. Diejenigen, die bei dem Wettlauf zu spät kamen, die auch nur einen halben Schritt zurückblieben, versklavte man. Man trieb sie in Reservaten und Enklaven zusammen. Sie mussten mit dem Heulen der Fabriksirene oder dem ersten Sonnenstrahl aufstehen. Einfache Zeiten, einfache Lösungen. Aber diese einfachen Zeiten endeten.«

Der Schließer schwieg.

»Jemand schaffte es, sich bis zum Himmel zu strecken. Jemand schaffte es, vom Baum des Lebens zu kosten. Jemand legte sich Verstand auf Vorrat an – so wie wir ja auch unsere Instinkte auf dem Dachboden des Bewusstseins aufbewahren. Was war das? Ein flüchtiger Moment oder eine ganze Epoche? Ich weiß es nicht. Aber als die jungen Götter verschwanden, hinter sich alle Brücken abbrachen, da ließen sie die Menschen der Mitte zurück. Diejenigen, die es nicht geschafft hatten. Diejenigen, die es nicht gewollt hatten. Diejenigen, die den normalen, nicht den schrecklichen Weg des Verstands gewählt hatten ...«

»Götter brechen keine Brücken ab, Martin«, wandte der Schließer ein. »Dafür gibt es Menschen.«

Martin erstarrte.

»Vielen Dank für unsere Geschichte«, fuhr der Schließer fort. »Aber die Geschichte der Menschen der Mitte ist höchst banal ... Einsam ist es hier und traurig, Wanderer.«

»Ihr selbst habt das Transportnetz zerstört?«, flüsterte Martin. »Ja? Ihr oder eure Vorfahren? Diejenigen, die die nächste Stufe nicht erklommen hatten?«

Der Schließer schwieg.

»Die Menschen der Mitte«, fuhr Martin fort. »Wir hielten euch für Götter ... oder fast für Götter ... aber ihr seid letztlich die Menschen der Mitte. Menschen, die es nicht geschafft haben. Ihr habt die Bitternis der Niederlage verwunden – und wiederholt euren Fehler. Stimmt's?«

»Einsam ist es hier und traurig, Wanderer«, sagte der Schließer. Täuschte Martin sich oder schwang in der Stimme des Schließers tatsächlich leichte Verärgerung mit? »Ich habe schon viele solche Geschichten gehört.«

Martin kniff die Augen zusammen, bis er Funken sah. Er hatte *beinah recht*. Er hatte es *beinah* verstanden. Er war dicht an der Wahrheit dran ...

»Ich kann nicht ...«, sagte er. »Ich habe es beinah verstanden, aber ... auch ich bin nur ein Mensch der Mitte! Ich weiß es nicht!«

»Die Götter steigen in den Himmel auf, die Verlierer zerfallen zu Erde. Aber unter diesem Himmel und auf dieser Erde wandeln die Menschen der Mitte einher«, sagte der Schließer. »Was jagt dir solche Angst ein, Martin? Was quälst du dich so, das alles zu begreifen? Willst du in den Himmel aufsteigen? Oder zu Erde zerfallen?«

»Ich versuche zu verstehen, wohin ich gehen muss!«

»Talisman wird dir den Schlüssel zu allen Antworten geben, Martin. Zuerst jedoch beende deine Geschichte über die Menschen der Mitte.«

»Ich erzähle eine andere«, entgegnete Martin rasch. »Die Geschichte eines Mädchens und eines Vogels ...«

»Eine andere Geschichte akzeptiere ich nicht.« Der Schließer schüttelte den Kopf. »Du hast diese Erzählung angefangen, jetzt musst du sie auch beenden.«

Martin seufzte. »Dort, hinter den Mauern der Station, erlangt das Volk der Schealier gerade Verstand«, berichtete er. »Die Verlierer werden den Schock nicht verkraften und sterben. Die Sieger werden sich Verstand aneignen und die neue Welt regieren. Aber für die Mehrheit, Schließer, wird sich nichts ändern! Absolut nichts! Ob sie denken oder weiterhin allein mit Hilfe ihrer Instinkte durchs Leben gehen, wird nichts ändern. Nicht alle brauchen Verstand. Nicht alle können denken. Und genau darin besteht die ewige Falle, Schließer. Für die Menschen der Mitte, für diejenigen, die nicht in die Erde eingehen, aber auch nicht zum Himmel hinaufwachsen wollen, gibt es nur den Platz zwischen Himmel und Erde. Immer und überall werden die Menschen der Mitte das Nachsehen haben. Meine Geschichte hat kein Ende, Schließer ... so wie es auch keinen Ausweg für die Menschen der Mitte gibt.«

»Du hast meine Einsamkeit und meine Trauer vertrieben, Wanderer. Tritt durch das Große Tor und setze deinen Weg fort.«

Misstrauisch blickte Martin den Schließer an.

»Ich verlange von dir nicht länger, die Geschichte zu beenden«, versicherte der Schließer. »Ich stelle dir keine Fragen mehr. Ich gewähre dir keinen Aufschub. Tritt durch das Große Tor und setze deinen Weg fort.«

»Stimmt etwas nicht?«, fragte Martin.

Doch der Schließer war bereits verschwunden. Martin blieb allein zurück.

Verärgert schlug er mit der Faust auf den Tisch. Er vermisste das angenehme Gefühl, einen kleinen Sieg errungen zu haben. Ihm fehlte das Vergnügen, das die erzählte Geschichte ihm bereitete.

Man hatte ihm erlaubt, durch das Große Tor zu gehen, als habe man ihm ein Almosen zugesteckt. Oder als wende man sich enttäuscht von ihm ab: Du willst durch, bitte schön ...

Gedankenverloren und unzufrieden trat Martin aus dem kleinen Zimmerchen heraus, den Lauf der Thermowaffe umklammernd. Irina erwartete ihn bereits.

»Ist alles in Ordnung, Martin?«

»Ich bin durch«, murmelte Martin, der sich aus irgendeinem Grund an die Aufnahmeprüfungen für die Universität erinnerte.

»Daran habe ich nicht gezweifelt«, erwiderte Irina. »Du bist großartig.«

»Was hast du erzählt?«, erkundigte sich Martin.

»Die Geschichte, wie ich mich das erste Mal verliebt habe.«

Unwillkürlich musste Martin lächeln. »Ich hatte angenommen, mit dieser Geschichte seist du von der Erde weggekommen ...«

»Damals gab es diese Geschichte noch nicht«, antwortete Irina schlicht.

Eine Sekunde lang sahen sie einander an. Dann nahm Martin Irina bei der Hand. »Gehen wir ... Wir müssen uns beeilen.«

»Warum das?«, fragte die Frau angespannt.

»Ich weiß es nicht«, gestand Martin ehrlich. »Ich habe so ein Gefühl. Als ob etwas nicht stimmt, weißt du. Ich ... ich bin mit meiner Geschichte nicht zufrieden. Es ist, als ob ich durch eine Prüfung gerasselt wäre.«

Irina blickte ihn an und biss sich auf die Lippe. »Und ich

wollte schon vorschlagen ...«, setzte sie leise an, »... ein paar Stunden hier zu bleiben. Und auszuruhen ... und ...«

Sie lächelte verlegen.

»Irinka, wir müssen uns beeilen«, versicherte Martin unnachgiebig. »Die Zeit läuft uns davon. Ich höre ständig, wie sie an mir vorbeirennt ... schon die nächste Minute, die an uns vorbeizieht, holen wir nicht mehr ein.«

»Gehen wir«, stimmte Irina zu.

Schnellen Schrittes, fast rennend gelangten sie ins Zentrum der Station. Der Saal mit dem Tor war leer. Als sie sich näherten, öffnete sich die Tür.

»Ob etwas mit mir passiert ist ... auf Talisman?«, mutmaßte Irina. »Was meinst du?«

»Das hättest du gespürt«, entgegnete Martin. »Nein, ich weiß auch nicht. Lass uns einfach eilen.«

Hinter ihnen schloss sich die Tür wieder, während der Bildschirm des Rechners aufleuchtete. Rasch wählte Martin Talisman. Dabei unterdrückte er die sekundenkurze Versuchung, gleich zwei Ziele zu markieren. Doch das hätte ohnehin nicht geklappt.

»Nehmen wir die Hauptstation?«, fragte Irina.

»Welche hattest du dir denn ausgesucht?«

»Keine. Ich habe nur den Planeten bestimmt.«

»Wenn du es nicht konkretisiert hast, musst du in der Hauptstation von Talisman angekommen sein ...« Sicherheitshalber öffnete Martin noch das Untermenü. »Stimmt, es gibt zwei Stationen. Was ist, kann's losgehen?«

»Hm«, sagte Irina. Sie fasste ihn fest bei der Hand, lächelte und legte den Kopf in den Nacken, als hoffe sie, den raschen Flug durchs Universum zu spüren.

Martin klickte auf »Eingabe«.

Wie üblich hatte sich der Raum nicht verändert.

Nur Irina stand nicht mehr neben ihm.

Wie in Zeitlupe hob Martin die Hand. Er presste sie vors Gesicht. Seine Haut verströmte noch die Wärme und den Geruch von Irina Poluschkina Nummer sechs ...

»Ihr Schweine!«, schrie Martin. »Ich hasse euch! Ihr Schweine!«

Wenn in diesem Moment ein Schließer in den Saal gekommen wäre, hätte Martin die Waffe auf ihn gerichtet – nur um ebenso leicht und unwiederbringlich zu verschwinden wie Irina.

Es kam jedoch niemand herein. Immerhin blieb Martin das Recht, das Terminal zu zertrümmern, mit den Füßen gegen die Wand zu treten und vor der sich gehorsam öffnenden Tür zu weinen.

Siebter Teil
Violett

Prolog

Fasane, auf böhmische Art zubereitet, gelten in Russland als exotisches Gericht. Fünfzig Jahre waren vergangen, seit die Komödie *Die diamantene Hand* in die Kinos gekommen war, doch das Wildbret krönte nach wie vor nur jene üppigen Gelage, die entweder Jägern oder – wie im Film – rundum verdächtigen Personen vorbehalten waren.

Dafür bekam man das Geflügel in den überschaubareren Gegenden Tschechiens in jedem anständigen Restaurant serviert. Sollten sich die dickwanstigen deutschen Bürger und die nach Eindrücken gierenden Russen ruhig auf gebackene Schweinskeule, Speckwürste und andere Köstlichkeiten, gewonnen aus Pus bestem Freund, stürzen. Sollten sich die amerikanischen Touristen, überzeugt von den diätischen Eigenschaften einer Cola light, bei McDonald's mit Hamburgern vollstopfen. Ein vernünftiger Mensch, der sich um den Cholesteringehalt im Blut und die Länge seines Gürtels Gedanken macht, richtet sein Augenmerk auf Wild in all seinen Varianten. Schnitzel vom Reh und Wildschwein mit Honigsoße – das ist seine Wahl.

Oder eben Fasan auf böhmische Art, dieser würdige Repräsentant schmackhaften und gesunden Essens.

Fasanenfleisch an sich ist natürlich etwas trocken, weshalb man das Stück unbedingt mit langen Speckstreifen umwickle, bevor es in den Ofen kommt. Das Fleisch backe man mindestens eine Stunde und begieße es regelmäßig mit dem eigenen

Saft. Gibt man später noch Smetana und Weißwein hinzu, erhält man eine vorzügliche Soße. Etwas Rotkohl, der in geschmortem Zustand eine aparte violette Farbe annimmt, bringt den Geschmack des Vogels vollendet zur Geltung.

Für das Kochen am eigenen Herd, dies sei nebenbei bemerkt, eignet sich auch ein Huhn hervorragend.

An jenem weit zurückliegenden Abend hatte Martin mit seinem Onkel in einem kleinen Restaurant in Karlsbad gesessen, auf dem Tisch hatte der Fasan gestanden, in den Krügen das Bier geschäumt, in kleinen Gläschen die in dieser Stadt unvermeidliche Becherowka gefunkelt.

»Merk dir, was ich sage«, hatte der Onkel finster gesagt. »Schon bald wird es hier von Außerirdischen wimmeln.«

»Sie verlassen ihre Stationen nicht«, setzte Martin zum Widerspruch an. Damals waren sie noch deutlich jünger, und die Schließer bildeten noch das Hauptthema aller Gespräche. Der Einfachheit halber wurden sie Außerirdische genannt.

»Das werden sie schon noch!«, blaffte der Onkel. »Und wenn nicht sie, dann andere. Guck dich doch mal um, auf was für einem herrlichen Planeten wir leben! Die Außerirdischen wissen ganz genau, weshalb sie zu uns kommen ...«

Martin schaute sich um und bestätigte, dass sie auf einem herrlichen Planeten lebten, vor allem diese Gegend sei fabelhaft, weshalb die Außerirdischen bestimmt mit gutem Grund hierherkämen. Allerdings gebe es neben kriegerischen Expansionen ja auch noch den friedlichen Tourismus, für den der Onkel und er gerade das beste Beispiel lieferten ...

Der Onkel hatte empört geschnaubt. In seiner Jugend hatte er bei den sowjetischen Truppen in der Tschechoslowakei gedient, weshalb er Martins Worte jetzt als Spott oder versteckten Tadel auffasste.

»Glaube einem ollen Mann wie mir, Martin.« Damals hatte der Onkel noch mit seinem Alter kokettiert und sich voller Vergnügen einen Ollen genannt. »Es kann keine Freundschaft und keine gutnachbarschaftlichen Beziehungen zwischen zwei Rassen mit einem so gewaltigen Entwicklungsgefälle und mit solchen Unterschieden in der Kultur und Psychologie geben!«

»Etwas in der Art habe ich auch im *Experten* gelesen«, brummte Martin, während er den Fasan tranchierte.

»Selbst wenn sie uns nur Gutes wollten«, fuhr der Onkel fort, »woher sollen wir denn wissen, was sie unter Gutem verstehen? Wir wollten den Tschechen damals auch nur Gutes ... Und was haben wir uns dann gewundert, als sie über unser Gutes bloß die Nase rümpften ...«

»Das liest man jetzt allerdings überall«, bemerkte Martin.

»Hör auf damit, Martin«, sagte der Onkel bitter, der einer hübschen Kellnerin um die zwanzig seinen Blick nachschickte. »Du bist jung, du musst noch viel lernen. Aber am Ende wirst du einsehen, dass ich recht habe. Nämlich dann, wenn deine persönlichen Interessen und deine persönlichen Träume nicht mit den Plänen der Schließer zusammenfallen.«

Darauf hatte Martin nichts gesagt. Nach der Rückkehr aus dem Kurort, in dem der Onkel seine Leber kuriert hatte – er spülte das Mineralwasser mit Bier hinunter, während Martin dem Bier zusprach, ohne jedoch das Wasser gänzlich zu ignorieren –, war er das erste Mal durch das Große Tor gegangen und hatte sich eine fremde Welt angesehen ... eine ungefährliche natürlich, aus der schon Menschen zurückgekehrt waren. Ein entfernter Bekannter, ein erfolgreicher Geschäftsmann, hatte obendrein seine Bereitschaft signalisiert, ein hübsches Sümmchen für einige exotische Sachen aus fremden Welten hinzublättern ...

Damals hatte Martin die Schließer noch für einen Segen gehalten, ihre Ankunft für einen großen Glücksfall, die den Menschen zur Verfügung gestellten Technologien für einen Vorstoß in eine glückliche Zukunft.

»Früher oder später ...«, hatte der Onkel gesagt, als er die violetten Kohlblätter aufspießte. »Früher oder später wirst du mich verstehen ... Dann rufst du mich an, falls ich noch am Leben sein sollte, und sagst: Onkel, du hast recht gehabt ...«

Auf die Waffe gestützt, erhob Martin sich. In seiner Seele herrschten Leere und Bitternis.
»Hier gibt es kein Telefon, Onkel«, flüsterte er. »Aber du hattest recht.«
Er strich seine Sachen glatt. Die Waffe knüpfte er gleich einem Degen an den Gürtel, dank dem kurzen Lauf sah das sogar ganz natürlich aus.
Die Schließer zeigten sich nicht. Niemand zeigte sich. Man ignorierte Martin aufs Entschiedenste.
Als er den Gang hinunterging, spähte er in alle Zimmer. Er entdeckte zwei konzentrierte Dio-Daos, die in ein Gespräch vertieft waren, sowie ein paar Humanoide einer ihm unbekannten Rasse, die Martin mit einer solchen Furcht ansahen, dass er es vorzog, weiterzugehen und die touristischen Neulinge nicht zu verschrecken.
Erst auf der Veranda, als er bereits die milde, berauschende Luft Talismans einatmete, entdeckte Martin einen Schließer.
Einen einzigen.
Einen alten buckligen Schließer, dessen linke Hand in einem fingerlosen Stumpf endete. Zum ersten Mal begegnete Martin einem Schließer, der Invalide war.
Der Schließer wartete auf Martin.
Sein Zorn war bereits verraucht, hatte sich in Schmerz und tiefe Verletzung verwandelt. Martin trat an den Schließer heran und sah ihm in die Augen. »Weshalb?«, fragte er.
Der Schließer schwieg. Halbblind blinzelte er, während er den Menschen betrachtete.
»Wenn ihr Irina nicht habt retten können ...«, flüsterte Martin. »Wenn ihr wusstet, dass sie verschwindet ...«
»Wir sind keine Götter«, sagte der Schließer. »Selbst wenn

wir weiter blicken können, heißt das noch lange nicht, dass wir alles sehen.«

»Antwortest du mir etwa?«, fragte Martin. »Was ist, Schließer? Sprichst du mit mir? Vertreibst du meine Einsamkeit und meine Trauer?«

Doch der Schließer hüllte sich in Schweigen.

»Was seht ihr in mir?«, fragte Martin. »Was seht ihr in der Menschheit? Was fürchtet ihr? Wohin strebt ihr?«

»Talisman wartet auf dich«, sagte der Schließer.

»Wenn ich herausbekomme, wie ich euch vernichten kann«, fuhr Martin fort, »dann werde ich euch vernichten. Das ist eine Drohung.«

»So bekomme es heraus«, erwiderte der Schließer nur.

Dann war er verschwunden.

Martin wandte sich zur Verandatreppe um.

Zu dem weißen Schaum der Wolken, welche die Stufen hinauf zur Station beleckten.

Wolken, die über schwarze, spiegelnde Felsen krochen, die wie vereinzelte Eisberge aus der weißen Ebene herausragten. Weiße Wolken unter einem violetten Himmel, der mit einer winzigen, weißglühenden Sonne über dem Planeten angenagelt war.

All das erinnerte an einen Zeichentrickfilm für Kinder, in dem man durch die Wolken laufen, in der elastischen Watte Purzelbäume schlagen und Schneebälle aus Dampf formen konnte. Martin wusste, dass es keine Märchen gab, dass die Wolken auf Talisman nicht das vermochten, was die seltsame Substanz auf Bessar schaffte: den menschlichen Körper zu tragen.

Trotzdem hielt er die Luft an, kaum dass er einen Fuß in den dichten weißen Nebel setzte – als erwarte er, die Wolken würden sein Gewicht aushalten.

Wie es sich für ordentlichen Nebel gehörte, löste er sich auf.

Als Martin die Verandatreppe hinunterging, spürte er unter seinen Füßen die üblichen Stufen. Der Nebel stieg höher und höher, reichte Martin schließlich bis zum Kinn. Einen Moment blieb er stehen. Um ihn herum erstreckte sich ein hügeliges weißes Feld, das langsam dahinkroch, den Winden gehorchend. Der blendende Punkt der Sonne sengte ihm den Scheitel. In seinem Blickfeld machte er nicht weniger als ein Dutzend Felsen aus, deren höchster hundert Meter über die Wolken hinausragte. In den mosaikartigen schwarzen Spiegeln zeichnete sich die Station mit dem nervtötend blinkenden Leuchtturm ab.

Die Station war ungewöhnlich und sehr schön, einem kleinen Schloss aus schwarzem Stein vergleichbar, das mit weißen Dachziegeln gedeckt war.

Man konnte sagen, was man wollte: Die Schließer verfügten über einen exzellenten Geschmack.

Wie glücklich Martin gewesen wäre, stünde Irina jetzt neben ihm! Wie er es genossen hätte, mit ihr herumzualbern, sich gegenseitig zu fotografieren, wie sie bis zur Kehle in wolkiger Milch standen, sich vorzustellen, sie gingen tatsächlich über Wolken und fänden eine interessante Perspektive, zum Beispiel das Abbild der Station an einem Spiegelfelsen. Wie schauerlich und dennoch süß wäre es, gemeinsam durch den Schaum der Wolken zu wandeln, sich bei der Hand zu halten, dem Atem des anderen zu lauschen ...

Aber Irina – seine Irina – gab es nicht mehr in diesem Universum.

Sie war nicht einfach gestorben, sie war verschwunden. Mit einem unsichtbareren Cursor war sie ausgelöscht worden, wie ein Druckfehler, wie ein überflüssiger Buchstabe, wie ein zufällig auf dem Bildschirm erschienenes Leben.

Es blieb nur die Erinnerung. Die Wärme ihrer Hand loderte noch immer auf Martins Handteller, gleichsam als schmerze eine amputierte Extremität, die sich nicht mit dem eigenen Tod abfinden wollte.

Martin bedachte die Station mit einem hasserfüllten Blick. Dann ging er weiter, den Kopf in die Wolken getaucht.

Dieser Nebel hatte nichts mit dem häufig zitierten Londoner Nebel gemein – übrigens war es Martin nie vergönnt gewesen, die Themsestadt im Nebel anzutreffen. Aber auch dem normalen Nebel, der im Herbst durch die kleinen Wälder bei Moskau wogt oder zielsicher auf Flughäfen zukriecht, glichen die Wolken auf Talisman nicht. Zwar verbargen sie vor Martin unverzüglich die kleine hässliche Sonne, blieben selbst jedoch licht, leuchteten beinah – als wandle er in einer einzigen Wolke aus flüssigem Licht. Zudem ging von ihnen kaum Feuchtigkeit aus, eher ein trockener Dampf wie von verdunstender Kohlensäure, allerdings warm.

Martin stieg die steil nach unten führende Treppe hinab. Der Stein endete bald, an seine Stelle trat Holz.

Der Nebel leuchtete, es schien sogar, dass er die Umgebung nicht verhüllte, sondern sie vielmehr illuminierte. Unter Martins Füßen knarzten die hölzernen Stufen. Mehrmals wich er seitlich aus, als er gegen ein straff gespanntes Seil stieß, das ebenso als improvisiertes Geländer wie auch als Halterung der Treppe diente. Schließlich kapitulierte Martin und tastete sich am Seil entlang, das unter seiner Hand entlangglitt.

Es war unmöglich herauszubekommen, ob er allein auf der Treppe war oder ob vor ihm andere frisch eingetroffene Wanderer gingen oder sich ihm von Talisman erschöpfte Touristen entgegenschleppten. Die Sicht betrug höchstens zwei, drei Meter, alle Laute versickerten im Nebel. Nur das schwache Knarren der Stufen ließ sich vernehmen ...

Vielleicht war es auch besser so. Martin wusste, dass die Station etwa zweihundert Meter über der Oberfläche des Planeten lag. Selbst wenn im Nebel kaum Wind wehte, blieb es ein unangenehmes Unterfangen, an dieser schwankenden Seilkonstruktion den steilen Hang hinunterzuklettern.

Langsam verblasste das Licht des Nebels. Am Ende des Weges erwartete Martin ein dumpfes, finsteres Halbdunkel. Allerdings leuchteten vor ihm jetzt elektrische Lichter auf. Die Siedlung Amulett, die inoffizielle Hauptstadt von Talisman, ertrank in künstlichem Licht. Elektrische Energie mussten die Bewohner nicht sparen.

Den ersten Goldgräber traf Martin, kaum dass er die Treppe hinter sich gelassen hatte. Er stand jetzt auf dem spiegelnden schwarzen Stein, der hier und da glänzte und rutschig wie Eis war, zumeist jedoch rissig und abgetragen.

Der Goldgräber hockte neben seinem »Safe«, einem aus dem Stein aufragenden runden Deckel über einer Luke mit einem Durchmesser von einem halben Meter. Natürlich bestand die Abdeckung aus demselben schwarzen Stein wie der gesamte feste Grund von Talisman.

»Friede sei mit Ihnen!«, sagte Martin, während er so dicht an die Figur herantrat, bis die vage Silhouette des Goldgräbers Konturen gewann.

Der junge, verdreckte Mann drehte sich um und beäugte Martin mit einem misstrauischen Blick. Dann zuckte er mit dem Kinn und antwortete widerwillig: »Friede ...«

»Wie läuft's denn?«, fragte Martin, während er in Richtung »Safedeckel« nickte.

Der Goldgräber zuckte ausweichend mit den Schultern. In dem Moment piepte seine Uhr und er machte sich, Martin prompt vergessend, daran, den Deckel entgegen dem Uhrzeigersinn zu drehen. Obwohl der Deckel sichtlich schwer war, bat der Mann nicht um Hilfe.

»Schaffen Sie es?«, erkundigte sich Martin. »Oder soll ich Ihnen helfen?«

Schnaufend bewegte der Mann den Deckel. Er sah in den »Safe«, eine kleine Vertiefung im Stein. Darin gähnte Leere.

»Nächstes Mal werde ich Glück haben«, murmelte der Mann und drehte den Deckel wieder zu. Auf der Steinscheibe stand in grell fluoreszierender Farbe eine achtstellige Zahl und der

Buchstabe S geschrieben. Als der Mann seine Arbeit beendet hatte, linste er auf die Uhr und stellte den Timer.

»Alle dreiundvierzig Minuten?«, brüstete sich Martin mit seinem Wissen.

»Das ist ein schneller Safe. Er braucht nur vierundzwanzigeinhalb Minuten ...«, gab der Mann widerwillig Auskunft. »Was willst du? Goldgräber werden? Vergiss es, die Arbeit bringt nichts. Vor lauter Langeweile wirst du wahnsinnig.«

»Nein, ich bin aus einem anderen Grund hier«, antwortete Martin höflich.

Daraufhin nahm die Stimme des Burschen gleich einen wärmeren Klang an. »Ach ja, es ist ganz lustig hier ... Hast du vielleicht was zu rauchen?«

Schweigend hielt Martin ihm ein fast volles Päckchen hin.

»Oho ...«, sagte der Bursche gierig. »Kann ich vielleicht zwei?«

»Behalt sie alle.«

»Danke«, brachte der Goldgräber aufrichtig hervor. »Gute Menschen trifft man heute selten. Ich bin Andrej!«

»Martin«, stellte Martin sich vor, der nicht gerade begeistert die vor ewigen Zeiten zum letzten Mal gewaschene Hand ergriff. Dann hockte er sich neben den anderen. »Liegt oft was Wertvolles drin?«

»Nicht sehr oft«, seufzte der Goldgräber. »Jedes hundertste, hundertunddreißigste Mal findest du was. Schaltungen, Purpurstaub oder Minispiralen ... so Kleinkram eben. Zum Leben reicht's – was will man mehr?«

»Findet man auch mal was Interessantes?«

»Schon«, bestätigte Andrej, der gierig an der Zigarette sog. »Manche haben Glück ... Ein Mädchen hat vor einer Woche einen Schlüssel gefunden.«

»Einen Schlüssel?«, merkte Martin auf.

»Na ja, so nennt alle Welt das Ding. Einen Zylinder.« Der Mann zeichnete etwas in die Luft, das an einen dicken Bleistift mit Einkerbungen und Wölbungen erinnerte. »Das brauchte nicht einmal ein Schlüssel zu sein, aber im Artefaktenhandel würde das Ding für das nette Sümmchen von dreißigtausend Euro den Besitzer wechseln.«

»Nicht zu fassen«, entfuhr es Martin. »Und es gab noch nie einen Fund, mit dem man was Vernünftiges anfangen konnte?«

»Purpurstaub hilft gegen Schnupfen«, antwortete der Mann ernsthaft. »Sofort, man braucht ihn bloß einzuatmen. Man sagt, die Spiralen sind gute Stromleiter, fast Supraleiter ... die kaufen die Leutchen gern. Sowohl eure, die Europäer, als auch die Amerikaner und sogar unsere ...«

»Ich bin Russe.«

»Mit dem Namen?« Der Mann kicherte. »Sachen gibt's ... Mir ist es im Grunde egal, ob jemand diesen Mist braucht oder nicht. Hauptsache, der Zaster stimmt.«

»Das reinste Paradies für Stalker«, seufzte Martin.

»Stalker? Was ist das denn schon wieder?«, fragte der Mann alarmiert.

»Das stammt aus einem Buch ... zerbrich dir darüber nicht den Kopf ...«, sagte Martin, der neugierig den kleinen Deckel des Safes musterte. Diese Anlagen waren der Grund, warum sowohl Menschen wie auch Außerirdische über Talisman herfielen. Niemand wusste, wie sie funktionierten, doch in dem hermetisch abgeschlossenen Safe tauchten in gewissen Abständen seltsame, keiner Zivilisation bekannte Gegenstände auf. Man musste nur den Zeitraum bestimmen, den der Safe benötigte, und dann den Deckel rechtzeitig öffnen. Die Objekte blieben nicht länger als ein paar Minuten erhalten, danach verschwanden sie spurlos. Es kursierten Gerüchte, denen zufolge die Safes ein Netz bildeten und untereinander mit Hyperraumgängen verbunden seien, führten doch keine Geheimgänge zu ihnen. Außerdem lief ein sorgsam aus dem Stein herausgeschlagener Safe samt Felsfragment noch einige Zeit weiter. Eine Verwendung für die aufgefundenen Gegenstände gab es nicht, doch alle Rassen kauften die mysteriösen Artefakte gern.

»Ich glaube«, meinte der Mann beim Anzünden der zweiten Zigarette, als habe er Martins Gedanken gelesen, »es gibt gar kein Transportnetz. Nimm zum Beispiel unsere Schwachköpfe! Was haben die sich wieder einfallen lassen? Dass da Sachen in den Safes deponiert und zur Sicherheit immer wieder von einem in den anderen gebracht werden ...«

»Was glaubst denn du?«

»Ich glaube«, sagte der Goldgräber stolz, »das ist eine Müllhalde. Irgendwo da unten leben Außerirdische. Ihren ganzen Müll stopfen sie in die Erde, eben in diese Müllkästen. Dort liegt er und liegt er und verfällt ... Und wir sind scharf darauf, die Dinger aufzumachen und darin herumzuwühlen.«

»Interessant«, beteuerte Martin und sah den Mann voller Respekt an. »Aber warum ist der Müll so homogen? Warum entsorgt man ihn nicht vor Ort? Außerdem funktionieren manche Stücke noch – warum hätte man sie wegwerfen sollen?«

»Ist es dir noch nie passiert, dass du mal zufällig ein völlig intaktes Stück weggeschmissen hast?«, entgegnete Andrej. »Eine Uhr ... einen Ring ... eine Batterie ...«

»Da hast du recht.« Martin nickte.

»Siehst du! Und warum er nicht vor Ort verfällt ... Vielleicht sind die Reinheitsfanatiker. Vielleicht wollen die ihren Müll nicht zuhause verbrennen. Und homogen ist der Müll, weil sie den Großteil recyceln und nur wirklichen Mist wegwerfen ...«

»Bravo«, sagte Martin. »Schreib doch mal einen Artikel für den *Digest für Reisende* darüber.«

»Das habe ich vor«, erwiderte der andere bescheiden. Als der Timer erneut piepte, machte er sich daran, den Safe zu öffnen. Diesmal wagte Martin es, ihm zu helfen – und der Goldgräber widersetzte sich nicht. Sie bewegten den schweren Deckel und fanden in der eben noch jungfräulich reinen Vertiefung eine Handvoll Purpurstaub.

»Ein guter Tag!«, freute sich der Mann. »Die bringen garantiert zweihundert Euro!«

Er holte aus seinem Rucksack ein Glasgefäß, eine kleine Schippe und einen Pinsel. »Also«, meinte er, indem er zu Martin hinüberschielte, »laut meiner Version handelt es sich bei Purpurstaub um die Exkremente von Außerirdischen.«

»Dann behandelst du also deinen Schnupfen nicht damit?«, hakte Martin nach.

»Doch«, erwiderte der Mann, der den Staub peinlich genau aufnahm.

»Viel Glück noch«, wünschte Martin ihm. »Ich werd' dann mal ... Wo übernachte ich am besten?«

»Im Gasthaus *Zum krepierten Pony*«, antwortete der Goldgräber lakonisch.

Martin grunzte. Er nickte noch einmal, dann marschierte er auf die Lichter der Siedlung zu. Als er schon ein ganzes Stück gegangen war, rief er Andrej noch etwas zu: »Hör mal, das Mädchen, das den Schlüssel gefunden hat – wie heißt es?«

»Ha! Und du willst mir weismachen, du interessierst dich nur für Bücher und nicht für den Zaster ...«, feixte der Mann. »Irina heißt sie!«

»Alles klar«, erwiderte Martin.

»Sie wollte den Schlüssel aber nicht verkaufen, da beißt du auf Granit ...«, klang es Martin aus dem Nebel nach.

Er antwortete nicht mehr, denn er lief schon über den schwarzen Stein auf die Lichter des Dorfs zu. Ab und an rutschte er auf glatten Stellen aus, einmal fiel er sogar und schlitterte über den Stein, dabei das verzerrte Abbild seines Gesichts in dem schwarzen Spiegel bewundernd.

Schließlich gelangte er zu einem der kleinen Elektrizitätswerke der Siedlung. Mit einem symbolischen niedrigen Zaun umsäumt, ragten aus dem Felsen ein Dutzend Metallstäbe, die schräg in den Stein getrieben waren. Die Stangen waren paarweise mit einer Schaltung verbunden, zur Siedlung führte dann ein dickes, gut isoliertes Kabel hinunter.

Die Elektrizität war auf Talisman allgegenwärtig. Man brauchte nur ein wenig zu bohren und zwei Punkte mit einer günstigen Potenzialdifferenz zu entdecken. Nach und nach gab das geheimnisvolle Elektrizitätswerk den Geist auf, doch für ein halbes Jahr oder ein Jährchen reichte es auf alle Fälle.

Martin folgte dem Kabel und gelangte schon bald zur Peripherie von Amulett. Man brauchte nicht lange darüber zu grübeln, warum die Siedlung ausgerechnet an diesem Ort entstanden war, denn hier floss ein flacher, breiter Fluss. Aus dem ruhigen, träge dahinplätschernden Wasser ragten gedrungene Bäume auf, die Quelle für Nahrung und Baumaterial. Ein Alter mit einer geschulterten Waffe saß am Ufer und behielt die Gegend im Auge. Martin bedachte er mit einem freundlichen Blick, der gleichwohl eine gewisse professionelle Aufmerksamkeit nicht missen ließ.

Martin winkte ihm zu. Er hatte nicht die Absicht, sich am öffentlichen – möglicherweise aber auch privaten – Eigentum zu vergreifen.

Er brauchte Irina.

Er brauchte den Schlüssel zu den Geheimnissen von Talisman.

Eins

Gedeckte Töne liebte man hier nicht.
Der opaleszente weiße Nebel schluckte ohnehin jede Farbe. Rot verwandelte er in Rosa, Ultramarin in Türkis, Khaki in Oliv, Zimtbraun in die Farbe der ersten Sonnenbräune.

Jedes noch so kleine Häuschen im Dorf focht seinen Kampf gegen das allgegenwärtige Pastell und kleidete sich in schreiende Farben. Es musste nicht nur Himbeerrot sein, sondern dieses galt es auch noch glänzend zu polieren, bis es wie frisches Blut glitzerte. Das Azur hatte klirrend wie der Morgenhimmel über dem Mittelmeer zu sein, das Grün satt und minzig. Wählte man Dunkelblau, dann ein *echtes* Indigo, jenes, das auf Englisch *royal blue* heißt und das in Russland seit den Zeiten der bolschewistischen Revolution überhaupt nicht mehr beim Namen genannt wird.

Selbst die cremefarbenen Mauern der Schenke *Zum krepierten Pony* zeigten sich in einem Ton, der die bescheidene Pastellfarbe in eine intensive, über alles triumphierende Sahneexplosion verwandelte, in ein verzaubertes Häuschen aus gekochter Kondensmilch, das die Brüder Grimm ersonnen hätten, falls sie in der Sowjetunion geboren worden wären.

Erst jetzt fiel Martin wieder ein, dass Färbemittel eine der besten Handelswaren für Talisman waren. Jetzt wusste er auch, weshalb.

Am Eingang vom *Krepierten Pony* stand, angetan mit einem kurzen kornblumenblauen Kleid, Irina Poluschkina.

Einen Schritt vor ihr blieb Martin stehen. Er schwieg, denn Worte waren nicht nötig.

Langsam, fast wie im Traum, trat Irina an ihn heran – und schmiegte sich gegen seine Brust.

»Jetzt gehen wir nirgendwo mehr hin«, flüsterte Martin, während er sein Gesicht in ihr Haar wühlte. »Hörst du, Irinka? Nirgendwohin gehen wir. Wir bleiben auf Talisman. Für immer. Du und ich. Hörst du?«

Die Worte versanken im Nebel. Die raschelnden Schatten von Gästen waberten an ihnen vorbei, hinter der geschlossenen Schenkentür ließ sich leise eine unbekannte Musik vernehmen. Irina drückte und umarmte Martin noch immer, gleichsam als fehlte ihr die Kraft, sich von ihm loszureißen und ihrem glücklosen Retter und Geliebten in die Augen zu sehen.

»Wie?«, flüsterte sie am Ende doch.

»Du bist einfach verschwunden«, antwortete Martin. »Du warst in der Station auf Scheali. In der Station auf Talisman warst du dann nicht mehr.«

Endlich hatte er sich dazu durchgedrungen, Irinas Hand zu ergreifen.

Sie war warm und lebendig.

Wie immer.

»Das wusste ich seit Langem«, sagte Irina. »Schon nach ... nach Prärie habe ich so was geahnt. Dann habe ich noch mit jemandem gesprochen ... danach war mir klar, wie es endet. Deshalb bin ich auch hier geblieben und habe gewartet ...«

»Auf mich?«, fragte Martin.

»Anfangs auf den Sensenmann«, erwiderte Irina gelassen. »Dann auf dich.«

Sie löste ihr Gesicht von Martins Brust. Ihre Blicke begegneten sich.

In Irinas Augen standen keine Tränen, sie blickte gelassen drein.

»Ich glaube, ich bin sein Bote«, flüsterte Martin.

»Nein.« Irina schüttelte den Kopf. »Du bist sein Nebenbuhler. Nur hat noch kein Mensch diesen Kampf gewonnen. Gehen wir, Martin.«

Sanft zog sie ihn zur Tür des *Krepierten Ponys*.

»Irina ...«, sagte Martin.

Die Frau legte einen Finger an die Lippen. »Pst«, flüsterte sie. »Das kommt später. Alles kommt später.«

Dann lächelte sie.

In diesem Moment begriff Martin mit der Klarheit eines zum Tode Verurteilten, dass er sich niemals würde mit dieser Irina Poluschkina streiten können, der letzten und wahrhaftigen. Dass seine Worte: »Wir bleiben auf Talisman« keine hohlen Worten waren, sondern dass er sie in der Tat nicht verlassen konnte.

Und dass er ohne diese Frau nicht länger leben konnte.

Daher sagte Martin kein Wort, rückte die Thermowaffe in eine bequemere Position und folgte Irina in die Schenke *Zum krepierten Pony*.

Es gab in der Tat ein Pony. Es stand auf einem Steinsockel neben einem wuchtigen Kamin und blickte die Gäste traurig mit Glasaugen an. Das kurze Fell wirkte zwar irgendwie abgegriffen, als hätten es angetrunkene Weltenbummler liebevoll berührt, im Großen und Ganzen machte das ausgestopfte Tier jedoch einen guten Eindruck.

»Warum ein Pony?«, fragte Martin, während er Irina an einen Tisch in der hinteren Ecke folgte. Obwohl es nur wenige Besucher gab, legte Irina offensichtlich Wert darauf, einen möglichst abgeschiedenen Platz zu wählen. Bis in die Schenke war der allgegenwärtige Nebelflor nicht vorgedrungen, was zu einer gewissen Verkrampfung führte, denn plötzlich fühlte man sich nackt und schutzlos. »Warum hat man das arme Tier hiergeschleppt?«

»Als Lasttier«, antwortete Irina finster. Auch ihr schien das

Pferd leidzutun, das auf einem fremden Planeten umgekommen war.

»Und woran ist es gestorben?«

»Es ist einfach hierhergebracht worden und dann gestorben«, antwortete Irina gedankenverloren. »Weißt du, wie es hieß? Frodo!«

Martin nickte. Etwas in der Art hatte er erwartet.

Der Wirt vom *Krepierten Pony* stellte sich als kleiner, trauriger Mann heraus, einer gelungenen, wiewohl handlichen Kopie eines Skandinaviers ähnlich: blauäugig, mit langen blonden Haaren und ebenmäßigen Gesichtszügen. Wäre er nur etwas größer als einen Meter und sechzig gewesen, hätten alle Besucherinnen seiner Schenke ihm gehört!

»Friede sei mit Ihnen!«, begrüßte er Martin niedergeschlagen, als er persönlich an ihren Tisch kam, um die saubere Decke mit einer Plastikbürste abzufegen. »Sie sind das erste Mal auf Talisman?«

»Ja, bisher hat sich keine Gelegenheit ergeben ...«, antwortete Martin vorsichtig. Der Besitzer der Lokalität erinnerte ihn an jemanden – weniger vom Gesicht her als von den traurigen Augen. »Verzeihen Sie ... aber wann haben Sie Talisman das letzte Mal verlassen?«

»Wie meinen Sie das?«, fragte der Wirt. Mit einem Mal verkrampfte er sich und blickte Martin an. »Haben Sie vielleicht jemanden getroffen, der mir ähnlich sieht?«

Martin schielte zu Irina hinüber. Sie saß jedoch gelassen da. Fiel ihr die Ähnlichkeit wirklich nicht auf?

»Wenn Sie kürzere Haare hätten und gramgebeugt wären und wenn man sich vorstellte, Sie streiften über verschiedene Planeten, trügen eine Kappe und an Ihrem Gürtel hinge ein Revolver ...«

»Ach ja«, beruhigte sich der Wirt wieder. »Alles klar. Irotschka hat mir schon erzählt ... sie hat ihn auf Prärie 2 getroffen ...«

»Ist das ein Verwandter von Ihnen?«, wollte Martin wissen,

der sich mit der Entscheidung quälte, ob er vom Tod des kleinen Cowboys erzählen sollte oder nicht.

Der Wirt sah Irina fragend an. Die nickte. »Erzählen Sie es ihm ruhig, Jura. Er wird Ihnen glauben.«

Mit einem Nicken, aber ohne ein Wort zu sagen ging der Wirt zum Tresen. Er kam mit drei vollen Krügen Bier zurück, das aus der Dose stammen musste, so schnell, wie es eingeschenkt war. Nebenbei schaffte der Wirt es noch, der Kellnerin einen strengen Befehl zu erteilen und freundlich mit einem anderen Gast zu plaudern. Er setzte sich Martin gegenüber und hob sein Glas. »Das geht auf mich«, sagte er.

»Zum Wohl«, prostete Martin ihm zu.

Der Wirt nahm einen tüchtigen Schluck, bevor er loslegte: »Also, ich werde die Geschichte nur einmal erzählen, Wiederholungen gibt es nicht. Streiten werde ich mich auch nicht. Wenn Sie mir nicht glauben, dann eben nicht ... Ich bin Jurik eins. Er ist Jurik zwei.«

Höflich wartete Martin auf die Fortsetzung. Es entging ihm nicht, mit welcher Begeisterung der Wirt diese Geschichte erzählte und dass er dafür ein bestimmtes Ritual entwickelt hatte.

»Vor zehn Jahre habe ich beschlossen, mein Glück auf Talisman zu suchen. Ich habe Frodo mit Getränken und ein wenig Geschirr beladen ... Sie können sich sicherlich vorstellen, mein verehrter Unbekannter ...«

»Martin, einfach Martin«, stellte Martin sich hastig vor.

»Sie können sich sicher vorstellen, Martin, dass mir als gebildetem Menschen klar ist, dass man bei einem Goldrausch – und was erleben wir hier anderes als einen Goldrausch? – auf unterschiedliche Arten reich werden kann. Ein Idiot geht auf Schatzsuche, ein Arbeitstier gräbt nach Gold, ein Abenteurer raubt eine Karawane aus. Ich bin ein ausgeglichener, ein friedlicher Mensch ... früher war ich sogar einmal ein intelligenter Mensch. So habe ich mir Talisman ausgesucht. Hierher kommen immer viele Leute. Ich beschloss, hier eine Kneipe aufzumachen. Wo lässt ein Goldgräber, der über Nacht reich geworden ist, sein Geld? In einem Geschäft? Versteckt er es unterm Kopfkissen? Trägt er es zur Bank? Nein, Martin. Als Erstes kommt er zu mir! Er feiert sein Glück. Deshalb habe ich mein Pony beladen ...«

»Eine kluge Entscheidung«, bestätigte Martin. Er ließ den Blick durch die Kneipe schweifen: Solide Steinwände, ein verschnörkeltes Gitter vor dem Kamin, zahllose Gläser und Flaschen hinterm Tresen. Der verflossene Frodo musste entweder die Tragekapazität eines Elefanten besessen haben oder Jurik hatte sich als genialer Händler bewiesen, während die Goldgräber auf Talisman durch die Bank Alkoholiker waren.

»Ich hatte Angst, durch das Tor zu gehen ...«, gestand Jurik. »Na ja ... beim ersten Mal hast du auch Angst, mit einem Mädchen ins Bett zu gehen ... Verzeihen Sie, Irotschka.«

»Schon gut«, meinte die Frau nickend und trank einen Schluck Bier. Zweifelsohne kannte sie die Geschichte bereits, genoss jetzt jedoch die Wiederholung.

»Ich habe mir ... Mut angetrunken. Dabei muss ich es übertrieben haben ... Als ich zum Tor kam, hielt ich mich für den Größten. Ich wählte Talisman aus. Und ging durch ...« Der Wirt trank einen weiteren Schluck Bier. Herausfordernd sah er Martin an, bevor er kundtat. »Dann kommt der Schließer zu mir und fängt an, sich zu entschuldigen!«

»Oho!«, sagte Martin entzückt.

»Eben – oho! Ihre viel gerühmte Technik hatte versagt. Er entschuldigte sich ... sagte, die Erde sei erst vor kurzem angeschlossen worden und sie wüssten noch nicht, was mit Menschen passiere, die durch ein Großes Tor gingen ... Kurz gesagt, als ich besoffen durch das Tor getorkelt bin, müssen in mir irgendwie zwei Persönlichkeiten existiert haben. Jurik eins und Jurik zwei. Die Technik der Schließer hielt sie beide für Menschen. Ich kam nach Talisman ... und der andere, der zweite ...«

»Gelangte auf einen anderen Planeten!«, rief Martin. Kaum fing er jedoch den beleidigten Blick des Wirts auf, fügte er rasch hinzu: »Ich glaube es, ja, das tue ich!«

»Nein, er gelangte nicht gleich dorthin. Alles ist viel schlimmer. Irgendwie schienen die Stationen in allen Welten an ihm zu zerren! Nach und nach spuckten sie ihn dann aus, hier einen, da einen. Den einen sofort, den anderen ein, zwei Jährchen später, die letzten dann vor zwei Jahren. Es entstanden einige Hundert dieser Kopien, bevor die Schließer den Prozess aufhalten konnten. Ich habe ihnen gesagt, sie sollen die überflüssigen beseitigen! Das haben sie schlichtweg abgelehnt. Der Verstand ist ein heiliges Gut, sagten sie. Und sie hätten nicht die Absicht, völlig unschuldige Doppelgänger zu vernichten. Vor allem, da diese ohnehin bald sterben würden, und zwar durch verschiedene Zufälle. Anscheinend ertragen die Gesetze des Universums einen solchen Vorfall nicht, weshalb die Natur von sich aus beginnt, die Überflüssigen auszusondern.«

Unterm Tisch tastete Martin nach Irinas Hand, um sie kräftig zu drücken. Die Frau nickte verständnisvoll.

»Ich selbst bin hier wie festgenagelt ...«, fuhr Juri düster fort. »Wieso das? Würde ich durch das Große Tor gehen, solange noch einer meiner Doppelgänger lebt, verschwinde ich aus der Realität. Ich betrete das Tor, komme aber nicht mehr heraus. Also ... wenn ich zurückkehren kann, werden mir die Schließer das mitteilen. Noch gibt es aber eine ganze Menge von *denen*. Am Anfang starben sie flink hintereinander weg, aus Zufall oder weil ihnen die Nerven versagten ... schließlich hatten die Schließer ihnen auch erklärt, was Sache ist. Manche hatte es auf wirklich widerliche Planeten verschlagen. Manche sind sogar zu Banditen geworden ... Sei's drum, wir sind nun mal am Leben, anders geht es nicht, da muss jeder zusehen, wo er bleibt!«

»Deshalb waren ihnen die Kopfgeldjäger auf den Fersen!«, begriff Martin.

»Wohl kaum. Diejenigen, die auf die schiefe Bahn geraten

sind, wurden bereits in den ersten Jahren erschossen«, widersprach Juri. »Es muss was anderes dahinterstecken ... Wenn mein Doppelgänger jemanden ausraubt oder umbringt, wird er an die Wand gestellt. Manch einer von ihnen kommt natürlich auf die Idee, sich zum Tor durchzuschlagen. Dann geht er ins Tor rein, kommt aber nicht wieder raus. Pech gehabt! Aber wenn die Jagd nach ihm weitergeht? Kopfgeldjäger sterben nicht aus. Früher oder später treffen sie auf eine andere *Nummer zwei*, in einer ganz anderen Welt. Sie werden ihn für den Flüchtling halten. Und fordern, dass er mit ihnen mitgeht. Er aber darf nicht in die Station! Damit ...« Jurik breitete die Arme aus.

»Gott sei Dank«, stieß Martin aus. »Ein so freundlicher und sympathischer Mann ... Ich hätte nicht glauben wollen, dass er ein Schuft ist.«

»Das bin ich, dieser freundliche Mensch!«, fuhr ihn der Wirt an. »Jurik eins! Für Jurik zwei würde ich meine Hand nichts ins Feuer legen.«

»Das Leben hat ihm bestimmt übel mitgespielt.« Martin nickte. »Er sah ... viel älter aus, ausgemergelt ...«

Der Wirt zögerte, antwortete dann aber dennoch: »Darum geht es nicht. Ich habe den Schließern eine Szene gemacht, die sich gewaschen hatte ... Ihretwegen sitz ich hier wer weiß wie lange fest. Was kann ich hier tun? Wovon soll ich leben? Und wer erstattet mir all die Jahre? Deshalb geben sie sich alle Mühe mit mir. Sie haben mich jünger gemacht, attraktiver ... und alles, was ich für meine Kneipe brauche, liefern sie mir kostenlos von der Erde an.«

»Oho ...« Martin nickte respektvoll. »Das beweist in der Tat ...«

»Dass ich der Echte bin«, sagte Jurik eins stolz. »Denn die anderen haben solche Geschenke nicht gekriegt.« Er verstummte kurz, bevor er vorsichtig fragte: »Und der auf Prärie ... was war das für ein Mensch?«

»Ein guter Mensch«, sagte Martin aufrichtig. »Er hatte kein Glück. Sagen Sie ... spüren Sie sie denn nicht?«

Irina gab ihm unterm Tisch einen Tritt.

»Dasselbe hat mich Irischka auch schon gefragt«, lachte Jurik. »Nein, hier gibt es nichts Mystisches. Ich bin für mich, die *Zweiten* sind für sich. Manchmal gehe ich zu den Schließern, um herauszubekommen, wie viele *Zweite* noch übrig und wie viele schon gestorben sind ... Diejenigen, die noch leben, haben sich angepasst. Oder die Natur erträgt sie jetzt. Durch Unfälle stirbt fast keiner mehr, nur noch in Schießereien. Was hat es früher dagegen nicht alles gegeben! Den einen haben die Ureinwohner gefressen, der andere ist an giftigen Früchten gestorben. Zwei sind in einen Vulkankrater gestürzt. Sieben sind ertrunken, davon einer in der Badewanne! Einer hat sich einen Hund gehalten, einen Spaniel. Eines Nachts flippt dieses Mistvieh mit den langen Ohren aus und beißt ihm die Kehle durch! Fünf sind erstickt, drei an Grippe gestorben, sechs von eifersüchtigen Ehemännern erschossen, zwei von der eigenen Frau vergiftet worden ...« Der Wirt sah Martin unverwandt an. »Was ist? Glaubst du mir immer noch? Niemand glaubt mir! Da ist hier mal einer von der Staatssicherheit aufgekreuzt, ein Namensvetter von mir ...«

»Juri Sergejewitsch ...«, soufflierte Martin automatisch.

»Genau. Selbst er hat mir nicht geglaubt, dieser Heini. Gehörst du etwa auch zu denen?«

Martin wollte schon voller Stolz widersprechen, als ihm einfiel, dass er ja zur Zeit in der Tat Mitarbeiter des FSB war.

»Ja.«

»Dann berichte auf der Erde, was in der Welt vor sich geht!«, verlangte Jurik aufgeregt. »Sonst ...« Er winkte mit der Hand ab. »Gut, esst. Ich habe mir schon erlaubt, euch unsere hauseigene Spezialität zu bestellen. Das geht auf meine Rechnung. Alle, die das Restaurant das erste Mal besuchen, lade ich zu diesem Essen ein. Ich kann's mir ja leisten ...« Daraufhin legte der Wirt den Kopf in den Nacken und schrie gegen die Decke: »Habt Dank, ihr Wohltäter! Für die Freundlichkeit, für die Sorge, für alles – habt Dank!«

Keiner der Gäste reagierte auf ihn. Offenbar hatte man sich an solche Einlagen des Wirts bereits gewöhnt.

Martin wartete, bis Jurik Nummer eins an den Tresen zurückgekehrt war, und wandte sich dann Irina zu. »Du hast es gewusst!«

»Ja«, nickte Ira. »Schon seit einer Woche. Ich wusste, dass ein Zufall uns umbringen würde ... alle von uns. Selbst wenn eines der Mädchen es bis zur Station schaffen würde, verschwände es anschließend. Aber ich konnte ihnen das nicht mitteilen, Martin! Ich hätte sterben müssen, damit mein Gedächtnis den anderen zur Verfügung gestellt wird. Ich ...«

»Das verstehe ich doch«, versicherte Martin sanft. »Niemand hätte sich dazu durchgerungen, Irinka. Mach dir keine Vorwürfe.«

»Aber du hättest die letzte Irinka lieber gehabt«, platzte es plötzlich aus der Frau heraus. »Das stimmt doch, oder, Mart?«, fragte sie lächelnd.

Martin hüllte sich in Schweigen.

»Sie ist in mir«, sagte die Frau leise. »Das ist ja das Unglück. Sie ist in mir. Und die anderen sind auch alle in mir. Ich kann ... jetzt ... zurückkehren. Vermutlich könnte ich das. Wir müssen nicht bis in alle Ewigkeit auf Talisman bleiben. Nur willst du mich jetzt nicht mehr.«

»Ira ...«

»Das alles ist so dumm«, flüsterte die Frau, während sie an Martin vorbeischaute. »Ich bin sie. Aber ich bin auch eine andere. Wir alle sind ein wenig anders. Es reicht ein Tag, damit du eine ganz andere wirst ...«

Mit einer abrupten Kopfbewegung wandte sie sich wieder Martin zu. Durch Tränen hindurch lächelte sie ihn an. »Das führt alles zu nichts. Vergessen wir es, ja? Reden wir lieber über unser Problem.«

»Über welches Problem?«

»Wir müssen die Galaxis retten«, meinte Irina achselzuckend.

»Schon wieder ...«, flüsterte Martin.

»Gib mir mal ein Blatt Papier und einen Kuli«, verlangte Irina geschäftig. »Danke ... Also ...«

Martin wartete geduldig, während Irina eine einfache Liste erstellte.

1. Bibliothek
2. Prärie 2
3. Arank
4. Marge
5. Bessar
6. Scheali
7. Talisman

»Richtig«, bestätigte Martin, um wenigstens etwas beizutragen.

Amüsiert blickte Irina ihn an, bevor sie ergänzte:

1. Bibliothek – eine tote Welt, sinnloses Wissen, Denkmal einer früheren Zivilisation.

2. Prärie 2 – eine Grenzwelt der Menschen, aufblühende Kolonie, Expansion des Verstands.

3. Arank – eine fremde Welt, vollendeter Verstand, Sackgasse.

»Warum ist das eine Sackgasse?«, empörte sich Martin, der sich an den freundlichen Herrn Lergassi-kan und seinen braven Jungen erinnerte.

»Weil dein Leben eine Sackgasse ist, wenn du keine Seele hast oder nicht daran glaubst, eine zu haben«, antwortete Irina scharf. »Bis hierher ist alles klar ... Jetzt wird es schwieriger ...« Sie schrieb weiter:

4. Marge – eine fremde Welt.
5. Bessar – eine fremde Welt.
6. Scheali – eine fremde Welt.
7. Talisman – eine Niemandswelt.

»Und weiter?«, fragte Martin.

»*Und weiter?*«, äffte Irina ihn nach. »Streng deinen Kopf an, Schnüffler! Oder überlässt du es einem dummen Mädchen, diese Nuss zu knacken?«

Pikiert langte Martin nach der Liste, zögerte kurz und trug dann ein:

4. Marge – eine außerirdische Welt, die Vergangenheit in der Gegenwart, eine Sackgasse.

»Tüchtig!«, lobte Irina.

5. Bessar – eine außerirdische Welt, die Zukunft in der Vergangenheit, eine Sackgasse.

6. Scheali – eine außerirdische Welt, Verzicht auf den Verstand, eine Sackgasse.

»Genau!«, rief Irina. »Und weiter?«

7. Talisman – eine Niemandswelt ...

Ein Weilchen ließ Martin den Kugelschreiber zwischen den Fingern kreisen, dann zuckte er die Schultern. »Tut mir leid, zu Talisman fällt mir nichts ein. Was soll das überhaupt alles?«

»Glaubst du etwa, du hättest diese sieben Planeten zufällig in dieser Reihenfolge besucht?«, fragte Irina.

»Nein«, meinte Martin kopfschüttelnd. »Mittlerweile glaube ich, dass es nur sehr selten Zufälle gibt. Aber ...«

»Du musstest diese Welten durchwandern«, versicherte Irina mit fester Stimme. »Alle sieben Welten. Du musstest sie durchwandern und etwas verstehen ... Das ist wie mit den Geschichten für die Schließer ...«

»Du hast mir übrigens immer noch nicht erzählt, wozu sie diese Erzählungen brauchen«, erinnerte Martin sie.

»Sie brauchen sie nicht. Überhaupt nicht.«

»Das glaube ich gern. Aber warum lehnen sie dann eine Geschichte ab und nehmen eine andere an?«

»Sie brauchen dich ... oder jemanden, der die Kraft und die Kühnheit besitzt, durch die Tore zu gehen. Sie brauchen den Schritt, den du auf der endlosen Leiter nach oben machst. Sie sind darauf angewiesen, dass du, indem du durch eine neue Welt wandelst, etwas verstehst ... etwas, das für dich sehr wichtig ist. Die Geschichte, die die Schließer bei dir akzeptieren, würde ein anderer Mensch vergebens erzählen. Jedes Mal, wenn du vor einem Schließer sitzt, bestehst du eine Prüfung, Martin. Eine Prüfung, mit der du das Recht erwirbst, weiterzulernen.«

»Gehen wir mal davon aus, du hast recht«, räumte Martin ein. »Das käme der Wahrheit weitaus näher als die Schließer, die sich langweilen ... Und ich könnte mir vorstellen, diese sieben Planeten nicht zufällig in dieser Reihenfolge besucht zu haben. Aber wozu?«

»Unsere Leute wissen etwas.« Irina breitete die Arme aus. »Es gab einen guten Grund, warum diese Planeten auf der Liste standen. Hat dein Führungsoffizier dir nichts gesagt?«

»Nein, der hält sich bedeckt«, meinte Martin kopfschüttelnd. »Er hat nur verlangt, dass ich mich nach Scheali und Talisman begebe, aber nicht einmal die Reihenfolge hat er mir vorgeschrieben. Lass uns einmal versuchen zusammenzutragen, was wir wissen, Ira ...«

»Gut«, stimmte sie ohne weiteres zu.

»Beantworte mir vorher aber noch eine Frage. Du selbst arbeitest nicht für den FSB?«

Irina verübelte ihm die Frage nicht. Sie schüttelte bloß den Kopf.

»Du bist wirklich zufällig in die Station gegangen? Nicht auf Bitte deines Vaters ... oder Juri Sergejewitschs?«

»Martin, ich bin achtzehn Jahre alt.«

»Du wirst achtzehn«, verbesserte Martin sie.

»Ich hoffe, dass ich das schaffe ... Die Staatssicherheit nimmt keine so jungen Agenten.«

»Gut.« Martin seufzte. »Du musst schon entschuldigen, aber wenn sich alle irdischen und kosmischen Intrigen auf einem Haufen finden ...«

»Ich gebe dir meine Ehrenwort, Martin.« Irina sah ihn flehentlich an.

»Lassen wir das«, beschloss er. »Schauen wir mal, was wir haben. Vor Jahrtausenden existierte bereits einmal ein Transportnetz der Schließer. Das stimmt doch, oder?«

Irina nickte.

»Die Existenz der Stationen erlaubte es allen Rassen unseres Kosmos zusammenzuarbeiten, sich zu entwickeln, Handel zu treiben ... Anscheinend gab es keine schrecklichen Kriege, im Gegenteil, alles gestaltete sich sehr harmonisch ...« Martin trommelte mit den Fingern auf den Tisch. »Was geschah dann? Anscheinend bestand für die miteinander verbundenen Zivilisationen irgendwann keine Notwendigkeit mehr, ihren Verstand weiter zu entwickeln ... für eine mentale Evolution, wenn du so willst. Die intelligenten Lebewesen tauschten qualitative Veränderungen gegen quantitative ein, die ihnen durchaus genügten. Ein goldenes Zeitalter brach an. Wohlstand, Unsterblichkeit, unbeschränktes Wissen, eine Blütezeit von Kunst und Kultur ... Etwa so muss es doch gewesen sein, oder?«

»Hmm«, bestätigte Irina. »Das entspräche der Entwicklung, wie wir sie von der Massenkultur kennen. Imbissbuden auf dem Mond, Kurorte beim Sirius ...«

»Was soll es da schon für Kurorte geben?«, blaffte Martin, der sich schaudernd an den Sirius erinnerte. »Aber gut, gehen wir von diesem Axiom aus. Extrapolieren wir von Prärie 2 auf die ganze Galaxis ... Was geschah dann?«

»Die Sintflut.« Irina grinste. »Die globalen Katastrophen, die alle belebten Welten zugleich heimgesucht haben. Katastrophen, hintern denen kein konkreter Feind stand, sondern das Universum selbst! Vermutlich kriegte jeder Planet eine eigene Variante der Apokalypse ab, doch das Resultat war überall dasselbe: Das Transportnetz zerriss, die bewohnten Welten wurden in die Barbarei zurückgeworfen. Einige Welten dürften auch vollständig untergegangen sein.«

»Und die Schließer?«, fragte Martin. Und gab sich selbst die Antwort: »Ein Teil von ihnen mutierte. Bis zur Unkenntlichkeit, wie die Bessarianer. Faktisch wurde damit eine neue Rasse für die neuen Lebensbedingungen geschaffen ... Ein Teil mag die nächste Entwicklungsstufe erreicht haben. Die meisten dürften jedoch in ihr Sternensystem zurückgeworfen worden sein ... um von dort aus einen neuen Versuch zu starten.«

»Und diesmal war es leichter für sie, denn sie hatten ja noch die Flotte von der ersten Expansion«, fügte Irina hinzu. »Stimmt's? Oder sie konnten auf Mechanismen zurückgreifen, die über unsere Vorstellungskraft gehen. Auf die Nanoroboter, die in der Atmosphäre des Riesen treiben und am laufenden Band neue Schiffe herstellen!«

Martin nickte.

»Außerdem«, spann Irina den Faden inspiriert weiter, »Navigationsstationen auf all den Planeten, die einmal zum Transportnetz gehört hatten. Gut getarnt, senden sie Navigationssignale aus ... darüber hinaus könnten sie auch noch die Situation auf dem Planeten analysieren.«

»Möglich wär's«, stimmte Martin zu. »Lass uns von diesem Axiom ausgehen. Was machen wir dann mit Bibliothek?«

»Das ist ein Denkmal«, sagte Irina unbekümmert. »Möglicherweise enthalten diese Obelisken tatsächlich Informationen ... die Geschichte der letzten Entwicklungsstufe ... aber das spielt keine Rolle.«

Martin runzelte die Stirn. Es war gefährlich zu verkünden, etwas spiele keine Rolle! Freilich hatte er nichts, das er Irina entgegenhalten konnte. »Und die Aranker?«, fragte er deshalb.

»Ich glaube«, setzte Irina vorsichtig an, »dass sind Menschen. Genauer gesagt, sie sind mit uns verwandt, auch wenn es im genetischen Code gewisse Unterschiede gibt. Nur ... als es zur letzten Apokalypse kam, rangen sich die Aranker zu einigen sehr seltsamen Handlungen durch. Sie hatten eingesehen, dass diese Katastrophe eine Strafe für die eingestellte mentale Evolution ist. Und ... und ...«

»Und sie manipulierten sich irgendwie«, beendete Martin den Satz. »Sie entzogen sich ein für alle Mal die Möglichkeit einer mentalen Evolution.«

»Sie verzichteten auf die Seele.« Irina sah Martin leicht besorgt an, als fürchte sie seinen erneuten Spott.

Doch Martin zeigte sich gut und freundlich. »So könnte man es auch ausdrücken ... Und es sieht so aus, als hätten sie bekommen, was sie wollten, nicht wahr, Ira? Ihre Gesellschaft ist in der Tat sehr ... entwickelt. Und glücklich. Nehmen wir uns den nächsten Planeten vor?«

Irina schielte auf die Liste. »Die Dio-Daos?«

Martin dachte kurz nach. »Auch das ist eine Möglichkeit, einem neuen Schlag vorzubeugen ...«, befand Martin. »Indem sie die Entwicklung des Verstands vermeiden, den Fortschritt bremsen ... und dabei Unsterblichkeit erlangen. Anscheinend können sie den Rand nicht voll genug kriegen.«

Irina runzelte die Stirn. »Ihre Unsterblichkeit ist allerdings sehr seltsam.«

»Anders kann sie gar nicht sein«, antwortete Martin aufbrausend. Diesem verbalen Jonglieren mit Zivilisationen und Epochen, mit Evolution und Regression, Apokalypsen und Seelen wohnte etwas Übermütiges, etwas Sorgloses inne. Wie im Traum oder nach einer ausgiebigen Zecherei, wenn das von den langsamen Neuronen gereinigte Hirn einfach mit den kühnsten Kategorien operiert. »Irinka, die Vergangenheit verstehen wir jetzt ...«

»Bessar!«, warf sie ihm ein neues Thema hin.

»Das ist leicht!«, antwortete Martin. »Die künstliche Erzeugung einer intelligenten Rasse, die ausgesprochen lange lebt und absolut an ihre Umgebung angepasst ist. Weder Evolution noch Unsterblichkeit sind da irgend nötig ...«

»Die Geddarn?«

»Hm ...« Martin dachte nach. »Da lässt sich nur schwer was zu sagen ... ihre Gesellschaft ist von Theologie durchtränkt, wobei die Geddarn behaupten, ihre Theologie ... wie soll ich das ausdrücken? ... sei eine angewandte! Damit wäre es aber keine Religion, sondern Magie. Führe eine bestimmte Handlung durch, und du erhältst von Gott die gewünschte Antwort. Was ist an den Geddarn sonst noch auffällig? Ihre Frauen besitzen keinen Verstand, das ist allgemein bekannt.«

»Hast du schon mal einen weiblichen Geddar getroffen?«, fragte Irina.

»Nein«, antwortete Martin. »Dafür versuchen sie, bei ihren Kchannans den Verstand zu entwickeln, und sind dabei beinah übers Ziel hinausgeschossen. Also ...«

»Ist dir noch ein anderer Fall bekannt, bei dem auf einem Planeten von Anfang an zwei intelligente Rassen gelebt haben?«, insistierte Irina.

»Nein.« Martin schüttelte den Kopf.

»Oder eine Rasse, die ihre Haustiere überall mit hinschleppt? Hunde, Vögel, Pferde?«

Martin verschluckte sich. Irina sah ihn triumphierend an.

»Das ist unmöglich ...« Protestierend schüttelte Martin den Kopf. »Das ist einfach unmöglich! Das sind unterschiedliche biologische Gattungen!«

Die anderen Gäste sahen bereits zu ihnen hinüber. Irina berührte seine Hand. »Sprich doch etwas leiser!«, raunte sie. »Doch, das ist möglich! Die Kchannans sind die Weibchen der Geddar. Sie sind gleichzeitig Haustier und Ehepartnerin. Die weiblichen Individuen könnten einst in den ufernahen Gewässern gelebt haben, die männlichen an Land auf Jagd gegangen sein. Das wäre eine sehr vorteilhafte Variante, denn sie garantiert zwei permanente Nahrungsquellen. Irgendwann wäre der ertragreiche Uferstreifen vollständig besiedelt gewesen. Da das Leben außerhalb des Wassers weniger vorhersagbar ist und Verstand erfordert, mussten sich die männlichen Individuen weiterentwickeln. Allerdings könnte sich diese Teilung auch erst nach der Apokalypse herausgebildet haben ... Dann wären die Frauen ins Meer zurückgekehrt, während die Männer auf dem Festland blieben.«

»Wie hast du das herausbekommen?«, fragte Martin. »Steht das auch im *Dossier zum Dienstgebrauch*?«

Irina schüttelte den Kopf. »Ich habe einmal gesehen, wie ein Geddar einen Kchannan begattet hat. Auf Bibliothek. Daher weiß ich es.«

»Haben sie dich bemerkt?«, fragte Martin rasch.

»Vielleicht das Weibchen ...«, erwiderte Irina achselzuckend. »Ich weiß es nicht. Und es spielt auch keine Rolle, Martin. Sag mir lieber, ob diese Konstellation einen weiteren Versuch darstellt, die mentale Evolution aufzukündigen.«

»Das könnte sein«, meinte Martin nickend. »Das könnte in der Tat sein. Eine globale Katastrophe ... danach stellt der Verstand einen Fluch dar ... aber irgendein aufrührerischer Thai-Geddar weigert sich, auf das Niveau eines Tiers zurückzusinken ...«

»Alles dreht sich um den Verstand«, meinte Irina nickend. »Segen oder Fluch. Endphase oder Zwischenstopp.«

»Die Rassen, die ganz auf den Verstand verzichtet haben, nehmen wir dabei nicht einmal wahr«, flüsterte Martin. »All die Planeten, die heute kolonialisiert werden ... wir glauben doch, dass es auf ihnen nie intelligentes Leben gegeben hat. Dabei gab es das ... und irgendwelche Tiere sind die ehemaligen Herren dieses Planeten!«

»Die Ureinwohner von Pfad waren ganz bestimmt intelligent, und die armen Oulua degenerierten, aber nicht vollständig«, zählte Irina auf. »Die Schealier wählten eine ausgesprochen exotische Variante, sie haben intelligente Kinder, während die Erwachsenen auf den Verstand verzichten.«

»Vermutlich gibt es weitere Varianten«, hauchte Martin. »Mein Gott ... was haben wir für Glück gehabt ...«

»Siehst du das so?«, fragte Irina skeptisch. »Gefällt dir die Variante der Geddarn nicht? Dann würde das Mädchen Irinka zuhause sitzen, essen und auf der Wiese tollen ... Du würdest kommen, mich schnappen und in der Diele auf den Teppich setzen. Ich würde dir immer Freude machen, mit dem Schwanz wedeln, dir die Pantoffeln in der Schnauze bringen ...«

»Puh«, stieß Martin aus, während er ihr in die lächelnden Augen blickte. »Wenn ich dich so höre, wundere ich mich nicht, dass unsere guten Geddarn ständig versuchen, ihren Frauen das Denken beizubringen.«

»Was wär dir denn lieber ...« Gedankenverloren sah Irina zur Decke. »Soll ich von der Pike auf die Sprache der Schealier lernen und an ihrem Ritual im Tempel teilnehmen?«

Martin beugte sich über den Tisch – und küsste sie.

»Das nächste Mal spar dir deine Kommentare lieber«, sagte Irina nach dem langen Kuss. »Lass uns lieber weiter über unser Problem nachdenken. Da wir nun schon mal den Verstand dazu haben.«

Martin spähte durch die Kneipe. Offenbar hatte ihr leidenschaftlicher Kuss keine Aufmerksamkeit auf sich gezogen. Gott sei Dank waren die Goldgräber auf Talisman höchst taktvoll ...

»Was gibt es da noch groß zu grübeln?«, fragte Martin. »Der letzte Versuch der Schließer, der Galaxis Frieden und Reichtum zu bringen, endete mit einer Katastrophe. Entweder die Gesetze der Natur oder ein strenger Gott – die Unterschiede dürfen wir getrost vernachlässigen – gaben ihren faulen Kindlein Zunder. Manche haben sich daraufhin womöglich gefügt und die nächste Stufe der Entwicklung erklommen. Diese Wesen können wir einfach nicht wahrnehmen. Andere sind wieder auf das Niveau der Tiere zurückgefallen ... in verschiedenen Variationen. Diese Wesen nehmen wir wahr, zählen sie jedoch zu den Beutetieren. Der Großteil hat sich erholt, vermehrt sich wieder und hält erneut am Alten fest. Dazu gehören auch die Schließer. Folglich wird es eine neuerliche Standpauke geben.«

»Die Alternative wäre, die Schließer davon zu überzeugen, das Transportnetz zu zerstören.«

»Das würde erstens nicht funktionieren«, meinte Martin kopfschüttelnd. »Und zweitens würde es die Sache nur hinauszögern, da dann alle Rassen unabhängig voneinander zu diesem Schluss kommen müssten.«

»Aber es muss noch einen anderen Ausweg geben«, beharrte Irina. »Es muss doch einen Grund haben, dass Talisman in der Liste aufgeführt ist.«

Martin seufzte. Wie oft sollte er noch wiederholen, dass sein Wissen über Talisman aus dem *Digest für Reisende*, dem Werk von Garnel und Tschistjakowa, der *Enzyklopädie der Welten* von Microsoft und vergleichbaren Werken stammte.

»Irinka, wenn du etwas darüber weißt ...«, setzte er an.

Doch in diesem Moment näherte sich ihnen endlich der Kellner mit der Spezialität des *Krepierten Ponys*.

Erleichtert ließ Martin den begonnenen Satz unvollendet.

Zwei

Der Mensch ist ein Allesfresser. Unter den Bedingungen eines milden, warmen Klimas, bei geringer Bewegung und seltenem Vollzug des Geschlechtsverkehrs ist er durchaus in der Lage, mit pflanzlicher Nahrung auszukommen. Freilich nur, wenn diese im Übermaß vorhanden und körperliche Arbeit durch den Eintritt ins Nirwana abgelöst wird.

Der Mensch ist ein Raubtier. Irgendwann hatte Martin einmal die Geschichte von einem indischen Teenager gehört, der von Geburt an kein Fleisch gegessen hatte. Diesen Inder verschlug es – nachdem er einen der üblichen Wettbewerbe der indisch-russischen Freundschaft gewonnen hatte – eines Tages ins befreundete Russland. Das erste Erlebnis, von dem der Junge seinen ihn in Empfang nehmenden russischen Freunden höchst aufgeregt berichtete, betraf jene »erstaunlich leckeren braunen Fladen«, die man ihm in der Aeroflot-Maschine serviert hatte. Sicher, als der Junge erfuhr, dass die zerstreute Stewardess ihm Koteletts vorgesetzt hatte, packten ihn Trauer und Scham. Dies sagt freilich nichts über die Bedürfnisse des Organismus aus, sondern einzig über die moralische Stärke des Jungen. Der durch die vegetarische Lebensweise geschwächte jugendliche Organismus hatte gegen das Fleisch indes nichts einzuwenden gehabt ...

Martin hätte vermutlich nur Hundefleisch abgelehnt. Auch dies einzig aus moralischen Gründen. Insofern schockierte ihn die vom Kellner gebrachte Spezialität des Hauses in keiner Weise.

»Ist das Pferd?«, fragte er, während er die rötlichen Stücke kalten gekochten Fleischs betrachtete.

Der Kellner nickte, auf eine Reaktion lauernd. Neben dem Pferdefleisch gehörten zur Spezialität des *Krepierten Ponys* als Hufeisen geformte Teigwaren, ein wenig Hartkäse, der zu Kügelchen gerollt war, und Dickmilch. Als Martin letztere probierte, geriet er in Entzückung, handelte es sich doch um echten kasachischen Kumys.

»Köstlich«, kommentierte Martin, der das Fleisch dick mit Senf bestrich. Viele meinen, Pferdefleisch habe einen widerwärtigen Geschmack. Die armen Dummköpfe! Sie essen das Fleisch heiß, möglicherweise trinken sie dazu sogar eine Brühe. Pferd schmeckt jedoch nur in kaltem Zustand – und dann können weder Rind noch Schwein mit ihm konkurrieren.

»Dich konnte er also auch nicht schockieren«, stellte Irina fest. »Der Wirt hat einen seltsamen Humor. Wo er nun schon mal das *Krepierte Pony* führt, meint er, alle Gäste zu Pferdefleisch einladen zu müssen.«

Martin schüttelte den Kopf und setzte bereits an, sich über die gesunden Eigenschaften von Pferdefleisch auszulassen, über seine Unersetzlichkeit bei der Herstellung von diversen Rohwurstsorten, doch dann fiel ihm der Begriff »Snob« ein, der seine Akte zierte, worauf er die vorbereitete Rede zusammen mit einem Stück Pferdefleisch hinunterschluckte.

»Das dürfte frisch gebackene Touristen irritieren«, fuhr Irina fort. »Aber du bist schon in so vielen Welten gewesen ... Hast du von dem Schlüssel gehört, Martin?«

Martin nickte.

»Das ist er«, sagte die Frau und hielt ihm eine Halskette hin. Martin hatte schon zuvor bemerkt, dass Irina drei Ketten trug. Da war natürlich die eine mit dem Kreuz, dann die mit dem Jeton des Reisenden. Die dritte hatte er für schlichten Schmuck gehalten.

Doch wie sich zeigte, hing an ihr der sogenannte Schlüssel.

Er war kleiner, als Martin ihn sich vorgestellt hatte, noch nicht einmal ein Bleistift, eher ein Stummel. Ein feiner durchscheinend dunkelbläulicher Zylinder mit trüben Einsprengseln und einem Loch, durch das die Kette gezogen war.

»Was soll das denn für ein Ding sein?«, fragte Martin überflüssigerweise. Sicher, auch der Purpurstaub hatte ihn nicht stärker beeindruckt – aber immerhin war von dem noch eine gewisse Aura des *Fremden* ausgegangen. Hier hingegen ...

»Gefällt er dir nicht?«, fragte Irina mit einem Lächeln.

»Kinkerlitz aus Glas«, verkündete Martin das Urteil. »Wenn im Kino der Held ein solches Ding gefunden hätte, wäre sofort klar: Das ist der Schlüssel vom Hauptsafe der Außerirdischen. Oder ein Zünder, der vom Urknall übrig geblieben ist. Aber wir befinden uns nicht in einem Film. Irka, das ist einfach Kinkerlitz aus Glas!«

»Stimmt«, bestätigte Irina leise. »Ich habe ihn in der Station gefunden, als ich hierhergekommen bin. Im Mülleimer.«

Martin riss die Augen auf. »Jemand hat ein wertvolles Artefakt in den Mülleimer geworfen?«

»Wer sagt dir denn, dass das ein wertvolles Artefakt ist?«, wisperte Irina. »Das ist Müll, einfach nur Müll. Wenn auch außerirdischer.«

»Willst du die Händler übers Ohr hauen?« Martin erstarrte. »Wenn sie erfahren ...«

»Ich habe nicht vor, jemanden zu betrügen«, antwortete Irina mit einem sanften Lächeln. »Und du sprich um Gottes willen leiser! Ich habe niemals behauptet, das Ding in einem der Safes gefunden zu haben. Ich habe es nur hier und da hervorgeholt und gesagt: *Das habe ich gefunden.* Was sich die Leute dann ausdenken, ist nicht mein Problem.«

»Weshalb?«, fragte Martin nach kurzem Schweigen.

»Also, ich glaube Folgendes.« Irina wurde ernst. »Talisman ist nicht Bibliothek. Dieser Planet ist nicht tot. Hier gibt es einen seltsamen Nebel ... hier sind sogar die Felsen unter deinen

Füßen Elektrizitätswerke. Die Safes funktionieren ... und du findest nicht nur Staub in ihnen, das kannst du mir glauben! Wenn diese Welt noch von der letzten Expansion der Schließer übrig ist, dann muss es etwas in ihr geben. Etwas sehr Wertvolles. Vielleicht ist das eine Art Steuerzentrale für das gesamte Imperium der Schließer?«

»Sie haben kein Imperium«, brummte Martin, der sich Kumys einschenkte. »Sie haben einen gemütlichen Planeten und Tausende von Schiffen. Das war's! Und wenn es eine Zentrale gäbe, würden sie keine Horden von Wilden hinlassen, damit die in der Erde herumbuddeln.«

»Weshalb ist Talisman dann so wichtig?«, fragte Irina, statt einen Streit anzufangen. »Denn er ist wichtig! Wir müssen das Geheimnis einfach rauskriegen. Und wie ginge das am einfachsten?«

»Indem wir hier ein, zwei Jährchen leben«. Martin ließ einen nachdenklichen Blick durch die Kneipe schweifen.

»Indem wir jemanden kennenlernen, der schon viele Jahre auf Talisman lebt!«, hielt Irina dagegen. »Indem wir uns mit jemandem anfreunden, der schon etwas herausbekommen hat. Was brauchen wir dafür?«

»Verstehe«, meinte Martin nickend. »Du tust so, als besäßest du ein gleichwertiges Geheimnis ... Und? Wie läuft die Sache? Sind die hiesigen Freimaurer schon auf dich zugekommen, um dich in ihre Loge aufzunehmen und ihr Wissen mit dir zu teilen?«

»Hm ... das ist schwer zu sagen.« Irina schüttelte irgendwie vage den Kopf. »Vielleicht sind sie schon auf mich zugekommen. Aber vielleicht rede ich mir das auch nur ein.«

»Die hiesigen Freimaurer. Die Bruderschaft Talismans ...«, sinnierte Martin. »Das sind sehr verständige Goldgräber, die Glück gehabt haben ... Gehen wir einmal davon aus, jemand sei hinter die Gesetzmäßigkeit gekommen, nach der die Safes arbeiten ... Ja, lassen wir uns mal auf dieses Spiel ein. Va banque?«

»In Ordnung. Und weiter?«, fragte Irina neugierig.

Martin schnappte sich den Schlüssel zusammen mit der Kette und steckte beides in seine Brusttasche. Anschließend holte er aus seinem Rucksack eine pralle Tüte, die er vor Irina auf den Tisch legte.

»Was ist das?«, fragte die Frau.

»Für die anderen Gäste hier Geld. Das ich dir für das Artefakt zahle. Eigentlich sind es meine Tauschwaren: Schokolade, Gewürze, Patronen. Du kannst es mir später zurückgeben.«

Irina lächelte. »Könnte ich die Schokolade eventuell behalten?«

In aller Ruhe beendeten sie die Spezialität des *Krepierten Ponys*. Da man sie beobachtete, konnte der Tausch des Schlüssels gegen die Tüte nicht unbemerkt geblieben sein. Dennoch blieb vorerst alles ruhig.

Schließlich ging Martin zum Wirt hinüber und bat um ein Zimmer für eine Nacht. Es war noch eines im ersten Stock der Taverne frei, selbst der Preis schien angemessen.

Am meisten freute Martin indes, dass das Nebenzimmer Irina gehörte.

Die Wände zwischen den Zimmern waren aus Holz und mit einfacher Tapete beklebt. Martin riss die Tapete an einer Stelle ein, inspizierte die Wand und zeigte sich mit dem Ergebnis zufrieden. Er nickte Irina zu, die seine Untersuchungen beobachtet hatte. »Sehr schön«, sagte er. »Wird es bald dunkel?«

»In zwei Stunden. Gegen zehn.«

»Und wann geht man hier zu Bett?«, fragte Martin mit einem Blick auf seine Uhr. Neunzehn Uhr und dreiundsiebzig Minuten. Die Casio Tourist stellte er normalerweise auf »fließende Stunden« ein, sodass ein Tag auf jedem Planeten in vierundzwanzig Stunden unterteilt war, eine Stunde jedoch beliebig viele Minuten fassen konnte. Die »fließenden Tage«, bei denen eine Stunde sechzig normale Minuten zählte, dafür die Zahl der Stunden pro Tag nicht festgelegt war, überzeugten ihn weniger.

»Nach zwölf. Unten wird aber noch bis zum frühen Morgen Trubel sein.«

»Wunderbar«, meinte Martin. »Wenn uns wirklich jemand auf den Leim gegangen ist, dann ist diese Nacht seine letzte Chance, an den Schlüssel zu kommen.«

»Er könnte dich noch vor der Station abpassen. Morgen früh.«

»Stimmt. Doch üblicherweise macht man sich die Nacht zunutze. Als ob man da nichts anderes tun könnte ...«

Aus irgendeinem Grund verfielen sie beide in peinliches Schweigen. Schließlich hüstelte Martin. »Was meinst du?«, fragte er. »Dieser Wirt ...«

»Jurik?«, meinte Irina. »Nein, das glaube ich nicht. Seine eigene Geschichte hängt ihm schon zum Hals heraus. Der lässt jetzt die Finger von allen galaktischen Geheimnissen ...«

»Du tust das aber nicht.«

»Wir waren nur sieben ...«

Martin ergriff ihre Hand, doch Irina schüttelte den Kopf. »Nicht. Das ist nicht nötig, Martin. Du denkst nicht an mich. Sondern an die letzte Irka ...«

Das stimmte nicht ganz – aber immerhin so weit, dass Martin Irinas Hand losließ. »Dann lass uns spazieren gehen«, schlug er vor. »Was hat dieser Planet, abgesehen von einer Kneipe, in der man Pferdefleisch vorgesetzt bekommt, denn so zu bieten?«

»Wohngegenden«, wechselte Irina bereitwillig das Thema. »Einige tausend Hütten, in denen die Goldgräber schlafen ... Das Klima ist hier sehr mild, da kann man auf festere Bauten verzichten. Obwohl die einzelnen Rassen versuchen, die Nähe zu ihresgleichen zu wahren, vermischen sich letzten Endes alle. Es gibt noch zwei weitere Kneipen, dort treffen sich in der Regel Außerirdische.«

»Kein Wunder«, meinte Martin. »Wie sollten sie auch die Konkurrenz zu einem Menschen aushalten, dem die Schließer seine Waren kostenlos liefern?«

»Ein Supermarkt, der gemeinsam von Menschen und Dio-Daos betrieben wird, einige Artefaktenhändler, ein Hotel für Kuriere, die Waren auf andere Planeten bringen«, setzte Irina die Aufzählung fort. »Ein wissenschaftliches Zentrum der Aranker ...«

»Ach ja?«, hakte Martin nach. »Das ist interessant. Sie unterhalten nicht viele wissenschaftliche Einrichtungen außerhalb Aranks.«

»Stimmt, nur wenige. Also muss diese Welt tatsächlich außergewöhnlich sein«, hielt Irina fest. »Ich bin einmal bei dem Zentrum vorbeigegangen. Ich habe versucht, mich auf diese Weise ... mit mir auf Arank in Verbindung zu setzen. Aber es hat nicht geklappt. Danach wollte ich da nicht mehr hin.«

»Gehen wir zu den Arankern«, entschied Martin. »Wir werden schon etwas finden, worüber wir mit ihnen reden können.«

Talisman wäre wohl ein unerforschter Planet geblieben, wenn es nicht die Gratisenergie im Boden gegeben hätte. Dabei ging es nicht einmal um den alltäglichen Komfort, den sie gewährleistete. Sich im weißen Nebel zu orientieren war praktisch unmöglich, das Magnetfeld erwies sich als zu instabil und veränderlich, als dass man einen Kompass hätte benutzen können. Der Funkwellenbereich litt unter Empfangsstörungen, die Landschaft bot zu wenig natürliche Orientierungshilfen. Die »Hauptstraßen« beleuchteten Laternen, aber man brauchte Amulett nur rund zehn Kilometer hinter sich zu lassen – und die Rückkehr stellte ein Problem dar.

Die Rettung kam von den sogenannten Bojen, kleinen autonomen Leuchttürmen, die an ein umgekehrtes V erinnerten. Sie wurden in den Spiegelstein gerammt, der zwar hart, aber porös war. Danach nahm der kleine blinkende Leuchtturm, der mit einer Laserdiode ausgestattet war, den Betrieb auf. Die Potenzialdifferenz zwischen den Schenkeln des Vs reichte gut und gern für einige Wochen. Vergleichbare Anlagen produzierte man auch auf der Erde und einigen anderen Planeten, doch den Löwenanteil auf dem Markt bestritten die handlichen und leichten Modelle vom Arank. Das Intervall und die Farbe des Signals ließ mannigfaltige Einstellungen zu, sodass jeder Goldgräber seine eigene Straße markieren konnte.

Irina besaß bereits einen eigenen Bojen-Satz, bestehend aus fünfzig leichten silbrigen »Zirkeln«. Drei dunkelblaue Signale, eine Pause, ein violettes Signal, eine lange Pause, ein dunkelblaues Signal. Stolz teilte ihm Irina mit, ihr Code gelte als gelungene Kombination und präge sich leicht ein. Darüber hinaus behielten Dunkelblau und Violett im Nebel fast die gesamte Farbkraft, ebenfalls ein nicht zu unterschätzender Faktor.

Nebenbei erwähnte sie noch, der Diebstahl oder die Beschädigung fremder Bojen zähle auf Talisman zu den schwersten Verbrechen. Gelyncht konnte man dafür werden, denn der weggenommene Leuchtturm könnte jemanden das Leben kosten. Entsprechend gehöre es zum guten Ton, eine alte Boje »auf dem Trockenen« einige Zentimeter zu verrücken und damit ihre neuerliche Energieversorgung zu gewährleisten oder, falls sie kaputt sein sollte, eine von sich einzukeilen und sie auf eine schnelle Folge weißer Signale zu programmieren.

Unwillkürlich genoss Martin Irinas Anblick, während sie ihm diese Details aus dem Leben auf Talisman darlegte. Die junge Frau hatte das Kleid gegen einen Jeansoverall getauscht, an ihrem Gürtel klimperten Bojen und hing ein solider Revolver. Sie schien hier in ihrem Element zu sein, wirkte wie eine erfahrene und geschickte Bezwingerin eines geheimnisvollen Planeten.

»Ist dir schon aufgefallen, wie seltsam der Nebel ist?«, setzte Irina ihre Unterhaltung fort. Sie marschierten einen gut beleuchteten Pfad zum Zentrum der Aranker entlang, das in gewisser Entfernung von der Siedlung errichtet worden war. »Er scheint doch feucht zu sein, oder?«

»Ja.«

»Aber wenn wir eine Stunde in normalem Nebel spazieren

gingen, wäre unsere ganze Kleidung durchweicht. Hier jedoch scheint es eine Art Beschränkung zu geben. Die Sachen werden ein wenig klamm, jedoch nicht über einen bestimmten Punkt hinaus.«

»Es ist eine seltsame Welt«, pflichtete Martin ihr bei. »Erinnerst du dich noch an Bessar? An das elastische Wasser?«

»Hm.« Irina lachte. »Man hat nicht oft das Vergnügen, über das Wasser zu gehen, als wäre es fester Grund!« Plötzlich verstummte sie und sah Martin tadelnd an. »Das auf Bessar war nicht ich.«

»Doch«, widersprach Martin. »Hör auf, dich selbst verrückt zu machen. Du warst auf Arank. Du warst auch auf Bessar. Das ist völlig in Ordnung.«

Da Irina nicht antwortete, gingen sie eine Weile schweigend weiter. Im Nebel blinkten in unterschiedlichen Farben die Bojen, die von Amulett wegführten.

»Viele glauben, man fände umso interessantere Dinge im Safe, je weiter diese vom Dorf entfernt liegen«, berichtete Irina. »Aber einige der erfahrenen Goldgräber behaupten, das sei völliger Quatsch und die Chancen stünden überall gleich. Dass in Dorfnähe bereits alle guten Safes vergeben sind, steht auf einem anderen Blatt ...«

»Welches sind denn die guten?«

»Sie liegen dicht beieinander und unterscheiden sich im Intervall. So kann man ein, zwei Dutzend Safes bedienen und sie nacheinander überprüfen. Es gibt Orte, an denen sich die Safes ballen. Goldfeld, Wall Street, Goldene Gasse, Silberhuf ...«

»Nicht sehr phantasievoll«, kommentierte Martin grinsend.

»Was hältst du denn von Fass-ohne-Boden, Abwarten-und-Tee-trinken, Schwiegermutterschreck und Zwergenbart?«

»Schon besser«, versicherte Martin.

»Dünnpfiff, Kampfprothesen und Bremsweg?«

»Gut, ich geb mich geschlagen.« Martin nickte. »Die Phantasie der hiesigen Goldgräber ist einfach grenzenlos ... Was ist das?«

»Das ist das Wissenschaftszentrum der Aranker«, erklärte Irina genüsslich. Martin schoss der Gedanke durch den Kopf, sie habe ihn absichtlich mit ihrem Geplauder abgelenkt, damit er das Zentrum erst in voller Pracht und Größe wahrnahm.

In Erinnerung an das Akademgorodok in Tirianth hatte Martin erwartet, etwas Ähnliches zu sehen, etwas Grandioses, Großes oder Rationales, Funktionales, aber dennoch dem menschlichen Auge nicht völlig Fremdes.

Dieses Zentrum der Aranker erinnerte jedoch eher an ein Haus der Dio-Daos. Eine Ansammlung brauner Kugeln, mit einem Durchmesser von zwei, drei bis zu zehn Metern, die teilweise isoliert standen, teilweise geballt auftraten. Diese Kugeln nahmen eine mindestens einen Morgen große Fläche ein. Vor einer der Kugeln, deren runde Eingangsluke beleuchtet war, hielten zwei junge Aranker Wache. Einer trug eine Thermowaffe, offenbar erfreute sich diese Waffe großer Beliebtheit. Der andere war mit einem klobigen Aggregat ausgestattet, das sich aus einem Tornister und einer an ihm mit einem dicken Kabel befestigten Röhre mit Visier zusammensetzte. Die Wachtposten trugen nicht die traditionellen Mäntel für Männer, sondern futuristisch anmutende schillernde Overalls.

»Man kann's auch übertreiben ...«, flüsterte Martin. »Gibt es hier etwa gefährliche Lebewesen?«

»Ordnung muss sein«, antwortete Irina aufgeräumt. »Sie sind natürlich ausgemachte Fatalisten. Aber ein unnötiges Risiko gehen sie trotzdem nicht ein ... Der mit dem Tornister hält einen Plasmawerfer in der Hand. Ein ganzes Fußballfeld könnte man damit innerhalb von zwanzig Sekunden vollständig abfackeln.«

»Die armen Fußballspieler ...«, seufzte Martin.

Irina winkte den sie aufmerksam beobachtenden Posten zu. »Atera, gasta! Irina!«, schrie sie.

»Atera«, erwiderte der sich entspannende Wachmann mit der Thermowaffe. Er trat vor und sah Irina aufmerksam an.

»Doggar-ken.« Dann wechselte er ins Touristische: »Du sprichst unsere Sprache?«

»Ein wenig«, antwortete Irina. »Aber mein Freund versteht sie nicht.«

»Dafür trägt er eine unserer Waffen«, staunte der Wachmann. Er war noch jünger als Martin und hatte – wie alle Aranker – eine schlanke Figur sowie regelmäßige Gesichtszüge. Auf der Erde hätten sie ihn in jedem semitischen Volk für einen der Ihren gehalten, von den Juden bis hin zu den Palästinensern.

»Ich habe eine Genehmigung dafür«, erklärte Martin rasch. »Vom Bürgermeister in Tirianth.«

»Was es nicht alles gibt im Leben!«, heuchelte der Wachtposten Begeisterung. »Herzlich willkommen, Freunde. Haben Sie sich verirrt oder sind Sie absichtlich zu uns gekommen?«

»Absichtlich.« Martin zog Irina taktvoll zur Seite. »Wir erforschen Talisman ... und suchen den Meinungsaustausch mit Ihren Wissenschaftlern.«

Eine Sekunde lang dachte der Wachtposten nach, dann streckte er Martin die Hand hin. »Doggar-ken.«

»Martin.«

Kurzfristig zeigte sich der Posten irritiert.

»Du hast doch keine Kinder, oder, Martin?«, fragte Irina.

Martin schüttelte den Kopf.

»Martin-ken«, korrigierte Irina ihn höflich.

Der Posten schien offenbar erfreut und streckte abermals die Hand aus. »Dann können wir es formlos halten ... Doggar ... Ich komme gleich mit. Meine Schicht ist gerade zu Ende. Ich leite eine der wissenschaftlichen Gruppen, und wir können uns gern in aller Ruhe unterhalten.«

Trotz der allgemeinen Achtsamkeit der Aranker mussten sie keine weiteren Formalitäten über sich ergehen lassen. Zusammen mit Doggar traten Martin und Irina durch die Luke, worauf sie sich in einem geräumigen Vorraum wiederfanden. Vorsichtig berührte Martin die Wand. Sie war warm und weich.

»Das ist ein lebendes Haus«, erklärte Doggar. »Dergleichen ist bei der Kolonisation anderer Planeten höchst praktisch, meinen Sie nicht auch? Man braucht nur einen Samen mitzunehmen und ihn einzupflanzen ...«

Martin seufzte. Warum mussten die Kindheitsträume der Menschheit immer die Außerirdischen verwirklichen?

Zu ihnen kam ein weiterer junger Aranker. Er nahm Doggar die Waffe ab, wechselte ein paar Worte mit ihm und verließ sie wieder.

»Gehen wir«, forderte Doggar sie fröhlich auf. »Ich hasse diesen Dienst, aber am Eingang einen Trupp Wachtposten abzustellen, wäre viel zu aufwändig. Oder etwa nicht? So übernimmt jeder alle vier Tage drei Stunden. Ich und du, dann Müllers Kuh ...«

»Droht hier denn Gefahr?«, fragte Martin, der Doggar durch die leeren Gänge des Zentrums folgte. Eine schlichte Rechnung verriet ihm, dass hier zweiunddreißig Personen leben mussten – zumindest annähernd.

Natürlich nur, falls bloß insgesamt zwei Aranker gleichzeitig Wache schoben. Es konnte ja noch im Innern Posten und Patrouillen geben ... Wenn Doggar nicht überhaupt gelogen hatte ...

»Vertrau auf Allah, aber binde dein Kamel an ...«, antwortete Doggar ernst. »Dies ist ein seltsamer Planet, mit vielen intelligenten Lebewesen aus höchst unterschiedlichen Welten ... Sind Sie hungrig?«

»Nein, wir haben gerade gegessen«, sagte Martin, der Doggar mit wachsender Neugier ansah.

»Dann gehen wir zu mir ...«

Ein paar Minuten später betraten sie – nachdem ihnen noch immer niemand begegnet war – das Zimmer, das Doggar gehörte. Es war sehr gemütlich, mit einem großen Fenster, das einen Blick auf eine arankische Großstadt bot.

»Heimweh«, seufzte Doggar, während er eine kleine Steuertafel neben dem Fenster berührte. Unverzüglich verwandelte sich die Landschaft in ein ländliches Idyll. Ein Feld, ein Fluss, ein Wasserfall ... Gedrungene Kühe weideten da, die wirkten, als habe man sie mit einem Dackel gekreuzt ... »Jeder Vogel hat sein Nest lieb ... Waren Sie vor kurzem auf Arank?«

»Ja.«

»Wie ich Sie beneide ... seit einem halben Jahr habe ich schon keinen Urlaub mehr gehabt ...« Doggar seufzte. »Ich bin gleich wieder da, ich will mich nur kurz frisch machen. Fühlen Sie sich wie zuhause.«

Gleichsam zur Bestätigung dieser Worte knöpfte er sich auf dem Weg ins Bad bereits den Overall auf. Die Nacktheit stellte für Aranker kein Tabu dar. Vollends zog sich Doggar allerdings erst im Bad aus.

Irina und Martin lächelten sich an. Letztendlich schweißt einen im Kosmos nichts so sehr zusammen wie die Merkwürdigkeiten im Verhalten einer außerirdischen Rasse. Selbst auf der guten alten Erde würde sich ein reicher russischer Industrieller ohne weiteres mit einem armen russischen Studenten verbünden, wenn das Schicksal sie ins Ausland verschlüge. Ihr Gespräch würde dann natürlich um »diese Missgeburten« kreisen, die sich sonderbar verhielten und damit entweder Ärger oder Neid auslösten.

Auf dem als Fenster getarnten Bildschirm hob eine Kuh den Kopf und muhte traurig.

»Eine hoch entwickelte Rasse ...«, sagte Martin, während er auf das Fenster schaute.

»Ich wäre gern auf Arank geboren«, gestand Irina.

»Wer hindert dich daran, dorthin auszuwandern? Sie sind sehr gastfreundlich ...«

»Zu emigrieren ist nicht das Gleiche. Man müsste dort geboren werden. So sein wie sie. Leben und dabei glauben, dass man nur so leben kann.«

Martin nickte zustimmend.

Den Bademantel zubindend, kam Doggar aus dem Bad zurück. »Ich kann es kaum noch erwarten, Ihre Ansichten zu hören«, versicherte er munter. »Spendieren wir uns vielleicht ein Gläschen Kognak?«

»Gern«, gab Martin sein Placet.

»Oder auch zwei«, meinte Irina.

»Dann drei!«, sagte Doggar, während er die gut bestückte Bar öffnete. »Dazu vielleicht ein paar dieser leckeren Nüsse ... und für die verehrte Irina die Fruchtkristalle ... Was hat Sie also nach Talisman verschlagen?«

»Der Schlüssel«, versuchte Martin es auf gut Glück.

Doggars Hand zitterte kaum merklich, der Kognak schwappte neben den breiten, bauchigen Schwenker.

»Ach, was bin ich doch ungeschickt ...«, zeigte sich Doggar betrübt. »Was für ein Schlüssel?«

»Der Schlüsselplanet«, warf Martin hin.

Doggar stellte die Gläser sorgsam auf den flachen Tisch, nahm in einem Sessel Platz und schlug die Beine übereinander. Sie waren maßvoll behaart. »Setzen Sie sich doch«, lud er sie ein. »Was für ein Schlüsselplanet?«

»Talisman«, begann Martin, während er sich Doggar gegenüber setzte und die erstaunten Blicke Irinas ignorierte. »Verkaufen sie mich nur nicht für dumm, verehrter Doggar.«

»Wie soll ich das denn verstehen?«, wunderte sich Doggar. »Verkaufen? Wem?«

»Sie kennen die Redewendungen der Erde doch so vorzüglich«, gab sich Martin verblüfft. »Und diesen Ausdruck kennen Sie nicht?«

Lächelnd hob Doggar die Hände. »Ich gebe mich geschlagen! Den kenne ich nicht. Bedeutet es ›Machen Sie mir doch nichts vor‹?«

»Richtig. Sie sind kein Wissenschaftler. Sie sind für die Sicherheit des Zentrums verantwortlich.«

Doggar dachte kurz nach, dann fragte er: »Wie kommen Sie darauf, Martin-ken?«

»Weil ein normaler Aranker niemals einen Ausdruck wie: ›Vertrau auf Allah, aber binde dein Kamel an‹ gebraucht. Weil Sie völlig auf die Technik vertrauen und es keine Notwendigkeit gibt, vorm Eingang Wache zu schieben. Also mussten Sie sich gezielt dort platziert haben, sobald Ihre Anlagen unser Kommen registrierten. Also sind Sie derjenige, der sich mit Fremden beschäftigt.«

»Nicht mit Fremden, sondern mit Menschen«, korrigierte ihn Doggar. »Glauben Sie etwa, ich kenne mich mit allen Rassen aus? Ha!« Er trank von seinem Kognak. »Dafür bräuchte man einen Kopf wie ein Pferd ... Und auch ansonsten täuschen Sie sich. Ja, ich bin für die Sicherheit verantwortlich, aber nur, wenn es um Menschen geht! Und ich bin Wissenschaftler. Die Sicherheit ist meine zweite Spezialität. Wir sind hier alle vielseitig spezialisiert. Das ist eine vernünftige Ökonomie personeller Ressourcen.«

»Sie stimmen also mit mir überein, dass Talisman ein Schlüsselplanet ist?«, versuchte Martin seinen Erfolg auszubauen.

»Das kommt darauf an, was Sie darunter verstehen«, meinte Doggar grinsend. »Es ist ein besonderer Planet. Ein wichtiger. Aber Artefakte, Ruinen oder Zugänge zu anderen Welten haben wir auf ihm nicht entdeckt. Schließer leben hier keine, haben es wohl auch kaum je getan ...«

»Verehrter Doggar-ken«, sagte Martin. »Irina und ich haben eine ganze Reihe von Welten besucht. Talisman ist die letzte von ihnen. Aus verschiedenen Gründen sind wir uns sicher, dass hier etwas sehr Wichtiges verborgen ist.«

»So kann ich Ihnen nicht helfen«, meinte Doggar seufzend. »Weihen Sie mich in Ihre Überlegungen ein ...«

Martin sah zu Irina hinüber. »Erzähl es ihm«, forderte er sie auf. »Letzten Endes verfolgen wir dieselben Interessen.«

»Verehrter Doggar-ken!«, seufzte Irina. »Vor einiger Zeit habe ich ein Dokument in die Hände bekommen ...«

Martin goss sich noch einen Kognak ein. Er lehnte sich in dem bequemen Sessel zurück und hörte zu. Es ist immer aufschlussreich, die eigenen Schlussfolgerungen anzuhören, vorgetragen von jemand anderem.

Die Schließer würden heute alle ihnen zugänglichen Welten auf sanfte, wiewohl stramme Weise modernisieren, sie an ein Transportnetz anschließen, Technologien entwickeln und die Xenophobie überwinden ... Dieser Prozess könne intelligente Wesen jedoch dazu bringen, auf eine weitere Evolution zu verzichten, da ohnehin alle Bedürfnisse befriedigt werden ... Vor Jahrtausenden hätten die Schließer dergleichen schon einmal versucht, doch damals sei dieser Versuch mit einer Reihe von Katastrophen beantwortet worden, durch die sämtliche Zivilisationen auf das Niveau primitiver Gesellschaften zurückgeworfen wurden ... Hinweise auf ebendiese Katastrophen hätten eine Reihe von Zivilisationen dazu gebracht, »Schutzmechanismen« zu entwickeln, die bis hin zum partiellen Verzicht auf den Verstand oder zur Abkehr von der technischen Entwicklung reichten. Die gegenwärtigen Handlungen der Schließer unterliefen diese Mechanismen jedoch ... Darüber hinaus existiere eine gewisse Kraft, die einen freien Willen besitze oder mit den Naturgesetzen vergleichbar sei, die einen solchen Stillstand der Evolution nicht zulasse ... In absehbarer Zeit, in der nächsten Minute oder in hundert Jahren, das spiele gar keine Rolle, werde diese Kraft die Handlungen der Schließer abermals durchkreuzen ...

»Was ist unser Platz in diesem Prozess?«, fragte Doggar-ken. Er war sehr ernst geworden.

»Ich kann meine Worte nicht beweisen«, antwortete Martin, »aber ich glaube, Ihre Zivilisation hat einen radikalen Schritt der Selbstverteidigung unternommen. Bei allen Unterschieden zwischen den intelligenten Rassen besitzen sie doch alle das Potenzial zur weiteren Entwicklung. Dieses Vermögen wollen wir der Einfachheit halber ›Seele‹ nennen.«

Doggar-ken lächelte.

»Ich bestehe nicht auf einer religiösen Interpretation des Wortes«, erklärte Martin. »Vor allem weil es für Sie ohnehin nur ein Wort wäre ... eine hundertprozentige Abstraktion. Doch diese ›Seele‹ gibt allen Zivilisationen so seltsame Dinge wie Glauben, mystische Erlebnisse ... teilweise auch, wie mir scheint, die Intuition ... Aber Ihre Zivilisation ... bitte verübeln Sie mir das nicht, Doggar-ken ... ist sehr mechanistisch. Darin liegt Ihre Stärke, Sie haben eine herrliche Welt aufgebaut, eine sehr rationelle, bequeme, komfortable Welt. Dabei haben Sie weder Ihre Gefühle noch Ihren Verstand verloren. Aber Sie haben auf etwas Größeres verzichtet. Vielleicht feit Sie das allerdings gegen eine neue Apokalypse ...«

»Weil wir nicht weiter von Belang sind? Für Gott oder für das Universum?«, brummte Doggar. »Das meinen Sie doch, oder?«

Martin nickte.

»Vielleicht sollten wir uns eine synthetische Seele zulegen?«, fragte Doggar lächelnd. »Gut, gehen wir einmal davon aus, Sie hätten recht. Auch was unseren Schutz angeht ... daran würde ich ja gern glauben. Ich teile Ihre Sorgen, Martin, und die Gedanken, die Sie sich um Ihre Heimatwelt machen, sind mir ebenfalls nicht unbekannt. Was spielt also Talisman in dieser Geschichte für eine Rolle?«

»Was bedeutet er denn für Sie?«, fragte Martin. »Wir haben Ihnen das mitgeteilt, was wir wissen. Jetzt sind Sie dran.«

Doggar seufzte. »Anfangs interessierten uns drei Besonderheiten an Talisman. Die erstaunliche Struktur seines Nebels, die ununterbrochene Energieerzeugung durch das Felsgestein und die sogenannten ›Safes‹.«

»In dieser Reihenfolge?«, hakte Irina nach.

»Ja. Auf alle diese Fragen haben wir Antworten gefunden. Der sogenannte Nebel stellt eine komplizierte Molekülsuspension dar, die absolut neutral gegenüber den lebenden Organismen ist und als Schutzschirm fungiert. Der Nebel absorbiert die harte Strahlung des Sterns, verwandelt sie in Energie und gibt sie ans Felsgestein ab. Letzten Endes haben wir es also mit einem Elektrizitätswerk zu tun ... wenn es auch die Größe des Planeten hat.«

»Oh!«, rief Martin aus. »Und diese Daten ... sind nicht geheim?«

»Sie wurden irgendwo veröffentlicht«, meinte der Aranker schulterzuckend. »Aus dieser Technik braucht man kein Geheimnis zu machen. Allerdings scheint sie derzeit noch nicht nachgeahmt werden zu können. Doch wer wollte seinen Planeten auch in einen solchen Nebel einhüllen? Energie kann man an jedem beliebigen Punkt auf Talisman abzapfen, wovon man allgemein ja auch gern Gebrauch macht.«

»Und die Safes?«, wollte Irina wissen.

»Die Safes sind unserer Ansicht nach ...« Doggars Stimme büßte ein wenig ihrer Sicherheit ein. »... nichts anderes als Synthesatoren von Materie. Die Sache ist die, dass die ungeheure Energiemenge, die in die Felsen gelangt, irgendwie verbraucht werden muss. Die bequemste Form scheint die Synthese von Materie zu sein, was ein ausgesprochen arbeitsintensiver Prozess ist.«

»In den Jahrtausenden hätten die Safes dann aber schon bis oben hin mit Dingen vollgestopft sein müssen!«, widersprach Irina ungläubig.

»Sie synthetisieren die Materie nicht nur, sie zerstören sie auch. Eine sinnlose Arbeit, oder? Wir glauben, dass der Planet von einer unbekannten alten Rasse – jedoch nicht von den Schließern – umstrukturiert und in eine gigantische automatische Fabrik verwandelt worden ist ... die ›alles-was-man will‹ herstellt. Als für diese Fabrik keine Notwendigkeit mehr bestand, schaltete man sie in den Leerlauf. Das war einfacher, als den Prozess anzuhalten. Der Planet folgt weiter einem Zyklus, der vor Unzeiten in Gang gesetzt wurde, und produziert in einem fort unerklärliche und für uns meist unnütze Dinge, die er anschließend wieder zerstört. Wir haben eine direkte Abhängigkeit zwischen der Sonnenaktivität und der Häufigkeit des Auftretens dieser Artefakte in den Safes beobachten können. Wenn der Stern mehr Energie ausstrahlt, steigt die Zahl der Funde.« Doggar-ken lächelte. »Dafür sind nicht einmal aufwändige Forschungen nötig gewesen. Es reichte, die Korrelation anhand von bekannten Daten zu berechnen, nämlich der Zahl der Goldgräber, der Zahl der Funde und der Aktivität des Sterns. Danach lag alles auf der Hand!«

»Wie einfach ...«, bemerkte Irina enttäuscht. »Das ist alles? Was machen Sie dann noch hier?«

»Wir versuchen selbstverständlich einen Weg zu finden, die Safes zu steuern!«, rief Doggar. »Was ist das für ein Füllhorn, Irina! Wir haben jedoch nicht vor, dieses Geheimnis für uns zu behalten, wenn wir es lüften können. Ein Planet reicht für alle uns bekannten Rassen, das dürfen Sie mir glauben!«

»Aber noch liegen keine Ergebnisse vor?«, hakte Martin nach.

»Absolut keine«, versicherte Doggar kopfschüttelnd. »Sie müssen wissen, Martin, dass es keine Zentralsteuerung für die Fabrik geben kann, mit der alle Safes bedient werden. Dafür ist die Anlage zu groß. Alles muss weitaus einfacher sein. Man geht zum Safe, tut etwas und erhält die gewünschte Sache ...« Doggar breitete die Arme aus. »Nur was muss man tun? Die Parole nennen? Einen bestimmten Schlüssel in den Safe legen?«

Seufzend fingerte Martin in seiner Tasche herum. Anschließend legte er den gläsernen Zylinder vor Doggar hin.

»Das ist er. Sie hätten eigentlich auch direkt danach fragen können ... Es ist das, was Irina als den Schlüssel ausgibt, den sie gefunden hat ...«

Ungläubig starrte Doggar den kleinen Zylinder an. »Das ist kein Schlüssel«, sagte er dann gedehnt. »Verzeihen Sie, das ist einfach Müll. Nehmen Sie es mir nicht übel, aber es ist eine alte Batterie. Eine von unseren. Die steckt man in Ihre Waffe ... und in fast jedes andere leistungsstarke Gerät der Aranker.«

»Das ist es also!«, freute sich Irina. »Ich habe dieses Ding im

Mülleimer der Station der Schließer gefunden. Es stammt also von Ihnen ...«

Doggar sah Irina an. »Jetzt wird mir die Sache klar«, meinte er. »Sie haben sich also als Besitzerin eines wertvollen Artefakts ausgegeben, um Geld zu machen ... Oder nein, das wohl kaum. Eher um zu hohem Ansehen auf Talisman zu gelangen und seine Geheimnisse zu lüften!«

»Ganz genau«, bestätigte die Frau.

»Schade«, bedauerte Doggar. »Ich habe nicht eine Minute lang an einen materiellen Schlüssel geglaubt, mit dem man die Safes regulieren könnte. Trotzdem hat mich Ihr Fund interessiert ...«

Er langte nach der Flasche und goss Martin und Irina noch ein wenig Kognak ein. »Nun gut, suchen wir weiter«, fuhr er dann fort. »Das ist unsere Arbeit ... Wenn Sie wollen, können Sie sich uns anschließen.«

»Das wäre also alles, was Sie über Talisman wissen?«, fragte Irina niedergeschlagen.

»Ich weiß sehr viel über Talisman«, widersprach Doggar kopfschüttelnd. »Ich kenne die Struktur seiner Kruste, die Zusammensetzung der schwarzen Felsen, die Formel des Nebels, die Topographie, die wenigen pflanzlichen und tierischen Lebensformen, die es hier gibt ... Wir haben übrigens den Eindruck, dass sie alle künstlich gezüchtet wurden. Aber ich weiß nicht, wer diesen Planeten in eine Fabrik verwandelt hat, ich weiß nicht, wie man diese Fabrik steuert, und ich kann mir keine weiteren Geheimnisse auf Talisman vorstellen. Vor allem keine, die mit der Entwicklung des Verstandes verbunden sind ... Das wollten Sie doch wissen, oder?«

»Es ist sehr angenehm, mit jemandem zu sprechen, der so präzise zu formulieren versteht«, sagte Martin. »Vielen Dank für den Kognak, er ist wirklich vorzüglich.«

»Kommen Sie wieder einmal vorbei!«, lud Doggar sie ein, als er sich erhob. »Es ist immer angenehm, mit interessanten Menschen zu sprechen. Oder habe ich Sie etwa enttäuscht?«

»Das kann ich noch nicht sagen«, gestand Martin.

Drei

Der Rückweg schien länger zu sein. Wie gehabt folgten sie strikt dem durch das Licht der Laternen abgesteckten Pfad. Sie gingen nebeneinander, unterhielten sich jedoch nicht, sondern hingen jeweils ihren Gedanken nach. Erst als die Lichter der Siedlung zu erkennen waren, sagte Irina: »Das letzte Geheimnis hat sich also als nutzlos erwiesen. Eine vergessene Fabrik ... großartig ... und ganz ohne jede Romantik.«

»Was wäre für dich denn romantisch gewesen?«, wollte Martin wissen.

»Hm ...« Irina kniff die Augen zusammen und lächelte versonnen. »Eine Steuerzentrale für die Schiffe der Schließer. Dann wären mit einem Schlag sämtliche Schiffe in unserer Hand!«

»Das ist keine Romantik«, entgegnete Martin. »Das ist der Traum von der Macht.«

»Dann ...« Irina dachte nach. »Wenn das hier wenigstens eine echte Bibliothek gewesen wäre. Alle Geheimnisse der Welt ...«

»Das ist der Traum vom Wissen.«

»Du bist einfach ...«

»Unromantisch?« Martin grinste.

»Einfach starrsinnig! Was ist denn deiner Meinung nach Romantik?«

»Eine alte und langweilige Sache, die niemand braucht. Wenn wir auf Talisman blieben, ein Häuschen bauten, Kinder kriegten, einen Garten anlegten und Gemüse anbauten – das wäre klassische Romantik.«

»Aber diese Art von Romantik gefällt mir nicht.« Energisch schüttelte Irina den Kopf. »Was soll das? Kinder, ein Häuschen, einen Garten? Du hast noch die Küche und die Kirche vergessen! Das ist die Romantik für eine propere Bauersfrau.«

»Eben«, stimmte Martin ihr zu. »Dann erzähle ich dir, was ich für Romantik hielte.«

»Ja?«

Martin blieb stehen. Er sah Irina an, die ganz gebannt war. »Ich würde gern herausbekommen, dass ich eine Welle bin«, sagte er mit leiser Stimme.

»Wie bitte?«

»Ich würde gern wissen, dass nicht alles umsonst war. Dass unser Universum keine Blase einer Quantenfluktuation ist, die aufquellen und sich in die formlose Leere zerstreuen muss. Dass es eine neue Sonne und neue Sterne geben wird.«

»Sehr global«, kommentierte Irina ironisch.

»Nein, höchst persönlich. Ich möchte wissen, dass ich niemals sterbe. Dass ich Millionen Welten abwandere, Milliarden Menschen kennenlerne.«

»Und mit Trillionen von Frauen schläfst, Quintillionen von Verbrechern schnappst und zehn hoch fünfzig Beefsteaks verdrückst«, parierte Irina. »Sind all deine romantischen Vorstellung so quantitativ, Martin?«

Martin blieb kurz stumm. »Stimmt, da hast du recht«, sagte er dann. »Unser Unglück besteht darin, dass wir uns etwas anderes nicht vorstellen können. Selbst wenn wir von der Ewigkeit träumen ... Immer kommt es wie bei den Leutchen auf Prärie 2: Hot Dogs auf jedem Planeten. Was wolltest du denn eigentlich auf Talisman finden?«

»Das Gleiche wie du«, gestand Irina nach kurzem Zögern. »Pillen, die unsterblich machen, Stiefel, mit denen du zu Fuß von Stern zu Stern gehen kannst, nie kleiner werdende Hamburger, ein dickes Buch mit dem Titel *Die größten Geheimnisse* ... Aber das ist alles Quatsch, Martin! Immer werden wir nur das finden, was wir uns vorstellen können, eben einen Fabrikplaneten, der uns all das produzieren kann. Wie man ihn bedient, haben wir jedoch nicht gelernt ...«

»Stopp!« Martin packte Irina bei den Schultern. »Was hast du da gerade gesagt? Ist dir klar, was du eben gesagt hast?«

»Martin ...«

Martin ließ sie jedoch schon wieder los. Er drehte sich im Kreis, sah sich um und eilte vom Weg.

»Martin!«, schrie Irina, um ihm dann nachzustürzen. »Bleib stehen! Du verläufst dich!«

Sie fand ihn zwanzig Meter vom beleuchteten Pfad entfernt. Martin hockte vor einem Safe. Auf dem Deckel stand keine Zahl. Martin schraubte ihn gerade zu.

»Soweit ich es verstanden habe«, sagte er, ohne sich umzudrehen, »stelle ich den Safe auf null, sobald ich ihn öffne. Falls es kein schneller ist, müsste sich nach dreiundvierzig Minuten etwas in ihm befinden. Oder eben nicht, das spielt gar keine Rolle.«

»Martin?«, wiederholte Irina verzweifelt.

Martin drehte sich ihr zu. Glücklich lächelnd, schlug er mit der Faust auf die Steinabdeckung. »Das ist ein Zünder, Irinka.«

»Das ist ein Safe ...«, brachte Irina hervor, wich jedoch sicherheitshalber einen Schritt zurück. Allem Anschein nach war Martin übergeschnappt.

»Es ist ein Safe«, bestätigte Martin mit dem Gesichtsausdruck eines Idioten, der einen Eimer voll Fruchtbonbons bekommen hatte. »Aber alle zusammen ... der gesamte Planet ... das ist ein Zünder.«

»Ein Zünder für den Urknall?«, fragte Irina.

»Im Gegenteil! Ein Zünder für das Ende von allem. Für die Apokalypse. Für Ragnarök.«

Lachend erhob sich Martin. Er stieß mit dem Fuß gegen den Deckel.

»Ist mit dir alles in Ordnung?«, fragte Irina.

»Absolut.«

Martin umrundete den Safe so, wie ein Hund auf der Stelle tappt, bevor er sich hinlegt. Kichernd sah er Irina an. »Du hast völlig recht, Irinka! Pillen und Stiefel, Zauberschwerter und Tarnkappen. Die Welt der Aranker hat mich vermutlich so stark erschüttert. All diese Wolkenkratzer und Gleiter, die Thermowaffen und allgegenwärtigen Informatorien. Dann noch Prärie ... im Grunde genau das Gleiche, nur sind die Schornsteine nicht so hoch, der Rauch dünner ... Das bringt nichts, verstehst du?«

»Nein!«

Martin seufzte. Er setzte sich neben den Safe und spreizte die Finger. »Nach unserer Interpretation beschwört eine Stagnation der Evolution eine Reihe von Katastrophen herauf. Es ist die Peitsche für die Trägen. Das erstens.«

Irina nickte.

»Soweit stimmt das auch«, erklärte Martin. »Danach sind wir zu dem Schluss gelangt, der technische Fortschritt, wie ihn Arank praktiziert, stelle eine Stagnation in der Evolution dar. Riesige Städte, Raumschiffe auf der Wiese vorm Haus, perfekte Medizin und ein Impfstoff gegen Krebs. Das zum zweiten ... Und genau das stimmt eben nicht! Weißt du auch warum? Weil in den perfekten Städten die Dächer undicht sind und die Kanalisation verstopft ist. Weil die Raumschiffe kaputt gehen werden und die Krankheiten resistent gegen die Medikamente werden. All diese blendenden Städte sind nichts wert!«

»Und der Fabrikplanet?«

Martin trommelte auf die Abdeckung des Safes. »Der Fabrikplanet?«, lächelte er. »Sagenhafte Energieleistungen, Millionen, Milliarden Behälter, verteilt über die gesamte Oberfläche ... aber kleine Behälter. Unsere klugen Aranker haben beschlossen, in diesen Behältern würden Konsumgüter hergestellt ... Und wenn ich eine Jacht möchte? Und wenn ich einen Schrank brauche? Wird das dann in Einzelteilen geliefert?«

Irina wartete ab.

»Wenn ich mich nicht irre«, fuhr Martin fort, »produziert der Planet gegenwärtig nur drei Erzeugnisse. Staub, Schaltungen und Minispiralen ... Bei den Schaltungen handelt es sich um kleine Platten mit einer höchst komplizierten Struktur der inneren Leitfähigkeit, der Induktivität und der Kapazität ... grob gesprochen um ein Detail eines unbekannten elektronischen Systems. Das liegt doch nahe, oder? Und die Spiralen? Sind die nicht sogar organisch?«

»Siliziumorganisch«, präzisierte Irina. »Aber jetzt komm zur Sache! Worum geht es hier?«

Martins Uhr piepste, und er öffnete den Safe. »Wer sagt's denn, Glück gehabt ...«, meinte er grinsend. »Zweihundert solide Euro.«

Er nahm eine Handvoll Purpurstaub auf, schnupperte daran. »Hast du Schnupfen?«, fragte er. »Es heißt, bei *Menschen* helfe der Staub gegen Schnupfen ...«

»Und bei *Nichtmenschen*?«, fragte Irina angespannt.

Martin ließ den Staub zurück in den Safe rieseln. Seufzend drehte er den Deckel wieder zu. »Bei den *Nichtmenschen* ... Es muss also in der Galaxis irgendwann eine Rasse gegeben haben, für die der Staub eigentlich gedacht war. Vielleicht haben ihre Angehörigen ihn inhaliert, vielleicht aber auch zum Frühstück gegessen, vielleicht haben sie aber auch ihre Fangarme darin eingetunkt ... Sie erhielten die ganze Welt und noch ein Paar neue Schlittschuhe. Sie gingen zu Fuß von Stern zu Stern, spielten mit Kometen Federball, badeten in den Nebelschwaden ...«

»Sie haben die nächste Stufe der Evolution erklommen?« Irinas Miene hellte sich auf.

»Nein.« Martin schüttelte den Kopf. »Darum geht es ja, dass sie es nicht taten. Es gab keine mentale Evolution. Sie behielten den guten, alten und erprobten Verstand. Mit all seinen Vor- und Nachteilen. Keine Veränderungen in der Persönlichkeit! Nur Allmacht!«

»Wie kann das sein?«, fragte Irina. »Wie nur?«

»Woher soll ich das wissen?«, erwiderte Martin achselzuckend. »Es scheint uns nur so, als sei die Welt logisch und ordne sich den Gesetzen der Kausalität unter. Ich habe den Fuß, ich gehe einen Meter ... das funktioniert hervorragend, solange wir uns mit Molekülen und Atomen befassen. Was kommt dann? Jenseits der Quanten-Unbestimmtheit? Dort, wo keine Gesetze mehr gelten, die den Ort der Teilchen im Raum festlegen? Es gibt keine Gesetze – aber es gibt einen Ort! Und du kannst den Fuß heben, um direkt zur Erde zu gehen. Die Explosionen der Supernovae und die Schwarzen Löcher erschrecken dich nicht mehr. Du wirst nie sterben ... natürlich nur, falls du das nicht willst. Mit einem Blick vertreibst du die Wolken, mit einem Puster löschst du Vulkane, mit einem Wunsch verwandelst du Eisen in Gold und Gold in Crème brûlée ...« Er schielte zu Irina hinüber. »Möchtest du das?«

Wie gebannt nickte Irina.

»Und ich auch«, seufzte Martin. »Darum geht es. Dir dürfte aufgefallen sein, dass *dergleichen* keine einzige Religion der Welt verspricht. Oder höchstens im Anfangsstudium ... wenn die gewagtesten Träume darin bestehen, sich den Bauch vollzuschlagen und durch ein Loch im Zaun die gequälten Sünder in der Hölle zu beobachten. Dabei geben alle unumwunden zu, die Ewigkeit verlange von dir, zu jemand anderem zu werden. Zu jemand ganz anderem, den wir uns nicht einmal vorzustellen vermögen. So wie die Raupe, die an einem Blatt nagt, sich keine regenbogenfarbigen Flügel auf dem Rücken vorstellen kann oder den Geschmack von Blumennektar ... Und plötzlich näht jemand der Raupe Flügel an.«

Martin erhob sich. Seufzend betrachtete er den Safe.

»Ich möchte Flügel haben«, gestand Irina leise. »Verstehst du das? Selbst wenn ich die Raupe auf dem Blatt bin! Diese unverständliche Meta-Intelligenz kann mir gestohlen bleiben ... Es steht doch sowieso in den Sternen geschrieben, ob es die gibt oder nicht. Ich möchte am Strand von Eldorado liegen, ab und an die Hand ausstrecken und ein Glas Margarita direkt vom Barkeeper in Acapulco entgegennehmen. Danach fliege ich ins Weltall und guck mir an, wie der Sanduhr-Nebel im Profil aussieht. Anschließend spiele ich Krieg mit den wackeren Geddarn, verliere ein Dutzend Mal, sterbe, erstehe auf und gewinne dann, worauf wir alle zusammen in ein Restaurant gehen, um den Sieg zu feiern. Ich möchte sehen, wie die Geddarn die Entwicklung ihrer Frauen so weit vorantreiben, dass diese uneingeschränkt über Verstand verfügen, und wie beide darüber erschrecken! Ich möchte lernen, das Gedächtnis der Dio-Daos zu lesen und mit ihnen tausend kleine Leben verbringen! Dann würde ich ein Antiquariat aufmachen und hundert Jahre lang in der ganzen Galaxis mit Raritäten handeln und abends mit meinem Mann in eine Bierstube gehen ...«

»Das hatten wir schon«, warf Martin leise ein.

»Was hatten wir schon?«

»Das Restaurant. Wenn du deine Träume fortspinnst, wirst du alles millionenfach wiederholen. Sicher, du wirst mir noch erzählen, wie du dich verliebst, Kinder kriegst und aufziehst, wie du dich der Wissenschaft widmest und etwas entdeckst. Du wirst alle Bücher lesen, die je auf der Welt geschrieben wurden, Paläste erbauen und ... Vergiss es. Du bist keine Halbgöttin in der Welt der Menschen. Du bist eine Halbgöttin in einer Welt von Halbgöttern! Du kennst auch so alle Bücher dieser Welt auswendig! Und wozu willst du einen Palast bauen, wenn jeder einen besitzt? Nach dem hundertsten Kind hängt dir das Ganze zum Halse raus, vor allem da dir jedes Kind nach fünf Jahren ebenbürtig ist und du dein Spielzeug verlierst. Krieg zu spielen, wenn jeder unsterblich und allmächtig ist, ist einfach dumm. Sich zum tausendsten Mal zu verlieben ist nicht romantischer, als sich morgens ein Spiegelei zu machen. Sich den Nebel im Profil und die Schwarzen Löcher en face anzuschauen füllt nur einen Vormittag. Um eine wissenschaftliche Entdeckung zu machen, brauchst du dir nur darüber klar zu werden, was du entdecken willst. Fertig! Das darfst du als Replik auf deinen Kommentar zu den zahllosen Beefsteaks und Frauen auffassen.«

Irina hüllte sich in Schweigen.

»Du kannst alles«, wiederholte Martin. »Dir stehen die Möglichkeiten einer Halbgöttin zur Verfügung ...«

»Warum einer Halbgöttin?«, erkundigte sich Irina leise.

»Weil du auf einem fremden Spielplatz spielst. Der nicht von dir erbaut wurde. Du bist nicht die Schöpferin.«

»Dann bau ich mir eben meinen eigenen Spielplatz«, sagte Irina.

»Oh!« Darauf sprang Martin an. »Das habe ich mir gedacht. In unserer Welt zu wüten ist nur so lange interessant, wie du allein über Allmacht verfügst ... Gut, lassen wir uns einmal darauf ein. Talisman verleiht dir uneingeschränkte und absolute Allmacht! Dann streifst du den Staub dieses Universums von den Füßen, während irgendwo in der Unendlichkeit eine Quantenblase entsteht, und schwebst allein über dem noch brodelnden und menschenlosen Wasser ...«

»Lästere nicht, Martin! Vergiss nicht, dass ich russisch-orthodox bin!«, erboste sich Irina.

Martin brach in schallendes Gelächter aus. Er lachte lange und aus vollem Hals. Er hielt sich den Bauch, grunzte, kicherte, gickelte wieder los, hustete und überließ sich einem weiteren Lachanfall.

Anfänglich betrachtete Irina ihn noch voller Verärgerung.

Dann senkte sie den Blick. »Ja, das ist komisch ...«, gab sie zu. »Trotzdem ... was hindert mich daran, mir eine eigene Welt zu schaffen?«

Mit einem Mal beruhigte sich Martin. »Vermutlich nichts«, räumte er achselzuckend ein. »Warum eigentlich nicht? Nur was würdest du in dieser Welt tun? Über Donner und Blitzen gebieten? Einen kleinen Olymp organisieren und schöne Jünglinge dorthin bringen? Oder zur Abwechslung schöne Maiden? Propheten inspirieren und Sünder erschrecken? Du hast die Ewigkeit in der Hinterhand. Das hast du doch nicht vergessen? Du wirst eine Religion nach der nächsten schaffen und zusehen, wie wegen einer nichtigen theologischen Unstimmigkeit deine Schöpfungen einander die Kehle durchschneiden. Danach führen sie sich ein wenig zivilisierter auf, beschließen, dass du eine gute und mitleidige Frau bist – ich weiß absolut nicht, ob die weibliche Form hier angebracht ist – und erobern den Kosmos. Die einen lebenden Spielzeuge treffen die anderen, kratzen sich im Nacken ... oder wo hast du ihnen das Hirn eingesetzt? Dann schaffen sie ihr eigenes Talisman. Gewiss, du kannst sie vorsorglich niederhalten. Oder nach allen Regeln der Kunst verprügeln, sobald sie nach Allmacht streben. Nur wozu? Sie werden weinen, die Tränen trocknen und genauso weitermachen wie bisher. Du wirst schließlich keine erbärmlichen und langweiligen Roboter erschaffen, die sich in allem deinem Willen fügen und deren Entwicklung von vornherein Grenzen gesetzt sind ... Vor dir wird sich stets eine Mauer erheben, auf der in flammenden Buchstaben steht: ›WOZU? WOZU? WOZU?‹ Und dann schließt du die Augen, ziehst dich in einen kleinen, lauschigen Kokon zurück und machst den Schritt, den man schon vor Milliarden von Jahren von dir erwartet hat. Du verstaust deinen Verstand zusammen mit den Instinkten in einer Rumpelkammer.«

»Du hast natürlich recht«, bekannte Irina leise. »Trotzdem würde ich es gern probieren wollen.«

Sie sah Martin an. Dieser lächelte traurig. »Ich würde es auch gern versuchen«, gestand er. »Darin besteht ja unser Unglück. Aber weißt du, was gut ist?«

Fragend schaute sie ihm in die Augen.

»Wir wissen nicht, was Talisman dazu bringen könnte, für uns zu arbeiten«, fuhr Martin fort. »Auch die Aranker werden es nicht so schnell herausbekommen. Und wenn wir uns auf unsere eigenen Kräfte verlassen, trennt uns noch viel von der Allmacht.«

Schweigend blickten sie einander an. Martins Uhr fiepte erneut. Er wollte sich schon zum Safe beugen, dann lachte er und winkte ab.

»Mir ist kalt«, bemerkte Irina leise. »Gehen wir in die Siedlung zurück?«

Martin zog seine Jacke aus und legte sie Irina um die Schultern. »Gehen wir. Ich würde jetzt gern etwas trinken. Und ich könnte ein ganzes krepiertes Pony essen.«

Sehr spät am Abend – wenn man so wollte, schon nachts – lagen Martin und Irina im Bett und unterhielten sich leise. Es war Irinas Zimmer, das sie teilweise aus taktischen Gründen gewählt hatten – die potenziellen Schlüsseldiebe sollten ja in Martins Zimmer eindringen –, teilweise wegen des Bettes, das hier breiter war.

»Der Schlüssel kann keine materielle Form haben«, wiederholte Irina zum x-ten Mal. »Unter gar keinen Umständen.«

Martin erhob keinen Widerspruch. Mit goldenen Schlüsselchen kann nur der glückliche Burattino, der russische Pinocchio, Türen öffnen. Aber Irina fuhr fort, als müsse sie sich selbst überzeugen. »Jahrtausende war der Planet nicht bewohnt. Das stimmt doch, oder? Er hat weder auf Metall noch auf Plastik reagiert. Also muss es eine Parole sein. Ein Code. Ein Satz auf Touristisch ...«

»Doggar hat gesagt, den Planeten hätten nicht die Schließer geschaffen«, brummte Martin, der das Gesicht an Irinas Schulter vergraben hatte. Die Schulter war warm und weich, und er hatte sie nötig – im Gegensatz zu den nächtlichen Spekulationen.

»Dann müssen die Schließer auch das Touristische von den früheren Herren des Universums übernommen haben!«, entkräftete Irina sein Argument. »Gut, also nicht auf Touristisch. Ein gewöhnlicher Gedanke. Ein richtiger Gedanke. Ein ... Befehl ...«

»Safelein, Safelein in dem Land, gib mir Allmacht an die Hand ...«, flachste Martin.

»Du hast ja recht«, seufzte Irina. »Wenn man den Befehl so genau formulieren muss, können wir ewig weiter raten. Nein, es muss etwas anderes sein! Schließlich wurde der Planet nicht aufgegeben, sondern in den Leerlauf heruntergefahren. Also muss man mit dem Erscheinen neuer Abnehmer gerechnet haben.«

»Was für ein gemeines Wort, *Abnehmer*«, kommentierte Martin, während er sich im Bett aufsetzte. »Hast du etwas dagegen, wenn ich eine rauche, Irka?«

»Stell dich ans Fenster«, verlangte Irina. »Oh, wenn es eine Pfeife ist, kannst du es dir auch einfach im Zimmer bequem machen. Nur nicht im Bett.«

»Gut, die Sporen nehme ich nächstes Mal auch ab. Und vom Pferde werde ich steigen ...«, versprach Martin. »Ich rauche niemals im Bett.«

»Das spricht ja schon mal für dich«, beteuerte Irina. »Wenn du außerdem nicht trinkst, nicht ins Spielcasino gehst und den Frauen nicht nachsteigst, kann ich mich nur wundern, was da für ein Mannsbild vergeudet wird.«

»Ich werde nicht vergeudet«, blaffte Martin, während er die Pfeife stopfte. »Ich bin schon am Werk. Irina, für all das muss es eine viel einfachere Erklärung geben.«

»Einfacher als ein Gedanke?«, wunderte sich Irina.

»Selbst die Aranker sind daran gescheitert – obwohl sie eine Technologie zum Gedankenlesen entwickelt haben! Allerdings setzen sie sie nicht breit ein. Sie ist ungeheuer kompliziert. Ein Mensch denkt nicht in zusammenhängenden Blöcken, dafür gibt es zu viele parasitäre Gedanken, ausgelöst durch die Wahrnehmung der Umwelt, visuelle Eindrücke ...«

»Dann noch die Gerüche. Nebenbei bemerkt, das ist ein guter Tabak ... Es wäre schade, wenn wir nicht hinter das Geheimnis von Talisman kämen, Martin. Stell dir vor, hier, in diesem Boden, liegt die Allmacht! Die Ringe der Macht, einen Pfennig das Paar. Und wir können sie nicht aufheben.«

»Ich glaube, in solcher Zahl werden die Ringe der Macht nur in China angefertigt«, wandte Martin ein. »Und von denen ist nichts Gutes zu erwarten.«

»Hast du jemals von Allmacht geträumt?«, wollte Irina wissen.

»Von Allmacht?« Martin dachte nach. »Um absolut allmächtig zu werden? In der Kindheit vermutlich. Ich kann mich nicht mehr erinnern.«

Irina drehte sich auf den Bauch, stützte den Kopf auf die Hände und sah ihn an – eine im schwachen weißen Licht, das zum Fenster hereinfiel, kaum zu erahnende Figur. »Und wovon träumst du jetzt?«, fragte sie.

Martin erklärte es ihr.

»Das ist uninteressant, denn das ist einfach zu verwirklichen«, winkte Irina ab. »Wovon noch?«

»Es würde vermutlich idiotisch klingen, wenn ich dir davon erzähle«, meinte Martin nach kurzem Nachdenken.

»Versuch es nur!«, ermunterte Irina ihn. »Versuch es einfach!«

Martin lauschte auf ein kaum wahrnehmbares Rascheln im Flur. »Ich hatte einmal einen Traum ...«, fing er dann an, »... einen schrecklichen Traum. Ich fuhr in einem Oberleitungsbus ...«

»Das hört sich schon interessanter an«, frohlockte Irina. »Fährst du oft mit dem Oberleitungsbus?«

»Ja, denn ich habe kein Auto. Ich habe geträumt, ich führe im Obus, der die Stadt hinter sich lässt und irgendeine verlassene Straße nimmt ... so eine, wie sie zum Flughafen führt, allerdings war mir die Strecke völlig unbekannt. Ich stand am Fenster, die Landschaft gefiel mir sehr. Plötzlich sehe ich, dass ein Kontrolleur im Bus ist. Er kommt näher und näher, und aus irgendeinem Grund gerate ich in Panik ... Ob ich kein Geld habe, um das Bußgeld zu bezahlen? Ich weiß es nicht ... Der Kontrolleur tritt also an mich heran, in dem Moment hält der Bus an. Ich springe dem Kontrolleur vor der Nase davon, lächle ihm sogar zu. Der Oberleitungsbus fährt weiter, und ich sehe, dass von der Haltestelle ein Weg abzweigt ... ein Fußweg, eine Art Dorfstraße, die einen Hügel hinaufführt. Der Hügel ist mit Bäumen bewachsen und mit Häusern bebaut ... mit alten Holzhäusern, die selbst aus der Ferne urgemütlich aussehen ...«

»Solche Häuser sehen nur aus der Ferne gemütlich aus«, gab Irina skeptisch zu bedenken. »Aber entschuldige. Du erzählst das sehr schön. Ich habe sogar schon vergessen, dass es nur ein Traum ist.«

»Es ist ein Traum«, bestätigte Martin. »Also, ich mache mich daran, den Hügel zu besteigen. Ich gelange in eine kleine Stadt mit großen, ruhigen Höfen, mit riesigen Bäumen und Wasserpumpen. Ich weiß nicht, ob du solche Städte schon einmal gesehen hast oder nicht. Jetzt gibt es sie wohl nicht mehr. Alles drum herum ist genauso ... irgendwie altbekannt und vertraut. Als ob ich nach Hause käme. Die Menschen, die mir begegnen, kenne ich zwar nicht, aber auch sie wirken vertraut. So etwas gibt es nicht, alle lächeln mir zu, ich antworte allen mit einem Lächeln. Dann mache ich an einem kleinen Gehöft Halt, das neben einem zweigeschossigen Haus aus rotem Ziegelstein liegt ... Solche Häuser gab es einmal, mit nur einem Eingang und meist mit acht Wohnungen ...«

»Du erzählst es so, als hättest du dort gelebt«, versicherte Irina.

»Ich trete an den Zaun des Hofs heran ... ein flacher Zaun, den man nicht ernst nehmen kann, mit dem man sich nicht gegen jemanden schützt oder abschottet. Ich sehe den Hügel hinunter, und plötzlich erblicke ich um mich herum ein Meer. Kannst du dir das vorstellen? Ein Meer, das hier doch eigentlich nicht sein kann ... Und ein solches Wohlgefühl durchströmt mich, dass ich zu bleiben beschließe. Für immer. Doch mit einem Mal erinnerte ich mich, dass ich keine Fahrkarte gekauft hatte. Also hatte ich kein Recht, hierherzukommen. Ich bin hier ... aber es kommt mir irgendwie widerrechtlich vor ... Ich dürfte eigentlich gar nicht hier sein! Daraufhin gehe ich zu einer ausgelassenen Gruppe auf dem Hof. Zu ihr gehören Jugendliche, aber auch Menschen in meinem Alter und ältere. Ich erzähle ihnen, dass ich keine Fahrkarte gekauft habe und deswegen wieder gehen müsse. Sie nicken und antworten mir, sie würden auf mich warten. Dann gehe ich den gleichen Weg zurück, steige den Hügel hinab, während hinter mir die Stadt zerfließt ... Schließlich wache ich mit einem Lächeln auf. Den ganzen Tag lächle ich allen zu, jedem, den ich unterwegs treffe. Obwohl auch so etwas nicht passiert.«

»Träumst du davon, eine solche Stadt zu finden?«, fragte Irina – nicht gleich, denn erst schien sie noch auf eine Fortsetzung zu warten.

»Ich träume davon, immer für die Fahrt zu bezahlen«, antwortete Martin. Und fügte dann noch hinzu: »Natürlich nicht im wörtlichen Sinne.«

»Das ist mir klar«, erwiderte Irina bloß. »Ich bin doch nicht dumm. Komm her, Martin.«

Martin legte die Pfeife weg. Er erhob sich vom Stuhl und stieg in die Jeans. Dann zog er den Revolver aus der Halfter.

»Was ist?«, flüsterte Irina.

Mit rätselhaftem Blick legte Martin den Lauf der Pistole an die Lippen, als bedeute er ihr ein »Pst!«. Er ging zur Tür und drückte leise die Klinke herunter, bevor er sie ruckartig aufriss.

Im Gang war niemand, wovon Martin sich jedoch nicht in die Irre führen ließ. Er stürzte hinaus, ummittelbar darauf knallte die weit offen stehende Tür des Nebenzimmers zu. Als Martin danach wieder auftauchte, hielt er den Revolver auf einen schwächlichen und pickligen Jungen von fünfzehn oder sechzehn Jahren gerichtet. Irina hatte sich inzwischen Shorts angezogen und die Bluse zugeknöpft.

»Fühl dich wie zuhause«, forderte Martin seinen Gefangenen fröhlich auf. »Mach's dir bequem ...«

Ein ordentlicher Stoß half dem Jungen, die Strecke zum Stuhl zu überwinden. Mit dem Revolver fuchtelnd trat Martin an den Jungen heran, legte ihm schwer die Hand auf die Schulter und zwang ihn auf diese Weise, sich zu setzen.

»War er allein?«, fragte Irina sachlich. »Du bist schon großartig. Ich habe nichts gehört.«

»Es waren drei«, sagte Martin. »Sie haben die Tür geöffnet, sich überzeugt, dass niemand da war. Dann sind zwei nach unten gegangen, während unser Freund hier die Sachen durchwühlen sollte. Wie heißt du, Bürschchen?«

Der Junge wimmerte, gab aber keine Antwort.

»Weißt du, wie man auf Talisman Einbruchsdiebstahl bestraft, Irotschka?«, erkundigte sich Martin.

»Gefängnisse gibt es hier nicht. Vermutlich jagt man die Täter vom Planeten.«

»Schöne Bestrafung ...«, seufzte Martin. »Gut, um ihn zu verprügeln, ist es jetzt ohnehin zu spät. Ihn umzubringen haben wir bislang noch keinen Grund. Wer hat dich geschickt?«

»Ich bin den Gang entlanggegangen, da habe ich gesehen, dass die Tür offen stand und überall Sachen herumlagen. Ich bin reingegangen, um mich umzusehen. Vielleicht war ja was passiert und jemand brauchte Hilfe«, leierte der Junge den auswendig gelernten Text herunter.

»Ach, was für ein Unschuldslamm!«, freute sich Martin. »Gut, hör auf, mich für dumm zu verkaufen. Ich will mit denen sprechen, die dich geschickt haben.«

»Niemand hat mich geschickt«, beharrte der Junge auf seiner Version. Den ersten Schreck hatte er überwunden, mit jeder Sekunde zeigte er sich verschlagener. »Wenn Sie mich nicht gehen lassen, schreie ich! Und dann sage ich, dass Sie mich mit dem Revolver bedroht haben!«

»Ich habe dich bedroht?«, brauste Martin auf. »Was fällt dir ein? Weißt du überhaupt, was das ist – eine Drohung?«

Eine Ohrfeige, die sich gewaschen hatte, warf den Jungen

vom Stuhl. Im nächsten Moment saß Martin, die Zähne bestialisch gebleckt, rittlings auf ihm. Der Lauf des Revolvers steckte dem Gefangenen im Mund.

»Soll ich dir mal sagen, was hier eigentlich passiert ist?«, zischte Martin. »Du hast mein Zimmer gefilzt, während ich tief geschlafen habe. Dann bist du ins Zimmer dieser jungen Frau hinübergegangen und hast versucht, sie zu vergewaltigen. Ihre Hilfeschreie haben mich geweckt, und ich konnte gerade noch rechtzeitig kommen, um dich zu erschießen!«

»Ein Vergewaltigungsversuch wird hier sehr schwer bestraft!«, mischte sich Irina plötzlich ein. »Du brauchst ihn also nicht mal zu erschießen.«

»Oh!« Erfreut hob Martin die Stimme und steckte den Revolver in die Halfter. »Ein Vergewaltiger! Bürger Talismans! Ich habe einen Vergewaltiger gefasst!«

»Das ist nicht nötig!«, piepste der Junge.

»Was heißt das?«, rief Martin, der den Jungen jäh zurück auf den Stuhl riss. »Redest du jetzt? Wer hat dich geschickt? Wer sind die?«

»Unten ... in der Bar ...«

»Gehen wir«, verlangte Martin, der den Jungen hinter sich herschleifte. »Aber fix.«

Der glücklose Einbrecher hatte nicht gelogen. In der ansonsten leeren Kneipe saßen zwei Männer, ein angejahrter Asiate, vielleicht ein Japaner, und ein Mann mittleren Alters, in dem Martin den Vater des pickligen Diebs ausmachte. Auf ihn steuerte Martin denn auch zu, sein Opfer vor sich herstoßend. Die Männer am Tisch wechselten Blicke, standen jedoch nicht auf.

»Folgendes Szenario«, verkündete Martin, der sich vor dem Tisch aufbaute. »Entweder dieser Junge hat versucht, eine Frau zu vergewaltigen. Oder ihr habt ihm geholfen, meine Sachen zu durchsuchen. Im ersten Fall schleppe ich ihn zu den hiesigen

Behörden ... Vor den Rat der Goldgräber, wenn ich mich nicht irre? Im zweiten reden wir jetzt ganz offen miteinander.«

Hinter Martin tauchte Irina auf. Sie blieb auf der Treppe stehen und ließ den Blick durch den Raum schweifen. In der rechten Hand hielt sie den Schaft der Winchester, was zwar sehr unbequem war, aber äußerst spektakulär aussah.

»Ich hab's dir ja gleich gesagt«, sagte der Japaner dem Vater des kleinen Diebs mit trauriger Stimme. Dann sah er Martin an. »Es ist nicht nötig, zu den Behörden zu gehen. Ich bin der Vorsitzende vom Rat der Goldgräber.«

»Also reden wir miteinander?«, hakte Martin nach.

»Ja«, nickte der Japaner.

»Für dich ist es Zeit, in die Heia zu gehen«, erklärte Martin dem Dieb und schubste ihn in Richtung Tür. Zu überreden brauchte er ihn nicht, offenbar genossen Vergewaltiger auf Talisman tatsächlich keine allzu große Sympathie. Anschließend setzte sich Martin an den Tisch zu den Goldgräbern und starrte gedankenverloren auf die drei vollen Bierkrüge, die vor ihnen standen. Er griff sich einen und nahm einen tiefen Schluck.

»Zeigen Sie uns den Schlüssel«, bat der Japaner.

»Ich heiße Martin.«

»Ich heiße Oono.« Der Japaner nickte. »Zeigen Sie uns den Schlüssel, Herr Martin. Seien Sie so freundlich.«

Schweigend legte Martin den Schlüssel vor sie hin.

Eine Weile befingerten die beiden Männer die Batterie der Aranker, betrachteten sie im Licht, ja, schnupperten sogar daran. Der Japaner hielt sie sich an die Wange und saß einen ausgedehnten Moment lang reglos da. Dann schüttelte er den Kopf. »Herr Martin, ich glaube, man hat Sie getäuscht. Auf Talisman hat man noch nie Artefakte dieser Art entdeckt. Ich wage sogar zu behaupten, dass es sich hier noch nicht einmal um ein Artefakt handelt.«

»Sie haben mir jetzt sehr höflich erklärt, dass die Frau mich hereingelegt hat.«

»Ich würde diese Möglichkeit nicht ausschließen.«

»Sie haben den Schlüssel schon früher gesehen«, sagte Martin. »Und Sie sind zu dem Schluss gelangt, er sei nichts wert. Weshalb haben Sie dann den Versuch unternommen, ihn zu stehlen?«

»Ich hab's dir ja gesagt«, meinte der Japaner abermals tadelnd zu dem schweigsamen Goldgräber, bevor er sich wieder Martin zuwandte. »Uns hat irritiert, dass der Schlüssel verkauft wurde. Ich versichere Ihnen, dass wir ihn zurückgebracht hätten, nachdem wir ihn abermals in Augenschein genommen hätten.«

»Nehmen Sie ihn ruhig, das macht mir nichts.« Martin winkte ab. »Das ist nur eine alte Batterie der Aranker. Etwas anderes hat nie jemand behauptet.«

»Ich hab's dir ja gesagt«, wiederholte der Japaner zum dritten Mal. »Lassen Sie mich Ihnen gratulieren, Herr Martin.«

»Ist das alles?«, verwunderte sich Martin.

»Und nehmen Sie unsere Entschuldigung entgegen«, lenkte der Japaner ein. »Aber hätte es denn keine andere Möglichkeit gegeben, miteinander ins Gespräch zu kommen?«

»Woher soll ich wissen, wer in die Geheimnisse Talismans eingeweiht ist?«, antwortete Martin mit einer Gegenfrage. »Der Rat der Goldgräber hätte sich als ein Haufen Bürokraten herausstellen können.«

Der Japaner sah den anderen Goldgräber an.

»Sie haben es ihm ja gesagt«, soufflierte Martin höflich.

»Du!«, machte der Dritte endlich den Mund auf. »Kreuzt hier auf ...«

»Ich hätte deinen Sohnemann an Ort und Stelle umlegen können«, warnte ihn Martin. »Und du hättest gar nichts machen können. Ich habe ihn in meinem Zimmer erwischt, wie er in meinen Sachen gekramt hat. Und wenn du versucht hättest, Vendetta zu spielen, hätte ich auch dich umgebracht.«

Der Goldgräber wollte sich schon erheben, doch der Japaner

warf ihm einen missbilligenden Blick zu – und die Schlägerei, die sich angebahnt hatte, wurde im Keim erstickt.

»Die Vendetta ist bei uns verboten«, klärte Oono ihn auf. »Ist Ihre Thermowaffe auch gefälscht?«

»Nein, warum sollte sie? Sie ist echt.«

»Warum haben Sie die nicht benutzt? Wenn Sie unsere Moral so einschätzen, wie Sie es tun?«

»Das wäre irgendwie nicht passend gewesen«, wand sich Martin, »mit einer außerirdischen Waffe auf Menschen zu schießen ... Außerdem habe ich ja einen Revolver.«

»Ich werde ganz offen mit Ihnen sein«, bot Oono an. »Was wollen Sie wissen?«

Genussvoll trank Martin einen weiteren Schluck Bier. Er lehnte sich über den Tisch, worauf der wortkarge Goldgräber sich unwillkürlich vorbeugte, wohingegen der Japaner sich zurücksetzte.

»Mir ist das Geheimnis Talismans bekannt«, flüsterte Martin. »Ich weiß, dass er einem Allmacht schenken kann!«

Der Effekt war durchaus nicht der, mit dem Martin gerechnet hatte.

Der schweigsame Goldgräber lachte fröhlich. Der Japaner lächelte und erklärte: »Bitten Sie Ihr Mädchen doch, sich zu uns zu setzen. Wir sind unbewaffnet. Und wir haben nicht vor, Sie zu bedrohen. ... Schließlich haben wir Ihnen nicht das Geringste vorzuwerfen, Herr Martin.«

»Dieses Geheimnis kennt auf Talisman jeder, der nicht zu faul dazu ist!«, erklärte der Diebesvater den Grund seiner Heiterkeit.

Vier

Bier tranken sie jetzt keins mehr. Der schlaftrunkene junge Kellner brühte ihnen eigenhändig Kaffee auf, dem Japaner servierte er einen grünen Tee, danach zogen sie sich in die hinteren Räumlichkeiten zurück. Offensichtlich genossen Herr Oona und Mathias – so hieß der einsilbige Goldgräber – auf Talisman Respekt.

»Ich weiß nicht, wer als Erster davon angefangen hat«, erzählte der Japaner ohne jede Hast. »Doch Gerüchte kamen schon im ersten Jahr auf, als Amulett gerade erst gebaut worden war ... als das Pony des Herrn Jurik noch lebte. Vor drei Jahren redeten schon alle davon, dass man im Safe einen Zünder finden könne.«

»Einen Zünder?«, begeisterte sich Martin. »Wirklich einen Zünder? Und so nennen Sie es auch?«

»Manchmal spricht man auch von Mixtur. Manchmal von Kraft. Manchmal ...« Der Japaner sah Mathias an, der darüber nachdachte und hinzufügte: »Manchmal Ambrosia. Oder Feenstaub. Aber wir nennen es Zünder.«

»Warum?«, insistierte Martin.

»Weil er dich mit einem Knall verwandelt«, erklärte Mathias ernsthaft, grinste jedoch gleich darauf. »Baff, baff! Du warst ein Mensch, jetzt bist du Superman.«

»Solche Legenden habe ich schon über ein Dutzend Planeten gehört«, gestand Martin. »Aber ... gibt es hier wenigstens Anhaltspunkte für diese Legende?«

»Die gibt es«, meinte Oono nickend. »Bisweilen erzählen die Goldgräber, sie seien dahinter gekommen, wie sie einen Zünder erhalten würden. Danach hat sie nie wieder jemand gesehen.«

Martin lächelte.

»Das ist kein stichhaltiger Beweis«, räumte Oono ein. »Aber wenn ein Mensch, der jahrelang nach einem Zünder sucht, mit freudestrahlendem Gesicht in den Nebel rennt und nicht zurückkommt ...«

»... heißt das nur, dass er verrückt geworden ist und sich im Nichts verirrt hat«, parierte Irina. »Oder dass andere Jäger nach Allmacht ihn ermordet haben.«

»Sie wollen gewichtigere Beweise?«, seufzte Oono. »Tut mir leid, die Lösung kennen wir nicht. Auch der Rat der Goldgräber hält das Geheimnis nicht unter Verschluss. Ich glaube, Talisman kann Allmacht verleihen, aber ich weiß nicht, wie man an sie herankommt. Sollte ich es allerdings erfahren, würde ich mit niemandem darüber sprechen.«

»Eine ehrliche Antwort«, erkannte Martin an. »Vielen Dank.«

»Würden Sie denn das Geheimnis teilen?«, wollte Oono wissen.

»Wohl kaum«, räumte Martin ein.

»Alle suchen danach«, meinte Mathias bedächtig. »Die Amerikaner, die Russen, die Chinesen ... die Außerirdischen auch, zumindest die intelligenteren unter ihnen. Die Aranker haben ein ganzes Wissenschaftszentrum erbaut ...«

»Da sind wir auch gewesen«, bekannte Martin.

»Sie geben nichts preis.« Oono schüttelte den Kopf. »Für sie ist das ausgesprochen interessant. Ein Fabrikplanet, so etwas nehmen selbst die Aranker ernst. Sie bohren, durchleuchten, wägen und analysieren. Sie verfolgen den Tratsch und spionieren den gewieftesten Goldgräbern nach. Auch sie wollen das rauskriegen ... für sich.«

Martin trank den kalt gewordenen Kaffee aus und seufzte. Nach der schlaflosen Nacht überrollte ihn Müdigkeit.

»Ich entschuldige mich noch einmal für unsere formlose

Neugier«, versicherte Oono. »Wir haben uns aufdringlich verhalten und es an Manieren fehlen lassen. Aber Sie haben uns irritiert.«

Ohne sich vorher abzusprechen, erhoben sich die beiden Goldgräber. Martin dachte kurz nach, ehe er ihnen die Hand hinstreckte.

»Falls es Probleme gibt, kommen Sie ruhig vorbei«, grinste Mathias. »Oder fliegen Sie durchs Fenster rein, falls Sie Superman geworden sind.«

»Mach ich bestimmt«, versprach Martin.

Solange die beiden Goldgräber die Schenke noch nicht verlassen hatten, schwiegen er und Irina. »Glaubst du ihnen?«, fragte die Frau dann.

»Ob ich ihnen nun glaube oder nicht ...« Martin zuckte die Schultern. »Wenn sie wüssten, wie sie an den Zünder kämen, wären sie nicht mehr zu stoppen. Versucht haben sie es, das ja. Aber sehen die beiden wie Götter aus? Noch nicht mal wie Superman!«

»Komm schon, der Japaner ist ein angenehmer Mann, klug ...« Irina gähnte. »Gehen wir schlafen? Ich kann kaum noch sitzen.«

»Ich trinke noch einen Kaffee«, verneinte Martin. »Ich könnte sowieso nicht einschlafen. Geh ruhig schon ins Bett.«

»Morgen lasse ich mir ganz bestimmt etwas einfallen«, versprach Irina schuldbewusst. »Mit einem ausgeschlafenen Kopf ...«

So blieb Martin allein zurück, in diesem geräumigen leeren Raum des *Krepierten Ponys*, an dem mit leeren Bierkrügen und Kaffeetassen vollgestellten Tisch. Auch er war müde, schlafen wollte er jedoch in der Tat nicht. Nachdenken wollte er, jenen Moment trügerischer Transparenz und Klarheit des Verstands abpassen, den man am Morgen nach einer schlaflosen Nacht durchlebt. Tagsüber würde er dann gähnen, an schweren Beinen leiden und verzögert antworten. Aber jetzt konnte er nachdenken.

Das Geheimnis von Talisman pfiffen die Spatzen also bereits von den Dächern.

Die Gerüchte über die hier verborgene Allmacht kursierten seit Langem, obwohl sämtliche Beweise fehlten.

Selbst die weisen Aranker mit ihrer beispiellosen Technik waren noch nicht dahinter gekommen.

Letzteres schien Martin aus irgendeinem Grund bedeutsam. Die klugen Aranker hatten versagt ... Weil sie unfähig waren, ihre »Seele« zu entwickeln? Humbug. Talisman hielt eine Gabe für den Verstand bereit – und mit dem hatten die Aranker wahrlich keine Probleme.

Eine weitere Tasse Kaffee, das wurde Martin klar, war genau das, was er jetzt brauchte. Nachdem er seinem Organismus insgeheim das Versprechen gegeben hatte, bei seiner Rückkehr zur Erde eine Woche lang diesen ekelhaften koffeinfreien Kaffee zu trinken, wanderte er zum Tresen hinüber.

Die Kaffeemaschine war bedauerlicherweise nur für Menschen mit entsprechender Spezialausbildung konzipiert. Sie wartete mit mehr Knöpfen und Lämpchen auf als ein tüchtiges Automobil.

»He!«, rief Martin leise. Die Situation erschwerte, dass er sich nicht mehr an den Namen des Kellners erinnerte. »He, Garçon ...«, wiederholte Martin flehentlich, allerdings mit gedämpfter Stimme. Schließlich musste man inzwischen selbst im guten alten Frankreich damit rechnen, dass einem in die Suppe gespuckt wurde, wenn man den Kellner als Jungen ansprach. Martin öffnete kurz die Tür, durch die der Kellner verschwunden war. Dahinter lag ein langer dunkler Gang. Pech gehabt ...

Am einfachsten wäre es wohl gewesen, sich in die Situation zu schicken und schlafen zu gehen. Doch der Wunsch nach Kaffee wurde immer dringender – wie es für gewöhnlich der Fall ist, wenn das Objekt der Begierde *fast* erreichbar ist.

Aus lauter Kummer ging Martin hinter den Tresen. Dort erblickte er etliche Dinge, die nicht für Außenstehende gedacht waren. Zum Beispiel nächtigten dort Eimer und Wischlappen, wobei der verdreckte Lappen sich inmitten der sauberen Gläser äußerst unappetitlich ausnahm.

Allerdings entdeckte er auch einen kleinen Knopf, der so angebracht war, dass der Barkeeper problemlos an ihn herankam. Nach kurzem Zögern drückte Martin ihn. Nichts rührte sich. Daraufhin nahm Martin eine angebrochene Flasche Kognak aus der Vitrine und schenkte sich selbst zwei Fingerbreit ein.

»Sie stehlen also doch ...«, klang es finster von der Tür zu ihm hinüber.

Martin drehte sich um und kam sich vor, als sei er mindestens beim Griff in die Kirchenkasse erwischt worden. In der Tür stand der schlaftrunkene Besitzer des *Krepierten Ponys*, in Morgenmantel und mit einer pompösen Waffe in der Hand.

»Ich ... das ...«, setzte Martin an.

»Du wolltest Kognak«, soufflierte Juri.

»Nein, Kaffee ... aber hier ist niemand ...«

»Natürlich nicht, es ist fünf Uhr morgens ...«, seufzte der Wirt. »Jetzt will ich allerdings auch einen Kaffee.«

Er lehnte die Waffe gegen den Tresen und machte sich kundig an der Kaffeemaschine zu schaffen. Da Martin vermutete, der Wirt würde nicht mehr auf ihn schießen, sondern – im Gegenteil – einen Kaffee mit ihm trinken, fasste er Mut.

»Ich hätte ihn bezahlt«, beteuerte er. »Am Morgen. Ganz bestimmt.«

Juri winkte nur ab. Während der röchelnde Apparat Kaffee in zwei Tassen ausspie, goss der Wirt sich selbst Kognak ein und schenkte Martin nach. »Schon morgens zu trinken ist nicht gut«, konstatierte er. »Allerdings kann man sich darüber streiten, ob es später Abend oder früher Morgen ist ...«

Sie stießen an, und Martin begriff voller Freude, dass der Schenkenwirt, ungeachtet seiner phantastischen Geschichte, ein durchaus passabler, ja, sogar irgendwie angenehmer Mensch war.

»Sind die Herren Anführer schon gegangen?«, blaffte Juri.

»Die Goldgräber?«, fragte Martin. »Ja.«

»Warum hast du nicht gleich gesagt, dass du nach Allmacht suchst?«, wollte der Wirt wissen. »Nachdem du Irina einen Batzen Geld für die olle Batterie in die Hand gedrückt hast, habe ich gedacht, du seist einer von diesen Händlerheinis ...«

»Du ... Sie wissen, was das ist?«, wunderte sich Martin.

Juri nickte. »Batterien braucht man hier nicht«, erklärte er. »Wer würde auch schon zu den Dingern greifen, wenn der ganze Boden voller Strom ist und du nur ein Loch reinbohren musst?! Aber bei den Arankern habe ich mal welche gesehen.«

»Und Sie haben niemandem etwas davon gesagt?«

»Warum hätte ich einem netten Mädchen Scherereien bereiten sollen?«, staunte Juri. »Wenn sie einen dieser Händlertypen übers Ohr haut ... der verdient sich an den Goldgräbern sowieso dumm und dämlich. Und sie braucht das Geld vielleicht für eine Operation ihrer alten Großmutter. Oder um an der Kunsthochschule zu studieren.«

Martin schoss der Gedanke durch den Kopf, ein solch klarer Blick auf das Leben sei nur außergewöhnlichen Menschen eigen, die in jedem Sträfling eine Mischung aus Robin Hood und Jean Valjean sehen.

»Sie sind ein guter Mensch«, meinte Martin ehrlich. »Nein, Irinka wollte mit dem falschen Schlüssel niemanden schröpfen. Sie wollte mit jemandem ins Gespräch kommen, der etwas wusste ...«

»Diese Jugend, ach, diese Jugend ...«, seufzte Juri und strich sich das dichte blonde Haar aus der Stirn. »Niemals wählt sie den einfachen Weg ...« Traurig schaute er in den Spiegel überm Tresen und murmelte: »Warum habe ich die Aranker nicht gebeten, mich zwanzig Zentimeter größer zu machen? Dann würde ich dir das Mädchen ausspannen ... entschuldige, aber ich würde sie dir mit Sicherheit ausspannen!«

»Ich würde sie aber nicht hergeben!«, meinte Martin kopfschüttelnd.

»Dann müssten wir uns duellieren«, erklärte Juri. »Auch wenn ich nicht schießen kann … Was ist? Seid ihr hinter das Geheimnis gekommen?«

Martin schüttelte den Kopf.

»Wir laufen auf Elektrizität, aber zu dem eigentlichen Geheimnis stößt niemand vor«, seufzte Juri. »Hat dir etwa irgendwer erzählt, jemand habe das Geheimnis gelüftet, sei allmächtig geworden und habe sich aufgemacht, große Taten zu vollbringen? Das Leben hält ja allerlei Überraschungen bereit, das streite ich gar nicht ab. Aber von denjenigen, die heute auf Talisman ihr Unwesen treiben, wird dir niemand helfen …«

Er hob sein Glas und trank den Kognak aus. »Wir sind verkalkt. Wir tragen Scheuklappen. Hier muss junges Blut her, dann wird Talisman seine Geheimnisse auch offenbaren …«

»Vielen Dank«, sagte Martin.

»Keine Ursache, war doch nicht der Rede wert …«, winkte Juri ab. »Willst du noch einen Kognak?«

»Ich bedanke mich nicht für den Kognak«, stellte Martin richtig. »Sie haben mir die Augen geöffnet. Allerdings würde ich zu einem weiteren Schlückchen nicht nein sagen.«

Der Wirt schenkte ihm ein wenig nach. »Den Knopf drück aber nicht noch einmal«, drohte er Martin streng mit dem Finger. »Das ist der Alarm, du Esel! Wenn mich Banditen überfallen.«

»Ist das schon mal passiert?«, fragte Martin.

»Hier ist alles ruhig«, wich Juri aus. »Gut, ich hau mich noch mal aufs Ohr. Der Nebel wird ja schon hell …«

Martin sah zum Fenster hinaus, konnte in dem von Laternen beleuchteten milchigen Dunst jedoch keine Veränderungen bemerken. Vermutlich musste man Jahre hier leben, um den Morgen durch die dichte Nebeldecke hindurch zu spüren.

Juri war gegangen. Die Tasse Kaffee, die er doch nicht angerührt hatte, erkaltete langsam auf dem Bartresen. Martin nahm sie sich und trank den Kaffee, der kaum noch warm und damit unangenehm war. »Wir tragen Scheuklappen ...«, brummte er, während er hinausschaute.

Ein leichter Schauder durchzuckte ihn, der nicht von der Kälte herrührte, denn Talisman bot ein stabiles Klima. Aufregung erzeugte ihn. Da lagen die bitteren Früchte vom Baum des Lebens am Boden herum, und niemand sammelte sie ein!

»So einfach kann es doch gar nicht sein«, sagte Martin sich selbst, um sich dann ebenfalls selbst zu erwidern: »Aber anders kann es nicht sein.«

Schnellen Schrittes lief er die Treppe hoch, öffnete Irinas Zimmertür, die nicht abgeschlossen war. Auf Zehenspitzen trat er an ihr Bett heran.

»Du?«, fragte die Frau verschlafen.

»Ja«, flüsterte Martin. Seine Müdigkeit war gänzlich verflogen. »Irina, wir haben den Wald vor Bäumen nicht gesehen!«

»Was für einen Wald?« Irina wühlte im Bett. Sie sah auf die hellgrün leuchtenden Ziffern ihrer Uhr. »Hör mal, ich bin gerade eingeschlafen ...«

»Ich weiß, wie wir die Safes aktivieren können«, sagte Martin. »Brauchst du immer noch Zauberstiefel?«

Licht flammte auf. Irina setzte sich im Bett auf. Unverwandt sah sie Martin an. »Bist du betrunken?«

Lächelnd schüttelte Martin den Kopf. »Nein, und ich habe es auch nicht vor. Ich bin trunken vor Begeisterung. Und natürlich vor Angst.«

»Wie?«, rief Irina. Ihre Augen funkelten.

»Oh!« Martin brach in schallendes Gelächter aus. »Das ist ein schreckliches Geheimnis, das die Weisen von Shambala viele Jahrtausende gehütet haben. Dann stahlen die hinterhältigen Freimaurer das Geheimnis, doch ein russischer Oligarch kaufte es ihnen für ein ordentliches Sümmchen ab ...«

»Komm schon, Martin!« Irina sprang aus dem Bett und fing an, sich hastig anzuziehen. »Spann mich nicht auf die Folter, sondern erzähl mir alles ...«

Mit einem Mal erstarrte sie, halbnackt, die Bluse in der Hand. Forschend blickte sie Martin an. »Du willst nicht reden?«, fragte sie. »Du willst das für dich behalten?«

Und einen endlos kurzen Moment lang verspürte Martin in sich den Drang zu zischen: ›Ja, das ist meins! Geteilte Allmacht ist keine Allmacht!‹

»Alles ist ganz einfach«, sagte Martin, die Versuchung fortjagend. »Du wirst lachen, so einfach ist es! Den Arankern käme es nie in den Sinn, sie sind zu intelligent dafür ... und sie kennen keinen Aberglauben.«

»Stopp!« Irina stürzte plötzlich zum Fenster. Sie stieß die Flügel auf, worauf Nebel in das Zimmer wogte. Er war in der Tat schon hell und von der aufgehenden Sonne erwärmt. »Martin!«

Aus der Ferne drang ein gleichmäßiges Getöse heran. Und es näherte sich, verstärkte sich.

»Was ist das?«, Martin eilte ans Fenster. Er umarmte Irina. Einige Sekunden standen sie da, den Blick auf den trüben Schleier gerichtet. Stimmen ließen sich vernehmen, es waren noch andere Gäste des *Krepierten Ponys* aufgewacht. Fenster klapperten. Jemand verlangte mit gepeinigter Stimme, man solle ihm doch wenigstens etwas Ruhe gönnen.

»Die Aranker haben keinen Aberglauben«, flüsterte Irina. »Aber Hubschrauber. Martin!«

Entsetzt sahen sie einander an.

»Sie spionieren den Goldgräbern nach«, wiederholte Martin die Worte des Japaners. »Diese Schweine ... mit ihrer Technik können sie selbst in einem Staubkorn eine Wanze verstecken ... und das Staubkorn auf die Kleidung fallen lassen ...«

Irina klopfte erst Martin, dann sich selbst gründlich ab.

»Jetzt ist es zu spät«, rief Martin, während er sich die Thermowaffe vom Tisch schnappte und die Winchester schulterte. »Weg hier! Kümmer dich nicht weiter um deine Sachen!«

Das Getöse wogte heran, die Scheiben zitterten bereits. Die

beiden schafften es, aus dem Hotel zu stürzen, vorbei an dem erzürnten Jurik, um den der junge Kellner und eine korpulente Köchin wuselten, vorbei an Leuten, die zum Hotel gerannt kamen, sobald sich im Nebel die Hubschrauber der Aranker abzeichneten.

Diese erinnerten übrigens nur entfernt an Hubschrauber. Rotorblätter fehlten ebenso wie ein Heckrotor, nur an den am stromlinienförmigen, ovalen Korpus sitzenden Pylonen hingen zylindrische Turbinen. Zudem flogen diese Maschinen ohne die für Helikopter charakteristische Neigung, sondern lagen gerade wie ein Flugzeug in der Luft, das es inzwischen gelernt hatte, sich mit einer Geschwindigkeit von fünfzig Stundenkilometern von der Erde loszureißen.

»Hier lang!«, schrie Martin, der Irina hinter sich herzog. Sie verschwanden hinter dem Nachbargebäude, das nicht als Wohnhaus gedacht war und kleine vergitterte Fenster aufwies. Die Flugapparate der Aranker bildeten bereits einen Ring um das Hotel, tauchten es in das blendende Licht ihrer Scheinwerfer und hielten sich zehn, zwölf Meter überm Boden. In ihrem Bauch öffneten sich Luken, aus denen an fast unsichtbaren Seilen Figuren in schwarzen, wuchtigen und futuristischen Anzügen, die aus Hollywood gestohlen zu sein schienen, herauskletterten.

»Sechs Hubschrauber, fünf Mann Landetruppen in jedem«, teilte Martin mit, der um die Ecke spähte. »Dreißig ...«

Die Angreifer, die bereits auf das Hotel zustürmten, hielten inne, als hätten sie einen Befehl vernommen. Sofort zogen sie sich vom Hotel zurück und vergrößerten den Ring.

»Ich weiß nicht, ob du mir antworten kannst, Doggar«, sagte Martin. »Aber du hörst mich, du Schwein. Wenn deine Jäger nicht stehen bleiben, bringe ich sie zum Stehen!«

Die Angreifer gingen zu Boden, warfen sich hin.

Aus einem der Helikopter ließ sich eine lautsprecherverstärkte Stimme vernehmen: »Mach keine Dummheiten, Martin. Kehr ins Hotel zurück, wir müssen miteinander reden.«

»Erst sollen die Jäger abziehen«, verlangte Martin, während er sich Hemd und Jeans abklopfte und die Haare zerzauste. »Dann können wir auch miteinander reden. Unter vier Augen.«

Es folgte Gelächter, dann erklang abermals Doggars Stimme: »Hör auf, deine Sachen abzuklopfen, Martin. Selbst eine chemische Reinigung würde dir jetzt nichts nützen. Die Wanze ist dir auf die Haut gesetzt worden und bereits unter die Epidermis gewandert.«

»Du Dreckskerl«, fluchte Martin. »Du intelligenter und mit Technik ausgestatteter Dreckskerl!«

»Du brauchst nicht zu pöbeln«, bat Doggar. Sein Ton hätte milde geklungen, hätte der Lautsprecher ihn nicht durch ganz Amulett getragen. »Die Lage ist sehr ernst, das weißt du. Lass uns friedlich miteinander reden. Die Alternativen würden dir nicht gefallen, da gebe ich dir mein Ehrenwort!«

»Trotzdem würden sie mich interessieren, diese Alternativen!«, schrie Martin, der unwillkürlich die Stimme erhob.

»Es gibt nur eine. Wir wären gezwungen, dich und deine Freundin zu vernichten.«

»Und wie kämt ihr dann an das Geheimnis?«, konterte Martin. »Das kenne nur ich!«

»Wir werden deinen ganzen heutigen Tag analysieren«, erklärte Doggar. »Alle Worte, die du gesagt und gehört hast, alles, was du gesehen hast. Dann werden auch wir das verstehen, was du verstanden hast.«

Irina schielte zu Martin hinüber. »Ich glaube nicht, dass er lügt ...«, raunte sie. »Sie dürften dazu in der Lage sein ...«

»Ich arbeite für den russischen Geheimdienst«, schrie Martin. »Damit würde dieser Schritt einen feindlichen Akt gegen unseren gesamten Staat darstellen!«

Abermals brach Doggar in schallendes Gelächter aus.

»Kein Respekt«, sagte Martin, während er zu Irina hinübersah. »Der gewaltige Ruhm des KGB hat sich nicht bis nach Arank rumgesprochen ... Gut, er hat es so gewollt.«

Im nächsten Moment hob er die Thermowaffe und schaltete sie auf Minimalkraft herunter, genau wie Hatti es ihm gezeigt hatte. Dann schoss er auf eine Turbine des Helikopters, der am nächsten war.

Der Strahl war nicht zu sehen. In der ersten Sekunde glaubte Martin, es sei gar nichts passiert. Dann senkte der Hubschrauber die Nase, die Turbine am linken Pylon stieß eine lange Flammenzunge aus und scheppterte wie ein Fass voller Schrott. Plump sank der Helikopter nach unten, doch kurz bevor er auf der Erde auftraf, schien er sich in eine Wolke aus regenbogenfarbigem Schaum zu hüllen, in eine Million von faustgroßen Seifenblasen. Unverzüglich erlosch das Feuer, die Maschine landete sanft wie in einem Daunenbett. Die übrigen Hubschrauber stiegen sofort höher.

Martin fasste Irina wieder bei der Hand und rannte schweigend mit ihr davon.

»Du hast deine Wahl getroffen«, stellte Doggar mit einer Stimme fest, die keinen Zweifel an seiner Trauer ließ. »Das tut mir aufrichtig leid.«

»Sie sind uns auf den Fersen, sie wissen, wo wir sind!«, schrie Irina. »Martin, wir schaffen es nicht bis zur Station! Und auf Talisman ist niemand den Arankern überlegen!«

Martin antwortete nicht.

Sie rannten von der »Hauptstraße« Amuletts herunter, vorbei an den in die Felsen eingehauenen Stangen, mit denen die Gratiselektrizität abgezapft wurde, vorbei an den unsystematisch angeordneten Hütten aus Blech und Brettern, aus denen die verzweifelten, die verängstigten Bewohner kamen, Menschen wie Außerirdische. Im allgemeinen Durcheinander achtete niemand auf Martin und Irina.

Hinter ihnen heulten erneut die Turbinen der Hubschrauber auf.

»Worauf können wir denn noch hoffen?«, schrie Irina.

»Auf die Allmacht!«, blaffte Martin im Laufen zurück, und

Irina verstand und schwieg. Sie liefen jetzt nebeneinander her, dachten wie Tiere an nichts anderes als an den Kampf um ihr Leben.

Sie stürmten direkt auf eine Gruppe bewaffneter Goldgräber zu, die zum Hotel unterwegs war. Unter ihnen befanden sich der alte Japaner, Mathias und zwei Geddarn.

Schwer atmend blieb Martin stehen. Er schob Irina zurück, hinter seinen Rücken.

»Du hast es also herausgefunden«, sagte der Japaner. »Oder?« Martin nickte.

»Wo ist der Zünder?«, fragte einer der Geddar scharf.

»Wenn ich sterbe, werden die Aranker ihn haben. Und zwar alle Aranker auf dem Planeten, denn sie verstehen es, ihr Wissen zu kollektivieren. Wenn ich fliehen kann, werdet ihr selbst hinter das Geheimnis kommen. Irgendwann«, antwortete Martin, nachdem er wieder zu Atem gekommen war. »Also entscheidet euch.«

Der Geddar zog sein auf dem Rücken befestigtes Schwert, doch der Japaner warf ihm einige strenge Worte zu, nicht auf Touristisch, sondern in der Sprache der Geddarn. Daraufhin neigte der Geddar den Kopf und trat zurück.

»Du wirst es uns nicht sagen ...«, hielt der Japaner traurig fest. Martin nickte.

»Dann überlass aber auch ihnen das Geheimnis nicht«, brummte Mathias. »Darüber sollte einer allein verfügen. Oder alle zusammen! Aber nicht eine einzelne Rasse!«

Er sah die Geddarn an, die bestätigend nickten. Ohne ein weiteres Wort zu verlieren, schoben sich die Goldgräber vor und umrundeten Martin und Irina. Nur der Japaner, der eine kleine Uzi in Händen hielt, drehte sich noch einmal um. »Wir können dir nur einen geringen Vorsprung verschaffen. Fünfzehn Minuten, wenn wir Glück haben.«

»Ich brauche mindestens vierundzwanzigeinhalb Minuten«, erwiderte Martin ernst.

Der Japaner nickte noch einmal, dann verschwand er im Nebel.

»Das ist eine sehr dumme Entscheidung«, drang es aus den Wolken zu Martin. »Die Rasse der Aranker hat nicht die Absicht, über das gesamte Universum zu herrschen. Sobald wir den Zünder gründlich untersucht haben, werden wir ihn allen Rassen zur Verfügung stellen.«

»Wer's glaubt, wird selig«, kommentierte Martin, bevor er die Flucht wieder aufnahm.

In der Luft zischte etwas, woraufhin Strahlen eines hellblauen Lichts den Nebel zerschnitten, gleichsam als hätten die Hubschrauber ihre Scheinwerfer eingeschaltet und kreisten über der Siedlung.

»Dir bleiben keine vierundzwanzig Minuten ...«, meinte Irina im Laufen.

»Haben sie die anderen umgebracht?«, fragte Martin.

»Das ist etwas anderes ... Ich habe es auf Arank gesehen ... damit paralysieren sie die Muskeln ... Wir hatten Glück, dass sie uns nicht getroffen haben ...«

Unter »Glück« verstand Martin zwar etwas anderes, doch durfte er Irina nicht erklären, was vorging. Sollten die Aranker ruhig weiterhin der Meinung sein, sie würden dumme Beute jagen.

»Wir würden gern auf sinnlose Grausamkeit verzichten«, schallte es vom Himmel herunter. »Wir wollen niemandem Leid zufügen. Noch könnt ihr euch ergeben.«

Just als sie es geschafft hatten, die Hütten hinter sich zu lassen, tauchte hoch oben am Himmel ein Helikopter auf, der die Häuschen in hellblaues Licht tauchte. Einige Schüsse knallten, blinde, hilflose Schüsse, abgegeben in den matten Himmel, die jedoch sogleich verstummten. Martin registrierte sogar noch, wie die hin und her wuselnden Goldgräber zu Boden fielen. Der eine oder andere hatte es womöglich sogar geschafft, aus der Siedlung zu fliehen – doch Hilfe durfte Martin von ihnen nicht erwarten.

»Was suchst du?«, schrie Irina. »Was?«

»Einen Safe! Am besten einen schnellen!«

Sie wateten durch einen flacheren Fluss, an dessen Ufern in den mageren Schichten des fruchtbaren Bodens die hiesige Form von Bäumen wuchs. Nunmehr wurde auch mit einem Blick klar, warum das Dorf sich nicht in diese Richtung ausdehnte: Hier gab es nur Felsen, angefangen von kleineren, kaum menschengroßen, bis hin zu solchen, die bis in den Nebel hineinragten.

»Such Bojen!«, befahl Irina. »Da drüben hat jemand einen Pfad angelegt ...«

Entlang einer Reihe von grün-dunkelblauen Bojen rannten sie zum nächsten Nest von Safes. Groß war es nicht, einen berühmten Namen dürfte es wohl kaum tragen.

»Langsam, langsam, langsam ...«, kommentierte Irina, die sich über die Deckel der Safes gebeugt hatte und die Zahlen ablas. »Die sind alle langsam! Bei den schnellen steht nach der Zahl ein S!«

»Da drüben sind noch mehr!« Martin fuchtelte mit der Hand, und sie hasteten zu einer weiteren Gruppe von Bojen, die ein Rund von Safes säumte. Dreihundert Meter trennten sie noch von der Stelle, als kurz etwas in der Luft aufheulte und ein Strahl hellblauen Lichts durch den Nebel drang.

»Trennen wir uns!«, schrie Irina – doch das schafften sie nicht mehr. Der Strahl erwischte die Frau mit dem äußersten Rand des Lichtflecks und verlosch sogleich.

Martin schoss in die Luft, dem Hubschrauber hinterher, womit er freilich einzig seinen Gefühle freien Lauf ließ. Als er sich über Irina beugte, robbte diese ungelenk über den steinigen Boden und versuchte weiter zu kriechen. Die rechte Körperhälfte gehorchte ihr nicht mehr.

»Was wir für Pech haben ...«, wimmerte die Frau. Der Mundwinkel war gelähmt, die Worte waren kaum zu verstehen. »Lauf! Du schaffst es!«

Martin hätte ihr erklären können, dass Glück und Pech hier überhaupt keine Rolle spielten. Die Aranker verfügten einfach über gute Schützen und ein sehr gutes Lenksystem. Den fliehenden Feind durch Verwundete zu fesseln, die er nicht allein zurücklässt, ist zudem eine seit Jahrtausenden angewandte Taktik.

»Lauf!«, sagte Irina, die Martin mit ihrer linken Hand berührte. Er spürte, wie die Frau ihm den Revolver aus der Halfter zog. »Ich halte sie auf!«

»Mach keine Dummheiten!«, schrie Martin, der ihre Hand packte. »Du ergibst dich, ist das klar?«

Er hauchte ihr einen flüchtigen Kuss auf die Lippen, um dann über den glatten schwarzen Stein davonzusprinten. In seinem Innern zürnte er niemandem. Die Aranker hatten wirklich keine übermäßige Gewalt an den Tag gelegt. Sie hatten nicht gemordet. Sie hatten nicht gelogen. Sie hatten nur methodisch und zielgerichtet versucht, zu bekommen, was sie haben wollten.

Vielleicht würden sie ja tatsächlich andere Rassen in das Geheimnis von Talisman einweihen. Allerdings machten sich die Aranker nicht klar, was in der Zwischenzeit geschehen würde ...

Die zweite Gruppe von Safes erwies sich als weitaus größer. Mindestens ein Dutzend Steindeckel, und gleich beim ersten entdeckte er ein S nach der Zahl.

Martin setzte sich vor ihm hin. Er holte tief Luft. Dann zog er sein Messer, seine treue Armee-›Wespe‹. »Interessant, nicht wahr?«, fragte er den Raum. »Was nützen euch all eure Computer, wenn euch am Ende doch was fehlt?«

Doggar antwortete nicht. Die Helikopterturbinen dröhnten nicht.

Martin grinste. Gewiss, auch die Hubschrauber auf der Erde machten keinen Radau. Doch die Transportmittel der Aranker flogen einfach völlig lautlos.

Er griff nach der Thermowaffe, stellte die höchste Stufe ein und zog den Hebel zur Fokussierung, um mit dem Strahl einen möglichst großen Raum zu erfassen.

Die nächsten zwanzig Sekunden feuerte er blind in den nebligen Himmel, an dem lautlos die Hubschrauber verharrten, in Erwartung, dass ein dummer Mensch den Arankern das Geheimnis Talismans enthüllen werde.

Martin zählte drei Explosionen am Himmel und hörte, wie fünf Maschinen abstürzten, wobei eine so dumpf hallend aufkam, dass selbst der Nebel das Geräusch des am Felsgestein entlangknirschenden Metalls nicht zu dämpfen vermochte. Möglicherweise konnte der Sicherheitsschaum den Fall aus großer Höhe nicht abfangen oder das Notfallsystem reagierte nicht so sensibel auf Beschuss durch eine Thermowaffe, wie das bei den an Pylonen hängenden Triebwerken der Fall war.

»Tut mir sehr leid«, brachte Martin hervor, der die Waffe wegwarf, aus deren Kolben ein rotes Feuer loderte. »Aber ihr habt damit angefangen.«

In der Replik Doggars, die vom Boden aus zu ihm herüberklang, schwang Wut mit: »Martin! Wenn meine Leute zu Schaden gekommen sind, presse ich dir das Blut tröpfchenweise heraus!«

»Vielen Dank, das mach ich schon selbst!«, erwiderte Martin, der den Deckel des Safes aufschraubte.

Im Safe lag eine Schaltung, eine halbtransparente, an Milchglas erinnernde dreieckige Platte. Der Zünder für eine unbekannte Rasse ... Martin warf ihn weg.

Dann schnitt er sich mit dem Messer in die Hand und schüttelte einige Tropfen Blut auf den Boden des steinernen Kelchs.

Fünf

Die Logik versagte hier, die gute alte Logik, der beste Freund des Verstands. Auch die Intuition verfing nicht, diese zuverlässige Krücke des Instinkts.

Es war nur ein Eindruck, angesiedelt an der Grenze zwischen Traum und Wirklichkeit.

So musste es sein!

Jeder konnte hierherkommen und sich Allmacht holen! Jeder musste die Parole in sich bergen – und was eignete sich als Träger besser als Blut?

Das galt schon in den Tagen der ersten kleinen Götter, vor denen sich die primitiven Stammväter verneigt hatten. Und in den Tagen der grausamen Götter, denen der Geschmack von Blut so gefiel. Das uralte Gedächtnis der Menschheit hatte diese Wahrheit gespeichert, vielleicht schon seit dem ersten Besuch der Schließer. Selbst als die Verbindung zwischen den Welten gekappt wurde, als Talisman nicht mehr zugänglich war, vergoss man nach wie vor Blut an Opferstätten und Altären, im vergeblichen Gebet, gerichtet an ein schweigendes Firmament.

Martin schraubte die steinerne Abdeckung des Safes zu. Er stellte an seiner Uhr die Zeit ein, vierundzwanzigeinhalb Minuten. Dann legte er sich flach auf den Bauch, die Remington fest in Händen. Ihm war nicht klar, ob die Aranker seine Handlungen verfolgen konnten, aber er wusste genau, dass sie versuchen würden, ihn aufzuhalten.

»Bist du sicher, dass alles so einfach ist?«, klang es aus dem Nebel zu ihm herüber. Obwohl die lautsprecherverstärkte Stimme einen Teil ihrer Intonation einbüßte, entging Martin die Neugier nicht. Die schiere und ungetrübte Neugier eines Naturwissenschaftlers.

»Das bin ich«, sagte Martin. »Was ist? Schließen wir Frieden?«

Doggar brach in ein unfrohes Gelächter aus. »Das kann ich nicht. Du bist zu weit gegangen. Ich kann dir nichts Schlechtes nachsagen, der Eintrag in unserer Datenbank ist ausgesprochen positiv ... aber du bist kein Aranker.«

»Das bin ich nicht«, bestätigte Martin. »Tut mir aufrichtig leid.«

»Dir ist doch wohl klar, dass du es nicht mit dreißig Profis aufnehmen kannst«, drang Doggar weiter in ihn. »Vor allem da deine Thermowaffe inzwischen entladen sein müsste.«

»Überzeug dich nur davon«, empfahl Martin ihm. Er richtete den Lauf aus und versuchte, im Visier wenigstens etwas mehr als den milchigen Schleier zu entdecken. Mist! Er war praktisch blind. »Was hast du da übrigens gerade von den Profis gesagt? Du meinst damit doch nicht etwa diese jungen Wissenschaftler?«

»Ein Spezialist ist wie eine Beigabe«, erwiderte Doggar. »Aber eine harmonisch entwickelte Persönlichkeit muss alles können. Martin ... ich habe dir ein gutes Angebot zu machen!«

»Ja?«, rief Martin. Sie beide spielten auf Zeit – und das konnte nur eins heißen: Es pirschten sich im Nebel unsichtbare, harmonisch entwickelte Aranker an ihn heran.

»Ergib dich. Wir werden dir und deiner Freundin das Leben lassen. Ihr werdet vorübergehend verbannt ... an ein angenehmes Fleckchen auf unserem Planeten. Sobald wir den Zugang zu Talisman für die Allgemeinheit freigeben, bekommt ihr eure Freiheit zurück.«

»Klingt verlockend ...«, versicherte Martin. Ein kaum wahrnehmbarer Schatten kroch durch den Nebel. Er nahm ihn ins Visier.

»Und?«

»Nein!«, rief er und zog den Hahn. Ein kurzer Aufschrei überzeugte ihn davon, dass er sich die Bewegung nicht eingebildet hatte.

»Was bist du nur für ein Idiot ...«, brachte Doggar bekümmert hervor. »Du gewinnst nichts, wenn du auf meine Leute schießt.«

»Habe ich getroffen?«, wollte Martin wissen.

»Ja«, gab Doggar zu.

»Alles klar«, erwiderte Martin. »Und jetzt A-4!«

Abermals schoss er auf einen huschenden Schatten.

»Verletzt«, kommentierte Doggar. »Aber noch hast du niemanden getötet. Damit bleibt dir deine Chance erhalten.«

»Worauf wartest du?«, rief Martin, der sich um sich selbst drehte. »Willst du deine Leute nicht verlieren? Fehlt dir der Mumm?«

Nebel ... überall dichter weißer Nebel. Und im Safe die Blutstropfen, hineingegeben in der naiven Hoffnung, das Blut werde sich in einen Zünder verwandeln.

»Ich will dich nicht töten«, antwortete Doggar gelassen. »Du hast deine Qualitäten. Du bist zum Geheimnis von Talisman vorgedrungen. Die Schließer interessieren sich für dich ... ihre Meinung wird schon bald nicht mehr von Belang sein, aber trotzdem ... Wozu sollte ich einen Feind umbringen, wenn ich aus ihm einen Freund machen kann?«

Martin schwieg. Doggar schien nicht zu lügen – und darin lag die Krux. Es war irgendwie schmerzlich, in einer solchen Konstellation auf die im Grunde ganz anständigen Aranker zu schießen ...

»Ich bräuchte nur einen Befehl zu erteilen«, fuhr Doggar fort, »und hier würde alles in Flammen aufgehen. Ist dir das klar? Ich bräuchte meine Junge noch nicht mal in einen Nahkampf zu schicken. Eine Salve aus dem Plasmawerfer ... und ich kann dir versichern, dem Schützen sitzt der Finger ziemlich locker am Abzug!«

»Was hält dich davon ab?«, fragte Martin. Es blieben noch zwölf Minuten. Beinah eine Ewigkeit.

Ein leichter Lärm und ein gedämpftes, nicht zu verstehendes Gespräch ließen Martin aufmerken. Danach meinte Doggar weit fröhlicher: »Die Lage hat sich verändert, Martin. Wir haben deine Freundin.«

»Du lügst«, behauptete Martin. Irgendetwas musste er ja sagen.

»Irina-ken, sagen Sie doch etwas«, bat Doggar höflich.

»Komm nicht raus, Martin!«, erschallte Irinas Stimme im Nebel. »Sie werden mir nichts tun!«

»Das könnte schon sein«, mischte sich Doggar. »Aber ob er davon überzeugt ist? Und bist du dir so sicher, Irina?«

»Das ist ekelhaft!«, brüllte Martin. »Eine Frau als Geisel zu nehmen ...«

»Wenn man damit zwei Leben retten kann – warum nicht?«, wunderte sich Doggar. »Also, ich schlage dir vor, aufzustehen und vorwärts zu gehen. Die Waffe solltest du dabei besser nicht in Händen halten.«

Martin schloss die Augen. Er strich über den warmen Steindeckel, unter dem sein Zünder heranreifte.

»Martin!«, sagte Irina.

»Ich bin hier«, erwiderte Martin, ohne die Augen zu öffnen.

»Sie können dich wirklich mit dem Plasmawerfer ausschalten«, warnte Irina ihn traurig. »Doggars Hubschrauber ist auf den Felsen gelandet, auf einem Steilhang ... das ist eine sehr günstige Position.«

»Und was schlägst du vor?«, wollte Martin wissen.

Irina brach in Gelächter aus. »Ich liebe dich. Komm nicht raus, Martin!«

Es folgte Lärm, ein schwacher nur, dann senkte sich Stille herab.

»Doggar-ken, Irina soll irgendwas sagen«, bat Martin und hob den Kopf.

Doggar antwortete nicht sofort. »Es tut mir wirklich sehr leid, Martin-ken. Irina hat nicht gelogen. Wir haben uns auf der höchsten Stelle postiert. Sie ... vielleicht sind das die Folgen des Paralysators ...«

Martin versuchte, sich beim Zielen an der Stimme zu orientieren. In seiner Seele gähnte Leere.

»Es tut mir sehr leid«, wiederholte Doggar. »Sie ist gerade vom Hang gestürzt. Ich sehe sie noch ... wenn auch vage. Falls du jetzt herauskommen solltest, würden wir versuchen, sie zu bergen. Unsere Medizin ...«

»Sie hat mich gebeten, nicht herauszukommen«, erinnerte Martin ihn und eröffnete das Feuer.

Vielleicht hatte sein Glück ihn verlassen, vielleicht hatte der Nebel es erschwert, die Richtung zu bestimmen. Jedenfalls seufzte Doggar nur. »Es tut mir so leid ...«, sagte er dann noch.

Im nächsten Moment knallten die Gewehre los.

Aus irgendeinem Grund hatte Martin damit gerechnet, die Aranker würden ihn mit Thermowaffen beschießen. Doch entweder erfreute sich die Waffe keiner Beliebtheit bei ihnen oder sie hielten Kugeln für zuverlässiger. Die prasselten gegen die Steine wie ein heftiger Sommerhagel auf ein Blechdach. Die Salve ging über ihn hinweg – und zwar keineswegs in großer Höhe. Unmittelbar vor Martins Gesicht fuhr ein dünner, langer Pfeil aus silbernem Metall in den Stein. Ein weiterer spaltete den schwarzen Kristall des Felsens, worauf steinerne Spritzer auf ihn niedertropften. Der dritte bohrte sich in seine linke Hand. Martin spürte keinen Schmerz, nur die Finger, die den Patronenstreifen wechselten, waren mit einem Mal klebrig und blutüberströmt.

Da schlugen die Blitze ein.

Die erste Entladung hielt Martin noch für eine neue Waffe, die der ungeduldige Aranker jetzt zum Einsatz brachte. Über ihm schlängelte sich eine weiße durchbrochene Linie, bohrte sich weit oben in das schwarze Gestein. Donner krachte, der Fels schien ein dumpfes Heulen auszustoßen.

Die zweite Entladung schoss horizontal über den Boden, ein schöner, nie gesehener fliederfarbener Blitz, der sich von Horizont zu Horizont zog, als spalte er den Planeten. Es roch nach Ozon, das Kopfhaar knisterte infolge der statischen Elektrizität.

»Was ist das?«, schrie Doggar. Das Gewehrgeknatter verebbte. Offensichtlich schrieben die Aranker diese Wendung Martin zu.

Dieser brach seinerseits in schallendes Gelächter aus – weil es in der Tat so war.

Talisman hatte die Arbeit aufgenommen.

Die alte Fabrik hatte ein neues Programm bekommen. Sie stellte einen neuen Zünder her – einen für Menschen.

Oder ausschließlich für Martin?

Die Blitze verloren an Größe, erfolgten dafür jetzt aber ununterbrochen. Der Himmel bezog sich mit einem Flammennetz, der Himmel brüllte und grollte wie der Donnergott Jupiter. Die schwarzen Felsen leuchteten in einem farblosen, in die Augen schneidenden Licht. Im Nebel ließ sich ein wenig mehr erkennen. Wind pfiff, ein scharfer, dennoch unsicherer Wind, der sich einfach nicht zu entscheiden vermochte, welche Richtung er nehmen sollte. Ein Blitzeinschlag löste einen sich wie irrsinnig drehenden Wirbel aus, der mit der Geschwindigkeit eines Schnellzugs davonraste.

Abermals ratterte ein Gewehr los, wenn auch verzagt, verhalten, als schäme es sich, es mit den tobenden Naturgewalten aufzunehmen. Martin strich über den Steindeckel. Der Deckel glühte.

In dem Moment trafen ihn auf einen Schlag drei Kugeln. Die erste durchschlug die Hand und nagelte sie förmlich am Deckel fest. Die zweite drang unter dem Schulterblatt in den Rücken ein, die dritte schnappte nach seinem Bein.

Ein Schrei wollte sich Martin mit aller Gewalt entreißen, den er indes unterdrückte, indem er sich so auf die Lippe biss, dass sie blutete.

Schließlich hatte Irina auch nicht geschrien, als sie in den Abgrund gestürzt war, ihrem siebten und letzten Tod entgegen.

»Du hast uns keine andere Wahl gelassen, Martin«, sagte Doggar.

Martin sah auf seine Uhr. Mit Sicherheit behielt Doggar ebenfalls die Zeit im Auge. Und er würde Martin nicht die Chance einräumen, den Zünder an sich zu bringen. Es blieben noch vier Minuten ...

Ein Blitz, verzweigt und prachtvoll, ein Blitz im barocken Stil, ein verschnörkelter, verspielter Blitz inmitten einer Traube von Kugelblitzen und erleuchtet von dunkelblauen Flammen, die gleich Vögeln am Himmel auseinanderstoben, schlug direkt über Martins Kopf ein.

Und Martin sah klar und deutlich, wie die Ziffern seiner Casio Tourist schneller umschlugen und im Geschwindschritt vier Minuten bewältigten.

Er brach in schallendes Gelächter aus.

Das Blut hatte den Deckel glitschig werden lassen, seine Hände fanden keinen Halt. Mehr als eine Minute brauchte er für eine einzige unglückselige Drehung.

Bevor er den Deckel abnehmen konnte, musste er Atem schöpfen.

»Gib auf, Martin!«, klang Doggars Stimme zu ihm herüber. »Deine Freundin kann noch gerettet werden! Steh auf, und wir rühren dich nicht an!«

»Ein Russe ergibt sich nie«, brummte Martin, der mit einem Ruck den Deckel wegstieß.

Am Boden des Safes lag eine kleine Kugel aus goldschimmerndem Gelee. Sie leuchtete mit einem inneren Licht, einem reinen und klaren Licht, als sei ein Strahl der echten, der irdischen Sonne auf sie gefallen.

Martin angelte nach dem Kügelchen, das scheinbar von selbst auf seinen Handteller rollte. Der Zünder für einen Menschen stellte sich als warm und weich heraus. Er hinterließ an den Fingern ein leichtes Kribbeln. Martin wandte sich zurück.

Der weiße Nebel über ihm brodelte. Blitze mäanderten, jagten in die Gipfel der schwarzen Felsen. Ab und an taten sich im Nebel Schlitze auf, tobten irre Wirbelstürme los. Das beißende Licht des bösen Sterns brach in den Nebelspalt und schlug Martin in die Augen.

Martin öffnete den Mund und legte sich die goldschimmernde Kugel auf die Zunge.

Eine warme Welle rann ihm den Hals hinunter.

»Wir geben dir drei Sekunden, Martin! Eins!«

Am meisten kränkte ihn, dass er nicht wusste, wie schnell der Zünder wirkte. Brauchte er einen Tag? Eine Stunde? Doch selbst eine Minute wäre schon zu viel ...

»Nie schaffe ich es, Irinka«, brummte Martin. Ein Krampf packte seinen Körper – und plötzlich sah er durch die Wolken hindurch eine fremde Sonne.

»Zwei!«

Er vermeinte, das Innere seines Körpers stülpe sich nach außen, als weise es die unwillkommene Speise zurück, protestiere, klammere sich mit all seinen tierischen Instinkten an die einfache und friedvolle Existenz eines Menschen. Martin krümmte sich, unterdrückte seinen Brechreiz.

»Drei!«

Sein Herz dröhnte in seiner Brust – und erstarrte. Martin lag da und inhalierte gierig die unnütze Luft.

Auf der Hügelspitze knisterte etwas in der nun schon bekannten Weise, woraufhin der Nebel über ihm auflöderte.

Dann rollte eine elektromagnetische Welle über Martin hinweg. Sie verströmte sich in allen Farben des Regenbogens und sickerte in jene Bereiche des Spektrums, die jemand, der als Mensch geboren worden ist, nicht zu sehen vermag. Es folgte ein Strom harter Strahlung. Martin hob den Arm und hielt die Hand unter die Gammastrahlen. Er spürte, wie sie trommelnd auf seine Haut regneten.

Erst hernach kochte die Luft, schlug das Plasma zu.

Martin erhob sich ...

... berührte Irina, flickte das zerrissene Gewebe, belebte ihr Herz, reinigte ihren Körper von Spaltungsprodukten. Ein Teil der Neuronen

Bibliothek, und dem ehemaligen Verwalter erklärt, dass die Entschlüsselung der Namen in der Nekropole nicht produktiver sei als das Wahrsagen mit Vogelknochen ...

... quetschte den Plasmawerfer zu einem akkuraten Würfel, den er ...

... erschrak ...

»To The Soul« aus dem Album *The Ultra Zone* von 1999 intonierte, sodass er sich nicht mehr beherrschen konnte – und sich das Stück live anhörte ...

... warf er all das Dumme, Quälende, Destruktive fort, das ...

... schaute bei seinem Onkel vorbei, der vor einem im Sessel thronenden Mann in Zivil stand und sich eifrig darüber ausließ, welche ...

um ihn herum flackerte, die Steine schmolz, alles zu verbrennen trachtete ...

... sah tadelnd in die Gesichter der Aranker und gab ihnen mit leichten ...

Artikel der Verfassung ihn von der Pflicht entbanden, Fragen nach dem Lieblingsneffen zu beantworten ...

... hörte bei einem Schluck kalten Biers in der Schenke *Zum Krepierten Pony*, wie ein Akkord in der Luft hing, den Steve Vai virtuos in »Windows ...

fester und fester zusammendrückte, bis die Atome unwillig knirschten ...

... erschrak ....

war bereits abgestorben, weshalb er ein kleines Stückchen

auf der Zeitachse zurücktrat, ihre Struktur kopierte und sie neu erschuf ...

... fand endlich heraus, wie man die dreifarbige Zahnpasta in die Tube bekommt ...

Fußtritten den richtigen Bewegungsvektor vor, hin zur Station der Schließer ...

... fand auf den Warmen Gefilden eine nicht mehr junge, nicht gerade schöne und nicht sehr kluge Frau namens Galja, die zum x-ten Male versuchte, den Schließern etwas Brauchbares zu erzählen, und leise, ganz leise, damit nur

geschriebenen Roman Die drei Musketiere mit ganz ähnlicher Handlung zu enttäuschen...

... erschrak ...

... las den zweiten Roman von Den-Der-Freund-Fand, *Die vier Ermittler*, und beschloss, Eff-Eff nicht mit dem Hinweis auf den vor langer Zeit

siebenundneunzig, zu dessen Kauf er sich nie durchgerungen hatte, so locker hatte sein Geld nie gesessen ...

... beobachtete seufzend, wie der kleine Hatti dem Direktor Klim gegenübersteht, im Dorf Enigma auf

... probierte den Château Lafitte von vierundneunzig und den Château Tegnac

ihr Herz es hörte, erzählte er die Geschichte von dem Mann, der mit einem Plakat in der Hand tagein, tagaus vor der Moskauer Station stand ...

... untersuchte seinen Organismus, fand hier und da etwas zu bemängeln und nahm einige Korrekturen vor ...

Alles auf einmal,

gleichzeitig und

verwoben.

Denn der Zeit kam keine Bedeutung mehr zu.

Anschließend stand Martin auf und schaute in den Himmel hinauf.

In die Augen der Schließer.

Und er hörte ihre Stimme, den Chor von tausend Stimmen.
»*Was wirst du jetzt tun, Martin?*«
»*Ich weiß es nicht.*«
»*Dir ist klar, dass du alles kannst. Du vermagst dir sogar deine eigene Welt zu schaffen. Und du weißt, dass das eine Sackgasse ist. Aber du kannst einer von uns werden, Martin.*«
»*Aber ich weiß nicht, wer ihr seid.*«
»*Dann wünsche dir, es herauszufinden.*«
Da begriff Martin, dass er die Antwort kannte.
»Hast du dich entschieden?«
Er wünschte sich etwas – und es wurde still. So still, dass sogar das Rauschen der Hintergrundstrahlung verstummte, die seit Anbeginn der Schöpfung durch den Raum floss.
Und dann lauschte Martin.
Auf dem kleinen Planeten Talisman, der vor fünfhundertvierzigtausenddreihundertzweiundsechzig Jahren, drei Monaten, zwei Tagen, vier Stunden, acht Minuten, fünf Sekunden und sechzehn unteilbaren Zeiteinheiten geschaffen worden war, stand inmitten der lodernden Felsen der ehemalige Mensch namens Martin. Und die Zeit stand geduldig still, bis er seine Wahl getroffen hatte.

Epilog
Weiß

»Dann senkte der Mensch namens Martin den Kopf«, sagte Martin. »Der Fels unter ihm glühte und brannte sich sogar durch seine Stiefel. Und dann ging er auf die Frau zu, die er liebte. Und als er endlich bei ihr angelangt war, hatte er Löcher in den Schuhen.«

»Einsam ist es hier und traurig«, urteilte der Schließer. »Ich habe schon viele solche Geschichten gehört, Wanderer.«

»Du geschupptes Drecksvieh!«, schrie Martin, während er aufsprang. »Du machst dich über mich lustig!«

Der Schließer grinste, seine Pfeife paffend. Es war ein hochgewachsener, kräftiger Schließer mit glänzendem schwarzen Fell, das seine Schuppen bedeckte, und einer weichen, beruhigenden Stimme.

»Ich mache mich nicht über dich lustig, ich lache. Was ist? Darf man sich nicht mal mehr einen Scherz erlauben?«

»Sechs geschlagene Stunden erzähle ich jetzt schon ... wenn nicht sogar sieben!«, empörte sich Martin, der sich wieder in den Sessel setzte. »Ein Scherz! Erlaubt ihr euch öfter solche Scherze?«

»Nur selten. Aber das ist ja auch ein besonderer Fall.«

»Du hast geantwortet!«, rief Martin. »Eben! Du hast mir gerade eine absolut eindeutige Antwort gegeben! Ich habe dich erwischt!«

»Wir antworten immer«, brachte der Schließer würdevoll hervor. »Man muss nur verstehen, was eine Antwort ist.«

Martin nickte. Er streckte die Hand aus, worauf der Schließer eine alte eingerauchte Pfeife in sie hineinlegte, Martins Lieblingspfeife, die er auf der Erde zurückgelassen hatte und die sein Arbeitszimmer eigentlich nie verließ.

Doch Martin zündete sie nicht sogleich an. Zuvor betrachtete er den Schließer und fragte: »Was ist dort? Was kommt weiter?«

Der Schließer seufzte. »Um das zu verstehen, musst du den nächsten Schritt tun. Du musst aufhören, vernünftig zu sein, und die nächste Stufe erklimmen. Und du ...«

»Davor hatte ich Angst. Wie ihr ...«, gestand Martin mit Bitterkeit ein.

»Nein«, meinte der Schließer kopfschüttelnd. »Du hattest keine Angst. Im Gegenteil, du warst so kühn, zurückzugehen. Wir konnten uns dazu nicht durchringen. Wir nahmen alles, was der Verstand uns gab. Alles, was der Verstand nur auszuhalten vermag.«

»Und Ilja Muromez bekam vom Recken Swjatogor ein wenig Kraft«, sagte Martin. »Gerade so viel, dass die Erde ihn noch zu tragen vermochte ...«

»Ich kenne die Geschichte«, meinte der Schließer.

»Das ist ein Märchen«, korrigierte Martin ihn.

»Alle Märchen der Welt sind letzten Endes wahrheitsgetreue Geschichten«, gab der Schließer zu bedenken. »Du weißt doch, dass die Geschichte lediglich etwas über ihren Erzähler aussagt.«

»Und welche Geschichte soll ich auf meinem Planeten erzählen?«, fragte Martin.

»Erzähle die Wahrheit, Martin. Erzähle, dass es zwei Wege gibt. Einer von ihnen gibt dir alles, was du dir nur wünschen kannst. Der andere gibt dir etwas mehr, aber du bist nicht in der Lage zu verstehen, was.«

»Ich weiß, wie die Wahl aussehen wird«, sagte Martin und fing an, seine Pfeife zu stopfen.

Der Schließer schüttelte den Kopf. »Bist du da sicher?«, fragte er. »Du selbst hast doch auch verzichtet. Warum eigentlich?«

»Der Château Lafitte«, holte Martin aus, »ist ein Wein wie jeder andere ...«

Der Schließer runzelte die Stirn.

»Es wäre nicht richtig gewesen«, erklärte Martin. »Verstehst du? Zu einfach und darum etwas zu fad. Mir ist jetzt klar, warum die Götter im Olymp nur Ambrosia trinken. Dem Wein der Menschen gewinnen sie nichts mehr ab.«

»Ich verstehe dich immer noch nicht«, gab der Schließer zu.

»Ich liebe das Leben«, bekannte Martin unumwunden. »Da mag man mich ruhig Snob nennen. Aber ich liebe gute Musik und auserlesene Weine, interessante Bücher und einen klugen Gesprächspartner. Ich liebe es, wenn die Sonne aufgeht und nachts das Meer gegen das Ufer brandet. Aber wie kann man all das auf einmal bekommen? Wie kann man alle Weine mit einem einzigen Schluck austrinken und alle Bücher in einem einzigen Augenblick lesen? Wie soll man die Kraft eines Gottes erlangen und sich gleichzeitig die Träume eines Menschen bewahren? Das ist Schinderei, kein Glück! Nach wie vor sitzen wir mit den Kindern im großen Laufstall und sind stolz, wenn wir an jede x-beliebige Rassel herankommen.«

»Doch auch das ist nicht der entscheidende Grund«, wandte der Schließer ein.

»Stimmt«, gab Martin zu. »Das ist er nicht. Ich habe mir einfach vorgestellt, wie ich von Planet zu Planet eile ... große Taten vollbringe ... den Guten helfe und die Schlechten bestrafe ... das würde mich natürlich zufrieden stellen. Aber dann kommen neue, kommen andere Allmächtige, Unverwundbare, Unsterbliche ... Menschen, Aranker, Geddarn ... und eifersüchtig würden wir die letzten normalen intelligenten Wesen behüten, weil das alles ist, was wir haben, die Eitelkeit und das Gefühl, ihnen überlegen zu sein ... und dann fangen wir an, vor Sehnsucht die Wände hochzugehen ...«

»Ich glaube, nicht einmal das ist der entscheidende Grund«, meinte der Schließer kopfschüttelnd. »Das stimmt doch, oder?«

»Gut, dir macht man nichts vor.« Martin grinste. »Auch das ist nicht der entscheidende Grund. Ich habe von Anfang an ... na ja, seit Irina mir von der Evolution erzählt hat, von den Katastrophen, mit denen der Stillstand bestraft wurde, habe ich gespürt ... dass das nicht sein kann. Dass das auf gar keinen Fall sein kann. Diese Apokalypsen ... sind zu intelligent für die blinde Natur und zu blind für eine Meta-Intelligenz. Was gehen wir denn die Naturgesetze an? Ob wir Mammuts jagen, Atombomben abwerfen oder durch Raum und Zeit springen – das ändert rein gar nichts am Universum. Nie werden wir etwas erreichen, das unerreichbar ist. Nebenbei gefragt: Existiert wirklich ein Planet, auf dem die Zahl Pi einen anderen Wert hat?«

»Hast du in der Schule nicht aufgepasst?«, fragte der Schließer. »Das ist eine Konstante. In unserem Universum kann sie keinen anderen Wert annehmen. Wenn dir das nicht gefällt, entwickle eine neue Mathematik.«

Martin grinste. »Eben! Soll ich mir also einen Gott vorstellen, der anderen zunächst die Möglichkeit einräumt, sich mit ihm zu messen, und dann diejenigen geißelt, die diesen Schritt wagen? Das wäre kein Gott. Das wäre ein Usurpator, der sich der Sicherheit seines Throns nicht gewiss ist.«

»Zum Beispiel ein Halbgott von einem Schließer, der das ganze Ausmaß der Allmacht gekostet hat?«, fragte der Schließer. Er nickte. »Ich bitte dich, sie nicht zu verurteilen. Jetzt, da du unsere Geschichte kennst.«

»Stimmt, ich kenne sie«, sagte Martin. »Ebendeshalb verurteile ich diese Schließer ja nicht ... Als ich verstanden habe, dass die ganze letzte Apokalypse euer Werk ist ... gerade da bin ich zur Ruhe gekommen. Selbst wenn ich nicht weiß, was dort ist, jenseits des Verstands. Aber es muss etwas ganz anderes sein. Etwas Größeres. Etwas, das keine Sterne abschießt und keine Blitze vom Himmel schleudert.«

»Ich habe dir ja schon gesagt, Götter brechen keine Brücken ab, dafür gibt es Menschen«, sagte der Schließer. »Irgendwann werde auch ich wissen wollen, was es dort gibt. Wie es weitergeht. Der Wunsch wird überhand nehmen, und folglich werde ich meine Unsterblichkeit einbüßen. Aber noch habe ich Tausende von Jahren vor mir. Und wenn ich nicht ermüde, sogar Millionen.«

»Jahrtausende, Jahrmillionen ... was ist das schon im Vergleich mit der Ewigkeit?« Martin erhob sich. »Darf ich auf die Erde zurück?«

»Selbstverständlich. Du kannst gehen, wohin auch immer du willst.« Der Schließer dachte kurz nach und fügte dann feierlich hinzu: »Du brauchst dir übrigens in Zukunft keine Geschichten mehr auszudenken.«

»Ach, ich habe mich bereits daran gewöhnt, für den Durchlass zu bezahlen«, wehrte Martin ab. »Tschüs.«

»Bis dann«, sagte der Schließer. »Ja.«

»Wie, ja?«

»Du wolltest doch fragen, ob Irina ihre Geschichte schon beendet hat oder nicht? Sie ist vor langer Zeit fertig geworden. Sie wartet im ersten Stock, im Zimmer Nummer sechs.«

Lächelnd ging Martin hinaus.

Der Tag war heiß, die Sonne strahlte blendend. Martin entfuhr sogar ein erstauntes Krächzen, als er die Station verließ.

»Bist du sicher, dass wir in Moskau sind und nicht in Florida?«, fragte Irina, gegen die Sonne anblinzelnd.

»Ja«, erwiderte Martin, der Juri Sergejewitschs Auto entdeckte. »Der arme Kerl ... er hat noch nicht mal eine Klimaanlage ... dieser Taxifahrer, meine ich, den ich kenne.«

»Ja, ja«, kommentierte Irina ungläubig.

Nachdem sie die Grenzkontrolle passiert hatten, steuerte Martin zielsicher auf das Auto des Oberstleutnants zu. Verschwitzt, rotgesichtig und in einem aufgeknöpften karierten

Hemd saß Juri Sergejewitsch hinterm Steuer. Er bedachte Martin mit einem Blick, in dem sowohl Ungeduld wie auch Servilität lagen. Martin bedauerte sogar, in dem flüchtigen Moment der Allwissenheit nicht abschließend geklärt zu haben, was der Geheimdienstler wusste und was er noch nicht einmal ahnte. War ihm klar, wer hier in der Hülle Martins auf die Erde hätte kommen können? Hatte er mit hoffnungsloser Gottergebenheit mit dieser Variante, die »nicht die schlechteste war«, gerechnet? Oder hatte er sich der Illusion hingegeben, es gebe Bibliotheken mit kosmischem Wissen, zu denen ihm der frisch gebackene Major den Schlüssel überreichen würde?

»Hallo«, begrüßte Martin ihn, indem er die feuchte Hand drückte. »Nach Hause bitte.«

Juri Sergejewitsch schluckte, machte sich jedoch daran, den Motor anzulassen. Dieser sprang, überheizt wie er war, nur widerwillig an.

»Martin«, fragte Irina mit gedämpfter Stimme. »Hast du keine Angst?«

Martin hatte den Eindruck, Juri Sergejewitschs Ohren klappten zurück, damit er ja jedes Wort mitkriegte.

»Wovor sollten wir denn Angst haben?«

»Vor demjenigen, der als Nächster den Schlüssel für Talisman findet«, sagte Irina ernst. »Sicher, du hast verzichtet ... aber wenn der Nächste ein gewöhnlicher Mistkerl ist, der von Allmacht träumt?«

Martin zwinkerte Juri Sergejewitsch im Rückspiegel zu. »Das ist nicht so einfach, Ira«, hielt er ihr entgegen. »Als die Schließer vor Jahrtausenden Talisman gefunden haben ... Was ist, springt er nicht an?«

Juri Sergejewitsch fuhr zusammen, drückte aufs Gaspedal und fuhr vom Parkplatz herunter. »Als die Schließer Talisman gefunden haben«, fuhr Martin lauter fort, »hatten zuvor bereits mindestens zwei Rassen den Planeten für sich genutzt. Beide übrigens von absolut nichthumanoider Natur ... und ich glaube, ich weiß auch, warum. Im Universum existierten damals einfach keine Bedingungen für organisches Leben. Die Schließer gerieten ob des überraschenden Geschenks außer sich vor Freude. Nicht einen Gedanken verschwendeten sie daran, wo ihre Vorläufer jetzt waren. Die Schließer schlugen genau denselben Weg ein, auch sie schöpften die Möglichkeiten des Verstands auf maximale Weise aus und zögerten damit den nächsten Evolutionssprung hinaus. Sie programmierten Talisman für sich um, erlangten Allmacht und begriffen erst danach, wo der Haken an der Sache ist. Die Allmacht überstieg die Bedürfnisse des gewöhnlichen Verstandes. Der Verstand hatte für seine neuen Möglichkeiten einfach keine Verwendung! Die meisten von ihnen dürften das sehr schnell eingesehen haben ...«

»Und sie starben«, warf Irina ein.

»Sie erreichten eine neue Phase. Aus unserer Sicht ist das übrigens genau dasselbe. Eine Minderheit – und ich hoffe, es war eine Minderheit – wurde wahnsinnig. Sie führten sich wie kleine Götter auf, zettelten ein paar Kriege an, reisten, befriedigten ihre Neugier ... wohlgemerkt, nicht ihren Erkenntnisdrang, sondern schlicht tierische Neugier!«

»Davon habe ich doch gesprochen, oder?«, fragte Irina. »Und jetzt habe ich es auch begriffen. All das sind gar keine Bedürfnisse des Verstands. Das liegt alles noch auf der vorherigen Stufe. Das sind die Instinkte! Die Schönste zu sein, die Mächtigste, damit dich alle lieben und fürchten ... Martin, das wollte auch ich einmal wirklich!«

Das Auto holperte über eine Unebenheit, Juri Sergejewitsch wurde kurz hochkatapultiert, landete dann wieder auf seinem Sitz und packte das Steuer mit festem Griff.

Lächelnd sah Martin Irina an. »Du bist klug. Eben, es sind die Instinkte. Das ist der Schock eines Menschen, der den Atem Gottes gespürt hat. Für ihn ist es fast unmöglich, so zu bleiben, wie er war ... also streckt er sich entweder zum Himmel hoch oder fällt in den Schmutz. Beides kam vor. Damals, als die Welt erschauderte. Damals, als die Zivilisationen zusammenbrachen und das erste Transportnetz der Schließer zerrissen wurde. Hunderte von Welten – und in jeder trieben kleine halbkluge Götter ihr Unwesen ... Indem sie als Erstes das Transportnetz zerstörten, ließen sie keine Konkurrenz aufkommen. Hunderte von Welten gab es, mit kleinen Olympen und sehr kleinen Göttern ... Die durchschnittlichen Schließer kehrten zu ihrem Heimatplaneten zurück und vereinten das Bewusstsein jedes Einzelnen zu einem gemeinsamen Verstand, damit sie von der neuen Kraft wenigstens irgendwie profitieren konnten. Das waren diejenigen, die nicht bereit waren für eine weitere Evolution, sich aber nicht nur mit den Instinkten bescheiden wollten. Und erst als sich die kleinen Götter beruhigt hatten – der eine reifte so weit heran, dass er die Leiter hinaufsteigen konnte, der andere verlor den Sinn seiner Existenz und verschwand –, erst da wiederholten die Schließer ihren Versuch. Sie kehrten in die Welten zurück, die bereits einmal unter dem Versuch mit der Allmacht gelitten hatten. In die Welten, in denen sich die Legenden vom Turm von Babel herausgebildet hatten, von den Strafen, die auf den Versuch folgten, ein Gott zu werden. In die Welten, von denen einige allein bei dem Gedanken an Entwicklung in Panik geraten.«

»Und wenn sich das wiederholt?«, fragte Irina. »Ist es nicht einerlei, von wem man eins übergezogen bekommt – von einem echten Gott oder von einem durchgedrehten Halbgott?«

»Das ist so einfach nicht, Irina.« Martin ergriff ihre Hand. »Glaubst du wirklich, ich sei der Erste gewesen, der in all den Jahren hinter das Geheimnis von Talisman gekommen ist? Die Schließer haben ihre Konsequenz gezogen. Talisman bearbeitet jetzt jeden, der etwas will, individuell. Diejenigen, die noch nicht so weit sind, erhalten keinen Zünder. Wenn du es willst, verdien es dir. Entscheide, wofür dir dein Verstand gegeben ist. Mach dir klar, was in dir überwiegt, das Tier oder der Mensch. Und akzeptiere das Ergebnis. Ich hätte nicht mit den Arankern zu kämpfen brauchen ... Passen Sie doch bitte auf, da vorn wohne ich ja schon! ... Die Aranker hätten ohnehin nichts im Safe vorgefunden.«

»Aber du ... du hast den Zünder doch erhalten? Du hast ihn bekommen, obwohl du ihn abgelehnt hast?«

»Vermutlich verteilen sie ihn manchmal ebendeshalb, damit du ihn ablehnen kannst«, erwiderte Martin achselzuckend. »Kommst du mit zu mir, Irinka?«

»Zuhause bringen sie mich um«, lehnte Irina entschuldigend ab.

»Bist du daran noch nicht gewöhnt?«, fragte Martin grinsend. »Ruf an, dann sind sie beruhigt. Sag ihnen, dass du schon auf der Erde bist.«

»Und wo ›auf der Erde‹?«

»Bei deinem Bräutigam«, platzte Martin heraus. Sofort biss er sich auf die Zunge.

»Darüber muss ich erst nachdenken«, antwortete Irina finster. »Das kommt zu unerwartet.«

»Wirklich?«

»Irina Ernestowna«, mischte sich Juri Sergejewitsch ein, ohne sich umzudrehen. »Lassen Sie mich Sie nach Hause bringen. Ihr potenzieller Bräutigam muss sich sowieso erst hinsetzen und seinen Bericht schreiben.«

»Ist denn der mündliche Rapport, den er so zwanglos gegeben hat, nicht aufgezeichnet worden?«, erkundigte sich Irina spöttisch. »Martin, ich fahre nach Hause. Wenn meine Eltern ein Fass aufmachen, komm ich zu dir. Oder ich gehe nach Talisman, um groß und schrecklich zu werden ...«

»Das brauchst du noch nicht«, konnte Martin sich nicht verkneifen zu sagen, als er aus dem Auto stieg. »Damit kannst du noch mindestens vierzig Jahre warten.«

Jeder wohlerzogene Mensch empfindet den Besuch bei seinen alten Verwandten nicht nur als ermüdende Pflicht, sondern teilweise auch als angenehmes Vergnügen. Vor allem, wenn diese alten Verwandten sich die Freude am Leben bewahrt haben und die Klagen über die schlechte Gesundheit sich mit munteren Erinnerungen an einstige Siege ablösen.

»Da kannst du dir aber was drauf einbilden«, höhnte der Onkel, als er mit der Bratpfanne aus der Küche kam. »In einer anderen Welt ist er gewesen, das muss man sich mal vorstellen ...«

Martin inhalierte den Duft von beschwipstem Schweinefleisch, das genau die richtige Zeit lang in Rotweinsoße gebraten worden war. Dabei sollte man nicht vergessen, frischen Wein für den verdampften aufzugießen, bevor man es vom Feuer nimmt. »Aber ich bilde mir doch gar nichts darauf ein ...«, hielt Martin dagegen.

»Das solltest du auch nicht!«, befahl der Onkel. »Ein Tourist ... sicher, heute ist das kein Problem mehr. Aber du hättest mal zu Sowjetzeiten versuchen sollen, nach Bulgarien zu fahren! Was du da an Unterlagen zusammentragen musstest! Und dann solltest du noch beweisen, dass du nicht die Absicht hattest, in die Türkei zu verduften ... Das war noch ein echtes Abenteuer!«

Halbbewusst schoss Martin der Gedanke durch den Kopf, dass ein Besuch in Bulgarien selbst in den mysteriösen Sowjetzeiten nicht so kompliziert gewesen war. Da er sich jedoch nicht streiten wollte, meinte er nur ebenso diplomatisch wie banal: »Jede Zeit hat ihre eigenen Abenteuer. Hast du vor, irgendwohin zu fahren?«

»In meinem Alter gibt es nur noch einen Ort, an den man fährt«, blaffte der Onkel angesäuert. »Im Kühlschrank ist Wein, hol ihn mal ...«

Als Martin mit einigen Flaschen moldawischen Cabernets zurückkam – entweder erntete man in den letzten Jahren in Moldawien bessere Trauben oder verarbeitete sie mit größerer Kenntnis, jedenfalls kam ein wirklich abgeklärter, stabiler Wein auf den Markt, mit einem guten Alkoholgehalt –, saß der Onkel so aufrecht am Tisch, als habe er einen Ladestock verschluckt, und hielt das Werk von Garnel und Tschistjakowa in Händen.

»Hast du das gelesen?«, fragte der Onkel inquisitorisch, während er mit der Enzyklopädie fuchtelte.

»Was ... ja, einiges«, räumte Martin vorsichtig ein.

»Du hast gesagt, du warst auf Bibliothek ...« Der Onkel blätterte das zerfledderte Exemplar durch. »Da hast du dir ja was Schönes ausgesucht ... und dafür eine Geschichte verschwendet! Ein Friedhof, haben sie also auch in der Galaxis ihre Friedhöfe ... da kommen wir noch früh genug hin. Ich würde ...« Er runzelte die Stirn. »Sie haben mir jetzt endlich die Rente bezahlt«, berichtete er. »Aber ich habe nicht vor, in Drei-Sterne-Hotels abzusteigen wie ein Student ... Nein, schweig! Ich werde auch meinen Neffen auf meine alten Tage nicht ausnützen! Ich habe hier einen Planeten entdeckt, der ist wirklich interessant.«

Martin lugte auf die offene Seite und sagte kein Wort.

»Talisman!«, las der Onkel mit Inbrunst. »›Er hat seinen Namen bekommen, nachdem die sogenannten *Safes* entdeckt wurden, Objekte unbekannter Natur, in denen periodisch folgende drei Typen von Artefakten beobachtet werden: purpurfarbener Staub, Minispiralen und Schaltungen.‹ Aha. Das ist natürlich alles Humbug. ›Über dem Planeten liegt eine zweihundert Meter dicke Nebelschicht von komplizierter Struktur.‹ Das ist gut! Von der Sonne habe ich hier in Moskau mittlerweile genug. Ich nehme mir ein paar Feinkostwaren zum Tausch mit, Tabak, aktuelle Zeitungen, Patronen ... Ich nehme Gewürze mit ... Die Jugend kommt da nicht drauf, aber schon im Mittelalter waren Gewürze wertvoller als Gold!«

»Warum willst du unbedingt dorthin, Onkel?«, fragte Martin, während er ihnen Wein einschenkte.

Derweil der Onkel das Fleisch auf die Teller tat, dachte er kurz darüber nach. Schließlich sagte er leicht verlegen: »Ich weiß es nicht. Es zieht mich einfach da hin ...«

Kurz wehte Martin ein kaltes und trauriges Gefühl an – wie

es jeder Mensch kennt, der begreift, dass der Abschied von jemandem, der ihm nahesteht, unvermeidlich ist. Gleichwohl fand Martin in sich die Kraft zu einem Lächeln. »Nun, wenn es dich dort hinzieht ...«, sagte er. »Dann muss es wohl so sein.«

»Vielleicht kommst du mit?«, fragte der Onkel schüchtern.

»Nicht jetzt. Irgendwann später bestimmt. Wann willst du denn nach Talisman?«

Der Onkel dachte nach. Er kostete den Wein, nickte zufrieden und sagte: »In ein, zwei Monaten. Im Herbst.«

»Gut«, befand Martin.

Dann goss er sich noch ein wenig Wein ein. Denn jeder Jäger, mag er nun Jagd auf Menschen oder auf die Vergnügungen des Lebens machen, weiß eines mit Sicherheit: Nirgends ist es besser als dort, wo man zuhause ist – und wohin man eines Tages unbedingt zurückkehrt.

Sergej Lukianenko
Die Wächter-Romane

Der Millionen-Bestseller aus Russland!

Eine einzigartige Mischung aus Fantasy und Horror über den ewigen Kampf zwischen den Mächten des Lichts und der Finsternis – die Vorlage für den erfolgreichsten russischen Film aller Zeiten.

»Sie kennen Sergej Lukianenko nicht? Dann sollten Sie ihn kennen lernen! Er ist einer der populärsten russischen Autoren der Gegenwart. Und einer der besten!«
The New York Times

Wächter der Nacht
978-3-453-53080-5

Wächter des Tages
978-3-453-53200-7

Wächter des Zwielichts
978-3-453-53198

Wächter der Ewigkeit
978-3-453-52255-8

978-3-453-53080-5